LES HISTOIR

*Ce volume a été édité à l'initiative
et sous la direction de Michel Simonin*

FRANÇOIS DE ROSSET

Les Histoires mémorables et tragiques de ce temps

1619

ÉDITION ÉTABLIE PAR ANNE DE VAUCHER GRAVILI

LE LIVRE DE POCHE
classique

Anne de Vaucher Gravili, professeur de français à l'Université des Langues et Littératures Etrangères de Venise, a travaillé sur le récit bref des XVIe et XVIIe siècles (*Loi et transgression. Les histoires tragiques au* XVIIe *siècle*, Lecce, 1982). Elle s'intéresse également à la narration fantastique des XIXe et XXe siècles.

© Librairie Générale Française, 1994, pour la présente édition.

Introduction

Un « best-seller » du XVIIe siècle.

Pétries de violence et de sang, Les Histoires tragiques de nostre temps *de François de Rosset obtiennent dès leur publication, en 1614, un succès exceptionnel. Rééditées six fois en quatre ans, à Paris, Lyon, Rouen et Genève, elles sont revues et augmentées par l'auteur pour la dernière fois en 1619. Quelques mois après, paraît une édition posthume,* La Seconde partie des Histoires tragiques, *formée de sept histoires, dont une n'est déjà plus de Rosset mais de Des Escuteaux. A partir de ce moment-là et pendant plus d'un siècle, le recueil ne va cesser de s'enrichir grâce à des écrivains tiers, tout en continuant à paraître sous le nom de Rosset et sous son titre original. Ainsi, dès 1679, y trouvent place l'histoire de la Marquise de Ganges (1667) et celle de la Brinvilliers, célèbre empoisonneuse (1676). De la première à la dernière édition connue, qui est de 1758,* Les Histoires tragiques *connaissent plus de quarante éditions dont certaines ne sont pas encore recensées. Les traductions ne manquent pas à l'appel : on en compte une en hollandais de 1623, neuf en allemand, dont la première date de 1624, enfin une en anglais, parue vers 1650.*

Ce « best-seller » du XVIIe siècle encourage les imitateurs les plus divers, parmi lesquels un prélat, Jean-Pierre Camus, évêque de Belley, qui est le seul à déclarer expressément « avoir marché après les pas de François de Belleforest et de François de Rosset » et qui écrit trois recueils d'histoi-

res exclusivement tragiques : Les Spectacles d'horreur où se descouvrent plusieurs tragiques effets de notre siècle, L'Amphitheatre sanglant où sont représentées plusieurs actions tragiques de notre siècle, Les Rencontres funestes ou fortunes infortunées de notre temps. *Certains reprennent le titre de Rosset, prometteur de succès : Claude Malingre, adaptant le contenu à sa charge officielle d'historiographe du roi, publie en 1635* Histoires tragiques de notre temps *et Claude Parival, maître de langue française à l'Université de Leyde, fait éditer dans cette même ville* Histoires tragiques de notre temps arrivées en Hollande *en 1656. D'autres encore écrivent des récits coulés dans le même moule et avec les mêmes intentions, mais dont les titres varient. Aucun toutefois n'obtient un succès comparable à celui de François de Rosset.*

La renommée de ce genre de récits franchit les limites du siècle : Jan Potocki, auteur du Manuscrit trouvé à Saragosse, *s'en inspire dans une de ses journées mais aussi Charles Nodier, Stendhal, Barbey d'Aurevilly, Alexandre Dumas et sans doute beaucoup d'autres lecteurs anonymes y trouvent des sujets diaboliques et scabreux qu'ils réécrivent, sans jamais révéler leurs sources, selon des modalités différentes et une sensibilité qui leur est propre. Ces histoires tragiques méritent donc davantage d'attention.*

Avant tout le titre, long et discursif, selon l'habitude de l'époque, a de quoi ébranler les cœurs et les nerfs. Voici celui de l'édition de 1619, quelque peu différent de l'original : Les Histoires memorables et tragiques de ce temps où sont contenues les morts funestes et lamentables de plusieurs personnes, arrivees par leurs ambitions, amours desreiglees, sortileges, vols, rapines et autres accidens divers. *La mort y est présente impérativement, mais la violence inouïe de l'actualité ne l'est pas moins. « La France a produit de notre temps ces aventures tragiques » écrit Rosset dans sa préface, sans avouer toutefois qu'elles sont puisées dans la chronique judiciaire et dans les « canards d'information », sortes de petites plaquettes qui relatent des nouvelles à sensation dont le public est très gourmand. George Hainsworth et*

Maurice Lever en ont retrouvé quelques-unes et ont ainsi prouvé l'origine de ces récits. Ceci n'a rien de surprenant : le quotidien, hier comme aujourd'hui, est constellé d'événements inexplicables, de coïncidences bizarres, de crimes abominables qui peuvent inspirer les histoires les plus cruelles, la réalité dépassant presque toujours la fiction la plus échevelée. En ce sens Rosset n'invente rien, car avant lui, et depuis longtemps déjà, les conteurs italiens, de Boccace à Bandello, en passant par Masuccio Salernitano en avaient découvert les virtualités « esthétiques ». Mais à l'image de la vie, ceux-ci mélangeaient encore le registre comique et tragique. Lorsqu'en 1559 certaines Novelle *de Matteo Bandello sont traduites en France sous le titre* Histoires tragiques des œuvres italiennes du Bandel et mises en notre langue françoise, *les « traducteurs » Pierre Boaistuau et François de Belleforest privilégient les récits aux sujets pathétiques dont la fin est pitoyable et tragique, fixant ainsi une forme littéraire qui va connaître des imitateurs dans le dernier quart du* XVIe *siècle : Jacques Yver (*Le Printemps*),* Vérité Habanc (Nouvelles Histoires tant tragiques que comiques), *Bénigne Poissenot (*Nouvelles Histoires tragiques*) auteurs mineurs, mais aujourd'hui sortis de l'ombre, qui témoignent que la veine tragique ne s'est jamais tarie et ne fait que resurgir, au début du nouveau siècle, avec François de Rosset qui lui donne un élan vigoureux et durable.*

Pour répondre à la demande, les éditeurs du XVIIe *siècle multiplient les « canards » destinés au colportage et commandent à des professionnels de la plume, par ailleurs engagés en des travaux plus honorables, de mettre en forme rapidement ces histoires vraies et funestes, sans que leur soit requise aucune recherche de style ou d'analyse.*

François de Rosset est un de ceux-là. Polygraphe misérable, semble-t-il, toujours en quête de protecteurs, il est cependant un trait d'union indispensable entre les littératures italienne, espagnole, portugaise et la littérature française pour ses traductions du Roland furieux *de l'Arioste, du* Roland l'amoureux *de Matteo Boiardo et des ouvrages les plus importants de Cervantes :* Les Nouvelles exemplaires, *la deuxième partie du* Don Quichotte *et* Les

Travaux de Persiles et Sigismonde, *ainsi que d'un certain nombre d'ouvrages moraux et religieux espagnols et portugais. Dès sa jeunesse, à Avignon, il s'essaie à la rime. A Paris il fréquente les poètes de cour et comme eux il écrit sur commande : il publie des mélanges poétiques où figurent les plus beaux noms de la poésie française : Malherbe, du Perron, Bertaud, Maynard, d'Audiguier et Coeffeteau. A l'occasion des mariages espagnols, Marie de Médicis lui ordonne* Le Roman des chevaliers de la gloire, *pièce-ballet à laquelle il fait allusion dans l'histoire II de son recueil. Mais pour la postérité son nom reste lié à cette vingtaine d'histoires sombres qui, si on l'en croit, ont été « bien souvent éclairées par les beaux yeux » de la régente* (Préface, Le Divin Arioste, 1615)

Ce succès s'explique aussi pour des raisons contingentes, extérieures à la réussite éditoriale et littéraire : dans la France du début du XVIIe *siècle, la tragédie est à l'ordre du jour. Trente ans de guerres civiles ont marqué les mœurs au sceau de la violence et la barbarie s'est installée dans le pays. Les sujets des histoires de Rosset appartiennent pour la plupart à cet entre-deux-siècle où* on ne parlait que de sang et de carnage par toutes nos provinces [...] Le glaive y exerçait alors sa cruauté partout. Le père n'y épargnait pas le sang de son propre fils, ni le fils celui de son propre père. Le zèle inconsidéré de religion animait les plus chers amis les uns contre les autres. (H.VI). *Tant est que les hommes de cette époque s'y reconnaissent et s'y complaisent.*

Comme les nouvellistes qui le précèdent, Rosset inscrit ses narrations dans la grande métaphore renaissante du « Teatrum mundi » : il y représente à la fois les « états du monde » et la misère de l'homme, invitant le lecteur à en être le spectateur mais aussi à jeter un regard d'introspection sur lui-même : Car il faut avouer que les accidents tragiques et lamentables sont d'excellentes leçons à l'instruction de la vie. Ceux que la nature a fait naître avec la moindre inclination aux actions honorables peuvent difficilement voir ou lire les changements des grandes fortunes et n'apprendre qu'ils sont hommes, c'est-à-dire sujets aux disgrâces et aux malheurs.

Ainsi la même loi qui leur défend de sortir hors des bornes de la raison les oblige à s'instruire par l'exemple d'autrui (Préface, *1619*). *La réalité conflictuelle est par conséquent reconduite à un idéal d'ordre et d'équilibre, conforme à l'image d'un monde inviolable voulu par Dieu, garanti par l'exercice de lois rigoureuses et par la confirmation des principes de fidélité et d'obédience au monarque absolu.*

Ebranler les cœurs, certes, mais aussi enseigner, telle est bien depuis Aristote, au théâtre comme en prose, la vocation traditionnelle de la veine tragique. Ainsi enchâssées dans un cadre moral et didactique, les histoires de Rosset deviennent un instrument de persuasion grâce auquel le lecteur est exhorté, dès le prologue et à la fin de chaque récit, à réprimer ses instincts, à renoncer à se faire justice, selon l'enseignement de l'Evangile, à respecter les principes d'ordre qui garantissent le « repos et la conservation de la vie » de chacun. La réflexion politique de cette époque, de quelque tendance qu'elle soit, rejoint la réflexion morale et exprime les mêmes attentes. Quant à l'Église post-tridentine, soutenue par un renouveau de ferveur et de mysticisme, elle se met à évangéliser et dénonce l'athéisme et l'hérésie. C'est pourquoi l'évêque Camus, imitateur de Rosset, comprend vite les potentialités de ces récits-paraboles qu'il utilise à des fins apologétiques. François de Rosset, protestant converti et soucieux de plaire à la fois aux Guise et à Marie de Médicis, ne met jamais en cause un ordre du monde qu'il considère comme intangible ; mais sous le masque du discours édifiant il lui arrive souvent de s'interroger avec angoisse sur les tragiques incohérences de la vie et sur les injustices apparentes de la justice divine.

Cent cinquante ans plus tard, lorsque la tolérance et l'esprit d'examen auront calmé les esprits, le cadre didactique sera le premier à se démanteler. Ce qui restera, c'est l'univers trouble de l'instinct et de la transgression. Le marquis de Sade, lecteur de Rosset, ne s'y trompera pas.

« *Ecrire tragique et funeste* » rend « *la plume d'humeur*

chagrine et triste » déplore *Jean-Pierre Camus. Rosset souligne d'une façon plus amusante que sa « plume en frissonne toute... ses cheveux s'en dressent sur la tête ». Mais représenter « les volages révolutions du monde » et les vicissitudes de l'existence de l'homme demeure encore le sujet privilégié de beaucoup d'auteurs de ce temps.* Rien ne chatouille qui ne pince, écrivait Montaigne,[...] et les bons historiens fuyent, comme une eau dormante et mer morte, des narrations calmes, pour regaigner les seditions, les guerres, où ils scavent que nous les appellerons (Essais, *III, 12*).

Les « pitoyables événements » qui tissent le quotidien mais aussi la douleur et la cruauté, données premières de la vie de l'homme, exercent un effet de délectation et de peur sur l'imagination du lecteur et demandent à être élucidés.

Violence et sexualité.

Rosset choisit donc de s'affirmer contre les « livres d'amour » qui alimentent les sentiments en les idéalisant et de dresser un « théâtre du monde » dur et violent où « l'amour et l'ambition sont les principaux acteurs de la scène » (Préface, *1619*). *« Fureur d'aimer », « rage désespérée », « désir téméraire », « plaie incurable », « mer pleine d'orages et d'écueils », tels sont les termes et métaphores qu'il emploie pour définir la force incoercible des passions. Est-ce à dire qu'il se détache totalement de la tradition romanesque de son époque ? Bien au contraire, il s'y attarde même volontiers, surtout au début de ses récits et peint avec une grande délicatesse de plume la naissance de l'amour, dans un cadre souvent agreste qui rappelle l'Arcadie ou le Forez. Tous les clichés y figurent : sonnets, lettres, stances et chansons ; pourtant, déjà, il fait large place à l'immédiateté de la sensation, au langage du corps, qui exprime sans fard les passions de l'âme. Ainsi Alidor est comme foudroyé d'amour pour Calliste et ses yeux, arrêtés sur le beau visage de sa maîtresse, faisaient* l'office de sa langue qui demeurait attachée à son palais d'où sortaient, parfois, des soupirs interrompus, messagers de sa passion. (H. VI) *Ses personnages, quoique peu problématiques, comme le veut le récit bref, ne sont pas des êtres primaires. Sauf quelques rares cas, ces aristocrates de seize à vingt ans apparaissent tous comme « accomplis en rares dons de nature », « ornements à leur patrie », formés aux bonnes lettres, jouant de l'épinette, maniant le vers avec bonheur. Caractéristiques de beauté, d'harmonie et d'innocence sur lesquelles il insiste visiblement. Mais ce n'est que pour mieux en accentuer, semble-t-il, le processus de modification qui va s'opérer au moment où déferle la passion. La conscience claire et organisée du héros entre soudainement en conflit avec les pulsions d'un moi obscur dont les conséquences sont irréversibles :* Etrange passion d'amour désordonnée, qui n'a pour but qu'un fol plaisir, qu'elle cause de malheurs ! Pour elle le fils ne fait point de conscience d'ôter la vie à celui qui la lui a donnée, et une fille ruine sa cité et meurtrit son propre père, le frère coupe la gorge à sa propre sœur et une sœur met en pièces le corps de son frère. Les histoires sacrées et profanes sont remplies de tels exemples. (H. IX). *Précisant son horizon culturel, selon l'usage du temps, Rosset va donc explorer tous les cas où la force impétueuse de la passion rompt les digues d'un monde moderne apparemment ordonné : amours le plus souvent adultères (classique triangle amoureux), amours légitimes mais contrariés par l'institution de la famille (mariages clandestins ou forcés), amours contre nature (sodomie ou inceste), amours contre les habitudes sociales (entre une vieille femme et un jeune homme), enfin, amours « magiques » et jouissances charnelles nées par l'artifice du diable. « Un véritable champ de bataille, écrit Sergio Poli, où s'affrontent sans cesse des forces irréductibles et contraires » qui font éclater l'être sous le paraître. On assiste alors à une instauration du désir, de la violence et de la mort, qui donne lieu à un véritable « théâtre de la cruauté »* (cruor *signifie sang versé !*) : *guets-apens mortels, duels où l'un des combattants arrache le cœur de l'autre, assassinats à la faveur de la nuit, empoisonnements, viols, meurtres, incendies et dissections à vif qui semblent réserver de rares plaisirs. Dans ce climat de destruction sanglante qui provoque la crainte et l'effroi, le transgresseur manifeste ostensiblement sa domination sur l'autre et la satisfaction momentanée qu'il en éprouve. Gabrine, mère dénaturée, après avoir mis en pièces son fils, jouit de son crime,* assise sur une petite chaise, discourant en elle-même de l'exécution qu'elle avait faite et se baignant encore dans le plaisir que la mémoire de son parricide lui donnait (H. XXII).

Dépossédés de leur « humanité » (H.XIV), *livrés aux forces mystérieuses de leur instinct, les personnages de ces sombres histoires annoncent par bien des aspects ceux du marquis de Sade.*

Le constat d'un tragique irrationnel, enraciné au cœur de l'homme, débouche fatalement sur l'interrogation métaphysique. La réponse de Rosset est celle d'un écrivain de son siècle : incapable d'imposer un sens à une telle témérité dans le comportement, à une telle démesure dans le mal, il accuse précipitamment Satan, « l'ennemi du genre humain », une entité négative affirmée par les Ecritures dont l'Eglise ne cesse d'alimenter la croyance. L'ange déchu, présent autant que Dieu dans la vie des hommes de cette époque, exerce son pouvoir sur tout ce qui n'est pas contrôlé par la raison. Il répond à l'appel de tous ceux qui, las de leur faible condition, veulent y échapper et se surpasser. Toutefois, lorsque Rosset s'attarde sur l'histoire subjective de ses personnages et sur les mobiles qui peuvent être à l'origine de telles transgressions, il voit dans l'abus de l'autorité paternelle l'une des causes majeures : soumis à la loi absolue de l'obéissance qui les condamne au silence, écartelés entre le désir et le devoir, les héros et héroïnes se révoltent et cèdent au crime et à la déviance. Mélisse, veuve à treize ans était faite pour les plaisirs du monde et la voilà contrainte à entrer au couvent ! D'où sa dédition à Satan et sa furie destructrice contre sa famille et contre le couvent où elle se sent prisonnière. Enfin, pour tenter d'expliquer tout ce qui demeure enveloppé dans le mystère et l'inexplicable, Rosset remonte vers la Transcendance, cause première et ultime de la Tragédie humaine. Qu'elle se nomme Fata-

lité, Destin, Ciel, Dieu, Justice divine, elle pose le problème de la prédestination : O décrets de la Fatalité, qui pourra sonder la profondeur de vos abîmes ? Nos jours sont comptés dès l'Eternité et c'est en vain de vouloir prévenir ce qui doit arriver. (H.II).

L'Eros est donc toujours tragique et l'homme qui en est possédé est toujours seul dans l'univers de la faute. Malgré la pitié pathétique qu'il exprime souvent à l'endroit du transgresseur repenti, Rosset ne remet jamais en question l'ordre établi ni les lois qui structurent la société, c'est pourquoi il reconduit ses personnages et ses lecteurs aux principes néo-stoïciens qu'il énonce dès sa préface : ne pas « sortir hors des bornes de la raison » *et maîtriser ses propres passions.*

Conscient toutefois que Eros et thanatos *est, au plan thématique, un lieu commun quelque peu usé de la littérature occidentale et que la cruauté n'est qu'une tentative de le renouveler, il s'oriente vers un sujet encore inexploré sur la scène de l'histoire tragique, celui de l'ambition.*

« La faim de régner ».

Un royaume « déchiré de toutes parts », des provinces qui se dressent les unes contre les autres, un pouvoir royal fragile et toujours menacé, telles sont les données de l'histoire récente et immédiate où Rosset peut puiser des sujets instructifs : Toutes ces rumeurs, toutes ces allumettes de sédition et tous ces écrits pernicieux et dignes de châtiments que l'on publiait débauchèrent ma plume et amusèrent mon esprit assez curieux de lui-même à lire les raisons des uns et des autres. (H.XXIII) *Dans l'édition de 1619 augmentée de quatre histoires de sa main, il donne environ dix narrations sur vingt-trois qui ne traitent plus seulement d'amour mais qui relatent des événements politiques et religieux sous le terme diplomatique « d'ambition ». Le recueil s'ouvre sur un sujet encore brûlant, le coup d'Etat de Louis XIII contre sa mère, mais surtout contre les « maréchaux d'Ancre »,*

Concino Concini et Eleonora Galigaï. Sous un titre propre à dévier l'attention des non-initiés, Des enchantements et sortilèges de Dragontine, de sa fortune prodigieuse et de sa fin malheureuse, *Rosset représente en connaissance de cause le pouvoir « tyrannique » de ces deux italiens à la cour, mais aussi, quoique avec prudence, l'insolence et l'ambition des princes du sang qui battent en brèche le pouvoir royal et négocient bassement leur soumission. Sur ce même thème commençait d'ailleurs l'édition de 1615 : dans la première histoire (ici,* H.II) *la puissante famille de Lorraine se mesurait aussi avec l'autorité de la régente : le chevalier Alexandre de Guise affrontait en duel, en plein midi, au Faubourg Saint-Honoré, le baron de Luz père, puis, un mois après, tuait le fils.*

Infractions aux édits royaux, rivalités entre frondeurs catholiques et protestants, révoltes de province toujours menées par les grands sont d'excellents sujets politiques que les contemporains déchiffrent aisément sous les pseudonymes de convention et les lieux d'emprunt. Rosset évoque par exemple avec une précision étonnante, sous le couvert d'une histoire d'adultère, les luttes entre ligueurs et royalistes à la veille de la réunion de la Provence à la France (H.XI). *De même la Bretagne, province longtemps réfractaire à l'autorité royale, est le théâtre d'un épisode d'insoumission qui défraie la chronique des années 1617 : le cruel baron de Guémadeuc défie la justice du roi et pour cela, sera décapité à Paris, en place de Grève.* (H.XVII). *Cette histoire intitulée* Des cruautés de Lystorac et de sa fin funeste et tragique, *sera ôtée des publications suivantes, sur la demande de la famille, car la fille du baron épousera le neveu du cardinal de Richelieu, moins de neuf ans plus tard. Elle réapparaît dans une édition lyonnaise de 1653 sous le titre modifié* Du Baron de Guémadeuc, gouverneur de Fougères en Bretagne. *Dans ce jeu des ajouts et des retranchements qui confère au texte des* Histoires tragiques *une grande mobilité d'une édition à l'autre, du vivant de Rosset comme après sa mort, on perçoit combien le pouvoir monarchique et les puissantes familles du royaume redoutaient l'information et faisaient en sorte de la juguler.*

A ces cas de lèse-majesté se joignent quelques histoires

d'amour qui peuvent être lues, par le biais d'un personnage tiers, comme des récits d'ambition. Celle de Mélidor et de Clymène (H.XI) *mais aussi celle de Flaminie et de Saluste* (H.XIX) *derrière laquelle se dresse la figure silencieuse du cardinal qui aspire au Saint-Siège. Pendant des années celui-ci garde le secret sur l'assassinat de son frère, époux de la belle romaine, parce que Saluste est apparenté à de puissantes familles de Rome qui comptent des prélats et des cardinaux.*

Officiellement la représentation de tels événements obéit toujours à la même intention moralisatrice : réaffirmer les valeurs nobiliaires absolues mises en crise par la barbarie et la félonie et célébrer le roi, symbole de l'ordre établi. En réalité, elle révèle une volonté certaine de l'auteur de comprendre la turbulente histoire de son temps et de fixer par les mots l'instant où la chronique devient Histoire. Les risques sont grands toutefois : Si je dois continuer cet ouvrage, *écrivait-il dès 1615,* les funestes aventures du passé m'en fournissent la matière et non celles qui pourraient bientôt succéder[...] (*ici,* H.XXIII). *Mais il s'enhardit et s'arme d'une très grande circonspection et de réprobations de commande pour ne jamais laisser deviner son opinion véritable et ne pas éveiller les soupçons des principaux intéressés ou de leur famille. Ses histoires sont criblées de phrases à double sens, de formules d'éloges aussitôt niées, d'adjectifs conventionnels de condamnation, d'invocations à la justice divine qui en réalité s'adressent aux hommes : une telle prudence peut paraître excessive de nos jours et nous serions tentés de taxer Rosset d'ambiguïté. Or, dans la première décennie du* XVIIe *siècle, écrire « vrai » est impossible :* Il est bien dangereux de dire non seulement des choses fausses mais encore d'en proférer de véritables, lorsque celui contre lequel on les adresse ne manque point de pouvoir ni de ressentiment. La mort entre par la porte de notre logis quand nous nous émancipons de discourir hors de saison*, sans considérer le lieu, le temps et la personne de qui nous parlons. Le vain discours est le témoignage d'une vaine conscience, la parole découvre incontinent les mœurs de celui qui la lâche. (H.II) *L'appel au silence, véritable* topos *littéraire depuis l'*Affaire des Placards *(1534), apparaît donc comme une condition existentielle, surtout pour un auteur à gages comme Rosset, dévoué à la puissante famille des Guise, mais toujours anxieux de rendre plus solide son appartenance à sa nouvelle foi.*

En revanche, dès qu'il se sent à l'abri des poursuites, sa plume se délie et devient loquace : C'est dans le cadre d'une histoire italienne qui traite de la conjuration de Baïamont Tiepolo contre la République de Venise, en 1310, qu'il définit ce qu'il entend par l'ambition : Exécrable faim de régner, à quoi ne pousses-tu le courage des mortels ! S'il est permis de violer le droit, on le peut faire, dit un ambitieux, pourvu que ce soit pour avoir domination sur les autres. O parole indigne d'un homme de bien et qui ressent sa tyrannie, quelque espèce de douceur qu'on y mêle parmi ! Jamais ce paradoxe n'a été reçu parmi la commune société des hommes, et ceux qui l'ont voulu mettre en effet ont vu bien rarement leur vie paisible. Ils ont le plus souvent terminé leurs jours par une fin funeste et tragique. Mille exemples de l'Antiquité le témoignent, et ce moderne confirme la vérité de mon dire (H.XVIII). *Ce double point de vue qui pourrait être l'expression des deux faces de la médaille, assume une ambivalence qui n'est pas sans rappeler celle de Macchiavel. Rosset glisse du pour au contre avec une agilité surprenante et finit par se cacher derrière l'opinion de la « commune société des hommes ». Mais il fournit d'amples détails sur l'art de conspirer. Baïamont Tiepolo emploie neuf longues années pour arriver à « se rendre souverain de la République ». Car l'ambition, contrairement à l'amour, est une passion qui couve sous la cendre, lente, froide, tenace, silencieuse qui n'abolit pas le libre arbitre mais l'aveugle. La conjuration échoue pour un impondérable : un violent orage éclate ce jour-là et empêche le Doge de sortir en procession, les conjurés sont dispersés et prennent la fuite. Tiepolo, seul, face à l'Histoire dont il a voulu changer le cours, meurt accidentellement : un pot de fleurs tombe sur sa tête et l'assomme (en réalité les choses ne se sont pas passées de cette façon, Rosset remanie l'histoire à des fins édifiantes). Dans cette histoire exemplaire, rien n'est arrivé au hasard. L'orage est* le signe évident de la volonté divine, *observe Rosset,* car pour que le changement des dominations temporelles arrive, il faut que le Ciel y consente, autrement les hommes ont beau brasser et entreprendre, ils y perdent leur temps et leur peine, le vent emporte leurs desseins et leurs résolutions sont inutiles. *Le Ciel assume ici la fonction de la Fatalité de la tragédie grecque qui frappe l'individu et le brise inexorablement.*

L'instinct de domination possède les hommes de différentes façons. L'ambition politique met en péril les mécanismes du Pouvoir et le principe de l'Autorité, mais la domination de la pensée d'autrui peut être un levier puissant qui agit sur la pensée collective et touche aussi le plus profond de l'être. Ainsi les récits qui traitent d'athéisme et de sorcellerie peuvent être lus comme des histoires d'ambition individuelle : dans cette période de religiosité inquiète où la vie de l'homme est perçue sous son aspect le plus inconstant et soumis à la violence du monde, ceux qui signent un pacte avec le diable le font par volonté de puissance, pour échapper à leur condition et dominer les autres. Sœur Mélisse ne savait ni lire ni écrire à son entrée au couvent, mais elle veut devenir la plus savante, la mieux disante de toutes les religieuses, et chanter mieux qu'aucune autre. (H.XX) *L'abbé Goffredy* (H.III), *docteur Faust avant la lettre, s'engage avec Satan pour exercer un pouvoir illimité sur son entourage : il veut être le plus estimé des prêtres de Provence, vivre trente-quatre ans sans maladie et avoir la jouissance de toutes les femmes ! Enfin, Thibaud de la Jaquière* (H.X), *chevalier du guet à Lyon et grand ribaud, lance un extrême défi au Malin qu'il essaie de séduire en la personne d'une jolie femme.*

Mais l'histoire la plus intéressante de ce point de vue, c'est sans aucun doute celle où l'intelligence humaine transgresse l'autorité divine et met en question la Loi biblique. Lucilio Vanini (H.V), *moine italien, disciple de Pomponazzi et de Cardan, ose proposer l'hypothèse d'un monde créé « à l'aventure » et conteste la figure du Christ qu'il juge comme un imposteur. Ses spéculations philosophiques conquièrent les esprits forts dont il reçoit la protection, mais il est bientôt accusé d'athéisme et condamné au bûcher, comme les possédés du démon. Auparavant il subit deux fois l'amputation de la langue et récuse toutes les accusations, acceptant la mort sans faire amende honorable et exhortant la foule à déchirer la divine Majesté. Cette histoire, tout à fait contemporaine, puisqu'elle date de février 1619, suscite — on le devine entre les lignes — la curiosité de Rosset qui la raconte de façon très ambivalente : il transcrit les propos subversifs de Vanini sous forme de comptes rendus judiciaires, de références livresques ou de témoignages d'une tierce personne, mais il le condamne à hauts cris en le couvrant d'insultes. Le contenu en est dangereux et les noms des grands dignitaires de la cour et de l'Eglise y sont cités. Peut-être relevée à ce moment-là — c'est du moins l'hypothèse d'Adolphe Baudouin, archiviste de Toulouse et auteur d'une biographie critique de Vanini en 1879 — l'édition Chevalier de 1619 ne sera plus reprise par la suite. Nous avons choisi de la rééditer, pour permettre au lecteur d'aujourd'hui de lire sous un nouveau jour ces histoires censurées, il y a plus de trois cent cinquante ans.*

Naviguer dans les méandres de l'actualité politique de son temps est une entreprise périlleuse mais autrement plus fascinante que celle de raconter des histoires d'amour. Si les discours de l'éloge et de la vitupération atténuent quelque peu la tension conflictuelle qui caractérise toute situation tragique et produit parfois une ambiguïté du sens, il n'en reste pas moins que ce corpus est innovateur sur la scène de l'histoire tragique.

Rhétorique et théâtralité.

Il est frappant de remarquer que la prose des Histoires tragiques *est encore aujourd'hui d'une vivacité étonnante, malgré le carcan didactique quelquefois lourd et ampoulé. Différentes formes de parole animent la matière narrative :*

les dialogues abondent mais aussi les prières, les repentances, les lettres lues à haute voix, les chansons, sans compter les poésies et les sonnets qui sont récités en petit comité. D'une grande fréquence sont les interventions du narrateur qui entre directement dans son récit, sans le moindre souci de paraître sur le devant de la scène ou de disparaître derrière l'écran de ses personnages. On a l'impression qu'il se meut dans son texte, y vit et y respire pour un public qui est là, tout près, avec lequel il converse, dont il « tâte le pouls » pour vérifier s'il est bien à l'écoute et pour le persuader de son message. Cette technique de communication, comme on l'appellerait aujourd'hui, n'a rien de surprenant pour l'époque puisque l'école répand la pédagogie de la parole et du dialogue et que la société assume spontanément le rôle d'un forum, *d'un salon ou d'une cour, comme l'écrit Marc Fumaroli,* (Eroi ed oratori, 1989). *Il va de soi que les genres littéraires sont une mimésis métaphorique de cette conversation ininterrompue. Interrogations, exclamations, interjections, incises, formules de prétérition, relatives « relevées » se succèdent à un rythme accéléré et plutôt complexe, obligeant même le lecteur d'aujourd'hui à lire le texte à haute voix pour en saisir les différents niveaux d'intonation. Une telle prose, toute tendue vers l'oralité, riche de tonalités et de rythmes, avec parfois des chutes de style, typiques de la parole vive, glisse tout naturellement vers le théâtre.*

Car « défrayer l'œil et l'oreille », voilà bien l'intention constante des écrivains d'histoires tragiques, l'œil surtout, principe générateur de l'imagination qui, elle-même, est le point de jonction des passions et des sens. Aucun auteur de cette époque n'ignore cette règle et Rosset y fait appel pour entraîner son public de la servitude des passions à la maîtrise de soi. Si l'on considère ces récits sous l'angle de la représentation, on constate que tous révèlent la volonté du narrateur de recourir à la théâtralisation pour « piquer » le regard du lecteur et l'inviter à participer au spectacle qui s'offre à lui. Dès les prologues et dans les conclusions, l'attention visuelle est sollicitée avec insistance à travers l'usage de verbes qui se réfèrent à la peinture (peindre, dépeindre, reproduire) *mais de façon pré-*

pondérante à la scène (réciter, présenter, représenter, mettre en scène, faire paraître). *Le procédé le plus saillant est celui de* l'ekphrasis *ou* demonstratio, *principe fondamental de la rhétorique d'imagination et d'amplification dévote expérimentée par les jésuites dans leurs prédications sous le nom de « rhétorique des peintures », largement exploitée, mais peut-être inconsciemment par les auteurs de récits tragiques. Rosset, comme tous les autres, qualifie ses histoires de* peintures, *de* spectacles, *de* théâtres, *de* tragédies, *où la nature humaine se reflète dans son inépuisable multiplicité.*

Il arrive parfois que l'acte transgresseur soit représenté comme un véritable « tableau sanglant », dans un lieu isolé, à la faveur de la nuit. Ainsi le crime de Gabrine qui met en pièces son fils (H.XXII) *ou encore la terrible vengeance de Fleurie sur Clorizande* (H.XIV) *qu'elle tue sauvagement :* avec un petit couteau, elle lui perce les yeux, les tire hors de la tête, lui coupe le nez, les oreilles, lui arrache les dents, lui coupe les doigts l'un après l'autre [...] lui jette des charbons ardents dans le sein [...] prend un grand couteau, lui ouvre l'estomac* et lui arrache le cœur qu'elle jette dans le feu qu'elle avait auparavant fait allumer dans cette salle. *Détails hyperboliques, énumérations de verbes qui portent la violence, contraste chromatique du rouge et du blanc* (H.XXII), *mort baroque qui « devient supplice et le supplice spectacle », comme l'écrit Jean Rousset. Tout ceci concourt à une dramaturgie de l'effet, fondée sur une technique de l'extrémisme qui dépasse largement les limites du réel.*

Mais cet acte transgresseur qui était encore l'objet intime, intérieur de la narration tragique se transforme en un objet public, « extérieur », et par là même théâtral dans la phase finale de la repentance. La scène s'élargit et devient alors un lieu cathartique autour duquel gravite un public dont la participation visuelle et émotive est toujours enregistrée : Jamais on ne vit tant de peuple qui accourait à ce spectacle. La place en était si remplie qu'on étouffait. Les fenêtres et les couvertures des maisons s'en étaient toutes occupées. Le premier qui parut sur cet infâme théâtre fut Doralice [...] Tout le peuple pleurait encore à chaudes larmes... (H.VII).

Un autre procédé parmi les plus exploités, c'est celui de l'amende honorable, rite public qui commence par une procession et s'achève par un supplice marqué par le sang et le feu. Rite sacré qui rappelle les miracles du Moyen Age et déploie devant le parvis des églises le spectacle du pardon à Dieu, au Roi et à la Justice. Théâtre privilégié des transgressions sataniques où rien ne doit rester des agents du démon : leurs cendres sont « jetées au vent », tout s'évanouit et devient poussière : corps, forfaits, magies. Les effets de persuasion sont immédiats. De même le miracle où le sang d'une victime rejaillit sur son meurtrier est un spectacle encore parfaitement crédible pour un public de cette époque et Rosset nous en décrit les effets prodigieux dans son histoire XV.

Projeter sur scène le monde sensible dans ses aspects les plus sanguinaires, c'est donc l'exalter pour mieux le dissoudre. Si l'on veut s'interroger sur « le sens mystique » de ces représentations sanglantes, on peut répondre qu'il s'agit d'un gigantesque virement métaphorique qui enrichit le spirituel et le rend sensible aux yeux et aux sens intérieurs. Mais comment expliquer l'intérêt que continuent à exercer de tels récits sur des lecteurs dont la sensibilité n'est plus baroque ? La « matière » tragique se transforme selon les époques et les idéologies. Tantôt elle donne lieu à des récits édifiants, tantôt elle favorise l'exploration pure de l'univers du mal et de l'interdit. En réalité ce qui demeure et qui ne cesse de hanter les hommes de tous les temps, c'est l'inexplicable qui déchire le quotidien, c'est le mystère qui explose au cœur de l'homme, comme une fatalité. Rien n'a changé depuis les Grecs et Montaigne, grand lecteur des Anciens, avait bien compris ce qui fascine le lecteur : Si cherchons avidement de reconnaître en ombre même et en la fable des Théâtres la montre des jeux magiques de l'humaine fortune (Essais, III, 12).

Chronologie

1570 (?) : François de Rosset naît à Uzès ou à Avignon, d'une famille noble. Fréquente très tôt les milieux cultivés d'Avignon et fait partie de l'entourage de Paulino Bernardino, dataire du Pape, Charles de Conti, vice-légat de la légation d'Avignon, et d'Emmanuel de Crussol, duc d'Uzès. Cousin de Pierre Laudun d'Aigaliers, magistrat à Uzès, auteur d'un *Art poétique* (1598).

1585 : Premiers vers à 15 ans, dédiés au duc d'Uzès. On les trouve imprimés dans *Les Délices de la poésie française de ce temps*, recueil publié par lui, en 1615. En relation avec Pierre de Deimier et Luc Materot.

1595 : Publie à Paris *Les Quinze joies de mariage, extraites d'un vieil exemplaire écrit à la main*. Une dizaine d'éditions de 1595 à 1734.

1600 ?-1603 : probable voyage en Italie.

1604 : S'installe à Paris et cherche des protecteurs. Fréquente les poètes en vogue : du Perron, Malherbe, Desportes, Bertaut, Coeffeteau. Publie un recueil de vers juvéniles *Les XII beautés de Phyllis et autres œuvres poétiques*.

1605-1608 : Traduit des ouvrages moraux et religieux de l'italien, *Les VII Psaumes de la pénitence de David* de P. de l'Arétin, et du latin conféré sur l'italien. *La vie du bienheureux Philippe Nerio* du Père A.Gallonius.

1609 : Publie un mélange de poésies *Nouveau Recueil des plus beaux vers de ce temps*.

1610-1612 : Poursuit ses traductions d'ouvrages pieux composés en latin : *Les Jours caniculaires* de l'évêque Simon Maiolo, la troisième centurie des *Heures desrobees ou méditations historiques* de Philippe Camerarius de Nuremberg et trois ouvrages du théologien espagnol Juan de Jesus Maria : *L'Instruction des novices, L'Aiguillon de la componction, la Discipline claustrale*.

1612 : Compose pour la régente Marie de Médicis, à l'occasion des mariages espagnols, la pièce-ballet *Le Roman des chevaliers de la gloire* qui sera représentée Place Royale. Publie un recueil de lettres écrites par lui et d'autres (Malherbe, Desportes...) sous le titre *Lettres amoureuses et morales des beaux esprits de ce temps*. Sept fois rééditées entre 1612 et 1625. Traduction de l'espagnol *La Guide spirituelle composée en espagnol*, du Père Louis du Pont.

1614 : Première édition des *Histoires tragiques de notre temps*, à Cambrai, Jean de la Rivière (édition perdue). Traduit de l'espagnol *De la Perfection du Chrétien*, du Père Louis du Pont.

1615 : Publication d'un mélange de poésies *Les Délices de la poésie française de ce temps*. Seconde édition des *Histoires tragiques* dédiées à feu le Chevalier Alexandre de Guise, gouverneur de Provence. Avec Privilège. Traduit la première partie des *Novelas exemplares* de Cervantes et, de l'italien, *Le Divin Arioste ou Le Roland furieux*, dédié à Marie de Médicis ainsi que *Le Saint, l'œcumenique et le general Concile de Trente*. Dans la dédicace, une allusion à la « profession contraire où il a été nourri », à savoir la religion réformée. Rosset a abjuré.

1616 : Quitte Paris pour quelques mois.

1617 : *Histoire des amans volages de ce temps*. Cinq rééditions, de 1617 à 1632 et une traduction en allemand. Traduction de l'espagnol de la première partie de *L'admirable histoire du Chevalier du Soleil* de Ortuñez de Calahorra.

1618 : Traduit la seconde partie du *Don Quichotte*, *Les Travaux de Persiles et de Sigismonde* de Cervantes. En outre, du Sieur Loubayssin de la Marque, gascon qui écrit en espagnol, *Les Abus du monde, histoire memorable, composée en espagnol*, plus connue sous le titre d'une édition postérieure *Histoire des cocus* (1746).

1619 : Edition augmentée des *Histoires mémorables et tragiques de ce temps*, dédiées au marquis de Rouillac. Privilège du 21 août. Traduction de *Roland l'amoureux* de l'italien Matteo Boiardo et du portugais Trancoso, *Histoires graves et sentencieuses traduites d'espagnol en français*.

19 novembre 1619 : Privilège du Roy pour la publication de la *Seconde partie des Histoires tragiques de notre temps...*, dédiées à monseigneur le duc de Condé, et cette précieuse mention de l'éditeur F. Huby : « Monseigneur, Le désir que j'ai de contenter celui de l'auteur de cet ouvrage, qui se promettait (si la Parque n'eust si tost devidé le fuseau de sa vie) de faire porter sur le front de ses histoires le nom de vostre grandeur. »

21 août-19 novembre 1619 ? : Mort présumée de Rosset entre ces deux dates.

Bibliographie sommaire

1. Éditions

1614 *Les Histoires tragiques de nostre temps ou sont contenues les morts funestes et lamentables de plusieurs personnes arrivees par leurs ambitions, vols, rapines et par autres accidens divers et memorables*, Cambrai, Jean de la Rivière, XII, 580 pp. [15 histoires. Aucun exemplaire connu].

1615 *Les Histoires tragiques de nostre temps ou sont contenues les morts funestes et lamentables de plusieurs personnes arrivees par leurs ambitions, amours desreiglees, sortileges, vols, rapines et par autres accidens divers et memorables*, dédiées à feu Monseigneur le Chevalier de Guise. 2e édition revue et corrigée et augmentée par l'auteur, [s.l.], Au Pont, A. Brunet, 1615, XI, 587 pp. Rééditée à Genève, Slatkine Reprints, 1980 [19 histoires].
Autres éditions : Genève, Pierre et Jacques Chouet, 1615 ; Paris, F. Huby, 1616 ; Lyon, J. Charuet, 1619 ; Rouen, Nicolas le Prévost, 1619.

1619 *Les Histoires memorables et tragiques de ce temps, ou sont contenues les morts funestes et lamentables de plusieurs personnes arrivees par leurs ambitions, amours desreiglees, sortileges, vols, rapines et par autres accidents divers*, dédiées à Monseigneur le marquis de Rouillac, Paris, Pierre Chevalier, 1619, XVI, 733 pp. + 4 histoires : I. *Des enchantemens et sortileges de Dragontine, de sa fortune prodigieuse et de sa fin malheureuse*. — II. *De l'execrable Docteur Vanini, autrement appelé Luciolo et de ses horribles impiétés et blasphèmes abominables, et de sa fin enragée*. — III. *De la mort tragique du valeureux Mélidor et de la belle Clymène, et de la fin funeste et lamentable du généreux Polydor, après avoir exercé une sévère vengeance contre sa femme et son adultère*. — IV. *Des cruautez de Lystorac et de sa fin funeste et tragique*.

1620 *Seconde partie des Histoires tragiques et estranges de nostre temps, ou sont contenues les morts funestes et lamentables de plusieurs personnes arrivees par leurs ambitions, amours desreiglees, sortileges, et par autres accidens estranges et memorables*, dédiées à Monseigneur le prince de Condé, Paris, F. Huby, 1620, 555 pp., 7 histoires.

I. *De l'estrange et inouy accident arrivé à la belle Célide, le jour de ses nopces par les horribles sortileges d'un religieux et de la fin tragique et funeste de ce malheureux.* — II. *Les amours du comte Rozandre et de la belle Cléonice et de la fin funeste, pitoyable et tragique de ce valeureux cavalier.* — III. *Canope, gentilhomme renommé de Perse, ayant fait donation de son corps et de son âme aux démons, après quelque apparence de bonheur est emporté miserablement par le malin esprit.* — IV. *De la fin pitoyable du bon Oronte et autres succes memorables.* — V. *Charidon, seigneur de mérite, reçoit fort familièrement Lycaon en sa maison, qui par une fort familère fréquentation s'y rend amoureux de Lucrèce, et ne pouvant venir au dessus de ses desseins d'amour, il faict une entreprise de tuer miserablement Charidon et Clarice sa femme, avec tout ce qui estoit au chasteau, ce qu'il exécute avec deux de ses compagnons, y estant entré de nuict soubs le voile d'amitié, puis jouit de Lucrece et la tue, emporte les thrésors qui estoient en ce chasteau, mais enfin est puni par la justice long temps après.* — VI. *Olympe, belle demoiselle est recherchée de plusieurs, et enfin mariée à Dorion.* — VII. *Des amours de Philandre, gentilhomme bourguignon et de Chrisilde, damoiselle grecque, de leur fin tragique et malheureuse* [celle-ci est de Des Escuteaux].

— Éditions postérieures citées par George Hainsworth et Sergio Poli : 1621, 1623, 1632, 1635, 1639, 1643, 1646, 1648, 1653, 1654, 1665, 1666, 1679, 1685, 1688, 1700, 1701, 1708, 1721, 1742, 1757, 1758.

1623 Traduction hollandaise : *Waerachtighe treurige gheschiedenissen onser tijdts...par Niclaes de Clerck* (?)

1624 Traduction allemande : *Histoires tragiques de nostre temps, das ist, Newe wahrafftige, trawrig, klaglich und wunderliche Geschichten...*, par Martin Zeiler — rééditions : 1628, 1639, 1648, 1672.

1650 ? Traduction (ou imitation ?) anglaise de neuf histoires de Rosset par Sir William Temple.

2. Sur François de Rosset

Christian ANATOLE, *François de Rosset et son dialogue trilingue : jeux et enjeux linguistiques*, « Cahier de l'Europe classique et néolatine » n. 3, Recherche sur l'humanisme méridional, Toulouse, 1987, pp. 59-73.

Henri COULET, *Le roman jusqu'à la Révolution*, Paris, Colin, 1967, pp. 154-156.

René GODENNE, *Présentation à François de Rosset, Les Histoires tragiques de nostre temps* [éd. 1615], Genève, Slatkine Reprints, 1980.

George HAINSWORTH, *Les « Novelas exemplares » de Cervantes en France au XVIIe siècle. Contribution à l'étude de la nouvelle en France,*

Paris Champion, 1933(sur Rosset et les histoires tragiques pp. 50-110, 137-153) et les articles : *Rosset and his Histoires Tragiques*, « The French Quaterly », XII, 1930, pp. 124-141 ; *Additional Notes to François de Rosset*, « Modern Language Notes », XXXII, 1937, pp. 15-21.

Frédéric LACHEVRE, *Les Recueils collectifs de poésies libres et satiriques depuis 1600 jusqu'à la mort de Théophile (1626)*, Paris, Champion, 1914.

Maurice LEVER, *De l'information à la nouvelle : les « canards » et les « histoires tragiques de Rosset »*, Revue d'histoire littéraire de la France, juillet-août 1979, pp. 577-593.

Maurice LEVER, *Le Roman au XVIIe siècle*, Paris, Paris P.U.F. 1981.

Sergio POLI, *Su alcune edizioni dimenticate delle « Histoires tragiques » di François de Rosset*, « Studi francesi », n. 69, 1979, pp. 488-495.

Sergio POLI, *Storia di storie. Considerazioni sull'evoluzione della storia tragica in Francia dalla fine delle guerre civili alla morte di Luigi XIII*, Abano Terme, Piovan éd., 1985.

Sergio POLI, *Histoires(s) tragiques(s). Anthologie/Typologie d'un genre littéraire*, Fasano-Paris, Schena-Nizet, 1992.

Anne de VAUCHER GRAVILI, *Loi et transgression. Les histoires tragiques au XVIIe siècle*, Lecce, 1982.

Anne de VAUCHER GRAVILI, *De la transgression et du tragique. Les « Histoires tragiques » de François de Rosset*, Tragedia e sentimento del tragico nella letteratura francese del Cinquecento, Congresso internazionale di Gargnano, 18-22 mai 1989, Florence, Olschki, « Studi di Letteratura francese », 1990, pp. 164-176.

Anne de VAUCHER GRAVILI, *Discours didactique et contre-discours dans l'histoire tragique au XVIIe siècle*, Le Roman à la Renaissance, XXIIIe colloque international d'études humanistes de Tours, 2-8 juillet 1990 (à paraître).

Anne de VAUCHER GRAVILI, *Langages et figures de séduction dans les «Histoires tragiques » de François de Rosset*, Miti e linguaggi della seduzione, Convegno internazionale, Catane 3-5 décembre 1992, Catane, C.U.E.C.M., 1993. (à paraître).

3. Autres ouvrages cités des XVIe et XVIIe siècles :

Matteo BANDELLO, *Novelle*, 1554, Milan, Flora, 1976.

Pierre BOAISTUAU, *Histoires tragiques des œuvres italiennes de Bandel et mises en notre langue françoise*, Paris, Vincent Sertenas, 1559 [6 histoires] republiées par Richard A. Carr, Société des textes modernes français, Paris, Champion, 1977.

François de Belleforest, *La continuation des Histoires tragiques*, Paris, Sertenas, 1559 [12 histoires].

Jean-Pierre Camus, *Les Spectacles d'horreur où se descouvrent plusieurs tragiques effets de notre siècle*, Paris, Soubron, 1630 ; Genève, Slatkine Reprints, 1973 [par René Godenne].

Jean-Pierre Camus, *L'Amphitheatre sanglant où sont representees plusieurs actions tragiques de nostre siecle*, Paris, Cottereau, 1630.

Jean-Pierre Camus, *Les Rencontres funestes ou fortunes infortunees de nostre temps*, Paris, Villery, 1644.

François de Grenaille, Sieur de Chatounière, *Les amours historiques des Princes, contenant six narrations veritables, souz ces titres : L'Amour Jaloux — L'Amour Furieux — L'Amour Effeminé — L'Amour Desesperé — L'Amour Ambitieux — L'Amour Infidele —* Paris, Nicolas et Jean de la Coste, 1642.

Vérité Habanc, *Nouvelles Histoires tant tragiques que comiques*, 1585. Edition critique par Richard A.Carr et Jean-Claude Arnould, Genève, Droz, 1989.

Claude Malingre, *Histoires tragiques de nostre temps dans lesquelles se voyent plusieurs belles maximes d'Estat et quantité d'exemples fort memorables de constance, de courage, de générosité, de regrets et de repentances*, Paris, Claude Collet, 1635.

Jean Nicolas Parival, *Histoires tragiques de nostre temps, arrivées en Hollande : et quelques dialogues françois, selon le langage du temps*, Leyden, N. Hercules, 1656.

Bénigne Poissenot, *Nouvelles Histoires tragiques*, Guillaume Bichon, 1586.

Bénigne Poissenot, *L'Esté*, 1583 ; édition critique par Michel Simonin, Gabriel Pérouse et Daniel Baril, Genève ; Droz, 1987.

Jacques Yver, *Le Printemps*, Jean Ruelle, 1572 ; Genève, Slatkine Reprints, 1970.

Note
sur l'établissement du texte

Nous reproduisons ici la troisième édition des *Histoires mémorables et tragiques de ce temps,* parue en 1619, chez Pierre Chevalier, exemplaire conservé à Paris, Bibliothèque Nationale, sous la cote Rés. G.2962. C'est la dernière qui a été revue, corrigée et augmentée par l'auteur : elle comporte quatre histoires supplémentaires dont trois n'ont jamais été réimprimées dans les éditions postérieures.

Selon les principes de la collection nous avons modernisé l'orthographe pour rendre le texte aussi lisible que possible. Quelques interventions ont été pratiquées et ne donneront pas lieu à indication de variantes :

— nous avons modernisé les flexions archaïques des verbes : *ils prendinrent* : ils prirent ; *ils prindrent* : ils prirent ; *ils vindrent* : ils vinrent ; *il vesquit* : il vécut.

— quelques formes archaïques de pronoms démonstratifs : *cette-cy, cestuy-ci, icelui* : celle-ci, celui-ci.

— quelques formes archaïques de locutions adverbiales : *d'un côté et d'autre, d'un et d'autre côté* : d'un côté et de l'autre ; *de jour à autre* : d'un jour à l'autre ; *d'heure à autre* : d'une heure à l'autre ; *sur peine de* : sous peine de.

à même temps : en même temps ; *à même instant* : au même instant.

du commencement : au commencement.

— quelques substantifs : *chaire* : chaise (sauf quand il s'agit de la chaire papale) ; *pourtraict :* portrait. Par contre, nous conservons *damoiselle, pourmenade, se pourmener*.

— quelques adjectifs : *amiable* : aimable ; *grief, grièfve* : grave ; *vieil* : vieux.

— nous avons introduit et rétabli les accents selon l'usage moderne.

En ce qui concerne la ponctuation, nous avons voulu respecter le rythme ample et souvent redondant de la phrase de Rosset qui procède souvent par adjonctions et énumérations. Dans ces cas-là nous avons laissé la virgule à sa place : , *et ayant été menacé, il... et puis il..., et par même moyen ;*

— nous avons ajouté la virgule ouvrante, généralement manquante dans le cas des propositions participiales et des relatives « relevées » ou explicatives.

— Les pauses fortes ont toujours été respectées sauf quelques rares exceptions : dans une série de relatives dépendant d'un même verbe principal, le point a été remplacé par un point virgule.

— nous avons introduit les signes diacritiques pour marquer les dialogues.

— nous avons modernisé la ponctuation qui accompagne les nombreuses interjections, exclamations et apostrophes.

Sauf exception, nous avons respecté les paragraphes du texte original.

La distribution des majuscules étant pléthorique, nous avons conservé celles qui ont comme référence l'Antiquité, la Bible, les allégories (*Amour, Nature, Renommée, Discorde*), certains mots employés dans leur sens fort (*Fortune, Destin*) ou métaphorique (*Théâtre du monde*). Pour le reste nous avons suivi l'usage moderne.

Nous modernisons systématiquement la toponymie : *Tholose* devient Toulouse ; *Arger* : Alger ; *Rhedon* : Redon. Pour les lieux d'emprunt, nous en indiquons la clef à la fin de la notice qui précède chaque histoire.

Nous rectifions les erreurs et omissions relevées dans la *Table des histoires contenues en ce livre* et uniformisons d'après le titre de chaque histoire.

Les mots figurant au glossaire sont suivis d'un astérisque.

Privilege du Roy

Loys par la grace de Dieu Roy de France & de Navarre. A nos ames & seaux les gens tenans nos Cours de Parlements, Baillifs, Seneschaux, Prevosts, ou leurs Lieutenants, & autres nos iusticiers & officiers qu'il appartiendra salut, nostre cher, & bien aymé Pierre Chevalier, Imprimeur & Libraire iuré à Paris, nous faict dire & remonstrer qu'il luy a esté mis és mains par le sieur du Rosset, *Les Histoires memorables & tragiques de ce temps*, qu'il desireroit faire imprimer ainsi que bon luy semblera, pourveu qu'autres que luy ne les puisse vendre ny debiter de six ans sans sa permission : requerant humblement à ceste fin nos lettres. Pour ce est-il que desirant subvenir audit Chevalier luy avons permis & accordé, permettons & accordons qu'il puisse luy seul imprimer ou faire imprimer les dictes Histoires durant le temps & term[e] : de six ans entiers & consecutifs, à compter du iour que le dit livre sera achevé d'imprimer avec deffences à toutes personnes, de quelque estat, qualité, & condition qu'ils soient, d'imprimer ni exposer en vente ledit livre en cestuy nostre Royaume & hors iceluy, sur peine de confiscation des exemplaires, de trois mil livres d'amende, moitié à nous, & l'autre moitié au dict suppliant : lequel sera tenu en ce faisant mettre deux exemplaires du dit livre en nostre Bibliotheque. Si donnons en mandement à chacun de vous que de nos presens privilege, congé, permission, vous faictes & laissez ledict Chevalier, & ceux qui auront droict de luy jouyr & user plainement & paisiblement sans luy faire mettre où donner aucun empeschement, au contraire lequel si faict mis ou donné luy estoit vous le faictes incontinant & sans delay, reparer & remettre au premier.estat..& deub : & à ce faire souffrir & obeir contreignez ou faictes contraindre par toutes voyes deues & raisonnables tous ceux qui seront à contraindre, & pour ce que de ces presentes l'on pourra avoir affaire en divers lieux, vouées.auvidimus d'icelles par l'un de nos ames & seaux. Conseillers, Notaires, & Secretaires.foy.soit adjoustee comme au present original. Car tel est nostre plaisir, nonobstant oppositions ou appellations quelconques : Pour lesquelles, & sans preiudice d'icelles ne voulons l'executuion des presentes estre differees, & quelques autres lettres à ce contraires : Donné à Paris le vingt-uniesme iour d'Aoust, l'an de grace mil six cens dix neuf. Et de nostre regne le dixieme.

Par le Conseil

       Signé

          HARDY.

(Photo J.-L. Charmet.)

Épître

A TRES HAUTS ET TRES PUISSANT SEIGNEUR, MESSIRE LOUYS DE GOT[1], MARQUIS DE ROUILAC, BARON DE ROCHEFORT, SEIGNEUR DES CHASTELLENIES D'ANSAN, DE CLAIRAC ET DE LIHUS ; CONSEILLER DU ROI EN SES CONSEILS D'ETAT ET PRIVE ; GENTILHOMME DE SA CHAMBRE ET GRAND-CROIX DE L'ORDRE DES CHEVALIERS DE LA GUERRE SAINTE.

Monseigneur,

Comme les Anciens n'avaient point d'asile le plus assuré que la gloire de leurs mécènes pour mettre leurs écrits à couvert, ainsi, donnant au public ces histoires, je les garantis de l'envie et de l'injure des ans, sous l'appui favorable de votre nom. J'avoue que je ne vous offre rien de nouveau, puisque la France a produit de notre temps ces aventures tragiques et que vous en voyez naître tous les jours de plus remarquables aux royaumes étrangers où votre lance, couronnée d'un prix sans pareil et jointe aux merveilles de votre épée, s'exerce ordinairement à combattre

---

1. Louis de Goth, marquis de Rouillac, baron de Blanquefort, (1584-1662), neveu du duc d'Epernon, conseiller d'Etat, vice-amiral et lieutenant général sur mer au Levant, ambassadeur extraordinaire en Portugal. Dès l'âge de 17 ans il commande les armées du Roi et assiste à tous les sièges des places fortes huguenotes qui ont été réduites sous l'obéissance de Louis XIII. Il participe au fameux carrousel qui eut lieu dans la place Royale, à Paris, en avril 1612, en réjouissance de la publication de la double alliance de la France avec l'Espagne et pour lequel François de Rosset écrit *Le Roman des chevaliers de la gloire*. Célèbre duelliste, il se bat contre Philippe Hurault, sieur des Marais, fils de la duchesse de Sully qui lui avait refusé l'entrée d'un bal donné à l'Arsenal, en janvier 1614.

les ennemis de l'Eglise : aussi mon intention n'est autre que de vous témoigner par ce faible ouvrage une partie du service que je vous dois, en attendant que ma plume fasse une histoire plus ample des lauriers que vous avez déjà gagnés et de ceux que votre valeur vous promet dans les terres des infidèles. Veuille le Ciel que votre bras victorieux y cueille des palmes qui ne flétrissent jamais, et qu'allant à la guerre sainte, vous en rapportiez autant de victoires que j'ai de désirs d'être avoué,

Monseigneur,

Votre très humble et très obligé serviteur,
F. de ROSSET.

Au Lecteur

Ce que Polibe a remarqué, parlant de l'Histoire, est très véritable, Lecteur. Elle est, dit-il, la parfaite académie où nous apprenons l'état du gouvernement politique, les volages révolutions des choses du monde et l'entière connaissance de nous-même ; car il faut avouer que les accidents tragiques et lamentables sont d'excellentes leçons à l'instruction de la vie. Ceux que la nature a fait naître avec la moindre inclination aux actions honorables peuvent difficilement voir ou lire les changements des grandes fortunes et n'apprendre pas qu'ils sont hommes, c'est-à-dire sujets aux disgrâces et aux malheurs. Ainsi la même loi, qui leur défend de sortir hors des bornes de la raison, les oblige à s'instruire par l'exemple d'autrui.

Ces histoires, Lecteur, sont advenues de notre temps et ne doivent rien à celles de l'Antiquité en matière d'admiration. La France en a été le théâtre où l'Amour et l'Ambition, principaux acteurs de la scène, ont représenté divers personnages.

Or, comme d'une mauvaise cause ne peut naître un bon effet, cette venimeuse engeance a produit une infinité de ruines en la personne de ceux qui en ont donné le sujet. Il m'a semblé à propos d'en déguiser les noms, afin de n'affliger leurs familles, puisqu'elles en sont assez affligées. Aussi mon dessein n'est pas de publier les hommes pour les rendre déhonorés mais bien plutôt de faire paraître les défauts, afin qu'ils les corrigent eux-mêmes. C'est à quoi je rapporte le principal fruit de ces histoires que je vous donne, Lecteur, corrigées en cette dernière édition, plus exacte que les précédentes et augmentées de six nouvelles pièces que j'ai écrites fidèlement, et sans m'éloigner de la vérité. Adieu.

Histoire I

Des enchantements et sortilèges de Dragontine, de sa fortune prodigieuse et de sa fin malheureuse.

Histoire tragique exemplaire que celle de Concino Concini, maréchal d'Ancre et de sa femme qui, après avoir connu un destin d'exception, eurent une mort brutale et sanglante ! L'un est assassiné, sur ordre de Louis XIII ; quant à Leonora Galigaï, accusée de dominer la reine par ses facultés divinatoires, elle subit un procès de sorcellerie et meurt sur le bûcher.

On comprend que pour la troisième édition de ses Histoires tragiques, *en 1619, François de Rosset ait choisi de donner la primeur à ce récit de fortune et d'ambition où les contemporains pouvaient reconnaître non seulement les sombres agissements du couple italien mais aussi ceux des grands de France qui, dans un jeu de « bouderies et d'accommodements », menaçaient continuellement la fragile régence de Marie de Médicis. Rosset est le témoin actif et perspicace de la réalité de son temps, sous le couvert d'une rhétorique de l'éloge et de la vitupération commune aux écrivains à gages.*

Sous des pseudonymes de convention, selon l'usage de l'époque, on peut reconnaître : Parthénie (Marie de Médicis), Alcandre (Henri IV), le sofi (Louis XIII), Eurymédon (le duc de Luynes), Cléonthée (Charles de Condé), les Noralis (la famille de Lorraine), Alphée (le duc de Guise), Cléandre (le duc de Bouillon), Rozoléon (le duc de Mayenne ?), le Sénat (le Parlement), Filotime (Concini), les exécuteurs de l'assassinat Adamas (Vitry) et Persan (Persée) ; Dragontine (Leonora Galigaï), Fatuel (Philippe d'Aquin).

Les lieux d'emprunt : la Perse (la France), Suse (Paris), Samobrine (Amiens), Auguste (Soissons), la province de Clarimène ou la province des Mèdes (la Normandie), les îles Fortunées (l'Italie).

O misérable condition du sort des mortels, comparable à la feuille des arbres ou aux plus belles fleurs qui ne vivent qu'un matin et qui meurent en naissant ! Que ne devenons-nous sages par tant d'exemples que l'Antiquité nous produit et que ne tâchons-nous de borner nos ambitions ! Faut-il que l'on voie paraître sur le théâtre de la Perse certains étrangers qui, sitôt qu'ils sont élevés aux honneurs, deviennent arrogants et insupportables, et ne se soucient pas de profiter, pourvu qu'ils puissent haut monter. Ils veulent pourtant que l'on croie qu'ils sont meilleurs que les autres, parce qu'ils en sont les supérieurs. Ils méprisent leurs premiers amis et ne connaissent plus ceux qui étaient de leur connaissance. Ils détournent la face, lèvent le front : ce n'est que faste et qu'insolence. Ils profèrent des paroles hautes et en méditent de plus relevées. Superbes et importuns, et autant haïs de tous que d'autres qui, par leurs longs et continuels services acquièrent la faveur de leur prince, sont aimables. Aussi, comme leur fortune prodigieuse naît et croît au même instant, ils passent comme un éclair et principalement ceux qui, par des voies obliques et damnables, abusant de l'oreille des personnes que Dieu a établies pour être ses vivantes images, ne considèrent pas que la fortune renverse ordinairement le plus élevé et efface le plus brillant. L'histoire que je vais raconter témoigne la vérité de mon dire.

En l'une des îles Fortunées est une province la plus délicieuse de l'Orient. Le soleil qui l'éclaire également de toutes ses douze maisons n'y fait de toute l'année qu'une seule saison. C'est un vrai jar-

« *C'est elle que le grand Alcandre a choisie pour digne épouse.* » (B.N. Photo Roger Viollet.)

din de délices ; et s'il y a au monde quelque trace du Paradis terrestre, c'est sans doute ce bienheureux pays. Là prit naissance la belle et sage Parthénie. Quiconque, en oyant proférer ce nom, n'en a point de connaissance, ignore la clarté du soleil. C'est elle que le grand Alcandre choisit pour digne épouse. Celle encore qui a produit ce jeune sofi qui, en l'âge de quinze ans a acquis le titre de Juste[1] et a sauvé son État du plus grand orage que les vents de la félonie aient jamais excité et qui, avant que deux ou trois lustres aient fait leur tour, fera de l'univers une seule province. Enfin c'est celle qui, méprisant comme Diane le joug d'hymen[2], se soumit sous les lois du père de notre jeune Mars :

L'arc que révère aux bois la plus fière Napée[3],
Ne se pouvant ranger sous l'amoureuse loi
Que par la plus fameuse, et la plus vaillante épée
Qui jamais se fit craindre en la main d'un grand roi.

Lorsque cette divine Parthénie vint recevoir la couronne du plus fleurissant royaume du monde, elle avait avec elle une jeune fille qui l'avait servie depuis le berceau. La longueur de temps jointe à la considération que cette Dragontine[4] (ainsi

---

1. Le surnom de Louis le Juste semble avoir été attribué à Louis XIII parce qu'il était né sous le signe astral de la Balance, le 27 septembre 1601. Après l'exécution de Concini, en 1617, — le roi était alors âgé de 16 ans et non de 15, comme l'écrit ici Rosset — on l'aurait surnommé Louis le Justicier.
2. Diane, vierge par choix : ici métaphorise la virginité.
3. *Napée* : dans l'Antiquité, nymphe des vallées.
4. Dragontine, alias Eleonora Dori (1568-1617), fille de Catherine Dori, descendante d'une prétendue Galigaï de noble souche, blanchisseuse par revers de fortune, et de Jacques de Bastein, charpentier. De cinq ans plus âgée que Marie de Médicis, Leonora avait été placée auprès d'elle comme servante et coiffeuse par le grand-duc François 1er de Toscane. Mariée en 1601 avec Concino Concini, comte de la Penne, noble débauché et joueur, originaire d'Arezzo.
Dragontine est aussi le nom de la magicienne qui apparaît dans un autre ouvrage de Rosset, *Le Roman des chevaliers de la gloire*, Paris, Bertaud, 1612, écrit pour la publication des mariages franco-espagnols. Voir *H.II*.

« *Dragontine [Eleonora Galigaï]... Noire et sèche et d'un esprit qui surpassait le commun.* » (Cabinet des estampes. B.N. Photo Bulloz.)

nommons-nous cette damoiselle) était fille de la mère nourrice de Parthénie, lui avait acquis une grande familiarité envers sa maîtresse, de sorte qu'elle lui parlait comme à son égale.

Dragontine, que je ne puis nommer sans horreur pour les maux qu'elle a causés à celle qui a fait refleurir ce puissant empire et à laquelle on pourrait donner justement le titre d'Adorable, si nous étions au temps de l'idolâtrie, était d'une taille médiocre, noire et sèche, et d'un esprit qui surpassait le commun : au reste si ambitieuse qu'elle ne respirait* qu'honneurs et que dignités. Comme Dieu permet quelquefois, pour des raisons qui surpassent notre raison, que d'un péché on se laisse glisser à un autre, Dragontine, outre la vaine gloire qui la possédait, se laissa transporter à la folle curiosité de savoir l'avenir, et voulant trouver par un art damnable ce qui n'est pas, elle rencontra enfin par un juste jugement de Dieu ce qui est véritablement.

La Perse jouissait alors d'une profonde paix que le grand Alcandre lui avait acquise par ses travaux plus mémorables que ceux d'Hercule. Et comme parmi tant de bonace, on voit toujours des esprits impies qui, se glissant dans les maisons des grands, tâchent d'y planter leur impiété, Fatuel qui avait pris naissance en Europe et dans une ville à qui une sirène donna jadis son nom, et qui était un des plus grands magiciens du monde [1], s'était introduit dans le palais de Filotime qui, depuis quelques jours, avait

---

1. Parthénope, une des sirènes dont le tombeau était près de Naples. Premier nom de la ville de Naples. Quant au « magicien » *Fatuel* né dans cette ville, selon Rosset, on peut penser qu'il s'agit de Philippe d'Aquin (orthographié également Daquin ou Daquien, ou d'Aquinius, ou d'Aquino), au service des Concini en 1616, après la mort du médecin juif Philothée Montalto (Voir *infra* n. 3, p.67). Médecin et savant rabbin, de son vrai nom Mardokhai ou Mardochée, natif non pas de Naples mais de Carpentras, il se réfugia à Aquino (royaume de Naples) dont il prit le nom et où il se convertit au catholicisme. Rosset confond Naples et le royaume de Naples, imprécision fréquente à l'époque. Voir *H.V* n.3, p.162.

épousé Dragontine, apprit à cette femme exécrable le moyen de conjurer les démons. Elle s'adonna si bien à la noire science qu'en peu de temps elle y surpassa son maître même. Elle avait une bague où un esprit en forme de diamant était enchâssé qui avait cette vertu, que quand elle la mettait dans la bouche et qu'elle parlait à la sage Parthénie, elle obtenait d'elle tout ce qui lui plaisait[1]. La malheureuse ne voulait pas pourtant user tout à coup, et du vivant du grand Alcandre, du pouvoir qu'elle avait acquis sur notre impératrice. Toutefois elle ne laissait pas d'agrandir tous les jours sa maison et d'élever son mari Filotime à de grandes dignités. Elle le fit premièrement intendant de la maison de sa maîtresse et le rendit le plus favorisé de tous ses serviteurs.

O providence de Dieu que l'on ne peut sonder! Comment permettez-vous que la plus grande princesse du monde soit si misérablement abusée, qu'elle ne veuille que ce qu'une exécrable veut et ne dépende que de la volonté d'une sorcière? Vous le fîtes bien paraître, ô divine Parthénie, quand l'insolence qui commençait déjà à prendre de si fermes racines dans l'âme de Filotime que, depuis, les rameaux s'en sont épandus par toute la Perse, en devint jusque-là, qu'un jour, ayant fait des comparaisons de sa qualité à celle d'un généreux prince qui vous appartenait de bien près, et ayant été menacé de lui du bâton, Dragontine vous rendit si courroucée par le moyen de ses sortilèges qu'il fallut que ce prince quittât la cour, dont il était l'un des plus grands ornements, sans espoir d'y revenir jamais.

Dragontine qui, du vivant d'Alcandre, ne pouvait si bien exercer ses sortilèges qu'elle a fait depuis, ne

---

1. Leonora, souffrant de crises d'hystérie, reçut de Philippe d'Aquin, une bague de pierre sur laquelle était gravée en hébreu ces mots *Adonay Roph Ecca*, c'est-à-dire *Dieu te médicinera*, et de l'autre côté *Dieu, guéris-la*. Aucun historien ne fait mention de cette bague enchantée. Voir Georges Mongredien, *Eleonora Galigaï. Un procès de sorcellerie*, Paris, Hachette, 1968.

« *Le Ciel, fâché de nos crimes, permit qu'un parricide fit avec un méchant couteau, au milieu de la grande ville de Suse, [...] ce que tous les ennemis de l'Etat n'avaient pu exécuter dans l'horreur des plus sanglantes batailles.* » (Cabinet des estampes. B.N. Photo Roger Viollet.)

laissa pourtant de procurer encore à son mari l'office de premier écuyer de l'impératrice. Il appartenait de droit à un jeune et sage gentilhomme par le décès de son père qui avait dignement servi trois ou quatre sofis, et même le grand Alcandre le lui avait accordé en considération des services de feu son père, lorsque sa chère et chaste épouse, à l'instigation de cette magicienne, le pria de changer de résolution et de conférer à Filotime cet office[1]. Le grand Alcandre y faisait quelque difficulté, mais ne pouvant refuser la première requête de son épouse, Filotime en fut le possesseur. Dragontine, chérie de sa maîtresse d'un amour qui surpasse tout excès, la gouverne depuis paisiblement, sans mettre à jour néanmoins les effets de son exécrable ambition qu'elle retient encore jusqu'à la mort déplorable du grand Alcandre.

Quand le Ciel, fâché de nos crimes, permit qu'un parricide fit avec un méchant couteau, au milieu de la grande ville de Suse, et parmi les pompes que l'on préparait pour le couronnement de l'impératrice[2], ce que tous les ennemis de l'Etat n'avaient pu exécuter dans l'horreur des plus sanglantes batailles, la sage Parthénie prit les rênes du gouvernement de l'empire. Ce fut par un commun suffrage des états que cette charge lui fut commise, durant la minorité du jeune sofi, et elle administra si dignement en sa régence que, si l'ambition de cette sorcière ne se fût mêlée parmi ses actions incomparables, l'on dirait tout haut ces beaux vers de notre poète :

> *Quel ingrat ne baisera pas,*
> *S'il n'a la raison empêchée*
> *La terre qui sera touchée*
> *Des belles marques de vos pas ?*

---

1. Mr de la Roche, premier écuyer de la reine meurt en 1608. Henri IV, malgré quelques réticences, autorise Concini à assumer cette charge.
2. Allusion précise à l'assassinat d'Henri IV par Ravaillac, le 14 mai 1610. Le couronnement de la reine avait eu lieu la veille.

Elle éteignit au commencement tous les feux de division que la Discorde allait bientôt allumer, réunit les volontés que des menées allaient distraire du devoir de leur jeune prince et fit rendre au grand seigneur la province de Clarimène[1], dont il se voulait emparer, au préjudice de l'un de ses voisins. Tandis*, cette Dragontine, s'aidant du temps, commença de jeter si puissamment ses charmes sur une personne si sacrée qu'elle rendit son mari le premier de l'Etat. Le démon qui était pendu sous sa langue avait tant de force que notre impératrice accordait à cette exécrable femme tout ce qu'elle demandait. Les marquisats et les comtés n'étaient que paille et que verre à Filotime qui, outre le gouvernement de toutes les finances de l'empire, se fit faire grand satrape, qualité qui n'appartenait qu'à ceux qui, ayant exposé leur vie pour leur prince et commandé aux armées, voire encore rendu mille preuves de valeur, acquièrent ce titre honorable, l'élément où toute la brave noblesse de Perse aspire[2]. Les dignes actions de Parthénie et l'amour extrême que tout le monde lui portait, faisaient qu'au commencement on ne prenait pas garde à celles de Dragontine, ou bien, si l'on y prenait garde, on les taisait, pour le respect que l'on portait à cette sage impératrice que tant de rares vertus rendaient la première des mortelles.

Mais comme l'insolence, l'impudence et l'ambition de Dragontine et de son mari s'augmentaient d'un jour à l'autre, que Filotime, par le moyen des artifices et des sortilèges de sa femme faisait et défai-

---

1. Probablement, sauf erreur, la province de Normandie dont le gouverneur était Charles de Bourbon (1566-1612) qui avait jeté son dévolu sur Quillebeuf, place importante à l'embouchure de la Seine. La reine s'en attribue immédiatement le gouvernement et rachète la charge de gouverneur.

2. Concini ambitionnait le titre de maréchal de France qu'il obtint en novembre 1613. Le maréchalat était avec la connétablie et la chancellerie le troisième des plus anciens offices de la couronne.

sait, taillait et rognait, et commandait en roi, après la mort de deux grands princes, l'un de la race des Noralis et l'autre du sang des dieux de Perse[1], quelques princes généreux, assistés de plusieurs grands satrapes, commencèrent de faire des plaintes. Mais voyant qu'il leur était impossible de tirer raison* de l'insolence de cet étranger qui, reculant tous les anciens serviteurs de la couronne, en avait introduit de nouveaux, ils quittèrent la cour, se retirèrent en leurs gouvernements et commencèrent à lever des troupes. Procédure que l'on ne peut tenir sans la ruine du pauvre peuple, car il eût bien mieux valu que tous ensemble eussent fait leurs plaintes contre Filotime, et sans doute ils eussent été assistés de tous les habitants de la ville de Suse qui criaient ouvertement contre cette sorcière.

Je n'ai pas entrepris d'écrire ici les malheurs de cette première émeute. L'histoire de Perse ne parle d'autre chose. Nous dirons seulement que la prudence de Parthénie calma bientôt ces violents orages, en accordant aux princes la réformation de l'Etat, et principalement à Cléonthée, la ville renommée de Samobrine, l'une des clefs du royaume et la principale de son gouvernement que Filotime détenait injustement[2].

Après que ces étincelles qui menaçaient d'un général embrasement toute la Perse furent éteintes, les princes et les satrapes mal contents revinrent à la cour. Cléonthée croyait recouvrer Samobrine, mais Filotime, en se moquant de lui, avait renforcé les

---

1. Il s'agit de François-Alexandre-Paris de Lorraine, chevalier de Guise, dernier fils d'Henri le Balafré, lieutenant général de Provence, mort accidentellement en juin 1614 (voir *H.II*). Le prince des « dieux de Perse » serait, sauf erreur, le connétable Henri de Montmorency, duc et pair de France, mort dans son gouvernement du Languedoc, le 5 avril 1614.
2. La paix de Sainte-Ménehould conclut cette première émeute, le 15 mai 1614. Concini détenait Amiens (*Samobrine*), de grande importance stratégique, située sur la Somme, à la frontière avec les Pays-Bas espagnols. La ville était défendue par une garnison italienne.

gardes de la citadelle de la ville et mis devant des étrangers, au grand préjudice de l'Etat. Cependant notre jeune monarque devenait grand, et comme il possède le courage et le grand jugement de son père, il ne pouvait voir qu'à regret l'insolence de cet homme que tous les grands de la cour adoraient comme une idole. Toutefois il avait des gens auprès de lui qui, gagnés par les bienfaits et les pensions de Filotime, figuraient à notre jeune monarque les choses tout autres qu'elles n'étaient pas. Il n'y avait que son cher et fidèle Eurymédon qui, regrettant la perte infaillible de sa patrie [1], soupirait en son âme, sans oser pourtant ouvrir la bouche.

Quiconque eût vu alors marcher cet insolent par les rues eût dit soudain, qu'aveuglé par la fortune, il ne considérait pas que plus elle est grande, plus elle est mal assurée. Il acquérait cependant tous les jours la malveillance du peuple que les flatteurs qu'il avait auprès de lui déguisaient pour faire leurs affaires. Mais quoi ! Que ces flatteurs, ennemis de toutes vertus, et qui préparent le venin avec du miel, lui dissimulassent la vérité, toutefois il se devait souvenir de l'affront qu'il avait reçu, quelques jours auparavant, d'un citoyen de la ville de Suse. Pendant l'absence de notre sofi et de sa mère, les habitants de cette grande ville en gardaient les portes, et nul n'y pouvait passer à cheval ni en carrosse sans la permission de celui qui, pour lors, commandait à la porte. Filotime avait un grand palais aux faubourgs de la ville et souvent il s'y allait pourmener en carrosse, suivi toujours et environné de plus de deux cents chevaux. Comme il croyait être dispensé de toutes ces cérémonies que l'on observait en sortant ou en entrant dans Suse, lui et ses gens furent arrêtés par la garde. On cria tout haut que c'était le

---

1. Charles d'Albert, duc de Luynes (1578-1621), favori de Louis XIII, hostile à Concini, était originaire de la Provence, région qui venait d'être réunie à la France par le traité de Lyon, en 1600. Voir *H.XI.*

grand satrape Filotime, et tout cela ne servit de rien. Le sergent, voyant qu'on voulait violer les gardes, rangea soudain ses mousquets en bataille et lui-même porta la pointe de la hallebarde à l'estomac* de Filotime ; mais il n'en eut pourtant que la peur qui, donnant des ailes en un tel accident, le fit soudain sortir hors du carrosse et gagner une maison prochaine*.

Ce sergent[1] fit fort bien de ravaler l'insolence de ce superbe, mais il eût encore mieux fait s'il l'eût mis à mort. Tant de sanglantes tragédies que Filotime causa depuis ne seraient pas arrivées. Toutefois il eût plus fait qu'aucun prince de Perse n'eût le courage jadis de faire tant la grandeur prodigieuse de ce satrape était redoutable, soutenue des excessives faveurs qu'il obtenait de notre sage impératrice, par le moyen des sortilèges de Dragontine, sa femme. Mais le Ciel en avait réservé la punition à notre jeune sofi qui, ayant commencé d'éteindre comme Hercule les monstres au berceau, eut bientôt renversé ce colosse, ainsi que nous verrons en la suite de cette histoire. Dragontine, pareillement, devait prendre garde à elle et n'abuser pas de sa grandeur extraordinaire en désobligeant tout le monde par son impudence. Elle n'ignorait pas que le peuple murmurait aussi contre elle, et qu'un jour, allant du Palais-Royal à son palais des faubourgs avec une suite digne d'une grande princesse, elle fut sifflée sur le pont que la grande Catherine fit jadis bâtir[2], et peu s'en fallut qu'une populace qui criait

---

1. Rosset fait allusion ici au célèbre épisode du cordonnier Picard. Pendant la conférence de Loudun, en 1616, les Parisiens montaient la garde aux portes de la ville : Picard empêcha Concini et sa suite d'entrer dans la capitale sans laissez-passer. Les serviteurs du maréchal répliquèrent en le faisant bâtonner. Le cordonnier riposta, ameutant le peuple de Paris. Deux hommes de Concini furent pendus sur le pont Saint-Michel.
2. La construction du Pont-Neuf, commencée par Catherine de Médicis en 1578, sera achevée par Henri IV en 1604.

tout haut « A la sorcière ! » ne l'arrachât de son carrosse et ne la jetât dans le fleuve.

Toutes ces considérations, dis-je, au lieu de les rendre sages, elle et son mari, semblaient les remplir de plus d'ambition et d'insolence. Mais que ne fit-elle pas ? Un digne prélat dont les vertus incomparables ne peuvent être décrites en peu d'espace, ayant pour ses mérites reçu le don de grand aumônier de notre reine, cette infâme Dragontine qui, par la force de son démon pendu sous sa langue, changeait la volonté de l'impératrice et en faisait ce qu'elle voulait, fit révoquer ce don, craignant le bel esprit de ce grand prélat et la franchise de son âme qui a toujours l'honneur de Dieu devant les yeux. Elle fit encore bien pis car elle s'attaqua à ce grand génie de l'Etat qui, depuis cinquante ans, n'ayant cessé de veiller pour la conservation de l'empire, avait mérité cent et cent fois la couronne civique[1]. Le pouvoir de Dragontine était si grand qu'il fut contraint de se retirer de la cour, au grand préjudice des affaires de la Perse. Son mari Filotime, que la fortune soufflait à pleines voiles, ne cessait de croître en ambition et en insolence. Il fut prêt deux ou trois fois d'acheter une principauté souveraine et d'en donner un prix si excessif qu'on ne le peut exprimer sans étonnement. Mais quoi ! Il maniait toutes les finances, et les coffres que le grand Alcandre avait remplis par son bon ménage*, ne suffisaient pas pour contenter les dépenses superflues de cet ambitieux. En outre, il reculait les princes plus

---

1. C'est Sully (Maximilien de Béthune, baron de Rosny : 1560-1641) qui combat au côté d'Henri IV pendant les guerres de religion. Conseiller d'Etat, grand maître de l'artillerie et surintendant des Finances, il est fait duc et pair en 1606. Après la mort d'Henri IV, Sully quitte le Conseil, mais conserve ses charges principales.
La couronne civique était dans la Rome antique une couronne de feuilles de chêne décernée à celui qui avait sauvé la vie à un citoyen au péril de la sienne.

que jamais du Conseil d'Etat, les blâmait de peu de courage et ne cessait de les désobliger.

Tous ces déportements insupportables donnèrent naissance à une seconde émotion* qui fut néanmoins bientôt apaisée, parce que le chef des princes, se rangeant à la raison, revint à la cour avec trois autres princes, Cléonthée, Rozoléon et Cléandre.[1] L'insolent Filotime avait pour lors un fils âgé de quinze ans et une fille qui n'excédait pas encore la douzième de ses années[2]. Il offrait en mariage cette fille au prince Cléonthée, avec une dot qui surpasse toute croyance. Il lui voulait encore rendre Samobrine et le faire paisible possesseur de son gouvernement. Mais ce généreux prince, digne race de ces demi-dieux qui sauvèrent jadis l'Etat et chassèrent le fléau de la Perse, n'y voulut jamais prêter l'oreille. C'est pourquoi Filotime, voyant qu'il ne pouvait parvenir à cette alliance, au lieu de tenir sa promesse, remplit de gens d'armes Samobrine, ôte sous main* le gouvernement aux princes, fait qu'ils ont si peu de crédit au Conseil de Perse que le moindre homme privé et se fait donner lui-même le gouvernement de la principale province de l'empire[3], outre les autres gouvernements qu'il possédait. Enfin il semble que la fortune ait pour lui brûlé ses ailes et qu'elle le doive accompagner en tous lieux. Mais le misérable, ni lui ni sa femme, ne considèrent pas que la fortune est un médecin ignorant qui aveugle la plupart de ceux qui la suivent.

Cette inconstante déesse, après tant de faveurs, leur fait sentir un de ses revers bien sensibles. Filo-

---

1. La paix de Loudun en février 1616 met fin à la guerre civile entre les princes et le pouvoir royal. Henri de Condé ne cachait pas son projet d'éliminer Concini, s'alliant ainsi les grands, le Parlement qui souhaitait que les étrangers soient chassés, et le peuple qui haïssait les « maréchaux d'Ancre ».
2. Henri Concini était né en 1603 et Marie en 1608. Inexactitude de Rosset.
3. Adroit, Concini abandonne la ville d'Amiens (*Samobrine*) et obtient en échange le gouvernement de Haute-Normandie.

time, qui croit que tout lui est permis et à qui les flatteurs figurent que nul n'oserait contredire à tout ce qu'il fait, se souvient toujours de l'affront qu'il pense avoir reçu de celui qui commandait à l'une des portes de la ville, lorsqu'on lui fit plus de peur que de mal, et donne charge à l'un de ses écuyers de battre à coups de bâton cet homme [1]. Les citoyens de Suse ont accoutumé*, les jours de fête, à s'aller pourmener hors de la ville, avec leurs femmes et leurs plus proches voisins. L'écuyer, assisté de quelques quatre ou cinq estafiers, prend son temps, et trouvant ce bourgeois à l'entrée d'un des faubourgs, lui fait donner cent coups de bâton, et puis se retire avec ses gens au Palais-Royal. Cette procédure fut trouvée extrêmement mauvaise de tout le peuple, et si mauvaise, dis-je, que peu s'en fallut qu'il ne se mutinât. On s'assemble à la Maison de ville [2], et tous jurent unanimement que l'on vengera cet affront. Le juste Sénat des mages de la Perse en prend lui-même la connaissance, si bien que les gens de Filotime qui avaient commis cet excès, ayant été pris, servent bientôt d'ornement à un gibet, quelque faveur, quelque crédit ni quelque grandeur que cet ambitieux possède. Depuis, il garde dans son âme une malveillance contre le peuple qui ne l'aime guère et qui ne fait que crier toujours tout haut après lui et sa femme.

Dragontine est toujours cependant auprès de la chaste Parthénie et dispose de ses volontés mieux qu'auparavant. Nos péchés permettent que Dieu donne tant de pouvoir à son démon qu'elle manie les affaires de puissance absolue. Quiconque veut avoir quelque faveur à la cour, il faut s'adresser à elle ou à ses agents. Les princes du sang royal de Perse ne sont rien à sa comparaison, et en effet elle est la vraie reine. Elle distribue les pensions à qui elle veut et ôte les charges à qui il lui plaît. Toute

---

1. Voir *supra*, n.1, p.49
2. *Maison de ville* : Hôtel-de-Ville. Voir *supra* n.2, p.49

l'Asie attend que* deviendra cette prodigieuse grandeur, tandis que les princes prennent une généreuse résolution et veulent par la mort de Filotime donner fin à tant de maux. C'était le valeureux prince Alphée, digne race des Noralis [1] qui en devait faire l'exécution, au palais du chef des princes où l'on devait inviter cet ambitieux. Mais ils ne peuvent si secrètement tramer cette affaire que le démon de Dragontine n'en fût averti. C'est pourquoi on se saisit, dès le lendemain même, de la personne du chef des princes dans le Palais-Royal [2]. Les autres, ayant pris l'alarme, se sauvèrent et se retirèrent en leurs gouvernements avec quelques satrapes qui les assistaient. Filotime, abusant toujours de sa prodigieuse fortune, sait par le moyen des charmes de sa femme et de son démon pendu sous sa langue que l'on les déclare criminels de lèse-majesté au premier chef. On dresse des armées de tous côtés pour les perdre, et tout, sous le nom de notre jeune sofi. On ne voit que déclarations et manifestes, d'une part et d'autre, que lettres, que réponses et que libelles diffamatoires.

Comme les esprits des hommes sont divers, les uns blâment les princes et les autres les défendent. Mais pourtant il ne fait pas bon de parler à leur avantage dans la ville de Suse. Filotime y commande à [la] baguette, par le moyen de ceux que les pensions ont gagnés.

Les sceaux de la Perse ayant été donnés au prince d'un renommé Sénat comme à l'un des plus capables, des plus vertueux et des plus dignes du royaume, lui furent ôtés parce que ce grand homme

---

1. Henri de Guise, Bouillon et Mayenne avaient tramé un complot pour attenter à la vie du maréchal. Mais le duc de Guise s'y opposa, car il ne voulait pas favoriser Condé qui aspirait à la couronne de France.
2. Henri de Condé est arrêté sur l'ordre de Marie de Médicis, le 1er septembre 1616. Les autres conjurés échappent au coup de filet. Rosset donne ici un raccourci d'événements beaucoup plus complexes.

de bien ne voulut jamais passer une affaire dont la conséquence était trop pernicieuse à l'Etat.

Comme l'on recule ainsi les gens de bien, la guerre est déclarée aux princes, et le conseil de Filotime porte qu'il faut commencer par le siège d'Auguste où le valeureux Cléandre s'était retiré. Sa valeur était redoutable à Filotime et à ses adhérents, et après l'avoir perdu, on croyait avoir bon marché des autres. On tenta même de le faire mourir en trahison, mais le Ciel qui l'a réservé pour suivre notre jeune sofi en la conquête qu'il doit, un jour, faire de tout le monde, ne permit pas un si sanglant désastre.

La trahison fut découverte et il se tint désormais sur ses gardes, mieux qu'il ne faisait auparavant.

Tandis qu'on ne voit que sanglantes tragédies dans la grande ville de Suse, on dresse partout des potences et des échafauds* pour retenir en crainte le peuple. Si quelqu'un parle de Filotime ou de sa femme, et à l'avantage des princes, il faut qu'il meure soudain par les mains d'un bourreau. Des seigneurs mêmes n'échappent point les effets de cette tyrannie, et entre autres, on voit paraître sur un infâme théâtre un digne cavalier qui avait pris naissance en l'île Sagittaire et qui même appartenait aucunement* au roi de cette province : il n'avait que jeté quelques paroles contre les charmes de Dragontine et [il] fallut que sa tête en répondît. Cette exécution fut suivie d'un[e] autre non moins injuste. Et ce fut l'infortuné Méléanthe qui, pour avoir encore tenu quelques discours au désavantage de Filotime, perdit aussi la tête au milieu de la grande ville de Suse[1]. Plusieurs autres, de moindre qualité, furent attachés à divers gibets pour ce même sujet, et on leur mettait un écriteau au devant de l'estomac*, et

---

1. Ces deux épisodes sont difficiles à identifier, malgré les allusions précises de Rosset. Les historiens rapportent qu'en janvier 1617 il y eut dans la cour du Louvre un premier décapité pour rébellion.

derrière le dos où ces paroles étaient insérées : *Pour avoir témérairement jasé de l'Etat*. Le peuple, spectateur de ces sanglantes actions, était alors bien en cervelle, sans oser pourtant ouvrir la bouche.

Or il avait bien raison d'avoir de la peur puisque Filotime tenait déjà et avait mis garnison par toutes les villes et les forteresses qui sont situées au bord du grand fleuve, sans lequel la grande ville de Suse ne saurait subsister. Ce tyran que le désir de vengeance sollicitait tous les jours, eût fait une terrible boucherie des citoyens de la ville, si le Ciel n'y eût mis la main.

Il n'est pourtant pas si heureux qu'il ne ressente encore un coup de la fortune qui le touche bien vivement. Il avait, comme je vous ai dit, une fille, par le moyen de laquelle lui et sa femme croyaient faire une grande alliance, et la mort qui n'épargne ni les grands ni les petits, ni les jeunes ni les vieux, ni les riches ni les pauvres, la lui ravit en son âge le plus tendre[1]. Dragontine fut si affligée de cette mort que, sans vouloir ouïr ni raison ni conseil, elle blasphémait le Ciel et proférait des paroles capables de faire dresser les cheveux à quiconque les entendait. Je ne veux point ici insérer ces plaintes parce qu'elles sont indignes de l'oreille d'un chrétien. Je dirai seulement qu'après que la mort l'eut privée de la plus chère chose qu'elle eût au monde, elle demeura longtemps sans sortir de sa chambre où, tous les jours, elle était visitée de notre grande impératrice et des principales dames de la cour.

Filotime ne s'abandonna pas tant à la douleur pour une si grande perte que son ambition ne le sollicitât toujours à de grands desseins qu'il avait. Auguste était déjà assiégée et le prince Cléandre, résolu d'y mourir dedans, rendait tous les jours de nouvelles preuves de valeur incroyable. On assaillait d'un autre côté le généreux prince Léontide, si bien que la Perse était déjà toute émue. Jamais elle ne fut

---

[1]. Marie Concini meurt à l'âge de neuf ans, le 9 janvier 1617.

si proche de sa ruine, non pas même quand le monstre à tant de têtes s'opposait au grand Alcandre et le voulait empêcher de prendre possession du trône de ses ancêtres. Filotime, étant parti de Suse, avait fait un voyage au pays des Mèdes dont il était gouverneur, et là, il avait levé une grosse et puissante armée pour aller se joindre à celle qui avait bouclé Auguste. Il y eut plusieurs personnes vénérables qui s'ingérèrent de faire la paix, mais il n'en voulait point ouïr parler. Son dessein était sans doute de faire mourir tous les princes, et puis, de se saisir de la personne de notre jeune monarque, ainsi que fit jadis Triphon du fils d'Alexandre, et exercer sa tyrannie sur l'empire de Perse[1]. Téméraire dessein, à la vérité, et justement comparable à celui des Géants[2] puisque l'on voit visiblement que le Ciel assiste particulièrement de ses faveurs notre empire et ceux qui en sont les légitimes possesseurs.

Après avoir dressé cette grosse armée, il dit tout haut qu'il veut savoir jusqu'à quel sommet la fortune d'un homme peut monter. Ce fait, il prend une grosse troupe de gens à cheval, et ayant laissé un lieutenant pour commander en son absence à l'armée, il veut aller à Suse, mais plutôt au monument[3], s'il en était digne. Quelques nouvelles dont il voulut s'éclaircir le mettaient en cervelle. En outre, il avait envie de faire signer à notre jeune monarque des choses si excessives pour l'entretien des armées que la Perse s'en fût ressentie longtemps après. Mais il voulait encore bien faire pis, car non content d'avoir

---

1. Il ne s'agit pas ici du fils d'Alexandre le Grand mais d'un héritier des diadoques qui se partagèrent le royaume de celui-ci. Le fils d'Alexandre Bala, roi des Séleucides (140 av. J.-C.env.) jeune et sans expérience, fut tué par Triphon, officier royal qui s'empara du pouvoir.
2. Les Géants, fils de Gaia et d'Ouranos, ayant déclaré la guerre aux dieux de l'Olympe, furent vaincus par ceux-ci et enterrés sous des volcans.
3. S'agit-il du monument équestre d'Henri IV commandé par Marie de Médicis et érigé au bout du Pont-Neuf, point de référence pour tous les Parisiens de l'époque ?

chassé toutes les colonnes de l'Etat et ses grands mages qui, comme des Argus [1] ne cessaient de veiller nuit et jour pour la conservation de l'empire, il était résolu de se défaire d'Eurymédon, âme chère et fidèle de notre monarque.

Etant arrivé à Suse, on le voit paraître, non en grand satrape, ains* plutôt en roi. Toute la cour fléchit le genou devant cette idole et il ne tient plus compte de personne. Il va faire la révérence au jeune sofi, mais c'est avec tant d'arrogance qu'elle excède tout excès. Il se présente puis après à la grande Parthénie, laquelle, par le vouloir du Ciel, commença d'ouvrir les yeux et de voir l'insolence de cet ambitieux.

Dragontine avait cessé depuis quelques jours d'exercer ses charmes et ses maléfices sur l'impératrice, parce qu'elle avait su par le moyen de ses démons que son mari, amoureux d'une belle et jeune princesse [2], voulait l'empoisonner et était bien si téméraire que d'oser aspirer à la possession d'une chose si haute. C'est pourquoi la chaste Parthénie, sitôt qu'elle vit Filotime, après quelques discours, elle le tira à part et lui conseilla de vuider* hors de l'empire de Perse et de se retirer en son pays. Mais il n'était plus temps de lui donner ce conseil. Il voulut savoir, ainsi que nous avons déjà dit, ce que pouvait devenir la fortune d'un homme. Cependant sa femme, qui était alors au cabinet de l'impératrice, au lieu de le recevoir, comme elle avait accoutumé* de faire, vomit contre lui mille reproches, fit mille plaintes et le dépeignit de toutes ses vives couleurs*. Toutefois la sage Parthénie les mit enfin d'accord,

---

1. Argos (ou Argus), frère du dieu égyptien Osiris, eut la tâche de garder Isis pendant qu'Osiris était en Inde. Pour savoir ce qui se passait dans le pays, Argos nomma cent intendants qui furent appelés les cent yeux d'Argos. D'où l'expression fréquente *les yeux d'Argus*.
2. Concini était amoureux de Mlle de Vendôme, fille naturelle d'Henri IV et de Gabrielle d'Estrées.

de sorte que Dragontine, par la force de son démon, lui fit trouver bon tout ce que son mari faisait.

Mais que faisiez-vous en ce temps, brave et sage Eurymédon ? N'aviez-vous point de peur que l'orage dont vous menaçait cet ambitieux, ne tombât sur votre tête ? Le Ciel qui a un soin particulier de[s] personnes fidèles à leur roi, vous garantit bientôt de ce malheur. Lui-même qui a conservé tant de fois, et qui conserve miraculeusement tous les jours la couronne de Perse et ses justes possesseurs, inspira tout à coup notre jeune sofi. Comme il lui a donné la valeur et la piété de David, il lui a départi encore la prudence et la sagesse de Salomon. Lorsque son Etat était bien prêt de faire un entier naufrage, il apaisa bientôt cette tempête par une résolution digne du plus grand monarque de l'univers.

Filotime, ainsi que nous avons déjà dit, en lui voulant faire signer une chose extrêmement préjudiciable à son Etat, afin de subvenir aux frais d'une injuste guerre, avait parlé à lui avec autant d'arrogance que de peu de jugement. Il ne considérait pas que les rois ne souffrent point de compagnons et qu'ils ont les mains longues. Ils élèvent et abaissent les personnes quand il leur plaît. La triste fin d'Aman[1] insérée dans les histoires de Perse ne le rendait nullement sage. Aussi il eut en peu de temps un salaire égal à sa témérité.

Notre juste et magnanime sofi, conseillé de l'ange tutélaire de son Etat, se représenta tout à coup la grandeur prodigieuse de cet étranger, son ambition excessive, son insolence insupportable et les faveurs extraordinaires que Dragontine, sa femme, obtenait tous les jours de Parthénie. Il jeta les yeux sur la perte infaillible de ses sujets et reconnut que, s'il n'y mettait la main, la Perse était au dernier période de

---

1. Aman : favori et ministre d'Assuérus, roi des Perses. Il voulut perdre les Juifs, mais la reine Esther, prévenue par son oncle Mardochée, les sauva. Disgracié, il fut pendu à la potence qu'il avait fait élever pour Mardochée. Parfaite analogie avec l'histoire de Concini.

sa vie. C'est pourquoi, ayant fait des plaintes à son cher Eurymédon, il lui apprit ce qui était de son intention et fit venir à lui le valeureux Adamas[1]. C'est un des plus dignes cavaliers de la Perse, et autant renommé pour ses dignes actions qu'aucun autre de l'Asie. Il était capitaine de ceux qui gardent la personne sacrée de nos rois, et ce fut lui qui exécuta le vouloir du sofi.

Le jeune et magnanime monarque lui ayant appris en peu de mots sa volonté, et comme il était résolu de mettre fin à tant de maux par la perte de Filotime, Adamas, digne successeur du courage et de la valeur de son père Cléon[2], aussi bien que de sa fidélité et de sa charge, se conforma bientôt au vouloir de son prince, quoique la fortune étrange de Filotime, jointe au crédit que sa femme avait auprès de l'impératrice, lui donnât quelque appréhension.

Il y a tout auprès de Suse une maison royale que l'un des sofis de Perse fit jadis bâtir, après qu'il fut revenu d'une prison où il fut détenu longtemps injustement. Cette pompeuse maison est située dans un bois où notre sofi va souvent à la chasse[3]. Et ce fut là que la dernière délibération fut prise d'exterminer cet ambitieux. Ce Conseil de notre monarque, dont Eurymédon et Adamas étaient seuls participants, fut si secret que jamais nul n'en eut le vent. Le démon même de Dragontine, forcé par une plus grande intelligence, demeura muet, puisqu'il n'a point de pouvoir que celui qu'il reçoit d'en

---

1. *Adamas*: Nicolas de l'Hospital, marquis puis duc de Vitry (1581-1644). En récompense il reçut le bâton de maréchal. Pierre Boitel, Sieur de Gaubertin, célèbre lui aussi cet événement dans *Histoire tragique de Circé, ou suite de la défaite du faux amour*, dédiée à Madame la Maréchale de Vitry, Paris, Chevalier, 1617. Texte obscur pour le lecteur d'aujourd'hui, seule l'épître est intéressante.
2. *Cléon*: père du précédent qui, sur l'ordre d'Henri IV exécuta Biron.
3. Le château de Vincennes : Henri III s'y était réfugié. Il y fut assiégé par les ligueurs qui s'en emparèrent après un an de siège.

haut[1]. Celui donc qui était venu en partie à la grande ville de Suse pour faire mourir le juste Mardochée est attrapé dans le propre piège qu'il avait tendu[2].

Vous avez vu ci-dessus la fortune étrange et prodigieuse de Filotime, voici maintenant sa fin malheureuse et exécrable. Et puis vous verrez celle de Dragontine. O superbe, que t'a servi cette vaine gloire, ce contentement passager et cette puissance presque souveraine ! Ne vois-tu pas que tu es un homme, et par conséquent un pauvre ver de terre, qui sera bientôt porté dans [la] terre, si cette commune mère te daigne recevoir. Mais j'ai grand peur qu'elle et les autres éléments abhorreront ta charogne, de sorte qu'il faudra que ton corps devienne en fumée.

Lorsque Filotime pensait toucher de front les étoiles, la justice de Dieu, après avoir si longtemps attendu en patience son amendement, se sert de la justice du roi pour châtier ce malheureux. Le voilà tout pompeux qui entre dans le Palais-Royal, suivi de cent cavaliers. On lui ouvre la grande porte et chacun s'incline devant cette idole. Tandis*, un homme habillé en prêtre lui présente une lettre et le supplie de la lire. Ce superbe, qui méprise tout le monde, refuse de la prendre parce qu'il croit qu'on se doit adresser à l'un de ses secrétaires et non à lui qui trenche* du prince souverain. Comme cet homme le presse et le suit, il arrive à un petit pont de bois qui sépare la première porte d'avec la seconde. Là, il trouve à sa rencontre le valeureux Adamas, accompagné de son frère Persée[3] et de quatre ou cinq autres vaillants hommes. Adamas porte sa main sur celle de Filotime et lui fait commandement de venir parler au sofi. Cet ambitieux, étonné de la privauté* du valeureux Adamas, s'arrête et lui tient ce langage : « Vous me pressez bien,

---

1. Selon l'Ecriture, les diables sont des créatures de Dieu et n'agissent que par volonté de Dieu. *Chroniques II*, XVIII, 20-21-22. Référence constante tout au long des histoires tragiques.
2. Mardochée, voir *supra*, n.1, p.58
3. *Persée*, à savoir Persan, beau-frère de Vitry.

« *Le corps de Filotime [Concini] est cependant traîné par les pieds.* » (Cabinet des estampes. B.N. Photo Roger Viollet.)

j'irai parler à Sa Majesté sans que vous m'y meniez. » — « J'ai commandement, repart Adamas, de vous mener de la sorte, voire de vous faire mourir. » Ce disant, il met promptement la main à l'épée et lui en donne au travers du corps, pendant que son frère Persée et les autres qui l'accompagnent, lui percent la tête à coups de pistolet. Le misérable, tâchant aussi de mettre la main à l'épée, tomba tout mort sur le pont, sans avoir le loisir de se reconnaître ni de demander pardon à Dieu de tant de péchés qu'il avait commis. Misérable mort des pécheurs de qui la naissance a été mauvaise et la vie pire ! Misérable, dis-je, la mort de Filotime, si nous la considérons et en jugeons par les effets de sa vie ! Car tout ainsi que la vie de l'homme est bonne, si l'on vit vertueusement, aussi l'on doit peser la mort par les déportements de la vie passée. Voilà pourquoi la mort n'est nullement un mal puisqu'elle nous conduit à l'immortalité, mais elle l'est nécessairement parce que, lorsqu'on a mal vécu, il faut qu'on aille souffrir la peine des supplices éternels.

Quand Adamas eut exécuté ce que son prince lui avait commandé et arrêté quelques-uns de la suite de Filotime qui voulaient faire les mauvais, il se rendit aussitôt à la cour du Palais-Royal. Le sofi était à une fenêtre qui l'aperçut et qui lui cria tout haut : « Eh bien ! Adamas, est-ce fait ? — Oui, Sire, dit-il. » Lors, notre généreux monarque, en frappant les mains d'allégresse, se retire. Tandis*, un bruit s'épand par toute la grande ville de Suse. On y crie qu'on a tué notre monarque, et tout le peuple qui l'aime autant qu'il fit* jadis son père, le grand Alcandre, ferme les boutiques et court, avec pleurs et gémissements, en foule vers le Palais-Royal. Les gardes, qui sont aux barrières et à la porte de la foresse, à peine le peuvent retenir et l'empêcher d'y entrer. Quoi que l'on lui die tout haut que ce n'est que l'ambitieux Filotime qui a été tué, il n'en veut rien croire jusqu'à ce que notre sofi se montre lui-même à une fenêtre, et commande à chacun de se retirer, et de crier « Vive le Roi ! ». Ce ne sont alors que cris de réjouissance, ce ne sont que bénédictions et applaudissements. Le corps de Filotime est cependant traîné par les pieds. On le passe par la grande cour du Palais-Royal et on le laisse en un lieu rempli d'immondices. Il y a quelques-uns qui fouillent dans ses pochettes et y trouvent un rolle* de deux ou trois des principaux citoyens de Suse sur qui il voulait au premier jour exercer sa cruelle rage.

Après que cette exécution est faite, on se saisit de sa femme Dragontine, laquelle on met dans la forteresse où l'on loge ordinairement les criminels de lèze-majesté. Ses plaintes ni ses regrets ne servent de rien et son démon n'est pas assez puissant de la sauver. Tandis que le juste et équitable Sénat des mages de la Perse se prépare pour lui faire son procès, notre sofi envoie des courriers de tous côtés pour informer ses sujets de la mort de Filotime qu'Adamas a fait mourir par son commandement. Il en écrit même au prince Cléandre qui était assiégé dans Auguste. Ce généreux prince, ayant appris cette nouvelle, fait soudain ouvrir les portes de la ville aux assiégeants, et lui troisième [1] prend la poste et se rend bientôt à Suse. Tous les autres princes en font de même, et soudain, ce grand orage, qui eût sans doute perdu le plus fleurissant empire du monde, est calmé. Ceux qui avaient des desseins et qui bâtissaient déjà des plans de tyrannie sont bien étonnés, pendant que les gens de bien sont réunis en leurs états. Les sceaux sont restitués à ce grand ornement de notre siècle [2] et le maniement des affaires redonné à ceux qui veillent pour la conservation de la Perse. Enfin, ce coup, qui réjouit l'âme de ceux qui aiment leur patrie et qui étonne les cœurs infidèles et perfides, rend un tel effet qu'en un moment

---

1. *Troisième* ? obscur. Cette histoire n'ayant jamais été reprise dans les éditions postérieures, il est impossible d'en éclaircir le sens.
2. *Ce grand ornement de notre siècle* : périphrase d'éloge pour désigner le roi.

Le corps du maréchal Concini sort du tombeau (1617).
(Gravure de l'époque. B.N. Photo J.-L. Charmet.)

la tempête cesse et la paix vole par toutes les provinces. Assistance visible du Ciel, tuteur des justes rois et le soutien de leur couronne. Et qui me niera, maintenant, que la justice du roi ne soit *la paix des peuples, le soutien de l'Etat, le soulagement des sujets, la guérison des maux, la joie des hommes, la sérénité de l'air et de la mer, l'abondance de la terre, le soulas* des affligés, et qu'elle ne lui acquiert à lui-même la félicité éternelle* ?

Pendant que la ville de Suse est remplie de feux de joie, le corps de l'ambitieux Filotime qui, auparavant d'être couvert de senteurs aromatiques, est étendu en un lieu puant et infect où il sert de spectacle à ceux qui le veulent voir. S'il eût été hors du Palais-Royal, la fureur du peuple l'eût bientôt ravi et exercé sur lui des effets de son juste courroux. Sur la minuit, quelques hommes, par le commandement de notre monarque, le dépouillèrent, et l'ayant couvert d'un drap mortuaire, l'allèrent secrètement enterrer dans un temple vénérable [1], et non guère éloigné du palais des sofis ; mais ils ne le purent faire si secrètement qu'un jeune garçon ne l'aperçût. Il le dit le lendemain à quelques-uns du menu peuple qui, soudain, se rendirent dans le temple. Ayant su de ce même garçon le lieu où l'on lui avait donné sépulture, plusieurs commencèrent, avec les mains mêmes, d'ôter la pierre qui couvrait le sépulcre. Les prêtres se voulurent opposer à cette populace émue, mais ils furent les plus faibles. Un torrent de personnes, qui toujours devenait plus gros, se rendit bientôt maître du temple. On creuse tellement le sépulcre qu'enfin on trouve le misérable corps. On lui met incontinent une corde au col et on le traîne par la ville jusqu'au pont de Ca[therine].

Filotime, ou ses fauteurs, avaient fait dresser partout des potences, ainsi que nous avons déjà dit, pour y faire pendre ceux qui parleraient à son désavantage, et il y en avait une éminente au bout de

---

1. A l'église Saint-Germain-l'Auxerrois, située derrière le Louvre.

ce pont où l'on attacha ce misérable corps privé de sentiment. Là, il servit quelques heures de risée à tout le monde, après qu'on y eut exercé toutes sortes d'indignités. On le dépendit quelques temps après, et il fut traîné par toutes les rues de cette grande ville. Ceux qui venaient à la rencontre ou qui regardaient cet infâme spectacle, s'ils n'ôtaient soudain le chapeau de la tête et ne criaient « Vive le Roi ! », étaient chargés à coups de bâton. Effet du présage de Fatuel qui, étant enquis un jour de Filotime du succès de sa vie, lui dit qu'en peu de temps il serait mené par toutes les rues de la ville de Suse, que tout le peuple crierait devant et derrière « Vive le Roi[1] ! ».

Après qu'on eut longtemps pourmené dans la boue ce misérable corps, à qui l'on avait déjà coupé les bras que l'on avait brûlés en diverses parts, on le jeta dans un cloaque. Il en fut retiré encore et si bien traîné qu'enfin, il devint en fumée, de même que son extrême ambition. Il semblait que les éléments fussent ses ennemis et qu'ils ne voulaient nullement assister celui sur qui tant de malédictions avaient été jetées.

> *Tous les éléments font la guerre*
> *Au corps de cet homme odieux,*
> *Car le feu, l'eau, l'air et la terre*
> *Abhorraient cet ambitieux.*

Il n'y eut que les démons qui, à l'heure qu'Adamas le devait priver de vie, s'étaient assemblés pour emporter son âme dans les Enfers. J'en appelle à témoin un des princes des diables nommé Astaroth, qui était dans le corps d'un homme qu'il possédait dans la ville de Nérabe[2], bien éloignée de la grande ville de Suse. Ce démoniaque eut du repos durant tout le jour qui précéda la fête du saint qui sert de

---

1. Cette prédiction est rapportée par tous les historiens. Le corps de Concini est profané et pendu au bout du Pont-Neuf, à l'une des potences qu'il avait fait dresser dans Paris après le pillage de son hôtel.
2. Nérabe : difficilement identifiable.

patron à une renommée ville de l'Europe que les flots de la mer enferment de toutes parts[1]. Le mauvais démon, étant revenu le lendemain, fut adjuré par un saint religieux de dire où il avait été le jour précédent, et il assura que lui et plusieurs de ses compagnons avaient été empêchés, durant ce même temps, à mener l'âme du satrape Filotime dans les Enfers. Chose étrange et néanmoins en apparence véritable, puisque ce même jour cet ambitieux fut privé de vie. C'est la fin malheureuse de Filotime. Voyons celle de sa femme Dragontine.

Après que cette exécrable femme eut demeuré quelque temps enfermée dans la forteresse de Suse, elle fut menée dans un carrosse aux prisons du juste Sénat de la Perse. Quelles poires d'angoisse* et quels crève-cœurs à cette femme insolente qui, quelques jours aupavavrant, était servie en reine, qui ne pouvait souffrir la vue même des hommes qui avaient quelque défaut de nature[2], et à qui toutes les senteurs de l'Arabie heureuse qu'un juif, son médecin ordinaire[3], lui préparait, ne pouvaient dignement suffire pour ses délices ! Et maintenant, qu'elle soit enfermée dans une chambre obscure et recluse ! Que celle à qui les princesses mêmes rendaient de l'honneur,

Celle que tant de pompe et de gloire suivait,

qu'elle soit, dis-je, maintenant réduite en une condition si misérable, et prête de souffrir une mort ignominieuse ! O jugement de Dieu que l'on ne peut assez admirer ! O exemple rare et inouï ! L'esprit

---

1. La périphrase qui enveloppe la date de l'exécution de Concini, le 24 avril 1617, veille de la fête de Saint-Marc, protecteur de Venise.
2. Eleonora Galigaï se figurait qu'on pouvait l'ensorceler en la regardant fixement, et que tous ceux qui la dévisageaient étaient des sorciers.
3. De 1612 à 1616, Philothée Montalto, médecin juif d'origine portugaise, né à Amsterdam, fut appelé au service de la reine pour soigner Leonora. Après ce fut Philippe d'Aquin. Voir *supra* n.1, p.42

de l'homme se perd en la considération d'une si étrange métamorphose.

L'équitable Sénat des mages de la Perse, composé des plus savants hommes, des plus justes et des plus gens de bien que le soleil éclaire, ayant mûrement digéré tous les déportements de Dragontine, ses sortilèges, ses rapines, ses concussions et ses autres crimes exécrables, déclare, elle et son mari, criminels de lèze-majesté divine et humaine au premier chef, ses enfants roturiers et inhabiles de posséder jamais aucune charge publique, et ordonne que la même Dragontine, pour expier ses horribles méchancetés, sera traînée dans une charrette à la place publique de Suse, là où elle aura la tête tranchée, et puis, son corps sera jeté au feu, et ses cendres au vent.

Cet arrêt mémorable lui ayant été prononcé par deux sages et renommés sénateurs [1], elle fut au commencement étonnée, parce qu'elle n'avait jamais cru de mourir. Toutefois, soit qu'elle fût possédée de rage ou de constance (car il y en a plusieurs qui croient l'un et l'autre) elle témoigna alors une résolution que l'on n'eût jamais espérée d'une femme si molle et tant adonnée aux plaisirs de la chair. Ceux qui lui furent donnés pour remettre son âme en bon état* y trouvèrent une grande contrition et une extrême repentance. Après qu'on eut observé toutes les cérémonies funestes, elle fut livrée entre les mains de l'exécuteur et mise dans une charrette. L'on croyait que le peuple se jetterait sur elle et la déchirerait, de même qu'il l'avait fait pour son mari ; c'est pourquoi une troupe de gens armés l'environnait, mais il n'était pas besoin de tant de gardes. Quand tout le monde aperçut une femme échevelée, noire et sèche, et digne de pitié, qui tenait une croix d'argent à la main et qui était au

---

1. Les conseillers du roi que Rosset nomme ici les sénateurs sont Jean Courtin et Guillaume Deslandes. Ce procès a été, semble-t-il, une « parodie de justice » : c'était l'unique moyen d'éliminer Leonora et de s'emparer de ses biens.

milieu de deux prêtres, sa juste colère se fondit, de même que fon[dent] les neiges, lorsque le soleil les touche. La misérable condition de cette femme lui donna quelque espèce de compassion, si bien que chacun la regardait avec étonnement.

Quand elle fut arrivée au lieu du supplice, à peine ceux qui la menaient pouvaient avoir de l'espace pour parvenir à l'échafaud. Toute la place était occupée, et les fenêtres, et les couvertures des maisons étaient toutes remplies d'une infinité de peuple. L'on ne vit jamais une si grande assemblée. Étant montée sur l'infâme théâtre, elle jeta les yeux d'un côté et de l'autre, et puis proféra ces paroles : « Vous voyez, Messieurs, le changement des choses humaines. Vous voyez, dis-je, un exemple qui n'aura peut-être d'autre exemple jamais au monde. Je prends la mort en patience, puisque l'on me la donne justement, et tant s'en faut que je veuille que mon fils se ressouvienne de ma mort, qu'au contraire je lui donne ma malédiction si jamais il est poussé d'aucun désir de vengeance. O Dieu, dit-elle encore, en poursuivant son discours et élevant les yeux au Ciel, accordez-moi tant de faveur que mon âme soit traitée plus doucement en l'autre monde, que mon corps ne reçoit maintenant de honte et d'infamie. »

Ayant achevé ces paroles, elle se dégrafa elle-même, s'agenouilla et se fit bander les yeux par un des prêtres qui consolaient. Le bourreau acheva bientôt son office et sépara d'un coup cette tête qui a causé tant de mal en Perse. Le peuple, qui vit une si généreuse résolution et qui croyait que les démons la viendraient ravir d'entre les mains de la justice, en fut touché aucunement* de compassion. Toutefois, quand il se représenta la vie passée de cette exécrable, les sanglantes tragédies qu'elle avait excitées et tant de ruines qui ne se répareront de longtemps, quelques-uns des plus zélés à l'amour de leur patrie se jetèrent sur cette tête séparée du corps et en jouèrent longuement à la pelote, tandis que les

« *C'est la fin tragique de Dragontine [Eleonora Galigaï] qui [...] reçut le juste salaire de ses maléfices.* » (Cabinet des estampes. B.N. Photo J.-L. Charmet.)

autres membres furent jetés dans un grand bûcher qu'on avait allumé : ils en furent bientôt consumés et les cendres en furent jetées au vent.

C'est la fin tragique de Dragontine qui, après avoir si longtemps abusé des faveurs de la plus grande reine du monde par des voies illicites et damnables, reçut le juste salaire de ses maléfices. C'est le fruit du péché et la récompense des impies. Et maintenant, que l'on considère quel profit, elle et son mari, ont retiré de cette vaine gloire ! Qu'est maintenant devenue cette puissance mondaine, ces richesses abondantes et ces délices charnelles ? Où est maintenant la joie et l'arrogance ? O combien de tristesse pour un peu d'allégresse ! Quel torrent de misère pour une goutte de volupté ! O vous qui ne bornez jamais votre ambition, apprenez par cet exemple de devenir sages et que vous êtes hommes, et par conséquent sujets aux divers mouvements de la fortune. Filotime et sa femme, ainsi que nous avons déjà dit, avaient alors un fils âgé de quinze ans. Lorsque son père fut mis à mort, le peuple, qui ne put ce jour-là exercer sur le corps ce qu'il exerça le lendemain, alla rompre de fureur les portes du logis de Filotime, afin d'y trouver ce jeune homme et de lui faire porter la pénitence du père. Il se sauve pourtant miraculeusement dans le Palais-Royal où la douceur de notre jeune et magnanime sofi lui fit donner une chambre et le prit en sauvegarde. Il l'a envoyé depuis à un château d'un satrape de Perse et lui a accordé une pension, par le moyen de laquelle il se peut honnêtement entretenir [1]. Le Ciel le rende plus sage que son père et lui donne le moyen d'éteindre, par quelque notable service à la couronne des Perses, l'infamie de sa maison.

---

1. Louis XIII versa une pension de 2000 écus à Henri Concini qui fut longtemps tenu prisonnier dans un château de France puis mourut de la peste à Florence en 1631.

SUR LE SÉPULCRE
OÙ ÉTAIT ENTERRÉ
FILOTIME

Sonnet

Il est mort l'insolent, cet enfant de la terre,
Qui, comme les Géants, foulait l'honneur des dieux,
Ce courage félon, ce superbe odieux,
Alors qu'aux Immortels il déclarait la guerre.

En tout ce que la mer, de ses grands bras enserre,
On n'a point vu jamais un plus ambitieux,
Et déjà de son front il toucherait les Cieux,
Si sur lui Jupiter n'eût lâché son tonnerre.

Le feu, l'air et la terre, et le moite élément,
Refusant de donner à son corps monument,
D'autant que sa mémoire est partout diffamée.

Toi, passant, qui cherchais de ses cendres ici,
Quand son ambition fut réduite en fumée,
Je t'apprends que son corps y fut réduit aussi.

Histoire II

De la mort tragique arrivée à un seigneur de Perse pour avoir trop légèrement parlé, et de la fin lamentable de son fils voulant venger la mort de son père.

    Simulacre de duel ou « véritable exécution », comme dit Fontenay-Mareuil dans ses Mémoires, cet affrontement entre les barons de Luz et le chevalier de Guise, dernier fils du Balafré, provoque une tempête à la cour et défraie la chronique de 1613.
    Cette histoire est apparemment une pièce de circonstance qui complète la dédicace au chevalier de Guise de la première édition des Histoires tragiques en 1615. L'auteur y énonce une règle de comportement — le silence — fondée sur l'acceptation passive du système politique constitué. Toutefois il souligne avec habileté, sous le masque de propos attribués à quelque autre personne, la présomption des grands mais surtout les desseins insondables de la justice divine. Texte ambivalent, par conséquent, où derrière le discours de l'éloge s'affirme le droit du narrateur à l'interprétation de son histoire.
    Les clefs de cette histoire : le sofi (Henri III), Alcandre (Henri IV), Parthénie (Marie de Médicis), l'héritier d'Alcandre (Louis le Dauphin), l'infante de Perse (Elisabeth, sœur du dauphin); les Noralis (la famille de Lorraine) : Cléandre (Henri, dit le Balafré), son épouse Clorinde (Catherine de Clèves), leurs enfants : Almidor (Charles), Alphée (Henri, archevêque de Reims), Anaxandre (Claude, duc de Chevreuse), Alexandre (François-Alexandre, chevalier de Guise, protagoniste de cette histoire, Philis (Louise-

Marguerite, princesse de Conti) ; la famille royale d'Espagne : le roi des Indes (Philippe III), sa fille Anne d'Autriche, future épouse de Louis XIII. Enfin Clarimont et Lucidor (les barons de Luz père et fils).

Les lieux d'emprunt sont, à quelques variantes près, ceux de la première histoire : la Perse (la France), Suse (Paris), les Indes (l'Espagne), la province de Clarimène (la Normandie), la province de Médie (la Bourgogne).

Encore qu'il n'y ait rien de si difficile au monde que de taire ce qu'on ne doit pas dire, toutefois ceux qui font profession d'être sages et qui chérissent leur vie doivent prendre garde soigneusement à retenir leur langue, puisqu'une seule parole simplement proférée ruine bien souvent toute une famille et cause la perte des corps et des âmes. Il n'y a dommage de biens qui ne se puisse réparer, mais il est impossible de révoquer la parole une fois lâchée. Les discoureurs ressemblent proprement aux amandiers qui fleurissent les premiers des arbres, et qui flétrissent à la première bruine. La nature nous a donné deux oreilles et une seule langue, pour nous apprendre qu'il faut écouter deux fois plus que parler. La vie et la mort dépendent de la bouche, et quiconque en saura bien user recueillera le fruit qu'il désire. L'histoire déplorable que je vais réciter, arrivée depuis peu de jours en Asie, confirme la vérité de mon dire.

Durant que l'empire des Perses était accablé de misères publiques, que l'état de l'ancien service de la Divinité était en danger d'être subverti par une secte nouvellement introduite [1], que le fer et le feu ravageaient les provinces, sans épargner même les temples des Immortels, que le frère attentait sur la vie du frère, et que le propre fils, poussé d'un zèle

---

1. Allusion à la Réforme, génératrice de troubles en France et en Europe : les guerres de religion dureront trente ans (1559-1598).

inconsidéré de religion, n'avait point horreur d'enfoncer sa main exécrable dans le sein de celui qui l'avait engendré, et le propre père de couper la gorge à celui qu'il avait fait naître. Il y avait un prince, nommé Cléandre, accompli en toutes les plus rares perfections qu'on puisse imaginer.

Il était riche, vaillant et sage ; il était jeune, savant et libéral. Il était si beau et si courtois qu'il était impossible de le voir sans l'aimer, ni parler à lui sans être gagné de la douceur de sa parole. Sa foi était toujours ferme comme un rocher, ainsi que les effets en rendaient témoignage, car il exposait tous les jours sa vie à toutes sortes de périls pour la foi de ses pères, pour sa patrie et pour son roi. Jamais le soleil, depuis qu'il monte sur l'horizon, ne vit tant de perfection. Mais comme les accidents humains sont divers et sujets à l'inconstante roue de la fortune, ce brave prince, digne de ne mourir jamais (si par le mérite on évitait la nuit du trépas), fut un jour mis à mort par ceux à qui il avait tant de fois conservé la vie. Mon dessein n'est pas de décrire l'aventure de cette tragédie qui a tant répandu de sang sur le théâtre de Perse. Les histoires fidèles[1] de notre temps ne sont bâties d'autre matière. Je dirai seulement qu'alors que l'Envie, croyant triompher de ce grand prince qu'elle fit cruellement massacrer en la présence du sofi[2], à qui l'on avait donné de fausses impressions qu'il voulait empiéter son sceptre, l'eût couronné dans les Cieux d'une couronne d'immortalité, on se saisit de la personne d'Almidor et d'Alphée, deux de ses fils, afin d'en éteindre la race et ôter tout moyen de vengeance.

---

1. *Fidèle* : au XVIᵉ siècle, se dit d'une personne unie à une église, à une religion. Par analogie les *histoires fidèles* sont des histoires de fidélité à une religion.
2. Henri III. Contrairement à ce qu'affirme Rosset, le roi était menacé et offensé dans son autorité. Il fait assassiner en sa présence Henri de Guise, dit le Balafré, chef de la Sainte Ligue et son frère le cardinal Louis de Guise, le 23 décembre 1588, au château de Blois.

Clorinde, aussi vertueuse que belle, chère épouse de Cléandre, avait déjà produit au monde trois enfants mâles : le grand Almidor, de qui le nom est redouté par toute la terre, le généreux Alphée, prince qui ne cède en mérite à nul des mortels, le sage et prudent Anaxandre dont les perfections ne se peuvent dignement exprimer en ce petit récit, et la belle et généreuse princesse Philis, l'ornement de son siècle, la honte du passé et l'envie du futur.

Cette dolente mère, ayant appris les nouvelles d'un si sanglant désastre et la prise de ses deux enfants, après avoir ému les rochers à la compassion, prit les deux autres et se retira dans la ville de Suse, capitale du royaume, qui lui tendait les bras et qui s'était rebellée contre son empereur, quand elle entendit le massacre de Cléandre. Les maux qui procédèrent tant de cette rébellion que de la mort de ce prince étant insérés dans les chroniques de Perse[1], j'y renvoie ceux qui prendront la peine de lire cette histoire qui tend à une autre fin. La princesse Clorinde se trouvait encore grosse de quelque cinq ou six mois et quand le terme de l'accouchement fut venu, et qu'elle eut longtemps appelé Lucine[2] à son secours, elle se délivra du plus parfait des hommes. Son nom est Alexandre. C'est un vif tableau d'amour et de gloire, et si semblable à Cléandre en tous les traits et linéaments de son beau corps que ceux qui le voient jugent aussitôt, qu'un jour, il sera aussi bien possesseur de sa valeur que de la douceur de son œil qui gagne tous les courages et toutes les volontés. L'on ne s'est pas trompé en ce jugement, comme nous verrons en la suite de cette histoire.

Quand la somme des désolations du plus fleuris-

---

1. Après l'assassinat du duc de Guise, Paris se rebelle contre Henri III et se trouve aux mains d'un gouvernement révolutionnaire (les seize). Le roi s'allie avec Henri de Navarre, futur Henri IV et ensemble ils assiègent Paris.
2. Lucine : « celle qui met au jour ». Chez les Romains, nom de Junon, protectrice des parturientes.

sant royaume du monde fut accomplie, et que les dieux, apaisés par les larmes et par les cris des gens de bien, donnèrent aux Perses pour sofi le grand Alcandre, la paix qu'on ne connaissait plus en ce royaume que de nom, commençant de fonder une longue demeure par les villes, chacun tâchait de réparer les pertes que les désordres de la guerre civile avaient causées. On ne parlait plus que de festins, d'amours et de bals. Les palmes de ce grand monarque, enlacées des branches de l'olive, couvraient de leurs feuilles toute l'Asie, de sorte qu'on se reposait sans trouble ni sans crainte à leur ombre. Mais lorsqu'un funeste et lamentable accident eut ravi un si digne empereur[1], et que le Ciel, pour ne demeurer imparfait en son ouvrage, l'eut retiré d'entre les humains, les peuples sujets aux lois de cet empire, appréhendant soudain les horreurs des calamités passées, sollicitèrent les états de s'assembler, pour remettre le gouvernement de la monarchie, pendant la minorité de leur jeune prince, à celui qui en serait le plus capable. Ce fut à la divine Parthénie que le commun suffrage et le consentement universel mit entre les mains les rênes de ce royaume. Sage délibération s'il en fut jamais ! Il n'y a point de doute que le Conseil ne fut alors inspiré du démon de l'État. Jamais la Perse ne se vit colloquée sur un plus haut trône d'honneur. La prudence de cette grande impératrice réunit soudain les volontés que des factions naissantes allaient séparer. Elle recouvra dans peu de jours la province de Clarimène pour l'un de ses alliés[2], et le bruit* de son nom fit que le grand roi des Indes rechercha son alliance, offrant sa fille pour être mariée à l'héritier d'Alcandre, et demandant l'infante de Perse pour être épouse de son fils. Les mariages étant arrê-

---

[1]. Allusion à l'assassinat d'Henri IV par Ravaillac et à la régence de Marie de Médicis. Voir *H. 1*.
[2]. Voir *supra H. I*, n.1, p.45

Les mariages franco-espagnols. (Cabinet des estampes. B.N. Photo Bulloz.)

tés[1], on dressa des joutes et des tournois où le prince Alexandre (qui pour lors avait atteint l'âge de vingt et deux ou vingt-trois ans, et qui venait fraîchement d'une bataille navale où il avait rendu la mer rouge d'effet aussi bien que de nom[2]), paraissait sur tous les plus vaillants, comme un beau cyprès parmi les arbrisseaux.

Tandis que les noces se préparent, un seigneur, gouverneur d'une des provinces de Médie, arrive à la cour. On le nomme Clarimont[3]. L'impératrice le voit de fort bon œil, parce qu'il est vaillant et sage, et bien versé aux affaires d'Etat. Comme il est un des plus accorts gentilshommes du royaume, il sait si bien ménager sa fortune qu'en peu de jours elle souffle à pleines voiles son vaisseau, du vent des courtisans. Heureux s'il se fût contenté de cette faveur, et si tant de gloire ne l'eût porté à la légèreté d'un vain discours ! Il n'y a piège qui nous attrape si bien que notre propre bouche, car chacun est pris par les paroles qui en sortent. Comme l'on doit être prompt à ouïr, aussi doit-on être tardif à parler.

Si Clarimont eût pratiqué ces maximes, ma plume ne serait pas maintenant occupée à décrire son désastre et celui de sa maison. Enfin ce gentilhomme, se trouvant un jour en bonne compagnie, comme l'on parlait de ce qui s'était passé aux guerres dernières de Perse et des malheurs que la mort de Cléandre avait produits, il proféra ce langage : « Cléandre était un prince qui avait beaucoup de valeur et de mérite, mais aussi ne manquait-il pas

---

1. En mars 1612, les mariages franco-espagnols sont publiés : Louis, futur Louis XIII épousera Anne d'Autriche, fille de Philippe III d'Espagne, et Elisabeth, sa sœur, Philippe IV d'Espagne. A cette occasion, la reine commande à François de Rosset une pièce-ballet de circonstance. Voir *infra* n.1, p.95.
2. Est-ce la prise de La Rochelle, en 1610 ?
3. Edmé de Malain, baron de Luz, conseiller privé de la régente, était lieutenant du roi en Bourgogne, placé là pour faire respecter les intérêts de la couronne. Le gouverneur de la province (inexactitude de Rosset) était le duc de Bellegarde, fidèle partisan d'Henri IV.

d'ambition et de vaine gloire. Le grand sofi ne fit jamais mieux que de se défaire d'un tel homme. Si j'avais l'honneur d'être participant des secrets d'un monarque, comme j'avais alors l'oreille de mon roi, je lui conseillerais toujours de tenir une pareille procédure. Aussi pouvais-je détourner ce coup si je l'eusse voulu, mais mon devoir étant plus fort que toutes les considérations contraires, je consentis à la perte de cet ambitieux. »

O discours vainement proféré ! Il eût bien mieux valu se taire que parler si légèrement. Ce langage scandalisa toute la compagnie, et particulièrement deux ou trois seigneurs affectionnés au prince Almidor, à qui ils ne manquent pas de rapporter, le soir même, les propos de Clarimont. « Est-il donc vrai, s'écrie alors ce prince, que ce téméraire ait pris à tâche la ruine de notre maison ? Non content de nous brouiller tous les jours avec notre maîtresse, il se vante encore d'avoir consenti à la mort de mon père et en fait des discours partout où il se trouve ? Ai-je bien si peu de ressentiment que je ne le châtie de sa folie ? Non, non ! Il faut qu'il en meure de ma main, et que sa mort apprenne désormais à ses semblables d'être plus sobres en discours et moins remplis de témérité ! »

Il n'y a point de doute que l'effet n'eût suivi la parole, si le jeune prince Alexandre qui, fortuitement, se trouva présent à ce rapport, ne l'eût devancé. Il ne dit mot pourtant de ce qu'il est résolu dès l'heure même d'exécuter. Encore que son cœur bouillonne de colère, il sait néanmoins si bien dissimuler sa passion qu'on dirait qu'il est insensible à une si grande offense. Quand l'heure de se reposer est venue, il se retire à sa chambre et envoie chercher Lindamart. C'est un brave et généreux cavalier qui a fait preuve de sa valeur en une infinité de combats et de duels, et de qui Alexandre fait beaucoup d'estime[1]. Soudain qu'il est arrivé, le

---

1. Peut-être le chevalier de Grignan, fidèle du duc de Guise ?

jeune prince lui apprend la témérité de Clarimont, lui découvre le juste sujet qu'il a de se venger d'une telle injure, et le châtiment qu'il en veut faire, à la première rencontre. Il le prie de l'assister en cette action pour en pouvoir rendre témoignage, s'il en était besoin, contre ceux qui en voudront blâmer la procédure. Lindamart le remercie de l'honneur qu'il lui fait de l'employer en une si digne action, et dès l'heure même, ils prennent résolution de venir à bout de cette entreprise, en la sorte que je vais vous réciter.

Le soleil avait déjà par deux fois redonné à notre hémisphère sa lumière accoutumée, depuis le jour que Clarimont, par la liberté de son langage, ayant navré* l'âme de quatre grands princes, était cherché de tous côtés par le généreux Alexandre pour en recevoir la punition. Le sort lui fut si favorable qu'il eut le vent de ce dessein. Et bien que sa vanité ne lui persuadât pas aisément qu'on eut le courage de l'attaquer, toutefois la grandeur de la maison qu'il avait offensée se représentant à ses yeux, il en prend l'alarme, et croit que d'une injure faite de gaieté de cœur à des personnes qualifiées*, on ne peut recevoir d'excuse, puisque la propre conscience en a déjà donné l'arrêt de condamnation. Mais néanmoins, voulant se munir contre l'orage qui s'élève pour le perdre, il a recours à ses parents et à ses alliés, afin d'en implorer l'assistance.

Cléophon est un digne et parfait cavalier à qui la Perse est extrêmement obligée pour avoir épandu mille fois son sang pour elle, lorsque le grand Alcandre la purgeait des monstres qui la dévoraient. C'est à lui que s'adresse Clarimont, comme à son allié, et à qui il tient ce discours : « Je vous ai toujours fait participant, ô brave Cléophon, de mes aventures, bonnes ou mauvaises, et pris avis de votre clair jugement sur ce qui en pouvait succéder. Si jamais j'eus besoin de votre conseil et de votre assistance, c'est maintenant qu'une des plus illustres maisons de cet empire trame ma ruine. Le prince Almidor et ses frères sont courroucés, pour un rapport qu'on leur a fait de moi sur la mort de leur père. Vous savez bien que la foi que nous devons au prince souverain est de telle nature qu'elle ne souffre point de mélange. Si je n'avertis point Cléandre du dessein qu'on prit de le perdre, n'en dois-je pas plutôt recevoir de la louange que du blâme, puisque, faisant autrement, n'était-ce pas pour sauver un homme, être dignement coupable du crime de lèse-majesté, et indigne de participer aux secrets d'un monarque ? Je vous conjure donc, par notre commune amitié qui doit être soigneuse de ma conservation, de me vouloir conseiller en une affaire où l'on me menace de la vie, et néanmoins me vouloir assister de votre épée, en cas que mes ennemis osent y attenter. »

Ainsi parlait Clarimont, lorsque Cléophon, non moins sage que vaillant, ayant un peu digéré les paroles qu'il venait d'entendre, répondit en cette sorte : « Chose étrange, dit-il en soupirant, que les hommes les plus prudents sont ceux qui commettent ordinairement les plus grandes fautes ! Je le dis pour vous, mon cousin, qui, ayant la réputation d'être l'un des plus avisés cavaliers de l'Asie, vous êtes néanmoins laissé emporter à tant de vanité que de toucher une corde dont l'étreinte est si dangereuse. Et encore, après avoir fait une telle folie, au lieu de la réparer, vous tentez l'impossible par la résolution que vous prenez de la soutenir ? Ignorez-vous la valeur des princes que vous avez offensés et le moyen qu'ils ont d'en faire la vengeance ? L'exemple de ceux qui les ont outragés autrefois, devrait-il pas repasser par vos yeux et vous apprendre d'être plus sage à leurs dépens ? Le meilleur et le plus salutaire conseil que je puis vous donner, en une affaire où il n'y va moins que de la vie, est que vous devez recourir à la douceur du prince Almidor et lui demander pardon de cette offense. En cela je m'emploierai pour vous assister, selon que j'y suis obligé par les lois de notre amitié, mais de vous offrir mon épée contre lui et contre ses frères, je ne le puis. L'obligation que je leur ai de l'honneur qu'ils me font de m'aimer et le service que j'ai voué à cette maison, n'y peuvent consentir. Servez-vous donc de l'assistance que je vous offre et croyez que, si j'étais réduit aux extrémités où vous êtes, je suivrais toujours le conseil que je vous donne. Cependant, ne sortez point de votre logis que bien à propos, de peur que quelque funeste rencontre ne m'ôte le sujet de m'employer à la conservation de votre vie.

— Je vois bien, repart Clarimont, que le conseil que vous me donnez et l'assistance que vous me refusez ont quelque apparence de raison. Je penserai à ce que je dois faire pour le premier et pour l'autre, puisqu'il m'est dénié, je tâcherai de me conserver moi-même, en me défendant si l'on m'attaque. » Ce disant, il sort du logis de Cléophon qui s'efforce par ses prières de le retenir à dîner, mais la destinée qui veut trancher la trame de sa vie est inévitable. Ô décrets de la fatalité, qui pourra sonder la profondeur de vos abîmes ! Nos jours sont comptés dès l'Eternité, et c'est en vain de vouloir prévenir ce qui doit arriver.

Clarimont, entrant dans son carrosse qui l'attendait à la porte de l'hôtel de Cléophon, commande qu'on le mène à son logis, ou plutôt au monument [1]. À peine a-t-il marché cent pas qu'Alexandre suivi de Lindamart l'aperçoit. Le prince, monté sur un petit cheval, revenant du logis de la princesse, sa sœur, ne pensait pour l'heure* aucunement à lui ; aussi n'était-il armé que d'une petite épée qui lui pendait en écharpe, et par conséquent, il n'y avait pas d'apparence d'attaquer un cavalier qui avait une bonne épée et qui ne manquait pas de valeur ni d'adresse pour se défendre. Mais son courage, qui ne trouve rien d'invincible et qui se nourrit dans les hasards, comme la pyralide dans le feu, n'ayant point d'égard à toutes ces considérations, s'enfle dans ses pou-

---

1. Voir *H.I*, n.3, p.56

« *Mettez donc la main à l'épée [...] autrement vous êtes mort.* » *Alexandre [le chevalier de Guise] à Clairmont [le baron de Luz].* (Cabinet des estampes. B.N. Photo Roger Viollet.)

mons et lui fait hâter le pas de son cheval, pour s'approcher de son homme. Lindamart le suit tout doucement, bien monté, sans qu'il ose remontrer au prince le danger où il se veut exposer avec des armes tant inégales. Soudain qu'Alexandre est si près du carrosse que Clarimont, qui déjà l'avait découvert et qui se préparait à la défense, le pouvait ouïr, il saute légèrement du cheval et lui crie : « Baron, j'ai un mot à vous dire, mettez pied à terre. » A cette semonce, Clarimont fait ouvrir la portière de son carrosse, et commandant ses gens de n'en bouger, sort pour parler à ce jeune Mars de qui les yeux étincelants de courroux ressemblaient à deux comètes qui présageaient du malheur. Il fait néanmoins bonne mine, et ayant la main sur la garde de son épée, s'approche d'Alexandre et lui tient ce discours : « Eh bien, mon maître, que voulez-vous de votre serviteur ? — N'est-il pas vrai, lui dit le prince, en le prenant par la main, que vous avez été si téméraire de vous vanter en bonne compagnie d'avoir consenti à la mort de feu mon père, et qu'ayant pu détourner cet accident, vous avez plutôt avancé la fin de ses jours ? — Je vous prie, repart Clarimont, m'écouter en mes justes défenses et ne me condamnez point sans m'avoir premièrement ouï. J'ai, à la vérité, dit que j'en pouvais détourner l'accident, mais d'avoir été cause de sa mort, jamais je ne le fus, et jamais je n'ai tenu un tel langage. — Ce que vous m'avouez, dit le prince, sans le vouloir plus entendre, suffit pour vous en coûter la vie ou pour me faire laisser ici la mienne pour gage. Mettez donc la main à l'épée, poursuit-il en se reculant, et défendez-vous, autrement vous êtes mort. — Mon maître, s'écrie Clarimont, en mettant pareillement la main à l'épée nue, que voulez-vous faire ? Au moins, faites que j'achève mon discours, et puis, si vous n'y trouvez de la satisfaction, je vous satisferai par la voie des armes. — Défendez-vous, lui dit encore Alexandre, c'est en vain que vous tâchez d'allonger votre vie par vos belles paroles. » Achevant ce discours, il lui tire une estocade que l'autre rabat de son épée qui se croise avec celle d'Alexandre, si bien qu'ils passent l'un deçà et l'autre delà. Le prince, voyant qu'il n'avait rien fait en ce premier assaut, revient sur lui, et l'autre pareillement sur son adversaire, mais le coup que le prince tire ayant rendu vain celui de Clarimont, et ne trouvant point de résistance, entre sous la mamelle gauche, et trouvant le chemin de la vie, arrive à sa demeure et l'en chasse. « Je suis mort », crie alors Clarimont, et avec cette parole, son âme abandonne son corps qui tombe à la renverse, froid et blême.

Au cri que fit Clarimont, le peuple accourut en foule, animé de fureur, croyant de voir le contraire de ce qu'il aperçut. Une autre alarme avait volé légèrement par tout ce quartier de la ville, que Clarimont avait tué Alexandre[1]. Si cette infortune fût arrivée, l'adversaire n'eût pas joui longuement du fruit de sa victoire, car l'amour que les citoyens de Suse portent à la brave race des Noralis, et particulièrement à ce jeune prince, pour des raisons qu'il n'est pas besoin d'insérer ici, est si grande qu'ils eussent mis en pièces Clarimont. Mais quand tout le monde vit Alexandre remonter à cheval et reprendre froidement le chemin de son hôtel, accompagné de Lindamart qui, durant ce duel, demeura immobile sur son cheval, ayant l'œil toujours fiché sur le carrosse de l'infortuné gentilhomme, pour voir si quelqu'un des siens ferait mine de branler pour secourir son maître, ce ne furent que cris d'allégresse. Il y en eut pourtant qui relevèrent ce corps qui n'avait point d'âme et le portèrent à une boutique prochaine*. Ses parents et ses serviteurs s'y assemblaient de toutes parts, lamentant sa fin tragique et malheureuse. Mais ce ne fut rien au prix des plaintes que fit retentir le jeune Lucidor, quand il entendit la mort de son père.

---

1. Cet affrontement eut lieu rue Saint-Honoré, le 5 janvier 1613.

Ce brave gentilhomme, autant rempli de courage et de valeur qu'autre de l'empire, s'étant rendu promptement au lieu de cette sanglante exécution, et voyant celui de qui il avait reçu la vie n'avoir plus de mouvement, est saisi d'une telle détresse que le coup de la douleur, par trop de sentiment, le rend insensible. Il tombe à la renverse, froid et blême, et quiconque voit en cet accident le père et le fils a bien de la peine à juger qui des deux est vivant. Mais enfin, quand les esprits qui se sont ramassés à l'entour du cœur, comme les chaudes exhalaisons dans la froidure d'une nue, commencent un peu à s'évaporer par l'humeur qui distille de ses yeux et par les longs soupirs qui sortent de son sein pantelant, il commence à proférer de si pitoyables regrets qu'il en eût ému les trois puissances fatales des Enfers à la compassion, si ces cruelles n'étaient sans oreilles aussi bien que sans yeux [1].

« O mon cher père, disait ce malheureux, est-il possible que votre valeur ait été surmontée si légèrement par un homme plus propre à contenter les dames que nourri* dans les sanglants exercices de Bellone [2] ? Ce mignon qui a plutôt les traits d'un Médor que d'un Roger dont il se vante d'être issu [3], se vantera-t-il encore d'avoir mis au tombeau toute la valeur du monde ? O fortune cruelle ! Avais-tu conservé Clarimont si longtemps parmi des hasards et des périls si horribles que la mort même y eût pâli de peur, pour réserver son destin à la pointe de l'épée de ce jeune Adonis ? Pourrai-je bien vivre et le voir triompher d'une telle gloire ? Non, non ! Il

---

1. Les Erynnies (les Furies à Rome) : Alecto, Tisiphone et Mégère, divinités des Enfers qui personnifient la malédiction et la vengeance divine.
2. Bellone : déesse de la guerre chez les Romains, sœur ou femme de Mars.
3. Médor et Roger sont des héros du *Roland furieux* de l'Arioste. Médor est le prince sarrasin jeune et beau « comme un ange » qui épousera Angélique ; Roger, descendant d'Hector par sa mère et d'Alexandre le Grand par son père est le courage et la valeur par excellence.

faut que son sang apaise les Manes de mon géniteur*, ou bien que ma vie soit encore immolée à sa cruauté ! »

Telles étaient les plaintes de Lucidor à qui la douleur plutôt que la vérité faisait tenir ce langage. Un si sanglant objet le rendrait par aventure* excusable, si son père, mourant l'épée à la main, n'avait rendu des preuves de son courage et de son adresse. Mais quoi ! Nous sommes hommes, et par conséquent sujets aux passions humaines qui, en des coups si sensibles, nous ôtent, et le jugement, et la raison. Je lui laisse rendre les derniers devoirs à son père pour réciter le bruit* qui remplit la cour de cette mort.

Quand la divine Parthénie en apprend la nouvelle, Sa Majesté, qui aime la conservation de ses sujets, et qui avait fait prononcer deux ou trois jours auparavant un édit rigoureux contre ceux qui se privent ainsi cruellement de la vie, est à bon droit courroucée contre le prince. Toutefois, lorsque la princesse lui remontre* le juste ressentiment de son frère, et que ce malheur est arrivé plutôt par rencontre que par délibération, elle s'apaise aucunement*, tandis qu'Alexandre s'absente pour quelques jours de la cour, attendant que la fumée de ce brouillas* s'éclaircisse, et que ceux qui jugent de cet accident selon leur passion plutôt que par raison, en puissent voir clairement la vérité. Ce nuage passe bientôt des yeux de tous les plus favorables à la cause de Clarimont, lorsqu'ils ont connaissance de l'injure qu'il avait faite à une si grande maison, pendant que le désir de vengeance représente incessamment* à Lucidor la mort de son père.

Il semble que ce généreux cavalier est devenu léthargique durant quelques jours et qu'il a plus d'envie de vivre que de se battre. Mais comme les fleuves qui se cachent soudain en terre ne laissent pas pourtant de courir où ils tendent, et puis de sortir plus gros et plus superbes qu'ils ne paraissaient auparavant, aussi Lucidor, qui recelle pour quelque peu de temps les flots de son courroux, en vomit bientôt les ondes à gros bouillons, ne pouvant plus les retenir dans son sein. Il ne se ressouvient plus du dire du Sage [1], que les actions bâties sur une injure mal fondée sont toujours malheureuses ; au contraire, il prend le conseil du mal avisé qui dit en son cœur qu'il fera comme on lui a fait, et qu'il rendra à un chacun suivant son œuvre, sans regarder à la justice de la cause.

L'inégale courrière des mois n'avait pas encore du tout achevé sa course, depuis le jour que la Parque ferma les yeux à Clarimont, quand Lucidor, qui veut accompagner l'ombre de son père, ou bien sacrifier à ses Manes le sang de celui qui l'a mis au tombeau, pour mieux exécuter la résolution qu'il prend, ouvre son cœur à un gentil cavalier appelé Roland, qui avait été nourri* page en sa maison, et qui, depuis, ayant atteint l'âge d'homme, était sorti victorieux d'une infinité de combats qu'il avait rendus. Se fiant donc à son courage et à sa fidélité, il lui remontre* son juste ressentiment et lui dit qu'il lui est impossible de vivre au monde pendant que le meurtrier de son père sera vivant ; que ne pouvant retenir plus longtemps le désir qui le sollicite nuit et jour à la vengeance, s'il a jamais recherché le sujet de lui témoigner son affection, c'est maintenant que le chemin lui en est ouvert, par la peine qu'il prendra de porter un cartel* au prince Alexandre. Et pour mieux l'obliger à l'accomplissement de son désir, il le baise mille fois, et le conjure de ne lui dénier point ce qu'aussi bien il ferait faire par un autre.

Roland, qui aime ce jeune seigneur autant que son âme propre, ayant appris cette ferme délibération, se trouve bien empêché en une affaire de telle importance. Se représentant l'extrême valeur du prince et le premier essai que son jeune maître veut faire de son courage, en s'adressant à celui qui ne trouve rien d'invincible, il tâche autant qu'il peut de

---

1. Socrate, plusieurs fois nommé dans ces histoires.

le détourner de ce dessein ; mais quand il voit que c'est parler aux rochers et écrire sur les ondes, il prend à regret un billet que Lucidor lui baille, et de ce pas, il va à l'hôtel du prince, afin de le lui remettre entre les mains.

Le soleil commençait d'éclairer de ses rayons la cime des montagnes, lorsque Roland fit avertir Alexandre par un de ses valets de chambre qu'un cavalier désirait parler à lui d'une affaire qui le touchait extrêmement. Le prince avait passé toute la nuit en honnêtes privautés* chez une grande dame, de sorte qu'à peine le sommeil arrosait de ses charmes la prunelle de ses yeux. On fait entrer ce gentilhomme qui, après avoir donné le bonjour au prince et fait une profonde révérence, s'approche du lit et le supplie qu'il commande de faire retirer ses gens, parce qu'il lui veut apprendre un secret qui n'a pas besoin de témoins. Chacun se retire par le commandement du prince, et alors Roland lui met pour excuse devant les yeux la nourriture* qu'il a prise à la maison de Lucidor, que la force de son devoir lui ayant fait prendre la hardiesse de lui porter un défi de la part de son maître, il est aucunement* excusable en sa témérité, et qu'enfin il se soumet à la discrétion de Son Excellence, pour recevoir telle punition qu'elle ordonnera, lorsqu'elle aura pris la peine de voir le contenu de ce cartel* qu'à l'instant il lui donne. Alexandre, en riant, reçoit ce cartel*, et sautant légèrement du lit en chemise, s'approche d'une fenêtre pour le lire ; la teneur en était telle :

Monseigneur,

Nul ne peut être plus fidèle témoin du juste sujet de ma douleur que vous : c'est pourquoi je vous supplie très humblement de pardonner à mon ressentiment, si je vous convie par ce billet de me faire tant d'honneur que je me puisse voir l'épée à la main avec vous, pour tirer raison * *de la mort de mon père. L'estime que je fais de votre courage* *me fait espérer que vous ne mettrez en avant votre qualité, pour éviter ce à quoi votre honneur vous oblige. Ce gentilhomme vous amènera au lieu où je suis avec un bon cheval et deux épées desquelles vous aurez le choix. Et si ne l'avez agréable, je m'en irai partout où vous me le commanderez.* [1].

Ce généreux prince, digne race des Noralis, qui se plaît parmi les sanglants exercices de Mars comme dans son élément, ayant lu ce défi, s'informe de ce gentilhomme du lieu où son maître l'attend. Quand l'autre lui en a donné la connaissance, il lui dit qu'il lui pardonne la folie que sa témérité lui a fait commettre, osant si librement le venir appeler au combat de la part d'une personne que la nature lui a rendue inégale ; qu'il vive donc sans appréhension pour ce regard*, mais qu'il retourne vers Lucidor, afin de l'assurer que dans une heure, pour le plus tard, il le verra au lieu où il l'attend, pour lui donner toute satisfaction. Cependant, il conseille à ce cavalier de n'oublier pas une bonne épée, parce que, sans doute, celui qui l'accompagnera pour être témoin de cette action ne lui permettra pas de s'en retourner sans avoir éprouvé son courage. Roland remercie le prince de sa courtoisie et de l'honneur qu'il lui fait, le plus grand qu'il puisse jamais recevoir, et de qui les histoires parleront éternellement ; et après, prend congé d'Alexandre, monte sur son cheval qu'un laquais lui tient prêt à la porte de l'hôtel, et puis sort de la grande ville de Suse. Il le fait aller si légèrement qu'en peu de temps il arrive au lieu où Lucidor l'attend avec impatience.

« Eh bien, mon grand ami, lui dit-il en l'embrassant, le prince aura-t-il le courage de me faire raison* de la mort de mon père ?

— Pensez seulement à vous bien défendre, répond Roland, et Dieu veuille que cette mêlée soit plus heureuse que l'autre. Le prince ne manquera

---

1. Rosset reproduit le cartel publié à ce moment-là par le « Mercure français » et qui deviendra un modèle du genre.

point de comparaître présentement ici où vous l'aviez convié. Je crois aussi que je serai du festin dont je me répute extrêmement heureux, tant pour l'honneur que j'y recevrai que pour le témoignage que je vous y rendrai de mon service. »

Tandis qu'ils disposent à bien faire, Alexandre, s'habillant promptement, envoie à Lindamart qui se voulait mettre dans le lit pour se reposer et qui revenait à l'heure même de la ville d'un lieu où il avait demeuré toute la nuit à passer le temps. Ce renommé cavalier ne manque pas de se rendre incontinent à la chambre du prince qui lui baille aussitôt à lire le défi, et puis, lui commande à l'oreille d'aller au même instant faire équiper de tout ce qu'il faut, deux bons chevaux, et les tirer hors de l'écurie, le plus secrètement qu'il lui sera possible. Lindamart obéit soudain au prince, et à peine les chevaux sont à la rue que le prince, qui n'avait pas la patience de se faire habiller, descend, saute légèrement sur l'un d'iceux, sans mettre le pied à l'étrier, et Lindamart sur l'autre, et puis, étant sortis par la porte qu'on nomme l'Hermite, ils marchent par cette belle plaine qu'on découvre à la sortie de la ville.

Lorsque Roland, qui est au guet, les aperçoit, il en avertit soudain Lucidor qui est caché derrière le clos de l'hermitage, et après, piquant son cheval, il s'approche du prince, le salue et lui tient ce discours : « Généreux Prince, vous savez la cérémonie qui se pratique ordinairement à visiter ceux qui doivent combattre à outrance, c'est pourquoi je vous supplie que vous ne trouviez point étrange si je procède envers vous comme je ferai envers une personne de moindre étoffe, et puis ce cavalier qui vous suit en fera de même, s'il vous plaît, envers Lucidor.

— Mon ami, dit Alexandre, il n'est pas besoin que tu prennes tant de peine, pique seulement vers ton maître, dis-lui qu'il se hâte et qu'il fasse comme tu me vois faire. » Ce disant, il prend son pourpoint qu'il dépouille, et le jette par terre en le déchirant, et découvre à nu sa chair qui fait honte à la blancheur des lys qu'on vient de cueillir tout fraîchement. Roland, étonné de ce courage qui n'a jamais vu la peur qu'au front de ses ennemis, doute, et non sans grande raison, de la vie de son maître, qu'à grande course de cheval, il va promptement faire sortir du lieu où il s'est mis à couvert.

Qui donnera à ma plume le savoir de bien dépeindre à la postérité le plus funeste et le plus horrible de tous les combats qui se liront jamais dans les histoires ? Quelle encre de sang marquera désormais d'une lettre assez rouge le dernier jour du mois le plus court de l'année, jour que la glorieuse fortune d'Alexandre et la triste aventure de Lucidor rendront pour jamais mémorable[1] ? Il semble que le soleil pâlit de peur à ce sanglant spectacle. O Perse ! voici un nouveau sujet de deuil ! La perte que tu feras bientôt de l'un des plus gentils courages que le flambeau du monde verra jamais, te doit être fort sensible. A la mienne volonté que la passion eût trouvé dans son âme moins de place que la raison, il eût suivi de bien près le prince Alexandre, en l'honneur qu'il doit un jour acquérir, lorsque ton jeune sofi ira à la conquête de tout le monde.

Sitôt que le brave Lucidor aperçoit Alexandre en l'état que nous l'avons laissé, il loue cette généreuse action, et pour ne lui céder en franchise, il ouvre son pourpoint, le met en pièces et paraît en chemise. Il pique des éperons son cheval, et partant comme un foudre, l'épée à la main, il se lance sur le prince qui fond sur lui comme un torrent qui tombe d'une haute montagne et qui noie toute une plaine. Les coups sont divers, car en passant, Lucidor perce l'épaule senestre* d'Alexandre, pendant que le prince lui passe son épée sous le bras droit

---

1. Claude de Malain (1594-1613), fils du précédent, provoque en duel le chevalier de Guise et meurt le 31 janvier 1613. Selon le code des duels, ce deuxième combat lave le chevalier de Guise des reproches que lui avait attirés le premier de la part de la régente.

sans lui faire autre mal. Le valeureux chevalier, voyant couler son sang à longs filets, et son adversaire sain et gaillard, s'échauffe comme un sanglier quand il se sent atteint d'un coup d'épieu. Il tourne son cheval, et se ruant sur Lucidor, il lui perce le bras gauche, pendant que l'autre lui porte un coup au côté droit que le prince ne sait si bien esquiver qu'une pièce de sa chemise n'en soit emportée. « O Dieu, se dit alors Alexandre tout bassement, vous savez la justice de ma cause, ne permettez pas que le désespoir d'un jeune homme triomphe de ma valeur. »

Il achevait de prononcer à part soi ces paroles, lorsqu'il fait faire un saut à son cheval et que, passant sur son adversaire, il lui tire une estocade qui lui perce d'outre en outre* le côté droit et en fait jaillir un ruisseau de sang. Lucidor, aucunement étonné, s'arme plus que devant d'un courage magnanime, et poussant son cheval, porte au petit ventre du prince un coup auquel ce parfait cavalier, par son adresse incomparable, oppose l'arçon de sa selle, qui en est percée de part en part ; et cependant il lâche un autre coup d'estoc dans l'épaule droite de Lucidor qu'il ouvre d'une profonde plaie. J'ai horreur de réciter les horribles coups qu'ils se donnèrent. Le prince en avait déjà cinq ou six qui perçaient à jour l'arçon de la selle de son cheval, et dix ou douze en diverses parties du corps ; et l'autre était percé comme un crible quand, transporté de rage, il se jette sur Alexandre et lui porte un coup droit au gosier que le prince divertit* de son épée, mais non pas si bien qu'il n'atteigne le gras du bras gauche et ne lui fasse une plaie large de quatre doigts. Qui a jamais vu un taureau échauffé de l'amoureuse rage se jeter furieusement sur son rival, qu'il s'imagine de voir Alexandre, lorsqu'il se sentit si vivement touché. Tel, par aventure*, était le dieu de Thrace, quand Diomède le blessa devant Troie [1],

---

1. Diomède : un des principaux héros de l'*Iliade* et du cycle troyen. Prit part à la guerre de Troie où il accomplit de multiples exploits grâce à la protection d'Athéna.

mais toutefois le prince était bien plus résolu à se venger car de ce bras qui châtie les plus mauvais garçons, il tire une si raide estocade que le coup brise une partie de l'épée de Lucidor qui s'était opposée à la rencontre, et pénétrant plus avant, trouve sous la mamelle gauche le sentier du cœur qu'il perce de part en part et en chasse la vie. Bienheureux guerrier à qui la cause de sa mort sert de consolation ! Car s'il meurt, pour le moins, c'est de la main du plus digne chevalier qui ceignit onques* épée.

Comme un vaillant guerrier qu'au milieu des combats
Quelque fameuse épée a fait premier à bas,
Et qui se sent la vie et le sang y répandre,
En mourant il s'écrie orgueilleux de sa mort :
Je meurs, mais abattu par la main d'Alexandre.

Pendant ce cruel exercice le généreux Lindamart et le brave Roland, qui s'étaient au commencement amusés à considérer la valeur et l'adresse de ces deux jeunes paladins, s'écartèrent quelque cent pas pour éprouver leurs épées. Lindamart, de qui le courage est estimé par tout le monde, avait été si pressé lorsque le prince lui commanda de le suivre, qu'ayant oublié son épée à sa chambre, il en prit à la rue une que l'un de ses laquais portait en écharpe, sans avoir la patience qu'on lui apportât la sienne ni sans considérer si celle qu'il prenait était de fine trempe.

Ils se tirèrent plusieurs coups mémorables où nous ne nous arrêterons plus longtemps, parce que notre intention n'est pas de décrire maintenant les particularités de leur combat que nous décrirons exactement en la suite de notre *Roman des chevaliers de la gloire*[1], lorsque qu'il sera temps d'en discourir.

---

1. *Le Romant des chevaliers de la gloire contenant plusieurs hautes et fameuses adventures des Princes et des Chevaliers qui parurent aux courses faictes à la Place Royale pour la feste des alliances de France et d'Espagne.* Dédié à la Reine Régente par François de Rosset, Paris, Pierre Bertaud, 1612.

Nous dirons seulement que, comme les armes sont journalières, Lindamart se trouva percé d'outre en outre* de deux coups mortels pour quelque autre qui eût eu moins de courage, mais non pas pour un si généreux cavalier qui ne mourra jamais de coup d'épée. Le malheur l'accompagne encore tellement que son cheval, venant à broncher, une profonde plaie qu'il a dans l'estomac* s'ouvre et verse un déluge de sang. Il se relève pourtant, l'épée à la main, et comme il est résolu de se venger, il aperçoit son adversaire qui, ayant vu tomber Lucidor, piquait vers Alexandre pour le supplier de se contenter de l'avoir mis à bas. Lindamart, croyant que Roland y courait pour un autre sujet, crie au prince qu'il prenne garde à lui.

Le chevalier se tourne, tout empourpré de sang, le glaive droit à la main. Voyant venir l'autre si légèrement vers lui, il part comme un trait décoché par un puissant archer, en intention de faire sentir le tranchant de sa redoutable épée à ce brave gentilhomme. Mais Roland s'arrête, et baissant la pointe de la sienne, lui dit : « Prince généreux, c'est assez. — Comment assez, repart le prince, encore tout échauffé, je ne dis jamais c'est assez tandis que j'ai l'épée à la main. — C'est assez, valeureux chevalier, poursuit encore l'autre, en croisant les bras, contentez-vous que toute valeur rend hommage à la vôtre. » A ces mots, Alexandre, qui tient du naturel du lion généreux qui pardonne aux vaincus et dompte les rebelles, s'arrête et profère ce langage : « Va donc, et pense aux funérailles de ton maître. » Il s'approche cependant de Lindamart qui s'était assis sur l'herbe, la perte de tant de sang ne lui permettant pas de remonter à cheval. Le chevalier, outré* d'une douleur extrême pour la crainte qu'il a de perdre un si fidèle serviteur, voyant qu'il n'était pas temps de discourir, regarde d'un côté et d'autre et voit un carrosse qui passe et qui tire vers la ville. Il pique soudain et prie ceux qui sont dedans d'y vouloir recevoir un gentilhomme extrêmement blessé pour être conduit à son logis. Au commencement, l'on fit difficulté de lui accorder sa prière parce que, de premier abord, on ne le reconnut pas ainsi sanglant qu'il était. Mais quand on sut que c'était le prince Alexandre, soudain on arrêta le carrosse et l'on coucha doucement dedans Lindamart.

Tandis*, la Renommée, prompte messagère des aventures, sème légèrement la nouvelle de ce combat par toute la ville de Suse. Au bruit qu'elle en fait, une infinité de seigneurs se rend à l'hôtel du grand Almidor. Le prince en avait été averti par le moyen du cartel* qu'on trouva sur la table de la chambre d'Alexandre. Il saute légèrement du lit, et comme il est prêt d'aller promptement vers le lieu de l'exécution, un gentilhomme arrive qui lui rapporte le succès du combat, la mort de Lucidor, la gloire d'Alexandre et les dangereuses blessures de Lindamart. « O pauvre Lindamart, dit alors le prince, soigneux de la vie des siens autant que de la sienne propre, que je te regrette ! Qu'on aille promptement chercher le savant Astibel, afin que leurs plaies soient par lui visitées de bonne heure. » Pendant qu'on va vers le logis de cet expert chirurgien qui fait des miracles en ses cures, un gentilhomme dit au prince Almidor qu'il ne doit pas se mettre en peine pour la vie de Lindamart, parce que c'est un témoignage infaillible qu'on ne meurt point lorsque l'on tombe d'un coup qu'on reçoit, si au même instant, l'on a le courage de se relever, de même qu'avait eu Lindamart. « O Dieux, repart le prince, c'est une faible raison pour m'assurer de la vie de Lindamart, car il n'a que trop de courage. »

Comme il tient ce discours et qu'il va se pourmener à la cour de son hôtel avec le duc incomparable qui, suivi d'une grande troupe de cavaliers, était hâtivement couru au logis du prince pour lui offrir son épée, voilà qu'Alexandre paraît, marchant au petit pas, sans pourpoint, couvert de son manteau durant la plus grande froidure de l'hiver. Il met pied à terre, et Almidor, en l'embrassant, lui demande s'il est fort blessé. « Monseigneur, se dit-il, non pas mortellement, comme je crois. Plût à Dieu que Lindamart en fût échappé à si bon marché. — Et où est-il ? repart Almidor. — Le voilà, dit Alexandre, dans ce carrosse qui s'approche de nous. » Cependant la fleur de toute la généreuse noblesse de Perse vient baiser la main victorieuse de ce jeune prince dont l'ardeur du courage empêche à la froidure de rendre figé son sang qui dégoutte de plusieurs parties de son corps. Chacun admire sa franchise et sa valeur et loue le Ciel de son heureuse fortune, mais particulièrement les citoyens de Suse, accourant à milliers devant l'hôtel d'Almidor, rendent grâce aux dieux de ce qu'ils ont conservé un si cher nourrisson*. Les uns disent que le nom de grand lui est aussi bien dû que celui d'Alexandre. Les autres assurent tout haut qu'un jour il obscurcira la gloire de ses ancêtres, lorsqu'il suivra le jeune sofi aux conquêtes que les oracles lui promettent.

Sur ces entrefaites, le carrosse où était Lindamart arrive. Il est porté doucement dans sa chambre et couché dans un bon lit où Astibel le traite avec tant de cure qu'en peu de jours on prend un bon augure de ses plaies. Nous le laisserons avec le prince Alexandre remettre entre les mains d'un si savant homme le soin de leur guérison et retournerons au récit de Lucidor.

Ce courageux cavalier, ayant rendu à la nature ce que tous les hommes lui doivent, et acquis par sa mort honorable un renom qui ne mourra jamais, son âme encore toute allumée de courroux est reçue dans la barque de l'avare nautonier qui la passe au-delà du fleuve, en un lieu où l'on ne voit jamais la plaisante lumière du soleil, et son corps est porté au monument par ses plus proches et mis avec le corps de son père dans une tombe de marbre, couverte d'une lame de cuivre où l'on grave ces paroles servant à tous deux d'épitaphe :

*O DIVERS SUCCES DU SORT DES HUMAINS
ICI GISENT LE PERE ET LE FILS. POUR
VENGER LA MORT DE SON PERE UN PRINCE
DONNE LA MORT AU PREMIER, ET L'AUTRE
VOULANT VENGER LA MORT DU SIEN, PERD
LUI-MEME LA VIE. PASSE, PASSANT, ET
LOUE SON COURAGE ET SA PIETE.*

C'est la fin tragique et déplorable du père et du fils. La mort de l'un nous apprend que, qui veut conserver sa vie doit empêcher que sa langue ne devance point en parlant ce qu'il doit dire. La parole vole légèrement mais elle blesse cruellement, elle passe comme un éclair mais elle brûle en passant, elle pénètre facilement dans l'âme mais elle n'en sort pas aisément. Enfin, on la profère sans aucune peine mais on ne la peut retirer, et comme elle vole légèrement, elle viole en un instant toute affection. Il est bien dangereux de dire non seulement des choses fausses mais encore d'en proférer de véritables, lorsque celui contre lequel on les adresse ne manque point de pouvoir ni de ressentiment. La mort entre par la porte de notre logis quand nous nous émancipons de discourir hors de saison*, sans considérer le lieu, le temps et la personne de qui nous parlons. Le vain discours est le témoignage d'une vaine conscience, la parole découvre incontinent les mœurs de celui qui la lâche.

Pour le fils, je le trouve grandement excusable, si l'on regarde à la rigoureuse loi d'honneur que toutes les âmes généreuses observent si exactement au royaume de Perse qu'y manquer en un seul point, c'est d'être déshonoré pour jamais. Il me semble encore que l'on remarque de l'injustice du Ciel au succès de la triste aventure de ce gentilhomme, Car, ô dieux ! pourra dire quelqu'un, si vous êtes défenseurs de la justice d'une cause, pourquoi permettez-vous que l'un, poursuivant la vengeance de la mort de son père, envoie l'un de ceux qui consentirent à son trépas aux demeures sombres et ténébreuses ?

Et que l'autre, poursuivant une pareille vengeance, est lui-même contraint de mourir de la main propre de celui qui a donné la mort à son père ?

O jugements du grand Dieu, répondra quelque autre, que vous êtes remplis de droiture ! Déjà n'advienne que nous osions vous attribuer l'iniquité. Le poids et la balance sont vos jugements, et vous rendez aux hommes leurs œuvres, et leur restituez suivant les voies des cœurs que vous sondez. L'un avait vengé la mort d'un innocent et l'autre voulait venger celui que l'on ne peut excuser.

Il ne faut donc s'étonner si vous consentez à sa perte, puisque vous supportez l'équité et faites vengeance de l'injustice. On doit suivre ce qui est juste si l'on veut vivre longuement sur la terre. C'est bien vivre lorsque ni passion, ni haine, ni bienveillance ne sont capables de nous faire embrasser une mauvaise cause. C'est pourquoi quiconque jugera de cette action, qu'il ne s'arrête pas à l'apparence, de peur de ne donner un téméraire jugement contre celui de qui l'innocence ne sera jamais offensée par la témérité, au lieu que la témérité pourrait nécessairement être nuisible à celui qui entreprendrait d'en juger témérairement.

LUCIDORIS INFORTUNATI
VINDICIS NECNON
MAGNANIMI IUVENIS
TUMULUS

B.I.C.P.C.

Ulcisci Patris cadem dum nititur armis
Filius, infoelix pro genitore cadit.
Victa licet pietas, tamen est laudanda, parentis
Victorem voluit, qui jugulare fui.[1]

---

1. Traduction : *Tombeau de l'infortuné Lucidor/vengeur non moins que jeune homme magnanime/ B.I.C.P.C./*(initiales non identifiées) *Fils malheureux qui meurt pour son père./Tandis qu'il essaie de venger par les armes la mort de son père./Bien que la justice apparaisse vaincue, elle doit toutefois être louée, car elle a voulu que ce soit moi qui tue le vainqueur de mon père.*

Histoire III

*De l'horrible et épouvantable sorcellerie
de Louis Goffredy, prêtre de Marseille.*

*En 1611, le procès en sorcellerie de Louis Goffredy
(ou Gaufridy) curé de Marseille, eut un écho retentissant et des conséquences sur deux autres affaires de
possession démoniaque, celle de Loudun en 1632 et
celle de Louviers en 1643*[1].

*L'obsession du diable partout présent autant que
le Dieu souverain fait partie de l'univers mental des
hommes des XVIe et XVIIe siècles et explique en partie
la vague de hantise démoniaque qui sévit en France
entre 1580 et 1640. Rosset veut en convaincre son
public, mais non sans inscrire les sabbats dans une
tradition ésotérique qui remonte à la mythologie
gréco-latine. Est-ce pour en minimiser les effets ? En
tout cas son récit a le mérite d'actualiser le rituel
immuable de ce genre de procès et d'en faire un spectacle presque théâtral.*

*Enfin, dans les plis de cette histoire, une mention
biographique de l'auteur, d'autant plus précieuse
que c'est une des rares que l'on possède : « J'ai honte
de publier tant d'horreur à la postérité et de diffamer
une province si proche du lieu de ma naissance, honteuse d'avoir produit ces prodiges. »*

Si jamais l'ennemi commun du genre humain a
donné du scandale au monde, si jamais il a fait
paraître, par ses horribles impiétés et par ses abomi-

---

1. Voir l'ample examen de cette affaire dans R. Mandrou,
Magistrats et sorciers en France au XVIIe *siècle. Un essai de psychologie
historique*, Paris, Plon 1968.

nables séductions, la malice* de sa nature et la tyrannie qu'il exerce sur ceux qui en sont possédés, j'estime qu'il a fait en ce siècle où nous vivons plus qu'en tout autre. Je sais bien que l'Antiquité peut produire des exemples de sa rage et de son imposture si exécrables qu'ils font dresser les cheveux en les lisant ; mais l'ignorance que les mortels avaient pour lors du vrai Dieu et leur idolâtrie servaient d'instrument à ses tromperies, de sorte que la merveille n'est pas si grande comme de voir maintenant qu'en ce siècle il ait puissance par ses organes de se jouer des deux plus augustes sacrements des chrétiens, de corrompre la chasteté des filles et des femmes, et de commettre mille autres abominables crimes, en ce siècle, dis-je, et en un pays où la foi de Jésus-Christ, qui a brisé par sa mort glorieuse la tête de ce serpent, est plantée, et où le nom du vrai Dieu est invoqué. L'horreur de cette histoire témoignera la vérité de mon dire. Je l'ai écrite suivant la vérité des actes et selon les mémoires que des témoins irréprochables en ont faits. Que ceux qui viendront après nous ne l'estiment point une fable. Il n'y a pas encore deux ans qu'un des plus grands et des plus infâmes instruments que l'Enfer ait jamais produit fut publiquement exécuté en Provence, après avoir été atteint et convaincu des abominations suivantes.

Aux montagnes proches de Grasse est un village nommé Belvezer où un certain prêtre renommé pour saint homme se tenait, nommé Pierre Goffredy. Il avait un neveu, fils d'un sien frère auquel il apprit quelque peu de lettres humaines, afin de le rendre capable de succéder un jour à une petite cure qu'il avait. Ce neveu s'appelait Louis Goffredy[1] à qui son oncle donna ses meubles en

---

1. Le nom de Louis Goffredy est écrit Gaufridy dans les actes du procès (Voir Robert Mandrou, *op.cit.*), mais dans d'autres textes on le trouve aussi orthographié Goffridi, voire même Jauffred. C'est pourquoi, nous respectons ici l'orthographe de Rosset pour les noms et toponymes cités : Magdelaine de la Palud, Louise Cappeau ou Cappel, le Père Domps (Domptius, plus

mourant et, entre autres, ses livres. Un soir, comme il en faisait inventaire, il y trouva parmi un certain petit livre écrit à la main, rempli de caractères[1] et d'invocations diaboliques, où le moyen de conjurer ces malheureux esprits était contenu. Au commencement, Goffredy était en résolution de le mettre dans le feu, mais la curiosité, qui cause tant de mal au monde, ayant plus de pouvoir dans son âme déjà disposée de sa nature au mal que la crainte de Dieu, il se résolut de faire expérience de ces invocations en la matière qu'elles étaient décrites et prit celle qui s'adressait à Belzébuth, prince des diables. Sitôt qu'il eut achevé l'exécrable mystère, voilà que Satan apparaît à lui en forme humaine et lui tient ce discours : « Que veux-tu de moi, Goffredy, je suis sorti de ma sombre demeure aussitôt que tu m'en as évoqué. » Goffredy fut de premier abord étonné ; toutefois, endurci en son abominable résolution, il répondit en cette sorte : « Qui es-tu qui te présentes maintenant à moi ? — Je suis, dit Satan, le prince de tout le monde. Je gouverne comme il me plaît, l'air, la mer, la terre et les enfers. Quiconque fera mon commandement et se donnera à moi, je le rendrai excellent en tout ce qu'il voudra. — Mais, repart Goffredy, cela serait bon si, après la mort, on n'était point si cruellement tourmenté dans la géhenne du feu pour avoir adhéré à tes volontés. — Que tu es simple, dit le diable, de croire ce tourment ! Ce sont des choses imaginées et forgées à plaisir pour faire peur aux hommes. Penses-tu que, si cela était, moi et tous mes anges eussions pouvoir d'aller partout où nous voulons exercer notre empire et y prendre nos ébats ? Il faut que tu croies que les âmes de ceux

---

connu sous son nom latin), la paroisse des Accoulés de Marseille (Accoules) et Belvezer (Beauvezer).

1. *Caractères* : « pour des lettres ou figures que quelques-uns croient avoir certaine vertu en conséquence d'un pacte avec le diable » (Acad.). Dans cette histoire et ailleurs on trouve aussi les expressions : *caractères et sortilèges, caractères et invocations diaboliques* ou encore *caractères de sorcière*.

qui font ce que je veux deviennent après la séparation de leurs corps des démons, et que suivant qu'elles ont opéré en ce monde selon ma volonté, elles sont récompensées de charges honorables. Or, si tu veux te donner entièrement à moi, je t'octroierai en ce monde tout ce que tu me demanderas, et puis tu seras avec nous après ta mort, colloqué en quelque degré des plus excellents. » O promesse non moins étrange que diabolique, et néanmoins estimée pour véritable de tous les sorciers, ainsi que nous le témoignerons par des exemples admirables en la suite de cette histoire.

Goffredy, alléché donc de cette promesse et déjà possédé de ce lion rugissant, prie le diable de lui donner terme d'un jour pour se résoudre à ce qu'il doit faire, et le malin esprit disparaît. Quand la nuit suivante est arrivée, ce malheureux réitère sa conjuration et Satan lui apparaît en même forme que la nuit précédente. Il est vrai que pour mieux attraper son homme il était environné d'une grande lumière. « As-tu bien pensé, dit-il à Goffredy, à ce que tu m'as promis hier ? — Oui, répond l'autre, si tu m'octroies ce que je te veux demander, je te donnerai pareillement tout ce que tu voudras de moi. Or je te demande trois choses. La première est que je veux être le plus honoré et le plus estimé de tous les prêtres de Provence. La seconde est que je veux vivre trente et quatre ans sans maladie ni incommodité en cette réputation. Et la troisième, que je veux être aimé et avoir la jouissance de toutes les femmes que je désirerai, soit en les soufflant[1], soit en leur donnant quelque charme. » Le diable lui ayant accordé ces trois choses, Goffredy lui en octroie trois autres. Il lui donne réciproquement son corps, son âme et toutes ses actions. Cédule* mutuelle s'en fait.

---

1. Louis Goffredy, surnommé « le prêtre souffleur de Marseille », aurait reconnu à son procès qu'il avait séduit des femmes en soufflant sur elles pour les voir transportées d'amour. Voir Michel Carmona, *Les Diables de Loudun. Sorcellerie et politique sous Richelieu*, Paris, Fayard, 1988.

Ce maudit écrit de son sang la sienne et Satan l'autre, de sa main. Toutefois il le trompe, selon la coutume : car au lieu de trente et quatre ans, il ne met que quatorze, lui éblouissant les yeux et lui faisant prendre un pour trois.

Cet accord diabolique passé, Goffredy quitte le lieu de sa demeure et s'achemine à Marseille où il fait dessein de s'arrêter. Il n'y eut pas longtemps été que, par son hypocrisie et moyens de son maître, il est fait bénéficié* en l'église des Accoulés. Le bruit* de sa sainteté court en peu de temps par tous les lieux circonvoisins. Toutes les femmes les plus dévotes se vont confesser à lui. Cependant il exerce sur elles ses maléfices, et en les soufflant, jouit de toutes celles qu'il veut. O étrange et inouïe permission de Dieu ! O Seigneur, que vos secrets sont profonds et inexplicables ! J'ai honte de publier ce qui n'est que trop véritable et qui, néanmoins, mériterait d'être submergé dans le fleuve d'oubli.

Pendant que cet hypocrite est estimé de tous les gens de bien et qu'il séduit les filles et les femmes de son prochain, il assiste ordinairement aux sabbats des sorciers et à leurs assemblées générales qui se font en divers climats de l'Europe et d'une partie de l'Asie. Il avait été élu en une de ces détestables convocations pour prince des magiciens d'Espagne, de France, d'Angleterre, d'Allemagne et de Turquie, si bien qu'il menait la bande, lorsqu'on faisait l'hommage au bouc, même souvent les diables le transportaient, quand il voulait, aux basses Allemagnes, pour y jouir d'une princesse sorcière, et puis le ramenaient à Marseille. Quelques années se passèrent de la sorte pendant qu'il fait toujours son séjour en cette ville, estimé, comme nous avons déjà dit, le plus homme de bien du monde. Cette réputation lui donnait l'entrée de plusieurs bonnes maisons et, entre autres, il s'insinua en celle d'un gentilhomme provençal nommé le Sieur de la Palud. Ce gentilhomme avait une jeune fille nommée Magdelaine de la Palud, assez belle et gentille et de l'âge de dix ans. Goffredy, ayant jeté l'œil sur elle, la convoita, et usant de ses charmes accoutumés, en eut la jouissance charnelle. Son père se tenait le plus souvent aux champs en une sienne métairie où Goffredy allait souvent, sous prétexte de la visiter, mais en effet c'était pour voir Magdelaine et pour exécuter ce qu'il avait entrepris en la sorte que je vais le réciter.

Ayant un jour trouvé Magdelaine toute seule et après avoir joui d'elle, il la sollicita de venir avec lui dans une caverne proche de cette métairie où il promettait de lui faire voir de grandes merveilles. Cette jeune fille le crut et tous deux étant arrivés dans l'antre, ils y trouvèrent un grand nombre d'hommes et de femmes qui dansaient à l'entour d'un grand bouc assis. Un tel spectacle effraya de premier abord Magdelaine, mais Goffredy lui donna courage, en lui disant que ceux qu'elle voyait étaient de leurs amis, qu'il ne fallait pas qu'elle eût peur, au contraire, qu'il fallait que désormais elle fût de la bande, lui promettant de recevoir le plus grand honneur qui lui pût jamais arriver. Avec ces belles paroles il la mène vers le bouc, qui était Belzébuth, et la lui présente. L'exécrable démon la prend et la marque comme les autres sorciers, et puis s'accouple avec elle et la viole. Ce fait, les sorciers et les sorcières, qui s'étaient assemblés à l'entour, jettent un grand cri de réjouissance et puis, d'un consentement, la déclarent princesse de la synagogue, de même que Goffredy en était le prince. Quand elle et Goffredy s'en retournent, il lui commande de ne dire rien de ce qu'elle avait vu ni à son père, ni à sa mère, ni à aucun autre. Depuis, il ne se tenait assemblée nocturne que les diables ne l'y transportassent, là où elle était reconnue pour maîtresse des autres sorcières et connue charnellement par le bouc.

Il se trouve des personnes qui se moquent de ce qu'on raconte, tant des marques de sorciers que des accouplements charnels qu'ils ont avec les diables, mais s'ils avaient lu les livres des païens, ils y auraient appris que ce n'est pas d'aujourd'hui que cet adversaire pratique ces choses. Les mystères de Cybèle [1], et de Cérès [2], et les orgies de Bacchus [3] n'étaient autre chose que ce qu'on appelle aujourd'hui sabbat. Les écrits d'Orphée [4] et d'Eumolpe [5], grands sorciers s'il en fut jamais, nous témoignent que ceux qui désiraient être reçus en cette confrérie et assemblée y étaient enrôlés de nuit dans quelque maison ou bien dans quelque caverne écartée.

L'on faisait asseoir le novice sur un escabeau, et puis, tous dansaient en rond à l'entour et l'on apercevait des choses étranges et horribles. Au reste, tous ces sorciers du temps passé étaient tous marqués comme Orphée, Eumolpe, Tirésias [6] et ses filles,

---

1. *Cybèle*, divinité des peuples pré-helléniques de l'Asie Mineure vénérée comme la mère universelle des dieux, des hommes, de la fécondité et, comme telle, s'identifiant avec la nature et la terre. Des rites orgiastiques et sanguinaires caractérisaient le culte dont elle était l'objet. L'initiation en était difficile.
2. *Cérès*, déesse romaine de la végétation et de la fécondité des champs, assimilée à la déesse grecque Déméter, était aussi l'objet d'un culte mystérieux (*Les livres sibyllins*).
3. *Bacchus*, dieu romain, fils de Jupiter et de Sémélé, correspondant au dieu grec Dionysos. Son culte, exclusivement orgiastique et nocturne, était célébré par des prêtresses appelées bacchantes à Rome, ou ménades à Athènes.
4. *Orphée* : poète et musicien thrace, fils du roi Œagre et de la Muse Calliope, époux de la nymphe Eurydice. Célèbre pour être descendu aux Enfers pour aller chercher Eurydice, mais aussi pour avoir fondé la religion orphique (Théogonie, Cosmogonie et Morale) qui eut une large diffusion, caractérisée par les mystères orphiques. L'âme pécheresse, ennemie des dieux est reléguée sur terre, prisonnière du corps. Grâce à l'initiation, l'extase, les jeûnes, l'observance des rites, l'âme se purifie, trouve la miséricorde dans l'Hadès, et redevient divine.
5. *Eumolpe* : fils de Poséidon et de Chioné, né en Thrace, à la fois poète, guerrier, devin, prêtre, législateur, il se serait établi à Eleusis où il aurait institué les mystères de Déméter et de Dionysos. Le culte serait resté en héritage dans la famille des Eumolpides qui en furent les prêtres pendant environ mille ans.
6. *Tirésias* : devin de la ville de Thèbes. Il avait perdu la vue pour avoir dévoilé aux mortels les secrets de l'Olympe ou pour avoir vu se baignant Chariclo aimée d'Athéna. Il avait révélé à Œdipe le mystère de sa naissance. A la fois homme et femme, il

Daphné et Manto[1], et autres, et étaient visités charnellement par des incubes et des succubes[2]. Mais laissant à part ce discours et retournant à notre histoire, témoignée par une infinité de personnes vivantes et confirmée par tant de bons religieux, voire encore par un arrêt d'une souveraine cour de Parlement prononcé par son premier président, l'une des grandes lumières de ce siècle, soit en doctrine, soit en piété*, nous dirons que par la permission de Dieu de qui la miséricorde est infinie et la piété* incompréhensible, il vint en fantaisie à Magdelaine de la Palud, qui péchait en partie de jeunesse et d'ignorance, de se rendre religieuse au couvent de Sainte Ursule qui est sous l'administration des prêtres qu'on nomme de la doctrine chrétienne. Ayant communiqué son intention à Goffredy, elle est persuadée de quitter* ce désir. Il ne veut point qu'elle entre nullement en religion, mais qu'elle épouse un beau et riche jeune homme qu'il veut lui donner pour mari. Toutefois ces promesses ne sont pas capables de la détourner de cette résolution. Le magicien, voyant qu'il ne peut l'en distraire, use de menaces et jure par toutes les puissances des Enfers que, si elle exécute son entreprise, il affligera tout le couvent et fera mourir cruellement elle et toutes les autres religieuses, avec tous les prêtres de la doctrine chrétienne. Ces menaces ne furent pas sans effet, car aussitôt que Magdelaine est reçue en cette religion, Goffredy, en vertu de la promesse qu'elle avait faite au diable signée de son sang, lui envoie dans son corps Belzébuth, Lévia-

---

aurait vécu sept, huit ou neuf âges d'hommes. Après sa mort, il conserva le don de la divination qu'il exerça aux Enfers.
1. *Daphné* : nymphe assimilée à la sibylle delphique, fille du devin Tirésias. *Manto* : prophétesse, fille de Tirésias. Elle passait pour avoir fondé en Asie Mineure l'oracle d'Apollon. Mais aussi nymphe d'Italie qui prédisait l'avenir et donna son nom à Mantoue. Virgile identifie les deux prophétesses.
2. L'incube est un démon masculin qui est censé abuser d'une femme durant son sommeil. A l'opposé, le succube est un démon femelle qui s'unit à l'homme durant la nuit.

than, Asmodée, Barbérith et Astaroth[1]. Déplorable condition de ceux qui servent à de tels maîtres ! Non content de cet acte, il jette encore un maléfice sur une autre jeune religieuse, nommée Louise Cappeau, et la fait posséder par un autre démon, appelé Verrine[2], et de deux siens compagnons, Grésil et Sonneillon.

Ces deux filles ainsi possédées faisaient paraître des mouvements étranges et non accoutumés. Elles se remuaient, se détordaient*, roulaient les yeux, tiraient la langue et faisaient parfois de telles grimaces que les prêtres qui en avaient le gouvernement en étaient tous ébahis. Le supérieur qui se nomme Jean-Baptiste Romillon, étonné de cet accident et reconnaissant d'où en procédait la cause, de peur de ne diffamer le couvent, s'efforçait d'y apporter le remède salutaire par l'entremise des exorcismes secrets et cachés qu'il faisait faire en leur chapelle. Mais quelque peine qu'il y prît, quelque jeûne, prière et oraison qu'il y employât, son travail fut inutile. Jamais les démons possesseurs de ces corps n'ouvrirent la bouche pour parler et pour déclarer qui ils étaient ni pourquoi ils s'y étaient logés. Ce bon Père, ayant longtemps travaillé en cet exercice et se voyant frustré de son attente, depuis un an qu'il ne cessait d'exercer le soin et le remède qu'il y pouvait apporter, se résolut d'amener Magdelaine de la Palud à Saint-Maximin. C'est une ville distante de Marseille de quelque sept lieues où l'on voit plusieurs saintes reliques, entre autres, la fiole où le sang que Notre Seigneur Jésus-Christ versa lorsqu'on lui ouvrit d'une lance le côté, est contenu, et où le corps de la Sainte Marie Magdelaine, qui le recueillit, repose. Quand il fut arrivé avec la possé-

---

1. Rosset énumère ici les hiérarchies infernales, dont font partie aussi Verrine, Grésil et Sonneillon cités plus bas.
2. Verrine était l'interlocuteur habituel des exorcistes en Provence.

dée, il alla trouver le Père Michaëlis[1], prieur du couvent, personnage renommé pour sa piété et religion, afin de prendre de lui conseil en une affaire de telle conséquence. Ce religieux Père fut d'avis qu'on fît faire une neuvaine à la possédée, en la chapelle où repose la Sainte Magdelaine, et puis, qu'on l'amenât avec Louise Cappeau à la Sainte-Baume[2], lieu où la belle pécheresse passa trente ans en une dure et austère pénitence. Ce fut le vingt-septième novembre 1610 qu'ils y arrivèrent et trouvèrent le Frère François Domps de l'ordre des Frères prêcheurs que le Père Michaëlis, son supérieur, y avait quelques jours auparavant envoyé. Ce Père Domps[3], ayant été prié d'exorciser, il commença par Louise, et après les conjurations usitées, le diable Verrine se mit à parler et à discourir au grand étonnement des assistants. Il nomma lui et ses compagnons pareillement, Grésil et Sonneillon, et pour preuve qu'il était un démon, il donna plusieurs signes extraordinaires durant quelques jours. Après, continuant son discours, il entra sur les louanges de la sainte mère de Dieu, sur sa beauté, sur ses richesses, sur son savoir,

---

1. Le Père Sébastien Michaëlis : dominicain, exorciste réputé en Provence, protagoniste de l'affaire Gaufridy qu'il raconte dans une publication intitulée *Histoire admirable de la possession et conversion d'une pénitente séduite par un magicien, la faisant sorcière et princesse au pays de Provence, conduite à la Sainte Baume pour y estre exorcisée l'an 1610, au mois de novembre....*, Paris, 1613. Ce livre, écrit dans un but de défense et de justification, fut vivement combattu avant sa publication mais connut un vif succès et des éditions nombreuses, voire même une traduction anglaise dès 1614. (Voir Mandrou n°19, cit., p.207.) Rosset semble l'avoir lu : le récit de l'exorcisation de Magdelaine reprend presque textuellement le texte de Michaëlis.
2. La grotte de la Sainte-Baume était un sanctuaire et un lieu de pèlerinage où tout le monde, même les rois et les reines, venait prier et demander des miracles. Voir Jean Loredan, *Un grand procès de sorcellerie au XVIIe siècle. L'Abbé Gaufridy et Madeleine de Demandolx*, Paris, Perrin, 1912.
Louise Capeau ou Cappeau ou Cappel, possédée elle aussi, s'y réfugie. Michelet s'en inspirera pour écrire *La Sorcière* en 1857.
3. En réalité le Père Domptius était un célèbre exorciseur et enseignait la théologie à la faculté de Louvain.

sur sa douceur et sur sa miséricorde. Tous ceux qui l'oyaient parler en étaient tous ravis. Il disait, en outre, qu'il avait été expressément destiné de Dieu pour découvrir deux personnes magiciennes et, entre autres, le prince des magiciens de France, d'Espagne, d'Angleterre, d'Allemagne et de Turquie, le Créateur de l'univers ne pouvant plus supporter les blasphèmes et les injures que l'on commettait la nuit contre sa divine Majesté et contre le Saint Sacrement de l'autel : « O peuple catholique, disait ce démon, voici la plus étrange et la plus inouïe chose qui soit jamais arrivée au monde, jamais de pareille n'y arrivera. Un diable est député pour le commerce des hommes. Et néanmoins la miséricorde céleste est si grande que ces pervers, ayant renoncé à Dieu, à la mort et à la passion de Jésus-Christ, son fils, et à tout ce qu'il a mérité, aux inspirations du Saint-Esprit, à l'assistance de la glorieuse Vierge, à tous les chœurs des anges, à tous les saints, aux sacrements, aux prédications, et généralement à toutes les créatures visibles et invisibles, hormis au diable : ce grand Dieu se sert maintenant des esprits malheureux pour les publier et les manifester aux yeux de tout le monde, voire même pour les convertir. » Ce diable Verrine continua de faire ces exhortations, l'espace de deux mois, et lorsque Magdelaine de la Palud fut confrontée à Louise Cappel, ce même démon injuriait Belzébuth, qui était dans le corps de Magdelaine et méprisait toutes les menaces, disant que c'était par le commandement de Dieu qui, pour cet effet, lui avait promis de diminuer les peines qu'il devait souffrir aux Enfers.

Après que Verrine eut fait des remontrances dignes et graves qu'il proférait contre son gré, à la louange de la Trinité, de la très sainte Vierge et de tous les anges, saints et saintes du Paradis, il nomma Louis Goffredy et dit que c'était lui qui était le prince des magiciens ; qu'il l'avait envoyé avec ses deux compagnons, Grésil et Sonneillon, dans le corps de Louise, ayant eu ce pouvoir parce que souvent elle avait demandé à Dieu de lui faire souffrir toutes les plus cruelles peines qu'on puisse imaginer, voire même les tourments des damnés, pourvu que ce fût pour la conversion de l'une de ses sœurs qui se trouverait hors de la grâce de Dieu. Ce diable eut un grand combat avec Belzébuth et avec Léviathan, Astaroth et Asmodée qui étaient dans le corps de Magdelaine et qui, comme ses supérieurs, le menaçaient à tous coups de le traiter cruellement en enfer, mais pour tout leur courroux il ne désista jamais de les mépriser et de nommer tout haut Louis Goffredy, auteur des plus horribles méchancetés qu'on peut inventer. Cependant que le Père Domps, et après lui le Père Michaëlis, exorcisèrent Magdelaine de la Palud et firent tant par leurs prières, leurs jeûnes et leurs oraisons qu'ils amollirent son cœur, et derechef la rendirent vraie contrite*. Ce ne fut pas pourtant sans que la misérable ne souffrît beaucoup des malins esprits qui la possédaient, et principalement de Belzébuth qui, tantôt la sollicitait de se tuer d'un couteau, tantôt de se précipiter, maintenant de s'enfuir, et d'autres désespoirs ; même le magicien qui l'avait séduite lui apparaissait visiblement avec d'autres enchanteurs, sans que les assistants en vissent rien, pour la confirmer aux promesses qu'elle avait faites au diable et pour lui jeter des caractères et des sortilèges propres à la détourner des remèdes salutaires que les bons Pères apportaient pour le salut de son âme. Et un jour, qui était le 18 janvier mil six cent onze, comme les religieux l'exhortaient de confesser ses péchés et publier devant tous les forfaits horribles et exécrables qui se commettent à la synagogue, Belzébuth la menaça de l'étrangler si elle les récitait. De sorte qu'à mesure qu'elle voulut ouvrir la bouche, ce prince infernal la prit par le gosier et la serra si étroitement qu'il lui fit rouler les yeux et perdre la parole. Les assistants, croyant qu'elle en mourrait, se mirent à lui faire le signe de la croix sur son gosier et à réciter le commencement de l'Evangile de saint Jean, *In principium erat Verbum*[1]. Cela fut cause que Satan l'ayant quittée, elle reprit le fil de son discours, non sans être tourmentée de nouveau par le magicien qui lui envoyait des sorciers et des sorcières, aux autres invisibles et non à elle, pour la remplir de charmes et lui faire perdre le sens et la mémoire. Ils entraient par la cheminée et leurs sortilèges avaient ce pouvoir, que* Magdelaine demeurait longtemps après comme morte. Et comme en vertu des exorcismes, les Pères l'interrogeaient d'où cela pouvait procéder, elle leur disait qu'ils en pourraient faire l'expérience s'ils voulaient, lorsqu'elle ouvrirait la bouche que le diable lui faisait expressément ouvrir pour donner entrée à ces sortilèges. Il arriva donc que, comme on la pressait de nommer les complices des sabbats où elle avait assisté et qu'elle ouvrait la bouche, le Père Fournez, dominicain, mit la main devant sa bouche et le charme tomba sur le tablier de Magdelaine, au grand étonnement des assistants, mais bien plus encore, lorsque le Père Michaëlis prit ce charme avec un couteau. C'était une matière crasse* et gluante, ressemblant à de la poix et à du miel entremêlés et brouillés ensemble.

Comme l'on vit que ce n'étaient pas des imaginations mais bien des choses véritables et réelles, on résolut d'avoir des épées et des hallebardes, pour s'en escrimer par le vide de la chambre et à la cheminée. Entre autres, il y eut un jeune homme nommé Gobert qui commença à battre dans la cheminée avec une épée toute nue, pendant que ses compagnons jouaient* de la hallebarde par la chambre. Pendant qu'ils se démenaient de la sorte, Magdelaine se mit à crier tout haut, en détordant* ses mains et en battant ses cuisses : « Ah ! misérable Marie, que viens-tu faire ici ? » Quand cette action fut finie, Magdelaine fut interrogée pourquoi elle s'était écriée de la sorte ; et elle répondit qu'une

---

[1]. Traduction : « Au début était le Verbe », Jean, I, 1.

jeune fille nommée Marie la Parisienne, était entrée avec sa servante nommée Cécile, dans la chambre, pour lui donner une lettre amoureuse de la part du magicien qu'elle n'avait voulu recevoir ; et que [celles-ci] n'ayant pas osé sortir par la cheminée de peur d'être blessées et voltigeant par la chambre portées par les démons, cette pauvre Marie, qui était une fille gentille et qu'elle[Madeleine] aimait par-dessus toutes celles de la synagogue, avait été atteinte d'un coup de hallebarde au côté gauche, près du cœur, et sa servante aux reins, de sorte qu'elle croyait que la plaie de Marie en serait mortelle et incurable. Et lorsque les religieux s'informèrent pourquoi elle ne perçait le châssis qui n'était que de papier pour s'enfuir, elle leur répondit que les diables avaient bien la puissance de faire sortir par la cheminée ou par quelque trou de telle grosseur qu'un grand chat y peut passer, les sorciers et les sorcières qu'ils y introduisaient, mais non pas de rompre ni de faire aucune ouverture sans la permission du maître du logis. Ce sont des choses bien admirables et néanmoins véritables, ainsi que l'effet le démontra : car tous les Pères qui assistaient à exorciser cette pauvre possédée avec plusieurs autres assistants, ouïrent sur le soir, et environ lorsque le soleil se couche, sur la cime de la prochaine* montagne, voisine de la Sainte-Baume, une voix qui se plaignait, comme d'une personne qui est aux peines de la mort. Ces plaintes durèrent un long temps, pendant lequel on fit venir Magdelaine, pour s'enquérir d'elle de la cause de ce deuil*. Elle mit à l'heure* la tête à la fenêtre, et regardant vers la montagne d'où la voix provenait, elle leur dit : « Ne voyez-vous pas Louis le magicien qui tient Marie sur ses genoux, qui la console et qu'elle se meurt ? » Sur les neuf heures du soir, les religieux du couvent, avec les femmes assistantes et autres personnes, virent paraître en l'air certains flambeaux et une grande quantité de chandelles allumées qui étaient portées en procession vers Marseille. Belzébuth fut le lendemain au matin interrogé, qui était cette créature qui se plaignait ainsi le soir précédent, et après plusieurs refus, il répondit enfin que c'était une jeune fille, que sa blessure avait été faite au cœur, qu'elle était morte sur la prochaine* montagne à huit heures du soir et que les sorciers avaient puis après jeté son corps dans la mer, derrière l'abbaye de Saint-Victor de Marseille où tous les magiciens s'étaient rendus. Ce malin esprit, contraint d'abondant* par la force des exorcismes, apprit aussi qu'elle était de la ville de Paris, fille d'un gentilhomme, nommé Henry Alphonse, qui se tenait auprès du Louvre, à main* gauche.

Cependant que les choses passent de la sorte, le bruit s'épand par tous les lieux de l'environ de cette horrible aventure. Louis Goffredy est accusé, mais il ne fait que se moquer de ce qu'on dit de lui. On l'avait en telle réputation à Marseille que le peuple, et particulièrement les femmes, disaient tout haut que l'envie que le Père Michaëlis et autres religieux avaient conçue contre lui, était cause de ce diffame*. Pour faire le bon valet*, ou plutôt commandé par ses supérieurs, il s'achemina à la Sainte-Baume. Le Père Michaëlis trouva bon à son arrivée qu'il exorcisât Louise, et à ces fins, lui remit toute son autorité. Quand il se présenta pour y vaquer*, Verrine commença à prier Dieu et Notre-Seigneur Jésus-Christ de convertir ce malheureux qui avait le cœur plus endurci qu'un caillou. Jamais on n'a ouï dire qu'un diable désirât et requît le salut d'un pécheur. Il ne songe plutôt qu'à le perdre. Et toutefois, cela est advenu de nos jours pour les raisons que ce mauvais esprit alléguait et que nous avons déjà déduites. Mais lorsqu'il priait avec un tel zèle, plusieurs des assistants pleuraient de compassion, d'autres interrompaient Verrine et disaient qu'il lui fallait interdire de parler. Toutefois ils ne surent si bien faire qu'il n'interrogeât Goffredy sur quatre points, à savoir :

Si Dieu est tout puissant.
Si l'Eglise a puissance de commander aux démons.
Si les diables peuvent être contraints de dire la vérité.
Si leurs instruments faits avec les solemnités requises sont valables.

Le magicien lui ayant accordé sa demande, il conjura les assistants de se souvenir de ce qu'il lui avait accordé, et puis lui dit qu'il commençait à exorciser. Ce qu'il fit, mais avec une si grande ignorance qu'à chaque fois il s'informait du Père Michaëlis comme il fallait faire. Et pendant son exorcisme, Verrine et Belzébuth se moquaient de lui, et principalement Verrine qui lui reprochait l'état de sa malheureuse vie, et comme il était le prince des magiciens, les horribles forfaits qu'il commettait aux sabbats en y célébrant la messe, y foulant puis après le corps de Notre-Seigneur et le donnant aux chiens. *O crime! ô méchanceté abominable!* « Ce malheureux, poursuivait Verrine, ne se contente pas de commettre ce que les diables n'oseraient avoir attenté, mais encore il répand puis après le sang du fils de Dieu sur les autres sorciers. » Et puis, tous d'une voix, ils se mettent à crier, *Sanguis ejus super nos* etc..., son sang soit sur nous.

Lorsque Verrine proférait ces paroles, les cheveux dressaient à ceux qui les écoutaient. Tout le monde faisait le signe de la croix pendant que ce pharaon demeurait obstiné en sa malice*, niant que cela fût véritable. Même quand les Pères religieux lui demandaient et le conjuraient de leur dire la vérité, s'il n'était pas magicien, au lieu que ce misérable invoquât le nom de Dieu, il se donnait à tous les diables que cela n'était pas. Et lorsqu'il exorcisait Magdelaine, elle fermait les yeux, ayant horreur de voir un trompeur, un abominable et un magicien, ennemi de Dieu et des hommes. Tandis*, il menaçait de tirer raison* de l'imposture, disait-il, qu'on lui mettait sus*, et ce huitième jour de janvier, ayant été mandé par l'évêque de Marseille, il partit de la

Sainte-Baume, au contentement de Belzébuth qui croyait que par ce moyen l'on le jugerait innocent et qu'il obtiendrait gain de cause.

Après toutes les formes et procédures qui se font suivant les canons de l'Eglise, le bon Père Michaëlis, avec certains autres bons religieux tant de l'ordre des Frères prêcheurs que de celui des capucins, ayant reconnu la vérité du fait qui leur était clairement témoigné par les marques diaboliques que Magdelaine portait imprimées sur son corps, et ayant ouï comme les démons avaient été contraints de manifester les horribles méchancetés de Goffredy qui feront peur à ceux qui les liront, comme d'avoir inventé, ainsi que nous avons dit ci-dessus, de dire la messe au sabbat, de consacrer véritablement et puis offrir le sacrifice à Lucifer, manger de la chair des petits enfants, ainsi que Magdelaine assura être véritable, qu'il aurait incité une femme de Marseille d'étouffer une sienne petite fille âgée de deux ans, nommée Marguerite, parce que ce malheureux et détestable forgeron d'enfer avait envie de manger de sa chair. Monsieur du Vair, premier Président[1], en fut averti. Il manda quérir les deux possédées et lui-même, puis après, s'achemina à l'archevêché où était Magdelaine, et en présence du Père Michaëlis et du Sieur Garaudel, vicaire de Monsieur l'Archevêque d'Aix et autres, il interrogea cette fille, lui promettant de la favoriser en la punition qu'elle méritait, pourvu qu'elle voulût librement déclarer, depuis le commencement jusqu'à la fin, l'histoire de la donation qu'elle avait faite au diable. Elle commençait à obéir au commandement de monsieur le premier président, lorsque Belzébuth la prit par le gosier et la serra tellement que l'on pensait qu'elle étoufferait. Ses yeux lui tournaient en la tête et sa face pâlissait au grand étonnement des spectateurs.

---

1. Guillaume du Vair, président du Parlement d'Aix-en-Provence présidera le procès Goffredy avant de devenir garde des Sceaux.

Mais après les exorcismes accoutumés, Satan abandonna son gosier et elle poursuivit son discours, et même elle montra une marque que cet adversaire lui avait faite au pied. Monsieur du Vair, pour épreuve, y fourra dedans une grosse épingle sans qu'elle en sentît rien ni sans qu'aucune goutte de sang en sortît : témoignages évidents des marques des sorciers [1]. Il aperçut encore un autre signe, c'est que Belzébuth se tenait sur la partie antérieure de la tête, faisant un continuel mouvement, la haussant et la baissant visiblement. Cela se pouvait vérifier par l'imposition de la main. Léviathan en faisait de même au derrière de la tête : toutes lesquelles choses, suivant le rapport du docte médecin Fontaine, de Mérindol, et de Grassin, professeurs en médecine, et de Bontemps, maître chirurgien et excellent anatomiste, étaient contre nature.

Tant de circonstances et de témoignages faisant paraître que Louis Goffredy était un véritable magicien et, entre autres, celui de Damoiselle Victoire de Courbier [2], il est saisi, mené à Aix et mis aux prisons accoutumées. Mais puisque nous venons à parler de la Damoiselle de Courbier, l'histoire en est telle.

Louis Goffredy, selon que nous avons dit ci-dessus, avait impétré* du diable que par charmes et par illusions il serait estimé le plus homme de bien et le meilleur prêtre de la Provence. Le bruit de sa sainteté courant par toute cette province, il n'y avait femme de Marseille qui ne désirât de se confesser à [lui]. Et Dieu sait si, sous prétexte de confession, il en séduisait. Le nombre en est si grand qu'il y en

---

1. La preuve d'insensibilisation fait partie de la procédure. Avec le concours des médecins, barbiers et chirurgiens, on rasait le corps du ou de la possédée, on y plantait de longues épingles pour circonscrire la zone insensible, le *punctum diabolicum*. La découverte de la marque équivalait à un aveu.
2. Victoire de Courbier est souvent laissée de côté dans l'évocation de l'affaire Goffredy sauf par Jean Loredan qui a lu et cite l'histoire de Rosset et parle de Victoire Corbie ou de Corbie.

eut plusieurs qui furent de la confrérie d'Actéon [1]. Comme sa réputation était en vogue, il arriva qu'une damoiselle nommée Victoire, honnête et pudique autant que femme du pays et mariée depuis peu de temps avec un gentilhomme, fut invitée à un jour solennel par sa belle-mère de s'aller confesser avec elle à Messire Louis Goffredy. Elles se tenaient en une maison des champs proche de Marseille, et de là, elles s'acheminèrent à l'église des Accoulés où demeurait Goffredy. Ce malheureux, jetant l'œil de la concupiscence sur cette damoiselle après l'avoir confessée, lui fit présent d'une sainte relique enchâssée dans de l'argent, la priant de la porter pour l'amour de Notre-Seigneur et lui donnant à entendre qu'elle était remplie de grande vertu. La damoiselle de Courbier, sans penser à aucune malice et croyant que Goffredy était un saint homme, la prit, et lorsqu'elle fut arrivée à son logis, elle l'a mis à son col. Mais à peine [l']eut-elle mise qu'elle se sentit embrasée d'une ardeur et d'une affection désordonnée envers cet exécrable. L'amitié qu'elle portait auparavant à son mari fut contrainte de céder au charme, et sa chasteté, qu'elle avait toujours si soigneusement gardée plus que sa propre vie, eût été corrompue par ce sortilège si elle en eût eu le moyen. O Dieu tout-puissant, est-il possible que vous donniez une telle puissance à vos cruels ennemis, que de triompher de ceux que vous lavez de votre sang précieux et régnerez par l'eau du Sacré Baptême. Cette damoiselle n'a point

---

1. La confrérie d'Actéon : il est difficile d'identifier aujourd'hui cette secte probablement secrète.
Actéon : fils d'Aristée et petit-fils de Cadmos. Ayant surpris Diane au bain, il fut métamorphosé en cerf par la déesse et aussitôt dévoré par ses propres chiens. La fortune littéraire de ce personnage mythique est grande à l'époque baroque : Actéon devient le symbole de l'homme héroïque, engagé de toutes ses forces dans la recherche du vrai Dieu jusqu'à ce qu'il parvienne à contempler Diane nue, c'est-à-dire la divinité dans toute sa splendeur qui se reflète dans l'apparence des choses comme dans le miroir d'une fontaine.

de repos. Elle parle à toute heure de Messire Louis et prie sa belle-mère d'aller avec elle pour le trouver, même en présence de son cher mari. Lui, qui ne faisait que commencer de jouir de celle qu'il avait tant tant aimée et qui pensait son amour être réciproque, comme il s'approche pour la caresser, la trouve avec des inquiétudes et des impatiences extraordinaires. Il s'étonne de ce changement, et comme la vraie amour est presque toujours suivie de défiance, il prend garde de plus près à ses actions et la tient de court*, pendant qu'elle, qui ne peut supporter le feu déréglé qui brûle en ses moëlles, est comme furieuse et a toujours Messire Louis à la bouche. Cette passion dura quelques jours jusqu'à tant que Dieu, ayant pitié de son innocence et ne voulant pas permettre que sa chasteté fût ainsi contaminée, voulut qu'en prenant une chemise, elle ôte de son col une feinte relique. Elle ne fut pas plutôt hors de son col que le charme cessa et l'amour désordonnée prit fin. Sa passion se représentant à ses yeux, elle s'en étonne, et s'accusant d'impudicité, elle verse un ruisseau de larmes : « Misérable, disait la dolente, est-il bien possible que ta volonté ait consenti à trahir ton honneur et à rompre la foi que tu as si saintement jurée à celui sans lequel tu ne saurais vivre ? Quelle eau sera capable de laver un si grand crime ? Quand tu y emploierais toute celle de la mer, encore ne serait-elle pas suffisante de le nettoyer. O mon Dieu, ayez pitié de ma folie, et vous, mon cher époux, si vous ne voulez octroyer pardon à celle que vous avez autrefois aimée si chèrement, faites-en la punition sur mon corps telle qu'il vous plaira. Vous ne m'en sauriez donner de si grande que ma déloyauté n'en mérite encore une plus grave. » Tenant ce discours, son mari qui était bien fâché de ses déportements et qui ne l'éloignait guère de vue, entre dans la chambre où elle lamentait. Sitôt qu'elle le voit, elle court et l'embrasse étroitement en pleurant à chaudes larmes. Lui qui l'aime, comme nous avons déjà dit, la caresse réciproquement, et après lui avoir demandé si elle ne peut point aller avec lui à la ville pour voir Messire Louis : « Ah ! ma chère âme, répond-elle, je vous conjure, ne me parlez jamais de cet homme, autrement je me donnerai la mort de ma main propre. » Ce gentilhomme, la voyant changée et en meilleur sens que de coutume, se doute soudain de quelque charme et s'informe d'elle si Messire Louis ne lui avait rien donné. « Si a bien, dit-elle, il me donna un *Agnus Dei* enchâssé dans de l'argent que j'ai porté à mon col quelque temps. — Et où est-il, poursuit le mari. — Il est, repart-elle, dans mon coffre. » Il lui demande la clef du coffre qu'il ouvre, et puis prend cet *Agnus Dei*, et trouve dedans la patte d'une chauve-souris, et par même moyen, découvre la méchanceté et le maléfice de cet exécrable sorcier qui, comme nous avons dit, est déjà entre les mains de la justice. Cette damoiselle se plaint et fait partie* contre lui. Et en l'arrêt qu'on donna, elle est nommée, ainsi que nous verrons en la suite de cette histoire.

Comme il est prisonnier, la Cour, pour s'informer plus au vrai des maléfices qu'on lui mettait sus*, après quelques interrogations faites, le fait visiter par Maître Jacques Fontaine, Louis Grassin et Antoine Mérindol, docteurs en médecine, pour voir s'il n'est point marqué, comme sont ordinairement tous les sorciers, afin qu'après leur rapport, il soit procédé comme de raison. Ces docteurs, suivant les commandements de la Cour, le visitent et le dépouillent, assistés de Maîtres Bontemps et Proult, maîtres chirurgiens, en présence de Messieurs Thoron et Seguitan, conseillers et commissaires députés, et de Garaudel, vicaire général. Ils trouvent sur son corps plusieurs marques infaillibles de sorciers et en font leur rapport. Le docte Fontaine en a fait un livre sur ce sujet qui se lit publiquement[1]. La Cour,

---

1. Jacques Fontaine, *Discours des marques des sorcières et de la réelle possession que le diable prend sur le corps des hommes sur le sujet de*

cependant, l'interroge derechef et le confronte à Magdelaine de la Palud qui lui soutient* constamment, sans varier toutes ses méchancetés, et particulièrement récite en sa présence la manière dont il usa pour la corrompre et la séduire. Il nie toujours néanmoins, méchant et exécrable obstiné qu'il est. Il est cependant visité par Belzébuth qui, à ces fins, quitte par intervalles le corps de Magdelaine, suivant que Léviathan, Astaroth et Barberith, demeurés dedans pour garder la place avec Asmodée et autres esprits infernaux, assurent. Le même prince des diables confirme leur dire à son retour, forcé par la vertu des exorcismes et rapporte comme il a bien endurci le cœur de Goffredy afin qu'il ne se convertisse point. Cependant il ne cesse d'affliger et de torturer Magdelaine, et voyant qu'elle était vraiment repentante, même que, par la force de sa repentance, les caractères de sorcière qu'elle avait au corps étaient effacés, il fit qu'Asmodée, qui est le démon qui incite aux saletés, la polluât à toute heure, au grand scandale des assistants. Vilenie exécrable d'enfer qui découvre toujours par ses effets ce qu'il est. Les péchés de cette malheureuse étaient bien détestables, puisque Dieu permettait ces abominations être exercées sur son corps. En outre, elle était battue incessamment* avec tant de rigueur qu'elle émouvait chacun à la compassion. J'ai honte de publier tant d'horreur à la postérité et de diffamer une province si proche du lieu de ma naissance, honteuse pour avoir produit ces prodiges. Ceux qui viendront après nous douteront, ainsi que j'ai dit, de la vérité de cette histoire, mais la caution que je leur donne d'un si grand président et d'un si auguste Sénat, jointe au témoignage de ces révérends Pères et bons religieux, les doit disposer à la croyance.

Le procès ayant été fait à cet exécrable magicien,

---

l'abominable et détestable sorcier Louis Gaufridy, prestre bénéficié en l'église parrocchiale des Accoules de Marseille, Paris, Langlois, 1611.

avant que procéder à la condamnation, on tâcha de le convertir. Plusieurs religieux renommés pour leur sainteté de vie y prirent beaucoup de peine, mais ce n'était qu'hypocrisie en son fait. S'il pleurait quelquefois, il jetait des larmes à la façon des sorciers, en mettant les deux doigts indices* sur les deux tempes de la tête : larmes qui n'étaient pas pourtant chaudes, comme les autres communes, ainsi que l'expérience le fit paraître, les Pères qui l'exhortaient en ayant été avertis par Magdelaine. Toutefois il se confessa et reconnut aucunement* ses péchés, mais l'on voyait bien que c'était à grand-peine. Ce misérable obstiné de la sorte croyait, comme font tous les magiciens, qu'après sa mort il deviendrait un démon de l'air qui, comme les autres malins esprits, tourmenterait les hommes. Car durant le temps qu'il exerçait l'office de prince des magiciens, il était plus malicieux et plus exécrable que les diables mêmes, ainsi que Verrine et Belzébuth le rapportaient. L'un de ses plus grands désirs était d'engendrer l'Antéchrist[1] ou bien de vivre jusqu'à sa venue, afin de pouvoir joindre sa rage avec celle du fils de perdition. Or, que les magiciens aient cru d'être faits démons de l'air après leur mort, la sibylle Erythrée[2] nous le témoigne en ces termes : « Lors, dit cette sorcière, que le grand Apollon tirera mon âme hors de ce corps, elle s'envolera libre et se pourmènera par les vides campagnes de l'air, se mêlant parmi les voix des vents légers et invisibles, et prédisant parmi leurs confuses haleines, aux oreilles des mortels, l'heur* et le malheur de leurs futures aventures. Mon corps même, engraissant la terre, lui fera pousser des herbes et des racines. Les brebis

---

1. Jean, 1ère Epître, II, 18, 22 ; Paul, *2 Thessalôniciens*, II, 3-4.
2. Erythrée est la plus célèbre et la plus ancienne des devineresses. A vécu dix générations jusqu'à la guerre de Troie. Venue en Italie, elle assume les traits et le nom de la sibylle de Cumes. Elle occupe une place importante dans la religion romaine à cause des *Livres sibyllins*, mais aussi dans l'iconographie chrétienne primitive pour avoir annoncé la venue du Christ.

qui y paîtront sentiront couler dans leur foie une science véritable des choses secrètes et inconnues, et les oiseaux qui mangeront de ma chair prédiront à ceux qui se mêlent d'augurer le succès des choses à venir. »

C'est la belle croyance de ceux qui se sont donnés à Satan. Mais il est temps de reprendre le fil de notre histoire et de dire que, durant la prison de Louis Goffredy, les magiciens de toutes les parties de l'Europe et de plusieurs climats de l'Asie s'assemblaient tous les jours, tant pour jeter des sortilèges contre Magdelaine que pour empêcher la conversion de Goffredy et l'accusation qu'il pouvait faire de ses compagnons. Belzébuth même quitta pour quelques heures le corps de Magdelaine et fut en Enfer consulter le monarque de tous les esprits sur ce qu'il devait faire touchant leur homme qui chancelait en ses réponses et se rendait coupable à toute heure. Lucifer lui commanda de se mettre lui-même à sa langue* et de répondre pour lui : « Car, disait-il, c'est un *Durbec*, mot de Provence qui signifie un sot oiseau, lequel a la tête plus grosse que le corps. C'est autant que si l'on disait un niais et un étourdi. Belzébuth, au retour qu'il fit au corps de Magdelaine, racontait ces choses en vertu des exorcismes. Quant aux assemblées et synagogues de tous les sorciers elle se tint plusieurs fois auprès de la Sainte-Baume, et particulièrement le 8 d'avril mil six cent onze, an et mois de l'exécution du magicien auprès de Marseille, ainsi que Belzébuth le jura, après avoir été conjuré tant pour le fait de Goffredy que pour faire mourir Magdelaine de la Palud. Aussi les diables lui donnèrent ce jour-là tant de tourments qu'elle émouvait à grande compassion les assistants. Quelquefois, après l'avoir bien battue, ils la levaient en l'air, prêts à l'emporter, si les bons religieux qui l'assistaient ne l'eussent secourue. Or ces malins esprits ne la tourmentaient pas seulement, les magiciens contribuaient aussi toute leur malice* pour son affliction. Un jour, elle se pourmenait en la galerie qui était joignant sa chambre en l'archevêché d'Aix, lorsqu'un magicien nommé Jean-Baptiste, ainsi qu'elle disait, vint à l'instant et avec une lancette lui piqua le doigt plus proche de l'auriculaire, et ayant pris de son sang, se retira. Alors elle fit un grand cri et alla promptement vers les Pères Billet et Bailletot qui la gardaient pour leur montrer le sang qui sortait encore de son doigt, même ils en virent eux-mêmes trois gouttes sur la fenêtre par où ce magicien s'en était enfui. Soudain ils en avertirent le sieur Thoron commissaire et le médecin Grassin. C'est sans doute que l'enchanteur lui tira ce sang pour faire contre elle un maléfice et pour lui rallumer dans son âme l'amour qu'elle portait auparavant à Goffredy. Et ce maléfice fit son opération le lendemain. Elle fut agitée tout ce jour-là par des mouvements si étranges et prodigieux qu'on croyait assurément qu'elle en mourrait.

Cependant le prince des magiciens est toujours en prison, et souvent, sur la cime de la tour de la prison l'on voit et l'on entend hurler, et principalement la nuit, un gros chat-huant, ensemble* une troupe de chiens, effroyablement. On le confronta plusieurs fois à Magdelaine, laquelle, entre les autres accusations qu'elle fit contre lui, soutint un jour qu'il ne lui pouvait nier quatre choses. La première, d'avoir ravi sa virginité dans la maison de son père. La seconde, de l'avoir conduite et menée en la détestable synagogue des sorciers, et là, après lui avoir fait renoncer à Dieu, à sa part de Paradis, et aux mérites du sang précieux de Notre-Seigneur Jésus-Christ, et généralement à tous les sacrements de l'Eglise, et autres œuvres de piété, l'avoir baptisée au nom des diables et ointe de leur crème, et puis marquée des marques qu'elle portait encore. En troisième lieu, de lui avoir donné un *Agnus Dei* et une pêche charmée. Et enfin, d'avoir envoyé dans son corps toute cette légion de diables, lorsqu'elle se rendit, contre la volonté de ce magicien, dans le couvent de Sainte Ursule dont les malins esprits ont dit beaucoup de mal ; mais [d'avoir] néanmoins confessé malgré eux, que cette compagnie était cause de beaucoup de désordre en enfer. Ce malheureux et détestable nia fort et ferme cette accusation comme fausse et controuvée* et jura par le nom de Dieu, et par la très Sainte Vierge, et par saint Jean-Baptiste, que c'étaient des impostures. « C'est votre jurement accoutumé, répond Magdelaine, votre synagogue le pratique ordinairement, mais il faut savoir comme vous l'expliquez. Lorsque vous parlez de Dieu le Père, vous entendez Lucifer, par le Fils, Belzébuth, et par le Saint-Esprit, Léviathan ; lorsque vous attestez le nom de la Vierge, c'est la mère de l'Antéchrist, et le diable précurseur de ce fils de perdition, est votre saint Jean-Baptiste. » O Ciel, se peut-il ouïr ni imaginer rien de plus exécrable ! En quel siècle maudit et abominable avons-nous pris naissance que nous y voyons de tels monstres ? Les péchés de Sodome et de Gomorrhe et de Babylone sont-ils comparables à ces blasphèmes et impiétés ? Je frémis moi-même d'horreur, écrivant cette histoire, ma main en frissonne toute, et à peine peut-elle empêcher que la plume ne lui échappe. Si les diables sont véritables, lorsqu'ils sont adjurés de proférer la vérité par des exorcismes de l'Église, je crois les paroles de Verrine qui a toujours assuré, étant dans le corps de la dite Louise Cappel, que la fin du monde était proche et que l'Antéchrist était déjà né d'un incube et d'une juive. Il est impossible que la patience de Dieu puisse plus longtemps supporter ces détestables péchés. Je m'étonne qu'il n'a déjà exterminé la race des mortels. N'ayant plus de pouvoir de réciter davantage les crimes de cet abominable magicien, je m'en vais finir cette histoire par la fin de sa vie. La cour du Parlement de Provence, ayant bien dûment examiné les actes du procès tant les preuves et indices de la possession diabolique de Magdelaine de la Palud, auditions, dépositions, confessions d'icelle sur le rapt fait d'elle, pactes et promesses aux malins esprits et autres cahiers d'information que les attestations et les rapports des médecins commis pour vérifier les marques de la dite Magdelaine de la Palud et de Louis Goffredy ; ensemble* l'audition de la dite damoiselle Victoire de Courbier, sur les charmes à elle baillés par le magicien qui lui avait causé indisposition en son cerveau et une amour désordonnée envers celui-ci, avec les confessions, rétractions et secondes confessions volontaires de ce maudit et exécrable sorcier Louis Goffredy, et autres choses contenues au procès, le déclara par un arrêt fort solennel et mémorable, atteint et convaincu* des crimes à lui imposés, et pour réparation d'iceux, le condamna d'être livré entre les mains de l'exécuteur pour être conduit et mené par tous les lieux et carrefours accoutumés de la ville d'Aix, et au-devant de la porte de l'église métropolitaine Saint-Sauveur pour y faire amende honorable, tête nue et pieds nus, la hart* au col, tenant un flambeau ardent en ses mains, pour *illec* à genoux demander pardon à Dieu, au Roi et à la Justice, puis d'être mené à la place des Prêcheurs de la dite ville, et à y être ars et brûlé tout vif[1] sur un bûcher, jusqu'à consommation de sa chair et ossements dont les cendres seraient jetées au vent ; et avant l'exécution, d'être appliqué à la question* ordinaire et extraordinaire[2], pour tirer de sa bouche la vérité de ses complices. Cet arrêt fut prononcé et exécuté le dernier d'avril mil six cent onze. Sitôt qu'il eut été exécuté, Marguerite, fort honnête fille de la maison de Sainte Ursule, fut délivrée de trois diables qui la possédaient. Grésil et Sonneillon, deux autres diables qui étaient dedans le corps de Louise Cappel, sortirent pareillement, mais non pas Verrine, disant que la volonté de Dieu était telle qu'il ne sortît point, jus-

---

1. *Ars et brûlé vif...* : expression officielle de condamnation dans les procès en sorcellerie.
2. *La question ordinaire et extraordinaire* : la torture en deux actes, la première étant la plus simple, celle de l'estrapade, la seconde allant jusqu'à la dislocation du corps.

qu'à ce que la fin de cette histoire fût venue, par la déclaration qu'il devait faire des complices. Aussi il commença de les nommer par noms et par surnoms, et particulièrement une fille aveugle nommée Honorée qui fut prise, trouvée marquée et convaincue, et puis brûlée, avec grande douleur qu'elle ressentait pour ses fautes. Quant à Magdelaine de la Palud, elle fut aussi délivrée d'Asmodée, cet esprit malin qui la polluait, et d'autres diables. Cependant elle fait des pèlerinages tantôt vers la Sainte-Baume, tantôt à Saint-Maximin, et maintenant elle va à Saint-Firmin, église proche de la ville d'Uzès en Languedoc. Elle est néanmoins encore possédée de Belzébuth qui la tourmente toujours pour l'expiation de ses péchés. Elle le tient pourtant lié par la permission de Dieu dans son corps, de telle sorte qu'il n'en peut sortir aucunement, bien que le diable lui demande congé pour un quart d'heure seulement, afin de mettre ordre à ses sabbats. Cette pauvre repentante fait depuis pénitence et va chercher avec d'autres pauvres femmes de Carpentras, nus pieds, du bois qu'elle vend puis après publiquement, et tout l'argent qui en provient, elle le distribue aux pauvres, non sans être souvent affligée de ses plus proches parents pour cette humilité. Dieu la veuille assister par sa sainte grâce et la délivrer entièrement de la possession du malin esprit.

C'est la fin tragique de ce malheureux prêtre qui, pour un plaisir temporel et une fumée d'honneur, renonça à son Créateur et à la part de Paradis qui lui était ouvert, aux sacrements de l'Eglise. Si j'eusse voulu écrire toutes ses méchancetés, il eût fallu remplir tout un gros volume et non une simple narration. Je sais qu'il y en aura plusieurs qui riront de cette histoire, encore que la vérité en apparaisse par le témoignage de tant de gens de bien et par l'arrêt d'un si célèbre Parlement, prononcé de la bouche de l'un des plus illustres hommes de notre siècle. Entre telles personnes, je vois les athées et les hérétiques qui rapportent aux causes naturelles ce qu'on raconte des démoniacles* et des sorciers. Ils disent que la fantaisie blessée reçoit de vaines impressions et des chimères qui font fourvoyer l'entendement du droit chemin de la raison, allèguent l'exemple des prétendus sorciers qui croient être portés aux sabbats pendant qu'ils sont assoupis de sommeil. Enfin ces personnes voudraient mettre en cette croyance qu'il n'y a ni esprit ni sorcier et que ce sont choses inventées. Mais les impies, tandis qu'ils nous veulent imprimer cette erreur, ils tâchent aussi de saper sourdement un autre pilier que nous avons de la connaissance du vrai Dieu et de son Fils, notre Rédempteur, qui nous apprend dans les Evangiles qu'il y a des diables, par le commandement qu'il leur fait de sortir hors du corps des possédés qui imploraient son assistance. Les Actes des Apôtres font aussi mention de Simon le magicien [1] et le Vieil Testament est fourni d'une infinité d'exemples de sorciers que Dieu commande d'exterminer. La Pythonisse ou sorcière d'Endor dont il est parlé au livre de Samuel [2] en fait foi, et autres qu'il n'est pas besoin de réciter. Or, quoique les libertins de ce misérable siècle tournent en risée de ce qu'on dit des sorciers, des marques qu'ils portent sur leur corps et des hommages qu'ils rendent à Satan, nous ne laisserons pas de croire ce qui est de la vérité, puisque même les témoignages des païens confirment ce que nous voyons arriver tous les jours.

Durant que l'idolâtrie était en sa plus grande vogue, les infidèles, et particulièrement les Syriens et les Egyptiens portaient des lettres et des caractères qui signifiaient les noms de leurs idoles. C'est pourquoi Moïse défendit aux Israélites de n'imprimer sur leurs corps aucunes marques, lettres ni caractères, en haine des idolâtres qui en usaient

---

1. *Actes des Apôtres*, VIII, 7-13.
2. La Pythonisse ou sorcière d'Endor fut consultée par Saul. *I Rois (Samuel)*, XVIII, 7, 9.

pour lors[1]. Ceux qui s'enrôlaient en la religion du dieu Mithras[2] en Perse étaient marqués par lettres de feu. Et puis, ne lisons-nous pas dans les livres de l'Antiquité païenne comme les striges et les sorciers sont de tout temps avides du sang des petits enfants ? Cavidie[3] enterra un petit garçon jusqu'au menton et le fit mourir ainsi lentement, et de sa moelle et de son foie, composa un breuvage amoureux. Tout ce qu'on nous raconte des ménades qui suivaient Bacchus en forme de bouc n'est que le sabbat des sorciers de ce temps qui adorent le diable en figure de bouc, puant et infect. C'est ce Pan lascif, tant recherché des matrones d'Italie. C'est ce démon dusien[4] qui s'accouplait jadis avec nos Gauloises. Nous lisons encore qu'en Grèce l'on célébrait anciennement les bacchanales de trois en trois ans sur le Mont Parnasse. A la fête l'on y voyait arriver de tous les côtés des satyres à grandes troupes qui s'assemblaient, et après dansaient en rond, et faisaient sonner des cymbales et des tambours, et criaient hautement en voix enrouée : *Saboé, Enam, Attes et Hyes.* Je laisse maintenant à juger si ce n'était pas le sabbat des sorciers d'aujourd'hui qui dansent et qui se mettent parmi les diables. Suivant la déposition de ceux qui ont été atteints et convaincus* de sortilège, les sorciers crient aujourd'hui en leurs synagogues, *Har, Sabat, Sabat.* Dieu veuille réduire* ces misérables à la voie de salut ou bien permettre

---

1. *Exode*, XX, 4.
2. Mithras ou Mithra : grande divinité iranienne et mazdéiste, dont les origines sont mal connues. Dieu de la lumière créée, le dieu de la véracité, de la bonne foi et des contrats, le censeur clairvoyant des actions humaines. Implantés en Mésopotamie, hellénisés puis romanisés, les mystères se célébraient dans des grottes garnies de leurs symboles : sacrifice du taureau, poignardé par Mithra portant le bonnet phrygien, un autel de feu et une source d'eau sacrée. Le culte consistait en mortifications, en purifications, en ablutions, surtout en incantations.
3. *Cavidie* : femme vampire ?
4. *Démon dusien* : mythologie celtique, génies malfaisants auxquels les Gaulois rendaient un culte.

que, s'ils demeurent obstinés en leurs souillures, paillardises, péchés contre nature exécrables et diaboliques, meurtres et sanglants désirs de vengeance, la justice y mette si bien la main qu'ils soient exterminés entièrement de la terre, à la confusion de leur bouc détestable, sale et puant, et à la gloire de Notre-Seigneur et Rédempteur Jésus-Christ.

Histoire IV

Le funeste et lamentable mariage du valeureux Lyndorac et de la belle Calliste, et des tristes accidents qui en sont procédés.

> *Dans cette première histoire d'amour Rosset décrit avec une délicatesse surprenante « ce premier coup de tempête et d'orage » qu'est la naissance de l'amour. Sentiment légitime puisqu'il s'agit de deux jeunes époux mais, très vite, l'horizon s'obscurcit, car la jalousie s'empare du jeune et valeureux Lyndorac et le porte à venger son honneur dans une suite de duels, à la recherche de Rochebelle, séducteur vantard et poltron. Rosset s'attache surtout à représenter les effets dévastateurs de cette « jalouse fureur ».*

Lyndorac, que le Ciel avait pourvu de valeur et de courage autant que gentilhomme de France, tirait son origine des contrées où prend sa source le fleuve du Gard, renommé pour le pont admirable que l'empereur Adrien [1] y fit bâtir. Son inclination, qui le poussait naturellement aux armes, lui fit en l'âge de quinze ans quitter sa patrie et s'exposer aux hasards de la guerre, pour en moissonner les lauriers que l'on ne peut recueillir sans les arroser premièrement de sang. Le Languedoc, la Provence et le Dauphiné admirent déjà sa valeur et la publient si bien que le grand Henri, amoureux de tels hommes, le veut avoir auprès de sa majesté. Il lui donne

---

1. Ce n'est pas Adrien (72-138 ap. J.-C) qui fit construire le pont du Gard, comme le dit Rosset, mais Agrippa, gendre d'Auguste, en 19 av. J.-C.

des charges qui excèdent son âge et l'emploie en des affaires et des intelligences qu'il a parmi les nations étrangères ; et Lyndorac s'en démêle si bien que ce grand prince, qui ne se trompait jamais en son élection, l'en aime et l'en estime davantage.

Mon sujet n'est pas de raconter ici particulièrement les effets de la valeur, du courage et du jugement de Lyndorac. Il a mieux gravé son nom sur le dos de ses ennemis que je ne saurais faire avec une plume sur du papier. Je dirai seulement qu'après avoir reçu de son prince ce qu'il méritait, avec promesse d'en recevoir davantage, l'humeur le prit de revoir ses parents. Il part avec son congé et arrive au bas Languedoc. Ce ne sont que caresses et que visites de ses amis. Ceux que son renom attirait par l'oreille veulent maintenant contenter leurs yeux et remarquent en Lyndorac une vive image de valeur. Cette belle disposition, cette gaillarde jeunesse qui commence à pousser un premier coton*, ce corps où la nature admire ses richesses et le bruit de sa valeur, lui donnent l'entrée libre parmi les plus honnêtes compagnies. Les dames, à l'envi, l'honorent et plusieurs tâchent de gagner sa liberté. Lui, que les exercices de Mars avaient jusqu'alors empêché de recevoir les charmes d'un bel œil, aussitôt qu'il voit Calliste, un désir le brûle et sa franchise [1] gardée si longuement, est contrainte de se rendre.

Calliste n'est pas de ces beautés vulgaires que le monde prise. C'est un vif tableau d'honneur et de grâces. Ses yeux ne vont jamais en vain à la conquête. Toute liberté fuit au-devant d'eux et je crois que, s'ils élançaient partout leurs regards, ils la banniraient entièrement de la terre. Son humeur libre (modeste néanmoins) fait naître le désir et mourir l'espérance. Celui qui la voit et qui la sert

---

1. *Franchise* : liberté d'agir sans s'asservir à la morale de la fidélité encore en vigueur parmi les gentilshommes de ce temps. Usage fréquent de ce terme dans les histoires tragiques traitant de l'amour. Notons-en ici le sens, une fois pour toutes.

croit de voir bientôt payer la fidélité de son service [1], mais il se trouve autant éloigné de son attente comme il pensait être proche de sa gloire. Jeune liberté, que tu coûteras cher à Lyndorac et à Rochebelle, voire à ton propre repos ! Je ne te blâme point toutefois : la faute ne procède point de toi. Ton futur époux et son adversaire en sont l'origine.

L'un ne devait jamais entrer si avant en de jalouses humeurs puisqu'étant comme tu es, un vif exemplaire d'honneur aussi bien que de beauté, il se rendait coupable de beaucoup de crimes. Et l'autre ne devait jamais abuser de ton honnête courtoisie, et par sa folle vanité porter un mari jaloux au blâme de ton innocence.

Voilà donc comme ce brave guerrier, qui n'eût pas craint d'attaquer le dieu Mars, se trouve si sensible aux premiers traits que l'Amour lui décoche qu'il n'a plus d'autre occupation qu'à chérir sa blessure et honorer sa prison. Il s'efforce [de] faire paraître à sa maîtresse les effets de sa passion, mais la crainte qu'elle n'ait engagé son âme en quelque autre part le retient. C'est ce qui le désespère, tandis qu'il se flatte en sa douleur. Il voudrait bien, s'il lui était possible, résister à ce nouvel assaut, mais son amour est trop forte et sa raison trop faible ; et puis c'est une folie de vouloir être sage contre le destin de qui les hommes s'efforcent en vain de fuir les lois. Calliste, qui n'avait encore expérimenté ce que peuvent les belles qualités et le mérite d'un galant homme, aussitôt qu'elle vit Lyndorac, s'émut aucunement* et la glace, qui servait de rempart à ce cœur que les flammes de l'amour n'avaient pu échauffer auparavant, commence de se fondre.

Lyndorac cependant rêve toujours sur son amour, et tandis que le sommeil adoucit les travaux des mortels, il ne peut fermer la paupière. L'objet de

---

1. *Service* : référence au code médiéval du service d'amour, fidélité à la dame aimée secrètement. Franchise et service vont souvent de pair.

Calliste vole toujours au-devant de ses yeux et l'obscurité de la nuit ne le peut empêcher de la voir.

« Faut-il donc, disait cet amoureux, que je me rende si soudain et sans me défendre à un ennemi qui ne peut sur nous que ce que nous lui donnons ? Sera-t-il dit que Lyndorac, qui n'a jamais pâli pour la peur des hasards mais qui plutôt a défié tant de fois la mort, teinte de sang et d'horreur, au milieu des périls, soit maintenant de si faible et de si lâche courage qu'il n'ose faire de résistance à un enfant tout nu et qui pour toute arme ne se sert que de notre contentement ? Étouffons de bonne heure cette passion indigne de loger dans une âme relevée et meurtrissons ce penser, enfant d'un courage bas. Bouchons les oreilles à ces sirènes trompeuses et fermons les yeux à ce basilic* qui tue de son regard. » L'amour ressemble proprement au rivage asphaltite[1]. Il cache toujours un noir serpent sous une belle fleur.

Ainsi parlait Lyndorac, en la naissance de sa passion. Heureux s'il eût eu plus de résolution que d'amour. Mais à peine son cœur enfante ce discours qu'un autre tout contraire penser lui fait tenir ce langage :

« Indigne de jouir de la lumière du jour, as-tu bien le courage de blasphémer contre ce Dieu qui fait trembler et le Ciel et la terre ? Veux-tu demeurer seul au monde sans aimer, comme si tu étais un rocher insensible ? L'amour est inséparable d'une âme généreuse et ces braves guerriers, tant vantés aux histoires de l'Antiquité, ont toujours mêlé les myrrhes avec les palmes[2]. Aimons donc, et

---

1. *Rivage asphaltite* : comparant qui se réfère à la mer Morte, ainsi appelée à cause de l'asphalte noir qu'on trouve sur ses bords. L'amour est donc funeste.

2. *Les myrrhes et les palmes* : deux emblèmes qui représentent l'amour et la gloire. Métaphore explicite grâce à la phrase qui suit. Emprunt dû non pas à l'Antiquité mais au *Cantique des cantiques*, I, 13 : « Mon bien-aimé est pour moi un sachet de myrrhe/Il repose sur mon sein. » Le pluriel est redondant par homophonie avec les palmes.

marchons avec eux sous l'enseigne de Cupidon aussi bien que sous la bannière de Mars. Faisons paraître à ma belle les trophées de sa victoire et les marques de notre défaite. Encore que son cœur fût de roche, nous l'amollirons avec nos larmes. Mais que sais-je si quelque autre plus heureux que je ne suis ne m'a point devancé ? Ô Amour, entre les mains de qui je remets ma vie désormais et mon repos, détourne de moi cette peur, et rends vain ce présage, et fais que mon esprit ne soit point troublé par cette nouvelle imagination qui veut diviser mon âme de ton obéissance ».

Ce sont les mêmes discours que tenait cet amant passionné lorsque, avec les flambeaux de l'Amour, il allumait les torches de ses funérailles. Et pour tenter la volonté de sa maîtresse, un jour, sa main plus courageuse que sa bouche trace cette lettre :

Si j'étais autant privé de jugement, belle Calliste, comme vous êtes pourvue de beauté, vous ne verriez peut-être mon amour décrite sur ce papier. Mais étant comme vous êtes la merveille des yeux et moi le plus reconnaissant de vos mérites, vous accuserez mon audace et jugerez que l'excès des présents que le Ciel et la nature vous ont donnés sont plus coupables que mon extrême passion. Les dieux vous ont douée de tant de grâces qu'il est impossible de les voir sans les aimer. Il ne faut donc que vous doutiez si je vous aime et si je désire de vous servir, puisque vous êtes l'objet le plus aimable des beautés et moi le plus vivement atteint de vos beaux yeux. Je vous conjure par ces soleils qui m'éclairent de recevoir la promesse que je vous fais de n'adorer désormais autre que vous. Je la signerai de mon sang, si vous le voulez ainsi, et vous témoignerai par ma mort que mes paroles et ma passion sont une même chose.

Ayant fermé cette lettre, il la fait donner à une fille de chambre de la mère de Calliste, afin qu'elle soit rendue secrètement à sa maîtresse. Cette fille, que nous appellerons Mélite, connaissait Lyndorac et était bien aise de lui rendre quelque bon office.

Et ne pouvant l'obliger mieux qu'en ce sujet, elle ne manque point de la remettre entre les mains de Calliste qui l'ouvre comme une chose indifférente, mais qui, l'ayant ouverte et se voyant nommée dedans, rougit et pâlit en même temps. Elle était une fois résolue de s'arrêter sans la lire davantage et de la jeter dans le feu, si la messagère ne l'eût empêchée par ces paroles :

« Eh quoi, belle Calliste, est-ce ici le salaire que vous rendez à ceux qui meurent pour votre amour ? Achevez de lire cette lettre et reconnaissez que si les dieux vous ont enrichie de beauté, ils n'ont pas privé Lyndorac de mérite. Il est tel que sa valeur et son amour demandent une autre récompense. — Comment, répond Calliste, êtes-vous donc de celles qui servent de ce conseil et d'adresse aux artifices des hommes trompeurs et abuseurs ? Si l'amitié que je vous ai portée jusqu'ici ne retenait un peu ma juste colère, je vous ferais châtier comme vous méritez. — Vous appelez donc, repart Mélite, trompeur et abuseur celui qui passe en fidélité aussi bien comme en valeur tout le reste des hommes et blâmez une fille qui a sucé l'honneur avec le lait de votre maison ? Calliste, celui qui vous écrit a fait jusqu'ici trop de profession de l'honneur et celle qui vous en parle désire votre contentement. Mon penser est bien éloigné de votre impression. Son amour est honnête et sa recherche louable. — S'il est ainsi que vous le dites, répond Calliste, que n'entre-t-il donc en ces recherches par la porte de l'honneur ? Ne sait-il pas que je suis sous les lois d'une mère et que je ne puis avoir d'autre volonté que la sienne ? Peut-être attend-il que je lui réponde ? Je ne suis pas si sotte, encore que je sois si jeune, que je ne sache bien connaître comme l'on s'engage par des réponses ».

Tenant ce sage discours, elle quitte l'autre qui voulait répliquer, et entre à l'heure même dans une chambre, et s'enferme dedans toute seule. Ce fut là qu'elle acheva de lire la lettre de Lyndorac et que, d'un côté, l'amour commença d'achever son ouvrage. La valeur et la beauté de ce jeune guerrier servent à ce petit dieu d'instrument pour ravir la liberté de cette belle. Calliste veut tuer cette passion en naissant mais son cœur trop doux ne tient point de l'humanité de Médée qui fit mourir ceux qu'elle avait fait naître [1]. Elle est résolue d'aimer Lyndorac, mais autant que les bornes de l'honneur le peuvent permettre. Aussi elle dissimule sa passion, lui prescrit des lois et ne permet pas que personne en ait la connaissance.

Mais Lyndorac, qui brûlait d'impatience et qui se promettait d'être honoré d'une réponse, est presque sur le point d'user de violence sur lui-même, lorsqu'il apprend par sa fidèle messagère le succès de son ambassade. « Ah ! malheureux, disait-il, que ta folie est bien châtiée ! Tu devais mesurer ton dessein et tenir le milieu, sans monter aux extrémités. Ne devais-tu pas croire que Calliste, étant la plus belle du monde, la raison veut qu'elle soit servie de celui qui possède plus de mérite ? O fausse espérance, ô désir aventureux et téméraire, que vous me coûtez cher ! »

Il voulait poursuivre lorsque la parole lui faillit, au grand étonnement de Mélite qui, par ce discours, tâche de relever son courage : « Eh quoi, Monsieur, vous rendez-vous donc si tôt, au premier coup de tempête et d'orage que vous éprouvez en amour ? Etes-vous si expert en cette navigation que vous ne sachiez que la bonace n'y peut être telle, qu'on n'y redoute toujours quelque nouvel écueil ? Si votre maîtresse par sa rigueur a montré qu'elle est femme, vous montrez maintenant par votre lâcheté que vous êtes moins qu'homme. Paraventure*, voudriez-vous qu'à la première rencontre elle courût, les bras ouverts, pour vous témoigner sa flamme ? Reprenez vos esprits impatients et abattus, et apprenez que

---

[1]. Médée est la panacée de la passion criminelle : par amour pour Jason elle tua ses propres enfants.

l'amour doit procéder de la connaissance, et qu'en amour non plus qu'en guerre, le soldat ne mérite point la couronne avant qu'avoir combattu. »

Ainsi parlait Mélite quand Lyndorac, par un soupir, donnant de l'air à son âme oppressée, répond de la sorte : « Ma chère amie, il est bien aisé à ceux qui sont sains de donner des conseils aux malades. Mais en effet, puisque vous m'avez tant obligé jusqu'ici, que me conseillez-vous de faire ? De vivre ou de mourir ? — Vivez, dit Mélite, et prenez courage, Dieu nous a donné une incertaine vie et une certaine mort et nous devons conserver l'une et fuir l'autre, puisque l'une nous manque si tôt et que l'autre nous est infaillible. Voyez votre maîtresse, sondez son cœur, parlez à sa mère et soyez si discret en toutes vos actions que rien ne vous puisse reculer des bonnes grâces de celle qui sans doute vous aime, quoiqu'elle le dissimule. »

Ce furent les discours de Mélite qui firent que Lyndorac, le jour même, eut moyen de parler à Calliste. Si mon dessein était de raconter des propos amoureux plutôt que des histoires tragiques, j'écrirais beaucoup de choses sur ce sujet, mais craignant d'ennuyer ceux qui prendront la peine de lire ce récit, je dirai seulement qu'après que notre amoureux eut appris de sa maîtresse que son vouloir dépendait de sa mère, et qu'admirant la sagesse de cette fille bien nourrie*, son amour se fut augmentée, il la fit demander en mariage et employa pour ce sujet ceux de qui il se fiait le plus.

La mère de Calliste, qui est une dame illustre de sang et de vertu, veuve d'un des braves barons que le soleil vit jamais, assemble ses parents et leur communique la recherche et l'amoureuse poursuite de Lyndorac. Et comme les esprits sont différents en leur jugement, les uns trouvent bon ce mariage, les autres le rejettent, et pour leur raison, allèguent que Lyndorac n'est pas assez riche. Toutefois, après qu'il fut représenté à la mère comme la vraie richesse consiste aux dons de nature, et qu'en vain un homme s'efforce à devenir riche lorsqu'il manque des belles parties de l'âme, et qu'on eut mis en avant la noblesse, la valeur et la fortune de Lyndorac, ce mariage est conclu, au grand contentement des deux parties.

Voici de belles roses en apparence, mais leurs épines piqueront jusqu'au cœur. Toute la noblesse du pays vient honorer leurs noces. On y court la bague, on y joute, on y danse et l'on n'y parle que de se réjouir. La nuit vient cependant avec ses larges voiles et Lyndorac, qui l'a si longtemps désirée, y recueille le fruit de ses travaux et sème dans un jardin clos et fermé pour tout autre. Qui voudrait compter les mignardes caresses de ce couple amoureux, qu'il nombre* les étoiles du firmament, les fleurs du printemps et les fruits de l'automne. Il n'appartient qu'à l'amour qui présidait en cette chaste couche et qui recueillait ces doux soupirs, ces morts désirables et ces petits refus suivis d'embrassements, de les réciter. Il semble déjà à Lyndorac que désormais il doit estimer sa gloire égale à celle des dieux et ignore les tragiques et les sanglants effets qui sortiront d'une si douce cause.

O décrets du Destin ! Mais plutôt secrets du conseil de la sagesse du grand Dieu, que vos abîmes sont profonds et merveilleux ! Faut-il qu'une action si honnête ou plutôt un sacrement honorable, en la présence du Ciel et de la terre, soit le commencement de tant de malheurs ? Junon ni Pronube[1] ne se trouvèrent point à cette noce : la Discorde, toute la nuit, sema ses couleuvres dans la maison et la chouette, oiseau malencontreux, chanta sur le toit une triste et funeste chanson.

Après les solennités accoutumées, chacun se retire en sa maison et nos deux mariés s'abandonnent aux plus chères délices de leur accouplement. On les

---

1. *Junon ni Pronube* : on trouve généralement Junon Pronube ou Junon la Pronubienne pour désigner la déesse qui préside aux mariages.

voit toujours ensemble et les petites amours volent toujours dedans les yeux et baisent incessamment* leur visage. Ils furent heureux et contents de la sorte l'espace de six mois, lorsque la fortune, envieuse de leur aise, vient semondre* Lyndorac de son devoir. Elle lui représente le service de son prince, sa valeur qu'il doit exercer contre l'étranger orgueilleux et perfide et cette fleur de jeunesse qui ne doit jamais permettre qu'un esprit mâle et généreux comme le sien se laisse entièrement surmonter par les embrassements d'une femme.

Ces considérations ont tant de force qu'il se délibère de quitter, pour un peu de temps, son plus doux repos et d'abandonner ce qu'il avait recherché avec tant de passion. Il en parle à Calliste qui, au commencement, a bien de la peine à se résoudre à cette dure séparation. Ce ne sont que soupirs et que regrets capables d'arrêter Lyndorac si les lois de l'honneur, tyran des belles âmes, eussent eu pour ce coup moins de pouvoir que celles de l'amour.

Il part donc, et en partant, ils font un échange : Lyndorac emporte le cœur de Calliste et Calliste retient celui de Lyndorac. Belle Calliste, que ce départ vous fut de dure digestion ! Ceux qu'une véritable et légitime amour a rendus tributaires, peuvent juger des traverses* d'une absence. C'est une nuit toute noire de douleurs et d'autant plus fâcheuse à supporter qu'elle dure beaucoup. Elle fut aussi longue que la nuit qui partage l'année avec le jour, aux contrées qui sont justement dessous l'Ourse. Cette appréhension de six mois vous est un siècle, mais si vous aviez connaissance des malheurs que la fortune vous trame au retour de Lyndorac, hélas ! Calliste, vous la souhaiteriez éternelle !

Tandis que cette nouvelle mariée soupire l'absence de son mari, sa mère et ses plus proches parents la viennent consoler et par de belles raisons s'efforcent d'adoucir la rigueur de cet éloignement. On la divertit, mais non pas si bien que le souvenir de son époux ne soit toujours vivement empreint dedans son âme.

Comme la liberté des compagnies est grande en cette province où l'on fait plus de profession de l'honneur que de son apparence, plusieurs damoiselles voisines, accompagnées de quelques gentilshommes, voient souvent Calliste et elle leur rend souvent leurs visites. Parmi ces gentilshommes qui mènent ces dames, Rochebelle tient le premier lieu. Sa beauté, sa taille, sa disposition et la bonne opinion qu'on a de lui, jointe à ses richesses, le rendent recommandable. Il avait aimé Calliste, comme je crois, lorsqu'elle était fille, mais néanmoins si couvertement* que jamais, ni elle ni autre, n'en eut la connaissance. Et comme les premières impressions amoureuses sont les plus fortes, la plaie demeure encore fraîche dans son âme, bien qu'il voie qu'un autre possède ce que son malheur lui a ôté. Il n'ignore pas comme son espoir mourut le jour que son rival prit possession de cette place et que c'est en vain de tâcher à lui redonner la vie, puisque l'honneur aussi bien l'étoufferait en naissant. Toutefois il est de ces gens-là qui embrassent une ombre au lieu d'un corps et qui se repaissent de vanité. Il fait donc si bien ses parties* qu'en toutes les compagnies qui vont voir Calliste ou qu'elle va voir, il se trouve toujours le premier, car l'humeur libre de cette mariée, comme nous avons déjà dit, permet à chacun de l'aborder. C'est ce qui donne courage à Rochebelle et ourdit le commencement d'une toile qu'on arrosera de sang et de larmes. Calliste n'est pas si peu fine que, dans peu de jours, elle ne reconnût bien le dessein de notre homme qui soupire auprès d'elle et qui, en la regardant, s'aveugle en l'excès de la lumière de ses beaux yeux. Et au lieu de châtier sa folie et sa témérité, il semble qu'elle prenne plaisir à rallumer sa flamme par des regards mutuels qu'elle lui donne, bien qu'en effet elle le fasse pour avoir du passe-temps et pour se rire de cette jeune audace. C'est, à la vérité, la plus grande punition qu'un téméraire saurait recevoir que celle-là, de voir le fruit de son attente aussi vain que son désir, mais semblables procédures ne produisent pas toujours de pareils effets.

Une sœur de Lyndorac n'aimait point Calliste. Je ne saurais dire particulièrement la source de cette malveillance, toutefois je présuppose que Calliste ne lui avait jamais donné sujet d'attenter sur son honneur. Son âme est trop franche et sa vertu, blâmée pour un temps, saura bien faire paraître différents le mensonge et la vérité. Cette sœur s'appelle Doris qui, d'envie ou autrement, veut ruiner Calliste. La nouvelle passion de Rochebelle, de qui elle s'était aperçue, lui servira de matière, et d'autant plus encore que cet outrecuidé* gentilhomme se vante de certaines privautés* imaginaires et prend plaisir, partout où il se trouve, qu'on lui parle de son amour. Homme vain et téméraire, si Calliste en eût eu le vent, tu n'eusses jamais troublé l'accord de son mariage et donné sujet à ma plume de tracer avec du sang et des larmes cette lamentable histoire ! Et toi, Doris, tu penses te venger aux dépens de l'innocence, mais l'effet est bien éloigné de ta pensée ! Tu verras la mort de celui qui honorait ta maison suivie de tant de morts que le récit m'en fait horreur. La comédie est achevée, voici le commencement de la tragédie.

Après que Lyndorac eut servi son quartier* et rendu à son prince de nouvelles preuves de sa valeur et de son jugement en des affaires où il l'emploie, et particulièrement en un voyage qu'il fait en Allemagne pour le service de Sa Majesté, il obtient congé de revoir sa maison. Il y arrive. Heureux s'il n'y fût jamais revenu, car aussi bien tout plaisir y est banni désormais pour lui. Qui dira la joie de Calliste au retour de son époux et le plaisir de Lyndorac revoyant le doux objet de ses vœux ? Leurs âmes se mêlent par leur bouche et se confondent si bien qu'elles ne font plus qu'une. Ils passent ce jour et cette nuit en tel excès de liesse qu'il semble qu'ils en veulent faire provision pour adoucir l'amertume qu'ils doivent boire bientôt en abondance.

Le lendemain, leur maison est pleine de parents et d'amis qui viennent saluer Lyndorac. Après tous les compliments, Doris tire son frère à l'écart et lui dit ces paroles : « Que je plains ton aventure, mon cher frère ! Faut-il qu'après avoir reçu tant de gloire aux provinces étrangères tu reçoives tant de déshonneur en ta propre maison ? Si jamais ton courage eût besoin d'être ferme, c'est à ce coup que tu le dois faire paraître invincible, et prendre une telle vengeance de cet affront que la mémoire en soit immortelle : Calliste, indigne que je l'appelle ton épouse, reçoit en ton absence Rochebelle avec les privautés* qui n'appartiennent qu'à toi. Hélas ! Je voudrais que le Ciel m'eût rendue aveugle et muette, afin que je n'eusse point vu de mes propres yeux une partie de leurs folles amours et que maintenant le moyen de t'en faire le récit, selon que le sang m'y oblige, me fût ôté ! Mais à quoi bon tant de discours ? La chose en est si claire et l'imprudence de Rochebelle en est devenue jusque-là qu'il se vante partout des faveurs de ta femme. »

Jamais homme, touché sans y penser de l'éclat du foudre, ne fut plus étonné que Lyndorac. Il demeure insensible aux paroles de sa sœur et ne répond un seul mot. Son âme, blessée d'extrême douleur, n'a point de mouvement en cette action et sans doute elle abandonnerait son corps, si le dépit et la vengeance venaient au secours. Chose étrange que l'amour n'y trouve point de place ! O crédule ! Pourquoi te précipites-tu si tôt et condamnes si légèrement celle de qui la chasteté ne peut être souillée ni par ta crédulité ni par la médisance ?

Lyndorac, saisi de jalouse rage, sent en même temps que son bon honneur s'évanouit et que la belle clarté qui l'éclairait est changée en ténèbres. Enfin il jure qu'il rendra sa vengeance mémorable. Et de fait, il commande un laquais de tenir prêt un cheval et lorsque la nuit est venue, il monte dessus et part sans dire mot à personne. Calliste, qui avait reconnu de l'altération en son mari et qui s'attendait d'en savoir l'origine, est bien étonnée d'un départ si soudain. Elle passa toute la nuit en larmes, croyant ce qui n'est pas ; car, comment eût-elle cru que son mari qui jusqu'à cette heure l'avait tant aimée en apparence, l'eût condamnée sans l'ouïr en ses justes défenses ? Notre jaloux marche toute la nuit et arrive le lendemain matin en un château où Rochebelle se tenait.

Le père et le fils le reçoivent avec mille caresses, mais toutes ces courtoisies ne sont pas capables d'adoucir sa passion. Ils le traitent honorablement et se réputent bienheureux de lui témoigner l'estime qu'ils font de son mérite. Après dîner, Rochebelle s'amuse à montrer à Lyndorac le bel air de sa maison, et les campagnes, et les vallons proches. Mais lorsqu'ils arrivent en un certain lieu écarté du logis, Lyndorac tient ce discours à Rochebelle : « Vous m'avez montré tout plein de belles choses fort plaisantes à la vue et je vous en veux maintenant découvrir une autre qui est bien plus rare et que vous ignorez encore. Je vous prie de regarder sous ce buisson et vous verrez une grande merveille. »

Rochebelle se baisse, et y jette les yeux, et y trouve deux épées nues et deux poignards. Comme il est étonné de ce mystère : « Ce n'est pas tout, poursuit l'autre, il faut choisir, et prendre celle que vous voudrez, et vous en défendre, car j'ai résolu de laisser ma vie à votre merci ou d'avoir la vôtre. — Encore faut-il savoir, dit Rochebelle, le sujet de votre courroux ? — Votre conscience, repart Lyndorac, vous l'apprend assez sans que je vous doive réciter le juste ressentiment que j'ai de me venger du tort que vous m'avez fait en mon absence. Mais nous perdons le temps. Je vois bien, vous voulez dilayer* le châtiment que mes mains en doivent faire. — Lyndorac, dit l'autre, vous me voulez forcer à une grande extrémité. Toutefois, puisque j'y suis contraint, je vous contenterai. Mais avant que nous vidions ce différend par la mort de l'un ou de l'autre, il me semble que vous devez écouter mes raisons. Vous savez que vous êtes venu chez moi sans compagnie. Vous n'ignorez pas aussi que les armes sont journalières et que votre valeur est sujette au hasard. S'il advient que la fortune vous soit contraire, l'on dira que je vous ai pris en avantage, et par même moyen, me voilà ruiné d'honneur qui m'est plus cher que la vie. Au contraire, si mon innocence vient à être surmontée par votre valeur, ne dira-t-on pas de même que vous m'avez écarté tout seul et sans armes, hors de ma maison, et que m'ayant dressé cette partie* exécrable, vous avez eu bon marché de votre ennemi qui n'avait de quoi se défendre ? Si vous balancez mes raisons avec jugement, nous remettrons la partie à demain et je vous promets de me trouver en tel lieu que vous voudrez, et tout seul, avec une épée et un poignard. Je vous jure en foi de gentilhomme. »

Belles excuses que Lyndorac ne peut refuser, autrement il offenserait son honneur. Ils s'accordent du jour et du lieu, et l'un remonte à cheval et s'en va coucher chez un de ses proches voisins, et l'autre se retire dans son château.

Le jour commençait à redonner sa lumière accoutumée, lorsque Lyndorac, qui est résolu de recouvrer la perte imaginaire de son honneur par la mort de son ennemi, se trouve à l'assignation*. Il l'attend tout le long du jour avec une extrême impatience, mais point de nouvelle. Il ne sait qu'en juger. Toutefois, avant que l'accuser, il lui dépêche le soir même son laquais pour savoir ce qui l'a retenu de lui manquer de promesse et le conjure, par l'honneur qu'il doit aux armes dont il fait profession, de se trouver le lendemain, au même lieu. Le laquais trouve Rochebelle de qui il reçoit cette réponse : « Va, et rapporte à ton maître que sa folie est bien grande de rechercher la mort de ceux qui ne l'ont point offensé. Dis-lui encore que je n'ai nullement affaire de me battre contre un désespéré qui n'est pas néanmoins si mauvais garçon que je ne sache bien châtier ses folies, lorsqu'il m'en donnera du sujet. »

Lorsque Lyndorac se vit moqué par cette réponse, la fureur le saisit de sorte qu'il se délibère de retourner lui-même tout seul au château de son ennemi, d'y entrer par force, et là, lui fendre l'estomac* et arracher son cœur. Mais après qu'un peu de raison lui eut représenté que ce serait tenter l'impossible, il le publie partout pour le plus grand poltron du monde, et par toutes les bonnes compagnies le ruine d'honneur et de réputation. Et non content de ceci, il retourne à sa maison, et sans autre cérémonie, ôte le maniement de ses affaires à sa femme, la gourmande, et la traite le plus indignement du monde. « Qu'ai-je fait, lui disait-elle, qui mérite une telle indignité ? Vraiment je n'estime point d'être coupable d'autre crime que d'avoir trop aimé un ingrat. O dieux vengeurs de l'innocence, voyez-vous bien de votre Ciel une telle cruauté sans la punir ? Malheureuse Calliste, faut-il que la naissance de ton plaisir soit celle de ta misère et que l'amour qu'on te jurait si ferme soit sujet au vent d'un si soudain caprice ? De qui pourrai-je désormais être assurée puisque celui qui devrait rendre ma vie contente la rend si misérable ?

Je poursuivrais les plaintes de Calliste mais mon cœur, trop sensible à la pitié de cette belle, se fond tout en larmes tandis que son cruel mari, ne s'en émeut aussi peu qu'un marbre. Vous diriez que c'est un pyrope [1] que l'eau rend plus clair et plus brillant. Les larmes de Calliste l'allument d'autant plus de courroux qu'elle en verse davantage. Au récit de si tristes nouvelles, la mère accourt chez Lyndorac, et voyant ce mauvais ménage, exhorte son gendre de son devoir et lui met devant les yeux l'honneur et la qualité de la maison de sa fille, la fable du monde et le trophée de leurs ennemis. [Elle] lui représente,

---

1. *Un pyrope* : équivalent du grenat. Comparant fréquent employé pour le feu, l'œil ou l'aspect d'une personne.

par même moyen, le juste ressentiment qu'une infinité de gens d'honneur auront de cet affront et que tant de bruit ne peut passer sans la perte de plusieurs. Mais cette roche sourde à la raison, n'ayant devant les yeux que son honneur intéressé par imagination, se laisse tellement emporter à sa folie qu'il croit n'être pas satisfait du tort qu'il fait à Calliste, s'il n'ouvre encore sa bouche contre sa mère.

O jalouse fureur, mortelle ennemie de l'amour, que tes effets sont prodigieux ! Tu donnes en un moment une cruelle mort au milieu d'une douce vie, et parmi ses breuvages plus délicieux, tu lui fais avaler une amère poison. Cette honnête dame, voyant que cette extrême furie possédait entièrement l'âme de Lyndorac et que sa raison était désespérée, elle prend sa fille, et avec un vif et piquant regret, l'emmène et la retire chez elle.

C'était au temps que notre prince, pour venger le tort que lui faisait Son Altesse, s'apprêtait de conquérir la Savoie, passer les Alpes et lui ôter encore le Piémont[1]. Il lui était aussi aisé à le faire qu'à le dire voire de se rendre absolu monarque de la terre, si sa clémence eût été moindre que sa valeur.

Lyndorac se dispose à dresser sa compagnie afin de se trouver parmi les gens de bien, cependant que le valeureux Léandre donne sa cornette à Rochebelle. Tous deux sont au camp lorsque Léandre [qui] a témoigné en tant de batailles, de rencontres et de duels, son courage, apprend de quelqu'un l'affaire de ces deux ennemis et la procédure de l'un et de l'autre. Il est bien fâché d'avoir mis entre les mains d'un homme, qui a plus d'apparence que d'effet, une chose de telle importance et de qui

---

1. *Son Altesse* : c'est Charles Emmanuel de Savoie qui s'était emparé du marquisat de Saluces, en 1588, possession française depuis François 1ᵉʳ et lieu stratégique de toute première importance. Henri IV lui déclare la guerre en 1600 et se rend maître de la Savoie. Ce qui nous permet de situer ce récit aux environs de 1600.

dépend presque tout l'honneur des gens d'armes. Ce valeureux cavalier, pour mieux sonder Rochebelle, le fait appeler et lui tient ce discours : « Lyndorac se vante partout que vous lui avez manqué de promesse et refusé de vider un différend que vous avez ensemble, que pour cet effet il vous a pris par la main dans votre propre maison et vous a mené en un lieu exempt de toute supercherie. Je vous prie, si vous m'aimez, d'en tirer votre raison* et faire paraître que je ne me suis point trompé au jugement que j'ai fait de votre mérite. »

Rochebelle se voit engagé par ce moyen à se battre. Il ne s'en peut dédire, si bien qu'il envoie le jour même de ses nouvelles à Lyndorac avec ce cartel* :

Il est temps que le Ciel venge par mes mains ton insupportable folie. J'avais dilayé* jusqu'ici de la châtier, espérant que tu t'amenderais. Mais puisque ton insolence persévère, je t'attends au lieu où ce garçon te dira, tout seul avec une épée et un poignard, afin de te priver, et d'honneur, et de vie.

Je ne saurais dire si de ces nouvelles Lyndorac reçut plus de contentement que de fâcherie. L'aise de se trouver bientôt au lieu qu'il a tant désiré ne se peut exprimer et le courroux de se voir mépriser par un homme qu'il a bravé tant de fois le possède également, de sorte qu'il dédaigne de répondre à un vanteur* qui publie son triomphe avant la victoire. Il se porte sur le lieu, monté sur un petit cheval, et à peine il y arrive qu'il voit Rochebelle monté sur un cheval d'Espagne fort et puissant. Lyndorac met pied à terre, croyant que son homme en fera le semblable, mais il est bien déçu car l'autre pique son cheval, et comme un foudre fondant sur lui, délâche* un pistolet, et lui emporte la moitié de sa fraise, et fuit.

« Arrête, poltron, criait Lyndorac courant après, et n'allonge point au monde avec si peu d'honneur la trame d'une vie pleine de tant d'infamie. » Mais le vent emporte ses paroles et la vitesse du cheval dérobe à ses yeux son ennemi qui abandonne en même temps, et son honneur, et l'armée, et s'en retourne à sa raison.

Lyndorac est bien affligé de voir que son homme lui échappe pour la seconde fois à si bon marché, mais il faut qu'il prenne patience jusqu'à ce que le temps lui offre le moyen d'en tirer plus de raison. Il prend à témoin quelque passant qui se trouva par rencontre*, lorsque son ennemi lui lâcha le pistolet et qu'il s'enfuit, le mène au camp vers le grand Henri à qui il montre la moitié de sa fraise emportée, lui récite le succès de son deuil*, implore la justice et emploie le témoignage de cet homme. Notre monarque de qui l'on pouvait dire justement,

> *Que ce qu'il commandait en grand et sage chef,*
> *Sa main l'exécutait en valeureux gendarme*

lui, dis-je, qui s'exposait lui-même en de tels hasards que les plus assurés y fussent devenus blêmes, ce grand prince, ennemi mortel des poltrons, fait assembler incontinent les maréchaux de France et leur commande de faire droit* à Lyndorac.

Il ne fallut guère employer de temps à condamner Rochebelle, puisque sa fuite le rendait assez atteint et convaincu* du crime dont son adversaire l'accusait. L'affaire est pesée avec juste et mûr jugement, et ce fuyard est dégradé des armes et déclaré roturier, lui et sa postérité. C'est bien perdre un homme que de le traiter de la sorte. Il faut qu'il se délibère désormais de vivre en un désert, indigne de converser parmi les vivants. Pour moi j'estime que c'est être proprement enfermé dans une tombe relente*, lorsqu'on n'ose paraître en la compagnie de ses égaux.

Après que la valeur de notre prince eut dompté l'orgueil de ses ennemis et usé après la victoire de sa douceur accoutumée, Lyndorac a son congé pour retourner chez lui. L'avantage que le droit des armes lui donne sur Rochebelle ne l'empêche pas de se soumettre encore à le faire appeler au combat, mais l'autre n'en veut point ouïr parler. Toute la noblesse du pays s'en émerveille. Auparavant ce malheur, on l'avait en aussi bonne réputation* que gentilhomme de la province.

Son père même, qui était un vénérable vieillard, lui en fait tous les jours mille reproches, et dit qu'il a été changé au berceau, et que jamais il n'a produit au monde ce poltron. Même il s'offre et veut combattre Lyndorac pour son fils, si Lyndorac eût voulu s'y accorder. Enfin le génie de Rochebelle redoute celui de Lyndorac et le Ciel les veut dignement punir tous deux. L'un de sa vanité et l'autre du tort qu'il faisait à sa femme.

Que faisiez-vous en ce temps, belle Calliste ? Votre bouche était ouverte aux regrets et vos yeux versaient un déluge de larmes capables de noyer tout le monde, si le feu de votre juste courroux n'en eût desséché l'humeur. Ce cruel bouche les oreilles lorsqu'on lui parle de vous et fuit les lieux de votre demeure. Vos parents et vos amis s'assemblent pour remédier par un doux accord à ce grand mal. On ne le peut fléchir. Son obstination est extrême, mais il en sera bientôt châtié. Il tâche de surprendre son ennemi qui se tient sur ses gardes et qui le surprend lui-même.

Rochebelle ne sortait jamais en campagne qu'il ne fût suivi de trente ou quarante mauvais garçons bien armés. En cet équipage il rencontra un jour Lyndorac avec six ou sept hommes. Aussitôt que notre jaloux reconnaît son adversaire, sans considérer l'inégalité de la partie, il pique son cheval et donne dedans, tandis que ceux qui l'accompagnaient prennent la fuite. Il rendit des preuves de valeur incroyables. Aussi on ne saurait lui ôter l'honneur d'être un des plus vaillants hommes du monde. Mais que fera-t-il tout seul contre tant de personnes, et encore mal monté et désarmé ? C'est un sanglier au milieu d'une infinité de veneurs. L'un lui donne un coup d'épée, l'autre un coup de pique, et l'autre le traverse d'un épieu. Son sang à longs filets change la verdure en pourpre. Il se venge néanmoins et autant de coups qu'il donne, ce sont autant de morts assurées. Il cherche à travers son ennemi qui se contente de le voir percé de mille coups, sans l'opposer à la furie. Enfin il est porté par terre, tout sanglant et tout défiguré, et laissé pour mort.

Rochebelle, qui croit désormais vivre en repos, se retire promptement en une sienne forte place et, bientôt après, plusieurs courent sur le lieu de l'exécution et trouvent que Lyndorac s'était relevé et assis sur l'herbe, la perte de tant de sang qu'il avait versé ne lui permettant pas de tenir sur pied. Il est emporté par ses amis en sa maison et si bien secouru que, dans peu de jours, il est guéri, mais non pas si bien qu'il ne se ressente encore de ses plaies, et particulièrement d'un coup d'estoc qui lui fut donné au côté droit. La plaie est bien fermée, toutefois il y a quelque chose qui le pique comme d'une grosse aiguille, et principalement lorsqu'il se baisse ou qu'on le touche en cette partie offensée*. Cela ne l'empêche pas néanmoins de monter à cheval et de faire un voyage à la cour, pour former de nouvelles plaintes à Sa Majesté contre son adversaire. Rochebelle est la fable des courtisans. On lui fait son procès, et par arrêt, il est condamné d'avoir la tête tranchée. Ses biens sont confisqués et adjugés à Lyndorac à qui le roi permet encore de prendre mort ou vif son ennemi, en quelque manière que ce soit, et lui laisse en sa disposition de le tuer de ses propres mains ou bien de le livrer entre les mains de la justice. Lyndorac fait exécuter l'arrêt par contumace et pour cet effet on dresse une potence près le Louvre, devant l'hôtel de Bourbon, où le tableau de Rochebelle est attaché.

Quand le père de Rochebelle apprend cette note d'éternelle infamie survenue à sa maison, il tire ses blancs cheveux, les arrache et s'abandonne à la douleur. Et en vain on tâche à le consoler. Ce regret trouve son âme si sensible qu'en peu de jours il le met dans le tombeau. Notre homme veut retourner cependant au pays pour jouir du fruit de l'arrêt, mais le mal que cette blessure des reins lui donne l'afflige fort. Il porte toujours une face blême et traîne sa vie en langueur. La Rivière, Martin et La Violette, médecins renommés, s'assemblent pour y remédier, mais ils n'y voient goutte, si bien qu'il se dispose de consulter ceux de Montpellier. Il y arrive avec beaucoup de douleur et y trouve aussi peu de résolution que d'allégement. Rochebelle en est bien aise puisque par ce moyen son ennemi songe plus à se guérir qu'à le rechercher.

Lyndorac, qui avait déjà gardé plus de quinze mois ce mal insupportable, désespéré du tout* de sa vie, attend la mort en patience. Géronyme Opérateur passe cependant par Montpellier et notre malade est conseillé de lui montrer son mal. Il le fait plutôt pour leur complaire que pour espoir de guérison. Cet homme lui manie son côté et à mesure qu'il le touche, Lyndorac se sent piquer jusqu'au cœur. « Prenez courage, lui dit alors cet empirique, j'ai trouvé la cause de votre mal. Vous avez un fer fiché dans vos reins, il l'en faut arracher. » Plusieurs médecins que Lyndorac avait appelés pour y assister se riaient de l'Opérateur, lorsqu'en leur présence, il fait une incision au lieu de la douleur et en tire la pointe d'un fer long de sept ou huit grands doigts. Il lui applique puis après l'onguent et, dans sept ou huit jours, rend le malade sain et gaillard. La vive et fraîche couleur lui revient au visage, et à mesure qu'il reprend ses forces, le désir de se venger de Rochebelle se rallume.

Cependant qu'il est sur les desseins d'attraper son ennemi, les parents de Calliste et ceux de Lyndorac se rassemblent pour la dernière fois afin de voir si l'on peut mettre remède au trouble de leur mariage. Mais c'est écrire en l'air et peindre dessus l'onde, puisque notre jaloux demeure toujours en même prédicament, insensible à la raison et au devoir. Enfin, comme on voit que son jugement est du tout* perdu, le mariage se dissout, du consentement des parties et des bulles s'obtiennent de Rome qui donnent dispense à tous deux de se séparer et de se remarier où bon leur semblera.

Je n'entre point en dispute si cela se pouvait ou s'il ne se pouvait pas faire. Les hommes peuvent par faux entendre* tromper l'Eglise qui ne juge que de l'extérieur, mais non pas de l'esprit de Dieu qui fonde les pensées et de qui la bouche nous apprend que l'homme ne doit point séparer ce que le Ciel a conjoint. Lyndorac, aveuglé de rage, ne pense point à cette faute. Toute son imagination est portée à surprendre son ennemi, et d'effet, comme il est un grand pétardier*, il entreprend* un soir sur Rochebelle, enfonce la porte de son château, l'emporte, tue et renverse tout ce qui s'oppose et prend son ennemi prisonnier.

Quelle faveur de fortune, s'il en eût bien usé ! Rochebelle, se voyant attrapé, n'a recours qu'aux larmes. Il se jette aux pieds de Lyndorac et lui demande la vie qu'il a déjà tant de fois perdue, par la perte que tant de fois il a faite de son honneur. Lyndorac, image de valeur, ressemble au lion généreux qui s'apaise par humilité. Il se contente d'enfermer son ennemi dans une chambre et là, le conjure avec toutes sortes de remontrances, de lui dire librement la vérité de ses amours et si jamais il a reçu de Calliste ce dont on l'accuse. Mais Rochebelle qui n'est point assuré de sa vie, et par même moyen, qui ne veut point charger sa conscience, appelle le Ciel à témoin et le supplie de lâcher sur lui les traits de sa foudre, si jamais Calliste lui a montré signe de folle amour, mais plutôt si elle n'a usé en son endroit, parmi son humeur libre de tant de marques d'honneur et de modestie qu'il est impossible de réciter.

Que peut répondre l'autre, oyant ses horribles serments qui font dresser les cheveux en les oyant ? Lorsqu'il n'en peut tirer autre chose, il enferme son ennemi et prend une nouvelle résolution. Rochebelle avait des sœurs capables de donner de l'amour au courage le plus farouche du monde. Lyndorac devient amoureux de l'aînée et obtient d'elle, sous promesse de mariage ce qu'il en désire. Ces nouvelles amours achèvent d'éteindre la mémoire de Calliste et avancent la fin de la tragédie. O que la jeunesse est volage et que l'homme est sujet à sa passion ! Car bien qu'il soit enveloppé de mille affaires, néanmoins il se réserve toujours du temps pour le donner, s'il lui est possible, aux voluptés. Lyndorac n'est pas néanmoins si sot qu'avec la jouissance de cette beauté, il ne veuille encore tout le bien du frère. Il voit Rochebelle pour ce sujet et lui déclare son intention en peu de mots : « Vous savez, dit-il, comme vous m'avez tant de fois traité indignement et le pouvoir que j'ai de me venger si je veux maintenant de vous. Votre vie et votre mort sont entre mes mains et il est en ma disposition de faire mettre votre tête sur un échafaud. Si j'étais aussi prompt à punir qu'à pardonner, vous auriez déjà servi de sanglant et infâme spectacle au public ; mais préférant la douceur à mon juste ressentiment, tant s'en faut que je pourchasse la fin de votre vie qu'au contraire je veux, s'il est possible, relever votre honneur par l'alliance que je ferai avec vous. Votre sœur Aminthe sera le lien qui nous rendra désormais inséparables. Je lui ai déjà donné ma foi et elle m'a donné la sienne. Il ne reste sinon que vous acheviez une si bonne œuvre par votre consentement et par l'avantage que vous lui ferez, tel que je le désire. — L'honneur que vous me faites, répond Rochebelle, me tient déjà lieu d'éternelle obligation que je vous aurai désormais. Je vous jure que j'en garderai la mémoire jusqu'au tombeau. C'est à vous à me faire la part que vous voudrez, aussi bien tout est à vous. — Les arrêts que j'ai obtenus joints au don du prince, dit Lyndorac, me donnent à la vérité tout votre bien. Mais je ne suis pas si rigoureux que je ne vous laisse de quoi vivre. Votre sœur a six mille écus par le testament de votre père. Elle vous remettra son légat, et vous lui remettrez l'héritage, et par accord public, confirmerez ce que la justice me donne. — Je vous ai déjà dit, repart Rochebelle, que je n'ai point d'autre volonté que la vôtre. Je me sens trop favorisé de cette offre et plus honoré de votre alliance. »

A ces mots, ils s'embrassent, et s'entresaluent comme beaux-frères, et jurent désormais une éternelle concorde. Lyndorac, que vous êtes crédule en toutes choses ! Estimez-vous qu'un homme rempli de vanité, et qui fait plus état des biens du monde que de l'honneur, se dépouille si légèrement d'un tel héritage ? Vous croyez peut-être à ses jurements ? Voyez-vous pas qu'il est de ceux qui tiennent pour maxime que l'on trompe les enfants avec des osselets et les hommes avec des serments ?

Tandis que Lyndorac prépare ses nouvelles noces, Rochebelle, qui a la clef des champs, se saisit d'une forte place de sa maison et s'y fortifie. Une ville prochaine* d'où il était natif lui tend la main et lui offre tout secours. Cette dernière procédure accuse Lyndorac d'avarice et plusieurs de ses amis l'en blâment. Son adversaire, assisté*, lui tend de tous côtés des pièges. La première rencontre devait avoir rendu Lyndorac plus prudent, mais lui qui croit que tout le monde ensemble ne saurait le surmonter quand il a une épée à la main, sort tous les jours en campagne avec peu de gens. Son ennemi a toujours cinquante ou soixante hommes bien armés qui le suivent partout. Enfin ils se trouvent. Lyndorac met la main au pistolet. Il tue le premier qui s'oppose. Ses gens, plus résolus que la première fois, font plus de résistance. Mais la grêle des mousquets et des arquebuses de l'ennemi les étonne. Leur chef, vaillant comme de coutume, vend sa peau chèrement. C'est un foudre qui passe au travers d'un nuage, lorsqu'un autre foudre lui donne dans la tête et le porte mort par terre. Il n'est pas plutôt abattu que le reste de la troupe se sauve à la suite et le champ de bataille demeure à Rochebelle, qui descend de cheval et perce de son pistolet son ennemi, tout mort qu'il est. Il lui passe puis après son épée au travers du corps et lave ses mains de son sang. Il a si grande peur de son retour qu'il lui ouvre la poitrine et lui tire le cœur. O barbare ! tu fais bien paraître qu'un généreux courage ne fut jamais hôte d'un corps poltron.

La mort tragique de Lyndorac est regrettée de plusieurs gens d'honneur, encore que tout le monde le blâme des rigueurs qu'il exerça contre Calliste, sans aucune apparence de raison. Sa sœur Doris le plaint et reconnaît bien tard la faute qu'elle commit, lorsqu'elle lui blessa le jugement du trait de jalousie. Cependant le gouverneur de la province commande aux prévôts de se saisir de la personne de Rochebelle qui, comme un Oreste agité de furies, court de lieu en lieu et ne s'arrête jamais, de peur de recevoir le châtiment qu'il mérite[1]. Ses complices sont presque tous pris. Les uns sont étendus sur la roue, les autres servent d'ornement à un gibet.

Lorsqu'Aminthe sait la mort de Lyndorac, elle peint sa face des couleurs du trépas. Le coup de la douleur par trop de sentiment la rend insensible. Enfin, comme les esprits ramassés commencent à s'évaporer par l'humeur de ses yeux et par ses sanglots continuels qui sortent de son cœur, elle commence à proférer de si pitoyables regrets qu'elle eût contraint la mort même à pleurer son tourment, si cette fureur eût eu des oreilles pour entendre ses plaintes. « Ah ! malheureux frère, disait Aminthe, est-ce ici le partage que je reçus en ta maison ? Me donnes-tu du sang à boire le premier jour de mes noces ? Sont-ce ici les premiers mets du banquet ? O cruel ! Que ne commençais-tu à laver tes mains de mon sang, puisqu'en ôtant la vie à l'un, tu savais bien que l'autre ne pouvait demeurer vivant ! O soleil qui as vu meurtrir celui qui servait la

---

1. Pour avoir tué sa mère, Oreste, fils d'Agamemnon et de Clytemnestre, roi de Mycènes, sera poursuivi sans trêve par les Erynnies (en Grèce) ou Furies (à Rome).

lumière du monde, que ne te cachais-tu sous notre hémisphère et que ne couvrais-tu d'éternelle obscurité le monde, comme tu fis jadis en la faute d'Atrée[1] ? Que désormais ce jour soit marqué d'une lettre rouge de nos éphémérides et qu'il y pleuve toujours du sang. O Lyndorac, qui n'eus oncques* d'ennemi plus grand que ton courage, ta valeur t'a perdu ! Si tu eusses cru le conseil de celle qui t'aimait plus que ses propres yeux, tu eusses logé en ton âme le soin de ton salut aussi bien que celui de ta gloire. Ce perfide à qui tu avais donné la vie, lorsque tu la lui pouvais ôter si justement, n'aurait point maintenant ravi la tienne avec tant de cruauté. Mais je te vengerai, quelque chose qui en puisse succéder, et me blâme qui voudra d'inhumanité, je ferai revivre celle qui, pour sauver Jason, mit en pièces son propre frère[2]. Je ne craindrai de délivrer la terre d'un tel monstre, puisque le regret de t'avoir perdu, ô mon Lyndorac, me prive en même temps de crainte aussi bien que d'espoir. »

Ainsi parlait Aminthe, et ses paroles furent bientôt suivies des effets. Rochebelle, quelque temps après, et lorsqu'il fuit tant qu'il peut la main de la justice, est atteint d'une mousquetade qui lui perce la tête, ainsi qu'il passe par un village proche de sa maison. Son âme, qu'il avait si chèrement conservée jusqu'à cette heure, quitte à grand regret son bel hôte. La Parque lui sille* hâtivement sa mourante prunelle et ce corps, miracle de nature, indigne de loger un courage si cruel et si poltron, demeure froid et transi.

---

1. Atrée, fils de Pélops et roi de Mycènes, fameux dans les légendes grecques par sa haine contre son frère Thyeste et par l'épouvantable vengeance qu'il exerça contre lui. Il massacra Tantale et Plisthène, fils de Thyeste, et les servit au père dans un banquet. Il aurait été tué par Egisthe, autre fils de Thyeste. L'éternelle obscurité du monde est peut-être à entendre comme les ténèbres du péché qui pèse sur les Atrides ?
2. Selon une des multiples versions de la légende, Médée aurait fait tuer son frère Apsyrtos par Jason dans une île de l'Adriatique.

Calliste, après tant d'orages et de tempêtes, se trouve au port de ses désirs. Le Ciel, qui avait pris sa cause en main et épousé sa querelle, rompit la fâcheuse chaîne qui l'attachait. Elle fut pour un temps exposée, comme une autre Andromède[1], à la merci du monstre de la calomnie. Mais sa patience a depuis été récompensée, car elle vit maintenant heureuse et contente avec un gentilhomme honnête et riche. Elle nous apprend par son exemple que la vérité peut être obscurcie comme le soleil, lorsque l'obscurité de la lune se met entre lui et la terre, mais seulement par intervalles. La vérité ressemble à la palme, elle se relève d'autant plus qu'on la charge. L'on dirait que les fardeaux augmentent sa vigueur. C'est la fin de cette histoire tragique. Prenez la patience d'en ouïr une autre, horrible et abominable.

---

1. Andromède, fille de Céphée, roi d'Ethiopie et de Cassiopée. Fut exposée, enchaînée sur un rocher, à la vue d'un monstre marin, mais Persée la sauva et l'épousa. Métaphorise toujours la victime.

Histoire V

De l'exécrable docteur Vanini, autrement appelé Luciolo, de ses horribles impiétés et blasphèmes abominables, et de sa fin enragée.

Dans le climat d'ardente controverse religieuse qui oppose apologistes et libertins au début du XVIIe siècle, la condamnation au bûcher de Jules-César Vanini (alias Lucilio ou Luciolo, alias Usiglio Pompeïo), le 6 février 1619, à Toulouse, est un épisode exemplaire. Les livres de ce moine défroqué, devenu protestant par opportunisme, puis revenu au catholicisme, étaient considérés à Paris comme très dangereux car ils mettaient à la portée du public français les thèses de l'averroïsme padouan dont Cardan et Pomponazzi avaient été les représentants les plus éminents au XVIe siècle. Aussi les Pères Garasse et Mersenne se déchaînèrent-ils contre lui dans leurs ouvrages d'apologétique : Doctrine curieuse des beaux esprits de ce temps *(1623) et* L'Impiété des déistes athées et libertins de ce temps *(1624).*

François de Rosset, exploitant probablement des sources écrites, trace une biographie culturelle assez précise de Vanini, avec les précautions d'usage ; on y peut lire avec surprise les noms des hauts dignitaires de la cour et de l'Eglise qui protégeaient l'italien. Peut-être est-ce là un des motifs de la disparition de cette édition de 1619, relevée lors du procès, c'est tout au moins l'hypothèse d'Adolphe Baudouin, archiviste de Toulouse, auteur d'une biographie critique de Vanini, en 1879, qui chercha longtemps ce texte.

O siècle le plus infâme de tous les siècles et la sentine où toutes les immondices du temps passé se sont ramassées ! Est-il possible que nous voyions naître tous les jours, et même parmi ceux qui ont été régénérés par le baptême, des impies dont la bouche puante et exécrable fait dresser d'horreur les cheveux à tous ceux qui ont quelque sentiment de la divinité ? Si nous vivions parmi l'idolâtrie, trouverions-nous ces exemples prodigieux, nous qui vivons parmi le culte du vrai Dieu et la connaissance de la vérité ? Je ne le crois pas, puisque les païens mêmes ont tellement abhorré l'impiété que les plus idolâtres d'entre eux crient tout haut que grandes et rigoureuses peines sont établies aux Enfers pour la punition des impies. A peine venait-on de faire le juste châtiment de certains exécrables dont l'un se disait le Père, et l'autre le Fils, et l'autre le Saint-Esprit[1]. Un équitable Sénat venait de purger par le feu et exterminer ces âmes infernales, lorsqu'à la ville de Toulouse, l'on vit paraître une autre âme endiablée, et telle que le récit de cette histoire fera peur à ceux qui prendront la peine de la lire. Enfin ce ne sont pas des contes forgés à plaisir, comme ceux que l'on invente ordinairement pour amuser les hommes. L'arrêt de ce juste Parlement prononcé depuis peu de jours contre un athée, et tant de milliers de personnes qui ont assisté au supplice de cet abominable, témoigneront la vérité de l'histoire que j'écrirai naïvement de la sorte.

Aux champs riches et délicieux de la Campanie et dans un grand bourg proche de cette belle et gentille ville à qui, jadis, Parthénope[2] donna son nom, et que l'on appelle aujourd'hui Naples, l'on voit une famille nommée les Vanini[3]. De cette race sont sor-

---

1. Episode difficilement identifiable.
2. Voir *H.1*, n.1, p.42
3. Rosset confond la Campanie avec la terre d'Otrante, située dans les Pouilles. La famille Vanini était originaire de Taurisano, diocèse de Lecce, qui faisait partie du royaume de Naples. Jules-César Vanini était donc sujet espagnol. Jean-Baptiste Vanini, père septuagénaire de Jules-César, était intendant du comte de Castro.

tis des hommes gens de bien et bons catholiques, et notamment de savants personnages. Mais comme parmi les fleurs il y a souvent des épines, et parmi le bon blé des chardons et de l'ivraie, l'on a vu de cette race un si méchant et si exécrable Vanini qu'il rendra désormais ce nom rempli d'horreur et d'infamie. C'est celui de qui nous décrivons l'histoire et qui, au grand déshonneur de sa patrie et au grand scandale de la France, mourant sur un infâme théâtre, tâchait de donner vie à l'impiété même. Ce Vanini fut envoyé en son jeune âge par ses parents aux meilleures académies de l'Italie. Il y profita si bien que tous ceux qui le connaissaient, faisant un bon jugement de son bel esprit, croyaient qu'un jour il serait l'honneur de son pays. Mais que les hommes sont sujets à s'abuser en leurs jugements !

Il n'est rien plus divers que le cœur des humains,
Et nul autre que Dieu ne peut sonder les reins.[1]

Comme ce Vanini eut longtemps étudié à Bologne et à Padoue[2], il lui prit l'envie d'aller en Espagne et de voir Salamanque. Après avoir fait sa philosophie et sa théologie en cette célèbre université, il s'y arrêta quelque temps. Sa curiosité, outre l'astrologie, lui fit mettre encore le nez dans la noire

---

Sa mère, Béatrice Lopez de Noguera, jeune orpheline, de noblesse espagnole. Le couple aura deux fils : l'aîné entrera, comme son père, au service du comte de Castro et sera comblé de bienfaits. Jules-César, dont le prénom fut d'abord François, aura le tragique destin que raconte cette histoire. Voir Adolphe Baudouin, *Histoire critique de Jules-César Vanini dit Lucilio*, « Revue philosophique de la France et de l'Étranger », vol. VIII, juillet-décembre 1879.

1. « Dieu sonde les cœurs et les reins ». *Psaumes*, 7,10 ; Jérémie, XI, 20 ; *Apocalypse*, II, 23.
2. D'après les biographies française et italienne, Jules-César aurait fait ses humanités et l'université à Naples, chez les Carmes. Il devient docteur *in utroque* (droit civil et droit canon) et prend l'habit de moine. A 21 ans, il suit des cours à Padoue (1606-1608). Puis il parcourt l'Allemagne et les Pays-Bas avant d'arriver à Paris, en 1610. Le voyage en Espagne serait une fiction, voir *infra*, n. 1, p.166.

magie, de sorte que c'était un marchand mêlé* en toutes sciences. Folle curiosité, le premier degré de l'orgueil qui cause tant de mal au monde ! Nous devrions toujours nous ressouvenir de ce que nous conseille une grande lumière de l'Eglise, qu'il faut que *l'humaine témérité se contienne et qu'elle ne recherche jamais ce qui n'est pas, autrement elle rencontrera ce qui est en effet*[1]. Si le docteur Vanini eût été sage, il ne se fût jamais amusé à des choses vaines et exécrables, et par même moyen, il n'eût point été délaissé de la grâce de celui qui nous confère toujours plus que nous ne lui saurions demander. Enfin, enflé de son sens charnel et de sa science, il voulut savoir que* c'était que de l'athéisme que l'on lit couvertement* en cette même ville, et dans peu de temps il eut une telle créance que, bannissant de son âme tout ce qui la pouvait rendre glorieuse, il crut qu'il n'y avait point de Dieu, que les âmes meurent avec les corps, et que Notre-Seigneur Jésus-Christ, éternel Fils de Dieu, et lequel nous a rachetés de la mort éternelle, était un imposteur.

Non content d'avoir cette maudite et damnable créance qui le conduisait au profond des Enfers, il la voulut communiquer à d'autres, afin d'avoir des compagnons en sa perte. C'est pourquoi il ne cessait, parmi ceux qui le hantaient* familièrement, de médire des écrits de Moïse, de nommer fables et justement comparables à la Métamorphose d'Ovide[2], tant de mystères sacrés et tant de miracles qui sont contenus au Genèse[3] et en l'Exode. Et, comme l'impiété n'a que trop de sectateurs parce

---

1. Difficilement identifiable, malgré l'allusion précise.
2. Processus utilisé par le sceptique Ovide dans ses *Métamorphoses* pour illustrer l'éternelle mutation de toutes choses, voire même la transformation des héros en animaux ou en plantes. Le livre I présente des récits tout proches de certains de ceux de la *Genèse*. Ovide était très lu au XVIe siècle et considéré comme source indispensable pour toutes les comparaisons mythologiques.
3. Genèse, au masculin : comprendre le Livre de la Genèse.

que, d'abord, elle est plaisante et agréable, et qu'elle introduit la liberté parmi les hommes, cet abominable ne manquait pas de disciples. Mais pour perdre mieux ceux qui ne bouchaient point les oreilles à cette sirène tromperesse, il fit revivre sourdement ce méchant et abominable livre, de qui l'on ne peut parler qu'avec horreur et que l'on intitule *Les trois imposteurs*[1]. Je ne veux point insérer ici les raisons diaboliques contenues dans ce pernicieux et détestable livre que l'on imprime à la vue et au grand scandale des chrétiens. Les oreilles chastes et fidèles ne les sauraient souffrir. Contentez-vous que ce méchant homme, quittant le nom de Vanini, se faisait appeler Luciolo[2]. Je ne vous saurais bien dire si son nom était Lucius. Néanmoins j'estime qu'il avait emprunté ce nom infâme pour l'amour qu'il portait à Lucien qui, jadis, fut le plus grand athée de son siècle[3].

Tandis que cet exécrable abreuve de son poison venimeux les esprits qui sont destinés à la perdition,

---

1. Le titre *Les Trois Imposteurs*, ou *Des Trois Imposteurs*, ou encore *De Tribus Impostoribus* désigne les trois fondateurs de religion Moïse, Jésus et Mahomet. Connu sous le manteau et signalé dès la moitié du XVIe siècle, forgé en Allemagne, dans le Palatinat, par « des moqueurs de religion, nommés lucianistes qui tiennent pour fable les livres saints », l'ouvrage circule encore au début du siècle. Mais à l'origine, ce titre serait une formule de blasphème où les fondateurs des trois grandes religions sont assimilés aux fondateurs d'empire et de civilisation qui, pour dompter la rudesse des peuples primitifs se disaient en rapport avec la divinité. Thèse reprise par Pomponazzi et recueillie par Vanini dans son premier livre publié à Lyon, en 1615, *L'Amphithéâtre de l'éternelle Providence (Amphitheatrum aeternae Providentiae divino-magicum, christiano-physicum, nec non astrologo-catholicum, adversus veteres philosophos, atheos, epicureos, peripateticos et stoicos)*.
Voir Henri Busson, *Le rationalisme dans la littérature française de la Renaissance (1553-1601)*, Vrin, 1957, pp.343-350.

2. D'après les biographes, Jules-César Vanini aurait changé de nom et de profession après la condamnation par la Sorbonne de son deuxième livre. Voir *infra*, note 1, p.168. Il aurait pris le nom de Pompeio Usiglio et aurait déclaré professer la médecine. Usiglio deviendra Lucilio, plus facile à prononcer pour les Français.

3. Référence à Lucien, sceptique grec, qui affirme avec ironie que les dieux de l'Olympe n'ont aucun pouvoir (*Zeus tragédien, Zeus confuté*).

la crainte d'être saisi des Inquisiteurs de la foi lui fait quitter Salamanque et se retirer à Ossune, ville renommée de l'Andalousie[1]. L'on ne saurait dire combien d'âmes disposées à recevoir la nouveauté y furent perdues par ce méchant et exécrable athée. Il s'insinuait dans la maison des grands où, ordinairement, l'on voit toute sorte de licence, les abreuvait de vive voix de son opinion et leur donnait même des écrits qui, avec leur auteur, méritaient cent et cent fois le feu. Il fit encore un voyage à la cour d'Espagne, mais il ne s'y arrêta guère, parce qu'ayant été découvert, il y eût bientôt reçu le juste salaire de ses impiétés, s'il ne s'en fût enfui. Voyant donc qu'il courait fortune de la vie, il résolut de voir la France, et particulièrement la ville de Paris où l'on ne trouve que trop de complices en toutes sortes de méchancetés.

Il s'embarqua donc à Bayonne, et ayant pris port à Rouen, il se rendit puis après, dans peu de temps, à Paris. Comme il ne manquait pas d'artifice ni de savoir pour s'insinuer dans la maison des grands de la cour, un certain Ecossais, homme savant et qui avait servi de précepteur à Monsieur l'Abbé de Redon, à présent évêque de Marseille et frère de Monsieur de Saint Luc, lui donna entrée chez ce digne prélat[2]. Monsieur l'Evêque de Marseille, qui aime les hommes savants, ayant goûté le docteur Vanini lequel était mêlé en toutes sortes de sciences, le retint dans sa maison, et lui donna une honnête pension, et sa table. Etant de la maison d'un tel seigneur, il avait par même moyen l'entrée dans toutes les meilleures maisons de la cour, et particulière-

---

1. Le voyage en Espagne, à Salamanque, à Ossune et à la cour d'Espagne, comme il le dit plus loin, serait une pure fiction de la part de Usiglio-Vanini, pour déjouer les soupçons, expliquer son arrivée à Toulouse et se rendre ensuite à Paris. La vie de Vanini est pleine d'ombres.

2. Arthur d'Epinay Saint Luc, protecteur de Vanini, était un cadet de famille qu'Henri IV avait fait abbé des bénédictins de Redon, en Bretagne, puis évêque de Marseille.

ment celle de Monsieur de Bassompierre, beau-frère de Monsieur de Saint Luc[1]. Ce dangereux et exécrable athée dissimula pour quelques jours son impiété, ne laissant pourtant pas de faire toujours couler quelque petit mot, au déshonneur du grand Dieu, de son fils, Notre-Seigneur Jésus-Christ, et des mystères de la foi. Ceux qui l'entendaient parler de la sorte n'y prenaient pas garde au commencement et attribuaient plutôt à une certaine liberté de parler que l'on pratique en France ce qu'il disait, qu'à quelque malice* cachée. Mais quand il eut acquis un peu de réputation parmi une infinité de personnes qu'il fréquentait, il se mit à publier l'athéisme et même en ses prédications (car il prêchait quelquefois en des églises renommées) ceux qui sont versés aux controverses et aux mystères des chrétiens remarquaient toujours quelque trait d'impiété. Et de fait, ayant un jour prêché à Saint-Paul[2], sur le commencement de l'Evangile de saint Jean où le plus haut des mystères est contenu[3], il fut accusé puis après de damnable opinion. Cela le décria de telle sorte que ceux qui ont la charge des âmes lui défendirent la chaire.

Toutes ces circonstances fâchèrent l'âme de Monsieur l'abbé de Redon, lequel a été nourri*

Dans le branlant berceau du lait de piété.

Et désormais il ne fit plus si grand compte de Vanini qu'il faisait auparavant. L'athée voulut pourtant rha-

---

1. François de Bassompierre, maréchal de France (1579-1646), compagnon favori d'Henri IV. Colonel des Cent-Suisses en 1610, il aide Marie de Médicis à calmer l'agitation des princes. Louis XIII lui confie de nombreux commandements, plusieurs ambassades extraordinaires et le fait maréchal de France en 1622. Richelieu toutefois s'irrite de sa turbulence et le fait emprisonner à la Bastille en 1631. Bassompierre ne reviendra à la cour qu'après 1643.
2. Vanini aurait prêché dans les églises de la place Royale fréquentées par les gens de cour.
3. « Au début était le Verbe/ et le Verbe était avec Dieu/ et le Verbe était Dieu. » Jean, I, 1.

biller sa faute et contrefit l'homme de bien durant l'espace de quelques mois, si bien qu'il parla plus sobrement que de coutume. Mais si sa langue se retint, sa main eut bientôt produit des fruits de son exécrable impiété. Il composa un livre des causes naturelles et le dédia à un cavalier dont le mérite ne se peut décrire en peu d'espace : ce fut à Monsieur de Bassompierre que Mars et les Muses honorent également. Dans ce livre il avait inséré mille blasphèmes et mille impiétés, comme celui qui donnait à la nature ce qui n'appartient proprement qu'au Créateur de l'univers et de la nature même. Aussi ce méchant livre fut bientôt censuré. La docte Sorbonne de Paris, arbitre des matières de la foi, ayant vu ce livre, le déclara pernicieux et le condamna au feu [1]. L'exécution publique en fut faite par la main du bourreau, de sorte que son auteur, qui méritait encore d'être jeté dans le feu, ayant reçu cet affront et se voyant être mal avec Monsieur de Marseille qui abhorre tels impies, résolut de quitter Paris et de faire un voyage à Toulouse [2].

Le renom de cette grande ville florissante en beaux et rares esprits le conviant de la voir, il part donc de la capitale ville du royaume et arrive à deux lieues près de Toulouse, quinze jours après. Outre la philosophie et la théologie et autres pareilles sciences, il avait fort bien étudié en droit, de sorte qu'il ne pouvait longtemps demeurer sans parti. Mais comme il était prêt d'entrer dans Toulouse,

---

1. Il s'agit du deuxième livre de Vanini *Les Dialogues de la nature* (*De admirandis naturae regnae deaeque mortalium arcanis*) connu aussi sous son titre latin abrégé *De arcanis*. Publié en 1616 avec privilège et approbation de la Sorbonne grâce à deux docteurs Edmond Corradin, gardien des Minimes, et Claude le Petit, docteur régent, dédié en effet à Bassompierre dont Vanini était alors aumônier. *Les Dialogues* sont condamnés au feu.
2. Voir *supra*, n. 1, p.166. Il se réfugie en Bretagne, à l'abbaye de Redon sous la protection de saint Luc, puis de là, gagne Bayonne en bateau pour mieux donner le change et faire croire qu'il arrivait d'Espagne et se dirigeait vers Paris. Il séjourne à Toulouse.

deux jeunes et braves gentilshommes, qui avaient passablement étudié, passèrent par une petite ville où Vanini s'était arrêté[1] et allèrent loger au logis de ce docteur. Ayant reconnu à table quelques traits de son savoir, ils devisèrent privément dans une chambre, après dîner, avec lui et furent si satisfaits de cet homme qu'ils lui offrirent leur maison et promirent de le récompenser dignement, s'il voulait prendre la peine de leur lire, quelques mois, les mathématiques. Vanini, qui n'était pas alors des plus accommodés* ainsi que nous avons déjà dit, accepta cette condition et s'en alla avec eux. L'un de ces gentilshommes avait une maison extrêmement délicieuse, environnée de ruisseaux et de petites fontaines[2]. Quand ces cavaliers étaient lassés de l'étude des lettres, ils allaient à la chasse ou bien, sous un arbre planté aux bords d'une eau claire et coulante, ils s'entretenaient de la lecture de quelque bon livre, et toujours Vanini était avec eux. Lorsque le temps lui eut acquis leur familiarité, ce dangereux homme, qui avait caché son venin, commença de l'épandre sur cette jeunesse. Il les entretenait à toute heure de l'éternité du monde, des causes naturelles et leur prouvait par des raisons damnables que toutes choses avaient été faites à l'aventure, que ce qu'on nous racontait de la divinité n'était que pour retenir les hommes sous une forme de police*, et par conséquent, que les âmes mouraient avec les corps. Ces gentilshommes croyaient au commencement que leur docteur proférait ces paroles pour exercer son bel esprit. Mais quand ils reconnurent que son cœur était conforme à sa langue, eux, qui avaient sucé le lait de piété dans le berceau, lui témoignèrent bientôt qu'ils ne prenaient pas guère de plaisir d'entendre ces blasphèmes, et principalement ceux qu'il

---

1. Vanini se serait arrêté à Condom ou à l'Isle Jourdain. L'un des deux gentilshommes serait M. de Bertier, fils du président du Parlement de Toulouse.
2. Cette description correspondrait au château de Pinsaguel, résidence séculaire de la famille de Bertier.

vomissait contre l'éternel Fils de Dieu. Ce cauteleux renard, voyant qu'il ne pouvait rien gagner sur ces âmes religieuses, tourna puis après en risée tout ce qu'il avait dit de la divinité. Et néanmoins, peu de temps après, il leur demanda congé pour aller à Toulouse. Ces deux cavaliers le lui accordèrent fort volontiers, comme ceux qui ne désiraient rien tant que de se défaire de la compagnie d'un si pernicieux homme. Sitôt qu'il fut arrivé à Toulouse, un jeune conseiller le logea chez lui par l'entremise d'un docteur régent qu'il était allé voir. Le bruit de son savoir s'épandit incontinent par toute cette ville renommée, si bien qu'il n'y avait fils de bonne mère qui ne désirât de le connaître. Le premier président même, dont le savoir et la piété ont acquis un renom qui ne mourra jamais, le voyait de fort bon œil[1]. Mais parmi ceux qui en faisaient de l'état, Monsieur le comte de Cramail admirait le savoir de cet homme et le louait publiquement. Et cette louange n'était pas peu honorable à Luciolo, puisque ce brave comte est, sans flatter, l'honneur des lettres aussi bien que des armes[2].

Au commencement, cet hypocrite dissimulait son impiété et contrefaisait l'homme de bien, mais si sa bouche proférait paroles bonnes et dignes d'être ouïes, son cœur rempli de malice* parlait autrement. Cependant Monsieur le comte de Cramail, croyant de cet athée tout autre chose qu'il n'était pas, lui fit par quelque sien ami offrir le gouvernement de l'un de ses neveux, avec une honnête pension. Luciolo accepta cette condition et commença

---

1. Il s'agirait du président Le Mazuyer connu pour sa politique agressive contre les protestants.
2. Adrien de Montluc, (1588-1642), comte de Caraman ou de Cramail, petit-fils du maréchal de Montluc, gouverneur du comté de Foix ; il fut jeté à la Bastille sous Louis XIII pour ses intrigues contre Richelieu et n'en sortit que douze ans plus tard. Libertin notoire, protecteur des lettres, intéressé par les secrets de la nature et l'astrologie, écrivain lui-même, il composa divers écrits, entre autres *La Comédie des proverbes*, en 1618.

d'instruire ce jeune seigneur, au contentement de son oncle, en s'acquittant assez dignement de sa charge. Il entretenait bien souvent le comte qui est un esprit extrêmement curieux, et par ses artifices, acquérait tous les jours de plus en plus son amitié. Comme il se vit aimé d'un tel seigneur et appuyé de beaucoup d'amis, le détestable recommença petit à petit à semer sa doctrine diabolique ; toutefois, ce ne fut pas tout à coup ouvertement, mais par manière de risée. Jamais il ne se trouvait en bonne compagnie qu'il ne jetât quelque brocard contre la divinité, et particulièrement contre l'humanité du Fils de Dieu [1], notre seule et assurée réconciliation envers son Père éternel. Comme la licence de parler n'est que trop grande en France par la liberté qu'on y a introduite, chacun, qui entendait ces paroles exécrables, attribuait plutôt à une certaine bouffonnerie d'esprit ce qui procédait d'un cœur rempli de toute malice*. Et par ce moyen, ce venimeux serpent glissa peu à peu dans l'âme de plusieurs auxquels il prêcha clairement l'athéisme, quelque temps après, et quand il vit qu'ils étaient disposés de recevoir son poison.

Je me suis étonné cent fois comme il se trouve des esprits qui, de gaîté de cœur et de malice* délibérée, osent blasphémer le nom de Dieu et nier son essence. Il faut bien dire qu'ils ont été bien gagnés par les artifices de Satan. Car quelque raison qu'ils allèguent, qu'il n'y a point de divinité, leur conscience les accuse de mensonge et par les effets ils font connaître que ce n'est qu'une pure malice*, jointe à une ostentation et à un bruit de vaine gloire qu'ils veulent acquérir. C'est pourquoi les chrétiens doivent soigneusement prendre garde de ne se laisser point encore attraper dans les pièges de Satan. Notre ancien adversaire ne manque jamais de nous

---

1. La divinité du Christ, prudemment évoquée ici par Rosset, était l'enjeu de toutes les luttes de la pensée religieuse de la Renaissance.

tendre ses fils. Il se transforme bien souvent pour ce sujet en ange de lumière, afin de nous perdre. Il sait ceux qui sont enclins aux plaisirs de la chair ou aux délices de la bouche et ne cesse de verser son poison aux uns et aux autres en diverses manières. Il a pareillement connaissance des hommes vains et superbes comme le docteur Vanini, et par conséquent, il remplit l'âme de telles personnes de vent et de fumée. Mais la malice* de ce docteur exécrable se découvre encore en ce qu'avant qu'il prêchât l'athéisme, il lisait à Salamanque la magie, invoquait les démons et conférait ordinairement avec eux. Et jugez maintenant si, sachant qu'il y avait des démons, il ne savait pas encore qu'il y avait un Dieu qui exerce sa justice sur Satan et sur ses sectateurs !

Mais sans doute était-il séduit de telle sorte par cet ennemi du genre humain que, comme l'exécrable prêtre de Marseille[1], il se figurait qu'un jour, après sa mort, il serait un de ces esprits diaboliques, et avait encore cette créance que les démons ne souffrent aucune peine, puisqu'ils ont la liberté d'aller d'un côté et de l'autre (ainsi que disent ces esprits damnés à ceux qu'ils veulent perdre) et qu'ils sont possesseurs de tous les trésors du monde. Opinion trompeuse qui, abusant les âmes disposées à les croire, fait naître puis après ces martyrs du diable. Car Satan qui, comme un singe, imite les ouvrages de Dieu, ne manque pas de martyrs, selon le témoignage même du vaisseau d'élection[2].

Tandis qu'il tâche de perdre les âmes par sa détestable doctrine, Monsieur le Comte de Cr[a]mail, de qui le clair jugement ne se trompe jamais et à qui la nature et le maniement des affaires ont donné la connaissance de toutes choses, ce prudent et sage seigneur, dis-je, reconnut bientôt l'intention de

---

1. L'abbé Goffredy. Voir *H III*.
2. *Vaisseau d'élection* : plutôt *vase d'élection* ou *vase d'élite* : référent religieux, pour désigner celui qui est choisi de Dieu. Saint Paul, *Romains*, IX, 23-24.

Luciolo et apprit en peu de temps ce qu'il avait dans l'âme. Néanmoins il dissimula quelques jours ce qu'il en pensait et sut si bien tirer le ver du nez de ce méchant homme, en devisant privément avec lui, qu'il s'éclaircit entièrement de son doute. Cet exécrable lui confessa librement qu'il croyait que tout ce qu'on nous dit de la divinité et qui est contenu dans les *écrits de Moïse* n'est que fable et que mensonge : *Que le monde est éternel et que les âmes des hommes et celle des bêtes n'ont rien de différent*, puisque les uns et les autres meurent avec le corps. Et pour Notre Seigneur Jésus-Christ, que tous ses faits n'étaient *qu'imposture, de même que ceux de Moïse*[1]. O bonté de Dieu, que vous êtes grande de souffrir si longtemps cet abominable ! O justice divine ! Où est votre foudre ? O terre ! Que ne t'ouvres-tu pour engloutir cet esprit d'enfer ?

Monsieur le comte fut fort scandalisé de ce discours et cette âme, non moins religieuse que généreuse, s'efforça de réduire par de vives et pressantes raisons que les bornes de ce récit ne peuvent contenir, ce malheureux athée. Mais tout cela ne servit de rien puisqu'il traitait avec un esprit le plus impie que l'on ait vu jamais parmi les hommes, et d'autant plus rempli d'impiété qu'il ne péchait point par ignorance, ains* résistait ouvertement au Saint-Esprit, ainsi que nous verrons en la suite de cette histoire. Ce que voyant, ce seigneur, et jaloux du nom de celui qui pour nous sauver prit notre chair humaine et naquit d'une Vierge, il témoigna bientôt à Luciolo le déplaisir qu'il sentait de sa perte et le regret qu'il avait de lui avoir baillé la charge d'instruire son neveu. Et comme il était prêt de le lui ôter, de peur que cette jeune plante abreuvée d'une si dangereuse doctrine n'en retînt quelque mauvaise odeur, la cour de Parlement de Toulouse députa deux de ses conseillers vers le même comte. Ce juste et religieux Sénat ayant été informé que Luciolo,

---

1. Souvenir de *L'Ecclésiaste*, III, 14, 19. Livre cher aux Libertins.

non content de médire publiquement de l'Eternel Fils de Dieu, avait des sectateurs en ses exécrables opinions, lui eût déjà fait mettre la main sur le collet ; mais auparavant, elle voulait savoir du sieur comte s'il avouait* un si méchant homme. Les deux conseillers ayant exposé leur commission au seigneur de Cramail, ils eurent telle satisfaction de lui que, le lendemain, Luciolo fut saisi et mené en la Conciergerie.

Le sieur de Bertrand, conseiller en la dite cour de Parlement de Toulouse, fut commissaire pour interroger cet athée sur certains points dont il était accusé. La première chose qu'il lui demanda, après s'être informé de son nom et de ses qualités et autres formes ordinaires, *s'il ne croyait point en Dieu* : Luciolo, avec une effronterie la plus grande que l'on saurait imaginer, lui répondit « *qu'il ne l'avait jamais vu, et par conséquent qu'il ne le connaissait nullement* ». Le dit sieur conseiller repart et dit que, quoique nous ne le voyions point, nous ne laissons pas de le connaître tant par ses ouvrages que par les écrits des prophètes et des apôtres. A quoi Luciolo répliqua que tout ce qu'on nous publiait de la création du monde n'était que mensonge et invention, et que tous ces prophètes avaient été atteints de quelque maladie d'esprit qui leur avait fait écrire des extravagances, et qu'enfin, le monde était de toute éternité et durerait éternellement. Le dit sieur commissaire, étonné des raisons damnables de cet athée, poursuivit et lui demanda ce qu'il croyait de Jésus-Christ : « Je crois, repart cet exécrable, qu'il était *un imposteur* et que, pour acquérir du renom il se disait *Fils de Dieu*. — Mais, dit le sieur conseiller, nous avons tant de miracles qu'il a faits et qu'il fait encore tous les jours, tant de prédictions et tant d'autres témoignages que quiconque les nie, nie sans doute la clarté du soleil. » Enfin Luciolo se moquait de toutes ces paroles, et en riant, les tenait pour fables. Et même, étant tombé sur le discours des tourments que Notre-Seigneur souffrit quand il se livra à la mort pour nous, ce malheureux, cet exécrable, et plus impie que l'impiété, se mit à proférer une parole que l'Enfer même n'oserait proférer. Je ne la veux point ici insérer parce que, en y pensant seulement, la plume me tombe de la main et les cheveux m'en dressent d'horreur. Que ceux qui liront cette histoire se contentent de savoir que cette peste voulait dire que, lorsque Notre-Seigneur était prêt d'aller souffrir la mort ignominieuse de la croix, il suait comme un homme sans courage, et lui ne suait nullement, quoiqu'il vît bien qu'on le ferait bientôt mourir. Et sur cela, il usait de termes les plus impies et les plus détestables que l'on puisse imaginer. O justice de Dieu, pouvez-vous bien souffrir ces blasphèmes et ces outrages ? Le sieur conseiller fut tellement scandalisé des paroles abominables de cet athée que, sans le vouloir plus entendre, il commanda qu'on l'enfermât dans un profond cachot, tandis qu'il alla faire son rapport à la cour de ce qui s'était passé entre lui et Luciolo.

Cependant on ne manqua pas de témoins pour la preuve de son impiété qu'il voulait de premier abord aucunement* nier. Les deux gentilshommes à qui il avait appris la philosophie, le neveu du comte et plusieurs autres personnes honorables, déposèrent contre lui, et lorsqu'ils lui furent présentés en jugement, il ne voulut plus dissimuler sa détestable impiété, ains* la soutint ouvertement. Ce vénérable Sénat, curieux de sauver cette âme damnée, n'avait point envie de procéder à son juste jugement, sans avoir premièrement tâché de le réduire* à salut : de grands prédicateurs pour ce sujet le virent souvent dans la prison et y apportèrent le soin que l'on peut apporter en des actions si nécessaires. Mais quoi ? Leur travail était inutile puisque, outre la possession que le diable avait prise de cet esprit infernal, il était de ceux qui, abandonnant les vertus, veulent que l'on croie qu'ils ignorent Dieu et sa Majesté souveraine. Ils pensent acquérir de la gloire et faire une grande œuvre lorsqu'ils soutiennent que cette machine du monde, qui demeure toujours en même état, est éternelle. Et par même moyen, ils ressemblent proprement à ceux qui détournent leur vue de quelque belle et agréable peinture et jettent leurs regards sur des images prodigieuses.

Quand l'équitable Parlement de Toulouse vit que le salut de ce pernicieux homme était désespéré, il ne voulut plus différer sa condamnation. Il se ressouvint que Dieu et le roi, lui ayant mis la balance à la main, il était obligé de la tenir sans pencher ni d'un côté ni de l'autre. C'est pourquoi, après avoir mûrement digéré une action autant exécrable pour son impiété que digne de punition pour sa conséquence, il donna bientôt un arrêt mémorable. Car après les auditions, dépositions et confessions, rétractations et secondes confessions volontaires de cet abominable esprit infernal, et autres choses contenues au procès, qui le rendirent coupable des crimes qu'on lui imposait, il le déclara atteint et convaincu* de crime de lèse-majesté divine et humaine au premier chef, et pour réparation d'iceux le condamna d'être livré entre les mains de l'exécuteur, pour être conduit et mené par tous les carrefours accoutumés et au-devant de la porte de l'église métropolitaine, pour y faire amende honorable, tête nue et pieds nus, la hart* au col et tenant un flambeau ardent en ses mains et là, demander pardon à Dieu, au roi et à la justice et puis, être mené à la place de Saint-Etienne où l'on punit les malfaiteurs, pour là avoir la langue coupée et y être ars et brûlé tout vif, jusqu'à la consommation de ses ossements dont les cendres seraient jetées au vent.

Quand on commença d'exécuter ce juste arrêt et qu'on lui voulut faire demander pardon à Dieu, il dit tout haut qu'il ne savait que c'était que Dieu, et par conséquent, qu'il ne demanderait jamais pardon à une chose imaginaire. Les ministres de la justice le pressèrent néanmoins de le faire, de sorte qu'enfin il tint ce discours : « Eh bien ! Je demande pardon à Dieu, s'il y en a. » Et lorsqu'il fallut aussi qu'il demandât pardon au roi, il dit qu'il lui demandait pardon puisqu'on le voulait et qu'il ne croyait pas être coupable envers Sa Majesté, laquelle il avait toujours honorée le mieux qu'il avait pu, mais pour messieurs de la justice, qu'il les donnait à trente mille charretées de diables. Et nous voyons par ce dernier discours comme ce misérable se prenait lui-même par ses propres paroles. Il nie tantôt qu'il n'y a point de Dieu et maintenant il avoue qu'il y a des diables. Choses qui sont du tout* contraires, puisque l'un présuppose l'autre [1]. Or il fallait bien que cet homme fût extrêmement possédé de Satan puisque ces horribles blasphèmes sortaient de sa bouche et qu'il résistait si ouvertement au Saint-Esprit. Il fallait bien encore, ainsi que nous avons déjà dit, que les amorces de cet adversaire ou le désir de vaine gloire et d'être renommé après sa mort, comme celui qui brûla le temple de Diane [2], le portât à des vanités rares et inouïes.

Cependant, après qu'on eut fait toutes ces cérémonies et actes de justice, il fut mené à la place où on lui avait destiné son supplice. Etant monté sur l'échafaud, il jeta les yeux d'un côté et de l'autre, et ayant vu certains hommes de sa connaissance parmi la grande foule du peuple, qui attendait la fin de cet exécrable, il leur tint ce langage : « Vous voyez, dit-il tout haut, quelle pitié, un misérable juif est cause que je suis ici. » Or il parlait de Notre-Seigneur JÉSUS-CHRIST, le Roi des Rois et Seigneur des Seigneurs, dont ce chien enragé tâchait de déchirer la divine Majesté, au grand scandale d'une infinité de peuple qui criait qu'on exterminât cet exécrable blasphémateur ; car il usait encore d'autres termes que je ne saurais écrire sans horreur et sans offenser les oreilles de ceux qui prendront la peine de lire cette histoire.

Enfin, on voulut arracher la langue à ce martyr

---

1. Voir. *H I* n. 1, p.60.
2. Erostrate.

du diable, mais quelque constance qu'il témoignât en ses paroles, comme celui qui se disait plus constant et plus résolu que le Fils de Dieu, il découvrit bientôt qu'il lui fâchait de mourir. On ne put du premier coup que lui emporter le bout de la langue parce qu'il la retirait. Mais au second coup, on y mit si bon remède qu'avec les tenailles on la lui arracha toute entièrement avec la racine. Ce fait, son corps fut jeté dans le feu et ses cendres au vent, tandis que son âme alla recevoir aux Enfers le juste châtiment de ses horribles blasphèmes et impiétés.

C'est l'histoire de l'exécrable docteur Vanini que j'ai décrite sommairement afin de n'excéder point les bornes que j'ai accoutumé* de garder en mes histoires tragiques. Il reste maintenant de considérer combien la patience de Dieu est grande de souffrir ces abominables blasphèmes et ces exécrables impiétés. Je m'étonne comme son jugement redoutable n'a déjà fait sentir aux mortels les effets de son juste courroux. Je m'en étonne, dis-je, puisque Vanini ne manque point de compagnons en ses blasphèmes.

Un de mes amis, qui assista à l'exécution de l'arrêt de cet exécrable, me racontait dernièrement une chose étrange. Etant à Castres, ville du Languedoc et renommée pour la chambre de l'édit que le roi y a rétablie [1], y vit un certain prêtre que j'ai moi-même vu à Paris, chez le prieur du couvent des jacobins, il y a environ quatre ou cinq années. Le prêtre disait la messe en grec et les conseillers catholiques de la chambre de l'édit entendirent sa messe, et après, lui donnèrent chacun de l'argent pour l'assister en ses

---

1. *Chambre de l'édit* : Après l'édit de Nantes, les protestants avaient le droit d'être jugés au civil et au criminel par des tribunaux spéciaux composés en nombre égal de juges catholiques et protestants et qui fonctionnaient auprès des parlements de Bordeaux, Grenoble et Toulouse. La chambre qui relève de ce dernier parlement siégeait à Castres. Voir Jeanne Garrisson, *L'Edit de Nantes et sa révocation. Histoire d'une intolérance*, Paris, Seuil, 1985, pp.18-24.

voyages. Ce malheureux, allant de Castres à Toulouse, se mit en compagnie de deux honnêtes hommes. Or, en devisant du docteur Vanini, qui tout fraîchement avait été exécuté pour ses impiétés, ce détestable prêtre se mit à proférer ces paroles : « C'est à tort qu'on a fait mourir un si savant homme : il n'a jamais rien cru que je n'en croie autant, et il n'y a homme de sain jugement qui ne soit toujours de mon opinion. Toutes les lois que l'on nous figure de Dieu ne sont qu'inventions humaines, pour retenir les hommes en crainte, et que les plus puissants ont imposées aux plus faibles, afin de se conserver. Car, à la vérité, il n'y a point de doute que toutes choses n'aillent à l'aventure, que le monde ne soit éternel et que les âmes ne meurent avec les corps. »

Le discours de cet hypocrite rendit fort ébahis ces honnêtes hommes qui rapportèrent puis après dans Toulouse sa damnable opinion. La justice le fit chercher pour lui mettre la main dessus, mais on ne le put jamais appréhender. Et puis, faites des aumônes à telles gens qui, sous prétexte de requérir l'assistance des gens de bien pour la rédemption des captifs, vont de province en province abreuver de leur poison ceux que la crédulité laisse emporter à ces maudites impiétés ! Voyant des exemples si exécrables, il ne faut point douter que la fin du monde ne soit prochaine et que Dieu n'extermine bientôt cette grande machine pour en former une autre, d'une matière plus noble et plus pure[1].

Heureux cependant qui, faisant profit de telles choses rares et inouïes, ne se sépare jamais de la pierre[2], le premier fondement de salut. Bienheureux, dis-je, qui, n'ayant autre désir d'acquérir la gloire qui procède de la douce servitude de JÉSUS-CHRIST, tâche d'honorer ce nom, sous qui

---

1. Allusion à saint Paul, *2 Thessaloniciens*, II.
2. Il s'agit du Christ comme pierre angulaire. Voir Matthieu, XXI, 42 ; *Actes des Apôtres*, IV, 11 ; *Ephésiens*, II, 21.

tout genou fléchit et à qui toutes les choses qui sont au Ciel, en terre[1] et sous la terre, rendent hommage. Cependant il faut que nous implorions sa miséricorde et la requérions de réduire à sa vraie connaissance ces âmes désespérées. Que ce débonnaire Sauveur daigne ôter d'entre nous ces scandales et changer la langue de ces blasphémateurs. Ou bien, si les impies persévèrent en leurs abominables méchancetés et infections de leurs bouches puantes, qu'il permette que la justice qu'il a établie en terre y tienne si bien la main que ces martyrs du diable soient exterminés, à la confusion de Satan, à la joie des justes et à l'honneur de celui de qui procède toute louange et toute gloire.

---

1. La formule est de saint Paul, *Épître aux Philippiens*, II, 10.

Histoire VI

Alidor, gentilhomme de Picardie, après la mort de sa maîtresse, en fait faire deux portraits, l'un mort et l'autre vif, et va confiner ses jours aux déserts de la Thébaïde.

Il est bien difficile de savoir aujourd'hui quelle grande princesse commanda cette histoire à François de Rosset, mais en tout cas, elle est écrite selon les meilleures règles de la nouvelle héroïque et sentimentale de l'époque : eros et thanatos *sur fond agreste, langage du corps plus éloquent que les prouesses militaires, les déclarations d'amour et les sonnets de circonstance, et enfin, solitude en prose, pour mieux pleurer le portrait vif et mort de la bien-aimée. Rosset cède ainsi à la tradition malgré ses protestations de vouloir écrire contre « les livres d'amour qui pavent les boutiques du Palais » (H. XXIII).*

Cependant, à la différence de la nouvelle galante qui situe l'histoire dans un espace lointain et souvent exotique, l'actualité événementielle est ici assez récente : le théâtre en est la France (1588 environ) où « le zèle de religion » et la tension entre le roi et les grands dictent les comportements et les agissements humains : ainsi la retraite d'Alidor semble un choix politique autant qu'une retraite sentimentale. La fin, en revanche, est fidèle au cliché romanesque.

De toutes les passions humaines je pense que celle de l'amour est la plus violente. Lorsque cette fureur s'est rendue la maîtresse de notre âme, la raison n'y trouve plus de place. C'est en vain qu'on y veut apporter du remède. La plaie en est incurable, il faut le plus souvent qu'on en reçoive la guérison de la main du désespoir, et principalement lorsqu'on perd le sujet d'où procède le mal. L'histoire que je veux vous raconter en rend témoignage. Elle contient tout ce qui se peut remarquer en amour de funeste et de tragique. Je ne puis l'écrire sans larmes. Si le commandement d'une grande princesse ne m'y obligeait, j'en laisserais la charge à un autre. Mais puisque le devoir m'y force, je la décrirai en cette sorte.

Alidor n'avait pas encore atteint la vingt et deuxième année de son âge que sa valeur était renommée par toute l'Europe. C'était un gentilhomme de Picardie qui avait témoigné sa valeur en plusieurs rencontres et batailles fameuses. Il commandait à une compagnie de chevaux légers, lorsque le grand Henri fit rougir les eaux de la Dordogne du sang de ceux qui, non contents de l'avoir éloigné de la cour, lui voulaient encore ôter l'espoir d'être un jour assis au trône de ses ancêtres [1].

Après que le courage de ce cavalier qui tenait le parti de la Ligue [2] fut contraint de céder à la valeur et à la fortune de ce grand monarque, il se retira en son pays, en une sienne maison de plaisance où il se mit à passer le temps. Tantôt il courait le cerf, tantôt il faisait voler le héron, maintenant il prenait un livre, et assis sous un arbre ou bien aux bords d'une claire fontaine, il lisait les aventures des chevaliers renommés dans les histoires. Quelquefois il composait de beaux vers en sa langue et louait le Ciel dans ses écrits de ce qu'il vivait sans passion, prisant sa liberté plus que tous les trésors du monde. Heureux s'il eût continué en cette résolution, et si

---

1. Il s'agit probablement de la prise de Cahors, ville catholique, située dans une boucle du Lot (et non sur la Dordogne). Première opération militaire d'Henri de Navarre en mai 1580.
2. Devant la perspective d'un souverain protestant, la Sainte Ligue renaît en 1584 sous l'autorité de Henri de Guise qui, soutenu par l'Espagne, rêve de la couronne.

les charmes d'une beauté n'eussent troublé le doux repos de sa vie, et donné sujet à ma plume d'écrire plutôt sa passion que sa valeur !

Durant que son âme n'était point encore éprise d'aucune flamme amoureuse, il arriva qu'un gentilhomme, son voisin, que nous nommerons Lycidas, revint de Flandre où il avait demeuré dix ou douze ans, commandant un régiment pour le service du roi catholique. Sitôt que la nouvelle de sa venue fut semée par la province, tous les chevaliers allaient à la foule en sa maison pour le voir et pour le saluer. Alidor, qui était rempli de courtoisie, ne manqua point de le visiter. Il y fut un jour avec un sien gentilhomme nommé Fatyme. Lycidas, qui avait connaissance du mérite d'Alidor et du rang qu'il tenait au pays, le reçut avec toutes sortes de compliments. Il le fit pourmener par toute sa maison. Il lui fit voir les parterres de son jardin, le bois planté d'arbres qui portent des fruits les plus délicieux, les cabinets et les allées couvertes de feuilles vertes. Enfin il lui fit voir une autre chose bien plus singulière. C'était Callirée qu'il avait épousée en Flandre. C'était une beauté la plus rare qui se peut voir. L'amour se servait de ses yeux pour brûler toutes les âmes généreuses et son front était un tableau où toutes les grâces étaient représentées. Alidor n'eut pas plutôt jeté les yeux sur ce beau soleil que son cœur, non encore atteint des flèches de ce petit dieu qui préside sur l'aise des humains, sent une blessure secrète et inconnue. Callirée, qui n'avait encore vu tant de grâce et tant de beauté en un homme, se trouva en même temps atteinte des perfections de ce cavalier. L'amour frappe leurs deux cœurs à la fois. Lycidas, qui ne se défiait nullement de la fidélité de son épouse, lui commanda d'entretenir Alidor pendant qu'il allait recevoir une nouvelle compagnie qui venait pour le visiter. O que ce commandenent lui fut agréable ! Elle s'assit en une chaise et pria Alidor de s'asseoir en une autre qu'elle fit apporter. Ce cavalier, voyant devant ses yeux celle qui commençait déjà de ravir sa franchise, ne savait par quel chemin il devait tourner ses pas pour parvenir au lieu où il désirait arriver. Le dédale amoureux où il se trouvait engagé lui montrait plusieurs voies, mais elles étaient confuses et incertaines. Ainsi, balançant entre l'espoir et la crainte, il demeurait immobile. Ses yeux, arrêtés sur le beau visage de sa maîtresse, faisaient l'office de sa langue qui demeurait attachée à son palais d'où sortaient, parfois, des soupirs interrompus, messagers de sa passion. Il ne l'eût jamais déclarée ouvertement, si la belle Callirée n'eût par ses paroles chassé sa crainte et relevé son espérance : « Monsieur, se dit-elle, il semble que ce lieu vous soit déjà désagréable et que l'absence de quelque sujet pour qui vous soupirez, vous fasse souhaiter à partir d'ici aussitôt que vous venez d'y entrer. Au moins je vous puis assurer qu'il y a céans une personne qui fait autant d'estime de votre mérite qu'autre qui soit au monde. » Achevant ce discours, elle jeta un regard amoureux sur Alidor, capable de le faire mourir et revivre en même temps. — Hélas ! madame, répondit-il, plût à Dieu que je fusse condamné à demeurer éternellement en ce lieu ! Ce n'est pas l'absence de quelque sujet qui me fait soupirer, c'est plutôt la présence d'un autre que je serai contraint de perdre bientôt, et peut-être sans espoir de le revoir jamais. Ce souvenir m'afflige et me fait souffrir déjà une mort plus cruelle que la mort même. » Tenant ce propos, il tira un soupir du profond de son âme qui interrompit son discours, cependant que Callirée repart de la sorte : « Je voudrais avoir connaissance de la personne de qui vous appréhendez l'absence. Si elle était si inhumaine, que* de vous défendre sa vue, je m'efforcerais de la disposer pour votre contentement. — O dieux ! s'écrie alors Alidor, si votre parole est véritable, je suis le plus obligé des mortels à l'amour. J'ai consacré ci-devant ma jeunesse au dieu de la guerre, et possédé du désir d'acquérir de l'honneur, je n'ai point épargné d'épandre mon sang et d'en arroser les lauriers que j'y ai gagnés, mais je veux désormais employer le reste de mes jours à cultiver les myrrhes[1], si vous daignez avoir pitié de ma passion. — C'est vous, madame, et non autre, qui avez déjà acquis sur moi ce que toutes les beautés du monde ne sauraient acquérir. Il faudrait que je fusse sans yeux ou sans jugement, si je ne vous aimais point. C'est vous que je veux désormais non seulement révérer par-dessus toutes les créatures mais encore adorer, comme l'ont fait les dieux. » Il voulait achever ce discours lorsque la venue du mari de Callirée l'interrompit et empêcha cette beauté à lui répondre. Tout ce qu'elle put faire, c'est qu'elle prit la main d'Alidor et la serra amoureusement, en témoignage qu'elle recevait les offres de son service et qu'elle se disposait à l'aimer d'une amour mutuelle. Cependant elle se lève et va pour recevoir la compagnie qui entrait dans la salle avec Lycidas. Après, elle fait préparer la collation, et tandis qu'il s'amuse à entretenir les uns et les autres, elle a moyen de dire à Alidor qu'il trouve un expédient pour passer la journée dans ce logis, afin qu'ils puissent s'entretenir plus au long de leurs nouvelles amours. Alidor ne manque point de le mettre en exécution. Il commande dès l'heure même à Fatyme de monter à cheval et ne revenir que sur le soir. Ce gentilhomme lui obéit. Tandis*, la noblesse, qui était venue pour visiter Lycidas, prend congé de lui et chacun s'en retourne en sa maison. Il n'y a qu'Alidor qui demeure et qui fait le fâché de ce que son homme ne revient point du lieu où il l'a envoyé. Il fait semblant de vouloir s'en retourner tout seul, mais Lycidas ne le veut pas permettre. Il le prie de demeurer chez lui ce soir. Pour le garder de s'ennuyer, lui et sa femme le mènent pourmener au jardin. Alidor la prend sous les bras et pendant que le mari n'y prend pas garde, elle reçoit, après beaucoup de protestations amoureuses, son service. Et pour arrhes de

---

1. Voir *H.IV*, n.2, p.136

leur nouvelle alliance, elle tire un diamant de son doigt et lui en fait présent, et lui un rubis qu'il lui donne. Ah ! folle alliance ! Où pensez-vous Callirée ? Ne vous ressouvient-il plus de la foi que vous avez jurée si solennellement à votre mari ? Ignorez-vous que le Ciel, qui en fut le témoin, n'en soit encore le juge ? Hélas ! Je parle à des personnes que l'amour a rendues sans ouïe aussi bien que sans yeux !

Après que nos amoureux se furent juré l'un à l'autre une éternelle fidélité, ils trouvent une invention pour se faire savoir de leurs nouvelles. C'est que Callirée doit faire croire à son mari que Fatyme est amoureux d'une de ses damoiselles nommée Iris, en qui elle se confie entièrement. Par ce moyen, sa maison lui étant ouverte sans aucun soupçon, ils auront ce contentement de recevoir les lettres qu'ils s'écriront, attendant que l'amour leur offre plus de commodité de se voir. Cette résolution prise, ils dissimulent leur passion. Callirée s'approche de son mari et le caresse extraordinairement afin de l'endormir. Mais elle se trompe la première ainsi que la suite de cette histoire nous l'apprendra. Il est bien difficile d'abuser un homme qui entend* le cours du marché et que l'expérience a rendu habile. Le soleil commençait déjà à décliner lorsque Fatyme arrive et qu'Alidor veut monter à cheval pour s'en retourner. Lycidas l'arrête et le ramène au logis où l'on avait déjà couvert pour le souper. Alidor tire cependant Fatyme à part, et lui déclarant en peu de mots sa passion, lui commande d'entretenir Iris à qui déjà Callirée a ouvert aussi son cœur. Fatyme ne manque point de jouer son personnage. Il l'accoste après souper et se met à chanter une chanson amoureuse. La douceur de sa voix qui ravissait les assistants fit que Lycidas le pria de la recommencer, et ayant appris d'Alidor qu'il jouait fort bien du luth, il lui en fit apporter un. L'ayant mis d'accord*, il se mit à marier sa voix au son de l'instrument et à chanter une chanson pitoyable qu'un bel esprit de ce temps, plein de désespoir, avait nouvellement composée. Elle est assez commune par toute la France. La teneur en est telle :

> *Auprès des beaux yeux de Philis*
> *Mourait l'amoureux Calliante,*
> *Heureux en sa fin violente*
> *De ses jours si tôt accomplis*[1].

En chantant, il avait toujours les yeux sur Iris et savait si bien contrefaire le passionné que le mari de Callirée ne pouvait s'empêcher de rire. Enfin, comme l'heure de se retirer fut venue, Alidor, ayant donné le bonsoir à Lycidas et à son épouse, fut conduit en une chambre richement parée. Avant que se coucher, il tira à part Fatyme, et lui ayant donné une plus entière connaissance de son amour, il le conjura de le vouloir assister, à la charge* qu'il ne serait pas ingrat à la récompenser de sa peine. Après que Fatyme lui eut promis non seulement de lui rendre service en cette action, mais encore d'y exposer sa vie s'il en était besoin, notre amoureux se mit au lit. Le repos qu'il y eut ne fut guère grand. Toute la nuit il ne fit que penser à son amour. La beauté de Callirée lui revient toujours devant les yeux.

« O Ciel, disait-il parfois, faut-il que je sois privé si tôt des rayons de mon beau soleil ? Mes yeux se peuvent bien disposer aux ténèbres et mon âme à toutes sortes d'ennuis*. Quel astre pourra désormais m'éclairer quand je serai privé de ma douce lumière, et quel contentement saurais-je espérer, lorsque je ne verrai point la clarté de mon âme ? O amour, que d'épines accompagnent tes roses ! Que sais-je si, durant cette absence, ma belle ne changera point d'affection ? Si cela doit arriver, ô

---

1. C'est le premier quatrain d'une poésie qui en comprend neuf, intitulée *Désespoir*, du Feu Sieur Callier et qui se trouve dans *Les Délices de la poésie française*, recueil publié par les soins de François de Rosset chez T. du Bray, en 1615, p. 871. Raoul Callier (ou Cailler), neveu de Nicolas Rapin, est un poète né dans la deuxième moitié du XVIe siècle, mort en 1620 à Poitiers.

mort, décoche sur moi ta flèche cruelle et mets dans le tombeau ma vie avec mes amours. » Puis, en se reprenant, il proférait ces paroles : « Ah ! malheureux, commences-tu à douter si tôt sans sujet de la fidélité de ta maîtresse ? Que dirait-elle si elle savait cette défiance ? N'aurait-elle pas occasion de se plaindre du mauvais jugement que tu fais de son bon naturel ? Pardon, Madame, je ressemble à l'avare qui a toujours son cœur au lieu où est son trésor et qui craint incessamment de le perdre. Et puis votre mérite me doit excuser car, puisqu'il est incomparable et que rien n'est digne de vous, ce n'est pas donc sans juste raison si je crains. »

Il passa une partie de la nuit à s'entretenir de ses pensées et l'autre à composer un sonnet sur les perfections de Callirée. Je l'ai ici inséré parce qu'il me semble fort bon. Aussi ce gentilhomme faisait d'aussi beaux vers français que gentilhomme de son temps :

SONNET

Il n'est point de beauté semblable à Callirée :
Son front est un miroir où se mirent les dieux,
La liberté s'enfuit au devant de ses yeux,
Et l'amour est lié de sa tresse dorée.

Mortel, ne cherchez plus le beau Ciel Empyrée,
Voici l'heureux séjour des esprits glorieux,
C'est la beauté qui rend l'amour victorieux,
Et qui fait que sa flèche est partout révérée.

Qui la voit sans l'aimer n'a point de jugement,
C'est un vivant rocher privé de sentiment,
Pour moi dont la fortune en ses yeux est enclose.

(Encore que l'amour soit plein de cruauté)
O dieux, puis-je bien voir ce soleil de beauté,
Sans brûler de l'amour une si belle chose ?

Tandis qu'il soupire d'un côté son amour, sa maîtresse se plaint tout bassement de la passion qu'elle ressent. Alidor a cet avantage de pouvoir alléger aucunement* son mal en soupirant, mais elle n'ose respirer qu'à grand-peine, de peur que son mari n'en ait la connaissance. Déguisant néanmoins sa douleur, elle parle à lui de la sorte : « Eh bien ! Monsieur, que dites-vous de ce gentilhomme qui accompagne ce cavalier qui loge aujourd'hui céans ? N'est-il pas bien passionné d'Iris ? Nous aurons au moins plaisir de l'ouïr souvent chanter et de jouer du luth, car il ne manquera pas de visiter ses amours, pourvu que vous l'ayez agréable. Il m'a conjurée de vous en supplier. — Il y sera bien reçu, répond Lycidas, toutes les fois qu'il y viendra, pour l'amour de son maître qui est un fort brave et fort honnête gentilhomme. » Callirée, bien aise de savoir la volonté de son mari, passe le reste de la nuit avec inquiétude d'en avertir Alidor. A peine l'aurore commençait à semer ses lys et ses roses par l'horizon que notre amoureux saute du lit et s'apprête pour prendre congé de Lycidas. Lui, sachant qu'il voulait partir, se lève pareillement et la va trouver à sa chambre. Il s'excuse du mauvais traitement qu'il a reçu en sa maison et Alidor, de l'importunité qu'il lui a donnée. Lycidas ne veut pas qu'il parte sans déjeuner. Il ne s'en fait guère prier, afin d'avoir moyen de voir Callirée qui, par sa damoiselle, avertit Fatyme du plaisir que son mari recevra, si, parfois, il les vient visiter. Fatyme apprend cette bonne nouvelle à son maître qui en reçoit un plaisir extrême. L'heure de partir étant arrivée, il prend congé de Lycidas et de sa femme et monte à cheval. Mais l'amour, qui a déjà pris possession de ces amants, fait une chose impossible en Nature. Il fait qu'Alidor se prive de son cœur et Callirée du sien, pour en faire un échange mutuel. Quand il fut arrivé en sa maison, son humeur, auparavant libre et joyeuse, commence à devenir morne et triste. La chasse qu'il avait ci-devant tant aimée, lui déplaît. Il fuit toute compagnie et tout son contentement est de s'écarter, tout seul dans un bois ou dans quelque antre, et là, conter aux rochers et aux arbres les beautés de sa maîtresse et la violence de sa passion. Il passa quelques jours en ces solitudes où il composa mille beaux vers que j'insérerais ici, s'ils n'étaient imprimés en autre part[1]. Enfin, se ressouvenant de l'invention de sa maîtresse pour s'écrire l'un l'autre, il écrivit cette lettre :

Je voudrais, mon beau soleil, que votre lumière pénétrât les nuits sombres où je suis réduit. Vous y verriez toutes les passions que l'amour peut faire ressentir à un mortel qui n'attend que la délivrance des peines qu'une cruelle absence lui donne, que du bien de votre chère présence. La Destinée que je révère m'en donnera le contentement, lorsque lassée de mon tourment, j'aurai le bonheur de vous revoir. Attendant cette félicité, je vous conjure de me témoigner par vos lettres le ressouvenir que vous avez de celui de qui les destinées dépendent de vos beaux yeux.

Il bailla cette lettre à Fatyme et le pria de la rendre* secrètement à sa maîtresse, sous couleur de revoir Iris. Ce gentilhomme part et arrive le lendemain matin au château de Lycidas. Le ciel, doux et serein, l'invitait ce jour-là d'aller à la chasse. Comme il sortait de la porte de son logis, il rencontra Fatyme qui voulait y entrer. Il salue Lycidas et contrefait le honteux : « Entrez seulement dedans, lui dit le mari, je sais de vos affaires plus que vous ne pensez pas. Vous y trouverez vos amours. » Fatyme, après une grande révérence, y entre et trouve Iris qui, ayant déjà appris sa venue, venait pour le recevoir. Après qu'il lui eut secrètement fait entendre le sujet de sa venue, elle en avertit Callirée qui, toute transportée de joie, saute du lit : elle n'a pas la patience de s'ha-

---

1. Rosset évoque ici une forme de poésie très à la mode au début du XVIIe siècle, la *Solitude*, imitée de la *disperata* italienne de Luigi Tanzillo mais aussi des *Solitudes* de l'espagnol Gongora, où le poète s'écarte de la cour pour reconquérir sa vie intérieure au contact de la nature. Voir les poésies de Théophile de Viau, de Saint-Amant et de Tristan L'Hermite.

biller. Le désir d'apprendre des nouvelles d'Alidor fait qu'elle commande à Iris de lui amener ce messager d'amour. Quand il fut entré dans sa chambre, il fit une grande révérence et s'approche d'elle, lui dit comme il lui apportait des lettres du plus accompli cavalier de la terre. « Mon ami, dit-elle, avant que nous les voyions, je vous veux récompenser de tant de peine. Ce disant, elle va vers un cabinet d'Allemagne [1] qu'elle ouvre et en tire cent pistoles qu'elle lui donne. Ce ne sont point des contes faits à plaisir. Je récite la pure vérité de cette histoire. Fatyme est encore en vie pour témoigner que ce que je dis est véritable. Il fait à présent sa demeure près de la première des cités d'Europe. Il remercie cette dame de son présent, qu'il prit fort bien sans en faire refus, et en récompense, lui rendit les lettres d'Alidor. Elle les prend et les baise mille fois avant que les ouvrir. Après qu'elle les eut ouvertes et qu'elle eut lu ce qu'elles contenaient, elle commanda à Iris d'aller faire déjeuner Fatyme. Tandis*, elle se retire seule dans son cabinet, pour faire réponse à son amoureux en cette sorte :

Ma chère âme, s'il était aussi bien en ma puissance de vous tirer des peines dont vous vous plaignez que j'en ai la volonté, croyez que vous en recevriez bientôt la délivrance. Je vous prie de considérer que le moindre soupçon qui pourrait naître en l'âme de mon mari, qui est assez ombrageux de lui-même, serait capable de nous ruiner. Consolez-vous de l'espoir que la déité que j'adore aussi bien que vous me donne, que nous aurons bientôt le plaisir de nous revoir, avec plus de commodité que nous n'avons encore eue. Cependant, envoyez-moi souvent votre homme, afin que si elle s'offre, je puisse vous en avertir. Adieu, ma très chère âme. Conserve toujours la mémoire de celle qui ne vit que de la créance qu'elle a que tu l'aimes.

---

1. *Un cabinet d'Allemagne* : meuble dans lequel on serrait des objets précieux, de l'or, des parures, des livres, des papiers.

Cette lettre fermée, elle fit venir Fatyme à qui elle la bailla, et puis le chargea de jouer son personnage, contrefaisant l'amoureux d'Iris. C'était un plaisir que de le voir en cette action. On eût dit qu'il mourait d'amour. Lycidas, étant revenu de la chasse, le fit dîner avec lui et le gaussa tout le long du repas. Après dîner, il lui fit prendre un luth dont il joua fort mélodieusement, au grand plaisir du mari qui le priait de les venir voir souvent. Sur le soir, il prend congé et s'en retourne vers la demeure d'Alidor qui l'attendait d'une impatience d'amoureux. Sitôt qu'il le vit venir, il courut pour l'embrasser et pour lui demander des nouvelles de ses amours. « Tenez, lui dit Fatyme, ces lettres vous apprendront ce que vous désirez savoir. » Il les prend, il les baise, et les ayant ouvertes, il les lit. Quand il les a lues, il s'enquiert plus particulièrement de l'état de sa maîtresse. Fatyme lui raconte tout le succès de son voyage. Si je voulais ici décrire toutes les particularités de leurs amours, il faudrait que je fisse un livre entier et non un simple discours. Enfin Fatyme va presque tous les jours au logis de Lycidas, comme s'il y allait pour voir Iris. Mais il ne peut jouer si secrètement son personnage que le mari, qui avait de l'esprit et du jugement, n'entre point en quelque défiance. Il commence à remarquer sans mot dire les actions de sa femme, et la voyant moins joyeuse que de coutume, il se doute qu'on attente quelque chose sur son honneur. Oh ! qu'il est impossible de receler le feu d'amour à un mari défiant ! C'est un Argus[1] qui pénètre au travers des plus secrètes pensées. Lycidas, après beaucoup de soin et de peine, trouve une lettre qu'Alidor écrivait à Callirée. Ce fut à l'heure* que deux contraires passions commencent à posséder son âme. Le juste ressentiment qu'il avait le pousse, d'un côté, à une cruelle vengeance. Il veut expier le tort qu'on lui fait par le sang de sa femme

---

1. Voir *H.I*, n. 1, p.57

et par celui d'Alidor, mais l'amour que jusqu'à présent il a portée à l'une, et le danger qu'il se représente devant les yeux de faire mourir un gentilhomme qualifié* retiennent, d'autre part, quelque peu ce courage nourri* dans les sanglants exercices de Mars. Après avoir beaucoup ruminé en son esprit comme il devait procéder en cette action, il trouve que le meilleur expédient est de s'en retourner en Flandre, et par ce moyen, empêcher le cours de ces nouvelles amours, en privant pour jamais Alidor de revoir Callirée. Cette résolution est bientôt suivie de l'effet. Il part, un jour, sans prendre congé de ses amis et emmène sa femme qui est tout étonnée de ce changement et qui néanmoins n'ose rien dire. Quand Alidor eut appris ce départ si soudain, il s'abandonna aux regrets et aux larmes. Il invoqua mille fois la mort que le désespoir eût bien souvent fait trouver, si Fatyme ne lui eût promis de faire des voyages en Flandre, pour y porter de ses nouvelles à sa maîtresse. Tandis qu'il passe les jours et les nuits à plaindre et à soupirer, Lycidas, qui était déjà arrivé à Anvers, est mandé par le duc d'Albe[1] de le venir trouver à Bruxelles. Avant que partir, il laissa sa femme sous la garde d'une sienne parente à qui il avait déjà déclaré ce qui lui était arrivé en Picardie. Etant à Bruxelles, bien venu auprès de Son Excellence, une entreprise se fait sur une place forte que ceux du parti contraire avaient en leur puissance. Lycidas y est blessé d'une arquebusade au travers du corps et remporté à Bruxelles demi-mort. Les médecins et les chirurgiens désespèrent de sa guérison. Sa femme, en ayant appris la nouvelle, y

---

1. Le duc d'Albe, gouverneur de la Flandre de 1566 à 1573, appelé « le duc de fer », chargé par Philippe II de Habsbourg de la pacification (ou plutôt l'hispanisation) des Pays-Bas à partir de 1566. Y fait régner un climat de grande répression et de terreur qui entraîne la rébellion des villes et provinces, avec à leur tête, Guillaume de Nassau-Orange. Une erreur chronologique de la part de Rosset ? ou bien une adaptation libre à des fins narratives ?

court pour faire bonne mine. Elle verse un torrent de larmes sur sa couche, mais ce sont des larmes de crocodile. Elle ignorait que son mari sût l'état de ses amours, car il remit la lettre au même lieu où il l'avait trouvée. Il fut néanmoins si bien secouru qu'il commença à se porter aucunement* mieux. Ce fut toutefois sous cette condition que les médecins ne lui donnèrent que six mois de vie, parce que la blessure qu'il avait reçue lui offensait* les poumons. Il se leva donc, deux mois après, du lit, mais ce fut en traînant et en languissant après la fin de ses jours. Comme les choses passent de la sorte, Callirée en avertit secrètement Alidor par une lettre qu'elle lui envoie. Cet amoureux, qui avait perdu tout espoir de revoir les beaux yeux de sa maîtresse, commence dès l'heure même à bâtir de nouveaux desseins. Il croit que l'amour, lassé de le tourmenter, le récompensera de tant de traverses* par le moyen qu'il lui ouvre* d'épouser Callirée. Il communique la lettre à Fatyme, et après, le prie de faire un voyage en Flandre, sous couleur de visiter Lycidas de sa part et lui témoigner la douleur qu'il a reçue de son désastre*. Fatyme part et arrive en diligence à Bruxelles. Il va droit au logis de Lycidas et lui rend* une lettre d'Alidor. Ce fut la ruine de ces amoureux. Sans doute, si Alidor eût patienté, ce mari, qui n'était déjà que trop possédé de jalousie, n'eût point usé de la cruauté qu'il pratiqua. « Donc, disait-il en lui-même, je souffrirai l'injure que l'on me fait ? Sera-t-il dit que cette infâme que j'avais si chèrement aimée se rie, après ma mort, de ma sottise et de mon peu de courage ? Non, non, je veux apprendre à la postérité que c'est que d'offenser un mari qui a du ressentiment. Plût à Dieu que celui qui attente sur mon honneur, sans que je lui en aie donné du sujet, pût si bien être payé de sa trahison, comme j'espère me venger de cette louve ! Mon âme sortirait plus contente hors de ce temps, et devant que mourir, j'aurais ce contentement de voir au tombeau ceux qui établissent déjà leur joie sur l'espoir du peu de vie qui me reste. » Il tenait de tels et de semblables discours en lui-même, pendant qu'en apparence, il faisait mille caresses à Fatyme. Il remercia mille fois son maître du ressouvenir qu'il avait d'un homme qui avait si peu mérité de lui et le pria d'attendre quelques jours, pendant lesquels il ferait réponse à Alidor.

Fatyme accorda sa prière et séjourna là quelque temps, mais comme quelques jours après il est prêt à partir, il survint un grand accident, car voilà qu'un excès de fièvre saisit Callirée avec tant de violence qu'elle fut emportée en moins de vingt-quatre heures. Son mari, la voyant aux peines de la mort, lamente, crie et arrache ses cheveux. Il sait si bien feindre le contentement qu'il a de la voir mourir, par la feinte douleur qu'il étale, qu'on dirait que c'est l'image de l'ennui* même. Enfin la Parque, qui ravit toutes choses, ferme les yeux et la bouche de cette beauté que les roses et les lis accompagnent dans le tombeau. Cette mort si précipitée étonna merveilleusement Fatyme. Il voulait s'en retourner promptement lorsque Lycidas le conjura de demeurer encore quelques jours chez lui durant lesquels il écrivit une lettre à Alidor par laquelle il le conjurait de vouloir prendre la peine de le venir voir en Flandre, afin que sa vue lui apportât quelque soulagement au mal qu'il ressentait de la perte incomparable qu'il venait de faire. Fatyme part avec cette lettre, bien fâché d'être le porteur d'une si mauvaise nouvelle. Lorsqu'il fut de retour à la maison d'Alidor, il tira ce malheureux à part et lui donna la lettre que Lycidas lui écrivait. Il n'y a pas plutôt appris ce qu'il ne cherchait pas qu'il tombe à terre, pâmé de douleur. Lorsqu'il reprend ses esprits, il veut ouvrir son sein d'une dague, si Fatyme ne le retenait par ces paroles : « Eh quoi ! monsieur, où est votre courage accoutumé ? Qu'est devenue la constance qui vous accompagnait ordinairement aux périls où vous êtes trouvé si souvent ? Voulez-vous perdre avec votre âme l'honneur que vous avez jusqu'ici conservé, et par même moyen, ruiner la réputation de votre maîtresse que vous devez chérir après la mort ? Si vous exercez une telle cruauté sur vous-même, ne donnerez-vous occasion à Lycidas de croire ce que sans doute il soupçonne ? Il me semble que vous devez plutôt vous vaincre vous-même, pour maintenir votre réputation et celle de votre maîtresse, et en vous contraignant, aller voir Lycidas mais toutefois bien accompagné, et puis, attendre que le temps ou qu'un nouveau sujet soit le remède de votre passion.

— Ah ! Fatyme, répond Alidor, il m'est impossible de vivre plus longtemps, puisque j'ai perdu le soleil de mon âme. Toutefois, je ne veux point mourir que je n'aie auparavant arrosé de mes larmes son tombeau, afin de protester à ses Manes que je ne tarderai guère à la suivre. » Achevant ce discours, il dissimule sa passion et fait préparer son équipage et part le lendemain. Quand il est arrivé à Bruxelles, il va chez Lycidas qui, le voyant, se jette à bras ouverts sur lui et puis profère ces pitoyables paroles : « Hélas ! monsieur, je suis délivré d'espérance et de crainte ! Je n'ai plus d'espoir au monde, puisque j'ai perdu la douce consolation de ma vie et je ne crains d'y perdre rien plus, puisque j'ai tout perdu. Il ne me reste que le plaisir que je reçois, sachant que je mourrai bientôt. Sans cette consolation j'aurais avancé déjà la fin de mes jours. » Alidor, qui avait bien plus de besoin d'être consolé et qui ressentait une vraie douleur, pensa mourir à l'heure même ; toutefois, dissimulant son mal, il lui dit seulement que, si son courage généreux s'était fait paraître en tant d'occasions, il le devait maintenant témoigner en cette perte où il acquerrait plus de gloire qu'en toute autre, puisqu'elle était la plus grande qu'un mortel saurait recevoir. Après quelques discours tenus d'une part et d'autre, Alidor prit congé de Lycidas sans vouloir aucunement s'arrêter chez lui, s'excusant sur quelques affaires qui le pressaient. Avant que partir, il va à l'église où sa maîtresse était enterrée. Il y répandit mille larmes et y proféra mille paroles que sa passion lui dictait, et puis, monta à cheval et s'en retourna avec ses gens en sa maison, ne cessant de pleurer et de soupirer. Quand il est chez lui, il se retire dans un sien cabinet écarté, et alors, la violence de sa douleur qu'il avait jusqu'ici retenue, commence à lui faire proférer mille injures contre le Ciel. Il maudit les destins, mais plus encore la cruauté de Lycidas qu'il croit avoir empoisonné sa maîtresse. « Ah ! cruelle fortune, disait-il, que te reste-t-il désormais pour me nuire ? Si tu me voulais poursuivre avec tant de rigueur, que ne prenais-tu ma vie lorsque je l'exposais librement aux périls et aux dangers ? Las ! pour me tourmenter davantage tu m'as ôté celle qui m'était plus chère que la vie même, et par ce malheur, amené tous les autres que tu me réservais ! O ma douce lumière, vous êtes au Ciel bienheureuse et je demeure parmi les ennuis* et les désespoirs ! Hélas ! je vous pleure, non pas pour la félicité dont vous jouissez mais pour le regret que j'ai de ne vous avoir pas suivie et de ne vous accompagner en vos aises ! »

Proférant ce discours, il voulait, rempli de désespoir, se donner d'une épée au travers du corps, quand Fatyme, qui l'avait suivi, entre dans son cabinet et lui remontre * les actes qu'il faisait, indignes d'un chrétien, de murmurer ainsi contre Dieu, que nous naissons pour mourir et que tous ces pleurs ni ses plaintes ne ranimeront pas sa maîtresse, que s'il se donne lui-même la mort, il est en danger de ne la revoir jamais, puisque les Enfers sont destinés aux désespérés et qu'il n'y a point de doute qu'étant morte en bon état*, elle ne soit maintenant au Ciel, jouissante des liesses éternelles. Ces raisons eurent tant de pouvoir envers Alidor que, dès l'heure même, il prit une autre résolution : « Eh bien ! dit-il, je veux donc vivre, mais à telle condition que vous m'assisterez en un voyage que je ferai. » Fatyme le lui promet et lui se résout au désespoir que je vous veux réciter.

Au temps qu'il perdit sa maîtresse, la France était déjà divisée en deux parties. Le peuple de Paris, oubliant la fidélité qu'il devait à son prince, venait de rendre notable en infamie ce jour des barricades si funeste en nos histoires[1]. On ne parlait que de sang et de carnage par toutes nos provinces. Alidor qui, pour plusieurs raisons que je tais maintenant, était obligé à un prince de la maison de Lorraine, prend sujet de parler à sa mère et de lui remontrer* l'orage apparent qui se levait en France. Que leur maison étant alliée de ce prince, il était obligé, d'un côté, à suivre sa fortune, et d'autre part, le devoir naturel qu'il devait à son roi le poussait de se bander* contre ses propres amis et bienfaiteurs ; que pour ce sujet, il avait résolu d'aller faire un voyage en Italie et de passer là le temps aux exercices vertueux, attendant que la saison fût plus calme ; que par ce moyen, il se rendrait indifférent et n'acquerrait point l'inimitié ni des uns ni des autres. Cette bonne dame, qui n'avait que ce fils et qui l'aimait à l'égal d'elle-même, trouva au commencement fort aigre de l'éloigner de ses yeux, mais ayant bien pensé ses raisons et considéré qu'il se pourrait perdre en quelque bataille ou en quelque rencontre*, elle lui fit donner l'argent qu'il voulut. Comme son équipage se préparait, il fit appeler un peintre, et sur un portrait qu'il avait de sa maîtresse, il en fit tirer deux autres en petit volume, l'un mort et l'autre vivant. Quand le peintre eut achevé son ouvrage, Alidor les mit dans son sein, et après, il prend seulement avec lui Fatyme et Anselme, son valet de chambre, et en cette compagnie il part et commande à ses gens de ne le saluer désormais qu'au nom de sa maîtresse, de ne boire à lui qu'au nom de sa maîtresse, bref, de ne parler jamais à lui que de sa maîtresse. Il arrive à Marseille. Trouvant

---

1. Henri III, suspect aux catholiques fanatiques de Paris, est obligé de quitter la capitale. C'est la fameuse « journée des barricades », le 12 mai 1588.

un navire d'Espagne qui était prêt de faire voile pour Alexandrie, il fit marché avec le patron et se mit dedans. Les mariniers pensaient faire bon voyage quand une galiotte des Turcs les attaqua, et après leur avoir ôté ce qu'ils portaient, les mena pour esclaves à Alger. Alidor qui ressentait son bien[1] et qui, nonobstant son extrême douleur, faisait paraître je ne sais quoi de relevé par-dessus les autres, fut mené au roi. Ce prince, le voyant si beau, si jeune et de si belle taille, le retient à son service en qualité d'esclave, se servant de lui à sa chambre. Ce gentilhomme faisait de si bonne grâce les actions qu'on avait accoutumées* autrefois à lui rendre qu'on eût dit qu'il avait fait ce métier toute sa vie. Aussi se fût-il rendu le plus accompli cavalier de son temps, s'il eût pu dompter sa passion. Ayant acquis la faveur du roi d'Alger, il eut moyen de retirer près de lui Fatyme et Anselme, son valet de chambre. Quand il eut demeuré six mois en cette servitude, le roi d'Alger, qui le voyait toujours triste, croyant qu'on lui eût fait quelque déplaisir, le tira un jour à part et lui tint ce langage : « Viens çà, chrétien, que veut dire que je ne te vois jamais joyeux ? Est-ce pour autant que tu n'as point la liberté de retourner en ta patrie ? Il me semble que ta condition n'est pas si mauvaise que tu pourrais estimer, puisque tu as acquis les bonnes grâces d'un prince qui, non seulement te mettra quand tu voudras en liberté, mais encore se départira de ses biens pourvu que tu veuilles demeurer à sa cour. » Tenant ce discours, il jetait ses regards sur Alidor qui versait de ses yeux une fontaine de larmes. « Qu'as-tu, poursuit le roi, as-tu reçu du déplaisir de quelqu'un des miens ? Dis-le-moi et je te jure, Mahomet, que j'en ferai la vengeance. — Non, Sire, répond Alidor, je ne vous ai que trop d'obligation. Je ne me plains aussi d'aucun des vôtres, je regrette seulement la perte que j'ai faite, il n'y a pas longtemps. Je suis insensible à tous

---

1. *Ressentir son bien* : avoir de la vertu, du mérite.

les malheurs et je n'ai du ressentiment que pour cette perte seule. » Comme il achevait ces paroles, il tira du profond de son cœur un soupir qui émut à compassion ce prince. « Je veux, dit-il, que tu te découvres entièrement à moi, afin que si je puis je donne quelque allégement à ta douleur. Dis-moi donc qui tu es et le sujet de ton aventure. — Puisque vous me pressez de la sorte, Sire, je ne veux pas être, repart Alidor, si malappris de ne la déclarer à Votre Majesté. Je suis un cavalier français qui était sorti de mon pays en intention d'aller confiner mes jours aux déserts d'Egypte pour y pleurer mon désastre*. — Et pourquoi, demande le roi, n'y a-t-il pas moyen de donner remède à ton mal ? — Non, Sire », dit Alidor qui, achevant ce langage, mit la main dans son sein et en tira les deux portraits qu'il avait toujours gardés jusqu'à l'heure* sans les en retirer, hormis que tous les matins et tous les soirs il les prenait, les baisait et les adorait et parlait à eux, comme s'il eût parlé à sa maîtresse. « Sire, poursuit cet amoureux infortuné, *j'adore ce vif et pleure ce mort* ». Ce disant, il lui montre les deux tableaux. Le roi d'Alger, voyant ce mystère, apprit aussitôt qu'un désespoir d'amour le possédait dont il en eut encore plus de compassion, de sorte qu'il ne peut s'empêcher de larmoyer. « Vraiment, dit-il, c'était une belle créature que ta maîtresse, toutefois il me semble que, puisque tes plaintes et tes pleurs ne la peuvent ranimer, tu devrais enfin donner quelque relâche à ton affliction et te consoler par raison. — Le conseil est pris, Sire, répond ce cavalier, fasse la fortune ce qu'elle voudra désormais faire de moi, jamais je ne changerai d'humeur. — Puisque tu es si obstiné en ton malheur, dit le roi, je ne te veux point contraindre. Dis-moi seulement ce que tu veux que je fasse pour toi : si tu veux demeurer avec moi, je te ferai un des premiers de mon Etat, et par aventure* le temps sera le médecin de ton infortune. — Je vous rends grâce, Sire, repart Alidor, de tant de faveur que vous m'offrez sans que je l'aie méritée. Je vous assure que, sans la résolution que j'ai prise de ne servir et de n'adorer jamais autre que ma maîtresse, il n'y a prince au monde pour qui j'exposasse si librement ma vie que pour le service de Votre Majesté. Tout ce que je requiers d'elle, c'est seulement de me donner la liberté, afin que je puisse accomplir mon entreprise, puisqu'il n'y a que la seule mort qui m'en puisse ôter la volonté. — Je te la donne dès à présent, dit le roi, et si je te ferai encore fournir de l'argent pour subvenir à tes nécessités. » Alidor continua de le remercier et lui dit qu'il n'en avait pas autrement besoin, car il avait encore un diamant de mille écus qu'il avait caché sur lui lorsqu'on le fit esclave. Ayant recouvré la liberté en cette sorte, et pour lui, et pour ses gens, il prit congé du roi et se mit dans un navire et arrive en peu de temps à Alexandrie où il vendit son diamant. Après il s'habilla en pèlerin, et avec Fatyme et Anselme habillés de même, il se met en chemin et fait tant qu'il parvient aux déserts de la Thébaïde. Il n'est pas besoin que je décrive cette solitude. Les histoires des anciens pères ermites la dépeignent assez. Je dirai seulement qu'après avoir fait élection d'un haut rocher, proche de certains ermitages des chrétiens qui s'y tiennent, il y fit bâtir une maisonnette en forme de chapelle. Là, il fit aussi dresser un autel où il mit un crucifix, et à côté, les deux portraits de sa maîtresse.

Durant qu'on bâtissait cette chapelle, Fatyme le tira à part et lui remontra* le rang qu'il tenait en France, le besoin que sa patrie pouvait avoir de sa valeur et la réputation qu'il avait acquise auparavant, qu'il la flétrissait et étouffait maintenant en se confinant ainsi dans un désert, qu'il serait la fable et la risée du monde, et que l'on dirait que la peur de combattre l'avait réduit en ces extrémités. Il lui mit en avant plusieurs autres raisons pour le détourner de cette folle résolution, et voyant qu'il y était obstiné et qu'il était impossible de lui arracher cette fantaisie : « Pour moi, dit-il enfin, je ne suis ni fol ni amoureux — Vous êtes l'un et l'autre. Je n'ai point envie de passer mes jours inutilement parmi des bêtes sauvages. Je suis contraint de vous dire adieu, puisque votre folie est incurable et de m'en retourner en France sans vous. Je vous ai accompagné jusqu'au lieu où vous désiriez de parvenir. Puisque vous y êtes arrivé, je ne suis point obligé de faire davantage. — Comment, dit Alidor, me voulez-vous donc abandonner si tôt ? Au moins, attendez encore un petit* de temps. Ma vie ne sera guère longue. Après ma mort, vous vous en retournerez et en porterez les nouvelles à mes parents. — Je n'en serai jamais, répond Fatyme, le triste messager. Dieu veuille vous remettre en votre bon sens. Adieu. » Ce disant, il part dès l'heure même et s'en revient en France, pendant que ce malheureux cavalier demeure avec son valet de chambre qui ne l'abandonna jamais.

Lorsque la chapelle fut achevée et qu'en profanant les cérémonies de l'Eglise, il eut appendu les deux portraits de Callirée, il était à genoux à toute heure devant cet autel. Tantôt il s'adressait au vivant et parlait à lui en cette sorte : « Ah ! portrait qui me représente mes liesses passées, si les images des saints se peuvent adorer sans idolâtrie, puisque l'honneur qu'on leur rend se rapporte du tout* à Dieu, ne puis-je t'adorer ? Tu es l'image d'une déité de qui dépendait tout mon bien et tout mon bonheur. Veuille permettre le Ciel que bientôt je la puisse revoir et que mon âme, qui ne vit qu'à regret dans ce misérable corps, puisse voler au séjour bienheureux qui retient la plus belle chose que la nature ait jamais produite. » Après il contemplait le mort et proférait ces paroles : « Ah ! seul repos de mes désirs, combien me serait la mort plus douce et plus agréable que de voir un si tragique spectacle ! O Parque inique et détestable, pourquoi, lorsque tu ravis le doux espoir de ma vie, ne me mis-tu pas pareillement au tombeau ? Ignorais-tu que nous n'avions qu'un même destin et qu'il était impossible à l'un de demeurer au port, tandis que l'autre faisait naufrage ? O loup cruel et ravissant, quelle furie et quelle rage t'a poussé de commettre une si grande cruauté que de faire mourir une si belle chose ! Ces beaux yeux, les miroirs de l'amour, et cette bouche, le séjour des grâces et des beautés, ne t'ont-ils pas peu fléchi à quelque compassion ? O dieux, avancez bientôt la fin de mes tristes jours, afin que je tienne compagnie à celle sans qui je ne puis longuement être ! Ô ma chère déesse, en récompense de notre amour que la Parque ne peut éteindre, je ne vous puis offrir que des larmes et que des gémissements que je continuerai à répandre sur cet autel jusqu'à tant que mon âme dolente et affligée abandonne la misérable prison de son corps ! » Tels semblables discours tenait ce malheureux à des choses inanimées, cependant que son valet de chambre, qui avait soin de lui en tout ce qui lui était nécessaire pour l'aliment de sa misérable vie, l'avertit que son argent était court et qu'il devait pourvoir avant qu'il en manquât du tout*. Il croyait que la nécessité le divertirait de la poursuite de sa folie, mais il fut trompé : car, au lieu que cet amoureux désespéré songeât à s'en retourner en France, il conjura tant son homme qu'il lui persuada d'y faire un voyage pour y aller quérir de l'argent. Cependant qu'Alidor continue cette vie solitaire et lamentable, Anselme part de ces déserts inhabités, et trouvant un navire en Alexandrie qui voulait partir pour Gênes, il se met dedans et arrive en peu de temps au port de cette superbe ville. Il passe puis après les Alpes du côté du Mont Cenis, plus aisément (encore qu'ils soient tous pavés de neige) qu'il ne fait* les villes et les provinces de France. Le glaive y exerçait alors sa cruauté partout. Le père n'y épargnait pas le sang de son propre fils, ni le fils celui de son propre père. Le zèle inconsidéré de religion animait les plus chers amis les uns contre les autres. Néanmoins il parvint à la fin en Picardie et trouva la mère d'Alidor au lieu de sa demeure. Cette honnête dame y passait les jours en regret pour l'absence de son fils dont elle avait appris les tristes nouvelles par Fatyme. Après qu'Anselme lui eut rapporté ce dont son fils la requérait et que lui-même lui eut fait entendre la nécessité où il se trouvait réduit, elle commença à pleurer amèrement et dit à cet homme qu'elle était résolue de ne lui envoyer point la somme qu'il demandait, mais seulement quinze cents écus pour se mettre en équipage et pour s'en retourner ; qu'à ces fins, elle le priait de le conjurer, par tous les devoirs qu'on doit à une mère, de revenir le plus tôt qu'il lui serait possible et de tirer tant de bons amis, qui le regrettaient tous les jours, de l'ennui* qu'ils recevaient pour être privés de sa personne et pour savoir la déplorable vie qu'il menait. Anselme, ayant eu cet argent et promis à cette dame de faire tout son possible pour disposer son maître à revenir, fit tant qu'il sortit de France, et s'étant mis sur mer, aborda en Alexandrie. De là, il s'achemina au désert où Alidor faisait sa triste demeure. Il croyait trouver son maître en l'état où il l'avait laissé, mais il fut déçu en sa croyance. La rigueur qu'il avait exercée sur son corps, le peu de repos qu'il avait pris depuis la mort de sa maîtresse, enfin la mélancolie et le tourment l'avaient tellement miné que, ne pouvant plus résister à tant de souffrance, il venait de rendre l'esprit. Quelques bons ermites qui tous les jours le visitaient, émus de compassion, avaient allumé déjà des cierges, et chantant sur lui l'office des trépassés, s'apprêtaient de le porter en terre.

Le pauvre Anselme, voyant ce piteux spectacle, tomba de son haut, évanoui. Après qu'il fut revenu à lui, il se mit à proférer les plus pitoyables regrets que la douleur enseigne à son école. « Hélas ! disait-il, mon bon maître, faut-il que je sois si malheureux de vous perdre, lorsque je croyais vous trouver au lieu où je me séparai de vous ! Je vous y trouve sans mouvement et couché dans une bière. O amour, que tu causes de malheurs ! Tu mets dans le tombeau toute la valeur et toute la courtoisie du monde. Désolé que je suis, que serai-je désormais, que deviendrai-je, puisque j'ai perdu celui de qui dépendaient mon espoir et ma fortune ? Je l'ai accompagné en son tourment, il faut que je le suive en la mort. » Ce disant, il était en volonté de se traverser le corps d'une épée, n'eût été qu'il se représenta que, s'il se tuait, l'on ne saurait jamais la vérité de la fin pitoyable de son maître ; au contraire, l'on croirait que pour avoir son argent, il lui aurait coupé la gorge, et par ce moyen, sa mémoire serait en horreur et en exécration à tous ceux de son pays. Cette seule considération eut tant de pouvoir qu'elle l'empêcha de se donner la mort, de sorte qu'après lui avoir fait dresser une tombe honorable et rendu les derniers devoirs aux trépassés, il s'en retourna en France avec l'argent qu'il avait reçu. Quand il y fut de retour, il fit récit à la mère d'Alidor de la triste fin de son fils et restitua les quinze cents écus. Grande fidélité, et bien rare au siècle où nous sommes ! Cette dolente dame ne survécut pas longtemps un si cher enfant. La douleur qu'elle en ressentit lui donna dans peu de jours la mort. Dieu, juste juge des vivants et des morts, veuille traiter en l'autre vie l'âme d'Alidor plus doucement que l'amour lascif et désordonné n'a pas fait son corps et son esprit, durant le temps qu'il vivait en ce monde.

Histoire VII

Des amours incestueuses d'un frère et d'une sœur, et de leur fin malheureuse et tragique.

Dans cette histoire, la plus célèbre de ce recueil, Rosset raconte les amours incestueuses et adultères de Doralice et Lizaran, « doués d'excellente beauté » et ressemblance, nobles et cultivés. Leur passion contre nature les conduira à l'échafaud où ils monteront avec un courage exemplaire et feront l'admiration d'une foule en pleurs et celle d'un écrivain qui hésite à les condamner ou à les absoudre. Pris de pitié pathétique pour ces êtres déterminés « dès le ventre de leur mère », celui-ci s'interroge sur les motivations qui déclenchent la transgression et la déviance. C'est là l'aspect le plus moderne du récit.

Sous les pseudonymes on peut reconnaître des personnages authentiques : Marguerite et Julien de Ravalet de Tourlaville qui furent décapités à Paris, le 2 décembre 1603. Timandre, le mari barbon de Marguerite, était Jean le Fauconnier, trésorier de France à Caen[1].

Cette histoire « normande » dont on parlait encore dans le Cotentin vers 1870-1880 est reprise par Barbey d'Aurevilly qui en fait un très beau récit, digne

---

1. Il existe une plaquette de 16 pages, publiée à Cherbourg par l'imprimerie d'Émile le Maout, en 1894, qui reproduit cette histoire de Rosset sous son titre original. Dans une note initiale l'éditeur justifie sa publication qui « intéresse notre contrée car sous les noms de Doralice et Lizaran, l'auteur a retracé la vie et la mort de Marguerite et de Julien de Ravalet de Tourlaville, décapités à Paris le 2 décembre 1603 ». Il y ajoute aussi la préface de Rosset de l'édition de 1615. Le tout est emprunté à l'édition de 1700, publiée par Antoine le Prévost à Rouen.

> *du meilleur « roman noir », où le château des Rava-*
> *let semble garder le secret de cette famille frappée par*
> *la fatalité. Avait-il lu Rosset ?*

Il ne faut plus aller en Afrique pour y voir quelque nouveau monstre. Notre Europe n'en produit que trop aujourd'hui. Je ne serais pas étonné des scandales qui y arrivent tous les jours, si je vivais parmi des infidèles. Mais voir que les chrétiens sont entachés de vices si exécrables que ceux qui n'ont pas la connaissance de l'Evangile n'oseraient commettre, je suis contraint de confesser que notre siècle est l'égout de toutes les vilenies des autres, ainsi que les histoires suivantes en rendent témoignage, et particulièrement celle-ci que je vais commencer à vous réciter.

En une des meilleures provinces de France appelée Neustrie[1], était un gentilhomme de bonne maison qui se maria avec une honnête damoiselle, fille d'un autre gentilhomme, sien voisin. Ils eurent plusieurs beaux enfants et, entre autres, une fille que nous appellerons Doralice et un fils, plus jeune qu'elle de quelque dix-huit mois que nous nommerons Lizaran. Cette fille et ce fils étaient si beaux qu'on eût dit que la nature avait pris plaisir à les former pour faire voir un de ses miracles. Ils se ressemblaient si parfaitement que jamais la Bradamante de l'Arioste ne fut si semblable à son frère Richardet[2]. Le père fut soigneux de les faire instruire en leur âge plus tendre en toutes sortes d'exercices vertueux, comme à jouer de l'épinette, à danser, à lire, à écrire et à peindre. Ils y profitaient si bien qu'ils surmontaient le désir de ceux qui

---

1. *Neustrie* : l'une des quatre régions de la Gaule mérovingienne, comprenant les territoires limités par le Nord et la Loire (Gaule Nord-Ouest). Le terme de Neustrie semble n'apparaître qu'au VIIe siècle. Ici, Neustrie désigne la Normandie.
2. L'Arioste, *Le Roland furieux*, XXV, 9. Doralice, célèbre pour être « la plus belle d'Europe », est aimée de Rodomont, *idem*, XXX, 17.

avaient la charge de les enseigner. Au reste, ces deux jeunes enfants nourris* toujours ensemble s'aimaient d'une telle amour que l'un ne pouvait vivre sans l'autre. Ils n'étaient jamais contents que quand ils se voyaient et méprisaient de courre* et de passer le temps avec les autres enfants de leur âge. En ce temps d'innocence tout leur était permis. Ils couchaient ordinairement ensemble et, par aventure*, ce fut trop longtemps. Les pères et les mères devraient prendre garde à ceci, pour se rendre sages par cet exemple. Ce siècle, comme j'ai déjà dit, n'est que trop corrompu. Les enfants qu'on vient d'arracher à la mamelle y savent plus de malice* que les enfants de douze ans n'y avaient jadis de simplicité. Je crois fermement que le mal procéda de cette trop longue accointance* qui continuait d'un jour à l'autre, et jusqu'à ce que Doralice, ayant déjà atteint l'âge de dix à onze ans, et Lizaran étant entre neuf et dix, il fut envoyé en un collège pour y étudier. Cette séparation leur fut si grave qu'ils en versèrent tous deux mille larmes. Ce n'étaient que sanglots et que soupirs interrompus, d'une part et d'autre, que le père et la mère attribuaient seulement à l'amitié fraternelle. Mais l'amour impudique et détestable y était déjà sans doute mêlée. L'apparence y est grande, ainsi que nous verrons par la suite de cette histoire.

Lizaran, ayant été mené au collège en une des meilleures villes de la province, se rendit en peu de temps si capable qu'il devança tous ses compagnons. Quand il eut demeuré aux études l'espace de quatre années, son père eut désir de le revoir. Il le rappelle donc, fort aise de le voir si beau, si savant et déjà grand. Mais ce ne fut rien au prix du contentement que sa sœur en reçut. Elle ne cessait de l'embrasser et de le baiser. Toutefois ils n'avaient pas les privautés* qui leur étaient octroyées en leur enfance. Et puis, la honte les retenait tous deux et le péché détestable qu'ils se représentaient devant les yeux. Toutefois, ni l'un ni l'autre ne pouvaient si bien refréner leur maudite passion qu'elle n'échappât parfois au frein de la raison. Cependant le père fit retourner au collège Lizaran pour y achever ses études, pendant qu'il faisait dessein de lui faire avoir une abbaye. Il avait plusieurs autres fils et était bien aise d'accommoder celui-ci, qui était le cadet, de quelque bonne pièce d'église[1], afin de décharger d'autant la maison. Ce qu'il fit, tandis que la beauté et la bonne grâce de Doralice attiraient plusieurs braves et honnêtes gentilshommes à lui venir offrir leur service. Elle fut recherchée d'une infinité de cavaliers qui avaient beaucoup de mérite et qui étaient d'âge sortable* à celui de cette damoiselle. Toutefois le père, préférant les moyens à toutes ces considérations, l'accorda à un gentilhomme son voisin, fort riche mais déjà grison. Ah ! maudite avarice, que tu causes de mal au monde ! Celui qui t'appelle racine de tous vices avait bien connaissance de ce que tu es et de ce que tu produis. Notre histoire appelle ce gentilhomme Timandre. Heureux s'il eût passé le reste de ses jours sans s'allier avec une beauté trop jeune pour lui et laquelle lui faisait mille affronts lorsqu'il l'accostait* ! Au moins, quand les parties sont d'accord, la bonne volonté qu'ils ont l'un envers l'autre supplée au défaut de l'âge. Enfin Doralice, quelques plaintes qu'elle fasse et quelques larmes qu'elle répande, est contrainte d'obéir à la volonté du père. Le mariage est conclu et Lizaran est appelé de ses études pour assister aux noces. Sitôt que sa sœur le vit et qu'elle eut moyen de parler à lui, sans être entendue d'aucun autre, elle commença à proférer ces pitoyables paroles : « Mon cher frère, que je suis misérable ! Faut-il que je passe la fleur de mon âge avec une personne que je déteste plus que la mort même ? Mon père n'est-il pas bien cruel de me livrer entre les mains d'un mortel ennemi ? Consumerai-je donc désormais mes jours en une servitude si contraire à mon âge et à

---

1. *Quelque bonne pièce d'église* : bénéfice ecclésiastique.

mon humeur ? Que servent les richesses si le contentement n'y est ? Conseillez-moi, je vous prie, en une si grande affliction. Je suis presque réduite à cette extrémité de me donner la mort de ma propre main. » Après que Lizaran eut écouté ses plaintes, il lui répondit en cette sorte : « Ma chère sœur, je plains votre infortune. Votre mal est le mien propre, j'en ai autant de ressentiment que vous-même. Je ne puis* que je ne blâme la cruauté de mon père de ce qu'il vous marie ainsi, outre votre gré, et avec un homme de qui l'âge est différent du vôtre. Toutefois, puisque la puissance que les pères ont sur leurs enfants est absolue, je vous conseille de prendre patience. La fortune, par aventure*, vous réserve quelque chose de meilleur. Au moins, assurez-vous que, sitôt que vous serez mariée avec Timandre, je ne vous éloignerai guère de vue. Je ferai ma demeure ordinaire chez vous. Il m'est presque impossible de vivre sans vous voir. » Achevant ce discours, ils s'embrassèrent et se baisèrent étroitement, et sans la honte qui les retint et la crainte qu'ils eurent d'être aperçus, ils eussent accompli leurs exécrables désirs. Doralice, consolée par la promesse de Lizaran qu'elle aimait non seulement comme un frère, mais encore d'une amour violente, par-dessus tout le reste des hommes, ne se soucia guère plus d'épouser ce vieillard qui, désormais, servira de couverture à ses abominables plaisirs. Elle est donc épousée et Timandre recueille le fruit qu'il a tant désiré. Après que la fête est finie, il emmène sa femme à sa maison qui était un château proche de celui de son beau-père. Lizaran, qui n'était déjà que trop savant, ne retourna plus au collège. Il jouissait d'un bon bénéfice que son père lui avait fait obtenir. L'amour désordonnée qu'il portait à sa sœur ne permit pas qu'il fût longtemps sans l'aller voir en son nouveau ménage. Il y faisait sa demeure ordinaire, toujours auprès d'elle. Leurs désirs commencèrent par cette fréquentation à s'allumer de telle sorte que bien souvent, sans la honte d'un si exécrable péché, ils les eussent assouvis. L'horreur d'un tel crime se représentait souvent à leurs yeux, et particulièrement à ceux de Doralice, qui tenait ce discours à elle-même : « Ah ! cruel Amour qui me fais follement aimer celui de qui je devrais, pour la proximité du lignage, non seulement fuir l'impudique regard mais encore craindre qu'autre que moi n'eût jamais connaissance de ma folle et incestueuse passion, à quoi me réserves-tu ? Faut-il que je commette un péché si détestable ? Otons cette maudite fantaisie, avant qu'elle s'imprime plus avant et représentons-nous le malheur qui pourrait procéder d'un crime si détestable. »

Ces bonnes inspirations la détournaient presque bien souvent de ces folles pensées, lorsque la beauté, la bonne grâce et l'amour qu'elle portait à son frère, s'opposant en même temps, elles étaient aussitôt éteintes qu'allumées. « Et qui me peut, disait-elle puis après, empêcher d'aimer ? N'est-ce pas une chose naturelle ? Durant le temps d'innocence, et que l'on vivait au siècle d'or, avait-on toutes ces considérations ? Les hommes ont fait des lois à leurs plaisirs, mais la nature est plus forte que toutes ces considérations. Je la veux suivre puisqu'elle est une bonne et sûre guide de notre vie. » Ainsi parlait cette exécrable, tandis que son frère vivait aux mêmes peines. Enfin, j'ai horreur de réciter ici leurs raisons maudites et perverses. Ce n'est pas mon intention. Mon dessein est de dépeindre et de faire paraître la saleté du vice et non de le défendre. Je dirai donc qu'après plusieurs divers mouvements ils prirent pour exemple la loi que Jupiter et Junon, exécrables déités des païens[1], pratiquèrent. Ils continuèrent leurs détestables plaisirs sans que personne s'en doutât. Encore qu'on les surprît ensemble couchés sur un lit, qu'ils se baisassent devant tout le monde et qu'ils s'écartassent dans des bois et en des lieux solitaires, qui eût jamais présumé une

---

1. Jupiter aimait Junon, sa sœur, et l'épousa.

telle accointance* ? Toutefois le Ciel, qui ne peut plus longtemps souffrir cet horrible et incestueux adultère, permit qu'un jour une servante les trouva sur le fait. Elle en fit mille fois le signe de la croix et ferma les yeux afin de ne pas voir une chose si exécrable. Et ne voulant pas tout à coup l'éventer, elle se contenta de remontrer* privément à sa maîtresse le grand crime qu'elle commettait et le grand scandale qui en proviendrait, s'il était découvert.

Doralice, au lieu de recevoir son avertissement en bonne part, la traita le plus indignement du monde ; car après l'avoir outragée de paroles, elle la battit fort bien et puis lui donna son congé. Cette servante, indignée du tort qu'elle avait reçu pour avoir procuré du bien, avertit secrètement Timandre du sujet qui avait induit sa femme à la chasser du logis et qu'il prît garde à elle, que* sans doute le frère jouissait impudiquement de sa propre sœur. Le mari, bien étonné de cet avis, ne savait que dire ni que faire. Une fois, il voulait sans autre procédure se venger d'eux, tant le désir de vengeance possédait son âme, mais puis après, venant à se représenter que, paraventure*, c'était une calomnie, il dissimula sa juste douleur, épiant en tant de sortes les actions de sa femme et de son beau-frère qu'il ne fut que trop assuré de leurs incestueux déportements.

L'amour qu'il portait à sa femme joint à quelque opinion qu'il se forgeait que, paraventure*, cela n'était point véritable, encore qu'il en eût aperçu toutes les apparences qui se peuvent remarquer, fit qu'il se contenta d'interdire à son beau-frère sa maison. Douceur fort grande d'un mari qui recevait une telle offense ! Voilà donc nos amoureux privés de se voir, au grand déplaisir de l'un et de l'autre. Doralice, contrefaisant la femme de bien, s'informe de son mari, quelle animosité il a contre son frère, qu'*il lui défende ainsi son logis. Timandre lui met alors devant les yeux leur exécrable paillardise* et le juste ressentiment qu'il en devrait avoir s'il ne préférait la douceur à la vengeance, lui promet de mettre toutes choses sous les pieds* pourvu qu'elle veuille désormais vivre une meilleure vie et demander pardon à Dieu d'un crime si horrible et détestable, sinon, qu'il sera contraint de faire exercer sur eux le châtiment qu'ils ont mérité. Elle, oyant les raisons de son mari, commença à verser un torrent de larmes. Sa bouche proféra puis après des plaintes et des regrets joints à des serments si horribles qu'ils étaient capables de faire croire à Timandre le contraire de ce qu'il savait bien, si la jalousie n'eût déjà possédé son âme. Les hommes qui tirent déjà sur l'âge ne sont pas tant allumés du feu d'amour que les jeunes, mais aussi ils sont beaucoup plus jaloux. Le moindre soupçon leur demeure dans la cervelle et je vous laisse à penser si une chose qu'ils ont vue de leurs propres yeux n'y est pas imprimée. Pour conclusion, il ne veut nullement que Lizaran revienne plus à son logis et jure que, s'il l'y rencontre, il leur fera un mauvais parti. Comme ces choses se passaient, Lizaran s'était retiré au logis de son père qui ne savait rien de tout ce mauvais ménage. Il y demeurait les jours et les nuits en tourment, pour ne voir pas ses détestables amours. Elle était, d'autre côté, la plus travaillée* d'ennui et de déplaisir que l'on puisse imaginer. A la vérité, s'ils n'eussent été si proches de sang, ils seraient plus excusables en leur folle passion : car elle était une des beautés les plus parfaites que j'aie jamais vue, et lui, l'un des plus beaux gentilshommes qu'on puisse voir. Mais quand je pense à leur vice si scandaleux, je suis contraint de m'étonner comme Dieu, qui voit tout, pouvait souffrir cette méchanceté sans la punir. Sa patience est bien grande d'attendre si longtemps à pénitence des pécheurs si obstinés en leur malice*.

Après que Lizaran eut séjourné quelques mois chez son père, le désir de revoir sa sœur ne permit pas qu'il y demeurât davantage, sans lui faire savoir de ses nouvelles par une lettre qu'il lui écrivit en ces termes :

Je suis aux peines de la mort, privé de contentement de vous voir. S'il faut que je demeure longtemps éloigné de vos beaux yeux, vous ferez une perte que vous ne recouvrerez jamais. Le moyen de conserver ma vie est que je puisse parler à vous, afin de vous tirer de la captivité où vous êtes réduite et du tourment que je souffre en cette cruelle absence. Apportez-y tout le remède que vous pourrez, ma chère sœur, si vous désirez votre repos et ma vie qui ne dépend que de votre vue.

Quand il eut écrit et fermé cette lettre, il la bailla à un valet de son père en qui il se fiait entièrement. Cet homme, appris* en ce qu'il devait faire, arriva un soir au château de Timandre, feignant de venir d'autre part que de la maison de son beau-père. Il y fut bien reçu, sans qu'on le soupçonnât de son message. Le soir, il bailla la lettre à Doralice qui, l'ayant lue, ne voulut faire d'autre réponse à son frère, sinon qu'elle chargea ce valet de lui dire qu'il vînt le lendemain sur le tard la trouver secrètement au logis, par la porte du jardin qu'elle lui ferait tenir ouverte et où elle l'attendrait. Ce valet, ayant le lendemain pris congé de Timandre et de sa femme, sans avoir autrement connaissance des déportements du frère et de la sœur, retourna au logis de son maître où il rapporta à Lizaran ce que sa sœur lui mandait. Lui, ayant appris cette nouvelle, monte à cheval et arrive le soir même au lieu où sa sœur l'attend. Après s'être embrassés et [avoir] contenté leurs appétits désordonnés, ils délibérèrent ensemble du moyen qu'ils pourraient prendre pour jouir avec plus de liberté de leurs plaisirs. C'est que le lendemain elle prendrait tous ses joyaux et puis, sur le soir, lorsque tout le monde serait couché, il la monterait en croupe et après cela, ils s'en iraient en quelque province pour y passer le reste de leurs jours. Entreprise remplie autant de témérité que de passion désordonnée ! Le temps s'approchait qu'ils devaient recevoir le châtiment de leur exécrable adultère. La justice divine, qui marche à pas de laine, étendait déjà son bras de fer.

Ils firent ce qu'ils avaient résolu, et le voyage que le mari devait le lendemain faire en une certaine ville de la province, favorisa leur dessein. Le jour qui suivit le soir de leur fuite étant venu, les domestiques du logis étaient tous étonnés de ne voir point leur maîtresse. Ils cherchèrent partout, mais ils l'avaient beau chercher, elle et son frère étaient déjà bien éloignés. Le mari étant revenu quelques jours après, fut bien étonné de ne l'y trouver pas. Il courut vers le logis de son beau-père pour en apprendre des nouvelles. Sa peine lui fut inutile : il n'y trouva ni sa femme ni son beau-frère. Nul ne savait où il était allé. Cela lui fit aussitôt juger de ce qui en était, et dès l'heure même, il vit son beau-père à qui il fit entendre avec beaucoup de plaintes et de regrets le tort que ses enfants lui faisaient, qu'il avait long-temps dissimulé leur exécrable vilenie, parce que peu de personnes en avaient connaissance, et tâché de les ranger en un meilleur train* de vie, mais que maintenant leur salut était désespéré, et qu'il était la fable et la risée de tout le monde ; de sorte qu'il désirait d'en tirer sa raison* par la voie de justice. Le pauvre vieillard de père, ayant ouï les justes ressentiments de son gendre, tomba de son haut, pâmé de douleur. Quand il eut un peu repris ses esprits, il commença à maudire la fortune qui sur la fin de ses ans lui donnait une si cruelle traverse*. La mère, de l'autre côté, était réduite aux peines de la mort. On n'entend que regrets et gémissements dans le logis. Le bruit de cette aventure s'épand par tout le pays. Tout le monde en parle, mais diversement. Les uns ne peuvent croire une telle méchanceté, mais seulement que Lizaran, de pitié qu'il a eue de voir sa sœur indignement traitée par un mari jaloux, l'a retirée de cette captivité. Les autres disent que, si cela était, ils ne s'en seraient pas enfuis si secrètement et qu'ils auraient découvert leur entreprise à d'autres.

Tandis que les choses passent de la sorte, ces incestueux vont par les villes et par les provinces de France, sans être connus de personne. Tantôt ils sont en Poitou, tantôt en Anjou et maintenant en Bretagne. Enfin, croyant être découverts, ils pensent qu'il n'y a ville de France où ils se puissent mieux cacher que dans Paris. Cette multitude de personnes qui fait un petit monde les doit tenir clos et couverts, à leur opinion, mieux que s'ils étaient en Canada. Opinion qui leur réussit pour quelque temps mais qui les trompe à la fin. Il fallait que le détestable crime qu'ils commettaient devant Dieu fût publié devant les hommes par un châtiment public et exemplaire. Timandre avait envoyé de tous côtés, par toute la France, à de ses amis pour mettre peine* de les appréhender, et pour cet effet, il les dépeignait vivement. A la fin, étant lui-même un jour à Paris, un de ses amis le vint avertir qu'il avait aperçu son beau-frère et découvert le lieu où il était logé. Le mari, bien aise de cette nouvelle, va soudain vers un commissaire à qui il fit sa plainte et puis, il le mena à la demeure où ces adultères se retiraient.

Il était nuit et les portes du logis étaient fermées. Le commissaire les fit ouvrir et après s'être informé de l'hôte en quelle chambre logeait un jeune gentilhomme avec une jeune damoiselle et appris ce qu'il demandait, il y monta, accompagné d'un nombre de sergents. Il frappa à la porte. Au commencement, l'on fit quelque difficulté de l'ouvrir, car ils étaient couchés. Mais le commissaire ayant menacé de l'enfoncer, on lui ouvrit. Elle était dans le lit, et lui à demi habillé. Le commissaire les ayant faits prisonniers de par le roi, il commanda à Doralice de s'habiller. On se saisit de leurs hardes et l'on les mène au Châtelet[1]. Le mari, le lendemain, rapporte l'information qu'il avait déjà faite et fait ouïr de nouveaux témoins. Les coupables sont ouïs. Doralice

---

1. Le Châtelet était un ancien château de Paris qui servit de tribunal puis de prison.

était grosse, on lui demande de qui, car elle ne pouvait dire des œuvres de son mari, puisqu'il ne l'avait point vue depuis huit mois et qu'elle n'était grosse que de quatre. Elle ne sait que dire à cette demande. Ses réponses sont variables : tantôt elle dit une chose et puis une autre et, pour conclusion, que c'est d'un valet de son mari qu'elle nomme. Ce valet est interrogé, mais l'on découvre en peu de temps son innocence. Elle, néanmoins, n'accuse jamais Lizaran. Cependant elle et son frère, après tant d'indices et de preuves, sont condamnés à perdre la tête[1]. Mais auparavant que prononcer la sentence, les juges attendent qu'elle soit délivrée de son enfantement qui fut d'une fille. Leur jugement leur est puis après signifié. Ils en appellent à la cour. Plusieurs poursuivirent leur délivrance, car ils ne manquaient ni d'amis ni de moyens. Le père même prit leur fait et cause et informa du mauvais traitement que son gendre avait fait à sa fille, et comme cela avait donné sujet à son frère (pour la compassion qu'il en avait eue) de la lui ôter et de l'emmener. Lui, au contraire, produit ses informations et fait voir au Sénat leur inceste et leur adultère, plus clair que le jour. Enfin, cette vénérable assemblée des gens les plus savants et les plus justes du monde ayant examiné et pesé cette cause au poids de l'équité, confirme par son arrêt la sentence du Châtelet.

Le misérable père, ayant appris la teneur de ce juste arrêt, se va jeter aux pieds du prince, pour obtenir leur rémission. Les larmes qu'il répandait aux pieds de Henri le Grand, les soupirs et les regrets qui sortaient de la bouche de ce gentilhomme tout chenu de vieillesse, touchèrent vivement le cœur de cet invincible monarque qui n'était que trop sensible à la pitié : « Mon père, lui dit-il, levez-vous et me dites le sujet de votre deuil* et j'y remédierai si je puis. — Hélas, Sire, répond cet infortuné, je vous demande la vie de mes enfants

---

1. *Perdre la tête* : être décapité, supplice réservé aux aristocrates.

qui sont prêts d'être exécutés s'ils ne sont secourus de votre miséricorde. — S'il y a, repart le roi, quelque apparence qu'ils doivent vivre, je leur donne la vie. » Et comme il se voulait informer plus avant du sujet de leur condamnation, un seigneur qui l'accompagnait lui apprit en peu de mots ce qu'il en savait. « Mon père, dit alors le roi, je ne saurais devant Dieu pardonner ce crime, il est trop grand. Il faudrait qu'un jour j'en rendisse compte à celui qui m'a constitué souverain juge de son peuple. »

Le pauvre père, apercevant qu'il fallait que la justice fût exercée sur sa misérable géniture*, n'eut autre recours qu'aux pleurs et aux cris.

Cependant l'arrêt est prononcé aux coupables. On leur donne temps de se confesser. « Courage, mon frère, dit alors Doralice, puisqu'il faut mourir, mourons patiemment [1]. Il est temps que nous soyons punis de ce que nous méritons. Ne craignons plus de confesser notre péché devant les hommes : aussi bien faut-il que nous en rendions bientôt compte à Dieu. Sa miséricorde est grande, mon cher frère, il nous pardonnera, pourvu que nous ayons une vraie contrition de nos fautes. Hélas, Messieurs, dit-elle aux juges, je confesse que je mérite justement la mort, mais je vous supplie de me la donner, la plus cruelle qui se puisse imaginer, pourvu que vous donniez la vie à ce pauvre gentilhomme. C'est moi qui suis cause de tout le mal. J'en dois recevoir toute seule la punition ; et puis sa grande jeunesse vous doit toucher à compassion. Il est capable de servir un jour son prince en quelque bonne occasion. »

Elle tenait ces discours aux juges afin de les émouvoir à pitié pour son frère. Mais c'étaient paroles perdues. La sentence était déjà prononcée, et eux, livrés entre les mains de l'exécuteur de la haute justice. Ce fut en la place de Grève où l'exécution se fit. Jamais on ne vit tant de peuple qui accourait à ce spectacle. La place en était si remplie qu'on s'y

---

1. *Patiemment* : sens latin de souffrance, en souffrant.

étouffait. Les fenêtres et les couvertures des maisons en étaient toutes occupées. Le premier qui parut sur cet infâme théâtre fut Doralice, avec tant de courage et de résolution que tout le monde admirait sa constance [1]. Tous les assistants ne pouvaient défendre à leurs yeux de pleurer cette beauté. Aussi était-elle telle qu'on en trouverait bien peu au monde qui lui pussent être comparables. L'on eût dit, quand elle monta sur l'échafaud*, qu'elle allait jouer une feinte tragédie et non pas une véritable : jamais elle ne changea de couleur. Après avoir jeté les yeux d'un côté et de l'autre, elle les éleva au Ciel, et puis, les mains jointes, elle fit cette prière :

O Seigneur, qui êtes venu au monde pour le pécheur et non pour le juste, prenez pitié de cette pauvre pécheresse et faites que la mort infâme de son corps qu'elle reçoit maintenant, soit l'honorable vie de son âme. Pardonnez encore, ô Dieu de miséricorde, à mon pauvre frère qui implore votre merci. Nous avons péché, Seigneur, nous avons péché, mais ressouvenez-vous que nous sommes les ouvrages de vos mains. Pardonnez notre iniquité, non pas comme aimant le vice mais comme aimant les humains en qui les vices sont attachés dès le ventre de leur mère.

Ayant achevé sa prière, elle se dégrafa elle-même, sans vouloir permettre au bourreau de la toucher. Ayant ôté son rabat, elle se mit à genoux et l'exécuteur lui banda les yeux ; et comme elle recommandait son âme à Dieu, il sépara d'un coup la tête d'un si beau corps de qui la beauté était obscurcie par son abominable passion. Quand cette exécution fut faite, un des valets du bourreau tira le corps à l'écart, et en le retirant, le découvrit jusqu'à demi-grève* et fit voir un bas de soie incarnat [2] ; ce qui

---

1. *Constance* : sens latin d'endurance, d'inflexibilité devant les épreuves de la vie.
2. Cet élément descriptif du *bas de soie rouge* est également présent dans *Une page d'histoire* de Barbey mais il est traité différemment.

fâcha tellement le bourreau, qui ne se pouvait contenir lui-même de pleurer avec tous les assistants, qu'il poussa d'un coup de pied son valet, de sorte qu'il le fit choir de l'échafaud en bas. Aussi une telle beauté, encore qu'elle eût mérité la mort, ne devait pas être si vilainement traitée, tant pour la maison d'où elle était issue que pour l'heureuse fin qu'elle venait de témoigner.

Tout le peuple pleurait encore à chaudes larmes quand on fit monter le frère sur le théâtre*. Si la compassion avait ému l'assemblée pour le sujet de la sœur, la pitié qu'elle eut pour celui du frère ne la toucha pas moins. Il ne pouvait avoir que vingt ans, et à peine un petit coton*, messager de jeunesse, paraissait à ses joues. Il était le vivant portrait de sa sœur, comme nous avons déjà dit, et par conséquent doué d'excellente beauté. Quand il vit cette belle tête séparée d'une si belle gorge, il pensa rendre soudain l'esprit, sans attendre l'exécution du bourreau : « Hélas ! se dit-il, ma pauvre sœur, que n'exerçait-on toute la cruauté qu'on eût su imaginer contre moi, pourvu qu'on vous eût donné la vie et qu'on se fût contenté de vous enfermer dans un monastère ? Il n'est tourment si rigoureux que je n'eusse souffert avec allégresse. Mon âme aurait quitté ce misérable corps, avec ce contentement de ne voir point mourir celle à qui j'ai causé la mort. L'on devait excuser sa fragilité et tourner toute la coupe sur moi, comme sur l'auteur du crime. O Dieu, ayez pitié de son âme et de la mienne qui n'a eu recours qu'à votre miséricorde. »

Il proférait ces paroles avec tant de zèle que tout le peuple en ressentait une grande douleur. Après qu'on lui eut ôté son pourpoint et fait les cheveux, il s'agenouilla. Le bourreau lui voulut bander les yeux, mais il ne le voulut jamais. « Décharge, dit-il, seulement ton coup, j'ai assez de courage pour le recevoir. Tu as déjà vu la constance de ma sœur. Tu dois penser que je suis son frère et que, par conséquent, la raison veut que j'ai encore plus de courage. »

Ayant fini ce discours, il se mit à dire *In manus tuas*[1], tandis que l'exécuteur lui fit voler la tête. Leurs corps furent le jour même emportés et mis dans une bière pour être enterrés dans une église de Paris où ils reposent avec ces mots :

> *CI GISENT LE FRERE ET LA SŒUR.*
> *PASSANT NE T'INFORME POINT DE*
> *LA CAUSE DE LEUR MORT. PASSE,*
> *PASSANT DEVANT ET PRIE DIEU*
> *POUR LEUR AME*[2].

C'est la fin tragique et lamentable de Lizaran et Doralice que le Ciel avait pourvus de beauté et d'esprit, autant que toute autre personne. Leurs exécrables amours avancèrent la fin de leurs jeunes ans. Exemple mémorable qui doit faire trembler de peur les incestueux et les adultères. Dieu ne laisse rien impuni. Sa vengeance trouve toujours le coupable, s'il persévère en sa malice*. Tels exemples sont si rares parmi les païens qu'à peine en trouverait-on deux ou trois dans leurs fables, voire même sans que l'adultère y soit conjoint. Dieu veuille si bien défendre son peuple des aguets de Satan que jamais un tel scandale n'arrive parmi nous.

---

1. *In manus tuas* : paroles du Christ en croix : « Mon Père, je remets mon âme entre vos mains. » Luc, XXIII, 46.
2. Ce tombeau qui achève l'histoire de Rosset conclut à quelques variantes près *Une Page d'histoire* de Barbey d'Aurevilly : « Ci-gisent le frère et la sœur. Passant ne t'informe pas de la cause de leur mort, mais passe, et prie Dieu pour leurs âmes. » Barbey avait-il lu Rosset ou avait-il vu le tombeau des Ravalet, à Saint-Julien-le-Pauvre ?

Histoire VIII

De la constante et désespérée résolution d'un gentilhomme et d'une damoiselle.

A partir d'un fait divers publié dans le « Mercure français », François de Rosset évoque ici un « suicide d'amour », celui d'Amarille et de Valéran qui, pour ne pas être séparés par un verdict de mort pesant sur ce dernier, allument un feu et se tuent réciproquement. Quelques formules officielles de condamnation ne suffisent pas à masquer l'indulgence de l'auteur qui exalte surtout la constance *de l'héroïne, à savoir cette qualité néo-stoïcienne d'endurance et d'inflexibilité devant les pires épreuves. Il la compare aux grandes dames de l'Antiquité païenne qui ont partagé la mort de leurs époux car « l'amour est indissoluble et la dissolution du corps n'est qu'une plus forte étreinte pour en cimenter la continuation ».*

Claude Malingre exploite le même sujet, mais il en fait une narration sèche et sans nuances, sous le titre accusateur, Du Sieur Valérian Mussard et de Jeanne Presto sa concubine.

Quand je lis les histoires des païens et que j'y trouve des exemples d'amour, de constance et de fidélité jusqu'au dernier soupir de la vie, que j'y vois les résolutions que des personnes ont autrefois prises à se donner la mort de leurs propres mains, avant que la recevoir de celle de leurs ennemis ou plutôt qu'être menés en triomphe et qu'honorer leur victoire, je ne puis* que je ne loue leur courage, puisqu'ils ne faisaient autre profession que de ne craindre point la mort et qu'ils étaient privés de la claire lumière du soleil de justice qui nous défend le désespoir, sous peine de faire perte de la plus chère partie que nous ayons. Mais lorsqu'il se trouve parmi nous, qui sommes chrétiens, des hommes qui pratiquent la même résolution, je dis que ces personnes sont du tout* éloignées de leur salut, et qu'au lieu d'être louables, leur mémoire est pleine d'infamie, autant que les autres sont dignes de louange. L'histoire que j'écris maintenant, arrivée depuis trois ou quatre ans, traite d'une constance plus prodigieuse qu'imitable. La postérité la lira pour lui servir d'exemple à bien vivre et à n'irriter point la vengeance du Ciel qui permet quelquefois la peine du péché et la perte des hommes, ainsi que je vais vous raconter.

Valéran était un gentilhomme de Picardie qui, durant nos troubles derniers, avait acquis une grande réputation parmi ceux qui suivent le train* des armes. La fortune l'avait favorisé en toutes ses entreprises. Son nom était craint et redouté de ses voisins. Sitôt qu'il se faisait quelque partie* au pays, on l'invitait à s'y trouver, soit en des rencontres ou des duels qui ne sont que trop ordinaires en France, encore que nos bons rois, et particulièrement Henri le Grand, d'heureuse mémoire, et la sage reine régente, son épouse, ayant fait publier des édits rigoureux, pour empêcher ces funestes journées où l'on perd misérablement le corps et l'âme. En ce qui concerne l'honneur des hommes, il avait toujours fait paraître une franchise et un courage généreux. Les belles parties* dont il était accompli lui acquièrent l'amitié d'une jeune et belle damoiselle que nous nommerons Amarille. Leur amour fut si violente que cette fille lui laissa cueillir le fruit qu'elle avait conservé chèrement jusqu'à l'heure*. L'honneur qui doit être en si grande recommandation aux dames, et notamment à celles qui sont de noble extraction, n'eut point d'égard en son endroit. [Ni] le respect qu'elle devait à sa mère qui était veuve, ni la crainte de ses parents, ne furent pas capables de l'empêcher de se donner à Valéran. Ce gentilhomme, possesseur de cette beauté, s'estimait heureux d'avoir fait une telle acquisition et leurs affections étaient si bien liées qu'Amarille ne fit point difficulté d'aller faire sa demeure avec lui, dans une même maison, sans qu'il y eût entre eux autre promesse de mariage que l'union de leurs corps. Comme ils étaient enivrés de leurs amours et qu'ils ne s'éloignent guère l'un d'avec l'autre, et que même ils avaient déjà une fille, il arrive que Valéran se trouve un jour en une assemblée de gentilshommes. Aronce y était aussi. C'était un cavalier, voisin de Valéran, fort renommé pour sa valeur et pour sa courtoisie. Je ne saurais dire particulièrement l'origine de leur querelle. J'ai seulement appris que lui et Valéran se piquèrent pour peu de choses. Ils en fussent venus aux mains, si leurs amis communs ne les en eussent empêchés. On les mit d'accord et on leur fit jurer amitié. Aronce y procéda fort franchement, mais non pas Valéran qui, croyant être encore offensé, quelque accord qu'il y eût, ne songea depuis qu'à se venger et à lui ôter la vie. Jusqu'alors, on l'avait eu en estime de généreux. Jamais il n'avait fait paraître aucun trait de cruauté ni de manque de courage. Mais en une heure il perdit la réputation qu'il avait si longtemps conservée. Soit donc qu'il ne se souciât de l'honneur ou qu'il redoutât l'épée de son ennemi, il se résolut de le prendre à son avantage et de le tuer par supercherie. Pour parvenir à son dessein, il épia tant ce gentilhomme qu'enfin il le rencontra à la campagne, accompagné seulement d'un petit laquais. Sitôt qu'Aronce le vit, lui qui ne se doutait nullement de sa trahison, s'approcha et le salua. L'autre lui rendit son salut, et comme ils cheminaient ensemble, Valéran lui délâche* un pistolet et lui en donne dans la tête.

L'infortuné gentilhomme tombe de cheval raide mort, et l'autre gagne au pied*, et se retire au château de Moyencourt appartenant à Monsieur le

Comte de Sault. La nouvelle de cet assassinat fut incontinent épandue par tous les environs. Tous ceux qui avaient autrefois eu en estime ce gentilhomme commencèrent à le blâmer de cruauté et de peu de courage. Aronce appartenait à tant de gens d'honneur qu'on vit bientôt des préparatifs pour tirer raison* de ce meurtre. Ils firent informer de l'excès, tâchèrent de l'attraper, mais il se tenait clos et couvert dans Moyencourt, place assez forte où sa maîtresse était venue avec résolution de le suivre et de l'assister en la vie et en la mort, comme fit Ipsycrate autrefois [pour] Mithridate, son mari[1]. Les parents du défunt, voyant que la justice du pays n'était pas capable de forcer ce contumace, s'acheminèrent à la cour et à genoux, implorèrent l'assistance de Henri. Ce grand monarque, ennemi juré de la supercherie, ayant appris l'acte indigne de Valéran, fit venir le grand prévôt de son hôtel et lui commanda expressément de se saisir de la personne de ce perfide et de l'emmener, pour être procédé contre lui par les voies du droit. Le grand prévôt, obéissant à son prince fit partir sur-le-champ La Morlière, l'un de ses lieutenants de robe courte[2], à qui il bailla une douzaine d'archers pour l'assister. La Morlière se transporte devant le château de Moyencourt, et après l'avoir sommé d'obéir au commandement de Sa Majesté, qui était que Valéran la vînt trouver à Paris, il n'eut pour toute réponse qu'un refus. Le lieutenant du grand prévôt lui réitéra le commandement, sous peine de désobéissance et d'être atteint de crime de lèse-majesté, et lui demanda s'il ne le connaissait pas. « Je vous reconnais assez, répond Valéran, les casaques de vos archers me témoignent assez que vous êtes un des officiers du roi ; mais pour tout cela, je ne suis point

---

1. S'agit-il de la femme de Mithridate III, roi des Parthes, mort en 53 av. J.-C., chassé de ses États par son frère, assiégé dans Babylone, vaincu et massacré sur l'ordre de ce dernier ?

2. *La robe courte* : terme du XVIe siècle pour désigner la profession militaire.

d'avis d'obéir au commandement que vous me faites, que premièrement je ne vois mon abolition[1] signée et scellée du grand sceau, ou que Messieurs de Créqui et de Sault ne viennent eux-mêmes ici en personne, pour me rendre entre leurs mains. C'est peine perdue de penser me tirer hors d'ici autrement. J'ai résolu de n'en faire autre chose. »

La Morlière, voyant son opiniâtreté, et qu'il lui était impossible de prendre la place sans avoir un plus grand secours, s'achemine à Noyon, à Péronne et à Amiens, exhibe la commission du roi et somme les garnisons qui sont en ces trois villes de lui prêter main-forte, pour l'exécution du vouloir de Sa Majesté. Les capitaines, obéissant au mandement, se disposent et se mettent en ordre pour aller donner l'assaut à la place. Mais s'ils l'assaillent bravement, ils sont repoussés courageusement. Valéran, accompagné d'Amarille sa maîtresse, tire sur eux et en blesse cinq ou six. Cette courageuse damoiselle, armée de toutes armes, paraît comme une Amazone[2] sur le bastion, tantôt avec une arquebuse et tantôt avec une pique.

Quand Valéran n'aurait point de cœur, la brave résolution de sa maîtresse serait capable de le rendre le plus courageux de la terre. « Mourons, disait-elle, cher ami, plutôt que nous rendre à la merci de ceux en qui tu ne trouveras jamais de pitié. Si je craignais la mort, je m'en pourrais bien exempter, puisque je ne suis nullement coupable de ce dont l'on t'accuse. Mais ma vie est si bien attachée avec la tienne qu'il m'est impossible de te survivre. » Valéran, étonné de son grand courage, s'efforçait de la faire retirer, de peur qu'il avait que quelque coup d'arquebuse ne l'envoyât en l'autre monde : « Mon âme, disait-il, je vous conjure par l'amour qui nous

---

1. *Abolition* : en droit ancien, le pardon que le prince accordait d'autorité absolue pour un crime.
2. *Les Amazones* : peuple légendaire, composé uniquement de femmes guerrières, dont le siège était la ville de Themiskyra, sur les rives du Thermodonte en Capadoce.

a jusqu'ici assemblés avec tant de concorde d'épargner votre vie. Je suis assez capable de me défendre de ceux qui nous attaquent, sans que vous y employiez votre courage. Laissez-moi seul soutenir cet assaut et si je meurs, ayez soin que mon corps ne tombe point entre les mains de nos ennemis. Octroyez-moi cette requête, pour dernière obligation de tant d'autres que je vous ai. — Que vous mouriez, répond-elle, et que je vive, vous pensez une chose impossible. La Parque a filé dans un même fuseau mon destin avec le vôtre. Mon sort et le vôtre ne sont qu'une même chose. Si vous faites naufrage, croyez-vous que je veuille demeurer au port ? Non, non, si vous êtes forcé par vos adversaires, il faut que la mort nous ravisse tous deux au même instant, et que nos âmes soient portées ensemble au lieu qui leur est destiné. » Cependant qu'ils se préparent à mourir plutôt que de se rendre, La Morlière, sage et bien avisé, voit qu'il ne peut forcer la place par assaut sans perdre beaucoup de personnes, de sorte qu'il fait venir deux pétards* de Noyon. Mais avant qu'on les pose, il tâche de réduire* ce misérable à composition et le fait derechef sommer. La peine qu'il y prend est toujours inutile. Valéran ne veut point s'y résoudre. Le prévôt tente une autre voie. Il prie le curé de Moyencourt, homme docte et de bonne vie, de parler à ce désespéré et de tâcher par ses saintes remontrances de le ranger au devoir. Le curé s'approche des murailles et demande à parlementer : Valéran paraît et le curé lui remontre* le peu de sujet qu'il avait de se perdre de la sorte, lui met devant les yeux la clémence du grand monarque tant célébré dans nos histoires modernes, lui apprend que les rois avaient les mains longues et que c'était tenter l'impossible que de cuider* faire résistance à la force d'un si grand prince. Il l'avertit, puis après, de ne penser pas tant à sauver son corps qu'il en oublie le salut de son âme, que le désespoir où il le voyait porté causerait la perte de l'un et de l'autre, qu'il était son pasteur et par conséquent obligé, pour la décharge de sa conscience, de lui tenir ce discours qu'il devait recevoir en bonne part et le croire, pour son bien, pour son honneur et pour son salut. Valéran, après l'avoir écouté avec patience, répondit en cette sorte : « Je vous remercie, Monsieur le Curé, du soin que vous avez de la conservation de ma vie et de mon salut. Je prendrais en bonne part votre avis et le suivrais, si c'était en un autre lieu qu'en celui-ci. Pour conclusion, mes ennemis n'auront jamais ce contentement de me voir porter ma tête sur un échafaud. Je sais qu'il n'y aura jamais de pardon pour moi, si bien que ma résolution est de mourir ici. Dieu est pitoyable et miséricordieux, par aventure*, aura-t-il merci* de mon âme. Je vous prie de vous retirer et de rapporter à ceux qui vous ont ici envoyé qu'ils fassent du pis qu'ils pourront, et que pour moi je n'en ferai autre chose. » Le bon curé, voyant qu'il employait inutilement le temps envers ce misérable, le recommanda à Dieu et s'en retourna.

Lorsque La Morlière eut appris par la bouche du curé l'obstination de Valéran, il voulut encore essayer un autre moyen, pour tâcher à divertir* ce perdu de sa folle résolution. Il avait lu dans les vies des hommes illustres de Plutarque comme Coriolanus, indigné de l'affront qu'il avait reçu de ses citoyens, tenait la ville de Rome si étroitement assiégée qu'elle allait être le pillage de ses ennemis. Le Sénat, les vestales ni les aruspices n'avaient pu adoucir son fier courage. Au lieu d'éteindre le feu de son courroux, ce n'étaient que des allumettes* qui l'enflammaient davantage, lorsque sa mère, sortant de la ville et se prosternant devant son fils, amollit de ses larmes ce cœur de diamant[1]. La Morlière crut

---

1. Caïus Marcius, général romain, surnommé Coriolan, pour avoir pris Corioles, capitale des Volsques. Condamné à l'exil, il se réfugia chez ces derniers, les poussa à la guerre et assiégea Rome. Le Sénat le supplia de se désister. Seule sa mère Véturie et son épouse Volumnie le firent fléchir : Coriolan fit retirer les Volsques qui le condamnèrent à mort.

que la mère d'Amarille émouvrait peut-être le courage de ces désespérés par ses larmes et par ses plaintes. Il l'envoya quérir, afin qu'elle mît peine* de venir à bout de ce[lui-ci] où tous les autres avaient failli. Lorsque cette honnête dame fut dedans le château où le lieutenant du prévôt lui donna moyen d'entrer en faisant retirer les compagnies des soldats, elle se mit à verser un torrent de larmes en présence de sa fille et son mari, et puis proféra les plus pitoyables paroles qu'on apprend de la douleur : « Que pensez-vous faire, misérables, disait-elle, ne voyez-vous pas que vous vous perdez malheureusement par votre obstination ? Le pétard est déjà tout prêt, pour donner entrée à ceux de qui il ne sera pas, puis après temps, d'implorer la miséricorde. Ah ! Valéran, ne vaut-il pas mieux que vous vous rendiez de bon gré entre les mains de ceux qui ont commission de vous mener au roi, plutôt que d'attendre qu'on vous y traîne par force ? Vous ne manquez pas de bons amis qui obtiendront facilement votre grâce de la bonté d'un prince si débonnaire. » Comme Valéran lui voulait répondre, Amarille le devança et parla à sa mère en ces termes : « Je vous supplie, ma mère, de ne tenir jamais ce langage à mon ami, car aussi bien vous ne faites que consumer inutilement le temps. Lui et moi sommes résolus de vivre et de mourir ensemble. Je sais bien que s'il est pris, jamais il n'en réchappera. Il sera plus estimé s'il meurt honorablement que si une infamie perpétuelle lui allonge quelque peu la trame de ses jours. Je vous jure que si le soin d'allonger sa vie de quelques heures lui faisait changer de résolution, je lui planterais tout présentement cette épée jusqu'aux gardes [1] dans le corps. Ne le sollicitez donc plus à faire un acte si lâche et si poltron, autrement je l'occirai en votre présence de mes propres mains, et après, me tuerai moi-même. » La misérable

---

1. *Planter l'épée jusqu'aux gardes* : planter l'épée profondément jusqu'à la partie qui couvre la main.

mère, oyant la désespérée résolution de sa fille, pensa mourir de deuil* : « Faut-il, poursuit-elle, que j'aie produit une créature si dénaturée ? A la mienne volonté que la mort t'eût étouffée dans le berceau, je n'aurais pas maintenant tant de sujet de regretter la perte de ton âme. Je vois que ton désespoir te précipite dans les enfers. — Vienne ce que pourra, répond la fille, au moins je n'aurai jamais le regret de voir honteusement mourir celui que j'aime plus que moi-même. » Tandis que la bonne dame s'efforce par ses dolents regrets à les détourner de leur cruel dessein, Valéran lui proteste que le plus grand contentement qu'il peut recevoir en la mort, c'est de voir la vie de sa maîtresse conservée, et sur cela, il la conjure de sortir avec sa mère hors du château, avec leur petite fille et leur laquais, mais Amarille n'y veut point entendre et se plaint du peu d'estime que Valéran fait de son amitié. « Retournez-vous-en, s'il vous plaît, ma mère. Je veux mourir, dit-elle, avec mon cher ami. Vos pleurs et vos plaintes sont vaines. » La dolente mère, n'ayant rien pu gagner sur leur obstination, fut contrainte avec larmes et gémissements de sortir du château, sans rapporter autre chose que le regret d'avoir mis au monde une fille si peu soigneuse de sa vie et de son salut. Sitôt que le lieutenant du prévôt eut appris que tous ces délais ne servaient qu'à retarder l'effet de sa commission, il voulut pour la dernière fois parler à Valéran, afin de savoir encore son intention. Ce gentilhomme parut au donjon du château, et alors La Morlière lui tint ce langage : « J'ai tâché par divers moyens de vous induire de vouloir obéir au commandement de Sa Majesté. Mon pouvoir ne s'étend point qu'à vous mener devant elle. Vous n'ignorez pas la clémence de notre prince, louée par ses ennemis mêmes. Croyez-vous qu'il refuse de vous pardonner, pourvu que vous imploriez sa merci ? Rendez-moi raison tout présentement de ce que vous avez désir de faire. J'ai dilayé* jusqu'ici de vous forcer, pensant à votre conservation. Je ne puis plus différer. Je m'en vais faire jouer le pétard*, si vous n'êtes plus soigneux de votre salut. » Quand il eut achevé ce discours, Valéran lui répondit en cette sorte : « Je vous ai déjà déclaré si souvent ce qui est de mon intention que vous n'en devez plus douter. Je vous dis encore que mes ennemis n'auront jamais le plaisir de triompher de mon corps ni mes amis le regret et la honte de me voir entre les mains d'un bourreau. C'est ma dernière résolution ; néanmoins, je vous remercie de la peine que vous dites avoir prise pour mon salut. C'est une obligation que je vous ai. Je vous prie de m'en faire une autre, c'est de vouloir recevoir une misérable fille et un petit laquais qui seront bientôt privés, l'un de père et de mère, et l'autre de maître et de maîtresse. Ne déniez pas cette faveur à un infortuné gentilhomme qui vous en supplie, autrement vous aurez ci-après regret peut-être de ne l'avoir pas fait. » La Morlière, lui ayant accordé sa requête, il les dévala l'un après l'autre, avec une corde, liés par le milieu du corps. Cependant qu'il était empêché à cette pitoyable action, Amarille ramassait de tous côtés des matières combustibles dans la salle du donjon, dont elle faisait un bûcher. Lorsqu'elle l'eut préparé, elle se mit à proférer si hautement ces mots qu'on l'entendait d'en bas : « Il sera tantôt temps que nous nous disposions à mourir, puisque aussi bien on nous veut interdire de vivre plus longuement. L'amour qui nous liait d'une étreinte si ferme ne pourra être désunie par la mort. Je vous prie, poursuit-elle, en mettant la tête à la fenêtre, de prier Dieu pour nous. Adieu, ma chère mère, je vous recommande ma fille. Le Ciel veuille être plus favorable qu'à celle qui l'a engendrée. »

Ainsi qu'elle achevait ce propos, le pétard* joua avec tant de violence qu'il mit la porte par terre et, au même instant, cette courageuse Amazone mit le feu au bûcher qui environnait elle et son ami. Comme les soldats entraient, ils virent ce pitoyable spectacle : un grand feu allumé en demi-rond et deux amants dedans, tout prêts à lâcher chacun sur sa tête un pistolet qu'ils tenaient à la main. Sitôt qu'ils virent qu'on était entré dedans, ils les débandèrent*. Les coups leur percèrent la tête de part en part. Leurs corps tombèrent raides morts et furent bientôt consumés par le feu, et leurs âmes s'en allèrent pour brûler dans les flammes éternelles, si Dieu n'en a eu pitié par son extrême miséricorde. Voilà la fin déplorable de ces désespérés qui, au temps du paganisme, eussent été renommés pour leur grande constance. Mais particulièrement eût-on célébré la mémoire d'Amarille.

Exemple rare s'il en fut jamais, et d'autant plus remarquable, que l'infidélité règne au siècle où nous sommes parmi le sexe féminin. Les dames y font profession de l'inconstance et à peine en trouverait-on une semblable en tout le monde. Ce bel esprit qui l'a comparée dans les écrits qu'il en a faits à Cléopâtre et à la femme de P[a]etus, l'a fait avec un grand et solide jugement. Cette reine d'Egypte[1] dit ce grand honneur des lettres[2], voyant son soleil proche de son éclipse et craignant l'obscurcir davantage en le survivant, montra par sa mort constante et généreuse, qu'en tout brave cœur, l'amour est indissoluble et que la dissolution du corps n'est qu'une plus forte étreinte pour en cimenter la continuation. Quant à P[a]etus[3], il avait conspiré contre l'empereur Claude, et sachant qu'il ne pouvait éviter de mourir, il résolut de prévenir son supplice par une douce et prompte mort. Mais comme l'homme

---

1. Cléopâtre n'est pas la reine d'Egypte, mais celle de la mythologie grecque : Cléopâtre, appelée aussi Alcyoné, fille d'Éole, femme de Céyx, après le naufrage de son mari se jeta à la mer. Tous deux furent changés en alcyons. Ovide, *Les Métamorphoses*, XI, 9.
2. Ovide.
3. Ce n'est pas Poetus mais Paetus. Caecina Paetus, personnage consulaire, condamné à mort en l'an 42 pour conjuration contre l'empereur Claude. Sa femme, Arria, se perça la première d'un poignard et le lui tendit en disant : « *Paete, non dolet.* » (Paetus, cela ne fait pas mal.)

n'a rien de si cher que la vie, ce coupable ne se pouvait résoudre à l'effet de son dessein, lorsque sa femme nommée Arria, prenant un poignard, le plongea dans son estomac, et puis en le retirant, elle proféra ces généreuses paroles, en tendant le glaive à son mari : « Tiens, dit-elle, Paetus, je meurs, il ne me fait point de mal. Le seul regret que je puis avoir, c'est de te voir forcé d'en faire autant. » A ce sanglant et pitoyable spectacle, Paetus, comme frappé d'un coup de foudre, se réveille et voyant sa femme à ses pieds qui était aux peines de la mort, bannit la crainte de son âme, et prenant le poignard tout rouge de sang de celle qu'il eût volontiers ranimée du sien propre, s'en donne dans le sein et tombe sur le corps de sa magnanime compagne qui lui avait tracé l'exemple d'achever honorablement ses jours.

Autant en fit Amarille : elle prit la première le pistolet à la main, et par ses courageuses paroles, et par son exemple, elle anima Valéran qui ne se pouvait résoudre à cette cruelle exécution. Etranges effets de l'amour ! Ils voulurent pratiquer ce que dit un ancien, qu'en matière de mutuelle affection, il vaut mieux mourir avec ce que l'on aime qu'en survivant ce qu'on a chéri avec tant de passion, s'en voir disjoindre et séparer par la mort. Dieu veuille avoir plus de pitié de leur âme qu'eux-mêmes n'eurent de leur propre corps.

Histoire IX

De la cruauté d'un frère exercée contre une sienne sœur pour une folle passion d'amour.

Iracond tombe amoureux d'Elinde au point d'en perdre le jugement. Sa sœur, amie de celle-ci, refuse de le favoriser en cette circonstance. Aussi devient-il fou de colère et la poignarde-t-il sauvagement.

Héros tragique au nom prédestiné (ira : colère), seul devant la société qui le condamne, il fait acte de repentance et accepte le supplice final. Comme les frères incestueux de l'histoire VII et les amants de l'histoire VIII, Iracond suscite par son courage et sa « constance » la pitié de l'auteur et la participation pathétique d'un public en larmes.

Quelle encre noircie d'infamie pourra bien tracer à la postérité l'histoire que je vais décrire ! En quel siècle maudit et détestable avons-nous pris naissance, qu'il faille que nous y voyions arriver des choses dont le seul récit fait dresser les cheveux de ceux qui les entendent ? Mais faut-il encore que tant d'exemples barbares et dénaturés paraissent parmi la nation la plus courtoise et la plus humaine du monde ? O Ciel, à quoi nous réservez-vous ! Ces accidents exécrables et inouïs sont les avant-coureurs de votre ire, si par un saint amendement nous ne la prévenons. Voici une cruauté non moins étrange que véritable, j'en parle comme témoin oculaire. Elle mérite d'être écrite en lettres de sang en cette sorte.

La France jouissait du paisible repos que le grand Henri lui avait acquis par ses travaux plus mémorables que ceux d'Hercule. L'on n'avait plus de crainte de voir tant de pitoyables spectacles que la fureur de nos guerres civiles produisait tous les jours. Le père ne recherchait plus la mort de son fils, par un zèle inconsidéré de religion, ni le fils n'attentait plus sur la vie de son père. Le frère et la sœur ni les plus proches parents et amis n'avaient plus de défiance les uns des autres pour ce même sujet. Chacun se reposait sous les palmes et les lauriers de ce grand monarque, lorsqu'à Paris il y avait un personnage vénérable pour son mérite et pour sa qualité que nous nommerons Ariste. Il avait deux enfants procréés de légitime mariage : un fils et une fille. J'appelle le fils Iracond et la fille Isabelle, noms empruntés, parce que je ne veux point diffamer leur famille pour les considérations que j'ai alléguées au commencement de cet ouvrage. Isabelle, aussi chaste et aussi belle que celle que le divin Arioste[1] a tant vantée dans ses écrits, fut recherchée en mariage pour ses perfections par plusieurs personnes de qualité. Sa beauté et sa bonne grâce, qui étaient capables de ravir la liberté des cœurs les plus farouches et [les] plus insensibles, acquéraient à l'amour ce que les forces de ses armes n'avaient pas le pouvoir de surmonter, et ses rares vertus servaient de patron à celles qui portent l'honneur sur le front et qui n'ont que la crainte de Dieu devant les yeux. Bienheureux père d'avoir produit une telle fille, si la félicité des hommes était durable ! Comme plusieurs tâchent par leur mérite et par leur persévérance d'acquérir ses bonnes grâces, un seul emporte enfin le prix. Ce joyau précieux lui est destiné du Ciel. Il portait le titre de chevalier et le nom que nous lui donnerons est Eranthe.

Ce couple, lié de la sainte chaîne du mariage,

---

1. Isabelle, fille du roi de Galice, aimée du beau et valeureux Zerbino, mais aussi d'Odorico et de Rodomont. Reste fidèle à Zerbino au-delà de la mort, et pour cela l'Arioste en fait le parangon de la fidélité. De même pour toutes celles qui portent ce prénom. *Le Roland furieux*, XXIX, 26-27-29.

jouissait d'un contentement indicible et d'une concorde souhaitable de tous ceux qui se rangent sous les lois de l'hyménée, pendant qu'Iracond, frère d'Isabelle, étudiait en une des célèbres universités du royaume. Il y faisait un tel profit que son père était du tout* satisfait de ce qu'on lui en rapportait. Ceux qui avaient la charge de l'instruire avaient une si bonne opinion de lui qu'ils s'assuraient qu'un jour il serait un des ornements de sa patrie. Jamais, durant sa jeunesse, on ne remarqua en lui aucun trait de folie. Il était sage, prudent et discret en toutes ses actions. Mais le naturel de l'homme est un Protée [1], il change de forme à toute heure et se rend si divers en ses inclinations qu'à peine le peut-on reconnaître du jour au lendemain. Iracond, revenu des études avec ses licences, se fit recevoir avocat en ce renommé Sénat où le droit est également rendu à chacun. Son père voulait qu'il passât quelques années au barreau pour se rendre un jour digne de son office qu'il lui voulait résigner, ou bien de quelque autre encore plus honorable. Il s'y rendait assez assidu au commencement et contentait le désir de son père qui remerciait le Ciel de lui avoir donné deux enfants si bien nés. Cependant il visitait souvent sa sœur en son ménage où il recevait toutes sortes de courtoisies.

Tout le monde sait la liberté que les dames de Paris ont de se voir les unes les autres et comme les voisines principalement ont cette coutume de s'assembler, les jours de fête, au logis de quelqu'une d'entre elles pour y passer le temps, soit à deviser, soit à d'honnêtes exercices, soit pour aller à la pourmenade. Isabelle, pour être une des plus apparentes du quartier en toutes sortes de qualités, ne manquait jamais de compagnes chez elle, les jours de repos. Sa maison était une petite académie de rares beautés

---

[1]. Protée, dieu de la mer, qui gardait les phoques d'Amphitrite, avait le pouvoir de se transformer tantôt en animal, tantôt en flamme, en vent ou en eau.

qui la fréquentaient. Entre celles en qui le Ciel avait répandu ses richesses particulières et qui approchaient de bien près les perfections d'Isabelle, Elinde était la première. Ces deux dames étaient liées d'une si ferme étreinte d'amitié qu'on les trouvait presque toujours ensemble, lorsque le loisir le leur permettait. Leur humeur conforme rendait leurs désirs égaux et ne souffrait pas qu'elles se perdissent guère de vue. Elinde était mariée à un riche et honorable bourgeois de Paris, avec lequel elle vivait avec tant d'amour et de contentement que ce que l'un voulait était la volonté de l'autre. Il advint un dimanche, comme une troupe de belles dames était assemblée au logis d'Isabelle, et entre autres Elinde, qu'Iracond y arrive. La courtoisie naturelle à la nation française et le mérite de sa sœur fit que chacune le reçut avec toute sorte d'honneur et de respect et qu'on lui donna séance* en cette compagnie, entre Elinde et une autre damoiselle. Mais il n'eut pas plutôt jeté ses regards sur Elinde que l'amour, qui était en embûche, n'entrât par ses yeux et ne perçât son cœur de part en part. Cette nouvelle blessure le rend aussitôt si épris de la beauté de cette dame qu'il ne sait quelle contenance tenir. Il veut parler pour remercier la troupe de l'honneur qu'il en reçoit, mais sa langue se trouve attachée à son palais. Ses yeux font seulement leur office et se tournent néanmoins incessamment* vers le beau visage d'Elinde, comme l'aiguille vers l'étoile du Nord. Misérable, détourne ta vue de ce soleil qui t'éblouit ! Elle est trop faible pour le supporter. Nouveau Icare [1], tu tentes une chose impossible ! Le succès* ne peut être autre que ta mort. Cette honnête dame est possédée par un autre. Tels désirs

---

1. Icare, fils de Dédale qui s'éleva dans les airs grâce aux ailes que lui avait construites son père. Toutefois il alla trop haut et le soleil en fit fondre la cire. Ovide, *Métamorphoses*, VIII, 3. Icare est le symbole des entreprises impossibles.

sont frivoles et la peine que tu prendras après cette recherche ne te peut être qu'inutile.

Iracond, se trouvant follement passionné de cette amour, accompagne, lorsqu'il est temps de se retirer, cette damoiselle, jusqu'à la porte de son logis. Il voudrait lui faire entendre le mal qu'il endure, mais quand d'un côté l'amour le pousse,[de l'autre] le respect et la crainte le retien[nent]. Toutefois, ce n'est pas en telle sorte qu'Elinde ne s'aperçoive bien de son émotion. Elle n'en fait pas pourtant semblant. L'amitié qu'elle porte à sa sœur la convie de faire les doux yeux à Iracond partout où ils se rencontrent. C'est ce qui l'enflamme davantage et qui le rend si hors de lui-même qu'il mourrait d'angoisse, si l'espoir de la jouissance ne le consolait. Que de soupirs et que de plaintes sortent de la bouche de ce misérable ! Souvent, la difficulté qu'il voit de pouvoir parvenir à ce qu'il souhaite se représentant à ses yeux, il veut quitter cette folle poursuite, mais sa passion démesurée ne le permettant pas, il se laisse emporter au courant de cette mer, pleine d'orages et d'écueils. La raison qui tâche de lui servir de pilote est bannie de son vaisseau et son désir téméraire le guide. Enfin, après avoir beaucoup souffert, sans oser déclarer sa passion, il se résolut de trouver son adversaire, comme fit Télèphe [1], pour lui guérir sa plaie, plutôt que de mourir en la celant.

C'était au mois de mai que les belles campagnes sont parées d'une robe verte, que les fleurs rendent leurs odeurs de toutes parts, et que les oiselets peints de divers plumages volètent de branche en branche,

---

1. Télèphe, fils d'Héraklès et d'Augè, blessé par l'épée fatale d'Achille ; ses plaies ne pouvaient être soignées que par celui qui les lui avait infligées. Il fut guéri par Achille à condition d'indiquer aux Grecs la route pour aller à Troie (autre version : Ulysse lui envoya de la rouille du fer de la lance d'Achille pour l'appliquer sur la plaie : Télèphe guérit). Par analogie, ici, les blessures d'amour d'Iracond ne peuvent être guéries que par la personne aimée.

et font un agréable concert. Isabelle, ayant fait une partie* avec ses compagnes, fut se pourmener avec elles hors la ville, en un jardin délicieux. Son frère, qui savait leur dessein, ne manqua pas de les accompagner. L'occasion s'offrant en ce paradis, qui fut l'entrée de son enfer, de déclarer sa passion à Elinde, il le fit en ces termes : « Si vous tournez seulement les yeux, belle Elinde, sur vos perfections, je sais bien que vous m'accuserez de témérité et que vous me jugerez coupable de châtiment plutôt que de récompense, d'avoir porté mon désir si haut. Mais aussi, si vous considérez la force de l'amour qui ne trouve rien d'invincible, je ne fais point de doute que votre bon naturel ne se représente par même moyen ma cruelle langueur et qu'[il] n'en ait compassion. Elle est telle que si la pitié n'y trouve point de place, la mort m'est inévitable. Si cela arrive, vous ferez perte de la plus fidèle conquête que vous puissiez jamais faire. Je vous conjure par vos beaux yeux, douces lumières de ma vie, de conserver ce que vous avez conquis plutôt que de le détruire. Plût aux Dieux que je pusse vous faire aussi bien paraître ma douleur, comme je la ressens ! Je pense que votre cœur n'est pas si insensible que vous n'en fussiez aucunement* touchée. Il est impossible qu'une telle beauté cache tant de rigueur. » Il proférait ces paroles avec tant d'ardeur qu'à tous coups ses sanglots et ses soupirs l'interrompaient. Si Elinde eût été autre qu'elle n'était, ou plutôt si elle eût été libre, par aventure* en eût-elle eu pitié. Iracond était jeune et agréable, fils unique d'une bonne maison et accompli en beaucoup de rares parties*. Mais quoi ! Elinde, qui aimait également et son honneur et son mari, ne pouvait être touchée d'autre affection. Aussi le dédain qu'elle eut de la témérité de ce jeune homme la mit en telle colère que, sans le respect qu'elle portait à sa sœur, elle lui eût fait sur le champ un affront. Oh ! que si elle eût usé de cette rigueur, l'aventure funeste et exécrable que nous décrivons ne serait pas arrivée ! Mais la première considération eut tant de force en son âme que, dissimulant son courroux, elle répondit à cet amoureux en ces termes : « Je ne sais, Monsieur, pour qui vous me prenez. Vous croyez peut-être que je suis de ces folles qui, foulant aux pieds la crainte de Dieu et leur propre honneur, se laissent prendre aux charmes d'une passion désordonnée. Je vous prie d'ôter cette croyance de votre cerveau et vous assurer que, sans l'excuse que votre jeunesse me donne et l'amitié que j'ai vouée à votre sœur, je châtierais votre témérité, en telle sorte que la mémoire en serait de longue durée. Désistez-vous donc de me tenir ce langage et adressez vos yeux à une autre qui, sans la tâche de son honneur, vous peut rendre plus satisfait que je ne fais pas ; autrement il me serait impossible de supporter votre folie, sans la faire savoir à tel qui s'en ressentirait à vos dépens. »

Iracond, oyant cette réponse, pensa mourir de déplaisir. Il en reçut une telle douleur qu'il fut longtemps comme immobile, de même qu'un qui est touché de foudre. Ayant repris ses sentiments, il se retira à un coin du verger, là où il versa un torrent de larmes et proféra mille pitoyables paroles : « O cruel amour, disait-il, que d'amertume pour un peu de douceur ! Que d'épines pour un bouton de rose ! Hélas ! Qui eût jamais cru que sous un si beau visage se cachât tant de cruauté ! Il eût continué ses plaintes si la crainte d'être découvert ne l'eût empêché. Après qu'il eut exhalé par ses yeux et par sa bouche un peu de l'ardeur de son âme, il se contient le mieux qu'il peut, et dissimulant son angoisse, il s'approche de ces belles dames qui s'étaient assises sur l'herbe fraîche, où elles s'entretenaient d'honnêtes et de plaisants discours.

Il se mit parmi elles, tout triste néanmoins, et revenant toujours à sa folle passion sans qu'il la pût ôter de sa fantaisie. Souvent il jetait ses regards sur Elinde qui ne daignait pas de jeter sur lui une œillade seulement. Aussi, depuis ne lui donna-[t]-elle pas tant de privauté*, comme elle avait accoutumé*

de faire. Elle lui ôtait tout sujet de l'accoster* et de parler à elle : ces rigueurs, au lieu de le rendre sage, le rendirent plus follement transporté. Quelquefois il se flattait en son mal, et croyait que ces cruautés étaient feintes, et qu'elle en usait pour faire épreuve de son amour et de sa persévérance. Toutefois, comme son ardeur croissait et qu'il tâchait d'amollir Elinde, l'espoir lui en fut du tout* ôté par la privation qu'elle lui fit de sa présence. Elle, ne pouvant plus supporter ces folies, se résolut de ne hanter* plus la maison d'Isabelle. Ce fut alors qu'Iracond devint entièrement forcené. Il invoquait la mort tous les jours et devenait d'une heure à l'autre si possédé de rage qu'il en était au désespoir. Sa sœur, qui s'étonnait de ce qu'Elinde ne la venait plus voir, comme elle avait accoutumé* de faire, voulut en savoir la cause. elle l'alla trouver chez elle et lui tint ce langage : « Je crois, ma chère amie, qu'on vous a fait quelque mauvais rapport de moi qui vous étrange* de ma compagnie. Je vous prie de croire que je suis toujours telle en votre endroit que j'étais lorsque nos cœurs, liés d'une chaîne d'amitié, ne permettaient pas d'être si longtemps sans nous voir. » Elinde, en souriant, lui répondit en ces termes : « Je n'ai jamais douté de votre affection, ma douce vie. Vous m'avez trop témoigné votre amitié. Si je ne vous vois si souvent que je désire, votre frère en est le sujet. Il ne cesse de m'importuner de mon honneur. Votre respect m'a fait user de plus de discrétion que je n'eusse pas fait envers un autre. Il faut que vous trouviez moyen de le guérir de sa folie ou de lui interdire de ne m'importuner plus, si vous voulez que nous continu[i]ons nos honnêtes privautés*. »

Isabelle, qui jusqu'à l'heure*, avait ignoré cette amour, n'en fit que rire et pria Elinde d'excuser sa jeunesse, lui promettant d'y apporter le remède salutaire. Mais, ô cruel malheur ! Au lieu d'éteindre son feu, il allumera sa rage à l'encontre d'elle-même. Tandis qu'elle prend cette résolution, Iracond pleure et lamente son cruel désastre* qui le rend amoureux d'un cœur de rocher qu'il ne peut amollir par ses pleurs ni par sa persévérance. Son fol désir lui fait rechercher tous les jours quelque nouvelle invention pour voir sa maîtresse et pour lui faire entendre sa passion. Elle ne sort jamais de son logis qu'il ne la guette pour la saluer et pour parler à elle. Il se met à genoux à l'église devant cette sainte [1] où il adresse ses vœux, et non à Dieu. Mais voyant qu'elle devient de jour en jour plus rigoureuse, il prend une autre voie. Il s'imagine que sa sœur lui fera un bon office en ses amours, tant il est hors de jugement. Avec cette croyance il va chez elle, et l'ayant tirée à part, il lui dit ces paroles : « Ma chère sœur, il n'y a que les marbres et les pierres dures qui se puissent empêcher d'aimer. Je pense que vous avez autrefois éprouvé la force de l'amour, si vous n'êtes un roc insensible. Pour moi qui suis homme, et par même moyen, sujet aux lois de ce petit dieu qui force les dieux mêmes à reconnaître son pouvoir, il faut que je vous confesse que je suis tellement embrasé des perfections d'Elinde qu'il m'est impossible de vivre plus longtemps, si elle n'a compassion de mon mal. Je vous supplie, par le soin que vous devez avoir de la conservation d'une personne qui vous est si proche, de vouloir adoucir ses rigueurs et fléchir ses cruautés. Je sais que vous avez tant de pouvoir sur elle que ma mort et ma vie sont entre vos mains. Ayez donc pitié de votre frère qui vous sera obligé de sa vie, de laquelle vous pourrez disposer comme la tenant de vous. Isabelle, aise que son frère l'eut relevée de la peine qu'elle voulait prendre à lui parler de cette folle amour, et rencontrant cette occasion si à propos, lui fit cette réponse : « Je suis fort étonnée, mon frère, de deux choses : de la vaine poursuite que vous me faites, en recherchant le déshonneur d'une dame qui aime si chèrement son mari qu'elle aimerait mieux souffrir

---

[1]. Ici la femme aimée : Isabelle.

mille morts que d'avoir consenti à d'autre amour, et de votre impudence qui passe tellement les bornes de la modestie qu'elle veut m'employer en une action si déshonnête que d'être la corratière* de vos folles amours. Où avez-vous les yeux ? Je pense que vous êtes aveuglé et privé de votre bon sens. Considérez, je vous prie, les vertus et les rares qualités de celle à qui vous adressez témérairement vos désirs et ce que je suis, et vous avouerez aussitôt la vérité de mon dire. Eteignez cette folle passion et ne me parlez jamais de ces choses, autrement je serais contrainte d'informer mon père de vos folies. Il pourrait vous châtier comme vous méritez. Et puis, pensez-vous qu'Elinde, si vous continuez davantage à la recherche de son déshonneur, ne perde enfin patience et que, sans considération de l'amitié qu'elle me porte, elle n'en avertisse son mari ? Il est homme pour vous faire un affront, s'il en a une fois la connaissance. »

Iracond, tout confus de ces sages et honnêtes raisons de sa sœur, ne sut que repartir. La rage qu'il avait de voir qu'elle ne lui voulait point servir de truchement le fit retirer, sans lui répliquer un seul mot. Il va au logis de son père, et là, se retirant dans sa chambre, il recommence ses plaintes et ses regrets accoutumés, et cent fois il se veut lui-même priver de vie. Etrange passion d'amour désordonnée qui n'a pour but qu'un fol plaisir, qu'elle cause de malheurs ! Pour elle le fils ne fait point de conscience d'ôter la vie à celui qui la lui a donnée et une fille ruine sa cité et meurtrit son propre père. Le frère coupe la gorge à sa propre sœur et une sœur met en pièces le corps de son frère. Les histoires sacrées et profanes sont toutes remplies de tels exemples. Iracond accuse sa sœur de peu d'amitié, sans qu'il ait égard à l'honneur dont elle fait profession. Il demeura quelques jours sans aller à son logis ni sans rechercher, comme il avait de coutume, la vue d'Isabelle qui ne se souciait guère de lui donner allégeance, mais qui était toutefois bien marrie de sa folie.

Après que cet amoureux enragé eut désisté de visiter pour quelque temps sa sœur, son désir l'incita d'y retourner, là où il se plaignait à toute heure à elle du peu de soin qu'elle avait de sa vie et ne cessait d'importuner Elinde, soit en l'accompagnant outre son gré à l'église, soit en lui jetant quelque poulet dans son manchon[1]. Cette honnête dame, voyant qu'il n'amendait point, se résolut entièrement de ne fréquenter plus Isabelle, afin de ne donner plus de sujet à Iracond de la voir, et avec cela, elle défendit à cet amoureux de ne parler plus à elle. Elle avait bien du regret de se priver de la compagnie d'une personne qu'elle aimait tant, mais son honneur lui était encore plus cher. Isabelle d'autre part, fâchée des déportements de son frère et voyant qu'il ne se voulait aucunement ranger au train* de la raison, fut forcée à la parfin*, après beaucoup de remontrances inutiles, d'avertir son père de ce qui se passait. Ariste, justement courroucé, sitôt qu'il voit Iracond, commence à le gourmander de paroles et à le menacer de le bien étriller. « Est-ce ici la peine, disait-il, que j'ai prise à te faire instruire en tout ce qui peut rendre accompli un jeune homme de ta profession ? Est-ce la belle moisson que je recueille d'un tel terroir ? Au lieu de vaquer* à l'étude des bonnes lettres où ton sort t'appelle, tu t'amuses à faire l'amour et tâches de séduire celle que la sainte loi du mariage défende de rechercher. Tu veux encore faire servir de maquerelle à ta folle passion, ta propre sœur, et lui faire perdre en une heure l'honneur et la réputation qu'elle a acquise de si longtemps ? Si jamais on m'abreuve les oreilles de ces rapports, je te montrerai qui je suis et te traiterai selon ton mérite. »

Jamais homme ne fut plus étonné qu'Iracond. Il

---

1. *Jeter quelque poulet dans son manchon* : jeter une missive d'amour dans sa manche.

n'osait lever les yeux de honte, néanmoins le dépit et la fureur bouillonnaient dans son âme de telle sorte contre sa sœur qu'il se résolut dès l'heure même de se venger. Il s'enferma dans une chambre où il passa toute la nuit à maudire Isabelle, comme celle qu'il croyait servir d'obstacle à son aise. L'ennemi du genre humain, voyant cet homme hors des bornes de la raison, se glisse dans son âme, lui propose la vengeance et le possède entièrement. Ce malheureux n'attend que la venue du jour pour exécuter la plus exécrable cruauté dont on ait ouï parler de longtemps.

O soleil, arrête ta carrière en l'autre hémisphère pour n'avancer point, par la lumière que tu veux redonner au nôtre, un si sanglant désastre* ! Si tu montes sur notre horizon, tu seras contraint de voir une barbarie, la plus dénaturée qui arrivera peut-être jamais au monde. Démons de la douleur, génies effroyables, prêtez-moi vos plaintes lamentables, afin que je puisse dignement décrire cette pitoyable aventure ! Que n'ai-je autant d'yeux que celui que Mercure priva de chef[1], pour pleurer dignement cette infortune ! O père, ô mari infortunés, empêchez ce bourreau d'approcher d'une chose que vous tenez si chère !

Cet exécrable frère, poussé par toutes les Furies des Enfers, après avoir blasphémé tout le long de la nuit le Ciel, la terre, les astres et tous les éléments, se prépare à l'exécution de son dessein abominable. Sitôt que l'astre du jour a chassé les ténèbres, il se lève, il s'habille et prend un poignard qu'il met dans sa pochette. Porté d'une exécrable résolution, il s'achemine puis après au logis de sa sœur. Il monte à sa chambre et trouve qu'elle sortait du lit. Elle était assise au bout d'une table, n'ayant pour toute compagnie qu'une fille de chambre qui l'aidait à peigner ses blonds cheveux. Quand elle aperçut son

---

1. Mercure, fils de Zeus et de Maia, décapita Argos aux cent yeux qui avait tenté de s'emparer du royaume.

frère, elle lui donna le bonjour et lui demanda où il allait si matin. Iracond ne lui dit mot, mais il s'assit en une chaise, tout pâle et tout défiguré, comme une Furie infernale. Sa sœur, que ses cheveux empêchaient, ne prit pas garde à sa contenance. Lorsque le malheureux voit que la fille de chambre descend en bas à la cuisine, pour aller chercher un bouillon pour sa maîtresse qui n'était guère bien disposée à cause qu'elle était grosse de six ou sept mois, il prend son temps, et se levant de la chaise où il était assis, il se rue furieusement sur elle avec son poignard qu'il avait tiré de sa pochette et lui en donne un coup mortel dans son sein d'albâtre qu'elle avait découvert. La pauvre dame jette un cri, tandis que le parricide redouble ses coups et [en] enfonce deux ou trois autres dans le corps. Au bruit qu'elle fit en tombant, et rendant l'esprit, et se recommandant à Dieu, les domestiques accourent, et voyant étendue leur maîtresse toute ensanglantée, et cet exécrable le poignard encore à la main, ils appellent au secours. Les voisins y accourent pareillement, qui se saisissent du meurtrier, bien étonnés de ce funeste accident. Le mari arrive cependant qui, voyant de ses yeux celle qu'il aimait plus que lui-même verser un ruisseau de sang, tombe par terre évanoui. Lorsqu'il se relève, il commence un deuil*, le plus pitoyable du monde, et sachant qui en était l'homicide, il tire son épée et s'en va contre cet exécrable qui ne faisait que rire de ces lamentations. Il eût vengé le sang de sa chère épouse, si on ne l'eût retenu, Dieu le permettant pour réserver l'expiation de ce forfait à un plus digne supplice. On le saisit, et il est mené prisonnier à la Conciergerie, et mis dans une basse fosse.

Qui pourra dignement réciter la juste douleur du pauvre père ? Quelle poire* d'angoisse ! Quel glaive de douleur ! Le peintre qui peignit Iphigénie prête à être immolée, après avoir représenté les assistants tristes et dolents, tira son père Agamemnon avec un voile sur la face, pour apprendre que la douleur qu'il ressentait de la perte de sa fille ne se pouvait exprimer[1]. Et moi, je laisse au jugement de ceux qui liront cette histoire, si Ariste n'avait pas du sujet de lamenter son infortune par la perte qu'il venait de faire d'une telle fille, et par la mort ignominieuse qu'il voyait préparée à son fils unique. Pendant qu'il se tourmente et qu'il invoque le Ciel à lui donner patience, la Cour veut avoir la connaissance d'un meurtre si extraordinaire et si exécrable qu'elle pèse à la balance de l'équité, meurtre qui est accompagné d'un autre, non moins dénaturé, qui est la mort de l'enfant qui meurt avec la mère et encore sans baptême. Cet auguste Sénat trouve qu'il n'y a peine de mort si cruelle que ce méchant ne mérite. Comme il est prêt d'être jugé, l'on dit que le pauvre père poursuit[2], non pas qu'on lui octroie la vie de son fils, mais qu'on le fasse mourir en prison, afin que sa maison ne reçoive point cette infamie de voir son fils mourir publiquement par la main d'un bourreau. Sa Majesté même est importunée de cette grâce. Mais le fait est trop atroce et de trop de conséquence. Il est condamné d'avoir le poing coupé à la porte du grand Châtelet, et puis d'être roué tout vif, à la place de Grève. Avant qu'on lui prononçât son arrêt, il était résolu à la mort la plus cruelle qu'on lui peut ordonner. Sa passion avait déjà fait place à la raison, de sorte que se représentant jour et nuit l'énormité de son crime, il ne faisait que pleurer et que lamenter la mort de sa sœur et d'implorer la merci* du Ciel. « O ma sœur, disait ce malheureux, s'il m'est permis de vous appeler ainsi, hélas ! quelle fureur exécrable a poussé ma main à répandre votre sang ! Fut-il jamais cruauté semblable à la mienne que de faire mourir, et la mère et l'enfant, et encore des personnes innocentes pour qui je devais exposer mille vies ? Quel supplice me peut-on destiner capa-

---

1. *Tirer quelqu'un avec un voile* : recouvrir d'un voile. Agamemnon fut contraint par Artémis à immoler sa fille.
2. *Poursuivre* : abs. : poursuivre en justice.

ble à expier une telle méchanceté ? O terre, que ne t'ouvres-tu pour engloutir cet exécrable, indigne de respirer et de comparaître jamais à la vue des hommes ! O Dieu de miséricorde, trouverai-je bien de la rémission devant le trône de votre Majesté, lorsque cette âme damnable quittera le logis de cet infâme corps ? »

Tenant ce discours, il eût souvent entré en désespoir s'il n'eût été assisté de quelques bons religieux qui le venaient voir pour le salut de son âme. Ces bons Pères, en lui remontrant d'un côté le détestable meurtre qu'il avait commis, lui proposaient d'autre part la douceur infinie de Dieu qui avait toujours les bras ouverts pour ceux qui, vraiment contrits et repentants, imploraient sa grâce. Leurs saintes remontrances eurent tant d'efficace que jamais homme ne fut plus résolu à patiemment attendre la peine qu'on lui ordonnerait, ni plus confiant en la miséricorde de Dieu.

Quand on lui annonça son arrêt, il dit aux juges qu'il était indigne de la douceur de ce supplice, mais qu'il en méritait un autre, bien plus sévère et plus rigoureux. Etant livré entre les mains de l'exécuteur et mené sur une claie, au lieu où il devait avoir le poing coupé, il le tendit, sans jamais faire démonstration d'avoir le regret de le perdre ni de ressentir aucune douleur. « Il est bien raison, dit-il tout haut, ô exécrable main, que tu reçoives cette punition ! A la mienne volonté que tu l'eusses reçue avant que de commettre le crime qui me rendra infâme éternellement. Achève, bourreau, et exerce sur mon corps la cruauté que tu voudras. Tu ne me peux faire tant souffrir de tourment que je n'en mérite davantage. » Tout le peuple, admirant la constance de ce jeune homme, ne pouvait contenir ses larmes, bien que sa cruauté fût détestée d'un chacun. Etant arrivé au lieu où il devait finir ses jours, avant qu'on l'étendît sur la roue et monté sur l'échafaud, il proféra tout haut ces paroles pleines de repentance : « Contemplez, assistants, l'aventure infâme et malheureuse d'un cruel homicide de sa sœur. Ses péchés l'ont conduit en ce lieu pour y recevoir un cruel châtiment, mais non pas si sévère qu'il égale sa cruauté. Poussé d'une folle passion, j'ai trempé mes mains dans le sang innocent et privé même, ô exécrable forfait, pour jamais de la vision de Dieu une créature qui n'a jamais vu la lumière du soleil. O bon Dieu, poursuit-il en s'agenouillant, qui avez promis d'exaucer le pécheur toutes* et quantes fois qu'il gémirait à vous pour son péché, je vous semonds* de votre promesse ! Jetez les yeux pitoyables sur un misérable pécheur et pardonnez son péché, non comme aimant le vice, mais comme aimant un homme en qui le vice est naturellement attaché[1]. Et vous, ô catholique assemblée, dit-il encore, en tournant ses regards d'un côté et de l'autre, si vous êtes touchée de la charité tant recommandable parmi les chrétiens, secondez mes humbles prières et veuillez, par les vôtres, implorer du Ciel qu'il traite plus favorablement mon âme que mon corps n'est maintenant traité ! O mon pauvre père, Dieu vous console ! Vous pensiez que je serais un jour le bâton de votre vieillesse et vous n'avez pas été déçu en votre croyance. Je suis vraiment votre bâton, non pour vous soutenir mais pour vous battre et pour vous affliger. Ce regret m'est plus cuisant et plus sensible que la mort ignominieuse que je vais recevoir. »

Ces paroles étaient accompagnées de tant de zèle et de tant de signes apparents de vraie repentance que tout le peuple ne pouvait contenir ses larmes. Chacun priait pour lui. Et la prière publique qu'on a coutume de faire en ces pitoyables spectacles étant achevée, il fut attaché sur la roue et rompu, bras et jambes, par le bourreau, sans que jamais il proférât autre parole que le nom de Jésus-Christ. La justice avait commandé au bourreau de l'étrangler bientôt après, encore que son arrêt portât qu'il demeurerait

---

1. Voir *H.VII*, même formule.

vivant, après être rompu, autant que ses forces le pourraient supporter. L'exécuteur le fit, encore que le patient requit que, pour l'expiation de son crime, on le laissât pâtir en ce monde, afin qu'en l'autre il y trouvât plus d'allégement.

Ainsi finit misérablement ses jours Iracond, pour s'être laissé emporter à une rage désespérée d'amour. L'on ne doit pas si follement s'embarquer avec cette passion qu'on en perde le jugement. Et puis, les affections illicites sont toujours vitupérables. Quand on s'y porte avec tant d'ardeur, Dieu permet qu'un péché attire l'autre et qu'enfin, une juste punition s'en ensuit. L'amour honnête est permise et louable d'elle-même, mais d'attenter à la pudicité d'une dame d'honneur et de violer un saint sacrement, cela n'est jamais avoué* du Ciel. Les scandales et les horribles excès qui en arrivent tous les jours devraient servir d'exemple à ceux qui ne les peuvent ignorer. Mais quoi ! La plupart des mortels n'est jamais sage qu'après le coup reçu et après le dommage. Bienheureux sont ceux qui ne font à autrui ce qu'ils voudraient ne leur être point fait.[1] Jamais ils ne tomberont en ces infamies. Leur mémoire sera mémorable et la récompense suivra leurs œuvres.

---

1. Matthieu, VII, 12. Chez l'évangéliste, la tournure est positive.

Histoire X

D'un démon qui apparaissait en forme de damoiselle au lieutenant du chevalier du guet de la ville de Lyon. De leur accointance charnelle, et de la fin malheureuse qui en succéda.

Destinée à réfuter athées et épicuriens qui nient l'apparition des démons et qui « veulent que tout arrive à l'aventure », cette histoire de Thibaud de la Jaquière, chevalier du guet de la ville de Lyon, est une démonstration très réussie, au point de vue narratif, de la théorie des bons et des mauvais anges.
La dimension fantastique de ce récit n'échappe pas aux amateurs de sujets diaboliques du siècle suivant qui le réécrivent en le dépouillant de tout apparat édifiant et en font un divertissement pour l'esprit. Ainsi Jan Potocki, dans la dixième journée de son Manuscrit trouvé à Saragosse *(1814) où l'on peut lire une* Histoire de Thibaud de la Jaquière *qu'il enrichit d'une seconde narration. Charles Nodier, dans ses* Contes fantastiques *(1823), calque à son tour de très près le texte du comte polonais et donne* Les Aventures de Thibaud de la Jaquière.

Je m'étonne de l'incrédulité de ceux à qui l'on ne peut persuader que ce qu'on raconte de l'apparition des démons soit véritable. Les raisons qu'ils amènent sont si faibles qu'elles ne méritent presque point de réponse, puisqu'elles se réfutent assez d'elles-mêmes. Tout ce qu'ils allèguent pour la preuve de leur dire est qu'ils rapportent ces visions ou aux sens qui sont déçus et trompés, ou à la fausse imagination, ou aux atomes. Telles personnes sont des athées et des épicuriens qui veulent que tout arrive à l'aventure, et par conséquent, qu'il n'y ait ni bon ni mauvais esprit[1]. Mais nous qui sommes enseignés en une meilleure école et qui savons, par le témoignage que les Saintes Ecritures en rendent, que les bons et les mauvais anges apparaissent aux hommes selon qu'il plaît à Dieu[2], nous dirons que tels esprits se peuvent former un corps. Les bons anges, comme purs et nets de toute matière terrestre, en prennent des aériens, purs et simples, qu'ils font mouvoir par la célérité de leur flamme céleste. Et les mauvais anges, ou démons, comme élémentaires et abaissés jusqu'à la terre, prennent des corps composés de ce que plus ils désirent. Tantôt ils s'en forment d'une vapeur terrestre congelée par la froidure de l'air, et maintenant de feu, ou d'air et de feu tout ensemble, mais le plus souvent, des vapeurs froides et humides qui ne durent qu'autant qu'il leur plaît et qui se résolvent aussitôt en leur élément. Quelquefois aussi, ils se mettent dans les charognes des morts qu'ils font mouvoir et marcher, leur influant pour un temps une espèce de propriété et d'agilité. Les exemples en sont si évidents et en si grand nombre que qui les voudrait nier nierait la clarté du jour. Et particulièrement celui que je veux maintenant rapporter en cette histoire, arrivée depuis quatre ou cinq ans[3].

En l'une des meilleures villes de France, arrosée de deux beaux fleuves, de la Saône et du Rhône, il y avait un lieutenant du chevalier du guet nommé

---

1. On retrouve ici la pensée athée de l'école padouane connue en France à travers l'enseignement de Vicomercato au Collège de France, mais divulguée au début du XVIIe siècle par Vanini. Voir *H. V.*

2. Voir *Ancien Testament, Tobie* (pour les bons anges), *Job* (pour les mauvais anges).

3. Il existe une plaquette de fait divers qui pourrait être à l'origine de cette histoire, *Discours merveilleux et véritable d'un capitaine de la ville de Lyon que Sathan a enlevé dans sa chambre depuis peu de temps*, Paris, Fleury Bourriquant, 1613, 16 p.

La Jaquière. Suivant le devoir de sa charge, il allait la nuit par la ville pour empêcher les meurtres, voleries et autres insolences et méchancetés qui ne sont que trop en usage aux bonnes villes. Mais avec cela, il se dispensait lui-même quelquefois à visiter les garces, quand il en savait quelque belle, si bien qu'il était grandement blâmé de ce vice. Un soir bien tard, entre onze heures et minuit, comme il se voulait retirer chez lui, il tint ce discours à cinq de ses compagnons : « Je ne sais mes amis, se dit-il, de quelle viande j'ai mangé. Tant y a que je me sens si échauffé que, si maintenant je rencontrais le diable, il n'échapperait jamais de mes mains que premièrement je n'en eusse fait à ma volonté. » O jugement incomparable de Dieu ! A peine a-t-il achevé de proférer ces paroles qu'il aperçoit en une rue, qui est proche du pont de Saône, une damoiselle bien vêtue accompagnée d'un petit laquais qui portait une lanterne. Elle marchait à grande hâte et semblait à la voir qu'elle n'avait pas envie de séjourner guère par les rues. La Jaquière, émerveillé de voir une damoiselle si bien parée aller de nuit avec une si faible compagnie, doubla le pas avec ses compagnons et, l'ayant atteinte, il la salua. Elle, faisant une grande révérence, ôta son masque et le salua pareillement. Si La Jaquière avait été émerveillé de rencontrer une personne de ce sexe si bien couverte à une heure si indue, croyez qu'il fut encore bien étonné de voir tant de grâce et de beauté luire en son visage. Les doux regards qu'elle lui avait jetés en le saluant l'allumèrent aussitôt d'un désir amoureux, de sorte qu'attiré par cette douce amorce, il s'approcha de plus près d'elle et lui tint ce discours : « Vraiment, madamoiselle, je suis fort ébahi de ce que vous allez par la ville si tard. N'avez-vous pas peur d'y recevoir quelque déplaisir ? Je vous accompagnerai, s'il vous plaît, jusqu'à votre logis. Je serais bien marri si une telle beauté recevait quelque affront. » Ce disant, il la prit sous les bras sans qu'elle le refusât, au contraire, elle lui répondit en ces termes : « Je vous remercie, monsieur, de votre courtoisie ; il n'y aura jour de ma vie que je ne me publie* votre obligée. Mais pour répondre à la demande que vous me faites, pourquoi je suis si tard par les rues, vous devez savoir que j'ai soupé ce soir chez une de mes parentes, et maintenant je me retire à mon logis, encore qu'il soit si tard. — Si j'eusse été à votre place, dit La Jaquière, j'eusse mieux aimé passer le reste de la nuit là où vous avez soupé que non pas m'exposer au hasard de quelque mauvaise rencontre. — Je l'aurais bien fait, repartelle, mais la nécessité me contraignait à faire autrement. » Achevant ce discours, elle tira un grand soupir du profond de son cœur. « Quelle nécessité, poursuit le lieutenant du guet, et qui est-ce qui peut contraindre une telle beauté capable de réduire en servitude tout le monde ? — Mon mari, dit-elle, qui est le plus rude et le plus mauvais qu'on puisse trouver. » La Jaquière, se voyant en si beau train* pour lui offrir son service, poursuivit encore son propos en cette sorte : « Est-il possible, dit-il, madamoiselle, qu'il y ait un mari si barbare et si dénaturé, qu'étant possesseur d'une si rare chose, il la puisse indignement traiter ? Si je le connaissais, je lui en dirais particulièrement ce qu'il m'en semble. — Vraiment, dit cette damoiselle, on le lui a assez remontré* ; il est obstiné en sa malice*. Pour le présent, il est allé aux champs, ou il a feint d'y aller. S'il ne me trouvait au logis, il y aurait bien du bruit. Sa jalousie est si grande qu'il m'assommerait de coups. Il me tient en telle captivité que je n'ose presque parler à personne. — Madamoiselle, poursuit La Jaquière, par aventure*, vous ne savez pas qui je suis. Je puis faire plaisir et service à une infinité de personnes en ma charge, qui est de veiller sur les mauvaises actions des hommes. Assurez-vous que si votre mari continue à vous traiter si indignement, j'aurai moyen de vous en venger et de le rendre sage. »

Elle le remercia de sa bonne volonté et lui promit de l'en récompenser en temps et lieu. Ils poursuivirent ce discours et eurent plusieurs autres propos que La Jaquière faisait toujours tomber sur l'amour, sans qu'elle fît semblant d'en être mal contente. Cela poussait notre homme à poursuivre ses brisées avec une ardeur excessive, car il en était déjà follement passionné. Or, ils avaient loisir de discourir tout à leur aise, parce que le quartier où cette damoiselle s'allait retirer était vers Pierre Ancise, bien éloigné du lieu où ce lieutenant du guet l'avait rencontrée.

Cependant qu'ils sont en termes* où La Jaquière s'efforce de témoigner à cette damoiselle l'amour qu'il lui porte, tant par paroles que par petits attouchements, il congédie trois de ceux qui l'accompagnaient, et en retient deux avec lui, qui étaient de ses plus intimes amis, et arrive avec eux et avec cette femme vers Pierre Ancise, à la porte d'une maison fort écartée. « C'est ici ma demeure », dit-elle, et à l'instant, le petit laquais qui portait la lanterne tire une clef qu'il avait à sa pochette et ouvre la porte. Cette maison était fort basse. Il n'y avait que deux étages contenant chacun deux membres*, et encore les deux plus hauts ne servaient qu'à tenir du bois et autres choses semblables. Les deux d'en bas étaient une petite salle et une garde-robe. La salle était assez bien accommodée*. Il y avait un lit de taffetas jaune et un pavillon de même étoffe, et la tapisserie était de serge jaune[1]. C'était au mois de juillet, néanmoins le temps était un peu froid à cause d'une bise qui s'était levée. Cette damoiselle commanda au laquais d'allumer un fagot. Tandis qu'il obéit à son commandement, La Jaquière s'assied à un coin de la salle dans une chaise, et elle en une autre. Le désir qu'il avait d'éteindre le feu qui le consommait fit qu'il lui découvrit entièrement son amour et la conjura

---

1. Cette surdétermination de la couleur jaune n'est peut-être pas casuelle, le jaune étant la couleur du soufre, et par conséquent de Satan.

d'avoir pitié de son mal, lui promettant toutes sortes de services, pourvu qu'elle lui octroyât la courtoisie*. Elle faisait semblant de le refuser, opposant l'honneur pour sa défense, l'infidélité des hommes, qui est si grande au siècle où nous sommes, et leur peu de discrétion qui publie aussitôt une faveur qu'ils ont reçue. Cet amoureux fait des serments horribles et dit que jamais elle n'aura sujet de se plaindre pour son regard*, que plutôt il perdrait mille vies que de la déshonorer et qu'il est prêt de s'opposer pour son service à toutes sortes d'occasions. Enfin, après beaucoup de propos tenus d'une part et d'autre, elle consent de lui accorder sa demande, à la charge* qu'il se ressouvienne de sa promesse et de ses serments. La Jaquière les lui confirme par d'autres, et au même instant, ils entrent tous deux dans la garde-robe où il y avait un petit lit de pareille étoffe que les autres, et là, ils prennent leurs déduits* ensemble. Notre homme, ayant reçu l'accomplissement de ses désirs, commença de la caresser et lui protester de nouveau que jamais il n'oublierait une telle faveur, et que désormais elle pouvait disposer de lui et de ses biens comme des siens propres. « Toutefois, dit-il, mademoiselle, bien que je vous sois si redevable, vous m'obligeriez encore davantage si vous me vouliez accorder une autre faveur. — Et de quoi, répond-elle, me sauriez-vous requérir que je ne vous octroie, puisque je vous ai déjà été si libérale de ce que j'ai plus cher au monde ? — Vous devez savoir mademoiselle, repart la Jaquière, que je suis venu céans en compagnie de deux des plus grands amis que j'aie au monde. Nous n'avons rien de propre, tout est commun parmi nous. Si je ne leur faisais part de ma bonne fortune, par aventure* cela serait cause de rompre le lien d'amitié qui nous étreint si fermement, et par même moyen, ils pourraient publier nos amours. Je vous supplie donc que la même courtoisie que vous m'avez octroyée ne leur soit point refusée. Jamais nous n'oublierons une telle faveur et vous pourrez vous vanter désormais d'avoir trois hommes à votre commandement qui ne sont qu'un et qui ne respireront que votre obéissance.

— Hélas ! que je suis malheureuse ! répond la damoiselle. Je pensais avoir fait acquisition d'un ami qui voulût tenir chère la faveur qu'il avait reçue de moi, mais je vois maintenant qu'il ne visait à d'autre dessein qu'à tirer de moi ce qu'il désirait, puisqu'il le divise de la sorte. Est-ce ici la récompense que j'en reçois ? Estimez-vous que je sois une louve pour m'exposer à l'abandon de tant de personnes ? Je n'eusse jamais cru cela de vous qui avez reçu de moi ce qu'homme vivant, hormis mon mari, n'a jamais pu recevoir. Je vous prie, ne me parlez plus de ces choses, autrement, je me donnerais la mort de ma propre main. »

Ce disant, elle se lève et fait semblant de s'en vouloir sortir hors de la garde-robe, mais La Jaquière la retient, et puis, avec les plus belles paroles qu'il peut proférer, la supplie d'apaiser sa colère. Il l'embrasse, il la baise et s'échauffe si bien encore en son harnois* qu'il continue de prendre ses plaisirs avec elle. Ayant achevé cette belle œuvre, ils sont collés bouche à bouche l'un avec l'autre et La Jaquière, qui veut que ses compagnons aient part au gâteau, la conjure une autre fois de ce dont il l'avait auparavant requise et la flatte si bien avec tant de douces promesses qu'enfin, après beaucoup de refus et de plaintes qu'elle fait, il la fléchit à ce qu'il désire, encore qu'elle fasse semblant d'en être toute dolente. La Jaquière, ayant obtenu à grand-peine ce qu'il souhaitait, sort de la garde-robe, et s'approchant de ses compagnons qui l'attendaient avec impatience et avec un désir violent d'éteindre leur sale ardeur, guigne de l'œil à l'un d'eux afin qu'il entre au lieu où il l'avait laissée. Cet homme ne se fait guère prier. Il y trouve la damoiselle sur le lit, et sans autre cérémonie, il en fait à son plaisir. Après, il sort et l'autre qui restait y va pareillement et reçoit d'elle le don de l'amoureuse merci. Les voilà donc tous trois si aises de cette bonne fortune qu'ils ne la changeraient pas pour un empire. Chacun d'eux prend une chaise où il s'assied et la damoiselle s'assied en une autre auprès d'eux. Ils ne cessent de la contempler et de l'admirer. L'un loue son front et dit que c'est une table d'ivoire bien polie. L'autre s'arrête sur ses yeux et assure que ce sont les flambeaux dont Amour allume toutes les âmes généreuses. L'autre se met sur la louange de ses blonds cheveux qu'elle déliait, parce qu'il était temps de s'aller coucher et ne cesse de proférer tout haut que ce sont les filets où le fils de Cypris[1] arrête la liberté des hommes et des dieux. Enfin, il n'y a partie de son corps qu'ils ne prisent. Ses mains ne vont jamais en vain à la conquête. Sa gorge surpasse la blancheur de la neige ; et les petits amours volettent à l'entour de ses joues pour y sucer les roses, les lys et les œillets que la nature y a semés. Après qu'ils ont bien chanté ses perfections, elle se lève de sa chaise, s'approche du feu et puis, se tournant vers eux, leur tient ce discours : « Vous croyez, dit-elle, avoir fait un grand gain, d'avoir obtenu de moi l'accomplissement de vos désirs. Il n'est pas si grand que vous penseriez bien. Avec qui pensez-vous avoir eu affaire ? » Ces hommes, étonnés d'entendre ce langage, ne savaient que répondre, lorsque La Jaquière proféra ces paroles : « Je crois, madamoiselle, que nous avons eu affaire avec la plus belle et la plus galante dame qui vive. Quiconque dirait le contraire manquerait d'yeux ou bien de jugement. — Vous êtes trompés, repart-elle. Si vous saviez qui je suis, vous ne parleriez point de la sorte. » Ils furent encore plus ébahis de ces paroles et comme ils avaient tous trois les yeux fichés sur elle et qu'ils se doutaient quasi de ce qui en était, elle continua de parler à eux en ces termes : « Je veux me découvrir à vous et vous faire paraître qui je suis. » Ce disant,

---

[1]. Eros, fils d'Aphrodite ; celle-ci était aussi nommée Cypris car elle était née des eaux qui entourent l'île de Chypre.

elle retrousse sa robe et sa cotte et leur fait voir la plus horrible, la plus vilaine, la plus puante et la plus infecte charogne du monde. Et au même instant, il se fait comme un coup de tonnerre. Nos hommes tombent à terre comme morts. La maison disparaît et il n'en reste que les masures d'un vieux logis découvert, plein de fumier et d'ordure. Ils demeurent plus de deux heures étendus comme des pourceaux dans le bourbier, sans reprendre leurs esprits. Enfin, l'un d'eux commença à respirer et à ouvrir les yeux, et vit la lune qui achevait dans le ciel sa course. Il fit le signe de la croix et se recommanda à Notre-Seigneur. Il s'efforça de crier, mais la grande frayeur qu'il avait eue lui avait ôté la parole. Comme petit à petit il commençait à se plaindre, Dieu permit qu'un homme portant une lanterne s'arrêtât en ce lieu pour y décharger son ventre. Quand il entendit ces gémissements, il s'enfuit et courut pour l'annoncer aux maisons prochaines*. Le jour chassait déjà les ténèbres lorsque des voisins vinrent à grande hâte pour voir ce que c'était et trouvèrent La Jaquière qui commençait de respirer et d'implorer le secours d'en haut. Le premier, qui avait commencé à se reconnaître, se plaignait pareillement tandis que l'autre dormait d'un sommeil éternel. Il mourut de peur sur-le-champ. Ceux qui étaient accourus, ayant reconnu le lieutenant du chevalier du guet avec ses compagnons, les emportèrent chacun en son logis, tous souillés d'ordure. On enterra un des trois et les autres deux demandèrent un confesseur. La Jaquière mourut le lendemain et l'autre ne vécut que trois ou quatre jours. Ce fut celui qui raconta le succès* de cette étrange aventure. Le bruit ayant bientôt été semé par toute la ville se répandit en peu de temps par toutes les provinces de France. Ceux qui nient l'apparition des esprits ne savaient que dire, se voyant confondus par un tel exemple. Mais les chrétiens et catholiques y remarquent les justes jugements de Dieu. Ces choses n'arrivent point à ceux qui se disent de la compagnie des fidèles, qu'ils n'aient commis d'autres péchés. La paillardise* attire l'adultère, l'adultère l'inceste, l'inceste le péché contre nature, et après, Dieu permet qu'on s'accouple avec le diable. Je ne dis pas que ces hommes fussent entachés de tous ces vices. Mon dessein est de ne blâmer personne. Je ne déteste que le vice et soutiens qu'on est bien délaissé de l'assistance du Saint-Esprit quand on tombe en de tels inconvénients.

Il reste maintenant à dire si c'était un vrai corps, celui avec qui ils s'accouplèrent, ou bien un corps fantastique. Pour moi, je crois fermement que c'était le corps mort de quelque belle femme que Satan avait pris en quelque sépulcre et qu'il faisait mouvoir. Et si l'on me dit qu'il n'y a pas d'apparence que le diable veuille emprunter une charogne parce qu'on le découvrirait aisément par sa puanteur, je réponds que, puisque le malin esprit a pouvoir de donner mouvement à ce qui n'en a point, il a bien aussi la puissance de lui donner telle odeur et telle couleur qu'il voudra. Joint qu*'il peut tromper nos sens et s'insinuer dans eux pour nous faire prendre une chose pour une autre. Nous en avons plusieurs témoignages arrivés de notre temps. Celui de la démoniaque de Laon, entre autres, fait foi. Un diable appelé Baltazo prit le corps d'un pendu à la plaine d'Arlon, à la sollicitation d'un sorcier qui s'ingéniait de guérir la patiente. Si quelqu'un désire de savoir comme la fraude fut découverte, il ne faut que lire l'histoire de cette possédée, qui est assez commune en France[1]. Il y a une autre infinité de tels exemples dans les histoires anciennes et moder-

---

[1]. Voir Jean Boulaese, *Le Thrésor et entière histoire de la trionphante victoire du corps de Dieu sur l'esprit malin Beelzebub, obtenue à Laon l'an mil cinq cens soixante six*, Paris, 1578. Ce texte est cité par le Père Sébastien Michaëlis dans son *Avis au Lecteur*. Voir *H.III*, n. 1, p.111.

nes. Phlégon[1], affranchi de l'empereur Adrien, en rapporte un étrange, d'une jeune fille nommée Philinion de Thessalie qui, après avoir été mise au sépulcre, parut à Machates Macédonien et coucha longtemps avec lui et jusqu'à tant qu'ayant été découverts, le diable abandonna ce corps qu'il faisait mouvoir et on l'enterra pour la seconde fois, comme si elle fût encore trépassée.

Le même auteur rapporte qu'après la bataille qui se donna entre les Romains et Antiochus, roi de Syrie, aux Thermopyles[2], comme les Romains s'arrêtaient sur le pillage et dépouillaient les corps morts des ennemis, un capitaine du roi nommé Duplage se leva d'entre les morts, et puis, en voix grêle et déliée, proféra ces paroles : « O soldats romains ! Cessez de dépouiller ceux que l'avare nautonier a déjà passés au-delà du fleuve infernal. Le grand Jupiter, de qui l'on doit redouter l'ire et la fureur, est transporté de colère pour cette cruauté et inhumanité. Un jour viendra que ce Dieu souverain couvrira votre terre d'un peuple aux sanglants exercices de Mars. Il saccagera votre pays et pillera votre grande cité. Votre empire sera par lui détruit en la même sorte que vous avez détruit les autres. »

Ces témoignages sont capables de réfuter les athées et les épicuriens qui nient l'apparition des esprits, mais l'histoire horrible et épouvantable que je vous ai déjà racontée ci-devant le témoigne encore davantage.

---

1. Phlégon : historien grec du IIe siècle ap. J.-C., affranchi de l'empereur Hadrien. Ecrit les *Olympiades* et les *Chroniques*, mais aussi les *Prodiges* dont il reste quelques fragments.
2. Antiochus le Grand, roi de Syrie dès 224 av. J.-C. Poussé par Hannibal en exil, il déclara la guerre contre Rome. Battu deux fois aux Thermopyles et à Magnésie, en 191 et 190, il perdit toute l'Asie Mineure.

Histoire XI

De la mort tragique du valeureux Mélidor et de la belle Clymène, et de la fin funeste et lamentable du généreux Polydor, après avoir exercé une sévère vengeance contre sa femme et son adultère.

Dans cette troisième histoire ajoutée à l'édition de 1619, peut-être en hommage au dédicataire, Monsieur de Rouillac, Rosset s'attache à représenter un amour « en crescendo », une « passion qui se glisse insensiblement et demeure puis après longuement dans nos sens. » Mais la vengeance du mari trompé tombera, tragiquement exemplaire, sur la tête des malheureux amants. Ce récit tout en demi-teintes se déroule par contre sur un théâtre politique très mouvementé : une Provence à la veille de sa réunion à la couronne de France (1595 environ), en proie aux luttes âpres et fratricides entre ligueurs et royalistes. On a l'impression que Rosset connaît bien les personnages qu'il met en scène, mais il est malaisé aujourd'hui de les retrouver tous avec certitude. Les lieux sont évoqués avec une précision étonnante, c'est sans doute pour l'auteur une occasion de se ressourcer.

Les clefs de l'histoire : Alcandre (Henri IV), Cléophon (Henri III), Cléon (duc de Guise), Polémandre (duc d'Epernon), Mélidor (Rouillac ?), Polydor (Carcès ?), Danisort et Cléanthe, ligueurs non identifiables.

Les lieux : la Perse (la France), la Chersonèse (la Basse Provence), la Mésopotamie (la Haute Provence), Mortemale (Mallemort), Saline (Salon), Massalie (Marseille), Nuagère (Aix-en-Provence).

Il n'est rien de plus véritable que quiconque fait du bien à un ingrat perd sa peine. Ceux qui tâchent [d']obliger des ingrats par des bienfaits ressemblent proprement à ceux qui nourrissent des louveteaux, qui, puis après, les déchirent. Comme les injures rendent les gens de bien plus hommes de bien, aussi toujours les courtoisies que les méchants reçoivent les rendent encore plus méchants, de sorte que si nous n'étions nourris* à l'école du Fils de Dieu qui nous commande de faire du bien à ceux qui nous font du mal, voyant tant d'ingratitude parmi les mortels, je ne ferais point de difficulté de pratiquer ce que l'un des plus sages des païens nous apprend : « Te fâches-tu, dit-il, d'avoir rencontré quelque ingrat ? Si tu ne veux tomber en pareille extrémité, ne fais plaisir à personne, et par même moyen, le bienfait que tu confères ne se perdra point, ni en ce qui te touche, ni en ce qui concerne celui qui l'a reçu. »[1] Mais la loi chrétienne nous commandant le contraire, nous nous devons contenter de blâmer cet exécrable vice, puisqu'il n'y a rien qui détruise plus tôt la concorde et la société que l'ingratitude. Mille malheurs en procèdent, et principalement quand on y joint le ravissement de l'honneur, ainsi que cette histoire lamentable le peut témoigner. Je ne puis l'écrire sans larmes, puisque les personnes de qui je parle et dont je déguise les noms pour le sujet que j'ai inséré dans cet ouvrage me touchent de si près que je ne ferais point de difficulté de les ranimer par la perte de ma propre vie, si les lois des destins [n']étaient irrévocables.

Durant que le grand Alcandre venait de recevoir de sa grande ville de Suse autant de marques de fidélité que son prédécesseur Cléophon en avait

---

1. Sénèque, *Des bienfaits*, I, 1 et VII, 29, 1. Citation inexacte. Rosset semble citer de mémoire.

reçu de témoignages de rébellion [1], la Perse, battue depuis quarante ans de tant d'orages, espérait de revoir ses cyprès changés en oliviers sous la domination d'un si grand monarque. Comme toutes les villes, à l'exemple de la capitale du royaume, venaient tous les jours offrir à Sa Majesté les devoirs qu'elles lui devaient et lui prêter le serment qu'elles sont obligées de lui rendre par toutes les lois divines et humaines, il n'y avait que deux provinces qui n'étaient point encore du tout* calmes : l'une gouvernée par le valeureux Cléon, digne race des Noralis (les anciens cosmographes nomment cette province Chersonèse [2]), l'autre était gouvernée par le grand satrape Polémandre. Le grand sofi, prédécesseur d'Alcandre, qui aimait ce satrape à l'égal de lui-même, lui en avait donné le gouvernement. Le peuple de cette province que l'on appelle Mésopotamie, est extrêmement difficile en ce qui concerne ses gouverneurs, de sorte que le renommé Polémandre ne put jamais recevoir une entière possession du gouvernement de cette province [3]. Il était tous les jours contraint de combattre, voire de donner des batailles fameuses, et entre autres celle de Mortemale [4], où le meilleur sang de la Perse fut épandu, et laquelle notre grand prophète avait prédite en

---

1. Henri IV entre triomphalement dans Paris le 22 mars 1594 alors que son prédécesseur Henri III avait dû quitter la capitale aux mains des ligueurs après la journée des barricades, le 12 mai 1588. Voir *H.VI*, n.1, p.198.
2. STRABON, *Géographie*, VII, 4-6. Par *Chersonèse* Strabon entend une région de lagune et de marais, la basse vallée d'un fleuve, comme le Danube. Probable analogie entre le delta du Danube et celui du Rhône.
3. Autour des années 1589-1595, deux pouvoirs s'affrontent en Provence : celui de la Ligue, soutenue par l'Espagne, dont le lieutenant général est Gaspard de Pontevès, comte de Carcès (*Polydor* ?), et le pouvoir royal représenté par son gouverneur, le duc d'Epernon. Ce dernier reconquiert la majeure partie du pays, mais échoue devant Aix, où Carcès lui résiste. C'est la toile de fond de ce récit.
4. *Mortemale* : anagramme de Mallemort, bataille qui eut lieu les 11-12 novembre 1589.

ses Centuries[1] plus de quarante ans auparavant en ces termes :

> *Aux champs herbeux d'Alein et de Varnègre,*
> *Près Malemort, au bord de la Durance,*
> *Se donnera un grand combat si aigre,*
> *Que Mésopotamie défaillira en France*[2].

Il y avait trois ou quatre grands seigneurs du pays qui traversaient* extrêmement le grand Polémandre et qui, ayant la faveur des deux plus renommées villes de la province, lui donnaient bien de la peine, quoique son heur* incomparable lui promît de ranger avec le temps à la raison ces rebelles. Entre autres, était un Polydor, cavalier des plus accomplis de l'Asie. Jamais il ne cessait d'attaquer le gouverneur, soit à voie ouverte ou par des embuscades. Malheur pour lui s'il fût tombé entre les mains de Polémandre, car il avait conçu une telle haine contre lui que pour le perdre, je ne fais point de difficulté de croire qu'il n'eût donné la moitié de son bien, ainsi que la suite de cette histoire vous l'apprendra.

Polémandre avait un neveu nommé Mélidor, de l'âge de vingt ans. C'était un jeune seigneur accompli en grandes perfections car, outre sa jeunesse, il était doué d'une grande beauté et au reste savant, courtois, riche et libéral. Il commandait à une compagnie de gens d'armes et se tenait ordinairement en une petite ville délicieuse, renommée pour les prunes excellentes qu'elle produit. Il eut mandement de son oncle de le venir trouver à Saline avec sa compagnie. Polydor, par le moyen de certains

---

1. Nostradamus (Michel de Notre-Dame dit) 1503-1566, né à Saint-Rémy-de-Provence. Publie ses sept premières *Centuries* en 1555, ce qui nous permet de situer cette histoire dans les années 1595-1600 environ.
2. La citation est inexacte : nous reproduisons le texte de Nostradamus : *Aux champs herbeux d'Alein et du Varneigne, / Du mont Lebron proche de la Durance,/ Camps de deux parts, conflit sera si aigre :/ Mesopotamie defaillira en la France.* (III, 99.)

espions, ayant eu avis du dessein de Polémandre, prit une grande troupe de guerriers et alla attendre au passage Mélidor.

La compagnie du neveu du gouverneur était composée de valeureux hommes, si bien qu'ils vendirent chèrement leur peau. Toutefois, il fallut qu'enfin le faible cédât au plus fort, de sorte que toute leur valeur, ni celle encore de Mélidor qui acquit en cette sanglante journée le bruit* d'un guerrier extrêmement valeureux, ne put empêcher leur déroute. Mélidor fut porté par terre atteint de deux plaies, après qu'on lui eut tué son cheval. Il se releva pourtant, et ayant longuement combattu, se rendit enfin à la merci* du chef des adversaires. Il croyait que Polydor, pour la haine qu'il portait à son oncle, le traiterait avec toutes sortes de rigueurs. Mais il fut bien trompé en sa croyance puisqu'il trouva tant de courtoisie en ce digne cavalier que pour lui rendre des bienfaits égaux et réciproques, sa vie même eût été trop peu de chose.

Polydor, ayant mis en pièces la compagnie du neveu de Polémandre, fit conduire ce jeune seigneur en un sien château que l'on nomme Rocheperse, là où se tenait la belle Clymène, sa femme, et ses enfants. Soudain il envoya chercher de tous côtés de fameux et excellents chirurgiens qui visitèrent les plaies de Mélidor et apportèrent un tel soin pour sa guérison qu'enfin il fut hors de danger. Quoique les affaires de la guerre appelassent le valeureux Polydor, toutefois il quitta tout et ne voulut jamais sortir de sa forteresse qu'il ne vît en bonne disposition Mélidor. Il avait conçu une telle bienveillance envers ce jeune seigneur qu'il ne le pouvait quitter. Aussi était-il résolu de lui donner la liberté sans lui faire payer aucune rançon, sitôt qu'il serait assez fort pour monter à cheval.

Cependant, Polémandre ne cessait toujours d'attaquer et de prendre des places, si bien qu'il fallut qu'enfin, après que Mélidor fut presque du tout* guéri de ses blessures, le mari de Clymène quittât

Rocheperse et fît un voyage à la fameuse ville de Massalie pour là délibérer avec plusieurs autres chefs des moyens plus expédients pour faire la guerre à leur gouverneur. Avant que partir, il embrassa Mélidor, lui offrit tout ce qu'il possédait au monde et lui donna même permission de s'en aller quand il voudrait. Mélidor, étonné de la courtoisie de ce gentilhomme, lui dit qu'il lui était impossible de lui rendre une rétribution égale à sa courtoisie. Et toutefois il le remerciait, sinon autant qu'il devait, au moins autant qu'il lui était possible et lui protesta que jamais il n'oublierait tant de bienfaits qu'il avait reçus en sa maison. « Bienheureuse prison, disait-il, qui m'a fait acquérir la possession d'un ami que je prise plus qu'un riche trésor ! Heureuse mille fois, dis-je, puisque d'un si petit dommage, je retire tant de profit ! »

Polydor, non content d'offrir tout ce qu'il pouvait au neveu de Polémandre, fit encore venir à son départ sa chère épouse Clymène et la conjura par tous les liens d'amour qui les étreignaient fermement d'avoir en son absence autant de soin de Mélidor que de sa personne propre, qu'elle ne lui refusât chose dont il eût besoin et par toutes sortes de courtoisies lui témoignât l'amitié de son mari. Clymène, qui aimait son époux et en l'âme de laquelle jamais autre impression amoureuse n'était entrée que celle de Polydor, promit à son mari d'avoir soin d'une si chère personne, puisque telle était sa volonté. Promesse qu'elle observa, et encore plus exactement que son honneur ne lui permettait pas, et d'une manière que Polydor n'eût jamais crue, car il n'eût pu s'imaginer que tant d'ingratitude et si peu d'amitié logeât dans le cœur de ces deux personnes. Polydor donc, avec cette croyance, part de son château de Rocheperse et fait tant par sa diligence qu'il parvient le soir lui-même à Massalie. Il y trouva une grande assemblée de noblesse, et entre autres, les renommés Danisort et Cléanthe, grands ennemis de Polémandre. Après qu'ils eurent tenu conseil et qu'ils jurèrent de ne s'accorder jamais avec leur gouverneur, ils se mirent aux champs, favorisés du secours que les mages de la province leur envoyèrent de la ville de Nuagère. Polydor ne perdait jamais une heure de temps et toujours il traversait* les desseins de Polémandre. L'on eût dit que le Ciel le lui avait donné pour fléau, si sa fortune eût été d'immortelle durée. Mais, ô faible félicité des mortels ! Voici un sujet funeste et lamentable qui s'apprête, et le principal de notre histoire tragique.

Tandis que ce renommé cavalier remplit toute la Mésopotamie de bruit de sa valeur, Mélidor fait bonne chère dans le château de Rocheperse. Il y trouve sa prison si douce qu'il bénit mille fois le jour de sa captivité. Clymène lui tient compagnie à toute heure et leur conversation engendre peu à peu un amour dont le feu ne s'éteint pas aisément. Cette passion ne prend pas tout à coup possession de notre âme, de même que fait la colère, voire aussi n'y trouve pas une entrée facile, encore qu'on lui donne des ailes, mais elle se glisse insensiblement et demeure puis après longuement dans nos sens. C'est pourquoi, au commencement, Mélidor, se représentant les courtoisies de son vainqueur, s'efforçait d'éteindre un petit feu qui menaçait d'un grand embrasement, et sans doute il l'eût fait s'il eût été privé de l'objet d'où procédait la cause de sa flamme. L'ayant toujours devant les yeux, il éprouva que l'amour charnel s'augmente d'autant plus par la vue et qu'il est impossible de le vaincre, si ce n'est en fuyant.

Clymène, de même que la beauté, la bonne grâce et les douces paroles de Mélidor ne cessaient d'attaquer et d'assiéger le rempart de sa chasteté gardée si longtemps, avait bien de la peine à ne se rendre point du tout* à cette déité dont il faut éviter les actions, les sens et les yeux. Mais qu'il est impossible de garder sa chasteté parmi tant de fréquentations et parmi les molles délices ! Enfin, ils se trouvèrent tous deux vaincus et leur volonté se rendit complice de cet amour inexcusable. Ils n'avaient pas pourtant le courage, ni l'un ni l'autre, de se déclarer leur folle passion, leurs yeux faisaient seulement l'office de leur langue et leurs soupirs interrompus exprimaient tacitement ce qu'ils avaient dans le cœur. Souvent, le beau Mélidor prenait un luth dont il jouait extrêmement bien, et mariant sa douce voix au son de cet instrument, faisait confesser à ceux qui l'écoutaient que le souverain bien consistait dans les oreilles. Clymène pareillement jouait si bien de l'épinette qu'elle ne lui cédait en rien en toutes sortes de doux ravissements. Ils jouaient encore bien souvent ensemble aux échecs et aux dames, avec autant de familiarité que si la chaîne d'hymen les eût attachés.

Quelquefois aussi, ils se promenaient dans un verger délicieux, et bien souvent tout seuls, sans qu'ils eussent encore la hardiesse de se découvrir leur mutuelle affection, tant le respect de Polydor était vivement engravé* dans leur âme. Et je crois qu'ils n'en eussent jamais eu le courage que par le moyen que je vais vous réciter. Mélidor écrivait un jour une lettre dans sa chambre à son oncle Polémandre pour lui faire entendre l'état de sa guérison et autres choses semblables, lorsque la belle Clymène entra. Après qu'ils se furent donné le bonjour, elle s'assit à un coin de la table où il y avait une écritoire et du papier blanc. Elle prit une plume et écrivit le nom de Polydor. Lui, qui était assis auprès d'elle, quand elle eut achevé d'écrire son nom, prenant la même plume écrivit pareillement celui de cette belle dame, laquelle transportée de sa folle passion ne se put retenir si bien qu'elle n'écrivît encore ces paroles : « Je vous aime plus que moi-même. » Ce fait, elle tendit la plume à Mélidor qui, connaissant bien ce qu'elle voulait dire, écrivit au-dessous ces autres paroles : « Et moi je vous chéris plus que mon âme propre. »

Qu'est-il besoin que je vous décrive les particularités de leur folle amour ? Mon dessein n'est que de blâmer le vice et non de le publier. Tant y a qu'à l'heure même, enivrés de leur folle passion et foulant au pied tout respect et tout devoir, ils accomplissent aux dépens de Polydor ce qu'ils ne pourront expier que par leur propre sang. Depuis, ils continuèrent leurs sales plaisirs avec tant de contentement qu'ils croyaient que rien n'était comparable à leur félicité. Leur amour fut au commencement un peu secrète. Mais, comme il n'y a feu qui sorte sans fumée, un ancien serviteur du logis, et que Polydor avait nourri* depuis sa tendre jeunesse, prit garde à leurs actions. Il les épia de telle sorte qu'enfin il ne fut que trop assuré du déshonneur que son maître recevait en sa propre maison.

Polydor était en ce temps à Nuagère où il levait quelques troupes avec dessein d'emporter une forte place qui était réduite sous le pouvoir de Polémandre. Son entreprise ne fut pas vaine. Par le moyen des intelligences qu'il avait dans la ville et par sa prompte exécution, il s'en rendit le maître, au grand dommage du gouverneur que la valeur de ce cavalier incommodait extrêmement. Il se fit quelque temps après une surséance* d'armes, si bien que Polydor s'en retourna à son château de Rocheperse. Là, il fut reçu de son épouse avec tant de feintes caresses qu'il ne se fût jamais douté de sa trahison s'il n'eût bientôt vu de ses propres yeux ce qu'il n'eût jamais cru de ses oreilles. La première chose qu'il fit, entrant dans son château, ce fut de demander nouvelles de son ingrat ami. Il l'alla incontinent visiter dans sa chambre et là, les embrassements et les caresses mutuelles et tous les compliments qui s'observent parmi la noblesse bien nourrie* ne manquèrent point. Polydor, après quelques jours, comme le neveu de Polémandre parlait à lui de sa rançon, ferma les oreilles à ses paroles et lui dit qu'il ne le traitait point désormais chez lui en qualité de prisonnier, ains* en qualité d'ami ; qu'il avait la liberté de demeurer dans sa maison ou de s'en retourner à l'armée de son oncle quand il lui plairait ; que toutefois, il le suppliait de lui tenir compagnie durant que la trêve d'un mois durerait, puisque sa conversation lui était si agréable qu'il ne saurait recevoir un si grand contentement. Mélidor, qui n'eût su entendre des paroles plus douces, lui accorda bientôt sa requête avec tous les remerciements que l'on peut observer parmi les termes de courtoisie. Depuis, il allaient souvent ensemble à la chasse et à la pourmenade, et jamais Clymène ne les abandonnait. Nos deux amoureux se voyaient cependant toujours à la dérobée et ne se doutaient nullement de Damis, fidèle serviteur de Polydor et lequel les guettait incessamment*.

Damis, ayant vu de ses yeux, ainsi que nous avons déjà dit, le déshonneur de son maître et croyant, sans regarder aux conséquences, qu'il était obligé de l'informer de l'affront qu'il recevait dans sa propre maison, trouva un jour Polydor tout seul, et après lui avoir représenté le service et la fidélité qu'il lui devait, lui apprit en peu de mots l'ingratitude de Mélidor et le peu de loyauté de son épouse. Il lui assura par tant de serments leur adultère et lui dit tant de circonstances visibles qu'il blessa son âme du trait de la jalousie. Le désir de vengeance s'en rendit aussitôt le possesseur. Mais auparavant, il se voulut informer plus amplement d'une affaire de telle conséquence. Depuis, il usa de caresses extraordinaires envers Mélidor et sa femme, contrôla toutes leurs actions et tous leurs mouvements et prit si bien garde à eux qu'il ne tint ce rapport que trop véritable.

Il y avait en ce temps à Massalie de grandes séditions pour le gouvernement duquel enfin un homme de néant[1] s'empara. Polydor sur ce sujet

---

1. Cet « homme de néant », à savoir sans titre de noblesse, désigne, sauf erreur, Charles Cazaulx, dictateur populaire qui régna sur Marseille pendant cinq ans et repoussa toutes les attaques. Assassiné par le ligueur Pierre de Libertat en 1596. Depuis 1595, Henri IV avait donné le gouvernement de Provence à Charles de Lorraine.

suppose* un homme qui lui apporte une lettre, comme si sa prompte présence était extrêmement nécessaire à cette ville renommée. Il la montre à Mélidor et à Clymène, et fait état de partir de Rocheperse, ainsi qu'il dit, le lendemain à la pointe du jour. Et, en effet, sitôt que le soleil a chassé les ténèbres de la nuit, il se lève, déjeune avec son ami perfide et avec sa déloyale femme à laquelle, en partant, il recommande Mélidor. Il n'avait pas besoin d'user de cette recommandation puisqu'elle n'était déjà que trop curieuse d'un tel homme. Ils se baisent et s'embrassent à ce départ et leurs intentions sont bien diverses. Mélidor croit en l'absence de ce cavalier de cueillir les roses ordinaires d'un verger qu'il ne devrait pas approcher des yeux seulement, mais leurs épines les piqueront en peu de temps tous deux de telle sorte qu'ils en maudiront les racines.

Quand Polydor était absent, Clymène ne faisait point difficulté de recevoir en sa couche celui qui, en abusant de la femme de son ami, était coupable d'une grande punition, tant par le droit de la nature que par le divin et humain. Il n'y a nation au monde qui n'ait toujours détesté l'exécrable vice d'adultère. Parmi les païens, il était puni de mort ainsi que les lois civiles nous apprennent. Et par le droit divin, Dieu commanda à Moïse qu'on assommât à coups de pierre l'homme et la femme qui avaient souillé la couche de leur prochain[1]. En ce qui concerne le droit de nature, les bêtes mêmes, comme l'éléphant et autres, ne le peuvent supporter.

Pendant que nos deux amoureux, enivrés de leur folle passion, pensent à toutes choses plutôt qu'au jugement de Dieu et qu'ils sont enlacés de mille étreintes, Polydor, qui s'était caché dans un petit bois, entre par une fausse porte dont il avait la clef, et par le moyen de Damis, s'introduit dans Rocheperse. Les gardes du château, ou plutôt le capitaine

---

[1]. Chez les Juifs, la femme adultère était lapidée. Voir *Deutéronome*, XXII, 21.

était de la partie et suivait son maître avec cinq ou six satellites. De premier abord, il enfoncent la porte de la chambre et surprennent les adultères. Mélidor, aussi confus que jadis le dieu de la Guerre quand Vulcain l'exposa tout nu à la face des Immortels [1], n'eut pas le loisir de sauter du lit, car il fut soudain percé de mille coups et puis jeté par la fenêtre. Clymène, qu'aucun n'avait point encore touchée parce que son mari voulait exercer sur elle de ses mains une juste vengeance, était cependant à genoux devant lui et implorait sa miséricorde. Ses larmes et ses prières, ses plaintes et ses regrets eussent été capables de fléchir le cœur de Polydor et de le disposer à la compassion si la vengeance eût été moins forte en son âme que la pitié. Après lui avoir reproché son crime détestable et donné temps de se reconnaître, il la fit mourir de la même mort que son adultère avait soufferte. Toutefois, il ne voulut point assister à sa fin tragique, encore qu'il eût fait dessein au commencement de la tuer de sa main propre.

Quand cette exécution fut faite, Polydor fit prendre le corps du neveu de Polémandre, le fit enfermer dans une bière, et sachant que le gouverneur était à une petite ville qui porte le nom de l'aveuglené, ce corps fut conduit par son commandement durant l'obscurité de la nuit jusqu'aux portes de cette même ville. Cette bière ayant été le lendemain aperçue par ceux qui sortaient [de] la ville, tout le monde avec étonnement s'assemblait à l'entour. On en dit bientôt la nouvelle à Polémandre, et par son commandement, la bière est ouverte. Si l'on fut étonné de voir un corps sanglant et tout percé de coups, on le fut bien encore davantage quand on lut cet écriteau servant d'épitaphe, attaché devant l'estomac* du meurtri :

---

1. Mars, dieu de la Guerre, fut l'amant de Vénus, épouse de Vulcain, dieu du Feu qui se vengea.

Ci-gît l'ingrat Mélidor, pour avoir privé d'honneur celui qui lui avait conservé la vie.

Mais qui pourra maintenant exprimer l'excès de la colère du grand satrape Polémandre ? Il déchire de deuil* ses habits et arrache ses cheveux. Il aimait Mélidor autant que s'il l'eût engendré. Aussi était-il une personne extrêmement aimable. Et si ce malheur ne lui fût arrivé et qu'il eût pu dompter cette folle passion d'amour, sans doute il se fût rendu un des plus accomplis cavaliers de son siècle. Après que le gouverneur eut beaucoup lamenté sa mort précipitée, il fut contraint de céder à la raison et de souffrir en patience la mort d'une chose si chère, attendant que le temps lui ouvrirait quelque voie pour se venger de son ennemi. La Renommée publia bientôt par toute cette province un si sanglant désastre. Les uns en louaient Polydor et les autres l'en blâmaient. Ceux qui prenaient la défense de Mélidor et de Clymène alléguaient l'amour pour excuse et les privautés que Polydor avait données lui-même à son prisonnier. Belle apparence, si le vice d'ingratitude n'y était mêlé et si nous n'avions point de volonté puisqu'il n'y a point de doute, quelque chose qu'on en puisse dire, que l'amour ne saurait ranger sous son obéissance que celui qui le veut ainsi. Ce n'est pas son pouvoir qui dompte ceux qu'il attaque, ains* plutôt le défaut d'un peu de résistance.

Tandis que l'on parle diversement de cette aventure tragique, la trêve finit et le grand satrape Polémandre met son armée en campagne. Elle ravage et perd tout. C'est le vrai fléau de Dieu qui punit le péché de cette province. Polydor néanmoins, accompagné de trois ou quatre autres seigneurs du pays, lui font bien souvent tête* et le réduisent en de grandes extrémités. Mais il n'y a que Polydor qu'il haïsse, c'est à lui qu'il en veut particulièrement. Il lui fait tendre des embûches de tous côtés, et s'il l'attrapait, tout l'or du monde ne le sauverait pas. Polydor se tient sur ses gardes et lui donne toujours quelque matière de courroux.

Si Polémandre s'efforce de l'avoir en son pouvoir, Polydor ne tâche pas moins de perdre le gouverneur, et en effet, il lui fait courre* le plus grand danger qu'il ait couru de sa vie. Un certain homme des champs vient trouver Polydor à Nuagère et lui dit qu'il sait un moyen pour faire mourir ce gouverneur. Il lui en apprend l'invention et Polydor la trouve fort aisée. Il la communique au premier des mages de Nuagère, lequel lui promet cinq cents écus s'il vient à bout de cette entreprise. Voici comme elle était disposée.

La ville délicieuse de Mésopotamie dont nous avons parlé ci-dessus est arrosée de plusieurs et belles fontaines qui sortent du pied d'une haute montagne fort proche, et qui de son front voisine les nues[1]. Le grand satrape Polémandre faisait bien souvent séjour en ce lieu de délices et logeait au bout d'une grande place plantée de gros mûriers. Ce paysan duquel nous venons de parler avait accoutumé* d'apporter à la maison où logeait le gouverneur du blé, le meilleur de la province, et c'était pour la bouche même de ce grand gouverneur.

Or un jour, ainsi que Polémandre était à table et qu'on ne parlait que de bonne chère, le paysan arrive, et en plein midi, met deux sacs à la salle basse, qui était justement au-dessous de la chambre où le gouverneur dînait. Au-dessus des sacs, on pouvait voir le plus beau grain qu'on ait jamais vu, mais le dedans était tout farci de poudre à canon et d'instruments à feu capables de soulever et d'emporter une roche. Quand cet homme caut* et malicieux eut porté ces deux sacs sur le pavé de cette salle basse, ils sortit du logis et puis y revint, feignant d'avoir oublié quelque chose. Ayant aperçu un page du gouverneur, il parla à lui en ces termes : « Monsieur, je suis celui qui apporte ordinairement du blé

---

[1]. Nette allusion ici à la montagne du Lubéron.

dont on fait le pain pour votre maître. J'ai oublié une telle chose dans un sac, je vous supplie de me l'aller quérir parce que je n'ose rentrer dans cette maison. »

Le page, courtois de sa nature, comme sont ordinairement les gentilshommes, va soudain vers cette salle pour relever de peine ce bon homme. Mais pendant qu'il ouvre le sac, ce malicieux gagne la clef des champs et se sauve. A peine le page touche le sac pour l'ouvrir que tous les ressorts se délâchent*. Un bruit pareil à celui du tonnerre en procède, et la violence de la poudre est si grande, et les instruments qu'elle remplit que le page et deux ou trois autres qui sont auprès de lui en perdent la vie. Ce ne fut pas le tout : le plancher sur lequel était assis en une chaise Polémandre en est emporté, voire la couverture de la maison. Plusieurs qui sont à sa table en meurent et lui, que les destins ont réservé pour vivre plus longtemps, se trouve au milieu de la rue, sa chaise entre les jambes et sans aucun mal. Son heur* incomparable le défend de la mort, au grand étonnement de ceux qui voient une chose du tout* incroyable. Soudain, l'alarme fut donnée par toute la ville, les portes en furent fermées et tous les régiments de cavalerie montèrent à cheval. Les trompettes retentissaient de tous côtés pendant que le cauteleux* paysan, étant parvenu à la cime de la montagne, regardait en bas la fumée, de même que faisait Néron lorsqu'il contemplait du plus haut tout l'embrasement de la ville de Rome. Voyant le feu et la fumée et oyant encore les cris confus des personnes et des trompettes, il crut que Polémandre était mort. C'est pourquoi, sans tarder davantage, il prit le chemin de Nuagère et y arriva la nuit même.

Sitôt qu'il y fut, il se rendit au logis de Polydor qui, à l'instant même, le mena à celui du grand sénateur. Là, il leur rendit raison de ce qu'il avait fait et leur assura que Polémandre était mort sans doute. La ville de Nuagère, qui pour des raisons qu'il n'est pas besoin de dire, n'aimait guère l'heureux Polémandre, ayant été abreuvée de cette nouvelle, en fait soudain des feux de joie et met déjà ce paysan au rang des hommes illustres. Mais sa joie est bien courte. On rapporte puis après le succès* de cette aventure et désormais la ville de Nuagère se peut assurer que, si Polémandre y entre une fois de vive force, il la détruira entièrement. Le gouverneur est averti des feux de joie qu'on y a faits comme encore de la menée de Polydor, si bien que ce cavalier doit penser à son salut et ne s'exposer pas témérairement au danger. Sa vie ne tient que d'un filet, parce qu'il ne trouvera point de pardon si l'on a quelque avantage sur lui.

Comme les affaires s'aigrissent d'une part et d'autre, Polydor, valeureux à l'ordinaire, dresse toujours des parties* et ne cesse d'irriter le gouverneur. Il est si heureux qu'il vient à bout de tout ce qu'il entreprend et semble que la fortune ait brûlé pour lui ses ailes afin de l'accompagner en tous lieux. Cependant, Polémandre dresse* une grosse et puissante armée et boucle Nuagère. Il est résolu de la prendre ou par force ou par famine. Jamais on ne lira dedans les histoires de Perse un plus beau siège. Toute la fleur des guerriers des trois renommées provinces de Mésopotamie[1] était assemblée ou dedans ou dehors la ville. Je ne crois pas aussi que devant Ilion[2] il y mourut plus de valeureuse noblesse. Misérable condition des humains, qu'il faille qu'en ces guerres civiles les amis meurent bien souvent de la main de leurs propres amis ! Comme on n'entend que meurtres et que carnages et que Polémandre s'opiniâtre d'autant plus à la prise de cette place que cette ville se délibère de lui être toujours rebelle, voici une autre fortune que le gouverneur court, et aussi dangereuse que la première. Polydor, qui est

---

1. *Les trois provinces de Mésopotamie* : le Comtat Venaissin, Orange et Avignon.
2. *Ilion* : un des noms de Troie.

bien assuré que la conservation de sa vie dépend de la perte de celle de ce grand gouverneur, lui trame encore cette ruse. Il fait tant par l'entremise de certains traîtres qu'il gagne celui qui avait la charge de l'artillerie de l'armée du gouverneur. Ce perfide quitte le parti de son maître et entre clandestinement dans la ville, espérant de venir à bout d'une chose étrange et inouïe.

Polémandre avait fait dresser son pavillon derrière un petit coteau proche de Nuagère. Là, il pensait être à couvert, lorsque le traître, qui avait mesuré la portée du canon, assura Polydor qu'il en déchargerait un à une telle heure, que la balle irait donner dans le pavillon et tuerait le gouverneur. Cela semblait du tout* impossible et l'événement fit paraître la subtilité de l'esprit de l'homme. Polémandre avait accoutumé*, après son souper, de passer le temps dans son pavillon avec quelques-uns de ses plus chéris capitaines. Or un jour, comme ils jouaient, le traître, à un signe qu'on lui donna, délâcha* une pièce d'artillerie dont la balle passant au-delà du coteau fondit justement dans le pavillon et tua quatre ou cinq renommés cavaliers près de Polémandre. Leurs os et leur membres brisés offensèrent* si cruellement ce renommé gouverneur que quelques-uns entrèrent bien avant dans son corps. Il était tout sanglant et tout souillé de leur sang et de leur moelle, et même il chut à terre, évanoui. On l'emporta soudain de ce pavillon en un autre, craignant qu'on redoublât par un autre coup, et [il] demeura plus de six heures couché sur un lit sans remuer ni pieds ni mains. Quand il eut repris ses sentiments, l'appréhension du péril passé lui fit lever les yeux au Ciel et remercier celui qui l'avait si miraculeusement conservé.

Cet étrange accident, joint à la merveille de l'autre, remplit d'étonnement toute la Perse et désormais l'on crut que la fortune de ce renommé satrape était sans égale. Ses ennemis devaient penser à quelque bon accord plutôt qu'à une obstination qui ne leur pouvait promettre qu'un funeste événement. Polydor le saura tantôt à ses dépens, encore que la fortune lui rie de tous côtés. Cette inconstante déesse le favorise tellement après toutes ses autres faveurs que le gouverneur, ayant levé le siège de Nuagère, peu s'en fallut qu'il ne tombât au pouvoir de ce dangereux cavalier. Suivi d'une grande troupe de généreuse noblesse, il attaqua Polémandre à un dangereux passage et le mit presque en déroute. Il faisait un tel carnage des gens du gouverneur que sans la valeur incomparable d'Alceste, tout était perdu. Alceste est un des plus vaillants guerriers que la Perse ait produit depuis Cyrus[1]. Ses prouesses étant insérées dans nos chroniques, je ne m'arrêterai pas plus longuement sur ce qui n'est connu que de ceux qui n'ont point de connaissance. Contentez-vous de savoir que l'heureux et fortuné Polémandre se trouvant engagé sous son cheval qui, lui, avait été tué, la valeur d'Alceste le remit en selle et fut cause que l'ennemi se retira.

Jugez maintenant si tant de traverses* que Polydor avait données au gouverneur, tant de peines et de travaux qu'il lui avait fait souffrir et tant de dangers que par son moyen il avait courus, joints à la mort de son neveu qu'il ne cessait de regretter à toute heure, n'étaient pas capables d'allumer dans son âme un juste courroux. Polémandre aimait auparavant Alceste parce qu'il avait retiré de son extrême valeur mille et mille services. Mais maintenant, il le chérit avec tant de passion qu'il le semond* à tout moment de lui demander tout ce qu'il voudra. Alceste, non moins généreux que rempli de valeur, réserve la faveur de ce grand satrape pour quelque bonne occasion et se contente d'être vu de lui d'un bon œil. Polydor s'était cependant retiré dans Nuagère tout couvert de palmes et de lauriers, et chacun admirait son heur* et sa sage conduite. Mais les des-

---

1. Cyrus II, fondateur de l'empire des Perses, grand conquérant. Métaphorise ici la gloire militaire et la puissance.

tins qui ont borné nos jours et contre lesquels c'est en vain d'être sage sont près de couper la trame de sa vie. Je parle en païen, puisque plutôt c'est le conseil éternel de ce grand Dieu de qui les décrets ne se révoquent jamais. Jusqu'ici, vous avez vu le valeureux Polydor tout couvert de lauriers, toujours vainqueur et non jamais battu de la fortune parmi les sanglants exercices de Mars, et maintenant, vous le verrez couvert de funestes cyprès. Voici donc sa fin déplorable.

Il apprit que le gouverneur Polémandre allait à Scylare avec quelques régiments de cavalerie et il résolut de l'attaquer à un passage qu'il croyait lui être fort favorable. Il leva donc une troupe de guerriers, et les ayant joints à ceux qui étaient de sa compagnie ordinaire, se mit en embuscade ; l'avant-garde du gouverneur, qui était toujours en cervelle, les ayant découverts, plusieurs d'un côté et d'autre y laissèrent la vie. Le valeureux Polydor y rendit des preuves d'immortelle valeur, mais comme il se voulait retirer, craignant un gros* qu'il voyait paraître, son cheval par malheur tombe dans un fossé et lui se trouve engagé. Il se fait une grande couronne de guerriers à l'entour de lui. Les uns tâchent de lui donner la mort et les autres de le faire prisonnier. Il se relève cependant, et avec son épée, écarte ceux qui s'approchent. Toutefois, comme il est prêt ou de mourir ou de se rendre, le valeureux Alceste arrive. Ayant fait écarter tous les gens d'armes, il hausse la visière de son casque et demande à Polydor son nom. Polydor, qui avait autrefois été lié d'une étroite amitié avec Alceste et que les malheurs de nos partis contraires avaient séparés, le reconnaît incontinent, et lui ayant dit son nom, jette à bas son arme et lui tend son épée. Alceste, qui aimait ce cavalier (sans préjudice du devoir qu'il était obligé de rendre à Polémandre), parce qu'ils étaient d'un même pays et avaient fait autrefois la guerre ensemble, fut bien aise de ce qu'un tel guerrier avait été préservé en vie, s'assurant de l'obliger en le laissant aller sans payer rançon. Il le fit monter sur un petit cheval, cependant que le gros de la cavalerie approchait toujours. Polydor demanda à Alceste si le gouverneur n'était point dans cette grosse troupe. Et ayant appris de la bouche de son ami que Polémandre y était, il lui dit ces paroles : « Si vous me faites voir la face du gouverneur, je suis assuré que ni vous ni tous les hommes du monde ne me sauraient défendre de la mort. »

Alceste lui répondit qu'il n'eût point de peur de ce côté-là, que Polémandre était son obligé et qu'il avait acquis de telle sorte ses bonnes grâces qu'il ne lui refuserait jamais ce qu'il lui demanderait, et principalement, puisque c'était la première requête qu'il lui voulait faire. « Plutôt, dit-il encore, je mourrais avec vous. » Ce disant, il recommande à cinq ou six de ses gens d'armes Polydor, pendant qu'il quitte son coursier et va à la rencontre du gouverneur qui, le voyant, lui tient ce langage : « Cher ami Alceste, y a-t-il quelque chose de nouveau ? Cette troupe d'ennemis qui avait attaqué mon avant-garde, s'est-elle retirée ? — Monseigneur, repart Alceste, les ennemis ont pris la fuite et je viens ici pour vous demander un don. — Demandez tout ce qu'il vous plaira, dit Polémandre, et s'il est en mon pouvoir, je vous l'accorde. » Alceste, qui croyait avoir déjà garanti de mort son ami Polydor, poursuit son discours en ces termes : « J'ai fait un prisonnier, Monseigneur, et je vous prie me le donner pour en faire ce que je voudrai. — Je voudrais, réplique le grand satrape, vous témoigner par quelque plus grande chose ma bienveillance. C'est pourquoi je vous donne non seulement ce prisonnier, mais tout ce dont vous me sauriez requérir. Cependant, qui est ce prisonnier pour qui vous prenez tant de peine ? — C'est Polydor », dit Alceste.

A ces mots, le gouverneur, saisi de deux passions contraires du courroux et de la joie, fut bien fâché de la promesse qu'il avait faite à Alceste. Et comme les premiers mouvements ne sont pas toujours en notre pouvoir, Polémandre, se représentant les maux que Polydor lui avait faits et la mort de son neveu, se mit à proférer tout haut ces paroles : « Ah ! cher ami Alceste, quelle demande me fais-tu ? Si tu me demandais ma femme, mes enfants, voire ma propre vie, je ne ferais point difficulté de te l'accorder, mais la vie de ce méchant, c'est chose qui m'est impossible. Pardonne-moi, je te prie, si en cela je te manque de promesse. L'heure est venue qu'il faut qu'il reçoive le juste châtiment de ses démérites. » Achevant ce discours, il s'approchait toujours de l'avant-garde qui les attendait, et par conséquent du malheureux Polydor. Polémandre le voulut voir, et après lui avoir reproché sa rébellion, la mort de son neveu et tout ce qu'il avait brassé contre lui, deux ou trois satellites, qui étaient autour de Polydor et qui avaient le mot du guet, lui percèrent soudain la tête à coups de pistolets et privèrent la Mésopotamie d'un cavalier autant sage et valeureux que l'on verra de longtemps. Alceste fut si fâché de cette mort que peu s'en fallut qu'il ne quittât à l'heure même le parti de Polémandre.

C'est la fin tragique et funeste du généreux Polydor, qui tint bientôt compagnie à sa déloyale femme et à son ingrat ami. Nous remarquons en cette histoire plusieurs succès* mémorables qui doivent servir d'instruction à tous ceux qui font profession de l'honneur. Une extrême courtoisie et une ingratitude intolérable accompagnée d'un fol amour, qui est toujours suivi de la pénitence ou de quelque malheur extrême. Nous y voyons encore les jugements de Dieu que l'on ne peut sonder. Car si l'on voulait dire que la fin malheureuse de Polydor procède de la sévère vengeance qu'il exerça contre sa femme et contre son adultère, ce serait une grande témérité. Disons plutôt qu'il y a des maisons, voire des plus illustres, desquelles le meurtre, le sang et les morts funestes ne se séparent jamais. La fin déplorable de l'épouse de Polydor en rend témoignage, comme celle encore de son mari, et celle de deux braves et généreux cavaliers, leurs enfants, qui depuis peu de jours ont perdu la vie par une aventure digne de pitié. Je ne puis en parler sans soupirs et sans larmes puisque l'aîné, outre ses rares et incomparables vertus, me faisait l'honneur de m'aimer. Je ne suis pas seul qui regrette la perte de ce gentilhomme. Si le Ciel lui eût accordé plus de jours, il eût effacé la gloire de ses prédécesseurs et servi son prince en ses heureuses conquêtes. La mer, qui lui a servi de tombeau, rende son corps aux belles Néréides qui, dans leur palais de cristal lui dressent un monument digne de ses vertus.

Histoire XII

D'un homme qui, après avoir demeuré vingt ans aux galères, est reconnu par son fils, de ce qui en advint, et autres choses dignes de remarque.

Jean Vaumorin, le tailleur d'habits est peut-être le seul personnage des Histoires tragiques *irrémédiablement enclin au mal : voleur, buveur, galérien, exercé à la violence, rien ne peut corriger son « mauvais naturel », pas même les retrouvailles avec son fils, bon, honnête et respectueux qui le sort de galère et le ramène à une vie meilleure. Mais cette « persévérance au mal » est vue différemment, selon que le transgresseur est né seigneur ou pauvre hère. Seule la justice suprême règle le sort des humains.*

Je nommerai en cette histoire de leur propre nom les personnes dont je vous veux parler, contre les protestations que j'ai ci-devant faites. Leur condition vile et abjecte m'en dispensera, au lieu que le sang illustre de ceux de qui je traite quelquefois particulièrement m'oblige à la discrétion. Les accidents arrivés en cette aventure sont si remarquables qu'ils méritent d'être sus de tout le monde. Je l'ai apprise par des témoins irréprochables et suivant leurs mémoires, je l'ai écrite en ces termes.

Il n'y a pas longtemps qu'à Paris habitait un homme nommé Jean Vaumorin, tailleur d'habits, fort renommé pour son métier. Les plus galants de la cour se servaient de lui lorsqu'il était question de se bien habiller ; et les autres tailleurs se formaient à son modèle pour contenter les bonnes maisons dont il avait l'entrée. Après que cet homme eut passé à la cour quelques années en garçon, il lui prit fantaisie de se marier avec Jeanne Perrot, fille d'un autre tailleur de la même ville de Paris. Ils eurent de ce mariage un fils qu'ils appelèrent Michel. Le père ayant toujours la vogue d'être un des premiers maîtres tailleurs continuait à travailler et commençait à bien faire ses affaires. Mais comme les meilleurs maîtres, et principalement de cet art, ne sont pas toujours les plus gens de bien, il arriva que cet homme fut accusé d'avoir adhéré aux larcins d'un qui fut pendu pour avoir volé de la vaisselle d'argent à la maison d'un grand seigneur. Et en effet, ayant été convaincu* par le vol dont il fut saisi, il eût fait le saut* aussi bien que l'autre, si beaucoup de personnes de qualité ne se fussent employées pour lui. A leurs prières, les juges modérèrent la peine et le condamnèrent aux galères perpétuelles. Henri II mariait en ce temps Marguerite de France (cette rare perle de prix à qui les Muses demeurent éternellement obligées) au duc de Savoie [1]. Le roi, entre autres dons conférés en faveur de ce mariage, fit présent au duc d'une galère qu'on équipa à Marseille. Ce fut là que Jean Vaumorin avec d'autres forçats fut mené et attaché. Décrire les plaintes et les regrets de sa femme qu'il laissait avec leur fils, il n'est pas à propos. Le récit que j'entreprends de faire en serait trop long. La galère ayant été conduite jusqu'à Nice, elle demeura quelque temps au pouvoir de Son Altesse jusqu'à ce qu'un capitaine de la marine du roi d'Espagne l'acheta et la fit voguer à Naples. Plusieurs ans se passent sans que Jeanne Perrot ait de nouvelles de son mari. Cependant, son fils devient grand et comme il s'informe quelquefois de son père, elle, pour couvrir leur infamie, lui fait entendre qu'il est mort. A mesure que ce garçon croît en âge, il tâche aussi d'apprendre quelque métier pour s'en servir à passer le cours de

---

[1]. Marguerite de France épouse Emmanuel-Philibert de Savoie en 1559.

cette vie. Son inclination le porte à chanter, de sorte qu'en peu de temps, ayant formé sa voix qu'il avait fort bonne, par le moyen de la musique, il s'introduit en une bonne maison.

Ayant atteint l'âge de vingt et deux ans, le désir de voir les nations étrangères lui fit prendre l'envie d'aller à Rome. Une commodité s'offre au voyage qu'un grand prélat y faisait. Il se met à sa suite, et avant que de partir, il prend congé de sa mère, laquelle pour le long temps qu'elle n'avait ouï nouvelles de son mari et croyant véritablement qu'il fût mort, s'était remariée à un écrivain. Cette femme, pleurant à chaudes larmes, l'embrassa mille fois et le conjura d'un bref retour. Michel Vaumorin, étant arrivé à Rome, y trouva bientôt une honnête condition chez un cardinal qui, pour l'excellence de sa voix, le retint à son service. Mais comme les Français sont impatients et curieux de voir, il demanda congé à son maître quelque temps après, et l'ayant à grand-peine obtenu, s'en alla à Naples. Comme il eut employé quelques jours à contempler la gentillesse de la ville, il s'achemina au port pour y voir les galères et pour s'informer s'il n'y avait point de forçat français. Le premier qu'il rencontra était un homme tout blanc de vieillesse qui portait des marques de forçat, mais qui néanmoins avait plus de liberté que les autres. Sitôt que Michel Vaumorin l'aperçut, il s'approcha de lui et le salua en ces termes : « Dieu vous garde, mon père. » L'autre lui répondit : « Dieu vous garde, monsieur. — A ce que je vois, dit le jeune homme, vous êtes français ? — Je le suis vraiment, repart le vieillard. Mais il y a si longtemps que je suis exilé de mon pays qu'il ne m'en souvient presque plus. — Et combien de temps, poursuit l'autre, y a-t-il que vous êtes ici ? — Il y a plus de vingt ans », répond-il.

Ce bon homme, proférant ces paroles, regardait fixement Michel Vaumorin et tirait des soupirs du profond de son cœur, de sorte que l'autre fut contraint à s'enquérir de lui pourquoi il soupirait de la sorte. « Ce n'est pas sans raison, dit le vieillard, si je soupire. L'état de ma vie présente et le souvenir du passé m'en donnent assez sujet, mais particulièrement la mémoire d'un fils que je laissai à Paris d'où je suis né, en l'âge de deux ans, et duquel m'avez fait ramentevoir*. Il me semble de le voir quand je vous vois, encore qu'il fût si jeune lorsque mon désastre* me sépara de mes proches. — Et comment se nommait ce fils dont vous parlez ? répond le jeune homme. — Il s'appelait Michel Vaumorin », dit le vieillard. Et sur ce sujet, il commença à faire un bref discours de sa vie et de sa condition, nomma sa femme, désigna le lieu où il habitait et représenta tant d'autres circonstances que Michel Vaumorin croyait au commencement que c'était un diable qui lui apparaissait pour le tenter. Il était si étonné qu'il ne savait que dire, néanmoins, pour s'éclaircir plus à loisir de cette affaire, il prit congé de ce bon homme et lui dit que le lendemain il viendrait le trouver avec un bocal de vin pour déjeuner avec lui. Ils se séparent donc et le fils ne fit toute la nuit que ruminer aux discours que l'autre lui avait tenus. D'un côté, il se ressouvenait que sa mère l'avait souvent assuré de la mort de son père, d'autre côté, il voyait tant de vérités apparentes qu'il était forcé à croire que son père n'était pas mort et que sa mère lui avait celé cette infortune. Il ne manqua pas le lendemain de se retrouver sur le port. Ce vieillard l'attendait déjà, et incontinent qu'il l'aperçut, il se mit à pleurer et à lui tenir ce langage : « Il m'est impossible, dit-il, de contenir mes larmes. Plus je vous considère et plus vous me ramentevez* les traits de mon fils Michel Vaumorin. » A ces mots, le jeune homme ne se peut plus contenir. La nature s'ouvrit, le sang s'émut et les affections qu'un fils porte à ceux qui l'ont engendré opérant leur fonction firent qu'il courut les bras ouverts vers son père. Il l'embrasse étroitement, et le baisant, il lui arrose sa barbe blanche de ses larmes et puis lui tient ce discours : « Je suis Michel Vaumorin, votre fils. Je loue

Dieu de ce qu'il m'a fait la grâce de trouver ce que je ne cherchais pas et que je devais rechercher plus que toutes les choses du monde. Je suis pourtant excusable, puisque la croyance que j'avais de votre mort m'exemptait de prendre cette peine. »

Le vieillard, saisi d'étonnement non moins que son fils, jeta un grand cri de réjouissance, et versant un ruisseau de larmes de joie, proféra ces paroles : « C'est moi, ô mon cher fils, qui ai sujet de louer Dieu de la faveur que je reçois de revoir ce que je n'espérais pas. Je ne me soucie maintenant de mourir, puisque j'ai ce contentement. » Après plusieurs caresses réciproques, ils entrèrent dans la galère et déjeunèrent ensemble. Cependant, le père dit à son fils que ce n'était pas le tout, mais qu'il fallait trouver encore un moyen pour le retirer de captivité. Le fils, qui désirait la liberté de son père plus que lui-même, s'offre d'y contribuer sa peine, ses moyens et sa vie. Il s'achemine à l'instant vers le capitaine de la galère, et se jetant à ses pieds, il lui tient ce langage : « Je vous supplie, monsieur, de prendre pitié d'un misérable vieillard et d'un pauvre jeune homme. Une disgrâce plutôt qu'un crime a réduit en une cruelle servitude l'un, et privé l'autre, l'espace de vingt années, d'avoir ce bien de voir celui qui l'a mis au monde. Quand l'un aurait bien mérité ce châtiment, toutefois le long temps qu'il y a qu'il sert à la rame vous oblige à la miséricorde et vous semonds* à prendre pitié de la jeunesse de l'autre qui vous fait une requête si juste et si remplie de piété*. Je vous conjure donc d'octroyer la liberté à mon père. C'est ce bon homme que vous voyez à vos pieds avec moi. Il priera désormais Dieu pour votre prospérité et je vous serai obligé toute ma vie. »

Il eût continué ses prières si le capitaine, rude et barbare, comme sont ordinairement telles personnes qui hantent* la marine, ne l'eût interrompu, et avec des paroles mal gracieuses, ne lui eût refusé tout à plat sa demande et commandé qu'il se retirât. Michel Vaumorin, encore qu'il se vit rabrouer de la sorte, ne perdit pas pourtant courage. Il n'y avait presque jour qu'il ne l'importunât de la liberté de son père, si bien que l'autre commença à la fin de se courroucer de telle façon qu'il lui dit que s'il lui venait plus rompre la tête de cette affaire, il l'attacherait à la cadène*. « Aussi bien, disait-il, êtes-vous plus propre, coquin, de servir que non pas celui pour qui vous m'importunez, et par aventure* le méritez-vous mieux que lui. Toutefois, si vous me baillez cent écus, je le délivrerai, autrement non. Ne m'en parlez donc davantage si vous ne voulez être mis à sa place. » Ce jeune homme, voyant qu'il employait inutilement sa peine à penser fléchir ce barbare, est bien ennuyé. Il ne sait quelle voie prendre pour venir à bout de son dessein. S'il avait l'argent que l'autre lui demande, il le lui aurait bien tôt délivré ; mais ses moyens sont trop courts pour recouvrer une telle somme.

Lui et son père lamentent leur infortune. Enfin, Michel Vaumorin s'informe de son père, du temps qu'il fut condamné à ce servage, comment il était plutôt à Naples qu'à Marseille, et d'autres circonstances sur ce sujet. Son père lui apprend que Henri deuxième donna une galère au duc de Savoie en faveur de son mariage, et que puis après le duc la vendit à ce capitaine. Michel, ayant bien ruminé sur ce qu'il venait d'apprendre de son père, croit à la fin que le plus expédient est qu'il aille en Piémont se jeter aux pieds de Son Altesse lui requérir une lettre de faveur adress[ée] à ce capitaine. Il en communique le dessein à son père et prend congé de lui avec larmes d'une et d'autre part. Quand il est arrivé à Turin, il attend le duc à la porte de l'église et, comme il sort avec la duchesse, il se prosterne à genoux, et leur racontant sa juste douleur, les supplie de l'assister de leur faveur pour la délivrance de son misérable père. Ces supplications accompagnées de pleurs et de sanglots touchèrent le cœur de ces princes, de sorte qu'ayant compassion de la pitié de ce jeune homme, le duc parla à lui en ces termes :

« Mon ami, je ne puis de puissance absolue tirer ton père de captivité. Je n'ai plus de pouvoir sur ce que j'ai vendu. La liberté de ton père dépend d'un autre. Tout ce que je puis faire, c'est de t'octroyer la lettre de faveur que tu me demandes. Je te la ferai expédier ce jour même et te donnerai encore quelque chose pour subvenir à sa délivrance. » Michel Vaumorin remercia la courtoisie de ce généreux prince qui lui fit à l'instant dépêcher une lettre qu'il écrivit à ce capitaine, telle que l'autre le demandait, et avec cela lui donna cinquante écus. La duchesse lui en donna autant. Avec cette somme, il reprend le chemin de Naples, et passant par Rome, il visite certains amis qu'il y avait, auxquels il raconte encore son infortune. Chacun, ému de pitié, contribuait de quelque pièce d'argent, si bien qu'il fit encore environ vingt écus. Quand il fut à Naples, il alla trouver le capitaine et lui présenta la lettre de Son Altesse. Cet homme, qui jusqu'alors avait été insensible à la compassion, en fut aucunement* touché. Considérant sa persévérance et sa piété, il ne le reçut point si inhumainement que de coutume. Il lui demanda seulement s'il n'avait point d'argent. « J'ai, répond l'autre, quelque trente écus. — Baille-les moi, dit le capitaine et va-t'en avec ton père où tu voudras. » Lui, bien aise de ces paroles, tire de sa bourse trente écus et les lui baille.

Avant qu'un homme sorte des galères où il a été condamné, il faut qu'il paie certains droits réduits à une certaine somme d'argent. Il n'y eut pas un de ceux à qui ces droits appartiennent qui ne les lui quittât*, tant la piété* est recommandable, même parmi les personnes qui mènent une vie sauvage et dénaturée. Ayant délivré son père, ils s'en vont tous deux dans la ville de Naples, en résolution de revoir bientôt leur patrie et de s'y acheminer dès le lendemain même. Ils logèrent ce soir[-là] dans un cabaret et y firent bonne chère, que* ce vieillard ayant pris du vin plus que de coutume commença à faire le plus grand vacarme du monde. Il injuria l'hôte et l'hôtesse. Son propre fils eut bien de la peine d'empêcher lui-même à n'être point frotté*. Si l'hôte se fût adressé à l'instant à la justice, cet ivrogne, qui venait tout fraîchement de recouvrer sa liberté, était en danger d'en faire encore perte. Aussi son fils suppliait l'hôte d'excuser le bon Bacchus. A la fin, on le fit coucher pour digérer son vin. Quand il fut jour, Michel Vaumorin prit congé de l'hôte et partit avec son père pour revenir en France. Mais, ô chose étrange de la mauvaise nature de l'homme ! Il est bien impossible de la changer, si ce n'est par une grâce particulière du Ciel que les païens, ignorant le vrai Dieu, attribuaient à l'étude de la philosophie. L'exemple de Socrate en fait foi.

Un physionomiste contemplait un jour ce philosophe avec une grande admiration et disait tout haut que c'était le plus méchant et le plus exécrable homme que l'on sût trouver. Tout le peuple, ayant ouï ses paroles, se moquait de lui comme d'un menteur et d'un ignorant, lorsque Socrate leur dit : « Il a raison de tenir le discours qu'il tient de moi. Mon inclination me portait à la méchanceté, mais j'ai corrigé les défauts de ma nature par le moyen de la philosophie.[1] »

Le père de Michel Vaumorin n'avait pas corrigé les siens aux galères, le tourment qu'il y avait reçu ne l'avait pas rendu homme de bien. Il était tellement enclin de son naturel au larcin qu'il n'eût pas cheminé deux journées avec son fils qu'il se levait la nuit pour fouiller en ses pochettes, cependant qu'il dormait, et pour lui dérober son argent. Ce pauvre jeune homme, qui s'en aperçut, avait bien de la peine à le cacher en quelque lieu où il ne le trouvât pas si librement. Il laissait néanmoins quelque monnaie à ses chausses afin d'en faire plus d'expérience, et néanmoins il ne lui en disait jamais mot parce qu'il craignait de le fâcher.

Ce misérable, à chaque fois, jurait et blasphémait

---
1. Cicéron, *De fato*, V, 10.

le nom de Dieu, injuriait son fils et le maudissait de ce qu'il l'avait tiré des galères pour lui faire prendre tant de peine par les chemins. Ce pauvre jeune homme supportait le tout patiemment et le priait d'avoir bon courage, puisqu'en peu de temps ils arriveraient en France. Après beaucoup de mal, ils y arrivèrent. Etant prêts d'entrer dans Paris, Michel dit à son père qu'il fallait qu'il attendît en quelque lieu jusqu'à tant qu'il eût parlé à sa mère. L'autre, qui ne s'était encore informé de sa femme, lui demanda si elle était vivante. Michel lui répondit qu'il l'avait laissée en assez bonne disposition lorsqu'il partit de Paris, mais qu'elle s'était remariée avec un écrivain, croyant qu'il fût mort, et qu'ils demeuraient à la rue des Carmes.

Le père, oyant cette nouvelle, commença à se mettre en colère et à proférer mille injures contre sa femme, jurant qu'il l'assommerait de coups pour s'être ainsi remariée sans savoir qu'assurément il était mort. Avec ce courroux, il entre dans la ville avec son fils par la porte Saint-Victor et vont droit à l'église où Michel Vaumorin prie son père de l'attendre jusqu'à ce qu'il revienne, après qu'il aura appris les nouvelles de sa venue à sa mère. Il quitte donc son père et entre au logis où elle se tenait. Quand elle le vit, elle courut l'embrasser étroitement et versa en abondance des pleurs de joie. « Mon fils, disait-elle, est-il possible que tu aies pu demeurer deux ans sans avoir jamais fait savoir de l'état de tes affaires à ta pauvre mère qui a fait tous les jours à Dieu mille vœux pour ton retour ? Puisque je te tiens maintenant, je ne te laisserai pas échapper si aisément une autre fois. Aussi ne dois-tu pas désormais t'éloigner de moi de la sorte, mais considérer que, n'ayant pas d'autre enfant que toi, tu dois être mon bâton de vieillesse et tout mon confort. » Michel, interrompant les plaintes maternelles, parla à elle en ces termes : « Ma mère, je loue Dieu de ce que vous voie en bonne disposition. C'était un de mes plus grands souhaits durant mon absence. Mais il y a bien d'autres nouvelles dont par aventure* vous serez bien étonnée. Vous m'aviez souvent fait entendre que mon père était mort. Je vous apprends qu'il est plein de vie et qu'il n'est guère loin d'ici. Je me trouve bien empêché pour vous conseiller de ce que vous devez faire, étant remariée comme vous êtes. »

Cette femme fut bien ébahie d'ouïr parler son fils de la sorte, mais elle le fut encore plus quand elle vit entrer son mari tout blanc de vieillesse qui, ayant suivi Michel de loin et impatient de bien frotter* sa femme, était entré dans le logis et monté à sa chambre. Sitôt qu'il vit sa femme, il commença à tenir ce discours : « Vous êtes donc remariée, chienne ! putain de voirie ! Par le Dieu qui m'a créé, je ne souffrirai jamais un tel affront, mais je vous battrai tant que vous en mourrez ! » Ce disant, il se rue sur elle à coups de poing et, sans le secours de son fils qui le retenait, il l'eût sans doute mal accommodée. Cette femme cependant criait au secours et son second mari, qui était en une chambre plus haute avec ses écoliers à qui il faisait la leçon, descendit promptement au cri. Voyant sa femme échevelée, il se jeta sur Jean Vaumorin et l'autre sur lui, et à coups de pied et de poing ils s'étrillent à bon escient. Michel, qui ne pouvait pas tout seul les séparer, crie à l'aide. Les voisins accourent et ont bien de la peine à se mettre entre deux. L'un dit à l'autre qu'il payera le tort qu'il lui a fait de battre sa femme. L'autre répond que c'est sa femme et non la sienne, et qu'il est un méchant de la lui avoir débauchée durant son absence. Le commissaire arrive, qui les fait tous deux prisonniers. Après les avoir ouïs, ils sont élargis* et gros procès est par eux intenté. Il y a appel en la cour de Parlement. Les avocats plaident la cause et remontrent* chacun leur fait, et allèguent de belles raisons d'un côté et d'autre que nous n'insérons point ici pour être trop prolixes. Enfin, ce juste et équitable Sénat ordonne par un arrêt définitif que Jeanne Perrot demeurera à Jean

Vaumorin, et les meubles qui étaient communs entre elle et son second mari appartiendraient à cet écrivain. Il faut donc qu'il se pourvoie d'une autre femme et peut-être est-il bien aise de s'être défait d'une si pesante charge, la poursuite qu'il faisait n'étant que pour avoir les meubles.

Ceux qui ont goûté du mariage affirment presque tous que les mariés n'ont que deux bons jours : celui des noces et le jour des funérailles de la femme. Je m'en rapporte à la vérité. Je n'en parle que par ouï-dire. Le peu d'envie que j'ai de me soumettre sous la tyrannie d'une telle loi me fait plutôt croire ce qu'on en dit que ne le croire pas. Tant y a que Jean Vaumorin, étant possesseur de sa femme, se retire avec elle et avec son fils dans un même logis. Il recommence de nouveau à raccoustrer* pour les uns et pour les autres de vieux habits. Le long temps qu'il avait demeuré sans exercer son métier le lui avait fait presque oublier et puis la façon de la cour, qui change tous les jours depuis que les nations étrangères s'y sont introduites, lui était fort étrange. Son âge même lui avait diminué de sa vue et rendu ses mains engourdies au travail, mais non pas aux larcins, ainsi que nous le verrons maintenant.

Je disais ci-dessus qu'il est bien malaisé de corriger les défauts de la nature. Celui qui de sa jeunesse est adonné au vin se ressent tout le temps de sa vie de la contagion de ce vice. Nous lisons que l'empereur Tibère fut sevré par sa nourrice avec du pain trempé dans du vin et qu'elle continua de le nourrir de la sorte un long temps. Aussi fut-il un si grand ivrogne que quelques-uns, pour se moquer de lui, le nommaient Bibère au lieu de Tibère[1]. Caligula, Néron, Domitien et autres pareils monstres cruels et infâmes, auraient été nourris au sang dès leur jeunesse. On leur faisait tuer des bêtes et puis laver leurs mains de leur sang. Ils en firent une telle béatitude qu'étant montés puis après au souverain degré de

---

1. Suétone, *Vie de Tibère*, in *Vies des douze Césars*, 42, 2.

pouvoir, ils faisaient aussi peu d'état de répandre le sang humain que celui des animaux. Leurs plus proches parents, comme leurs frères, leurs sœurs, leurs femmes et leurs propres mères, n'en étaient pas exempts. Autant en pouvons-nous dire de ceux qui dès leur jeunesse se sont adonnés aux larcins. Combien d'hommes, autrement recommandables soit pour leur valeur soit pour leur savoir, ont été atteints et convaincus* de ce défaut pour n'en avoir pas pris la correction en leur bas âge ? Notre siècle est tout rempli de ces exemples sans qu'il soit besoin de mendier l'Antiquité. Un grand que je connais disait un jour que ses yeux n'apercevaient jamais quelque joyau ou quelque autre chose précieuse que ses mains ne désirassent aussitôt de s'en saisir. Dieu sait aussi comme, durant les guerres, ils exercent des pillages et combien ils s'approprient des dépouilles par droit de bienséance.

Mais pour reprendre mon discours, Jean Vaumorin n'eut pas achevé avec sa femme l'année depuis son retour des galères qu'il ne fût d'être toujours larron. Quand il taillait quelque habit, il fallait avoir toujours l'œil sur ses mains, autrement la pièce l[ui] en demeurait. Misérable homme, que les rigueurs d'une mort civile n'avaient pu rendre homme de bien ! Après tant de persévérance au mal, le Ciel se fâche et permet que nous soyons punis selon que nous le méritons. Dieu est prompt au pardon et lent à la peine. J[a]mais[1] enfin, il paye avec usure le mépris que nous faisons de sa miséricorde. Jean Vaumorin le témoigne. Ayant été toute sa vie larron et n'ayant pu, ou plutôt voulu, se faire sage à ses dépens, il reçut à la fin le châtiment qu'il avait desservi. Un homme de sa connaissance vint à se marier. Lui et sa femme sont invités à la noce. La coutume ordinaire du peuple de Paris est d'en célébrer la fête en des salles que des bourgeois louent,

---

1. *Ja[m]ais* : erreur typographique dès l'éd. de 1615. Comprendre jamais.

et qui sont particulièrement destinées pour ce sujet. L'on y danse au son des instruments, l'on y rit, l'on y fait bonne chère et chacun des invités contribue au bassin[1], à l'entrée et à la fin du repas, la pièce d'or ou d'argent, à sa discrétion et suivant ses commodités. Cet homme, se trouvant donc en une pareille assemblée, y trouble toute la joie. Quand on veut lever la nappe et recueillir la vaisselle, un gobelet d'argent est devenu invisible. Un bruit confus se fait parmi ce ramas de peuple et chacun accuse le larron. Enfin, le maître du logis, qui ne veut point perdre son bien, requiert que l'on vienne à fouiller tout le monde. Plusieurs, qui savaient le mauvais naturel de Jean Vaumorin, avaient secrètement averti le maître du logis de le fouiller tout le premier. Il le fait et le vol est trouvé sur lui. Les assistants se jettent dessus et sont prêts de l'assommer, sans un commissaire qui était à la noce, qui d'office lui met la main sur le collet et l'emmène aux prisons du Châtelet. Son procès étant instruit et appel étant interjeté* sur quelque incident, la cour retient la connaissance de la cause et, après avoir mûrement exagéré le fait et considéré la persévérance au mal de ce misérable, le condamne justement à être pendu et étranglé à la place Maubert. Cet arrêt fut exécuté. Tout le peuple courait non tant pour le supplice, dont l'espèce est si commune dans cette grande ville, que pour la curiosité de voir celui de qui la mauvaise nature était autant détestée que la piété de son fils recommandée. Ainsi finit misérablement sa vie cet homme par un licol, après l'avoir si souvent échappé, et après même avoir demeuré plus de vingt ans aux galères pour ses maléfices.

Cette histoire doit servir d'exemple à ceux qui ne reçoivent point d'amendement en leur vie. Elle leur doit représenter le juste châtiment de Dieu qui attrape ou tôt ou tard les méchants. Bien rarement

---

1. *Contribuer au bassin* : récipient servant à recueillir les offrandes.

évitent-ils, comme parlent les théologiens, la peine du péché. Elle nous témoigne aussi l'amour et la piété que nous devons à nos parents, encore que pour leurs vices ils soient indignes de compassion. La nature nous y oblige et la loi nous le commande. Michel Vaumorin est recommandable pour cette vertu, encore que la peine qu'il prit pour retirer son père de servage ne lui servit que pour le conduire au gibet. mais il ne pensait pas que cela lui dût arriver. La justice divine n'était pas assez satisfaite, il fallait un autre supplice pour expier son obstination. Le Ciel veuille amender les méchants et maintenir les gens de bien.

Histoire XIII

Des aventures tragiques de Floridan et de Lydie.

Sur le théâtre de l'inconstance du monde se détache la figure de Lydie, jeune fille promise au bonheur et à la richesse grâce à l'amour de Floridan. Mais, par une suite de malheurs et de vicissitudes, elle se retrouve pauvre et abandonnée, mariée à trois personnes différentes et toutes vivantes ! C'est le thème de la jeune victime innocente qui aura une grande fortune par la suite, dans le Roman noir *et chez le marquis de Sade.*

Que la race des mortels est sujette à des accidents divers ! La vie de l'homme est un branle perpétuel, un flot inconstant et un nuage porté au gré des vents. Rien ne se trouve de durable et la félicité qu'on s'y propose pour la plus assurée est celle qui est la plus sujette au changement. L'amour, l'honneur, les richesses, la beauté et le contentement s'y rendent comparables à un éclair à qui naître et mourir, luire et s'éteindre est une même chose. L'histoire déplorable que je veux décrire en rendra témoignage. Les mémoires que l'un de mes amis, curieux de recueillir les choses plus mémorables qui arrivent tous les jours au monde, m'en a donné, me l'ont appris en cette manière.

Cléon, héritier d'une des plus illustres maisons de France, était un seigneur accompli en beaucoup de rares qualités. Il avait mille fois témoigné son courage et sa valeur aux yeux de son prince en tant de batailles et de rencontres qu'à bon droit, il avait acquis le titre de parfait cavalier. Lorsque l'âge le dispensa de se trouver désormais aux sanglants exercices de Mars, il se retira en une sienne maison bâtie aux bord du fleuve Loire. Quand il quitta le train* des armes, il avait déjà perdu Cléonice, sa chère épouse, à qui les vertus servaient de lustre et d'ornement. De leur chaste couche était procédé un fils nommé Floridan, doué de beauté et de bonne grâce autant qu'un gentilhomme de son temps. Après que le père l'eut fait instruire en tout ce qui peut rendre recommandable une personne de pareille qualité, il délibéra de le marier de bonne heure avec la fille d'un seigneur sien voisin, fort riche et fille unique, de même que Floridan était fort riche et fils unique. Comme les deux pères étaient sur le point de faire cette alliance, il arrive que Floridan, qui était pour lors à la cour en réputation* de l'un des plus galants cavaliers, se rencontre un jour en la galerie du Palais, lieu où communément la jeune noblesse se rend pour y voir une infinité de belles dames qui y abordent aussi de toutes parts. Comme il s'y entretient avec d'autres cavaliers, une jeune damoiselle y passe masquée. Elle était de belle taille et de fort bonne mine. « Si cette damoiselle, dit Floridan, est sous son masque aussi belle qu'en apparence, elle mérite d'être servie des plus braves. » Tenant ce discours et ayant toujours ses regards arrêtés sur elle, il voit comme elle s'arrête à une boutique pour y acheter une écharpe. Floridan, se servant de cette occasion, s'approche et la salue courtoisement. La damoiselle, voyant un si honnête et si beau gentilhomme, ôte son masque et lui rend son salut. Ce jeune seigneur n'eut pas plutôt aperçu son beau visage qu'Amour, qui était en embûche, navra son cœur de telle sorte qu'il fut contraint de s'avouer pour vaincu. Il se met à entretenir cette damoiselle, qui n'était pas moins étonnée de sa bonne grâce, qu'il était ravi de sa rare beauté. Floridan apprend d'elle son nom, le lieu de sa naissance et les affaires qui la retiennent en ville, à la poursuite d'un procès dévolu par appel en la cour de Parlement.

Après que cette damoiselle que nous nommerons Lydie, issue d'une noble famille de Picardie, eut conté à Floridan l'état de ses affaires, il l'accompagna en son logis, et dès l'heure*, lui offrit de l'assister et d'employer ses amis pour lui faire obtenir gain de cause. Et d'effet, il la prit si bien en main et la sollicita de telle sorte qu'en peu de temps elle obtint un arrêt favorable. Comme elle eut obtenu ce qu'elle désirait, elle voulut s'en retourner à son pays, lorsque Floridan lui représenta l'amour qu'il lui portait, si violente qu'il lui était impossible de vivre plus longuement, si elle n'avait soin de son allégeance ; qu'il la conjurait par son extrême passion d'alléger son martyre et de n'exercer point sa cruauté contre une personne qui ne vivait que pour l'aimer et pour la servir. Lydie, comme une fille bien apprise*, lui opposait au contraire qu'encore qu'elle lui fût redevable, elle faisait néanmoins tant de compte de son honneur qu'elle aimerait mieux perdre la vie que le noircir d'aucune tache ; qu'elle le suppliait de prendre la raison pour guide et d'ôter son amour d'un sujet qui, pour la différence et inégalité du sang, lui devait être interdit.

« Vous êtes grand seigneur, disait-elle, et je ne suis que simple damoiselle. Vous devez adresser vos vœux à une beauté digne de votre maison et de votre mérite. Il faut que j'avoue que je vous honore et vous aime plus que toute autre personne, mais la réputation que toutes les honnêtes dames doivent avoir chère, empêchera toujours que je n'accomplisse mon désir et le vôtre. Contentez-vous, je vous prie, de l'un, et ne m'importunez point de l'autre, puisqu'il n'est point en mon pouvoir de vous l'octroyer sans faire une cruelle brèche à mon honneur. » Floridan, oyant la sage réponse de cette damoiselle et l'en estimant davantage, lui repart en ces termes : « Déjà n'advienne, ma chère âme, que je tâche à vous ôter une chose pour qui j'exposerais mille vies. Si je vous recherche, ce n'est que par la voie légitime de mariage que je célébrerai lorsque vous me voudrez accorder tant de grâce que de m'avouer* pour votre époux. J'en ferai paraître les effets quand il vous plaira. — Monsieur, dit-elle, je ne sais comme cela se pourrait faire. Votre père n'y consentira jamais, et si vous le faites clandestinement, ce sera lui donner sujet de se plaindre et de vous et de moi. Jamais nous n'aurons du contentement auprès de lui. » Floridan lui répond qu'elle ne se mît point en peine pour ce regard*, qu'il savait bien un moyen pour venir à bout de ce dessein.

Durant que leurs amours s'allument, le gouverneur de ce jeune seigneur, nommé La Garde, au lieu de le reprendre à bon escient, le favorisait et se laissait emporter au courant de sa passion. Encore qu'il fût sage et bien avisé et qu'on eût fait élection de sa personne pour veiller sur ses actions, toutefois il se repentait que déjà ce jeune seigneur était grand et que, l'amour étant une flamme qui ne peut aisément s'éteindre, il pourrait encourir sa mauvaise grâce et perdre la récompense qu'il espérait de son long service. Faibles raisons d'un homme à qui l'on a commis une telle charge ! Sans doute, s'il eût averti secrètement le père de Floridan de cette affaire, les malheurs qui en arrivèrent depuis eussent été détournés par le remède que Cléon y eût mis. La conclusion de ce mariage prise, Floridan accompagne Lydie en sa maison qui était, ainsi que nous avons déjà dit, en Picardie. Lorsqu'ils y sont arrivés, elle dispose de ses affaires, emporte ce qu'elle peut du logis paternel, et sans prendre congé d'aucun de ses parents, elle trouve le gouverneur de Floridan qui l'attend hors la ville et qui la monte sur une haquenée et la mène en Auvergne en un château que le père de Floridan y avait. Tandis*, Floridan, qui s'était arrêté à Paris pour lever* des étoffes et pour acheter des bagues et des joyaux, prend la poste et arrive aussitôt qu'eux au lieu assigné. Cependant, les parents cherchent cette damoiselle partout et emploient inutilement beaucoup de peine pour savoir de ses nouvelles, tandis que Floridan fait venir un prêtre, et en présence de La Garde et de son valet de chambre, épouse Lydie. Les voilà donc mariés, jouissant à souhait de leurs désirs. Ils n'avaient qu'un cœur. Ils sont toujours ensemble et ne peuvent, sans souffrir un cruel tourment, se séparer l'un de l'autre. Toutefois, Floridan est contraint de faire quelque voyage vers son père, mais c'est le plus rarement qu'il peut. Au bout de l'an, Lydie produit de ce mariage clandestin un fils. Ils le font nourrir et élever, et Floridan lui fait porter le nom de sa maison. Je l'appellerai Gentian. Mais pendant qu'ils cueillent le fruit de leurs amours sans trouble ni empêchement, la fortune, qui n'a d'autre fermeté que l'inconstance, après leur avoir montré un visage si riant et si favorable et fait goûter tant de douceurs, se prépare à leur tourner le dos et à leur faire avaler tout ce qu'elle a d'amertume. Le Ciel, qui leur avait été si calme et si serein, ne sera désormais pour eux qu'un orage de malheur et d'infortune. La cause en fut telle.

Le roi, pour venger le tort que des provinces étrangères lui faisaient et pour recouvrer ce qui lui appartenait justement, avait en ce temps levé une grande armée et passé les monts. Déjà tout tremblait au bruit de ses conquêtes et la victoire qui l'avait accompagné en deux sanglantes batailles lui promettait le triomphe entier de ses ennemis, quand Floridan, considérant le rang qu'il tenait en France et le mérite que ses ancêtres s'étaient acquis dans les histoires fidèles[1], se résolut de quitter pour un temps le myrte pour le laurier[2], et d'aller employer la force de son bras en une occasion si célèbre et si remarquable. Il communiqua son dessein à Lydie qui, au commencement, ne pouvait se résoudre à souffrir l'éclipse de son beau soleil. Ses beaux yeux ne cessaient de verser un torrent de larmes et sa

---

1. Voir *H. II*, n. 1, p.75
2. Dans l'Antiquité le myrte, consacré à Vénus, était l'emblème de l'amour, le laurier l'emblème de la gloire.

belle bouche était incessamment* ouverte aux soupirs et aux sanglots. Floridan lui représentait l'honneur qui le conviait à partir et la brèche qu'il ferait à sa réputation si, pendant que tant de braves cavaliers avaient pour témoins de leur valeur les yeux d'un si grand monarque, il demeurait en sa maison avec autant d'infamie que les autres possédaient de gloire. Que cela lui apporterait un grand préjudice, et à lui et à sa postérité, et lui serait désormais un obstacle pour atteindre aux charges et aux qualités que ses prédécesseurs avaient si dignement exercées. Qu'elle trouvât donc bonne sa résolution, puisqu'elle était fondée sur l'honneur qui doit servir de conduite aux âmes généreuses, et qu'elle se consolât de l'espoir d'un prochain retour.

Ces raisons si justes furent enfin capables d'apaiser en quelque sorte le deuil* de Lydie, que Floridan pourvut de tout ce qui lui était nécessaire pendant son absence, et laissa en charge le château où ils se tenaient à son gouverneur, le priant d'avoir soin de sa femme comme de lui-même et promettant de l'en récompenser, ensemble* des autres services qu'il lui avait rendus, sitôt qu'il serait de retour. La Garde lui promit toute fidélité et toute assistance en cette affaire, et d'y exposer même sa propre vie, s'il en était besoin. Mais le traître garda mal sa promesse, ainsi que nous verrons en la suite de cette histoire.

Après que Floridan fut parti avec un équipage digne de sa grandeur, La Garde alla trouver son père pour voir ce que l'on disait et pour découvrir s'il n'avait pas eu le vent de ce mariage. Cléon l'ignorait, mais néanmoins, il avait sourdement appris que son fils entretenait une damoiselle en Auvergne, en ce château dont nous avons déjà parlé. Cela le fâchait fort, et il eût volontiers empêché ces amours, et chassé le sujet de cette place s'il eût pu, mais elle était si forte et bien gardée que personne n'y pouvait entrer sans la permission de celui qui en avait le gouvernement. D'autre part, il avait peur de faire déplaisir à ce fils qui était unique en sa maison et qu'il aimait à l'égal de lui-même. Sitôt qu'il vit le gouverneur, il commença à se plaindre et à lui tenir ce langage : « Je n'eusse jamais cru, La Garde, que vous eussiez procédé au gouvernement de mon fils comme vous avez fait. Je fis élection de votre personne comme d'un sage gentilhomme qui ne doit avoir pour but que l'honneur et la réputation. Mais au lieu de réprimer les folles passions d'une jeunesse, vous avez non seulement prêté votre contentement à ses désirs, voire encore vous lui avez servi de support. Est-ce ici le fruit que j'espérais de la nourriture* qu'il devait recevoir de votre main ? O Dieu ! Quelle gloire avez-vous acquise ! J'ai appris que vous avez changé la qualité de gouverneur en celle de maquereau, nom indigne de gentilhomme et qui vous fera porter désormais une marque sur le front que vous n'effacerez jamais. » La Garde, ayant ouï ce discours, et piqué jusqu'au vif par une telle injure, répondit à Cléon en ces termes : « Monsieur, vous me faites un grand tort de m'avoir en une si vile estime. Si un autre que vous, et qui fût de ma qualité, me tenait ce discours, je perdrais la vie ou j'en tirerais ma raison*. Je n'ai jamais appris à monsieur votre fils que tout exemple d'honneur et de vertu. Les rares dons dont il est accompli en pourront toujours donner un fidèle témoignage. S'il a été transporté d'amour, je n'en suis pas cause. L'amour est une si violente ardeur qu'il est bien difficile de l'éteindre. Je pense que vous l'avez assez expérimenté lorsque votre âge vous conviait à le servir. Je puis néanmoins dire avec assurance que les amours de Floridan ne m'ont jamais été connues jusqu'à tant qu'il me fît appeler pour témoin et qu'il épousât en ma présence une honnête damoiselle qu'il chérit et qu'il tient maintenant pour sa femme, et dont il a eu un fils. Appelez-vous maquerellage ce qui se fait par la voie de l'Eglise et par le consentement des parties ? Pouvais-je désormais séparer ce que Dieu avait conjoint ? Quand vous considérerez bien le tout, vous trouverez que je ne suis pas si coupable que vous me faites. » Il voulut continuer ses excuses, lorsque le père, ne pouvant plus supporter davantage le regret qu'il ressentait de cette clandestine alliance, l'interrompit par ces paroles : « Mon fils est donc marié sans mon consentement et avec une fille débauchée et de bas lieu ? O Ciel ! Puis-je bien ouïr cette nouvelle sans mourir ? Est-ce ici l'alliance que j'espérais de faire pour la grandeur de notre maison ? Ah ! La Garde ! Vous m'en deviez avertir plus tôt, et j'y eusse apporté le remède qu'il y fallait apporter. — Si je l'eusse fait, répond le gouverneur, il y allait de ma vie, mais si vous me voulez croire et me récompenser de ma peine, je sais un moyen pour tirer dehors cette femme et pour l'envoyer en lieu dont vous n'ouïrez jamais parler. — Si vous le faites, dit Cléon, je promets de vous récompenser si dignement que vous aurez sujet de vivre content le reste de vos jours. »

Le gouverneur le prie de lui laisser manier l'affaire et l'assure qu'il s'y comportera si dextrement qu'il n'aura l'occasion de se plaindre de lui. En cette résolution, ce méchant perfide part de la maison du père pour s'en retourner en Auvergne, et durant le chemin, il invente la plus grande trahison dont on ait jamais ouï parler. Avant qu'arriver au château où était Lydie, il s'habille de noir, et en cet accoutrement, il se présente à la maîtresse de Floridan, tout triste et les larmes aux yeux. « Hélas ! madame, ce dit-il, la grande perte que nous venons de recevoir, vous et moi ! Vous avez perdu un tel mari qu'il est impossible que vous en recouvriez jamais un semblable, et moi le meilleur maître du monde. Nous avons bien sujet de nous plaindre. Tout notre espoir est mort avec Floridan qui a été tué en une bataille. » La dolente Lydie tombe à ces tristes mots par terre, pâmée. Sa damoiselle de chambre, avec La Garde, tâchent à lui faire reprendre ses esprits et à la consoler. Lorsqu'elle se reconnaît, elle profère de si pitoyables plaintes qu'elles seraient capables d'émouvoir les pierres et les marbres. « Ah ! fausse fortune, disait cette misérable, m'avais-tu colloquée en un si haut trône de gloire pour m'en faire choir si promptement ? A qui aurai-je désormais recours, puisque j'ai perdu le soutien de mon heur* et de ma vie ? J'ai abandonné mes parents qui se moqueront maintenant de moi si je me retire vers eux. Pour suivre Floridan, je me suis rendue odieuse à tous mes amis. Irai-je vers son père ? Il me tiendra pour une impudique, et au lieu de me traiter comme sa belle-fille, il voudra me faire punir comme coupable. » Achevant ce discours, elle s'évanouit derechef ; cependant, La Garde la fait emporter en sa chambre et coucher sur un lit où elle pleure, crie et se tourmente, mais c'est la manière des femmes qui pleurent et rient en même temps, et de qui l'amour, comme l'on dit, et la douleur ne durent que l'âge de ces animaux qu'on nomme éphémères, qui ne vivent qu'un jour. L'exemple de Lydie me servira de caution.

Quand elle a bien crié et appelé à son secours la mort, triste recours des misérables, La Garde la vient voir, et après quelques discours et quelques plaintes sur le sujet de leur commun désastre*, ce traître lui tient ce langage : « Vous savez, madame, que les choses que la mort ravit ne retournent plus au monde. Il n'est plus temps de nous consumer aux soupirs et aux regrets, mais de donner ordre à nos affaires. Floridan n'est plus en vie pour nous assister à notre besoin. Vous êtes dénuée de tout support, comme moi de maître. On ne vous avouera* jamais pour sa femme, de sorte que ni vos parents ni les siens ne vous traiteront jamais suivant votre mérite. Si vous voulez tendre l'oreille à un avis salutaire que je vous donnerai, vous pourrez vivre désormais, sinon avec tant de fortune que vous aviez, pour le moins en une paisible condition. Je fais tant de compte de vos perfections que si vous voulez me recevoir pour votre époux, je m'efforcerai désormais de vous rendre non seulement tout devoir de mari, mais encore de serviteur, quand je n'aurais autre considération que vous avez été la femme de mon maître. Si vous considérez l'état où vous êtes réduite et ma condition, la chose ne vous semblera pas si désavantageuse que vous pourriez estimer de premier abord. Je suis gentilhomme d'assez bon lieu qui ai encore en Poitou deux mille livres de rente. Si nous sommes contraints à déloger de ce lieu, nous y passerons le reste de nos jours avec autant de contentement que nous avons maintenant de déplaisir. »

Lydie, oyant ce discours, ne savait que lui répondre, tant elle se trouvait confuse. D'un côté, elle se représentait l'honneur qu'elle avait eu d'épouser un si grand seigneur dont elle avait eu un fils qui, selon le droit divin et humain, devait un jour posséder soixante ou quatre-vingt mille livres de rente. La mort si fraîche et si récente de Floridan et les reproches qu'on lui pourrait faire de l'avoir peu aimé, si elle consentait si tôt à cette amour, se représentait devant elle. D'autre part, la misère présente offrait devant ses yeux le peu de support qu'elle pouvait recevoir de ceux qui lui appartenaient et le peu de moyen qu'elle avait pour faire autoriser son mariage. Ces dernières considérations, mêlées avec l'appréhension de devenir plus misérable qu'elle n'était, eurent tant de force qu'elle fut induite à consentir à la recherche de La Garde. Par cet exemple, nous pouvons remarquer l'inconstance de ce sexe, plus variable que la girouette d'une tour et plus mouvant que le sable. C'est un rare oiseau qu'une femme constante. Nos siècles n'en produisent plus, et s'ils en ont produit quelqu'une, la semence en est perdue.

Voilà donc comment ce traître, ayant gagné la volonté de cette légère, parvient au but qu'il avait tant désiré. Sans doute il y avait longtemps qu'il en était amoureux, mais jamais il n'avait osé déclarer son amour pour le respect de son maître et pour la peur qu'il avait d'être châtié de sa témérité. Ils accomplissent donc leur mariage en cette sorte :

c'est que La Garde fait venir un curé du prochain* village, et en présence d'un des domestiques qui lui était affidé*, il épouse Lydie et souille perfidement la couche de celui à qui il avait autrefois donné de contraires instructions. Après avoir assouvi ses désirs durant l'espace de quelques jours, il dit à Lydie qu'il avait appris de bonne part comme le père de Floridan le menaçait de leur envoyer un prévôt pour se saisir de sa personne, disant qu'elle avait retenu plusieurs bagues et joyaux appartenant à son fils, que pour éviter cet inconvénient, il était d'avis que tous deux se devaient retirer en Poitou en la maison qu'il avait, où ils pourraient désormais passer leurs jours sans aucun trouble. Lydie veut ce qu'il veut et s'en remet à son jugement pour disposer de sa personne, comme celui qui a toute puissance sur elle. Ils disposent donc de leur départ et emportent ce que Lydie a de plus précieux, et font tant par leurs journées qu'ils arrivent en Poitou en une maison où se tenait le frère aîné de La Garde. Après y avoir séjourné quelques jours, le traître dit à Lydie qu'il veut faire un voyage vers le père de Floridan pour tirer de lui ce qui lui était dû de reste de ses gages et pour tâcher à recevoir quelque digne salaire des longs services qu'il lui a rendus au gouvernement de son fils, l'assure de revenir bientôt pour vivre désormais avec elle en toute sorte de liesse, et en sa présence, il la recommande à son frère et à sa belle-sœur, et les prie de lui faire le meilleur traitement qu'il leur sera possible. Cependant, il avertit secrètement son frère que, sept ou huit jours après son départ, il la chasse de sa maison et qu'on [n']en oie plus parler. Indignité la plus cruelle qui se puisse imaginer, ainsi que vous apprendrez tout présentement.

La Garde part donc et arrive en peu de temps à la maison de Cléon. Sitôt qu'il le voit, il lui apprend le beau trait dont il a usé envers Lydie et les moyens qu'il avait pratiqués pour s'en défaire. Le père de Floridan, aise au possible, l'embrasse mille fois et lui donne telle récompense qu'il veut. La pauvre dame, qui ne songe point à toutes ces trahisons, n'avait pas encore achevé de demeurer six ou sept jours au logis du frère de La Garde que ce cruel la va trouver sur la nuit à sa chambre. Il l'éveille et, comme tout effrayé, lui apprend qu'un prévôt des maréchaux est au village prochain* pour venir se saisir de sa personne, à la pointe du jour, suivant une commission qu'il a, à la requête du père de Floridan. Il lui dit encore que ce lui serait un grand crève-cœur s'il la voyait ainsi mener prisonnière, de sorte qu'il lui conseillait de se lever promptement et de gagner* au pied pour sauver sa vie. La misérable, bien étonnée, répond qu'il n'y avait pas d'apparence qu'elle sortît à une heure si indue sans savoir où tirer, sans secours ni sans compagnie. L'autre lui repart que c'est un faire le faut* et qu'il n'est pas temps de discourir, parce que peut-être le prévôt était déjà en campagne. Ainsi, bon gré, mal gré qu'elle en ait, elle est forcée de sortir du logis en cotte et avec un habillement de tête. La peur qu'on lui avait imprimée lui fit gagner une prochaine* forêt où elle marcha tout le reste de la nuit en pleurant, sans tenir ni chemin ni sentier. Les ronces et les épines l'arrêtaient souvent par ses blonds cheveux dont elle en laissait les marques en plusieurs lieux. Toutefois, elle ne s'en soucie guère, estimant que bientôt elle mourrait ou de faim ou bien que quelque cruelle bête affamée la dévorerait. Elle y chemina cette nuit[-là] et presque tout le long du jour suivant, sans trouver personne vivante ni maison aucune ; sur le soir, ayant ouï aboyer des chiens, elle tourna ses pas de ce côté et aperçut une grange et une vieille femme qui y ramenait un troupeau de brebis. S'étant approchée, elle la pria de lui donner à boire si elle avait de l'eau. Cette bonne femme, la regardant et la voyant toute échevelée et toute sanglante, en eut compassion et la mena dans sa cabane, où elle la fit repaître* de ce qu'elle avait. Lydie avait encore une bague d'or qu'elle lui donna le lendemain au matin, en récompense de son bon traitement, et se vêtit d'une méchante robe que la vieille et son mari lui baillèrent en échange de sa cotte. En cet habit, elle s'en alla de château en château et de village en village, demandant sa vie, inconnue et habillée en pauvre gueuse. Quel crève-cœur ressentait-elle en son âme de se voir si misérable, elle qui s'était vue autrefois si honorée ! Si la crainte de perdre son âme ne l'eût retenue, elle se fût donné mille fois la mort de sa propre main. Quand La Garde serait de nature sauvage et engendré d'un tigre, je crois qu'il en aurait compassion s'il la voyait réduite en cette extrémité.

L'infortunée fit tant de chemin, croyant toujours qu'on la poursuivait, qu'à la fin, après beaucoup de tours et de détours, elle arrive à Laval, au pays du Maine. Elle entre dans la ville, et comme les autres mendiants, elle s'arrête à la porte du château et y demande l'aumône. La dame de Laval, qui venait en ce temps, grande aumônière s'il en fut jamais, venait de la promenade lorsqu'elle aperçut cette gueuse qui lui demande l'aumône. Son langage, autre que celui du pays, fit que cette vertueuse dame s'informa d'elle, de quelle contrée elle était. L'autre lui répondit qu'elle était une pauvre femme de Picardie qui, venant d'un pèlerinage, avait perdu son mari par les chemins et que, pour vivre, elle était contrainte de quémander. La dame, l'ayant de plus près regardée et ayant remarqué en elle je ne sais quoi qui ressentait son bien [1], encore que Lydie eût le visage tout barbouillé, lui dit si elle voudrait bien la servir pour nettoyer la vaisselle de sa maison. L'autre s'y accorde et dès l'heure* même elle s'emploie à ce vil exercice.

Après qu'elle eut demeuré quelque temps, elle ne put si bien receler les traits de sa beauté, quoi qu'elle se défigurât et qu'elle portât un chaperon gras [2] et une robe de même, qu'un vieux serviteur

---

1. *Ressentir son bien* : voir *H..VI*, n. 1, p.199
2. *Chaperon* : sorte de chape, servant aux vieilles femmes dans certains pays. *Gras* : comprendre graisseux.

du logis, qui avait la charge de l'argenterie, n'en devînt extrêmement amoureux. Il était veuf et riche, et n'avait jamais eu aucun enfant de sa première femme. Il parla souvent de mariage à Lydie qui s'excusait sur sa pauvreté, et le vieillard lui remontrait* qu'il avait assez de bien, et pour lui, et pour elle. Jugez encore un peu de l'inconstance de cette femme ! Sous l'espoir d'avoir quelque peu de trêve en ses malheurs et de passer désormais le reste de sa vie avec quelque repos, elle s'accorde d'épouser cet argentier, pourvu que la dame, leur maîtresse, y consente. Notre amoureux transi, ayant tiré cette joyeuse réponse de Lydie, va vers Madame de Laval, et se jetant à ses genoux, la supplie que pour tant de services qu'il lui a rendus elle lui veuille accorder une demande qui ne la peut en rien incommoder. « Levez-vous, dit-elle, pourvu qu'elle soit raisonnable, je vous l'octroie. — Ma requête est, poursuit l'argentier, que vous me permettiez d'épouser Lydie. » La dame, oyant cette réquisition, et considérant l'ardeur dont il était porté, lui en donna la permission.

Les noces se firent, et voilà Lydie mariée à trois diverses personnes toutes vivantes, encore qu'elle ignore que Floridan soit au monde. Elle est excusable pour le second mariage qu'elle contracta, mais pour celui-ci, elle ne le saurait défendre, encore que La Garde ait usé en son endroit d'extrême cruauté. Quelques jours se passent durant lesquels Lydie, à qui l'appréhension de tomber entre les mains du père de Floridan avait ôté presque le sens*, vient à se reconnaître et à se représenter l'honneur qu'elle avait reçu d'être l'épouse d'un si grand seigneur. La faute qu'elle avait faite d'épouser si légèrement La Garde, qui par aventure* pourrait bien l'avoir trahie sous quelque faux entendre*, et encore cette dernière, de prendre en mariage un homme si éloigné de sa condition. Elle ressent une telle douleur du ressouvenir de sa fortune passée et de l'état de sa misère présente qu'elle en perd presque le boire et le manger. Elle diminue peu à peu, comme une fleur exposée à l'ardeur du soleil et qui ne reçoit point aucune humeur. Son vieillard, qui l'aime plus que lui-même, s'étonne et participe à sa douleur. Il tâche de lui donner toutes sortes de contentements, mais en vain, car enfin, une maladie la saisit de telle sorte que les médecins désespèrent de son salut. Etant prête à rendre l'âme et après avoir confessé ses fautes et reçu le Saint Sacrement, elle prie son mari d'impétrer* cette requête de la dame de Laval, qu'elle puisse lui dire un secret qu'elle a sur le cœur avant que rendre l'âme. Le bon homme trouve sa maîtresse et lui rapporte ce dont sa femme l'avait chargé. La dame s'achemine à la chambre où Lydie était gisante. S'étant assise au pied de son lit, elle lui demande si elle avait besoin de quelque chose et l'assure que rien de sa maison ne lui sera épargné. La malade la remercie de sa courtoisie et fait prière au Ciel qu'il l'en veuille rémunérer. Après, elle fait retirer de sa chambre tous ceux qui y étaient, hormis la dame et son mari, puis elle leur expose ce qu'elle était et commence par le lieu de sa naissance et par ses parents. Elle leur conte ensuite comme Floridan se rendit amoureux d'elle, la sorte* qu'il l'emmena en Auvergne, comment il l'épousa et comme il partit pour aller à la guerre, la nouvelle de sa mort à elle rapportée par La Garde, ses secondes noces, la cruauté de son frère et enfin, en quelle manière, craignant la colère du père de Floridan, elle arriva à Laval.

Cette bonne dame, ayant appris le succès* de cette aventure, se mit à pleurer pour la compassion qu'elle eut de tant de maux soufferts par cette misérable. Elle tâcha de lui faire reprendre courage et envoya chercher les plus excellents médecins du pays, mais c'était trop tard. Dieu la retira peu de temps après de ce monde plein de misères et d'ennuis pour lui donner un lieu exempt de passions. La dame de Laval la regretta fort, mais particulièrement le bon vieillard qui l'avait épousée conçut un si grand déplaisir de son trépas qu'il la suivit incontinent après.

Cependant que ces choses passent de la sorte, Floridan revient de la guerre tout couvert de palmes et de lauriers qui seront bientôt changés en aches et en cyprès [1]. Il pensait trouver à son château sa maîtresse, mais il n'y a que La Garde avec quelques domestiques. Le traître, faisant bonne mine, court pour le saluer, tout triste en apparence. Floridan lui demanda nouvelles de sa femme et de son fils, et l'autre lui répond que son fils est en bon portement mais que la mort, qui ravit toute chose, a mis sa femme dans le tombeau. Je vous laisse à juger quel tourment il ressentit. Il demeura immobile de douleur et après versa un déluge de larmes et proféra des regrets que la douleur apprend à ceux qui sont touchés de pareilles afflictions. Mais voyant enfin que la mort n'a point d'oreilles ni de cœur pour entendre nos cris ou pour s'en émouvoir, il voulut rendre les devoirs que l'on doit aux morts. Il fit faire les obsèques de sa femme, fit prier Dieu pour son âme, prit un accoutrement* de deuil et fit habiller tous ses gens de même. Oh ! que s'il eût su ce qui en était, quelle cruelle vengeance eût-il exercée contre La Garde ! Il n'y a supplice, tant cruel soit-il, qui peut égaler celui qu'il lui eût fait souffrir. Encore n'eût-il su le punir selon qu'il l'avait mérité. Aussi ce perfide, sitôt que ce jeune seigneur fut revenu de la guerre, prit incontinent congé de lui, sous prétexte qu'il se voulait retirer et qu'il était las de suivre la cour. Floridan lui fit donner une honnête récompense, au lieu qu'il méritait une cruelle punition.

Comme il se fut retiré en Poitou, un serviteur de Floridan à qui le valet de La Garde avait conté toute la trahison, tire un jour son maître à part et lui apprend qu'il portait le deuil d'une personne qui était en vie. Il lui récite ce qu'il en avait appris, la menée de son père et de La Garde, et lui assure qu'il était allé avec Lydie en Poitou. Floridan, bien

---

1. *En aches et en cyprès* : les aches (ou achés) sont des vers de terre, le cyprès est un arbre funéraire : deux emblèmes de décomposition et de mort.

ébahi de cette nouvelle et plus encore de la trahison de La Garde, jure qu'il s'en vengera, et de ce pas prend cinq ou six de ses serviteurs bien armés et s'achemine vers le Poitou. Il fait tant par ses journées qu'il arrive à la maison du frère de La Garde. Il lui demande qu'est devenue une jeune dame que son frère laissa dans sa maison. L'autre lui répond qu'à la vérité, il avait logé quelque sept ou huit jours une damoiselle chez lui, mais qu'elle était puis après partie, sans qu'il eût pouvoir de la retenir. « Ah ! traître, dit Floridan. Vous êtes cause de sa mort, si elle est morte, mais assurez-vous que j'en aurai la raison en temps et lieu. » Ce disant, il va et cherche les lieux d'alentour et de fortune, il arrive à la grange de la pauvre femme qui l'avait logée. Il sait d'elle la funeste aventure de sa femme, et passant plus outre, dolent et affligé, il va tant d'un côté et de l'autre qu'enfin il arrive à Laval, désespéré de trouver ce qu'il cherchait. Et bien que le seigneur du lieu fût son parent, il ne voulait pas pourtant loger chez lui, car il avait résolu de ne se faire point connaître qu'il n'eût nouvelles de ce qu'il cherchait. Le comte de Laval, l'ayant rencontré comme il voulait entrer en une hôtellerie et jugeant à sa mine ce qu'il était, le pressa tant qu'il le mena à son château, sans toutefois le connaître. La comtesse le reçut avec toutes sortes de bonnes chères, suivant l'honnête courtoisie qui se pratique en France entre la noblesse. Après souper, la dame de Laval lui récita l'aventure qui était arrivée en leur maison depuis quelques jours, non sans jeter des larmes. Floridan, oyant ce qu'il ne cherchait pas, fut à l'heure* saisi de tant de douleur qu'il chut à terre, évanoui. Le comte et son épouse, croyant que ce fût quelque défaillance, coururent à l'eau et au vinaigre pour lui faire reprendre ses esprits. Quand il revint à soi, il jeta un profond soupir, et puis, en voix basse et débile, il proféra ces paroles : « Ah ! cruelle mort qui m'as ravi celle pour qui j'ai tant pris de peine en la cherchant ! Que tardes-tu d'achever le reste de ta cruauté ? » A ces mots, le comte et la comtesse connurent que c'était Floridan. Ils tâchèrent de le consoler, mais son mal était trop grand. Quand il venait à se ramentevoir* la trahison de La Garde, la simple crédulité de Lydie et la facilité à entendre si tôt à un nouveau mariage, il crevait de dépit, de sorte qu'abhorrant le lieu où il se trouvait, il commanda à l'un de ses gens de faire promptement brider son cheval pour partir sur le champ. Quelques prières que lui sussent faire ses parents, il ne fut jamais possible de l'arrêter. Il chemina vers Paris toute la nuit, sans reposer, toujours soupirant et se plaignant. Au point du jour, il reput* quelque peu et reposa, mais avec mille fantaisies et mille imaginations. Celui était son ennemi, qui s'ingérait de le consoler[1]. Étant arrivé à Paris, il alla descendre à son logis ordinaire et se mit dans un lit, accablé de douleurs et d'angoisses. Là, il se mit à détester la cruauté de son père et la trahison de La Garde.

« O cruel père, disait-il, vous avez cru me procurer du bien en me privant de ce que j'avais aussi cher que moi-même, et pensiez, en ce faisant, traiter une autre alliance plus avantageuse pour moi, selon votre opinion ; mais vous ne considériez pas la force de l'amour et mon inclination qui ne pouvait être forcée que par la mort ; et quel fruit recevrez-vous de votre cruauté, sinon que vous ne verrez jamais celui pour qui vous avez eu autrefois tant de soin ? Et toi, perfide et cruel, qui, non content d'avoir abusé mon épouse et souillé par la plus grande trahison du monde ma couche, as encore exposé à toutes sortes d'inhumanités celle que tu étais obligé d'honorer ? Je n'ai d'autre regret, en la fin de mes jours, que de ce que je ne puis te payer comme tu mérites, et laisser à la postérité une marque mémorable de juste vengeance. Je prie à Dieu qu'il l'exerce

---

1. *Celui était son ennemi qui s'ingérait de le consoler* : tournure archaïque ; lire : celui qui s'ingérait de le consoler était son ennemi.

pour moi. Il est juste juge. Je ne doute point que tu ne ressentes l'effet de sa justice divine, quoi qu'il tarde. O misérable Lydie ! Que vous fûtes bien crédule et plus encore prompte à quitter nos amours ! Hélas ! Je vous excuse ! La misère où vous étiez réduite, étant abandonnée de tout le monde, était capable de forcer à cette extrémité la plus constante du monde. »

Floridan passait les jours et les nuits avec tant de douleur qu'enfin, son corps ne pouvant plus supporter tant d'angoisses et étant saisi d'une violente fièvre, son âme fut contrainte d'en déloger et de payer à la nature le commun péage des mortels. Son père, qui sut aussitôt son trépas que sa maladie, ayant reconnu (mais trop tard) sa faute, en reçut un si grand déplaisir qu'il s'en mit au lit, où il mourut dans peu de jours. Et avant sa mort, il fit son testament et disposa de ses biens, instituant héritier un sien frère d'où sont issus ceux qui portent maintenant le nom de la maison, braves et généreux cavaliers s'il y en a au monde. Quant au bâtard de Floridan, ainsi appelait-il Gentian, qui était pourtant légitime, il lui légua certaine somme de deniers. Le perfide La Garde était cependant en Poitou où il se maria, bien aise de la mort de Floridan de qui il ne pouvait éviter le châtiment s'il eût davantage vécu. Le jeune Gentian fut instruit aux bonnes lettres dès sa plus tendre jeunesse, où il profita si bien que, pour son savoir et pour sa prud'homie, le roi le fit évêque de Tarbes en l'âge de vingt ans. Chose rare en ce temps, où l'on regardait plus au mérite qu'au lustre de la maison !

Comme il était en son évêché, La Garde, étant en sa maison, commence à se ressouvenir de la trahison qu'il avait commise envers Floridan et de la cruauté exercée contre la pauvre Lydie. Le souvenir de sa trahison et de sa cruauté lui pique si vivement le cœur qu'il ne peut avoir aucun repos en sa conscience. Le remords qu'il a d'avoir perpétré un si grand crime lui sert de bourreau perpétuel. Enfin, accablé de regret, il se couche au lit, malade, où il maudit sa malheureuse vie. Quelque consolation que de bons religieux lui donnent pour remédier à son mal, il ne peut bannir le désespoir qui s'est emparé de son âme. Enfin, étant prêt à rendre son malheureux esprit, il récite publiquement sa trahison et le succès de l'aventure que nous avons racontée, et charge un sien fils unique qu'il avait d'en écrire l'histoire tout au long, et de la porter à l'évêque de Tarbes et de lui demander pardon du tort qu'il lui avait fait. Son fils, après son trépas, se dispose à exécuter sa volonté et se met en chemin. mais il meurt en une hôtellerie proche de la demeure de l'évêque. En mourant, il charge son hôte d'accomplir ce qu'il n'avait pu faire. L'hôte, après son décès, prend le mémoire et le rend* à l'évêque. Lui, qui jusqu'à l'heure* s'estimait être bâtard de Floridan, met en procès ses parents qui jouissaient du bien de son père, produit le contrat de mariage que La Garde avait toujours retenu et l'attestation du curé. La cour de Parlement, retenant la connaissance de la cause après avoir mûrement exagéré cette affaire, reconnaît qu'à la vérité l'évêque Gentian est vrai et légitime fils de Floridan, et que, par conséquent, l'héritage lui appartient de droit; néanmoins, pour ne dissiper point une si grande maison qui eût pu être ruinée si elle tombait entre les mains d'un prêtre, elle ordonna que l'héritage ne serait point ôté à ceux qui le possédaient, mais qu'une pension de dix mille livres de rente annuelle serait seulement payée à l'évêque pour en jouir sa vie durant, déclarant en outre bon et valable le contrat de mariage passé entre Floridan et Lydie, et Gentian leur fils légitime, à qui il fut permis de prendre et de porter les armes de la maison.

Voilà l'histoire tragique et lamentable de ces deux infortunés amoureux. Je l'ai écrite succinctement. Si j'eusse voulu m'étendre, il eût fallu composer un gros volume et non une simple narration. Passons maintenant au récit d'une autre, non moins funeste et pitoyable.

Histoire XIV

De la cruelle vengeance exercée par une damoiselle sur la personne du meurtrier de celui qu'elle aimait.

Dans un cadre digne de l'Arcadie, l'amour surgit entre deux êtres faits l'un pour l'autre : Fleurie, belle et raffinée, et Lucidamor, gentilhomme valeureux, « des plus accomplis du monde ». Mais l'agressif Clorizande s'interpose et n'hésite pas à faire assassiner Lucidamor. La vengeance de la jeune fille donne lieu à un véritable théâtre de la cruauté.

Inspiré de Bandello, repris par Pierre Boaistuau, ce thème de la vengeance au féminin suivi du « suicide d'amour » suscite l'admiration de Rosset qui fait de Fleurie une héroïne digne des grandes dames de l'Antiquité.

Cruelle vengeance ! Que tu as bien souvent de pouvoir sur les hommes ! Tu bannis la raison de l'âme, et sans te soucier de sa perte, tu réduis les personnes en de telles extrémités qu'elles exécutent des entreprises si horribles qu'à peine ceux mêmes qui les voient en peuvent imaginer les effets. Mais particulièrement le sexe, qui est le plus doux et le plus bénin, est sujet à cette passion. Mille histoires en rendent témoignage, et particulièrement celle-ci, que je donne à la postérité pour l'une des pitoyables et tragiques qu'on puisse lire.

Du temps que le zèle inconsidéré de religion armait nos provinces les unes contre les autres, que les sacrilèges, les meurtres, les vols, les ravissements et autres maux infinis étaient en règne, et le plus florissant royaume de la chrétienté déchiré de toutes parts, il y avait un gentilhomme français qui, après avoir rendu une infinité de marques de sa valeur et de son courage en Hongrie contre les infidèles[1], retourna au pays de sa naissance. Je le nommerais de son propre nom et dirais le lieu de son origine, mais pour le malheur arrivé à sa maison, je m'en tairai pour le présent et l'appellerai Adraste. Le long temps qu'il avait demeuré sans voir ses parents et ses amis fit qu'à son arrivée, tous accouraient à sa maison pour le voir et pour le saluer. Ce n'étaient que réjouissances et compliments réciproques. Après qu'il y eut séjourné quelques mois, fâché de suivre désormais le train* des armes et importuné de ses plus proches, il résolut de s'arrêter auprès de ses amis et de prendre femme. Il avait honnêtement des moyens et avait acquis assez de réputation parmi les hommes, de sorte qu'il était recherché de l'alliance de plusieurs nobles familles. Il épousa donc une damoiselle fort sage, fort vertueuse, et pourvue de beauté et de noblesse autant qu'autre du pays. Ils passèrent quelques années ensemble sans avoir lignée. Heureux s'ils n'en eussent jamais eu ! Tant de sujets de malheurs n'emploieraient pas maintenant ma plume à décrire une histoire si sanglante.

Enfin, ils eurent une fille que le Ciel et la nature douèrent à sa naissance d'une beauté si rare qu'à peine en eût-on trouvé une pareille en toute la province. Nous l'appellerons Fleurie. Le père et la mère la firent instruire en sa jeunesse plus tendre en toutes sortes d'honnêtes gentillesses, comme à jouer de l'épinette et autres instruments, à chanter en musique, à lire, à écrire et à peindre, où elle profitait si bien qu'elle surmontait le désir des personnes qui en avaient la charge. A mesure que ses ans croissaient, ses perfections croissaient pareillement, de

---

1. Dès la moitié du XVIe siècle, les états catholiques européens, sous l'autorité des papes, s'opposent aux Ottomans, dans un véritable esprit de croisade. La guerre de Hongrie a lieu pour restaurer le catholicisme en Pologne.

sorte qu'à l'âge de treize à quatorze ans, le bruit de sa beauté et de sa bonne grâce courait par tout le pays. Et parce qu'elle était fille unique, et accomplie de tant de rares dons, plusieurs gentilshommes d'illustre maison venaient au logis du père, tâchant de la servir et d'en acquérir avec le temps la possession. Le père, comme personne pleine de courtoisie, les recevait tous honorablement, sans démonstration d'amitié aux uns plus qu'aux autres, car il voyait que sa fille n'était pas encore en âge d'être mariée, joint* qu'il voulait penser mûrement avant que la marier. Il n'avait que cet enfant qu'il aimait à l'égal de lui-même, et désirait la pourvoir selon son désir.

Tandis*, toute la fleur de la noblesse du pays abordait chez lui. On ne voyait que courses de bague et autres pareils exercices ; chacun prétendait à gagner les bonnes grâces de Fleurie, les uns d'une façon, les autres d'une autre. Plusieurs composaient des vers à sa louange, d'autres tâchaient par leurs belles paroles et par leurs plaintes [d]'amollir son cœur sur qui l'Amour n'avait point encore décoché le trait qui le fait redouter des hommes et des dieux. Elle se riait de tous indifféremment et les entretenait de même, sans témoigner aucune particulière faveur. Son père se tenait le plus souvent en une sienne maison de plaisance, bâtie au bord d'un coulant ruisseau dont l'on voyait la source au pied d'un haut rocher voisin de cette demeure. Il y avait aussi tout proche une grande forêt plantée d'arbres si épais que le soleil ne les perçait jamais. Déjà le grand Henri avait donné la paix à son peuple, et l'étranger avait vuidé* nos provinces, de sorte que chacun vivait et dormait en assurance en sa maison.

Un jour, comme Fleurie, accompagnée de quelques autres damoiselles voisines, qui la venaient souvent à visiter, était au bord de ce coulant ruisseau sous des saules verts, et qu'elles y passaient la chaleur du jour à deviser et à se gausser entre elles des hommes, et qu'elles assuraient que la plus grande partie d'eux n'est que dissimulation et qu'inconstance, et qu'il faut bien que les filles, au siècle où nous sommes, prennent bien garde à elles afin de n'être point abusées, la belle Fleurie prit un luth, et puis, mariant sa divine voix au son de cet instrument, elle se mit à chanter ces vers contre l'amour :

Avant que je m'engage à ce dieu des amours,
De qui la tyrannie est partout si connue,
Je prie aux Immortels qu'ils retranchent mes jours
Et qu'ils couvrent mes yeux d'une éternelle vue.

Je dépite ses traits, mon cœur est un rocher
Aussi dur pour ses coups, comme il est insensible.
Il a beau contre moi ses flèches décocher,
Il trouvera toujours que je suis invincible.

Toute la compagnie prenait un singulier plaisir à ouïr la douceur incomparable de sa voix mêlée aux accords du luth lorsqu'un jeune gentilhomme, passant le long de ce rivage planté, comme nous avons dit, de saules verts, s'arrêta, oyant cette voix angélique. Et pour mieux l'entendre, il s'approcha tout doucement, le plus à couvert qu'il put de cette belle troupe. A l'heure*, le soleil commençait à plonger ses rayons dans l'occident et les ombres se préparaient de couvrir la face de la terre, tandis que ce beau soleil, qui jouait de l'instrument et qui chantait si mélodieusement, allumait les lieux d'alentour de si clairs rayons qu'il semblait que l'autre, qui luit dans le Ciel, courût plus vite que de coutume pour se cacher de honte. Sitôt que ce gentilhomme eut jeté les yeux sur ce nouvel astre, l'excès de sa lumière l'éblouit si bien et l'étonna si fort qu'en tirant un grand soupir du profond de son estomac*, il tomba de son haut, étendu. Au bruit qu'il fit en soupirant et en tombant à terre, ces damoiselles se levèrent debout, toutes effrayées. Une, plus courageuse que les autres, s'étant approchée du lieu où l'on avait ouï le bruit et y ayant trouvé un homme étendu à la renverse, elle se mit à crier et à proférer ces paroles : « O Dieu ! Qu'est-ce que je vois ! C'est mon cousin Lucidamor ! » C'était un gentilhomme des plus accomplis du monde. Il ne faisait que de revenir d'Italie où il avait acquis tant de gloire, parmi ceux qui [y] font les exercices*, qu'il était estimé le plus adroit cavalier de son temps. Il était doué d'une beauté si excellente que sans doute l'infidèle époux d'Œnone[1] lui en eût quitté* le prix. A peine avait-il alors vingt ans. Jamais aucune beauté n'avait pu gagner sur sa franchise. Toutes lui avaient été jusqu'à ce moment indifférentes. Mais ayant vu paraître cette belle clarté qui doit être désormais la lumière de son âme, il perdit au même instant sa liberté avec ses sentiments, contraint de se rendre sans faire résistance. Il n'y avait que trois ou quatre jours qu'il était revenu à sa maison, proche de celle du père de Fleurie, et chassant dans cette prochaine* forêt qui lui appartenait, il s'était égaré, courant après un sanglier. Le malheureux pensait prendre lorsqu'il fut pris.

La cousine Cloris s'étant écriée de la sorte que nous avons dit, Fleurie quitta son luth et, avec ses autres compagnes, courut pour voir cette aventure. Cloris lui prit la tête, et l'ayant couchée en son giron, elle y versa tant de larmes qu'ayant repris ses sentiments, il ouvrit les yeux qu'aussitôt il referma, voyant devant lui celle d'où son mal procédait, et en évanouissant derechef, il proféra ces paroles : « O dieux ! dit-il, faut-il que je meure pour avoir trop vu ? » Fleurie, étonnée de ce nouvel accident, ne peut si bien se contenir qu'après avoir considéré la beauté de ce gentilhomme de qui les cheveux étaient plus blonds que l'or et le teint plus blanc que les lys que l'on vient fraîchement de cueillir, elle ne se retirât à part pour pleurer, tandis que les autres, apportant de l'eau du prochain* ruisseau, lui en arrosèrent le visage et lui firent reprendre ses esprits. « Hélas ! Amour, cria-t-il alors, combien tes effets sont contraires à ton nom ! O dommageable

---

1. Pâris abandonna Œnone pour Hélène, femme de Ménélas.

regard ! » Achevant cette plainte, il jeta les yeux d'un côté et de l'autre, et voyant tant de belles damoiselles empêchées pour le secourir, il se leva tout honteux, et après leur avoir fait la révérence, dissimulant son mal, il les pria de l'excuser s'il ne les avait pas plus tôt saluées, rejetant la coulpe sur une faiblesse qui l'avait saisi lorsqu'il s'apprêtait de s'acquitter de son devoir.

Comme il achevait ce discours, trois ou quatre gentilshommes qui le cherchaient arrivèrent, à son grand regret parce que, de peur qu'ils ne s'aperçussent de sa nouvelle amour, il fut contraint de prendre congé de cette belle compagnie. Mais auparavant, il tira à part sa cousine Cloris, de laquelle il apprit le nom de la damoiselle qui jouait du luth, et qui elle était. Etant de retour chez lui, au lieu de se réjouir comme il avait de coutume, il se retira dans sa chambre, et puis, se jetant sur son lit, il commença de tenir ce langage : « O Ciel ! Pourquoi m'avez-vous été jusqu'ici tant favorable, puisque vous me deviez faire mourir d'une si cruelle mort ! Que me servent tant de dons de Nature, s'il faut désormais que je passe les jours et les nuits à plaindre et à soupirer ? Hélas ! Amour, que tu te venges bien maintenant de moi ! J'avais jusqu'ici méprisé tout pouvoir, mais maintenant, je vois bien qu'il n'est puissance mortelle qui puisse résister à ta force. Au moins, si j'espérais que celle pour qui je meurs si cruellement eût pitié de mon mal, j'aurais quelque consolation en ma douleur, mais las ! Quel espoir puis-je avoir d'en recevoir allégement, puisque les dieux mêmes ne sont pas dignes de la servir ? »

Plusieurs autres plaintes et regrets faisait notre amoureux, quand la belle Fleurie, qui commençait déjà d'ouvrir son cœur aux traits de l'Amour par le souvenir de l'incomparable beauté de Lucidamor que ce petit dieu lui représentait à toute heure, soupirait tout bassement lorsqu'elle était couchée dans son lit : « D'où me vient, disait-elle, cette nouvelle blessure ? Faut-il que je quitte le rempart de ma franchise, gardé si longuement contre cette déité qui ne peut sur nous que ce que nous lui donnons ? Je veux arracher de bonne heure cette mauvaise semence et passer désormais mes jours comme j'ai fait ci-devant, sans passion et sans inquiétude. » Une fois, elle faisait résolution d'ôter Lucidamor de sa fantaisie, mais venant puis après à s'imaginer ses grâces et ses perfections, elle était forcée de dire : « Hélas ! Je vois bien, Amour, que ton pouvoir est infini ! C'est en vain que je tâche de repousser celui qui donne les lois au Ciel et à la Terre. » Fleurie balançait de la sorte, comme un chêne agité de deux vents contraires. Tantôt elle était résolue de n'assujettir jamais sa liberté sous les lois de l'amour, et tantôt elle protestait de les reconnaître.

Cependant que le fils de Cypris[1] se joue de ces deux amants et qu'il traverse leurs cœurs d'une seule flèche, il arrive qu'une parente de Fleurie se marie. Les noces s'en préparent en grande pompe et magnificence. On y doit courir la bague que la nouvelle mariée doit donner avec un bracelet de perles de grande valeur à celui qui la gagnera. Toute la noblesse du pays s'apprête pour y faire paraître sa disposition, chacun y veut avoir pour témoins de son adresse les yeux de parfaites beautés qui s'y doivent trouver. Ceux qui aspiraient à l'acquisition des bonnes grâces de Fleurie ne manquent pas de dresser des parties*. Lucidamor en fait une avec trois de ses plus intimes amis. Déjà, tout le monde est assemblé pour avoir le plaisir des courses. Enfin, Lucidamor, déguisé sous le nom du chevalier de la Renommée, après une grande dispute, l'emporte par-dessus tous. Nul, hormis ceux qui étaient en sa compagnie et sa cousine Cloris à qui il avait déclaré auparavant son entreprise, ne le connaissait. Après avoir gagné l'honneur, il s'approcha de l'échafaud* de la mariée, qui était au milieu de Fleurie et de Cloris,

---

1. Voir *H.X*, n.1, p.258.

et ayant reçu de sa main la bague et le bracelet, il attacha le diamant avec les perles, et puis, ayant mis le tout au bout de sa lance, il s'adressa à Fleurie et lui tint ce langage : « C'est vous, ô belle déesse, qui avez remporté le prix de ces courses. Mon bras n'a été guidé que par vous, je n'ai point été éclairé que par les rayons de vos beaux yeux, plus luisants que la clarté qui nous donne le jour. Je vous supplie donc de recevoir ce qui vous appartient si justement. » Fleurie, toute honteuse d'ouïr proférer ces louanges, ne savait au commencement que répondre, et si elle devait prendre ou refuser le présent ; toutefois, ayant appris par un signe que lui fit Cloris que c'était Lucidamor, elle le prit et répondit en cette sorte : « Votre courtoisie, plutôt que mon mérite, vous fait tenir ce langage. Je ne refuse point néanmoins ce que vous me présentez, car je ne doute pas que ce présent ne parte d'un courage noble et généreux. Toutefois, c'est à condition que vous ôterez ce masque qui nous prive du bien de vous voir et de vous connaître, afin que je sache qui je dois remercier et récompenser de la bonne volonté qu'il fait paraître envers une personne de si peu de mérite. »

Lucidamor, ne pouvant refuser la première requête que lui fit sa maîtresse, ôta son masque, et à l'heure*, tout le monde le reconnut. La joie qu'il avait d'avoir emporté le prix et de voir celle sans qui il ne pouvait vivre augmentait de beaucoup sa beauté naturelle. Il n'y avait damoiselle en la troupe qui ne jetât les yeux sur lui et qui ne portât déjà de l'envie à la beauté de Fleurie qui avait eu le pouvoir d'acquérir un si brave cavalier. Aussi s'estimait-elle heureuse de cette acquisition plus que si elle eût acquis le plus grand monarque du monde. Ce fut à l'heure* que leurs affections, qui ne commençaient que de naître, s'accrurent avec telle violence qu'ils ne pouvaient être l'un sans l'autre. Si quelquefois ils étaient privés du bonheur de se voir, ils se visitaient par lettres et se consolaient de l'espoir d'être bientôt ensemble. Ils n'avaient qu'un même désir. Jamais Amour ne lia deux âmes d'une étreinte si ferme. Ils n'outrepassaient pourtant les bornes de l'honnêteté, mais ils attendaient que l'union du saint mariage assemblât leurs corps aussi bien que leurs cœurs.

Durant que leurs affections sont plus allumées, il arrive qu'un riche baron, que nous nommerons Clorizande, revient aussi d'Italie où il avait fait les exercices*. Sitôt qu'il fut au pays, il alla voir Lucidamor avec qui il avait une grande familiarité comme ceux qui, étant pareils d'âge et de noblesse, et d'un même pays, se hantaient* ordinairement. Lucidamor lui fit mille caresses, et entre autres choses, le soir, étant couchés ensemble, lui ouvrit son cœur et lui déclara l'amour qu'il portait à Fleurie, dont il lui fit voir le lendemain un portrait raccourci, tiré naïvement. Clorizande n'eut pas plutôt aperçu le tableau que les perfections d'une telle beauté le rendirent si vivement épris qu'il en perdit tout repos. Il dissimule néanmoins sa passion, et ayant loué son ami du jugement qu'il avait fait paraître en l'élection d'un si divin sujet, il s'offrit de l'assister en toutes occasions, contre toutes sortes de rivaux, dont le nombre était infini. Lucidamor l'ayant remercié, ils firent résolution d'aller voir Fleurie. S'ils furent les biens reçus, il ne faut pas que personne en doute. C'étaient deux jeunes gentilshommes des plus illustres de la province.

Clorizande, voyant celle qu'il n'avait jamais auparavant vue qu'en portrait, sentit augmenter le feu qui le consumait, de sorte qu'il se résolut, dès l'heure* même, de s'en rendre possesseur à tel prix que ce fût. « Il m'est impossible, disait-il à part lui, que je vive sans jouir d'une si rare beauté. Puisque la mort m'est infaillible, si un autre vient à la posséder, il ne me chaut de tenter toutes voix extraordinaires pour l'acquérir. » Voilà comme déjà cette folle passion lui faisait ourdir la trahison qu'il exécuta, ainsi que vous verrez en la suite de ce discours. Ce fut donc depuis que, palliant* son amour, il faisait l'entremetteur des amours de son ami et de sa maîtresse, et par même moyen, savait tous leurs secrets. Il sondait le plus souvent avec une grande dextérité le cœur de Fleurie pour prendre garde s'il y avait moyen de gagner ses bonnes grâces et la détourner de l'amour qu'elle portait à Lucidamor, mais voyant que c'était tenter l'impossible, il prit une autre voie, cruelle et détestable.

Déjà, le bruit de la recherche que Lucidamor faisait de Fleurie était épandue par tout le pays. Sa beauté, sa courtoisie, sa valeur et sa noblesse avaient gagné le courage du père et de la mère, de sorte que, voyant l'inclination de leur fille disposée d'aimer ce cavalier, ils avaient résolu de la lui donner en mariage. L'on n'attendait plus sinon que les parents s'assemblassent d'un côté et de l'autre pour conclure l'affaire, lorsque Clorizande, désespéré de jouir de celle pour qui il mourait jour et nuit, fait tant par promesses et par présents qu'il induit un sien valet, mauvais garçon, de se cacher un soir dans cette forêt dont nous avons ci-dessus parlé, et d'attendre à un mauvais passage, avec une arquebuse, pour la décharger sur Lucidamor à un signe qu'il lui donnera lorsqu'ils y passeront tous deux. Cet arsacide[1] ne manque point. Il charge une grande arquebuse de chasse pendant que le traître Clorizande va à l'accoutumée voir celui qui ne se doutait nullement de sa trahison. Il le trouve prêt d'aller voir sa maîtresse, mais Clorizande lui dit qu'il faut attendre que la chaleur du jour soit passée, si bien qu'ils ne partent du logis que bien tard.

Quand ils furent arrivés dans la forêt et qu'ils s'approchèrent du passage où le cruel assassin était caché, Clorizande se mit à chanter une chanson qui était le signe qu'il lui avait donné. La lune était

---

1. *Arsacide* : soldat d'Arsace qui a fondé la dynastie parthe qui a régné sur la Perse de 256 av. J.-C. à 224 de notre ère. Analogie de la Perse avec la France dès la première histoire. Pour Rosset un *arsacide* signifie plutôt un mercenaire.

claire et luisante, le ciel sans brouillards. L'on y voyait presque aussi bien que de jour. Le meurtrier, ayant remarqué celui sur qui il devait exercer sa cruauté, délâcha* l'arquebuse. Le coup fut si funeste et si malheureux pour le pauvre Lucidamor qu'une des balles lui donna au travers du corps et l'autre dans la tête. Malheureuse destinée ! La fleur de la beauté et de la valeur du monde fut contrainte de payer le tribut que l'on doit à l'avare nautonier. Ce blanc cavalier n'eut point loisir de proférer une parole, tant s'en faut qu'il eût le moyen de mettre la main à l'épée. Sa belle âme quitta soudain sa demeure, toute dépite* de ce qu'elle ne délogeait de son corps en quelque théâtre d'honneur, pour son prince et pour sa patrie. Le méchant qui fit le coup, favorisé de l'épaisseur du bois et de la nuit, gagna* soudain au pied, tandis que Clorizande mit la main à l'épée, avec ses deux valets qui les accompagnaient. Il se fourra dans la forêt, faisant semblant de poursuivre le meurtrier, pendant que le pauvre valet de Lucidamor, ayant mis pied à terre et couché dans son giron son maître, faisait les plus pitoyables regrets que l'on saurait imaginer. Clorizande arriva bientôt après, les bras croisés et les yeux vers le ciel. « Hélas ! disait ce traître, mon fidèle et loyal compagnon, comment est-il possible que je reste vivant, puisque vous êtes mort ? Faut-il que la Parque désunisse deux cœurs qu'une amitié sainte avait si bien assemblés ? Au moins, si je savais qui est le meurtrier de mon cher ami, j'arroserais sa tombe du sang de ce méchant et tâcherais par une juste vengeance de rendre ce dernier devoir aux Manes de Lucidamor. » Achevant ce discours, il se battait l'estomac* et se jetait sur le corps du défunt de qui les plaies s'ouvrirent et ensanglantèrent ce maudit auteur de l'assassinat. Chose qui arrive le plus souvent, soit que ce soit un miracle ou un cas naturel. Mon intention n'est pas ici de décider cette matière que j'ai traitée au long en l'histoire d'un parricide dans cet ouvrage[1]. Quiconque sera curieux d'apprendre les raisons que j'en donne, qu'il prenne la peine de les y lire.

Le valet, remarquant ce pitoyable spectacle, se douta aussitôt de la trahison. Il n'en fit pourtant aucun* semblant sur l'heure. Il pria seulement Clorizande et son valet de l'assister à mettre son seigneur sur son cheval, pour conduire le corps chez lui. La Renommée, qui a tant de langues et tant de bouches, annonce bientôt par toute la contrée cette pitoyable aventure. Fleurie l'apprend comme les autres, encore qu'on tâche de la lui celer. Mais que dit cette damoiselle éplorée, ou que ne dit-elle pas ? Elle accuse les astres innocents, elle maudit la mort, et par un cruel désespoir, elle veut accompagner son ami dans le tombeau. Son père et sa mère tâchent de la consoler, mais elle ne veut pour toute consolation que sa douleur. On la tient de court*, on la veille de peur qu'elle n'imite Alcyoné ou Porcie[2]. Tandis qu'elle se plaint et se lamente sans cesse, Clorizande, pour faire du bon valet*, la vient visiter ; toutefois, ce n'est que rengrègement* de douleur.

Le voyant, elle se pâme, elle crie, elle arrache ses blonds cheveux. Son pauvre père recherche tous les moyens pour donner quelque remède à son désespoir, et le meilleur et le plus expédient est qu'un bon saint religieux sait si bien user de remontrances puisées dans les Saintes Ecritures et lui mettre devant les yeux la perte qu'elle fait de son âme, qu'elle modère pour quelque temps sa passion. Sa résolution fut dès l'heure* de faire élection de quelque austère religion pour y passer le reste de ses jours. Comme elle pense à quitter le monde, voici un accident qui l'en détourne, comme vous ouïrez présentement.

---

1. Rosset en traitera dans l'*Histoire XV*.
2. Alcyoné, voir *H. VIII*, n.1, p.232. Porcie, fille de Caton d'Utique, femme de Bibulus puis de Brutus, meurtrier de César. Après le désastre de Philippes et le suicide de Brutus, elle se tua en se remplissant la bouche de charbons ardents.

Clorizande, se voyant délivré de celui qui lui donnait empêchement en ses amours et craignant d'être découvert du meurtre, prit un jour un grand laquais qu'il avait chez lui et de qui il se fiait fort, et l'ayant tiré à part, il lui dit que Maubrun (ainsi s'appelait l'homicide) lui avait fait le plus grand déplaisir du monde et que, s'il le voulait venger en le tuant, qu'il lui donnerait cent écus. L'autre, ouvrant l'oreille à cette somme de deniers, promit à son maître d'en dépêcher* le monde, et de fait, il reçut de lui cinquante écus d'avance. Ce laquais allait souvent à la chasse avec Maubrun et il n'attendait que de trouver quelque lieu favorable et écarté pour faire son coup. Un jour, après avoir tous deux chassé dans un bois, Maubrun s'endormit sous un arbre. Le laquais, voyant que l'occasion s'offrait d'exécuter ce que son maître lui avait commandé, tire son poignard, prêt à le lui fourrer dans le sein, lorsqu'un remords de conscience le saisit, Dieu le permettant ainsi afin que la trahison de Clorizande fût découverte et que les méchants en fussent punis comme ils méritaient ; de sorte que, se proposant la cruauté de son maître et se représentant que peut-être il lui en pendait autant sur la tête, il remit son glaive dans le fourreau, et éveillant Maubrun, après quelques paroles il lui demanda pardon de ce qu'il avait pensé faire. Et de fait, il lui raconta la charge qu'il avait de le tuer et la récompense qu'il en recevait, dont il en avait déjà touché la moitié. Maubrun, bien étonné de cette chose, remercie ce laquais de ce qu'il lui avait découvert une telle trahison et lui conseille de retourner vers son maître pour lui dire qu'il avait exécuté son dessein afin d'avoir les autres cinquante écus. Quant à lui, il avait délibéré de s'en aller habiter en quelque autre pays, puisqu'au lieu où il demeurait pour le présent, les services étaient si mal reconnus. Il lui apprit ensuite comme Clorizande se voulait dépêcher* de lui, parce qu'il l'avait induit à tuer Lucidamor ; que lui, sans autre*, avait fait le coup, induit par les persuasions de son maître qui, maintenant, de peur que sa trahison ne fût connue, voulait l'envoyer en l'autre monde.

Ce laquais, ayant ouï la trahison de Clorizande, commença à le détester, résolu de quitter aussi son service sitôt qu'il aurait touché les autres cinquante écus. Il prit donc congé de ce meurtrier et revint au logis de son maître à qui il fit entendre la mort de Maubrun, dont il fut extrêmement aise, croyant que son crime ne viendrait jamais à la notice d'aucun. Mais Dieu, qui ne laisse rien impuni et qui, après avoir longtemps attendu le pécheur à pénitence paie avec usure le fruit du péché, voulut que Maubrun, avant de s'éloigner de la province, allât trouver le valet de chambre de Lucidamor, qui s'était retiré en un village prochain* auprès de son père, résolu de passer ses jours sans engager sa liberté à quelque autre maître, puisqu'il avait fait perte du meilleur qu'il eût su recouvrer. Ils se connaissaient familièrement, de sorte qu'il fut aisé à Maubrun de le tirer à l'écart, là où il lui raconta tout au long la trahison de Clorizande et ce que nous avons récité, et puis gagna le bois prochain*. Ce valet, qui n'avait ni épée ni bâton et qui savait que l'autre était un dangereux garnement, n'osa crier après lui, de peur qu'il ne retournât et ne le mît à mort. Tout ce qu'il put faire, c'est de s'en retourner chez lui et de penser comme il pourrait venger la mort de son bon maître. Après avoir beaucoup ruminé en sa cervelle, il trouv[a] que le plus expédient était d'en avertir Fleurie, qui passait les jours et les nuits à plaindre et à regretter la mort de son ami. La belle ne l'eut pas plus tôt vu que ses cris et ses douleurs se renforcèrent par le souvenir de la joie passée qu'elle recevait lorsque ce valet, fidèle secrétaire de leurs chastes affections, leur rendait* des lettres mutuelles. « Mon ami, disait cette dolente, quelle perte commune avons-nous faite, toi d'avoir perdu un si bon maître et moi un si digne seigneur ! Au moins, si je pouvais avoir connaissance du meurtrier, la cruelle vengeance que j'en prendrais allégerait par aventure* le mal que je souffre. — Madamoiselle, répond l'autre en sanglotant, je ne suis ici venu que pour vous apprendre la plus grande trahison qui ait jamais été perpétrée. Clorizande, en qui mon maître se fiait autant qu'à lui-même, en est l'auteur. C'est lui sans autre qui a privé de vie la personne pour qui nous soupirons. — O Ciel, s'écrie-t-elle, comment le sais-tu ? » Alors, l'autre lui raconte tout ce qu'il en avait appris de Maubrun et le salaire qu'il en avait pensé recevoir.

Qui eût vu alors Fleurie, on l'eût jugée comme une personne qui est transportée de fureur et de rage. Ses beaux yeux, où la douceur de l'amour soulait* faire sa résidence, sont maintenant deux astres qui préparent une mauvaise influence à Clorizande. Ses joues, auparavant teintes de lys et de roses vermeilles, sont rouges comme un Montgibel[1] Elle est tellement transportée de colère qu'elle irait, dès l'heure* même, toute forcenée, plonger mille fois une dague dans le sein du traître si puis après, reprenant un peu ses esprits égarés, elle ne délibérait d'en faire un plus rigoureux châtiment. « Mon ami, dit-elle, je te prie de tenir secret ce que tu viens de me rapporter, et sois assuré que ce maudit et exécrable assassin recevra le salaire digne de sa méchanceté. Cependant, ne bouge point du logis de ton père jusqu'à tant que je t'envoie chercher. » Le valet lui obéit et prend congé d'elle, et en partant, elle lui donne une chaîne d'or de la valeur de cent écus et une bague de pareille valeur, afin de l'obliger à l'assister en ce qu'elle avait entrepris d'exécuter. Tandis que les choses passent de la sorte, Clorizande visite souvent Fleurie pour voir si le temps, qui adoucit toutes les passions, ne donnera point de remède à la sienne.

---

1. *Ses joues... rouges comme un Montgibel* : *Gibel*, nom arabe de l'Etna. Au XVIe siècle, s'emploie fréquemment au sens figuré pour exprimer l'ardeur de l'amour. Ici c'est plutôt l'ardeur de la vengeance.

La première fois que cette damoiselle le vit depuis qu'elle eut connaissance de sa trahison, elle fut en résolution de lui sauter dessus et de le daguer*, mais les considérations que nous avons dites l'ayant retenue, elle dissimula dès l'heure* son mal-talent* et se montra un peu plus joyeuse que de coutume, au grand contentement de son père et de sa mère, mais plus encore de Clorizande, qui se promettait de succéder bientôt à la place de Lucidamor. De fait, elle commença à lui faire les doux yeux et à lui donner de petites privautés*, afin de mieux parvenir à bout de son dessein.

Ces amorces rendirent plus courageux Clorizande à lui déclarer sa passion et à lui remontrer* l'injustice qu'elle commettait d'employer ses beaux yeux aux larmes, lorsqu'elle les devait exercer aux conquêtes de l'amour ; que si elle le voulait recevoir au rang qu'elle tenait son compagnon, elle ne perdrait rien au change, puisqu'il ne lui cédait ni de courage, ni de valeur, ni de noblesse et qu'il le surpassait en amour, qu'il avait jusqu'alors recelée pour l'amitié qui était entre eux deux. Elle, feignant d'être déjà éprise de semblable ardeur, écoutait ses paroles et lui promettait que, pourvu qu'elles ne fussent point dissimulées, elle perdrait la mémoire de sa première amour pour ne penser désormais qu'à lui complaire.

Clorizande, croyant d'être déjà possesseur de la place, la voyait presque tous les jours, et le bruit courait que le mariage s'en accomplirait. Enfin Fleurie, impatiente de se venger, tint un jour ce discours à Clorizande : « Mon cher ami, il faut que j'avoue que vos perfections sont telles qu'il m'est impossible de plus celer l'amour que je vous porte. Je vis néanmoins contente de ce que je sais que vous m'aimez aussi. Vous savez les accidents qui arrivent tous les jours aux mortels. Je vous prie que j'aie ce bien de vous voir demain au soir, à ce petit pavillon qui est au coin de notre jardin, afin que nous puissions là discourir librement de notre mariage. Je vous donne cette permission que jamais homme n'a eue, assurée que vous n'outrepasserez point les bornes de l'honneur, autrement, vous perdriez en un moment ce que vous avez acquis sur moi avec tant de travail*. Vous ne manquerez donc de vous y rendre par une petite porte de fer où je vous attendrai. »

Si Clorizande fut joyeux de cette nouvelle, je le laisse imaginer aux amoureux passionnés, lorsque telles faveurs leur sont accordées. Il remercie mille fois sa maîtresse de la compassion qu'elle a de son mal, et pour signe de reconnaissance, il baise encore mille fois les mains qui le feront cruellement mourir, ainsi que vous apprendrez maintenant. Cette résolution prise, Fleurie envoie vers le valet de Lucidamor afin qu'il ne manque point de la venir trouver dès le jour même. Le messager fait ses diligences et l'amène. Fleurie le tire à part et lui raconte la trousse* qu'elle a baillée à Clorizande, et puis le conjure de l'assister à la vengeance qu'elle veut prendre de la mort de son maître. Le valet, qui était poussé de même désir, lui promet d'y employer son honneur et sa vie s'il en est besoin. Sous cette promesse, Fleurie fait savoir comme elle a recouvré des filets qui lieront pieds et mains Clorizande, aussitôt qu'il sera chu dedans, sans qu'il ait moyen de se remuer. Le lendemain, avant que personne soit debout, elle et ce valet vont au lieu assigné et tendent ces filets au seuil de la porte du pavillon que Fleurie ferme puis après avec la clef qu'elle emporte.

Cependant, Clorizande attend que le soleil achève sa course et que la nuit, avec ses larges voiles, couvre la face de la terre. Il accuse de paresse la sœur d'Apollon[1] et se plaint que son frère va trop lentement. Un moment lui est un siècle. Malheureux ! Si tu savais ce qu'on te prépare, tu voudrais qu'il ne fût jamais nuit et t'éloignerais du lieu dont tu t'approches aussi vite que le berger qui a marché sur un

---

1. Artémis, sœur jumelle d'Apollon.

serpent qui vomit feux et flammes, et qui se jette après sur lui pour lui planter son venimeux aiguillon. Le soleil s'était à la fin plongé dans le giron de l'Océan et la troupe des étoiles brillait sur notre horizon, lorsque Clorizande arrive à la porte assignée. Il y trouve Fleurie de qui la beauté luisait parmi les ténèbres comme un nouvel astre paré de mille rayons.

Elle n'avait qu'un simple couvre-chef d'un ouvrage de point coupé, au travers duquel l'on voyait ses cheveux, blonds et déliés. Elle portait une cotte de satin incarnat avec des bandes de clinquant d'argent. Ses bras n'étaient couverts que d'une chemise fine et déliée. Lorsque ce gentilhomme l'aperçut, à peine que le contentement qu'il recevait ne le fit mourir dès l'heure* même. L'excès de joie le rendit insensible et muet, lorsqu'elle le prit par la main et lui tint ce langage : « Mon cher ami, l'extrême amour que je vous porte m'a forcée de vous octroyer tant de privauté*. Je vous prie, entrons dans la salle de ce pavillon où nous aurons plus de moyen de discourir de nos amours. » Clorizande, sans se douter du piège, entre, mais il n'y a eu pas plutôt mis le pied que le voilà pris d'autres liens que de ceux de l'amour. « O traître ! s'écria alors Fleurie, c'est à ce coup que tu recevras le châtiment de l'assassinat que tu as commis en la personne de Lucidamor ! Ce qui me fâche est que je ne te peux donner qu'une mort, car mille ne seraient pas suffisantes pour expier ton crime. » Ce disant, elle se rue sur lui et à belles ongles lui égratigne tout le visage. Le misérable veut crier, mais Maubrun est là, tout prêt, qui lui met un bâillon dans la bouche. Fleurie tire un petit couteau dont elle lui perce les yeux, et puis les lui tire hors de la tête. Elle lui coupe le nez, les oreilles, et assistée du valet, lui arrache les dents, les ongles et lui sépare les doigts l'un après l'autre. Le malheureux se démène et tâche de se désempêtrer, mais il s'étreint plus fort. Enfin, après qu'elle a exercé mille sortes de cruautés sur ce misérable corps, qu'elle lui a jeté des charbons ardents dans le sein et proféré toutes les paroles injurieuses que la rage apprend à ceux qui ont perdu l'humanité, elle prend un grand couteau, lui ouvre l'estomac* et lui arrache le cœur qu'elle jette dans le feu qu'elle avait auparavant fait allumer dans cette salle. Quand cette exécution est achevée et qu'elle voit que l'aube du jour commence à ouvrir les portes de l'orient, elle donne deux cents écus d'or qu'elle avait sur elle au valet de Lucidamor et le fait sortir par cette petite porte du jardin. Tandis*, elle ferme l'huis du pavillon, remporte la clef et se retire tout bellement à sa chambre. Lorsqu'elle y est, elle prend de l'encre et du papier, et écrit sommairement la trahison commise par Clorizande et la juste vengeance qu'elle en avait prise. Ce fait, elle ouvre un petit cabinet et prend du poison qu'elle détrempe dans un verre avec de l'eau. Avant que l'avaler, elle tient ce discours : « Reçois, mon cher Lucidamor, à gré* la vengeance que j'ai prise du traître qui t'a privé de vie en la fleur de tes ans. Mon âme, qui est liée avec la tienne d'une étreinte si ferme que la Parque ne saurait la désunir, te serait déjà allé trouver, soit que tu fasses ta demeure dans le Ciel Empyrée[1] ou dans les campagnes plantées de myrtes amoureux, mais je voulais que ton cruel meurtrier reçût auparavant le salaire digne de sa cruauté. » Proférant ce discours, elle avale courageusement le poison et puis se couche dans son lit. La violence et la quantité du breuvage s'étant bientôt emparés de son cœur, elle commence à fermer ces beaux yeux où l'Amour cachait ses traits et ses flammes, et avec un soupir qu'elle tire, son âme s'envole hors de ce beau corps, miracle de la nature. Ce soupir fut tel qu'il fut ouï d'une damoiselle de chambre qui couchait en une garde-robe prochaine*. Elle se lève

---

1. *Le Ciel Empyrée* : la plus élevée des quatre sphères célestes qui contenait les feux éternels, à savoir les astres, et qui était le séjour des dieux.

et court vers le lit de sa maîtresse, où elle voit le triste spectacle de ses yeux mourants et de sa bouche qui tirait les derniers traits de la mort. Cette fille crie aussitôt, et tout le monde accourt au secours. Le père et la mère y arrivent et font les plus pitoyables plaintes qu'on puisse décrire. Quelqu'un voit un papier sur la table, il le lit et apprend un autre étrange accident. On va vers le pavillon qu'on ouvre, et l'on y trouve une cruelle et sanglante exécution. La clameur se redouble. Le père et la mère sont au désespoir. On y fait venir la justice. Le corps de Clorizande, ainsi mutilé, est remporté chez lui, au grand regret de ses parents qui intentent procès contre le père. Pendant que les affaires s'altèrent, un prévôt prend, par un cas fortuit, Maubrun qui confesse tout le fait sans attendre la question*. Il est mis sur une roue, et le père de Fleurie hors de cour et de procès*. Tout le monde accuse la trahison de Clorizande et regrette Lucidamor et Fleurie. Il y en a néanmoins qui blâment quelquefois la grande cruauté qu'elle exerça sur Clorizande, mais quand ils viennent à considérer puis après sa juste douleur et sa perte, l'on la met au rang de ces généreuses dames tant célèbres dans les histoires des Anciens. Elle fut mise dans un même sépulcre avec Lucidamor. L'on fit leur épitaphe en cette sorte :

CI-GISENT DEUX AMANTS DONT LE CRUEL DESTIN
TRANCHA LES PLUS BEAUX JOURS AU POINT DE LEUR MATIN.
L'UN MOURUT PAR LA MAIN DE SA JALOUSE ENVIE,
L'AMANTE DESOLEE AYANT VENGE SA MORT
SE PRIVA PUIS APRES ELLE-MEME DE VIE,
POUR MONTRER QU'ILS N'AVAIENT TOUS DEUX
QU'UN MEME SORT.

Histoire XV

Du parricide d'un gentilhomme commis en la personne de son père, et de sa malheureuse fin.

En marge des phénomènes de sexualité et de violence, voici un épisode sanglant qui assume les apparences du prodige : le sang d'une victime peut rejaillir sur son meurtrier. Sylvestre a tué son père mais personne ne le sait. Le miracle est un levier d'une force exceptionnelle sur les croyants et les incroyants, il est spectacle mais surtout signe et présence de Dieu.

Est-il possible que ce siècle soit si maudit et si exécrable, qu'il produise des monstres que l'Afrique aurait honte d'avouer ? Je crois que c'est l'égout des autres siècles et l'infâme théâtre où tous les vices jouent leur personnage et où les fureurs exercent leur plus grande forcenerie*. O France ! autrefois mère de piété et de religion, et maintenant de tant d'horreurs et de prodiges ! Que ton infâmie a bien obscurci l'éclat de ton ancien renom ! A la mienne volonté qu'une autre plume que la mienne s'occupât à décrire cette histoire que je ne puis donner à la postérité sans la vergogne qui te demeure empreinte sur le front pour avoir mis au monde une personne qui donna la mort à celui qui lui avait donné la vie ! Cet accident tragique et exécrable arriva en cette sorte.

Il n'y a pas longtemps qu'au pays de Brie était un gentilhomme que j'appellerai Alderan, issu de fort bonne maison. Il possédait plusieurs belles terres que son père lui avait laissées. Il se maria avec une damoiselle belle et sage, s'il y en avait en toute la contrée. Tant que sa femme vécut, sa maison se maintint en sa première splendeur, mais après son trépas, elle commença bientôt à décliner. Ils passèrent neuf ou dix ans sans avoir aucun enfant, et au bout de ce terme, ils eurent un fils. Heureux s'ils n'en eussent point eu du tout ou s'il fût mort au point qu'il reçut la vie ! Sa naissance donna le trépas à sa mère et sa méchanceté perpétra depuis un double parricide. Il est vrai que l'innocence de l'âge excuse l'un de la peine, au lieu que l'autre mérite le sac de cuir [1]. Ce fils, nommé Sylvestre, fut nourri* en la maison de son père avec beaucoup de soin. Il donnait en ses premiers ans espérance d'être un jour ce qu'il ne fut pas, tant les jugements des hommes sont incertains et abusés. Tandis qu'il est instruit aux vertueux exercices par des personnages capables, son père, qui depuis la mort de sa femme n'avait point eu envie de se marier, se donnait du bon temps et se laissait emporter à ses plaisirs désordonnés, sans avoir guère souci de son ménage*. Il fit si mal ses affaires qu'après avoir emprunté de notables sommes d'argent, il fut contraint de vendre aujourd'hui une terre et demain une autre. Quoique ses proches parents lui remontrassent d'avoir plus de soin de la conservation de sa maison, il ne quitta pas pourtant ce train de vie, si bien que de jour en jour tout allait de mal en pis. Cependant, Sylvestre devint grand. Lorsqu'il se vit en liberté, le mauvais exemple de son père et son inclination, que la crainte de ceux qui avaient eu la charge de sa personne avait jusqu'alors retenue, le portèrent bientôt à une grande licence. Il ne s'amusait qu'à hanter* des hommes vains et dépensiers qui jouaient incessamment* ou qui voyaient les dames. En tels exercices, il faut avoir des moyens, et encore on est assuré de les épuiser bientôt.

---

1. *Mériter le sac de cuir* : on enfermait les malfaiteurs dans un sac lié par le haut avant de les noyer. Probable analogie.

Déjà la maison de son père était incommodée à cause de son mauvais ménage*, et lui la voulait rendre du tout* vide. Il empruntait des uns et des autres qui lui prêtaient pour un temps, mais qui enfin voulurent être payés, de sorte que, se trouvant redevable envers beaucoup de personnes, il fut contraint de se retirer en un château qu'il avait en Brie, quatre ou cinq lieues près de Paris. Ce fut là qu'il commença d'appréhender la nécessité et qu'il tâcha à relever sa maison par l'épargne qu'il s'y mit à faire. Et par aventure* fût-il venu à bout de son dessein, si son père se fût voulu réduire comme lui, sans vendre et engager tous les jours, et continuer un même train*. Sylvestre lui représentait bien souvent leur incommodité et le conjurait de considérer que, s'il venait à rechercher quelque honnête parti, l'on ferait difficulté d'y entendre*, pour le désordre qui était en leur maison ; qu'il était déjà temps qu'il se mariât afin de sortir d'affaires, dont il était impossible qu'ils se débrouillassent que par la voie de mariage. Le père, après plusieurs prières et remontrances, promit à son fils de faire tout ce qu'il voudrait pour son avancement, et de ne se mêler plus des affaires de la maison. Et de fait, dès l'heure* même, il lui fit donation de tous et chacun de ses biens, excepté d'une terre qu'il se réserva pour en faire à sa volonté, à la charge* que son fils lui donnerait son entretien tant qu'il vivrait.

Ce contrat passé, Sylvestre prend le maniement de tout et commence dès lors à mettre quelque ordre en sa maison. Toutefois, il y avait tant de dettes qu'il vit bien qu'il ne les acquitterait jamais si ce n'était en se mariant richement. Il y avait un gentilhomme voisin qui n'était pas de si illustre extraction qu'Alderan, mais néanmoins fort riche, et principalement en argent. Entre autres enfants, il avait une fille nommée Amaranthe, belle et gentille au possible. Sylvestre se mit à la courtiser et tâcher par un continuel service d'acquérir ses bonnes grâces. Il était assez agréable et bien accort. Les bonnes lettres qu'il avait apprises lui servaient de beaucoup en compagnie, de sorte qu'il sut tant faire par ses belles paroles et par sa persévérance qu'il fléchit aucunement* le cœur de cette damoiselle à lui vouloir du bien. S'il n'eût tenu qu'à elle, leurs noces eussent été bientôt accomplies. Mais le père, qui ne regardait pas tant à la noblesse qu'aux moyens, n'était guère porté à prêter oreille à cette recherche. Sylvestre lui était assez agréable et il n'ignorait pas que ce lui était assez d'honneur qu'il fût son gendre. Toutefois, il se représentait la charge qu'il avait prise sur son dos d'entretenir son père dans sa maison tant qu'il vivrait, que c'était un homme insupportable et grand dépensier qui avait mangé déjà quatre ou cinq belles terres (même qu'il venait tout fraîchement d'en vendre une qu'[il] s'était réservée pour en disposer à sa volonté) et qu'il était capable de dissiper encore le reste. Toutes ces considérations bien digérées, il se résolut de refuser sa fille à Sylvestre.

Ce jeune gentilhomme était cependant assidu à voir Amaranthe et à lui témoigner, par les services qu'il s'efforçait de lui rendre, son affection. Un jour, comme ils étaient tous deux dans un verger, lui, ne pouvant plus souffrir l'ardeur qui le consommait nuit et jour, lui tint ce langage : « Si le Ciel vous avait rendue autant sensible à la pitié comme il vous a douée de mérite, il y a longtemps que vous auriez octroyé quelque récompense à une personne qui vous sert avec tant de passion. Mais, hélas ! mon malheur est tel que je souffre pour vous le plus cruel martyre que l'on puisse imaginer ! Et toutefois, vous devenez tous les jours plus dure et plus cruelle. Il semble que je suis né au monde pour être l'exemple de souffrance et vous, celui de cruauté. Il est temps, madamoiselle, que vous donniez quelque allégement à mes maux, ou bien que votre rigueur achève de me donner la mort. Elle ne peut beaucoup tarder, si vous êtes résolue de persévérer à me traiter si cruellement et à perdre celui qui ne peut vivre que par l'espoir de posséder vos bonnes grâces. » Amaranthe, ayant ouï le discours de cet amoureux passionné, elle lui répondit en ces termes : « Je ne sais, monsieur, quel sujet vous pouvez avoir de vous plaindre si fort de moi, que vous m'accusiez de tant de cruauté. Je ne vous ai jamais témoigné que je méprisasse l'affection que vous me portez. Tant s'en faut, j'en ai fait plus d'estime que de toute autre. S'il était aussi bien en mon pouvoir de vous alléger de votre mal, comme j'en ai la volonté, assurez-vous que votre désir serait bientôt satisfait. Mais vous savez que je suis retenue par deux chaînes que je ne puis rompre. Avant endurerais-je mille morts. Par celle de l'honneur qui m'est plus chère que la vie, et par la volonté de mon père à qui je me dois conformer. Je vous aime bien, je vous l'avoue, et par aventure* plus que toute autre personne ; néanmoins, cette amour n'est pas si désordonnée que je n'aie toujours devant les yeux ces deux respects dont je ne passerai jamais les bornes. Si vous avez désir de posséder ce que vous désirez, demandez-moi à mon père en mariage. Je crois qu'il ne vous refusera pas pour gendre. Pour moi, je vous donne ma foi de n'épouser jamais autre que vous, pourvu que mon père y prête son consentement. »

Sylvestre, louant l'honnête résolution de sa maîtresse, protesta que jamais il n'avait eu autre dessein que de parvenir par cette voie à ce qu'il prétendait, que plutôt voudrait-il mourir d'une cruelle mort que d'attenter à chose qui pût apporter du préjudice à son honneur et que, puisqu'elle lui avait déclaré son intention, il mettrait peine* de faire l'ouverture* de leur mariage le plus tôt qu'il lui serait possible. Après avoir pris congé de sa maîtresse et l'avoir conjurée de se ressouvenir de sa promesse, il s'achemine à Paris pour y communiquer cette affaire à quelques siens proches parents, personnes notables et qui exerçaient des charges des plus honorables de la justice. Ils trouvèrent bonne cette alliance, et à la prière de Sylvestre, ils allèrent à la maison du père d'Amaranthe pour tâcher à terminer cette affaire. Il les reçut suivant leur qualité, avec toutes sortes de compliments et eux, l'ayant tiré à part, lui entamèrent le propos du mariage de leur parent avec sa fille et lui mirent devant les yeux la belle alliance qu'il ferait en cas qu'il voulût entendre* à cette recherche. Le père, après les avoir paisiblement écoutés, leur répondit franchement que, bien que ce lui fût trop d'honneur qu'un gentilhomme issu de noble maison désirât d'être son gendre, toutefois il ne pouvait nullement être induit à cet accord, pour la charge que Sylvestre avait prise de nourrir son père ; que ce seul sujet était si capable de l'en dégoûter qu'il lui était impossible d'y prêter son consentement. Ils les remercia pourtant de l'honneur qu'ils lui faisaient et de la peine qu'ils avaient prise, dont il se publierait toute sa vie leur obligé. Les parents de Sylvestre, ayant appris sa résolution et voyant qu'il était impossible de l'en détourner, reprirent leur chemin et rapportèrent à leur homme ce qui s'était passé. Lui, se voyant ainsi refusé, ne peut proférer à l'heure* une seule parole. Il partit de la ville, et ayant passé le pont de Saint-Maur-des-Fossés, arriva en peu de temps au château où il faisait sa demeure avec son père. Quand il eut mis pied à terre, il s'enferma tout seul dans une chambre où il se mit à maudire le Ciel, les astres et ceux qui l'avaient engendré. « Faut-il, disait ce désespéré, que pour un fardeau que je me suis moi-même imposé sur mon chef, que je perde tout le contentement que j'espérais recevoir au monde ? Serai-je donc si malheureux que, pour le mauvais ménage* de celui de qui je devrais recevoir du support, je sois reculé de toute fortune ? Maudite soit l'heure que je vins au monde, puisque j'y devais recevoir tant de malheur ! Maudits soient encore ceux qui m'y ont donné la vie, puisqu'ils sont cause du mal que j'y souffre, plus cruel que la mort même. » Ainsi parlait ce désespéré, dépitant* tantôt son père et proférant maintenant des propos contre son créateur, indignes d'un chrétien. Cependant qu'il se tourmente et qu'il se désespère, Satan, qui est toujours en sentinelle pour attraper quelqu'un, se fourre parmi les exécrables pensers qui naissent dans le cœur de ce misérable. Après s'être saisi de son âme, il lui met en tête de perpétrer un crime horrible et détestable. C'est de se dépêcher* de son père, estimant par ce moyen parvenir puis après à son attente, puisque le refus qu'on lui faisait de lui donner en mariage Amaranthe n'était fondé que sur ce qu'il était obligé d'entretenir son père durant sa vie.

O cruel et abominable parricide ! Serais-tu bien si dénaturé que de laver ton exécrable main dans le sang d'une personne que tu devrais racheter au prix du tien propre ? Où est la piété ? Où est la religion ? Où est la crainte de Dieu ? Mais à qui adressé-je mon discours ? A un tigre et à quelque chose encore de plus barbare ? Durant qu'il se résout à cette exécrable exécution et qu'il en recherche un moyen plus aisé, il s'avise de le communiquer à un sien valet, homme d'aussi bonne farine que lui, et qui avait mérité cent fois le gibet pour plusieurs crimes dont il était atteint. Il lui promet une bonne somme d'argent en cas qu'il l'assiste à exécuter son maudit dessein. Ce valet, prompt à obéir aux commandements de son maître et attiré de l'espoir d'une telle récompense, se prépare à lui servir de bourreau. La voie la plus courte est que, tandis que tous les domestiques du château seront aux champs à la cueillette des blés (car c'était la saison des moissons) et qu'il n'y aura que son père et eux deux au logis, il lui donnera un coup de pistolet dans la tête. A ces fins, ils prennent jour et heure pour venir à bout de leur entreprise.

Le jour venu, Sylvestre se lève à la pointe du jour et dit à son père qu'il va à Paris pour quelques affaires. Il fait semblant de partir avec son valet, et néanmoins ils se cachent en un petit bois prochain*, attendant que l'heure soit venue de faire leur coup. Ce jour-là, tous ceux du château étaient au travail lorsque, sur les trois à quatre heures du soir, Sylvestre arrive au logis, et y trouvant son père seul, lui fait accroire qu'il est de retour de Paris pour le prier lui-même d'y aller coucher ce soir pour mettre fin aux conclusions de son mariage, en un lieu qu'il lui désigna, où un nombre de parents d'un et d'autre côté se devaient rendre pour cet effet. Le père, croyant aux paroles de ce parricide, se dispose dès l'heure même de partir avec lui, commandant au valet de demeurer au logis pour le garder. Tandis qu'il fait seller un cheval et qu'il entre dans l'écurie, le valet bande couvertement* son pistolet, et s'approchant de lui, le délâche* pour lui percer la tête par-derrière; je ne sais si l'horreur de commettre une telle méchanceté lui fit varier la main*, tant y a que le coup lui donna dans une épaule dont il brisa l'os. Alderan, tombant à terre, jeta un haut cri et appela son fils au secours. Cet abominable, voyant que l'autre avait failli de le tuer et craignant d'être découvert, met la main à l'épée et en donne deux ou trois coups dans le ventre de son père. Le pauvre vieillard vomit sa vie avec son sang, qui crie vengeance à Dieu, et conjure Sa Majesté, qui voit tout, de ne laisser point impunie cette méchanceté.

Quand l'exécrable vit qu'il était expiré, lui et son homme sortent du château et se vont recacher au lieu d'où ils étaient venus. Ils reviennent puis après, le soir, au logis, et y trouvent les domestiques bien dolents et bien effrayés de cette mort.

Qui eût vu alors Sylvestre lamenter la mort de son père, il ne l'eût jamais soupçonné d'en être la cause. « O mon pauvre père, disait-il, qui est le malheureux qui a osé en mon absence vous ôter la vie ? J'ai été bien malheureux de m'en aller aujourd'hui hors du logis. Si j'y eusse été, cet assassin n'eût eu garde d'exécuter sa cruelle entreprise. Je ne cesserai jusqu'à tant que j'aie découvert ce meurtrier, afin de le faire punir comme il a mérité. » Tenant ce discours, il s'arrachait les cheveux et allait baiser mort celui qu'il avait eu en telle horreur durant sa vie.

Mais, ô merveille ! Comme il s'approche du corps, ses narines et ses plaies s'ouvrent et jettent contre lui un ruisseau de sang dont il est tout souillé, au grand étonnement des assistants.

Ce n'est pas la première fois que ces miracles ont paru. Plusieurs en ont recherché la cause. Les uns, s'appuyant sur l'autorité de Moïse[1] qui écrit que Dieu inspira aux narines de l'homme une âme vivante, estiment que les meurtriers, ayant privé le corps de vie et forcé l'âme raisonnable et vivante à quitter son domicile, offensent* en ce faisant les deux vies de l'homme, l'âme immortelle et la sensitive. Les corps de ceux qui ont été tués en rendent témoignage lorsque de leurs narines, où Dieu avait infusé les deux vies humaines, du sang vient à ruisseler. Platon, qui n'ignorait pas les écrits de Moïse[2], dit que la personne de libre condition, forcée à mourir de mort violente, se courrouçait contre son meurtrier, et tout ainsi qu'ayant été fraîchement tuée, elle était encore remplie de frayeur pour l'effort qu'elle avait fait au passage de la mort, elle tâchait aussi d'épouvanter celui qui l'avait privée de son corps en lui remettant son crime devant les yeux. Il y a d'autres philosophes qui tiennent qu'en une mort violente et inopinée, le corps n'est pas pourtant du tout* dissous et sans sentiment, mais qu'il y reste encore certaines reliques de l'âme qui s'y sont recueillies et ramassées. La preuve qu'ils en donnent est par les membres coupés d'un corps qu'on voit encore palpiter, et principalement par la tête qui, après avoir été séparée, jette un regard furieux et a encore les yeux ouverts, comme si elle se ressentait de l'injure qu'on lui a faite. Enfin, on lit aussi dans les livres de plusieurs autres cette raison que j'estime plus probable que la dernière dont

---

1. *Genèse*, II, 7.
2. Jusqu'au XVIIe siècle, on pensait que la sagesse des Grecs provenait des livres de Moïse. Comme l'écrit Racine : « Qu'est-ce que Platon sinon un Moïse parlant la langue d'Athènes ? »

nous venons de parler, à savoir que l'impression véhémente que le meurtrier a mise dans le cœur du meurtri, de sa furie et de sa violence, est enclose parmi l'âme sensitive et appréhensive, de sorte qu'elle n'en sort pas incontinent. Et quand on présente le meurtrier devant le corps, elle se délâche* et se débonde tout à coup, et émeut les reliques qui sont dans le corps, et alors le sang, qui était ramassé dedans, en rejaillit incontinent.

Quoique ce soit un miracle divin ou de la nature, ce malheureux parricide, sans trop s'émouvoir du sang de son père qui rejaillissait contre lui et qui demandait vengeance, ne laisse pas de songer à pallier* sa méchanceté en cette manière. Son père avait eu certaines paroles contre un maître armurier de Paris. Ce différend procédait de ce que l'artisan lui avait baillé de la marchandise qu'Alderan ne voulait pas payer. Comme cet homme n'en put retirer paiement, il le fit actionner[1] au Châtelet, où il dénia la dette, et à faute que l'armurier n'avait point de promesse ni de témoins pour vérifier ce qui lui était dû, l'autre fut relaxé de la demande. L'artisan, bien fâché de perdre ainsi son bien, dit tout haut en présence de plusieurs personnes que, puisqu'il n'avait pu se payer en argent, il se paierait en chair. Sylvestre, prenant cette occasion en main, court dès l'heure* même vers Paris, avertit ses parents du désastre* arrivé en sa maison et assure que c'est l'armurier qui a tué son père. Il présente requête et a commission de faire informer. Décret de prise de corps est décerné contre cet homme. Il est interrogé, s'il ne s'était point vanté de ce dont on l'accusait. Il répond qu'emporté par la juste douleur de perdre son bien, il aurait tenu un tel discours, mais que pourtant il n'avait jamais eu dessein d'exécuter cet homicide, tant s'en faut qu'il l'eût commis, que dire et faire sont deux choses bien différentes, et

---

1. *Actionner* : (terme de droit) citer devant la justice. Le Châtelet était un tribunal avant d'être une prison. Voir *H.VII*.

que l'un n'obligeait pas nécessairement à l'autre. Au reste, il s'offre à prouver comme le jour qu'Alderan fut tué, il assista à la noce de l'un de ses amis, d'où il ne serait revenu à son logis qu'à la minuit avec sa femme. La justice lui permet de prouver sa défense, ce qu'il fait par le témoignage de cent personnes. On le met hors de cour et de procès*. Les parents avertissent Sylvestre de rechercher un autre et que l'armurier n'était nullement celui qui avait ôté la vie à son père. Quelques-uns de ses plus proches se transportent à son château pour assister à la sépulture du défunt, mais ils ne veulent point qu'on l'enterre, que premièrement Sylvestre n'ait fait mettre la main sur son valet. Ils disent qu'autre que lui ne peut avoir fait le coup et se fondent sur deux raisons apparentes. La première est qu'ils ont fait recherche de tous les côtés du château pour y remarquer quelques traces et qu'ils n'en ont trouvé aucune, hormis celles des domestiques. La seconde est fondée sur l'argent que le père avait reçu fraîchement d'une terre qu'il avait vendue et que sans doute ce valet, pour l'emporter, aurait été induit à perpétrer ce meurtre. Raisons fort valables pour le faire saisir, si ce maudit et exécrable fils n'eût point été le principal coupable. Aussi ne veut-il entendre* à leurs raisons et allègue que ce sont de fausses imaginations qu'ils s'impriment dans la cervelle.

Les parents, courroucés de voir que cet homme supportait une telle méchanceté, partirent à l'instant et retournèrent à Paris. Tandis*, le parricide donne sépulture au corps en l'église de la paroisse du lieu, mais son père n'est pas plus tôt mis dans la tombe qu'il se sent piqué d'un remords de conscience. Les Furies l'agitent. Il ne peut reposer ni nuit ni jour. Son crime lui représente à tout moment l'image de son père tout sanglant. Il tâche de se divertir, mais il ne peut. Il y a une divinité, disait un païen, qui géhenne[1] les consciences des

---

1. Nous laissons la forme archaïque du verbe *géhenner* dont le sens au XVIIe siècle est encore très fort : torturer, tourmenter.

méchants d'une torture insupportable et qui les agite incessamment*. Ce poignant aiguillon les presse jusqu'au dernier soupir de leur vie. Sylvestre, reconnaissant son crime et désespérant de la miséricorde de Dieu, prie son valet de charger son pistolet et de lui en donner dans la tête, et puis de prendre cinq cents écus que son père avait laissés de reste de la terre vendue, et de s'enfuir. « Aussi bien, disait-il, nous sommes découverts. Tu seras pris et mis sur une roue, et pour moi, je serai condamné à une plus grave peine. » Mais, quelque supplication qu'il sut faire à son valet, il ne put jamais l'induire à le mettre à mort. Tout ce qu'il fit, c'est de prendre deux cents écus et un bon couteau, et de gagner* au pied. Sylvestre s'enferme cependant dans une chambre, et se jetant par terre, commence à proférer contre lui-même ce discours : « Ah ! maudit et exécrable parricide ! Est-il bien possible que la justice du Ciel puisse supporter ton iniquité ? O Terre ! Ouvre ton sein et engloutis celui qui ne mérite point de voir la lumière du soleil, puisqu'il en a privé celui qui lui en avait donné l'usage ! Où trouverai-je maintenant de la compassion ? Sera-ce entre les hommes, moi qui n'ai rien d'humanité que l'apparence ? Et ce grand Dieu, juste punisseur des exécrables, aura-t-il bien de la miséricorde pour celui qui l'a déniée à son propre père ? Je ne vois point que je puisse éviter la peine temporelle ni le jugement éternel. Meurs, misérable ! et recherche par un violent trépas quelque repos à ta conscience ! » Achevant ce discours, il se lève tout furieux et tout transporté de l'esprit malin. Il prend un pistolet qu'il charge d'une balle de plomb, et après, il le porte à son front pour s'en percer la tête. Comme il le voulait décharger, la main lui varia, la peur de la mort s'offrant devant lui, de sorte que le coup donna seulement à côté et lui emporta un lopin de chair. Voyant qu'il avait failli son coup, il se mit à crier. « Ah ! cruel bourreau ! Tu as bien le courage d'enfoncer ta main parricide dans le sang innocent et tu n'as pas le cœur d'en expier le forfait sur toi-même ? Non, non ! Il faut mourir et n'épargner non plus ton propre corps que tu n'as fait le corps de celui qui t'avait donné naissance. » Ce disant, il ouvre la fenêtre de la chambre où il était, une des plus hautes de la maison, et se précipite la tête la première, du haut en bas. Mais, Dieu, qui ne voulait pas que ce parricide mourût sans avoir auparavant déclaré son forfait exécrable, permit qu'il chût dans un fossé rempli de ronces, où il demeura tout le jour sans en pouvoir sortir. Cependant les domestiques, revenus des champs et étonnés de ne voir ni maître ni valet, cherchèrent de tous côtés pour les trouver. Enfin, il y eut quelqu'un qui, étant monté en la chambre haute et ayant ouvert la porte, vit sur la table un pistolet et du sang épandu par la chambre. Il voit encore la fenêtre ouverte, et regardant en bas, il oit une voix qui se plaignait. Ayant appelé ses compagnons, ils vont vers le lieu et trouvent que c'était leur maître. Ils le retirent de là et le portent dans un lit. Mais il leur tient ce discours : « Pourquoi, mes amis, usez-vous d'un si doux traitement envers un homme si abominable ? C'est moi, et non autre, qui ai donné la mort à celui de qui j'avais reçu la vie. De grâce, que quelqu'un de vous venge sur moi la mort de son maître, aussi bien ne puis-je échapper de mourir, puisque j'ai violé les lois divines et humaines. » Les serviteurs, étonnés d'un tel langage, firent soudain avertir ses plus proches parents qui se trouvèrent le lendemain à son château. Quand il les vit, il renforça ses cris et ses plaintes. Il maudissait sa vie en leur présence et publiait son horrible forfait. Sa conscience, qui ne lui donnait point de trêve, était son juge, son témoin et sa partie. Dieu voulait qu'il décelât lui-même son crime, comme fit autrefois Bessus [1], parricide comme Sylvestre. Les parents

---

1. Bessus, ou Bessos, satrape de la Bactriane et de la Sogdiane, sous le règne de Darius III. Fit son roi prisonnier, puis le poignarda et se fit proclamer roi. Poursuivi par Alexandre le Grand, il fut arrêté et condamné à mort.

ne savaient que dire, oyant sa propre confession. Toutefois, ayant consulté l'affaire et pensé que, si la justice en était informée, le bien serait confisqué, [ils] tâchèrent à le remettre*. Ils lui représentèrent l'infinie miséricorde de Dieu qui tend toujours les bras ouverts à ceux qui recourent à elle, bien que leur péché soit grand, que la bonté de Dieu est encore plus grande. Au reste, ils lui apprennent qu'il n'est pas si mal qu'il en puisse mourir, qu'il peut faire telle pénitence, qu'elle sera capable d'expier son péché, qu'il change donc de langage parce que, si la justice en a le vent, on lui fera souffrir la plus cruelle mort qui se puisse imaginer, que le moindre supplice sera d'être tenaillé tout vif. Toutes ces raisons eurent bien quelque pouvoir de lui refréner un peu la langue, mais non pas de lui ôter l'envie de mourir. Par intervalles, les Furies le saisissaient de sorte que, si l'on n'eût pris garde à lui, il eût couru les champs et publié son crime.

Le poète Euripide introduit Ménélas dans l'une de ses tragédies, qui demande à son neveu Oreste d'où lui procédait la maladie qui lui tourmentait incessamment* l'âme et le corps. « C'est la conscience, répond Oreste, d'avoir perpétré un méchant acte [1]. » Les païens croyaient que ceux qui avaient commis quelque meurtre secret ou quelque autre détestable péché étaient accompagnés de Furies et qu'ils erraient vagabonds par le monde afin que, pour le moins, s'ils évitaient la vengeance des hommes, ils ne pussent éviter celle de Dieu. On a souvent vu des scélérats qui, à l'heure de leur mort, pressés de la fureur de leur mal, étaient contraints de confesser ce qu'ils avaient celé toute leur vie. Ils pensaient voir toujours le bourreau qui les traînait au supplice, tant le pas effroyable de la mort donne des élancements de conscience aux coupables, leur mettant en fantaisie la peine qu'ils croient

---

1. Dans *l'Oreste* (408 av. J.-C.) : la conscience (*synesis*) est derrière les Furies.

avoir méritée. Mais il ne faut pas s'étonner de ces choses, puisque l'esprit de Dieu, diffus par toute la machine du monde, est le juge droiturier* et le témoin irréprochable qui fait confesser au meurtrier ce qu'il voudrait bien celer. C'est lui qui expose au jour une accusation qui n'est point appuyée d'aucuns témoignages oculaires. Lui-même la rend si claire et si bien vérifiée qu'il ne reste plus que la condamnation de celui qui l'a perpétrée.

Cet exécrable gentilhomme en sert d'exemple notable. Après avoir faussement accusé un innocent, il s'accuse lui-même, et le bourreau, qui le tourmente nuit et jour, le force à découvrir ce qui était caché. Ses parents, pour sauver le bien, procédèrent si prudemment en cette affaire qu'il ne l'abandonnèrent ni nuit ni jour jusqu'à sa mort qui fut quelque sept ou huit jours après. Quoique le prêtre lui sût remontrer* durant ce temps-là de la miséricorde de Dieu, il était toujours néanmoins en doute et en défiance pour son détestable parricide. On l'enterra dans un même sépulcre avec son père, et là, leurs deux corps attendent le grand jour pour comparaître devant le juge des vivants et des morts ; tandis que le père d'Amaranthe remercie Dieu de l'avoir inspiré à ne donner point sa fille à cet abominable et qu'il la pourvoit en un lieu digne de son mérite. Le bruit de cette étrange aventure courut bientôt par tout le pays. Tout le monde en loue le juste jugement et supplie le Ciel de détourner les malheurs qui menacent la France, où tels crimes, avant-coureurs de son ire, se commettent.

Histoire XVI

*De l'abominable péché que commit un chevalier de
Malte assisté d'un moine, et de la punition
qui s'en ensuivit.*

> *Dans l'énumération des passions impétueuses, il
> ne pouvait manquer une histoire de sodomie que Ros-
> set situe prudemment en Italie, avec des personnages
> étrangers : la victime est un jeune aristocrate polo-
> nais, beau et jeune, amoureux de Virginie, une belle
> florentine, l'agresseur est un chevalier de Malte qui
> lui tendra un piège dans un couvent de Naples, avec
> la complicité d'un moine corrompu. L'action se
> déroule entre Florence, Naples et Rome, sous le règne
> du pape Clément VIII, dont la figure est évoquée
> avec précision.*

J'ai honte de publier les horribles et détestables péchés qui se commettent tous les jours au siècle où nous sommes. La postérité ne les croira qu'à peine. Je n'ai entrepris d'écrire en ce volume que des choses qui sont arrivées depuis peu de temps et dont j'ai vu une grande partie. Je m'étonne que la justice de Dieu n'extermine le monde comme il fit du temps du déluge universel, puisque le vice y est monté en un si haut degré qu'il est impossible que la patience du Ciel le puisse plus longuement supporter. Voici une histoire non moins véritable qu'horrible et exécrable. Elle se présente sur le théâtre, au grand déshonneur des chrétiens, parmi lesquels on trouve des monstres qui donnent sujet à ma plume de la décrire en cette sorte.

Un jeune gentilhomme de Pologne (de qui je tais

le nom pour les considérations que j'ai ci-devant dites en autre part[1], et que je nommerai Eranthe) de fort bonne maison et d'illustre famille, allumé du désir d'aller en Italie, province tant renommée par toute la terre, et particulièrement à Rome, tant pour y voir ces vieux monuments et ces antiquités qui font paraître encore en leurs ruines la gloire et la pompe de ce peuple qui fit de l'univers une seule monarchie, que pour y apprendre toutes sortes d'exercices vertueux, dressa son train* et, en un équipage honnête, fit tant qu'il arriva à Florence. La beauté de la ville et la courtoisie qu'il reçut à la cour du grand-duc fit qu'il s'y arrêta plus qu'il n'avait fait en toute autre ville, depuis le jour qu'il partit de sa maison. Tantôt il y courait la bague, maintenant il y maniait un cheval, tantôt il allait à la chasse avec le prince, et partout, il se montrait si dispos et si adroit qu'il était le bien reçu aux meilleurs compagnies de la ville. Sa beauté y servait encore de beaucoup. Elle était telle qu'il était impossible d'en trouver en un homme de pareille au monde. Ses yeux étaient verts et riants, ses cheveux blonds et crêpés, sa face était vive et colorée, teinte de lys et d'œillets mêlés ensemble, sa taille belle et bien proportionnée. Au reste, il n'avait pas encore atteint la dix-neuvième année de son âge. Toutes ses qualités, beauté, jeunesse, valeur et richesse, le rendaient si recommandable partout qu'en peu de temps, il acquit l'amitié d'une damoiselle de fort bonne maison, nommée Virginie, douée d'excellente beauté. Et bien qu'ils n'eussent pas la commodité de se voir à cause de la rigueur qu'on exerce en ce pays envers le sexe féminin, néanmoins ils se visitaient souvent par lettres. Et ne passait guère soir qu'Eranthe ne lui donnât quelque sérénade, ni jour qu'il ne dressât quelque partie* pour courre* la bague devant son logis.

Comme il passait ainsi les jours et les nuits à entre-

---

1. Voir le début de l'*Histoire XII* ainsi que la *Préface* de Rosset de 1615 (en appendice).

tenir ses amours, un gouverneur qu'il avait avec lui, voyant qu'il séjournait trop longtemps à Florence et s'apercevant bien que l'amour l'y retenait, lui remontra* enfin le tort qu'il faisait à sa réputation de n'achever pas l'entreprise qu'il avait résolue lorsqu'il partit de son pays, qu'à la vérité, l'amour n'était pas défendue en l'âge où il était, mais qu'aussi il ne faut point s'empêtrer si fort dans ce dédale qu'on ne réserve toujours quelque fil pour s'en retirer ; qu'il lui conseillait donc de quitter pour un temps ces passions de jeunesse pour suivre la raison et, pour cet effet, qu'il se disposât de partir bientôt pour aller à Rome, autrement qu'il s'en plaindrait à ceux qui l'avaient mis sous sa charge. Ce jeune gentilhomme, éveillé comme d'un profond sommeil, reconnut aussitôt que son gouverneur avait sujet de se fâcher. L'honneur se représenta par même moyen incontinent devant ses yeux, de sorte qu'il se résolut de prendre congé pour quelque temps de celle qui avait ravi sa liberté (encore que ce lui fût un extrême déplaisir) et d'achever son voyage, faisant néanmoins état qu'à son retour, il poursuivrait le service qu'il avait voué à cette beauté qu'il ne pouvait ôter de sa mémoire. Cette résolution fut presque aussitôt mise à exécution que prise. Virginie, ayant su son départ par une lettre qu'il lui écrivit, pensa mourir de regret. Elle maudit mille fois le jour qu'il se séparait d'elle. Ses yeux se changèrent en deux torrents débordés et sa bouche, ouverte à la douleur, proférait des plaintes guidées de fureur et de rage. Sans la promesse qu'Eranthe lui faisait de n'aimer jamais autre qu'elle et sans l'espoir qu'elle avait de son retour, elle se fût donné mille fois d'un couteau dans le sein. Tandis qu'elle pleure, son serviteur n'a pas moins de passion. Le tourment qu'il ressentait fut si grand qu'un petit accès de fièvre le prit, à une journée du lieu d'où il était parti, de sorte qu'il fut contraint de séjourner deux jours au village où il alla coucher. Durant un tel séjour, un chevalier de Malte que nous appellerons Flaminio, et de qui nous tairons le nom pour le respect que nous portons à l'illustre famille d'où il est issu, arrive au logis où Eranthe logeait. Flaminio l'avait vu à la cour du grand-duc et le maudit et exécrable amour l'avait tellement rendu passionné de la beauté de ce jeune gentilhomme qu'il en était aux peines de la mort. Il ne songeait qu'au moyen d'en avoir l'infâme jouissance.

Péché maudit et détestable, abhorré de Dieu et de Nature ! Je remercie le Ciel de ce que, pour le moins, ma France n'est pas si encline à ce vice que beaucoup d'autres nations. Cette abominable passion l'avait arrêté quelque temps à Florence pour voir si l'occasion s'offrirait, à tel prix que ce fût, d'accomplir ses désirs, mais voyant qu'il tentait une chose impossible, il avait résolu d'en laisser la poursuite. Lorsqu'il sut que ce jeune gentilhomme était au logis où il arriva, et qu'il était prêt de partir le lendemain pour aller à Rome, il trouva une invention autant subtile pour l'imagination que maudite pour l'exécution. Il fit semblant de n'avoir jamais vu Eranthe, mais ayant accosté un de ses domestiques, il s'informa particulièrement du lieu de son origine, du nom de ses proches parents et du rang qu'ils tiennent en Pologne. Après en avoir appris plus qu'il ne demandait et qu'il l'eut mis en écrit pour mieux s'en ressouvenir, il partit le lendemain après Eranthe, le suivant toujours pas à pas pour mieux savoir où il logerait, sans jamais parler à lui ni se donner à connaître. Eranthe alla loger auprès de l'Ourse, et ce chevalier tout contre*.

Le gentilhomme polonais ne fut pas plus tôt arrivé à Rome qu'il commença d'y employer le temps aux académies où les actes vertueux se pratiquent. Sa beauté et son adresse, jointes à son humeur franche et courtoise, lui acquéraient l'amitié de tout le monde. Flaminio songeait à tous les moyens qu'il pouvait pour en faire à sa volonté, soit de gré ou de force, car il n'ignorait pas que jamais Eranthe ne prêterait son consentement. Le peu d'espoir de parvenir à son dessein le fit enfin résoudre à partir de Rome pour aller à Naples, lieu de sa demeure, pour s'ôter cette exécrable fantaisie de la tête, qu'il tenait si bien secrète qu'autre que lui n'en avait la connaissance. Tandis qu'il était à Naples en sa maison et que le temps lui en éteignait presque le souvenir, Eranthe est à Rome, en réputation d'un des plus adroits gentilshommes étrangers. Durant son séjour, il écrit souvent à sa maîtresse et reçoit réponse de sa part. Par ses lettres, il lui témoigne comme l'absence a bien eu le pouvoir de séparer loin d'elle son corps, mais non pas son âme qui la lui représente toujours ; qu'autre beauté n'aura jamais la puissance de le débaucher de son service ; qu'elle est son soleil et que sans elle, toute autre lumière ne lui est qu'une obscurité ; qu'il ferme la paupière à tous les astres qui pensent l'éclairer, comme fait la fleur du souci lorsque la belle splendeur du jour se cache dans les flots de Téthys[1]. Virginie lui écrit d'autre côté que la douleur qu'elle ressent de son absence lui fait souffrir incessamment* une mort plus cruelle que la mort même, le conjure de lui écrire souvent, afin que ses lettres lui servent de consolation, mais bien plus encore d'en être lui-même le porteur ; qu'il s'assure que plutôt l'Arno retournera vers sa source avant qu'elle oublie son amour.

Tandis que l'amour entretient leur ardeur par lettres réciproques, il prend fantaisie à Eranthe d'aller à Naples pour voir cette cité que l'on surnomme la Gentille. Il fait donc disposer ses gens à partir avec lui. O misérable et infortuné ! Où vas-tu ? Le plus grand affront qui puisse jamais arriver à un gentilhomme de ta sorte t'y attend. Plût à Dieu que tu fusses encore en ton pays, sans dessein de passer jamais les Alpes !

---

1. Téthys, fille d'Ouranos et de Gaia, épouse d'Océan, mère des fleuves et des nymphes. Elle habitait dans les profondeurs de la mer.

Eranthe y arriva durant qu'on y faisait des feux de joie et qu'on y célébrait les noces du roi des Espagnes. On n'y parlait que de triomphes, de carrousels, de combats à la barrière et des courses de bague. Les Espagnols et les Italiens tâchaient à l'envi d'y faire paraître leur adresse. Comme ce gentilhomme polonais allait un jour à la place où l'on célébrait cette fête, Flaminio l'entrevit et le reconnut incontinent. L'amour maudite et exécrable que le temps lui avait un peu éteinte dans le cœur commença de s'y rallumer avec plus de violence qu'auparavant. Quand il eut appris où était logé Eranthe, il l'attendit un jour en une rue par où il devait passer. Sitôt qu'il l'aperçut, il descendit de cheval et courut l'embrasser. Eranthe, étonné de cette nouvelle caresse, mit aussi pied à terre, s'excusant du peu de connaissance qu'il avait de lui. « Ah ! monsieur, dit l'autre, si vous-même ne me connaissez point, je n'ignore pas qui vous êtes. Votre père s'appelait le comte de Plest, brave cavalier s'il en fut jamais au monde. Il rendit si signalée sa valeur en cette bataille fameuse que les Polonais gagnèrent contre ceux de la Tartarie que la mémoire en demeurera éternelle[1]. Vous avez un oncle qu'on nomme le Baron d'Anty. J'ai reçu mille courtoisies de lui, du temps que j'étais en Pologne, où j'ai demeuré près de quatre ans pour quelques affaires concernant notre religion. Enfin, je suis tellement obligé à votre sang[2] que je ne possède rien au monde qui ne soit à votre service. »

Eranthe, ébahi encore de cette connaissance et croyant que ce que l'autre disait fût véritable, le remercia de sa bonne volonté et lui offrit en échange tout ce qui dépendait de lui. « Ce n'est pas

---

1. Période historique de l'Europe centrale très difficile à cerner. Les Polonais (ou Transylvaniens), alliés avec les Habsbourg contre les Turcs furent victorieux à Sissek, en 1592 et puis à Raab en 1598. Est-ce la bataille en question ? Par contre ce furent les Russes qui affrontèrent les Tartares (ou Mongols).
2. *Obligé à votre sang* : sang, dans le sens de noblesse.

tout, dit l'autre, je ne souffrirai jamais que vous fassiez autre logis que le mien. Vous y serez mieux accommodé* et servi avec plus de dévotion qu'en celui où vous êtes. J'ai bien reçu d'autres plus grandes courtoisies de vos parents. » Le gentilhomme polonais continua de le remercier et s'excusa sur l'offre qu'il lui faisait de le loger chez lui, craignant de l'importuner. Toutefois, l'autre le pressa si fort qu'il fut contraint, pour ne paraître incivil et malappris, de lui accorder ce qu'il désirait. Le voilà donc chez lui, logé au plus beau quartier de son hôtel. Flaminio s'efforce de le traiter le plus magnifiquement qu'il lui est possible. Il tâche aussi de lui donner toutes sortes de plaisirs. Il lui fait voir les meilleures compagnies et toutes les singularités de cette ville. Cependant qu'il endort par ses artifices et par ses feintes caresses Eranthe, ce malheureux et détestable, ne pouvant plus souffrir l'amour dénaturée qu'il lui porte, gagne un moine, aussi malheureux et détestable que lui.

Cet exécrable et abominable moine se tenait dans un couvent qui est situé en un lieu assez écarté. Ils prennent ensemble résolution qu'un jour Flaminio y mènera Eranthe dans sa chambre et que là, il recevra de lui tout ce qu'il désire, soit de gré, soit de force. Ah ! pestes abominables qui faites servir à votre horrible impudicité un lieu destiné pour le jeûne et pour l'oraison ! Où est maintenant votre conscience ? Ignorez-vous Dieu et ne croyez-vous pas que son œil est tout voyant, et qu'il pénètre les lieux les plus obscurs et cachés mieux que l'œil humain ne fait un verre clair et net ? O temps ! O siècle ! O mœurs ! Que les mortels sont dépravés !

Cette résolution prise, ces malheureux l'exécutent en cette sorte. Flaminio mène un jour pourmener Eranthe dans son carrosse. Ils sortent hors la ville et puis y rentrent, et le chevalier de Malte passe expressément auprès du couvent que nous avons déjà dit. Lorsqu'il en est proche, il feint d'y avoir quelque affaire d'importance, de sorte qu'il commande à son cocher de s'arrêter à la porte. « Monsieur, dit-il au Polonais, vous me permettrez, s'il vous plaît, d'entrer céans et d'y dire un mot à un bon père qui y fait sa demeure ? — Il n'est pas besoin, répond l'autre, de me demander permission d'une telle chose ; je vous y accompagnerai, s'il vous plaît. » Flaminio faisait semblant de ne l'en vouloir pas importuner, avec un refus qui l'y conviait plutôt qu'il ne l'en détournait. Enfin, il sort du carrosse et entre dans le couvent accompagné du Polonais. Il le mène en un lieu écarté, où le moine les attendait. Ce moine, possédé de Satan, les fait entrer dans une chambre où la collation était préparée. Il leur fait poser la cape et l'épée, et puis, il les fait boire d'autant. Quand ils eurent goûté, Flaminio s'approche d'Eranthe et lui tient ce discours : « Seigneur Eranthe, il n'est pas besoin que j'use d'un long discours pour vous apprendre ce qui est de mon intention. Votre beauté et votre bonne grâce m'ont si bien allumé d'amour qu'il faut que j'obtienne de vous ce que je désire, ou bien que mourriez présentement. Faites élection de deux choses, ou de contenter mes désirs, ou de mourir. Si vous m'octroyez de bon gré l'un, vous êtes assuré de votre vie et d'avoir un ami qui vous sera éternellement acquis. Disposez-vous à me rendre satisfait tout maintenant, ou bien de souffler* cela. » Ce disant, il lui porte à la tête un pistolet, prêt à le lâcher*. Le moine, d'autre côté, s'était saisi de son épée qu'il tenait toute nue à la main, le menaçant de la mort, s'il ne consentait à leurs désirs. Ce pauvre gentilhomme fut bien étonné, se voyant surpris de la sorte sans épée ni sans bâton. L'image de la mort se présentait d'un côté devant ses yeux, et de l'autre le péché détestable qu'on voulait exercer sur lui. Une fois, il était résolu de souffrir le trépas, et balançait tantôt d'un côté et tantôt d'un autre. « Dépêchez-vous, dit Flaminio, autrement, vous êtes mort. — Je vous prie, répond ce gentilhomme, ayez pitié de moi et ne me traitez pas si indignement. — C'est trop attendu, repart le moine, il faut qu'il meure. » Ce disant, il feint de le vouloir traverser d'un coup d'épée, et Flaminio de lui lâcher* le pistolet. « Ah ! messieurs, dit le Polonais, que la frayeur de la mort avait saisi, je ferai tout ce que vous voudrez pourvu que vous me donniez la vie ! — N'ayez peur de mourir, répond Flaminio, je sacrifierais plutôt la mienne pour vous après que vous m'aurez accordé ce que je souhaite. » Voilà comme la crainte de mourir fit que le Polonais laissa faire au chevalier de Malte ce qu'il voulut. Le moine en prit aussi sa part. O Ciel ! Où est votre foudre ? Que n'écrasez-vous ces exécrables ?

Lorsqu'ils eurent achevé cette belle besogne, ils étaient en résolution de le faire mourir pour mieux celer leur méchanceté si Eranthe, qui se doutait toujours de leur dessein, n'eût après ce malheureux acte sauté au col du chevalier, le baisant et le caressant le mieux qu'il lui était possible. « J'ai trouvé, disait-il, Monsieur, si doux vos embrassements que je vous supplie de ne nous séparer point désormais l'un de l'autre. Je sais que ce que vous avez exercé sur moi ne procède que de la grande amour que vous me portez. Mais si vous m'aimez, croyez que je vous aime encore plus. » Telles et semblables paroles douces et flatteuses, jointes à tant de caresses, eurent ce pouvoir que d'empêcher la résolution qu'ils avaient prise de l'envoyer en l'autre monde. Ils burent encore ensemble, et le gentilhomme polonais feignait d'être le plus content du monde, afin qu'il pût par cette feintise échapper de leurs mains. Enfin, la nuit étant venue, Flaminio et Eranthe prirent congé du moine, sortirent du couvent, rentrèrent dans le carrosse et retournèrent au logis, où le chevalier pensait coucher avec le Polonais. Mais lui, sortant du carrosse, fit semblant d'aller au garde-robe et s'achemina aussitôt vers la poste. Il demanda un cheval et paya ce qu'il fallait, et sans autre compagnie que d'un postillon, il courut dès l'heure* même vers Rome. Il fit une telle diligence qu'il y arriva le lendemain de fort bonne heure.

Ce jour-là, le pape Clément VIII[1], de qui la mémoire est célébrée par la bouche des ennemis mêmes de l'Eglise romaine, donnait audience publique à tout le monde. Le gentilhomme polonais s'en va au Vatican, entre dans la salle où le Saint-Père était assis, s'approche et se jette à genoux, et lui demande justice du plus indigne et exécrable affront qu'un homme puisse recevoir. Le bon pape, voyant un si beau gentilhomme si dolent et si éploré, en eut compassion et s'informa de la cause de son deuil*. « Hélas ! Saint-Père, ce dit-il, le sujet de ma douleur est si exécrable que j'ai horreur de vous le réciter ! Permettez qu'un autre que moi l'apprenne à Votre Sainteté. » Le pape, émerveillé de cette nouveauté, commanda incontinent au secrétaire des mémoriaux, qui est comme un maître des requêtes en France, de s'informer particulièrement de cette affaire ; il le fit et apprit de ce gentilhomme tout le succès* d'un acte indigne des chrétiens. Il rapporta puis après au pape ce que l'autre lui avait dit. Le bon Père, ayant entendu un tel forfait, en ressentit une si grave douleur qu'il en pleura à chaudes larmes. Cependant, il fait dépêcher un prévôt avec des archers et des patentes qui s'adressaient au vice-roi, lui commandant sous peine d'excommunication de leur prêter main-forte. Le prévôt arrive en peu de temps à Naples et la première chose qu'il fait est de surprendre Flaminio qui avait pris résolution de déloger le jour même, se doutant bien de ce qui en adviendrait. Après, il va au couvent, et y entre, et montre les lettres du pape, et constitue prisonnier

---

1. Clément VIII (Hyppolite Aldobrandini), élu pape en 1592, mourut en 1605. Il donna l'absolution à Henri IV, en 1595, après qu'il eut abjuré, toléra l'édit de Nantes et contribua ainsi à la pacification de la France, après trente ans de guerre. Avant de devenir pape, il fut légat en Pologne (1588-1589) et œuvra pour éloigner le péril turc et restaurer le catholicisme. Il organisa une ligue contre les Turcs et envoya des troupes en Hongrie.

le moine. Le vice-roi voulait au commencement se formaliser pour la capture de Flaminio, parce qu'il appartenait à de nobles familles, mais le peuple criait qu'on ne devait point laisser telles méchancetés impunies. Enfin, il fut arrêté avec son complice entre les mains du prévôt, qui les mena à Rome. On les enferma dans la tour de Nonne[1] où ils ne demeurèrent guère. Leur procès leur fut bientôt fait et eux, ayant confessé le crime, furent condamnés : le chevalier d'avoir la tête tranchée au pont Saint-Ange[2] et son corps d'être brûlé, et le moine d'y être pendu, étranglé et brûlé.

Le vice-roi s'employa avec plusieurs autres des plus grands d'Italie pour obtenir la grâce de Flaminio, mais le Saint-Père ne la voulut jamais accorder, quelque instance qu'on lui en fît, sachant bien que s'il le savait, Dieu qui peut seul juger de ses actions lui en ferait un jour rendre compte. Tandis que cette exécution se fait, le pauvre Eranthe est si honteux de l'affront qui lui est arrivé qu'il n'ose sortir de son logis, non pas même de sa chambre. Toute compagnie lui déplaît. Il ne fait que se tourmenter et que s'affliger, et se résout de quitter Rome et de s'en aller confiner en quelque désert pour y passer le reste de ses jours, ne voulant plus paraître désormais devant les hommes. Sans la peur qu'il a de perdre son âme, il se donnerait cent fois la mort de sa propre main. « Hélas ! disait-il, que je fus bien couard et pusillanime quand, pour crainte d'une chose qu'il faudra que j'éprouve un jour nécessairement, j'ai perdu mon honneur ! Aurais-je bien le courage de me présenter désormais à mes parents, ayant fait une telle brèche à ma réputation ? Non !

---

1. *La tour de Nonne* : comprendre la Torre di Nona, célèbre prison papale au XVIe siècle, où les condamnés à mort étaient exposés aux fenêtres de la prison, enfermés dans des cages, portant au cou un écriteau où était indiqué le motif de leur condamnation.
2. Le pont Saint-Ange était le lieu où se déroulaient les exécutions ordonnées par les papes. Voir Stendhal *Chroniques italiennes*, *Les Cenci*.

Il faut que j'expie par une autre pénitence un si grand défaut, puisque j'ai fait perte de la gloire qu'avec tant de travaux* j'avais recherchée, et l'espoir de revoir jamais ma maîtresse. » Achevant ce discours, il se dérobe secrètement de ses gens et se rend si bien invisible que personne depuis n'en a point ouï de nouvelles, quelque travail* qu'on ait employé à le trouver. La nouveauté de ce fait court cependant par toute l'Italie. Virginie en apprend l'histoire et la perte d'Eranthe qu'on ne trouve point. Ce fut alors que la belle maudit son infortune, qu'elle accuse son destin et qu'elle veut mourir. Sans une de ses compagnes, elle eût avancé ses jours, ou par glaive ou par poison. Mais la mort de l'âme lui étant représentée devant les yeux et la peine des Enfers qui est préparée aux désespérés, elle arrête la violence de sa main et se dispose, dès l'heure* même, de quitter le monde et à entrer dans une austère religion. La pénitence qu'elle y fit est assez renommée par toute l'Italie. Elle y passa deux ans, exerçant sur son corps toutes sortes de rigueurs pour acquérir l'héritage du Ciel, où son âme s'envola au bout de cet espace de temps. Dieu nous y veuille recevoir un jour par sa miséricorde.

Histoire XVII

Des cruautés de Lystorac et de sa fin funeste et tragique.

Dans cette quatrième et dernière histoire ajoutée à l'édition de 1619, Rosset représente les actions meurtrières de Lystorac, jeune Protée au caractère vindicatif et cruel. Le personnage est authentique : Thomas de (ou du) Guémadeuc, gentilhomme appartenant à la meilleure noblesse de Bretagne, allié à des membres influents de la cour, fut condamné à mort et décapité à Paris, le 17 septembre 1617. Rosset s'attache à rendre compte du climat de « désobéissance aux lois » et de terreur du peuple qui régnait sous l'effet de ce tyran. La punition exemplaire vaut pour le coupable comme pour cette province longtemps insoumise à l'autorité royale.

Ôté des éditions suivantes, peut-être sur la demande de la famille — la fille de Guémadeuc épousera le neveu de Richelieu quelques années plus tard — ce récit réapparaît en 1653 dans une édition lyonnaise des Histoires tragiques, *sous un titre sans fard* Du Baron de Guémadeuc, gouverneur de Fougères en Bretagne.

Les clefs de l'histoire : Lystorac (Thomas de Guémadeuc), Lucemont (baron de Nevet), Rosoléon (duc de Vendôme), Alcandre (Henri IV), le sofi (Louis XIII), Caritée (Anne d'Autriche).

Les lieux : la Carmanie (la Bretagne), Condate (Rennes), Châteaulion (Châtillon), Corbile (Vitré), Nysie (Fougères), Suse (Paris).

Que l'âme de l'homme est sujette à divers changements ! Encore qu'un grand Romain assure qu'il est bien difficile qu'elle se change, je ne suis pas pourtant de cette opinion, puisque les effets nous en rendent tous les jours un contraire témoignage. Nous voyons un méchant et exécrable empereur qui, durant sa jeunesse, quand il voit quelqu'un que l'on mène au supplice, détourne ses yeux et en verse un ruisseau de larmes. Mais après la mort de son père, on le voit encore qui n'épargne point le sang des gens de bien, ni de son propre frère [1]. Considérez pareillement celui de qui le nom est abominable parmi les hommes. Lorsqu'on lui veut faire signer la mort de quelque criminel, il pleure amèrement et dit tout haut qu'il ne voudrait point savoir écrire. Et puis, deux ou trois ans après, il remplit de meurtre et de carnage la cité de Mars et donne une mort cruelle à celle qui lui a donné la vie. L'histoire que je veux vous raconter le fait encore paraître. Comme vous avez pris la peine de lire bien souvent les autres, ayez aussi la patience de jeter les yeux sur celle-ci, que je décris de la sorte.

Eurylas, fils d'un grand satrape gouverneur de Carmanie, rechercha en mariage la belle Célinde, fille unique d'une des plus illustres maisons de la province. Sa noblesse et ses grands moyens lui firent posséder cette rare beauté qui, le jour de ses noces, à peine pouvait atteindre la douzième de ses années. Ils vécurent cinq ou six ans en assez bon accord. Mais après ce terme, Célinde, pour des raisons qu'elle alléguait et qu'il n'est pas besoin d'insérer ici, quitta son mari et requit la séparation de son mariage. Elle fut assistée de plusieurs grands seigneurs, ses proches parents, et principalement de deux cavaliers, l'un nommé Tymante et l'autre Alcy-

---

1. Néron (37-68 ap. J.-C.), empereur romain, régna au début avec sagesse, sous l'influence de Sénèque et de Burrus. Par la suite, il se laissa emporter par son naturel violent et féroce et fit tuer son frère Britannicus, puis sa mère Agrippine, enfin ses deux épouses Octavie et Poppée, sans compter Lucain et Sénèque.

don. Ces deux guerriers l'enlevèrent un jour, malgré son époux, et prirent en main sa querelle, si bien que pour ce sujet, on dressa des armées, quoique le grand sofi y envoyât des satrapes pour apaiser cette émotion*.

La province de Carmanie est composée d'une espèce de noblesse qui, dedans son pays, coule une vie délicieuse et ne se soucie guère de la cour. Elle ne désire point de connaître son prince, ni d'être connue de lui, de sorte que les gouverneurs du grand sofi n'y sont honorés que lorsqu'elle les a agréables. Quelques commandements donc, quelques défenses qu'on donnât sur la levée de ces armes, on ne put jamais empêcher mille meurtres qui procédèrent de cette mémorable querelle d'un mari et d'une femme. Eurylas, qui croyait être le plus intéressé et qui, sans l'assistance que donnaient à Célinde Tymante et Alcydon, fût bientôt venu à bout de ce différend, conçut une telle haine contre ces deux cavaliers, et principalement contre Tymante, qu'il résolut de le priver de vie. C'est pourquoi il lui tendit plusieurs embûches et enfin, n'ayant pu venir à bout de son dessein, il voulut faire ouvertement ce qu'il n'avait pu exécuter par une autre voie.

Condate est la ville capitale de Carmanie et celle où le Sénat des mages de la province tient son trône. Tymante y allait souvent et toujours bien suivi, encore qu'il ne pensât point que dans une ville si sacrée on osât attenter à sa personne. Mais il fut déçu en son opinion. Un vindicatif et cruel ne se soucie d'aucun respect et ne considère nullement les accidents qui proviennent du désir qu'il a de se venger. Il ne craint point les hommes ni la justice même de Dieu, qui s'est réservée la vengeance et qui, selon le témoignage même d'un païen, commande de n'épandre point le sang humain puisque c'est à lui seul, qui connaît les secrets des cœurs, de punir les offenses. Eurylas, foulant au pied toutes ces considérations, apprit un jour que Tymante était dans un temple vénérable de cette renommée ville. Il l'attendit à la porte de ce lieu sacré, et lui ayant lâché* un pistolet, lui perça la tête de part en part et le contraignit de rendre à la Parque ce que tous les mortels lui doivent. Ce meurtre étant achevé, ceux de la suite de Tymante mirent la main à l'épée pour venger la mort de leur maître, et furent repoussés de ceux qui accompagnaient Eurylas, de sorte que cette mort fut suivie de plusieurs autres. Mais la troupe d'Eurylas étant la plus forte, comme composée d'un plus grand nombre de satellites, les autres furent contraints de prendre la fuite. Il n'y eut qu'un page qui, voyant son maître mort, fut poussé de tant de courage que, malgré toute la troupe des adversaires, il s'approcha d'Eurylas et le blessa mortellement; de sorte que, quelques jours après, son âme fut contrainte d'abandonner sa chère demeure et d'aller tenir compagnie à celle de Tymante.

Nous avons commencé un discours tragique sans que nous ayons intention de l'achever, puisque ce n'est pas notre dessein d'écrire maintenant l'histoire d'Eurylas et de Tymante mais plutôt celle de Lystorac que nous ne pouvions commencer sans premièrement user de cette préface. Vous saurez donc que Lystorac était frère de Tymante et que, par la mort de celui qui était son aîné, il eut la possession entière d'une grande et illustre maison. C'était au reste un gentilhomme accompli en rares perfections. Sa beauté et sa courtoisie jointes à sa valeur, à son savoir et à son éloquence, gagnaient l'âme de tous ceux qui le fréquentaient. Il était impossible de le voir sans l'aimer, ni de parler à lui sans être ravi de la douceur de ses paroles. Mais l'homme est si sujet à changer d'humeur qu'à peine le reconnaît-on du jour au lendemain. Les honneurs changent les mœurs, et les biens rendent le plus souvent insolents ceux qui les possèdent.

Lystorac, ayant succédé à son frère Tymante, changea bientôt de désirs. Il était amoureux d'une rare beauté, laquelle il quitta incontinent après le décès de son frère, et rechercha la belle et pudique Amaranthe, fille du renommé Crisante, le plus riche de toute la province. Sa noblesse, sa beauté, ses richesses et la douceur de son langage acquirent sur cette belle ce que mille autres amoureux n'avaient jamais pu gagner. De sorte que, le père voyant l'inclination de sa fille et considérant aussi le mérite de Lystorac, ce mariage fut bientôt accompli. Ce riche homme n'a que trois filles et point de fils, et toutes trois ont été mariées à de plus grands seigneurs de la province. Aussi leur constitue-t-il en dot une telle somme de deniers qu'un prince souverain serait bien empêché d'en fournir une pareille au mariage de l'une de ses filles, sans les prétentions qu'elles ont sur les autres grands biens que leur père possède. Or, ce gentilhomme, outre la grande somme de deniers qu'il reçut de son beau-père, eut encore la baronnie de Nysie et le gouvernement de cette place, fort important à l'empire de Perse.

Mais il n'eut guère demeuré avec cette belle et pudique Amaranthe que, voyant la fortune lui rire de tous côtés, il devint insolent et fâcheux. Ce furent ses sujets qui ressentirent les premiers le changement de ses humeurs. Il tranchait* du prince souverain dans les bourgs et les villages dont il était seigneur, y faisait des levées de deniers, et même les autres lieux proches n'étaient pas exempts de ses concussions. Si quelqu'un s'en plaignait, il était assuré d'être assommé à coups de bâton. La justice même n'osait rien dire. Ses officiers redoutaient la colère d'un si dangereux homme qui frappait et tuait en riant. Le Sénat des mages de la province était tous les jours abreuvé des plaintes secrètes qu'on lui en faisait, mais s'il décernait quelque ajournement personnel contre Lystorac, il n'y avait ni prévôt ni sergent qui osât le lui intimer. Et pour faire voir quelques-uns de ses déportements que l'on ne saurait excuser, voici deux ou trois exemples de sa cruauté, dont la moindre méritait la perte de la tête.

Il y avait en un lieu proche, nommé Châteaulion, un juge issu d'une noble famille, homme de bien s'il en fut jamais, et qui exerçait son office de judicature avec autant d'intégrité que les lois requièrent d'une personne qui administre le droit. Ce bon juge, oyant toujours mille plaintes qu'on lui faisait de Lystorac, tâcha au commencement de le réduire à un meilleur train de vie par des remontrances particulières qu'il lui fit, avec non moins de discrétion que de prud'homie. Mais Lystorac non seulement se moqua de toutes ses remontrances, ains* encore lui fit de rudes menaces et lui défendit de ne lui tenir jamais un tel langage. Ce juge, voyant que ce gentilhomme était incapable de correction, ne l'entretint plus de ces choses. Cependant, il ne laissa pas d'exercer ce qui était de sa charge, et se souvenant qu'il était juge, et par conséquent, qu'il devait suivre les lois puisque, lorsqu'on le reçut en cet office, il fit serment de juger selon qu'elles commandent sans regarder à la qualité des personnes. Sitôt qu'on lui faisait quelque plainte de Lystorac, il la renvoyait au grand Sénat des mages.

Lystorac, encore qu'il ne se souciât guère de toutes ces informations puisqu'il ne craignait ni Dieu ni les hommes, toutefois il conçut une telle haine contre ce juge qu'il résolut de le faire mourir. Et pour faire paraître son extrême cruauté et son abominable désir de vengeance, il voulut que l'exécution de ce meurtre se fît en sa présence. Il prend donc une troupe de satellites, va au bourg où se tenait ce juge, enfonce les portes de sa maison, et quelque résistance que fassent, et lui, et ses amis, cet homme de bien est laissé pour mort, blessé de plus de quarante plaies.

Cet assassinat épouvanta grandement tous les lieux d'alentour, chacun craignant la cruauté d'un si dangereux homme. Le Ciel ne permit pas pourtant que ce bon juge mourût de ses blessures. Etant aucunement* guéri, il eut recours au juste Sénat de la province qui fit appeler Lystorac pour répondre sur ce dont on l'accusait. Lui, qui ne craignait personne, se rend à la ville de Condate pour se purger de ce crime, assuré qu'on n'oserait lui faire passer le guichet[1]. Tandis que ce procès criminel dure, voici un autre exemple de cruauté barbare. La mère de ce juge vint à décéder. Elle fut enterrée au lieu de sa demeure, dans une église où elle avait une particulière dévotion. Lystorac, qui ne voulait pas qu'elle fût enterrée dans ce temple, partit de Condate et se rendit à Châteaulion dans peu de temps. Sitôt qu'il y fut arrivé, il fit déterrer le corps de cette damoiselle et jeter hors du cimetière. Son fils, rempli de piété, fit pour la deuxième fois mettre ce corps dans ce même sépulcre, et Lystorac le fit encore déterrer de nuit, et puis, le fit porter et jeter dans un étang qui était à une lieue loin de ce lieu. O tyran ! Que te sert toute cette cruauté que tu exerces et sur les vivants et sur les morts ? Il faudra bien enfin, quelque suite que tu y emploies, que le bras de la justice, que maintenant tu méprises, te fasse sentir sa rigueur ! Tu t'enorgueillis à présent parce que tu crois que tes jours ne seront jamais troublés. Mais es-tu si bien assuré de l'éternité de tes années que tu n'aies point de peur de la fin malheureuse qui t'est préparée ? Un jour viendra sans point de doute que la tribulation t'épouvantera et que tes détresses t'environneront.

Cette barbarie jointe à la cruauté dont nous avons ci-dessus parlé étant rapportée à l'équitable Sénat de la province, on lui voulut faire son procès ; mais une évocation du Conseil privé du grand sofi accrocha[2] de telle sorte ces affaires que ce bon juge, après une grande dépense, fut contraint de céder à la faveur que Lystorac avait à la cour. Cependant, comme un péché attire l'autre par la permission de Dieu qui nous abandonne sitôt que nous l'abandonnons, ce cruel gentilhomme, qu'autrefois on esti-

---

1. *Faire passer le guichet* : emprisonner.
2. *Accrocher... ces affaires* : (fig.) obtenir.

mait libéral avant qu'il eût la possession des grands biens qu'il avait acquis par la mort de son aîné, devint extrêmement avare. Il ne faut plus le qualifier d'autres crimes insignes, puisque l'avarice est la racine de tous maux. L'avare, dit une grande lumière de l'Eglise, est justement comparable à l'Enfer, lequel dévore tant de milliers d'âmes et ne dit jamais « c'est assez ». Et tous les trésors du monde ne suffiraient point à celui qui est entaché d'avarice. Aussi, il fut porté bientôt à des actions exécrables. Il se mit à piller plus que jamais le peuple en lui imposant de grandes sommes et menaçant ceux qui ne voulaient point payer ces contributions de ravir leurs filles et de les donner en mariage à des laquais. Par ce moyen, tout le pays voisin, craignant que ce tyran ne mît à effet ses menaces, était contraint de se rédimer par de notables sommes et de prévenir par ce moyen la fureur de ce désespéré.

Il fit encore bien pis car, comme nous avons déjà dit ci-dessus, il avait épousé la riche Amaranthe à qui toutes les grâces et toutes les vertus servent d'ornement. Toutefois ce cruel, sans avoir égard aux rares perfections dont son épouse était accomplie, sitôt qu'il avait besoin d'argent, il la maltraitait et la renvoyait chez son père, lequel était forcé d'acheter la paix de leur ménage à beaux deniers comptants et par de grandes sommes. Mais comme il n'y a patience qui enfin ne se fâche, quand par trop on en abuse, Crysante, voyant que son gendre ne cessait de l'importuner tous les jours et de maltraiter sa fille, lui voulut remontrer* un jour ce qui était de son devoir, et il ne put jamais retirer autre chose de cet homme que des menaces et des reproches, disant qu'il lui avait fait trop d'honneur d'épouser Amaranthe. Ce beau-père était extrêmement aimé du peuple de Nysie, dont il avait fait gouverneur son gendre, et il crut que s'il semait la discorde entre Lystorac et les habitants de ce lieu, il pourrait puis après le ranger à un meilleur train de vie et faire la paix, encore quand il lui plairait, des citoyens et de leur gouverneur. Avec cette croyance, il les mit en de si mauvaise intelligence et excita de si grandes querelles qu'il lui fut impossible de les éteindre puis après. C'est aussi une chose bien malaisée puisque, la discorde n'étant autre chose qu'un courroux très aigre et une ire conçue dans le cœur et entretenue d'une haine extrême, bien malaisément les volontés distraites se peuvent réunir, quand cette fureur possède une fois les âmes et rompt les liens d'amitié qui les serraient auparavant.

Voilà donc Lystorac qui commence de sentir les avant-coureurs de l'ire du Ciel et qui néanmoins se moque de l'inimitié d'un peuple qu'il croit ranger bientôt sous sa tyrannie. Il est pourtant bien abusé, puisqu'il reçoit plusieurs affronts et est contraint de se tenir sur ses gardes. La haine du peuple est une dangereuse chose. Les exemples qui en arrivent tous les jours en rendent témoignage. Le peuple, dis-je, est semblable à une mer agitée : il ne considère ni conseil ni raison et les plus habiles se perdent ordinairement dans l'orage qu'une populace excite. Lystorac, qui ne manquait pas de prudence et qui à la peau du lion attachait la queue du renard quand il en était besoin, voyant qu'il ne pouvait dompter un animal si farouche, usa d'hypocrisie et céda pour quelque temps à la tempête qui le menaçait. Tandis*, il apprit sourdement que son beau-père Crysante était cause de cette brouillerie. Il s'en informa plus particulièrement, et ayant trouvé que cela n'était que trop véritable, il prit dès l'heure* même résolution de faire un grand affront à son beau-père. Et sans doute, s'il l'eût rencontré sur l'excès de sa colère, il n'eût pas fait difficulté de le traiter cruellement. Je ne veux pour témoignage de mon dire que le jour que Crysante fut à un bourg proche de Châteaulion, où il était allé recevoir l'hommage que les habitants lui doivent, et y célébrer la fête. Lystorac, suivi d'une grande troupe d'arsacides[1], y troubla

---

1. Voir *H. XIV*, n. 1, p. 327.

toute la réjouissance publique, et peu s'en fallut qu'il n'attrapât son beau-père, lequel se sauva miraculeusement. Après avoir fait mille insolences en ce village, il se retira dans la citadelle de Nysie, son séjour ordinaire, exerçant aux environs des cruautés que les bornes de cette histoire ne sauraient contenir.

Mais voici bien encore de plus grands excès. Les états généraux de la province se tiennent tous les ans à la célèbre cité de Corbile. Toute la noblesse du pays y assiste, et chacun désire d'y conserver le rang de sa maison par l'antiquité de sa race. Et comme il y a toujours des personnes qui, par les querelles d'autrui tâchent de faire leurs affaires, quelques-uns qui peut-être avaient dessein sur le gouvernement de la ville de Nysie et dont ils se sont néanmoins vus frustrés, voulurent semer la discorde entre Lystorac et un seigneur renommé que l'on appelait Tersandre. Entre autres, il y en eut un qui partit expressément de la cour pour ce sujet, lequel désunit si bien la bonne intelligence qui était entre Lystorac et Tersandre que peu s'en fallut qu'ils n'en vinssent aux mains. Ils ne manquent pas tous deux ni de courage ni de valeur, puisque Tersandre en a rendu mille preuves en plusieurs et diverses occasions, et Lystorac était un des vaillants hommes de l'Asie. Quelques pontifes, qui étaient du corps des états, firent tant par leur sagesse et leurs belles raisons qu'on accorda ces deux vaillants gentilshommes. Voilà donc comme, dès cette année, celui qui avait des prétentions qu'il n'est pas besoin d'exprimer, ayant failli son coup, attendit d'en venir à bout à la première convocation.

Il y avait un autre brave et sage seigneur en cette province de Carmanie, lequel de race et de mérite ne cédait nullement à Lystorac. Son nom était Lucemont. L'assemblée générale, qui s'était tenue l'an passé à Corbile, se tint puis après à Condate. Ces semeurs de discorde firent entendre à Lucemont que la grandeur de sa maison surpassait celle de Lystorac et qu'il ne devait nullement souffrir qu'il le précédât aux états. Lucemont, qui eût mieux aimé perdre la vie que quitter* tant soit peu du rang de son illustre maison, ouvre les oreilles à l'avis qu'on lui donne. Il use puis après d'une telle dextérité que, quand toute la noblesse de la province vient pour prendre sa place dans la grande salle, il se trouve en un lieu plus éminent que Lystorac. Ce gentilhomme, qui était extrêmement sensible, se voyant ainsi précédé tint alors tout haut ce langage : « Qui m'a ici amené ce fat de Caraman [1] ? Il n'avait jamais ouvert la bouche pour disputer le pas avec moi. Je vois bien qu'on veut mettre le moule de mon pourpoint en dispute [2], mais je couperai bientôt le dessein de plusieurs. » Or, dès l'heure* même, il prit résolution de perdre la vie ou de la faire perdre à son ennemi. C'est pourquoi il le fit appeler en duel par un billet qu'il lui envoya, et lequel nous avons ici inséré mot à mot :

La noblesse de la race ayant pris origine des armes, il faut que ceux qui en ont la possession la maintiennent par le courage et par la valeur. Si vous avez désir de conserver la vôtre, vous ferez maintenant paraître si vous méritez de posséder ces qualités. Je vous attends avec une épée et un poignard au lieu où ce garçon vous dira, pour en voir la preuve. Si vous eûtes hier l'audace de me précéder injustement, nous verrons si vous aurez aujourd'hui le courage de me voir sans trembler de peur.

Ce cartel* de défi ayant été rendu* à Lucemont était capable d'animer un homme privé de sentiment, tant il était sensible, et à plus forte raison, un courage si généreux qu'à peine en eût-on trouvé de plus grand en toute cette province. Toutefois, comme il était sage aussi bien que vaillant, il ne vou-

---

1. *Ce fat de Caraman* : ce fat de Carmanie.
2. *Mettre le moule de mon pourpoint en dispute* : contester une personne. Ailleurs l'expression *laisser le moule du pourpoint* signifie mourir.

lut point accepter à l'heure ce cartel* de défi parce qu'étant alors à Condate pour le service de son prince, il lui devait toutes ses actions sans se laisser emporter à une passion particulière. Il fit donc dire à Lystorac qu'il ne refusait pas de se battre avec lui sur le sujet de leur querelle, mais seulement il voulait différer ce combat durant l'assemblée des états, pour les raisons que nous venons de dire. Cependant, le bruit de cet appel fut incontinent divulgué. On loua la prudence de Lucemont, et quelques-uns des plus apparents de l'assemblée et des plus gens de bien firent tant par leurs allées et venues, et surent si bien adoucir le courroux de l'un et de l'autre guerrier, qu'enfin quelque espèce d'accord intervint entre eux. Un jour, Lystorac précédait Lucemont et le lendemain, il était précédé, si bien que tout le monde croyait qu'ils étaient réconciliés. Ils passaient même quelquefois la plus grande partie de la nuit à jouer ensemble, comme s'ils eussent été les meilleurs amis que l'on puisse voir. Lucemont était pourtant admonesté bien souvent par des personnes de qualité de ne se fier point à Lystorac. On lui disait que c'était un homme qui mordait en riant. Mais Lucemont, pour toute réponse, alléguait que Lystorac était si généreux qu'il ne le prendrait jamais qu'en homme de bien. Il se trompait pourtant et ne considérait pas que, n'y ayant peste plus nuisible qu'un ennemi familier, on le doit toujours redouter, encore qu'il fût extrêmement faible. Et jugez s'il n'avait pas raison de craindre un si dangereux homme, puisque les cruautés qu'il avait déjà exercées, et sur les vivants, et sur les morts, lui devaient apprendre que peu de choses ne lui faisaient pas si tôt oublier une grande haine.

Lystorac fit bientôt paraître l'effet de mon dire. Il advint qu'ayant joué avec Lucemont durant une partie de la nuit, ils rompirent le jeu sur quelque petite parole. S'étant donné pourtant le bonsoir, ils se retirèrent tous deux à leur logis qui étaient vis-à-vis l'un de l'autre. Sitôt que le soleil eut redonné au monde sa lumière accoutumée, Lucemont se leva avec dessein de se rendre aux états pour y prendre sa place ordinaire. Et comme il était près de sortir de son logis, un gentilhomme de Lystorac entre dans sa chambre et lui dit que son maître est là-bas à la porte de la rue, qui désire de lui dire un mot. Lucemont, aussitôt, descend en bas pour parler à lui, pendant que Lystorac avait commandé à son cocher de tenir son carrosse au travers de la rue pour empêcher que Lucemont ne passât. Quand ce gentilhomme, qui ne se doutait d'aucune trahison, aperçoit Lystorac, il s'approche de lui en souriant et l'autre en même temps met la main à l'épée et la lui plante dans le corps jusqu'aux gardes[1]. Lucemont chut à terre, privé de vie, et sa mort fut encore accompagnée de la mort de deux ou trois des siens, que ceux de Lystorac étendirent sur le pavé. Si le coup fut prompt, les assassins furent aussi extrêmement prompts à monter soudain à cheval et de se rendre, en courant au travers de la ville, à une des portes que l'on nomme Albe. Et en passant, ils dirent aux gardes ces mêmes paroles : « Messieurs, fermez vos portes ! Il y a de grands troubles dans votre ville ! » Les gardes, qui crurent à l'invention de ce cauteleux* homme, fermèrent incontinent les portes, de sorte qu'il eut tout loisir de se sauver.

Tandis*, il ne mentait pas lorsqu'il dit en sortant de la ville qu'il y avait de grands troubles. Tout était en rumeur. Le peuple criait tout haut qu'on ne devait point souffrir ces assassinats, que la conséquence en était trop dangereuse. Et toute la noblesse regrettait extrêmement Lucemont parce qu'il était un seigneur doué d'extrême courtoisie aussi bien que de valeur. Lystorac, après avoir commis ce meurtre, ne prit pas le droit chemin de Nysie, ains* se retira en une sienne forteresse imprenable, laquelle on nomme Montrouge. Ce dernier crime le rendit tellement décrié par toute la province qu'il

---

1. Voir *H. VIII*, n.1, p. 229.

perdit non seulement le reste de bienveillance qu'il pouvait avoir parmi les habitants de la ville de Nysie, mais encore altéra le courage des soldats qui étaient dans la citadelle. Cela fut cause que le grand et renommé satrape Arimédon, l'un des gouverneurs de la province, se saisit de cette importante ville et en prit le gouvernement. Ce ne fut pourtant sans que plusieurs grands seigneurs s'y opposassent, et entre autres, le valeureux Polydamas qui ne manquait pas de raisons en ses prétentions.

Cette grande et notable querelle, qui commençait de naître entre deux si puissants et renommés seigneurs, était pour susciter en la province de grands remuements, si la prudence de notre jeune sofi, qui venait de calmer le plus violent orage que la Perse ait jamais ressenti, n'y eût mis la main. Ce monarque magnanime dépêcha soudain à Nysie un de ses exempts, avec commission de se rendre maître de la place et de la garder jusqu'à ce que Sa Majesté en eût ordonné plus amplement. Sitôt que cet exempt parvint à Nysie et montra la commission de notre empereur, le sage et valeureux Arimédon le mit dedans la citadelle, suivant le mandement de son prince.

Les parents de Lucemont, qui étaient en grand nombre, faisaient cependant de grandes poursuites au juste Sénat des mages de la province contre Lystorac. Il fut proclamé à trois brefs jours, et son procès lui ayant été fait et parfait en défaut[1], on le condamne de perdre la tête. Les grands amis qu'il avait en la province ne purent jamais empêcher ce juste et équitable arrêt. Il avait entassé trop de crimes les uns sur les autres et ses parties* ne manquaient pas ni d'amis ni de faveur. Il se moquait pourtant de toutes leurs poursuites et menaçait d'éteindre toute la race de son ennemi mort. Je vous ai dit ci-dessus que Lystorac (sans parler de ses défauts) était doué de fort belles qualités. Il était

---

1. *Procès... fait et parfait* : terme juridique, instruire jusqu'à sentence définitive ; *en défaut* : en l'absence de l'inculpé.

encore chéri d'un prince qui appartient de bien près à notre sofi, de sorte que, s'il n'eût perpétré ce que je me prépare maintenant de vous raconter, il eût eu sans doute avec le temps une entière abolition[1] de tous ses crimes. Mais d'attenter à l'autorité d'un souverain monarque, comme vous orrez maintenant, il ne pouvait espérer qu'une honteuse et perpétuelle infamie.

Durant que toute la province de Carmanie parle diversement de la querelle de Lystorac et des parents de Lucemont, selon qu'on y est poussé ou par raison ou par passion, ce désespéré gentilhomme ne cesse de battre la campagne et même est si téméraire de loger dans les villes, comme s'il n'eût jamais commis aucun crime. Il était tellement redouté qu'aucun n'eût osé le regarder de travers, et si bien accompagné qu'il eût fallu une armée pour le prendre. La ville de Nysie ne lui était pas cependant si adversaire qu'il n'y eût de l'intelligence voire même dans le château parce que, se voyant alors persécuté de tous côtés, il avait fait la paix avec le riche Crysante, son beau-père, lequel, comme nous avons déjà dit, est fort aimé dans cette ville.

Favorisé donc de quelques citoyens qui, pour être incommodés, tâchaient de faire leurs affaires parmi la confusion, il entre une nuit dans Nysie, et puis, par le moyen de certains traîtres, se rend encore possesseur de la citadelle. L'exempt des gardes lui veut remontrer*, lorsqu'il veut l'en chasser, que cet affront touche la sacrée personne du grand sofi et non la sienne, mais ce courage félon et désespéré ne se soucie nullement de ses remontrances. Au contraire, l'exempt est prêt de sauter par les murailles de la forteresse, sans l'intercession de quelques gens d'honneur qui se trouvèrent présents. Lystorac néanmoins le traite avec tant d'indignité que toute la Perse est scandalisée. Aussi il faut qu'il se délibère

---

1. *Abolition* : voir *H. VIII*, n.1, p. 226.

« *L'héritier du grand Alexandre [...] par ses incomparables vertus a déjà acquis le titre de Juste...* » (Gravure de Mérian. Musée Carnavalet. Photo J.-L. Charmet.)

que notre jeune sofi qui, par ses incomparables vertus a déjà acquis le titre de Juste, lui fera bientôt sentir le coup de tonnerre de son bras foudroyant.

L'héritier du grand Alcandre, ayant appris les excès de ce désespéré gentilhomme, commande soudain à deux ou trois de ses satrapes de l'aller investir dans la ville de Nysie et de le lui amener, ou mort, ou vif. Les satrapes, avec ce mandement, lèvent une puissante armée et se rendent en peu de temps devant Nysie. La ville, sachant l'intention de son prince souverain, leur ouvre les portes pendant que Lystorac se défend dans la citadelle et est résolu d'y mourir plutôt que de se rendre. Plusieurs morts s'en ensuivent d'un côté et de l'autre. Et Lystorac, en cet assiègement, rend des preuves de valeur ; il serait recommandable à la postérité et de qui les fidèles histoires parleraient avec louange, si la félonie ne le couvrait d'une honte perpétuelle.

Tandis*, le valeureux prince Rosoléon, qui aimait Lystorac avant qu'il fût entaché de tant de crimes, reçoit aussi un commandement de son prince souverain, et étant parvenu en Nysie, fait tant par sa prudence que Lystorac lui rend la place et s'expose à sa merci*. Le généreux Rosoléon lui promit néanmoins, sans lui en donner pourtant une entière assurance, de se rendre intercesseur envers Sa Majesté pour impétrer* d'elle une entière rémission de toutes les jeunesses de ce malheureux gentilhomme. Il fit aussi ce qu'il lui promit et encore davantage, car étant arrivé à la cour, ses instantes intercessions eussent été capables de fléchir à la douceur le grand sofi, si ce titre de Juste qu'il a si dignement acquis ne l'eût retenu. La justice dont ce digne monarque représente la vive image étant cette vertu qui seule est maîtresse de toutes choses et la reine même de toutes les vertus, il fallut que le grand Sénat des aréopages de Suse, composé des plus savants et des plus gens de bien du monde, en donnât un arrêt mémorable pour réprimer l'insolence et l'audace de ceux qui osent témérairement brouiller l'Etat. Rien ne servit aux prières du prince Rosoléon, celles de plusieurs autres princes, ni toutes les faveurs ni les richesses de Crysante, son beau-père. Si rien eût été capable d'impétrer* la grâce de Lystorac, ç'eût été la belle et pudique Amaranthe, son épouse, qui ne cessait de verser de ses beaux yeux un torrent de larmes. De ses beaux yeux, dis-je, autrefois deux fournaises d'embrasement, et maintenant deux sources de pleurs. Quoiqu'elle eût reçu jadis de son ingrat mari mille injustices, toutefois elle fit paraître en cette action, et encore plus après sa mort, ainsi que nous verrons à la fin de cette histoire tragique, qu'une vraie et parfaite amour ne se peut jamais oublier.

Mais qu'est-il besoin que je vous détienne plus longtemps ? L'arrêt des sages de la Perse, qui eût mûrement digéré toutes les jeunesses, toutes les folies, toutes les cruautés et tous les crimes, joint à celui de lèse-majesté condamne Lystorac d'avoir la tête tranchée. Avant qu'on lui prononce son arrêt, un bon et saint religieux l'avait réduit* à ce point que, reconnaissant ses fautes, il était résolu à la mort. Il publiait tout haut ses crimes et ne cessait d'implorer la miséricorde de celui qui a toujours les bras ouverts et qui a promis d'exaucer le pécheur toutes les fois qu'il gémira et implorera sa grâce. On ne vit jamais tant de contrition si bien que, si l'on juge de la félicité de l'autre vie par l'heureuse fin de la présente, il n'y a point de doute que Lystorac ne soit bien heureux.

Quand on lui prononça son arrêt, il remercia les juges et dit qu'il méritait une plus sévère punition. Etant donc résolu à la mort et témoignant un courage le plus généreux que l'on puisse imaginer, au lieu d'avoir besoin de consolation, il semblait lui-même consoler ceux qui s'ingéraient de le consoler. Mais qui pourra dignement décrire la constance qu'il fit paraître lorsqu'il fut monté sur l'échafaud* qu'on avait dressé au milieu de la grande place de Suse ? Il ne changea jamais de couleur et l'on eût dit à voir sa contenance si assurée qu'il jouait le personnage d'une feinte tragédie. « O Dieu ! se dit-il, de premier abord en élevant les yeux au ciel, qui êtes venu au monde pour les pécheurs et non pour les justes ! Prenez compassion d'un si misérable pécheur qui implore votre miséricorde ! Je sais bien, Seigneur, que mes péchés ne mériteraient point de pardon si vous me vouliez punir à l'égal de mes offenses. Mais, ô Dieu débonnaire ! O mon doux Sauveur ! Ne regardez pas tant à mes maux que vous en oubliez vos bienfaits. O bon Dieu ! Si j'ai acquis par mes crimes la damnation, vous n'avez pas perdu le moyen de me sauver. O Rédempteur du monde ! Je vous loue, sinon par le moyen de la récompense que vous donnez aux justes, au moins par la justice des supplices dont vous punissez les pécheurs. »

Achevant cette prière, il mit lui-même son pourpoint bas, sans vouloir permettre que le bourreau le touchât. Un de ses valets de chambre lui coupa les cheveux, et après il se mit à genoux, implorant toujours la miséricorde de Dieu et requérant l'assemblée de joindre ses prières aux siennes. La grande place de Suse était toute remplie de spectateurs. Toutes les fenêtres et les couvertures des maisons en étaient occupées, et tout le monde voyant un si beau gentilhomme, et touché de tant de contrition, pleurait amèrement et suppliait la bonté céleste de traiter plus doucement son âme que son corps. Enfin, l'exécuteur lui voulut bander les yeux, mais son grand courage ne le permit point, non moins que le souvenir de tant de crimes qu'il avait commis. « O bourreau, se dit-il, décharge librement ton coup ! Si j'ai eu autrefois le courage d'épandre le sang innocent, Dieu m'a fait maintenant la grâce de l'avoir aussi pour voir foudroyer sur mon chef son juste bras et voir finir cette misérable vie par la perte du mien. » Ce disant, et proférant tout haut *In manus tuas*[1], l'exécuteur lui sépara la tête d'avec le corps. Voilà la fin tragique de Lystorac à qui le Ciel n'avait

---

1. Voir *H. VII*, n.1, p. 221.

pas été avare de ses plus rares dons. Il abusa de tant de grâces, et ayant méprisé celui qui est grand en force, en jugement et en justice quand la fortune ne lui était favorable, fut contraint puis après de le reconnaître dignement sur un infâme théâtre.

La belle et pudique Amaranthe, son épouse, qui n'avait cessé de verser un torrent de larmes de ses beaux yeux plus luisants que les étoiles, prit incontinent une généreuse résolution. Il y a aux faubourgs de la grande ville de Suse un temple vénérable, et pour son antiquité, et pour la dévotion qui s'y exerce maintenant. Ce temple était jadis, durant l'idolâtrie, consacré à la déesse Cérès. Son image en fait foi, posée au plus haut d'une tour et représentée de la sorte que les païens nous la décrivent, avec une gerbe d'épis mûrs entre les bras et une couronne de même[1]. Depuis que le culte des faux dieux a été banni de la Perse, il y a eu toujours dans ce même temple des religieuses de bonne maison qui y consacrent à Dieu leurs jours, leur vie et toutes leurs actions. Du règne du grand Alcandre, une princesse dont les louanges méritent un plus grand espace, rendit renommé ce couvent par la dévotion qu'elle y a témoignée, en foulant aux pieds toutes les grandeurs du monde. Son exemple a été celui de plusieurs autres grandes dames, si bien que ce couvent est autant renommé qu'autre qui soit en toute l'Asie. Ce fut là, dis-je, que la chaste Amaranthe voulut passer le reste de ses jours. Elle se représenta soudain que le monde n'est qu'une mer remplie de tempêtes, et qu'il est impossible d'y faire longtemps demeure sans danger de perdre l'âme, puisque la convoitise y est à chacun un orage. Son bon ange lui disait aussi à tout moment que, si le fils de Dieu était descendu pour elle de son trône céleste, elle était obligée de fuir pour l'amour de lui les choses

---

[1]. Sauf erreur, il peut s'agir de l'emplacement de la basilique Sainte-Geneviève et de l'abbaye du même nom, construite par Clovis.

terrestres. Que le monde à la vérité était doux à ceux qui n'y manquent pas de commodité, mais que Jésus-Christ était encore plus doux, et qu'il n'y avait que ceux qui trouvent de l'amertume au monde pour qui le fils de la Vierge eût souffert.

Avec ces bonnes et saintes inspirations et autres que les bornes de cette histoire ne peuvent contenir, la pudique Amaranthe dit adieu au monde. Elle échappa aux Furies de cette mer, dont les vagues sont perpétuellement émues de l'artifice du Malin et incessamment* agitées de la tempête des vices. La divine Caritée, chère épouse de notre grand monarque, ayant appris le généreux dessein d'Amaranthe, comme elle est la plus religieuse aussi bien que la plus grande, la plus belle et la plus sage des mortelles, voulut elle-même assister à cette action sainte et sacrée. On ne vit jamais tant de dignes princesses dont notre impératrice était accompagnée, ni tant de grandes et belles dames. Voyant une si rare beauté, et si jeune qu'à peine elle atteignait la vingtième de ses années, prête de se confiner pour jamais dans ce monastère, plusieurs d'entre elles que la naissance et la grandeur retiennent dans le monde, soupiraient amèrement et versaient des larmes de pitié pendant que plusieurs autres, louant une si sainte et si généreuse résolution, ne cessaient de louer Dieu. Après que toutes les cérémonies furent achevées et qu'on lui eut coupé ses cheveux plus longs qu'une toison, elle reçut le voile et donna sa foi à un époux qui ne lui manquerait jamais. C'est là maintenant qu'éloignée des voluptés mondaines, elle se trouve en un lieu ordonné pour réconcilier les hommes avec notre Sauveur. Elle y trouve tous les jours en effet que tous les plaisirs qui n'ont Dieu pour fin ne peuvent être délicieux. Aussi y rend-elle tant de preuves de piété qu'il ne faut point douter qu'elle ne reçoive un jour l'immortelle couronne, préparée dès la fondation des siècles à ceux qui suivent la vérité et qui tâchent de s'enrichir aux dépens de celui qui, étant riche, s'est néanmoins appauvri pour nous combler de ses richesses.

Histoire XVIII

De la conjuration de Baïamont Tiepol[o], gentilhomme vénitien, contre sa patrie, et de sa fin malheureuse.

La conjuration de Baïamont Tiepolo[1] (et non pas Tiepoli), advenue le 15 juin 1310, est un événement de grande importance pour l'histoire de Venise et occupe encore aujourd'hui une place marquante dans la pensée collective.

Baïamont Tiepolo n'est pas un simple « gentilhomme vénitien », comme l'écrit Rosset. Petit-fils de doge, apparenté à une dynastie royale et aux plus grandes familles patriciennes de la ville, il était surnommé le « grand cavalier » et jouissait du consensus populaire, s'opposant ainsi à une oligarchie conservatrice qui, pour administrer le pouvoir, limitait l'accès de nouveaux représentants au sein du Maggior Consiglio. *Autour de lui se regroupent tous les mécontents d'une République en plein état de crise, divisée intérieurement et affaiblie extérieure-*

---

1. Pour la conjuration de Baïamont Tiepolo, (nous rectifions l'orthographe de ce nom connu pour éviter toute confusion) il existe une ample bibliographie à Venise. Nous avons consulté les ouvrages suivants : Samuele Romanin, *Storia documentata di Venezia, 1853-1861*, Venise, Filippi, 1973, 10 vol. [vol.3]. Ce livre a l'avantage de rapporter les chroniques de Venise du XIVe siècle : Caroldo, Marco Sanudo, Zancaruola, Barbaro. De même Giorgio Cracco, *Società et Stato nel Medioevo italiano*, Florence, Olschki, 1967 et *Venezia nel Medioevo : dal secolo* XI *al secolo* XIV, Turin, Utet, 1986 ; Roberto Cessi, *Storia della Repubblica di Venezia*, Florence ; Giunti Martello, 1981, 2 vol. ; Yves Renouard, *La civilisation vénitienne au siècle de Marco Polo*, Venise-Florence, 1955 ; Philippe Braustein et Robert Delort, *Portrait historique d'une cité*, Paris, Seuil, 1971.

ment par une série de revers dont Rosset rend compte dans son récit. En réalité, Baïamont représentait une menace pour la Sérénissime car il pouvait être le premier pas vers l'instauration d'une seigneurie héréditaire, comme cela advenait un peu partout en Italie à cette époque. C'est pourquoi la rébellion fut décimée de façon exemplaire.

François de Rosset affirme qu'il rapporte cette célèbre histoire d'ambition politique d'après ce qu'il en a lu dans les « livres des juges », expression qu'il est bien difficile d'accréditer aujourd'hui, d'autant plus que la mort qu'il inflige à Tiepolo n'a rien d'authentique. En outre il ne mentionne à aucun moment le Conseil des Dix qui est institué précisément au lendemain de cette fameuse conjuration. Sans doute s'agit-il pour lui de rendre plausible sa matière narrative et de la remanier à des fins édifiantes.

Exécrable faim de régner, à quoi ne pousses-tu le courage des mortels ! S'il est permis de violer le droit, on le peut faire, dit un ambitieux, pourvu que ce soit pour avoir domination sur les autres. O parole indigne d'un homme de bien et qui ressent sa tyrannie, quelque espèce de douceur qu'on y mêle parmi ! Jamais ce paradoxe n'a été reçu parmi la commune société des hommes, et ceux qui l'ont voulu mettre en effet ont vu bien rarement leur vie paisible. Ils ont le plus souvent terminé leurs jours par une fin funeste et tragique. Mille exemples de l'Antiquité le témoignent et ce moderne confirme la vérité de mon dire.

Au temps que Pierre Gradenigo gouvernait la seigneurie[1] de Venise comme quarante-huitième duc

---

1. A Venise la Seigneurie était l'organe exécutif et comprenait le Doge, un Conseil de soixante notables (« i Pregadi »), choisis dans le *Maggior Consiglio* et trois représentants des « quarantie ».

en ordre[1], il y avait un jeune homme vénitien nommé Baïamont Tiepolo, accompli en rares dons de la nature si l'ambition ne l'eût possédé. Son père, qui n'avait que ce fils unique et qui l'avait fait instruire en tout ce qui peut rendre recommandable un homme de sa sorte, le laissa riche après son trépas de plus de trente mille écus de revenu. Je ne comprends point avec cette rente, les maisons et les possessions, les vaisseaux et les galères dont il le fit possesseur, qui lui rendaient encore par trafic autant ou plus de commodité. Ce gentilhomme, voyant qu'il avait tant de moyens et que néanmoins il ne lui était point permis de les dépenser extraordinairement suivant les lois de sa patrie qui, pour sa frugalité, a quelque symbole avec l'ancienne Sparte, s'en allait le plus souvent aux bonnes villes d'Italie pour y passer le temps et y paraître plus qu'à Venise, où il ne pouvait qu'employer mille écus tous les ans, soit en habits, soit en serviteurs ou en dépense ordinaire de bouche[2]. Quand il était de retour à sa maison, contraint de reprendre le premier train de vie, il blâmait en son âme le ménage* de la cité et méprisait la lésine. Considérant néanmoins qu'il fallait y passer sa vie, il entreprit un dessein autant exécrable pour l'entreprise que malaisé pour l'exécution. C'est de se rendre seigneur souverain de la République, et par même moyen, faire mourir le duc, la seigneurie et tous ceux qui s'y voudraient opposer. Le temps lui était alors fort favorable, car les rudes secousses que l'Etat avait souffertes en deux fraîches batailles que

---

1. Pierre Gradenigo, représentant de l'aile conservatrice du *Maggior Consiglio*, est élu doge en 1289 et meurt en 1311, peut-être empoisonné. François de Rosset écrit *duc* au lieu de *doge*, substantif plus proprement vénitien. Dans les chroniques médiévales vénitiennes on trouve aussi bien *duce*, *duca* que *doxe*.
2. La passion pour le faste et les divertissements était si grande à Venise que le Sénat dut souvent intervenir pour en réprimer les excès. Les premiers édits contre le luxe datent de la moitié du xive siècle et sont donc postérieurs à la conjuration.

les Vénitiens avaient perdues, l'une en Dalmatie et l'autre au détroit de Gallipoli, l'avaient fort ébranlé [1].

La saison donc, les calamités et la faiblesse de la ville lui servant de supports, il fit un voyage à Rome où il demeura cinq ou six mois. Quand il fut de retour, il commença de pratiquer les artisans qu'il connaissait, hommes de faction, et dont la plupart avaient porté les armes aux guerres passées. Il achetait de leurs marchandises, encore qu'il n'en eût pas besoin, et par ce moyen faisant connaissance avec eux, disait à chacun qu'il avait une querelle contre un gentilhomme romain à qui il avait donné un soufflet ; que ce gentilhomme, qui n'avait pu se ressentir sur le champ de l'affront, était résolu, suivant l'avis qu'on lui en avait donné, de venir à Venise en habit dissimulé et accompagné d'un nombre d'hommes armés pour l'attaquer et pour l'assassiner. Tenant ce discours, les uns offraient de le secourir, les autres non. A ceux qui faisaient offre de l'assister en cette feinte querelle, il faisait délivrer de l'argent pour acheter des armes, tant pour eux que pour leurs valets, et sous main* leur donnait pension. Cependant, il les priait chacun à part de tenir la chose secrète, de peur que le duc et la seigneurie, avertis de ceci, suivant les lois rigoureuses et leurs soupçons ordinaires, ne crussent qu'on voulût brasser quelque nouveauté contre l'Etat. Cette conjuration fut si bien faite et si couverte que jamais un voisin ne révéla à son voisin l'entreprise, pensant toujours être tout seul et qu'il n'y aurait que lui et les siens qui assisteraient Tiepolo lorsqu'il en serait de besoin. Il attira en cette sorte tant d'hommes que le nombre monta jusqu'à trois ou quatre mille qu'il conjurait toujours par paroles gracieuses, par dons

---

1. Il s'agit de deux défaites contre les Génois qui disputaient aux Vénitiens la suprématie navale et marchande en Asie Mineure et sur la mer Noire : l'une à Laiazzo en 1294, en Cilicie (Asie Mineure), l'autre à Curzola (actuellement Korcula) en 1298, île de Dalmatie. Pas de défaite par conséquent dans le détroit de Gallipoli.

et par pensions, de se ressouvenir de leur promesse et d'accourir armés au secours lorsqu'il orraient* hautement proférer « Tiepolo, Tiepolo ! ». Tandis*, il vivait retiré en sa maison en si bon ménager* qu'on n'eût jamais cru son attentat. Son dessein était de tuer de premier abord le duc et la seigneurie et puis, sous le prétexte de liberté, décharger le peuple de daces* et d'impôts, et par même moyen, se rendre prince souverain de l'État. L'on célèbre tous les ans à Venise au mois de mai une fête en l'honneur de saint Vito. Ce jour-là, le duc et toute la seigneurie, accompagnés du reste de la noblesse de la ville et généralement du peuple, sortent de Saint-Marc en grande pompe et en grande cérémonie, et cheminent en procession jusqu'à l'église de Sainte-Marine pour y rendre grâce à Dieu d'une bataille mémorable que les Vénitiens gagnèrent contre les Turcs[1]. Comme cette fête s'approche, Tiepolo va de rue en rue, de boutique en boutique et de maison en maison. Il y sollicite tous ses partisans et les somme de leur promesse en leur racontant comme il a appris que son ennemi sera bientôt en ville, résolu de lui faire un affront, et chacun lui promet toute assistance. Et, bien que neuf ans se fussent déjà écoulés depuis le commencement de sa conjuration et que le long temps en eût fait mourir plusieurs de ceux qu'il avait pratiqués, toutefois il en avait gagné d'autres à leur place, de la volonté desquels il pouvait librement disposer. Non content de ces menées, quelques jours auparavant l'exécution, il invita quinze ou vingt gentilshommes

---

1. Le jour de Saint-Vito (saint Guy) qui n'est pas au mois de mai a lieu le 15 juin, comme on le verra par la suite ; quant à la procession à laquelle Rosset fait allusion, elle avait bien lieu chaque année, le 17 juillet : le doge visitait l'église de Sainte-Marine en souvenir de la reconquête de Padoue, perdue durant la guerre qui opposa Venise à la Ligue de Cambray (1509). Rosset confond à des fins narratives les données historiques du XVIe siècle avec celles du XIVe ! Il n'y a pas de « bataille mémorable contre les Turcs » avant la chute de Constantinople en 1453.

de la ville, de ses plus intimes amis, qu'il traita*
magnifiquement. Après avoir fait bonne chère, il
commença à leur ouvrir un discours de l'état où la
République était alors, des grandes foules et impositions que le pauvre peuple était contraint de soutenir,
pendant que le duc et les seigneurs s'engraissaient et,
comme des sangsues, humaient le sang des citoyens ;
que cette calamité le faisait souvent soupirer en lui-
même et désirer, s'il était possible, quelque réformation.

Quelques-uns de la troupe, que la malvoisie et
autres douces liqueurs avaient échauffés sous leur
bonnet plus que de coutume, approuvant son dire,
se mirent à crier tout haut qu'il serait bon d'y
employer le remède. Et puis tous, d'un commun
consentement, exhortèrent Tiepolo d'y mettre la
main, que* c'était lui qui, comme un Alcide[1], était
destiné du Ciel à repurger leur cité de monstres et
à y introduire les bonnes mœurs. Tiepolo, oyant leur
langage, feignit au commencement de n'en être pas
bien aise, mais voyant puis après comme on pressait
de le faire, il leur dit enfin que, s'ils voulaient l'assister, le moyen était tout ouvert pour venir à bout de
son entreprise. Sur cela, il leur apprit ses intelligences, comme il aurait, quand il voudrait, quatre ou
cinq mille hommes armés à sa dévotion. Les autres,
louant son dessein, lui jurèrent tout secours et lui
promirent d'exposer leurs vies et leurs moyens pour
ce sujet, et de n'avoir jamais de repos jusqu'à tant
qu'il fût absolu dans la ville. Tiepolo, les ayant
remerciés, leur fit aussi promesse de donner à l'un
la maison et les biens de Foscarini, à l'autre [de]
d'Anduli, à l'autre de Troni[2] et enfin à chacun sa
part des autres meilleures maisons.

---

1. *Un Alcide* : un des noms d'Hercule pour désigner un homme fort et robuste.
2. Parmi ces trois noms (mis au pluriel) de familles patriciennes un seul a un rapport étroit avec la conjuration : les Dandolo
(Rosset écrit d'Anduli) adversaires des Tiepolo, qui, ce jour-là,
s'employèrent à défendre le doge Pierre Gradenigo.

Voilà une terrible entreprise et une témérité, la plus grande qui se puisse imaginer. Jamais celle de Catilina[1] ne lui fut égale ni maniée avec tant de dextérité, car plusieurs sénateurs assistaient le perfide romain, et même celui qui fut plus heureux quelques temps après à ravir la liberté de sa patrie, et encore c'était en un siècle où la licence était débordée à Rome et où le peuple commandait à [la] baguette. Au lieu que la police*, si exactement bien réglée à Venise, devait faire perdre tout espoir à ce conjurateur de venir à bout de ce qu'il entreprenait par une ruse la plus étrange dont on ait jamais ouï parler, si longtemps couvée sans être découverte. Il fallait bien qu'il fût accort pour tromper si longuement des hommes si oculés* et si prudents entre toutes les nations du monde. Si cet homme se fût appliqué à des choses concernant le bien du public et non sa ruine, sans doute il eût rempli les histoires du bruit* de son nom.

La conjuration étant ainsi résolue, Tiepolo ne cessait tous les jours de voir ceux qu'il avait pratiqués pour leur ramentevoir* leurs promesses jusqu'à ce que le jour fut venu. Ceux qui n'ont jamais été à Venise apprendront que la ville est composée de telle façon que toutes les petites rues, bâties sur des fondements dans la mer, répondent à certaines grandes places, de même que font les lignes parallèles à leur centre. Sitôt que le jour de la fête de Saint-Vito fut arrivé, Tiepolo députa ces quinze ou vingt conjurés pour être de bon matin, l'un à la place Santa Fosca, l'autre à celle de Sancti Joanne e Paulo[2], et conséculement chacun des autres à l'une des places de la ville où ces petites rues abou-

---

1. Référence culturelle à la conjuration de Catilina racontée par Cicéron dans les *Catilinaires* et par Salluste dans *De la conjuration de Catilina*.
2. Appellation latine de la cathédrale des Saints-Jean-et-Paul. Mais les lieux qu'indique Rosset sont fantaisistes : les chroniques du temps rapportent que l'insurrection s'organisa dans le quartier populaire de Rialto, là où Baïamont Tiepolo et Marco Querini avaient leur demeure.

tissent, leur commandant qu'aussitôt qu'ils jugeraient être temps, qu'ils se missent à crier « Tiepolo, Tiepolo ! » Cependant, il se devait rendre à une autre place où tous les chefs des conjurés viendraient puis après le trouver avec le peuple qu'ils auraient ramassé, pour exécuter l'entreprise. Le dessein était, comme nous avons déjà dit, de tuer le duc et la seigneurie, et puis d'aller de maison en maison achever le reste de la noblesse, sous couleur de liberté publique. Cette entreprise était grande et relevée, mais si la plupart des choses se doivent juger par l'événement, elle fut aussi mal exécutée que résolue.

Il faut croire qu'il y a des intelligences célestes qui conservent et maintiennent les États, des anges gardiens des provinces et des génies tutélaires des Républiques. Quand le changement des dominations temporelles arrive, il faut que le Ciel y consente, autrement, les hommes ont beau brasser et entreprendre, ils y perdent leur temps et leur peine, le vent emporte leurs desseins et leurs résolutions sont inutiles. Le grand moteur de l'univers, qui a si longtemps maintenu cette République qu'elle n'a jamais souffert aucune mutation depuis onze siècles, fit bien paraître que cette conjuration lui était désagréable par les signes évidents qu'il envoya. Les jours précédents avaient été sereins, sans trouble et sans nuage, même la nuit qui devança cette sanglante journée, luisante et claire par la lueur des astres qui brillaient plus que de coutume. Mais sitôt que le soleil, appelé par la courrière du jour, eût commencé de montrer ses cheveux dorés et de jaunir la cime des Apennins et des Alpes, voilà un brouillas* qui se lève, si épais et si noir qu'on n'y voyait goutte. Il était entremêlé de foudres, d'orages et d'éclairs si épouvantables que plusieurs croyaient que la fin du monde était venue. Cette tempête dura deux grosses heures. Elle fut cause que la seigneurie n'alla pas en procession de si bonne heure, comme elle avait accoutumé* les mêmes jours.

Tandis que les conjurés n'avaient pas laissé de se

rendre aux places destinées pour émouvoir la sédition, et voyant que le temps s'éclaircissait, l'un d'eux, impatient d'en venir aux mains et de les tremper au sang de ses concitoyens, commença à crier « Tiepolo, Tiepolo ! » Au bruit de ce nom, les conjurés habitant aux rues aboutissantes à cette place accourent armés. Les autres, oyant l'émotion, crient pareillement « Tiepolo, Tiepolo ! » et se voient à l'instant environnés d'un grand nombre de satellites. Les principaux les mènent en la place où était l'auteur, assemblé avec une infinité d'autres. Quand Tiepolo voit tous ses gens rassemblés et en devoir de bien faire, il fait crier « Liberté, Liberté ! » Et puis, monté sur un échafaud* qu'il avait fait dresser exprès, il harangue en cette sorte : « Il est temps, mes amis et mes bons citoyens, que vous secouiez le joug pesant qu'on vous impose. Ce n'est pas le désir de vengeance ou d'acquérir quelque puissance sur vous qui m'a convié à vous faire prendre les armes, c'est plutôt une envie de vous voir affranchis de tant d'impositions dont vous êtes surchargés, et que vous recouvriez votre liberté. Souffrirez-vous toujours qu'une injuste tyrannie, sous prétexte d'équitable seigneurie, vous foule aux pieds et vous rende plus esclaves que les bêtes brutes ? O nation belliqueuse, digne semence de ces grands Romains qui firent jadis de tout le monde une seule monarchie ! Animez votre juste courroux contre ceux qui vous traitent si indignement ! Témoignez par des effets généreux et mémorables que vous êtes issus de ces grands hommes que la rage des Goths et des Vandales ne put jamais surmonter ! Allons, mes chers frères, punir les tyrans comme ils l'ont mérité ! La gloire qui vous attend ne sera jamais assez recommandée par de dignes louanges ! »

Ayant achevé ce discours, il saute de la tribune, met la main à l'épée et s'apprête à son exécrable exécution. Le peuple, affriandé de ce doux nom de franchise, crie avec lui « Liberté, liberté ! » Chacun le suit, les armes à la main, vers le palais de Saint-

Marc. Le duc, qui était sur ces entrefaites déjà accompagné de bon nombre de personnes de sa seigneurie, ayant été averti de cette sédition, tâche par sa prudence d'y apporter un prompt remède. Il envoie d'un côté des personnes honorables qui courent la ville et appellent au secours dans le palais les bons citoyens qui désirent de conserver leur repos et de secourir leur prince et leurs seigneurs. De l'autre, il députe Marc Michel et Guy Canal[1], personnages de qualité, vers Tiepolo, pour lui remontrer* de la part des supérieurs qu'il ne veuille rien attenter contre sa patrie ni contre le repos de ses citoyens. Mais c'est en vain. Ils courent fortune d'être assommés et sauvent leur vie à grand-peine. Le tumulte croît d'un et d'autre parti car, si Tiepolo attire beaucoup de personnes, plusieurs autres viennent au secours du duc. Le palais de Saint-Marc est bien assailli, mais il est encore mieux défendu. Tous ont cette croyance de combattre pour la commune liberté. C'est ce qui les fait plus librement exposer leurs vies. Sanglante et pitoyable journée où les amis meurent de la main de leurs amis et les proches parents de celle de leurs plus proches ! Les assaillis sortent dehors et en nombre égal attaquent ceux de Tiepolo. La place de Saint-Marc est toute pavée de morts. On n'entend que cris et hurlements confus et épouvantables. La victoire balance, incertaine, tantôt vers un parti et tantôt vers l'autre. Misérable cité ! Les sanglantes saignées que tu avais reçues par la perte de deux si funestes batailles ne t'avaient-elles pas assez affaiblie, sans que toi-même tu t'en tirasses encore avec si peu de mesure ? Jamais cette si florissante République ne fut en plus grand danger de faire naufrage si Dieu, protecteur des justes querelles, ne l'eût assistée de son secours et permis qu'enfin

---

1. Rosset traduit en français les noms de Marco Michiel et de Guido Canal, personnages qui n'ont pas participé à cet événement. Mais il est vrai que le doge envoya des émissaires à Baïamont lorsque celui-ci s'était déjà replié dans son quartier général de Rialto. Voir *infra*, n.1, p. 397.

la seigneurie gagnât la victoire. Elle fut néanmoins cadméane [1] et achetée à grand prix de sang.

Tiepolo fit ce jour-là le devoir d'un vaillant homme, mais sa valeur fut surmontée par le bon droit. Il tâchait de rallier toujours ses gens en leur représentant la liberté. Et quand il vit que tout était perdu, il prit la fuite comme les autres par la rue Mercière, appelée vulgairement « Fresqueria » [2], là où il fit encore ferme avec une troupe des siens, et arrêta ses adversaires. Au bruit qui retentissait par cette rue, une pauvre femme ouvrit une fenêtre pour voir le sujet du tumulte et, de frayeur, donna un si grand coup contre un pot de terre rempli d'œillets qu'il tomba du haut en bas, et en tombant, rencontra la tête de Tiepolo si rudement qu'il l'assomma [3]. Ainsi mourut le cruel meurtrier de ses frères par la main d'une faible femme, comme nous le lisons aux livres des juges. Une même aventure termina les jours de ce grand Pyrrhus, roi des Epirotes, selon le récit que nous en fait Plutarque [4]. Les autres conjurés et séditieux, voyant Tiepolo étendu par terre, perdent courage et prennent la fuite. Ceux qui peuvent être attrapés sont pendus et étranglés sur le champ. Le corps pareillement de Tiepolo est pendu, et puis traîné, et jeté dans la mer, comme

---

1. *Cadméane* : de Cadmus. Au temps des Grecs, victoire aussi funeste au vainqueur qu'au vaincu.
2. Les appellations *rue Mercière (Merceria)* et *Fresqueria (Frezzeria)* ne désignent pas le même lieu à Venise.
3. Baïamont ne mourut pas de cette façon. Voir *infra*, n.1 p.397. C'est le porte-drapeau de celui-ci qui fut assommé par un mortier de pierre (et non pas un pot d'œillets). Voir le tableau de Gabriele Bella (avant 1782) ici reproduit, avec l'inscription, en bas, à gauche : « *Congiura di Baiamonte Tiepolo/ Del'anno 1310 che fu'/ Instituito il Consiglio Di X.* » A cet endroit on peut voir encore aujourd'hui, derrière l'horloge des Maures, un médaillon commémoratif qui représente la vieille Giustina Rossi et son mortier de pierre, avec la date de la conjuration, *15 juin 1310*.
4. Pyrrhus, roi des Epirotes, fut tué par une tuile lancée de la main d'une vieille femme. Encore une fois, parfaite analogie entre l'exemple de l'Antiquité et celui de Baïamont.

indigne de sépulture[1]. La sédition étant apaisée et les auteurs de la conjuration punis comme ils le méritaient, le duc fait assembler le peuple séditieux et se contente de le reprendre aigrement, commandant à chacun de se remettre à sa besogne et de n'attenter plus contre l'Etat. Cette douceur lui acquit la bienveillance de tous généralement et supprima tout ce qui pouvait être resté de faction.

Tandis que les choses passent de la sorte, la femme qui avait fait tomber le pot d'œillets est appelée par devant le duc et la seigneurie et interrogée en quelle manière elle avait si bien su atteindre Tiepolo que de l'assommer. Cette pauvre femme remplie de simplicité répondit qu'elle était bien marrie d'avoir tué un homme et d'avoir perdu son pot ; que néanmoins elle était excusable pour ce meurtre, puisqu'elle l'avait commis sans y penser. La seigneurie lui dit qu'elle n'en devait pas être marrie, puisque c'était un perturbateur du repos public et un ennemi de la patrie. « S'il en est ainsi, repart-elle, je ne plains pas mon pot ni mes œillets ! » La seigneurie, admirant sa simplicité, lui commanda de demander ce qu'elle voudrait pour la récompense qu'elle méritait d'avoir fait mourir Tiepolo, et qu'on la lui octroierait. « Mes seigneurs, dit-elle, je suis une pauvre femme veuve et chargée de beaucoup d'enfants. Je ne possède rien que ce que je gagne en travaillant de mes mains, si bien que j'ai beaucoup de peine à les nourrir ; toutefois, je les entretiendrais honnêtement suivant leur qualité s'il ne me fallait mettre en

---

1. Rien de tout cela : Tiepolo s'échappa et se replia dans son quartier général au-delà du pont du Rialto qu'il fit couper en deux — le pont était en bois à l'époque — puis capitula, après de longues négociations. Contraint à prendre la route de l'exil il continua, de Padoue et de Trévise, à lancer des menaces contre la Sérénissime. C'est pourquoi le 10 juillet 1310, un mois après le jour de Saint-Vito, fut institué un tribunal provisoire, le Conseil des Dix, dont la tâche était de prévenir le retour de Tiepolo à Venise. Quant à ce dernier, il se réfugia à Zara, en Dalmatie, où il poursuivit ses menées subversives. En 1320, le Conseil des Dix décida de mettre sa tête à prix (10 000 ducats). Ses traces se perdent en 1328.

réserve tous les ans vingt ducats que je paie pour le louage de la maison où je demeure. Si vous avez désir de me faire quelque bien, je vous supplie de me donner une rente de pareille somme, et je serai obligée, moi et mes enfant, de prier Dieu pour le soutien de la République et pour votre prospérité. »

Le duc et les seigneurs assemblés, entrant en plus grande admiration pour la naïve façon de parler et de requérir, la voulurent récompenser dignement afin qu'elle servît d'exemple à la postérité pour ceux qui désirent de servir leur patrie. On lui ordonne mille écus de rente annuelle, payable pour elle et pour les siens à jamais. La seigneurie fit en outre ses enfants gentilshommes, et pour marque éternelle de ce qui était arrivé, elle voulut que tous les ans, au même jour de Saint-Vito, on plantât un étendard et qu'on le mît à la fenêtre. Cet étendard est de taffetas cramoisi ; on y voit peint saint Marc, patron de la cité de Venise, à genoux est une femme et devant elle un pot d'œillets[1]. Le duc, avec la seigneurie et tout le reste des citoyens, passent devant en procession ce même jour, et en passant, l'on fait une grande révérence, et de là on va à l'église Saint-Vito. En outre, il est ordonné que les armoiries de Tiepolo et de tous les conjurés qui étaient avec lui seront effacées, ôtées et rompues, la part où elles seront trouvées, soit en plate peinture soit en pierre ou en bois, et que ceux qui les garderont seront punis corporellement comme complices de son exécrable attentat ; que la maison de Tiepolo, assise sur Rialto, sera rasée et qu'en sa place on dressera une

---

1. Selon la tradition, Giustina Rossi obtint qu'un étendard soit exposé chaque année à sa fenêtre, le jour de Saint-Vito, et autres jours de fête. Ce drapeau où figurent en effet le lion de saint Marc et en bas, à gauche, la vieille et son mortier, fut exposé jusqu'en 1797. Il est encore conservé au musée Corret. Le *Maggior Consiglio* proclama le jour de Saint-Vito fête civile et ordonna que chaque année, à cette date, eût lieu une procession solennelle du Palais ducal à l'église de Saint-Vito-et-Modeste (plus connue sous le nom de *San Vio*) ; le doge devait également offrir un grand banquet, tradition qui fut respectée jusqu'à la chute de la République.

boucherie publique[1], afin que cela témoigne à la postérité que le lieu où le dessein avait été pris de répandre le sang innocent des citoyens méritait d'être destiné pour être abreuvé du sang des bêtes. La seigneurie veut encore que ceux qui portent le nom de Tiepolo soient désormais tenus et déclarés incapables de monter à la dignité ducale, comme indignes de leur qualité, qu'un de leur race avait voulu usurper par tyrannie. Elle enjoint aussi qu'ils aient à changer leurs armes et qu'au lieu de celles qu'ils portaient auparavant, ils portent un écu de gueules brouillé de sang, à une queue de scorpion d'argent[2]. Armes dignes de l'auteur d'une si grande et si abominable trahison. L'écu et le sang signifiaient la marque perpétuelle et le dessein désespéré qu'il avait pris de répandre tant de sang, et la queue du scorpion, le venin de Tiepolo, qui avait paru sur la fin en la queue de ses actions. Cette queue était d'argent, parce que par argent il avait corrompu les volontés du peuple et fondé son exécrable projet d'usurper la République au prix du sang et de la mort du duc, de la seigneurie et de ses citoyens.

C'est la fin misérable et tragique de Tiepolo, commune presque à tous ceux qui se laissent emporter si avant à leur ambition que d'attenter sur les puissances souveraines. A la mienne volonté que son exemple servît d'instruction à tous les perturbateurs du repos commun. Tant de malheurs qui en succè-

---

1. La demeure de Tiepolo fut rasée au sol et sur ce lieu fut érigée une colonne d'infamie conservée aujourd'hui encore au musée Correr. Le palais des Querini, proche de Rialto, d'où était partie l'insurrection fut démoli. Tout l'édifice fut transformé en abattoir. Rosset s'appuie donc sur des informations fondées qu'il manipule à son gré.
2. Les armes des Tiepolo et des Querini furent en effet effacées au scalpel en signe de déchéance. Le blason de Tiepolo représentait un château d'argent avec deux tours sur champ d'azur. Il fut remplacé par une corne de chèvre, et non pas une queue de scorpion, comme l'écrit Rosset. Il fut modifié partout, dans la salle du Grand Conseil comme dans l'église Saint-Jean-et-Paul où les Tiepolo avaient leur tombeau.

dent tous les jours n'ensanglanteraient pas les publics échafauds*. De si grands capitaines et conducteurs d'armées, qui ont tant de fois défié la mort au milieu des plus sanglants hasards, n'auraient point fini leur vie par la main d'un infâme bourreau. Je m'étonne que ceux qui voient ces spectacles ou qui les entendent réciter n'en deviennent plus sages. Il faut bien dire que l'ambition qui est aveugle remplit d'aveuglement tous ceux qu'elle possède une fois. Ils courent aussi librement à leurs funérailles qu'à des noces, et n'y a espérance de méchanceté qu'ils n'attentent, pourvu qu'ils espèrent de dominer.

O ange tutélaire de la France qui aviez si longtemps conservé notre grand roi et détourné de son chef les pointes homicides, et qui pour nos péchés avez souffert qu'il nous fût ravi [1] ! Veuillez garder la sage et généreuse Marie ! Bénissez toutes ses entreprises et permettez, ô grand Dieu, qui avez commandé à vos messagers volants de planter leur camp tout à l'entour de ceux qui vous craignent, que le bon ange accompagne toujours notre monarque ! Achevez par sa main ce que les oracles lui promettent, et qu'à mesure que ses ans croîtront, votre grâce s'augmente avec lui de telle sorte que les autres rois apprennent de lui à régir leurs empires. Que la valeur de ce digne successeur du grand Henri arbore un jour votre croix aux terres Idumées [2] et que le bruit de sa sagesse attire les plus éloignés pour lui venir offrir leurs sceptres et pour s'unir avec lui à étendre la domination de votre Christ par toutes les provinces de la terre afin que, vivant sous une même foi et sous un même roi, nous célébrions votre gloire et mêlions nos cantiques de louanges avec ceux des esprits bienheureux.

---

1. Allusion à l'assassinat d'Henri IV et à la régence de Marie de Médicis, mère de Louis XIII.
2. *Terres Idumées* : le Sud de la Judée. Appel à une nouvelle croisade contre les Ottomans, thème que l'on retrouve fréquemment dans les œuvres littéraires et dans l'iconographie des XVIe et XVIIe siècles.

Histoire XIX

Flaminie, dame romaine, pour épouser son amoureux fait mourir Altomont, son mari, et de ce qui advint.

Sous les pseudonymes d'usage, Rosset raconte une histoire connue, recensée par les chroniques italiennes de la fin du XVIe siècle : à la cour pontificale Vittoria Accoramboni (Flaminie) épouse contre son gré le frère du cardinal (Altomont) qui deviendra le pape Sixte-Quint. Mais elle aime Paolo degli Orsini (Saluste). Cette passion contrariée portera les deux amants au meurtre, à l'exil et à une mort tragique.

Vittoria, prototype de la femme fatale, suscitera plusieurs adaptations : une tragédie de l'anglais John Webster White Devil *(1609-1612). A l'âge romantique, une nouvelle de Ludwig Tieck*, Vittoria Accorombona *(1840). En France, Stendhal, sous le prétexte d'avoir lu de vieux manuscrits italiens, écrit* Vittoria Accoramboni duchesse de Bracciano *(1839), texte inséré aujourd'hui dans les* Chroniques italiennes. *On y reconnaît la trame et le climat de la Rome de la Renaissance, l'art de la dissimulation qui règne dans les hautes sphères de la papauté, la fureur de l'amour et de la vengeance. Avait-il lu Rosset ?*

J'ai protesté au commencement de cet ouvrage que je ne voulais point nommer de leur propre nom ceux de qui je publie la fin funeste et tragique. Pour quelques particuliers, je ne veux point diffamer plusieurs honnêtes familles. Je me contente de rapporter la vérité du sujet, les lieux ou les provinces où les choses sont arrivées, ensemble* le temps à peu près, encore qu'il n'en soit pas trop besoin, puisqu'il n'y a point ici d'histoire en ce volume qui ne soit advenue depuis vingt ans[1]. Il n'y a guère davantage de celle que je vais vous réciter.

Ceux qui savent tant soit peu les affaires du monde n'ignorent point que nous avons vu assis dans la chaire de Saint-Pierre un pape sorti de fort bas lieu. Il était fils d'un pauvre contadin ou paysan, d'un village qui est situé près de Sénogaille, en la Marche d'Ancône[2]. Deux cordeliers l'amenèrent du lieu de sa demeure à Rome et là, il profita si bien aux bonnes lettres qu'étant parvenu en âge, son savoir le rendit enfin père gardien de leur couvent. Et comme quelque différend touchant la religion fut survenu en Espagne, il y fut envoyé par Pie V[3], en qualité d'inquisiteur réformateur, où il s'acquitta si dignement de sa charge qu'étant de retour à Rome, il y reçut le chapeau de cardinal. Quand il fut parvenu à cette très illustre dignité, il commença à faire du bien à ses pauvres parents, et mêmement, il retira chez lui un sien frère que nous appellerons Altomont. Cet homme, bien que nourri* toute sa vie au village, se rendit néanmoins en peu de temps si bien versé aux affaires que l'on fait en cour de Rome que l'on eût dit qu'il n'en avait jamais bougé. Il avait un bon sens qui, ayant été cultivé, méritait d'être employé. Le cardinal, son frère, qui était un des

---

1. Dans son désir d'authenticité, Rosset oublie que l'histoire *De la conjuration de Baïamont Tiepolo* qu'il vient de raconter date de trois siècles auparavant !

2. Sénogaille : traduction de Senigallia, petite ville située près d'Ancône qui faisait partie des Etats Pontificaux. Felix Peretti (Sixte Quint, élu pape de 1585 à 1590) est né à Grottamare, près de Montalto dans la Marche d'Ancône, d'une famille très humble. Il succédera à Grégoire XIII. Rosset le nomme simplement le cardinal, mais Stendhal l'appellera le cardinal Montalto.

3. Pie V (Antoine Ghisleri, élu pape de 1566 à 1572) : Félix Peretti jouissait de sa confiance, aussi fut-il nommé cardinal en 1570 et eut-il différentes missions. C'est de cette période dont parle Rosset.

grands hommes de notre siècle, ayant aussi remarqué son jugement, lui acheta un office honorable qu'il exerçait sans reproche. Il passa en l'exercice de cette charge quelques années, sans qu'il lui prît envie de se marier. Durant ce temps, il y avait à la ville une dame d'honnête famille, fort accorte et fort galante. Nous la nommerons Flaminie. Ses parents lui avaient fait apprendre en sa plus tendre jeunesse tout plein d'exercices vertueux. Entre autres, elle jouait si parfaitement du luth qu'il n'y avait maître en Italie qui osât s'égaler à elle. Ses attraits et ses appâts joints à sa beauté, bonne grâce et autres louables parties*, eurent tant de puissance sur Altomont qu'il en devint extrêmement amoureux. Le cardinal, ayant appris cette nouvelle amour par l'ouverture* que son frère lui fit du mariage qu'il prétendait contracter avec Flaminie, ne voulait nullement y prêter son consentement, soit qu'il présageât le malheur qui en succéderait, soit qu'une autre occasion l'en divertît*. Néanmoins, vaincu par les larmes et par les supplications d'Altomont, il s'y accorda enfin et fit demander cette fille à ses parents. Eux, voyant que cet homme avait des moyens et un frère encore colloqué en un si haut degré d'honneur, de qui il pouvait retirer beaucoup de commodités, la lui accordèrent fort librement, sans s'informer si elle l'avait agréable. Faute notable où tombent le plus souvent les pères et les mères qui ne regardent qu'à ce qui leur semble bon et expédient, et ne considèrent pas que tous les enfants ne sont pas d'un si bon naturel que de se conformer à leurs volontés.

Flaminie est donc accordée contre son gré à Altomont. Elle n'ose contredire à ses parents et toutefois, elle ne peut oublier l'amour qu'elle porte au seigneur Saluste. C'était un gentilhomme romain des plus accomplis de la ville. Il avait longtemps fait l'amour à cette fille, et par sa persévérance et par son mérite, acquis ses bonnes grâces. Comme il pensait jouir du fruit de ses amours par l'honnête voie du mariage, voilà qu'un autre, que l'on croit plus riche que lui, est préféré et lui, fraudé de son attente. Quand il sut que le mariage d'Altomont et de Flaminie était conclu, il se mit à maudire l'amour et son infortune. Il accusa les astres non coupables de son malheur et proféra tout ce que la rage profère lorsqu'elle est rendue maîtresse de notre raison. « Ah ! disait-il, cruel amour ! Faut-il qu'après tant de peine et de travail* j'aie battu les buissons et qu'un autre prenne les oiseaux[1] ? Est-ce ici le salaire que reçoivent ceux qui passent les soirs et les nuits à te servir ? O indigne récompense ! O malheureuse fortune ! A quoi me réservais-tu le jour que je reçus naissance ? Et vous, astres complices de mon cruel destin, pourquoi ne répandiez-vous toute votre mauvaise influence à mon berceau ? Si je fusse mort au point que je venais de naître, je serais bien heureux et ne ressentirais pas maintenant le plus cruel martyre que le désespoir fait souffrir ! »

Tandis que Saluste lamente la perte de ses amours, Flaminie soupire la sienne. Elle appelle cent fois la mort à son secours et accuse d'injustice ses parents. Quelquefois, elle entre en un si cruel désespoir qu'elle veut ouvrir son sein d'une dague ou avaler des charbons ardents comme Porcie[2]. Cependant, Altomont la visite, et elle dissimule sa passion, et lui fait assez bon recueil* en apparence, pour ne donner point sujet à ses père et mère de se fâcher contre elle, et de l'accuser justement de désobéissance. Enfin, le mariage s'accomplit et Altomont recueille la première fleur de sa virginité. Toutefois, un autre en a la pensée. Elle ne peut l'arracher de son cœur, quelque soin qu'elle y puisse mettre, tant cette première amour y était enracinée. Saluste, après s'être aucunement* résolu à cette perte, s'efforçait de se divertir et s'ôter de la

---

1. *J'ai battu les buissons ... et qu'un autre prenne les oiseaux* : expression proverbiale, se donner de la peine et un autre en bénéficie.
2. *Porcie* : voir *H. XIV*, n. 1, p. 329.

mémoire cette affection par la visite qu'il faisait d'autres sujets, et le temps commençait peu à peu à rendre ce feu languissant lorsqu'il se trouva un jour, aux champs, au mariage d'une sienne parente, où Flaminie avait été invitée avec son mari. Ils n'eurent pas plutôt jeté les yeux l'un sur l'autre qu'Amour commença de rallumer son étincelle presque éteinte. Si Flaminie eût si bien osé s'approcher de Saluste, comme elle lui lançait à tous moments des regards doux et pitoyables, elle lui eût bientôt déclaré le mal qui la possédait. Mais la crainte qu'on ne découvrît sa passion ne lui donnait point d'autre permission que l'usage des œillades qui témoignent assez à Saluste ce que son cœur voulait dire. Après dîner, le nouveau marié fit apporter un luth qu'il mit sur la table et, avec la compagnie, pria Flaminie d'en vouloir jouer. Son mari même l'en requit. Elle, après quelques excuses, se voyant pressée par les prières d'une si honnête assemblée, prit l'instrument, et l'ayant mis d'accord*, se mit à le toucher si mélodieusement et à y marier si bien la douceur de sa voix qu'on eût dit que quelque esprit céleste était descendu en terre pour y faire entendre la douce harmonie du Ciel. Après plusieurs airs qu'elle accorda sur le luth, elle se mit à jeter un regard sur Saluste, capable de faire mourir et revivre en même temps, et puis chanta ces vers qu'elle-même avait composés en sa langue italienne. Un mien ami me les donna à Rome. Ils commencent ainsi : *Crudel Amor.* Je les ai traduits mot à mot en cette sorte, sans y ajouter ni diminuer :

CHANSON

Cruel Amour, cesse de me poursuivre,
Ne vois-tu pas que mon cœur est à toi,
Et que plutôt je cesserai de vivre
Que de changer de constance et de foi ?

Je ne m'en puis ni ne m'en veux distraire.
Amour a su nos cœurs trop bien lier ;
Quoique le Ciel me soit toujours contraire,
Je ne saurais son mérite oublier.

Toute l'assemblée ne cessait de louer les parties* et louables qualités dont cette dame était accomplie, lorsque Saluste, touché au vif de son amour, tâchait de l'accoster* pour lui déclarer l'état où il était réduit et pour la requérir d'avoir pitié de son mal. Elle n'était pas en moindre peine, et si la crainte de son mari ne l'eût retenue, elle eût bientôt accompli le désir qu'elle avait de parler à lui. Enfin, l'heure de partir étant venue, la compagnie prit congé des nouveaux mariés. Altomont ramena sa femme à son logis et Saluste s'en retourna aussi, accompagné de quelques siens amis, avec le regret de n'avoir pas eu la liberté d'entretenir sa maîtresse. La coutume du pays n'est pas semblable à celle de France, où les femmes mariées discourent librement avec les hommes.

Les Italiens sont plus jaloux et tiennent pour maxime qu'on doit garder et enfermer les femmes aussi bien que les poules, autrement on est en danger de les perdre. Coutume que je ne saurais approuver, puisqu'il est impossible d'empêcher une femme de mal faire quand elle en a fait la résolution. Les murailles ni les tours d'airain ne sont capables de les retenir. Toutes les histoires anciennes et modernes le témoignent, et celle-ci encore vous l'apprendra, si vous prenez la peine d'en voir la suite.

Quand Flaminie fut arrivée au logis avec son mari, elle feignit de se trouver un peu mal, de sorte qu'elle se retira dans une chambre écartée pour s'y reposer. Ce fut à l'heure* que, la violence de son amour ne pouvant plus se contenir, sa bouche proféra ces paroles : « Vivrai-je donc, disait-elle, toujours en cette misère, sans que je donne remède à mon mal ? Serai-je comme la biche blessée qui porte le dard qui lui perce le corps et qui, au lieu de rechercher le dictame* pour l'en tirer, fuit par monts, par vallées et par plaines, sans considérer qu'elle ne s'éloigne point de la cause de sa blessure ? Porterai-je toujours dans mon cœur la cruelle flèche de l'Amour, en fuyant la douce panacée qui l'en peut arracher ? Non, non ! Il est temps que la guérison s'en ensuive et que je foule aux pieds tous les vains respects de cette chimère d'honneur qui prend naissance du cerveau creux des maris jaloux ! » Achevant ce discours, elle prend du papier et de l'encre, et puis, elle écrit à son Saluste cette lettre :

« L'amour que je vous porte ne permet pas que je souffre davantage sans vous en donner une entière connaissance. La fâcheuse étreinte dont je suis liée n'est pas assez forte pour m'empêcher de vous voir, si vous avez le courage de vous trouver demain à l'heure et au lieu que cette fidèle messagère vous assignera. Si vous m'aimez, comme autrefois vous m'avez protesté, vous y trouverez celle qui meurt mille fois le jour pour ne vous voir pas, et qui vit de l'espoir de bientôt vous voir. Adieu, seul espoir de mes désirs ! »

Ayant clos cette lettre, elle appelle une sienne fille de chambre nommée Lucie, en qui elle avait une entière confiance, et après l'avoir conjurée de tenir secrètes ses amours, elle la prie de porter cette lettre et la donner habilement à Saluste. Lucie sut si bien faire son message, qu'ayant épié l'occasion que Saluste sortait de chez lui, elle le tira à part, et lui ayant rendu* la lettre, lui exposa ce que sa maîtresse lui avait commandé de lui dire particulièrement et, de peur d'être découverte, s'en retourna aussitôt vers elle. Si cette nouvelle fut agréable à notre amoureux, j'en laisse le jugement à ceux qui, désespérant de jouir du fruit de leurs amours, voient en un moment la fortune leur tourner son regard aimable. Quand il eut ouvert la lettre et lu ce qu'elle contenait, il bénit mille fois l'amour de la récompense qu'il lui donnait de tant de travaux* qu'il avait endurés, et ce reste du jour avec la nuit qui survient lui semblent un siècle, tant ils retardent (comme il lui est avis) leurs courses. « Que ta venue, disait-il, est longue, ô belle courrière du jour ! Si l'amour a quelquefois possédé ton âme, prends pitié d'un pauvre amoureux qui attend la récompense de ses travaux* par ton heureuse arrivée ! Hélas ! Je pense que le plaisir que tu reçois à baiser ton Céphale[1] te retient ainsi dans le lit, paresseuse, sans te soucier de la peine des autres ! » Enfin, après avoir longtemps invoqué le jour, l'aurore vient, qui rend vermeil l'azur du firmament et qui chasse les ténèbres de la nuit. Notre amoureux de qui le repos avait été interrompu, faute du lit, et de peur de manquer au lieu de l'assignation* et à l'heure que Lucie lui avait donnée, aime mieux y aller de bonne heure et y attendre, que d'y être attendu. C'était une église au-delà du Tibre où le rendez-vous était donné. Profanes, qui d'un lieu d'oraison font une spélonque* d'adultère ! O maudits et désespérés ! N'avez-vous point de honte de votre vilenie, et ne craignez-vous pas que celui qui voit tout ne vous chasse plus rudement de sa présence qu'il ne fit* ceux qui faisaient autrefois de son temple une caverne de larcins ? O Dieu ! Où est votre foudre, que vous n'en employez la rigueur sur ceux qui commettent ces sacrilèges ? Il n'y en a que trop aujourd'hui, et il faut bien dire que votre patience est infinie, puisqu'elle voit et qu'elle souffre telles ordures.

Saluste n'eut guère demeuré dans ce lieu sacré qu'il y vit entrer Flaminie qui, pour contrefaire la dévote, s'en va agenouiller devant un autel et, son chapelet entre les mains, marmotter des oraisons. Lui s'approche, et s'agenouille pareillement auprès d'elle, et fait semblant de prier Dieu ; mais en effet,

---

1. Référence culturelle à la fable d'Ovide *Céphale et Procris*, VII, 8. Céphale, roi de Thessalie enlevé par Éos (l'Aurore) retourna chez son épouse Procris (la Rosée) et la perça accidentellement d'un javelot. De désespoir, il se jeta du rocher de Leucade dans la mer. Ici redondance de style assez obscure.

ils commencent à discourir de leurs sales amours et à se plaindre de ce qu'ils vivaient ainsi séparés l'un de l'autre. Ce n'étaient que soupirs et que regrets. Enfin, Flaminie apprend un moyen à Saluste pour la venir voir. C'est une petite porte qui répondait à un jardin par où il pouvait entrer dans sa chambre, sans être aperçu de personne. Le logis où Altomont se tenait est un lieu fort écarté, entre Sainte-Marie-Majeure et la Trinité-du-Mont. On l'appelle la vigne du cardinal son frère. Il n'y a que bien peu de maisons à l'entour, et encore ce sont maisons de plaisance qui ne sont pas ordinairement si habitées que celles du cœur de la ville. Ainsi, ayant disposé du moyen de se voir et de satisfaire à leurs désirs impudiques, ils se séparent, de peur de ne donner point de soupçon de leurs amours à quelqu'un de leur connaissance qui eût pu survenir. Saluste ne manque pas le soir même, tandis qu'Altomont est chez son frère, d'aller trouver sa maîtresse qui le faisait attendre par Lucie à l'huis de ce jardin, où cependant Flaminie se tourmentait. Quand il y fut entré et qu'ils se virent, ils coururent l'un vers l'autre. Ce n'étaient que baisers et qu'embrassements. A peu près que leur âme, à demi folle de plaisir, en quittât la demeure de leurs corps. Enfin, ayant repris leurs esprits que le trop grand contentement leur avait presque ôté, Flaminie mena dans sa chambre son amoureux, là où il commença de souiller le lit d'autrui et de violer la couche honorable et sans macule* dont Dieu a fait un grand sacrement en son Eglise. Après avoir assouvi leur volupté, ils confirmèrent leur amour par une promesse, qu'ils se firent réciproque, de s'aimer jusqu'à la mort. Ils continuèrent en leurs sales passe-temps plusieurs jours, sans que personne s'en aperçût. Mais il n'est rien de si caché qui ne se découvre à la fin. Il n'est point de feu qui sorte sans fumée, et principalement celui de l'amour qu'on ne peut receler que bien difficilement.

Tandis qu'ils se voient presque tous les jours et

qu'ils en ont la commodité parce qu'Altomont est ordinairement au Vatican ou bien chez son frère de qui il gouvernait la maison, il arrive qu'une servante du logis, native du village du mari, étant entrée dans ce jardin pour y cueillir certaines herbes, s'y endormit si bien qu'elle y passa tout le jour, sous un arbre, sans que personne s'en aperçût. Comme la nuit fut venue, elle ouvrit les yeux, bien étonnée d'avoir tant dormi ; et comme elle voulait se lever, elle entendit des personnes qui parlaient ensemble. La curiosité lui fit tendre l'oreille, de sorte qu'elle ouït quelques discours amoureux que Saluste et Flaminie tenaient l'un à l'autre, et entrevit des baisers qu'ils se donnaient, lorsqu'il prenait congé de sa dame. Cette servante ne dit mot, mais elle se leva tout doucement et entra dans le logis. Après, ne pouvant plus supporter l'injure qu'on faisait à son maître, elle lui récita à son retour ce qui se passait à son désavantage. Altomont fut bien ébahi de ces nouvelles. Il devint dès l'heure* même tout pensif et ne put si bien dissimuler sa passion que sa femme, qui était la plus fine et la plus accorte de son temps, ne s'aperçût aussitôt qu'il avait martel* en tête. Et, se doutant bien de ce qui en était, elle fit avertir le lendemain au matin Saluste de ne revenir plus à son logis jusqu'à tant qu'elle le lui mandât[1], parce qu'elle craignait que son mari n'eût découvert quelque chose de leurs amours.

Cependant, Altomont commença à prendre plus particulièrement garde aux déportements de sa femme. Il met à l'entour d'elle des personnes qui épient ses actions et celles de Lucie, qui ne peut si bien faire ses messages qu'on ne la découvre enfin parlant à Saluste. Quand Altomont en eut appris la nouvelle, il fut assuré de ce dont il était aucunement* en doute. Il avait déjà su comme ce gentilhomme avait aimé sa femme durant qu'elle était fille, de sorte qu'à l'heure même qu'il sut de la ser-

---

1. *Jusqu'à tant qu'elle le lui mandât* : tant qu'elle ne lui fît savoir.

vante ce qu'elle avait aperçu dans le jardin, il eut soupçon de ce qui se passait entre eux. Leurs amours ayant ainsi été découvertes, il commence à maltraiter sa femme, lui reproche sa faute, la tient enfermée et chasse Lucie. Le cardinal, son frère, est averti de ce mauvais ménage et n'en dit autre chose sinon que, s'il a commis la folie, il faut qu'il la boive[1]. La ville de Rome en est aussi abreuvée. Saluste n'ose plus s'approcher du logis de sa maîtresse. Il lamente, il pleure, non tant pour son malheur que pour la captivité de celle de qui dépend toute son espérance. Si la crainte et le châtiment des hommes ne le retenait, il irait un jour rompre les portes du logis pour s'en aller avec elle en une autre contrée.

Six mois se passèrent en ces tumultes, durant lesquels Flaminie sut si bien regagner les bonnes grâces de son mari par ses allèchements qu'elle eut plus de liberté qu'auparavant. Elle lui avait juré de ne voir jamais Saluste, mais c'étaient des serments amoureux, dont la misérable croyait les dieux ne tenir point de compte et n'en faire que rire. Sous cette promesse, son mari avait mis toutes choses sous le pied* et les tenait comme jamais non arrivées. Mais qu'il est malaisé de détourner une mauvaise âme de sa malice* ! Flaminie n'eut pas plutôt la clef des champs qu'elle fit pis qu'auparavant. Et au lieu que son adultère avait accoutumé* de la venir voir à son logis, elle l'allait trouver à un autre, où il l'attendait aux heures entre eux assignées. Là, ils se moquaient de la patience et de la sottise d'Altomont que sa femme savait si bien endormi qu'il n'y voyait plus goutte. Toutefois, fâchés à la parfin* de n'avoir pas toute la liberté qu'ils désiraient avoir, ils attentèrent une chose horrible et détestable contre la personne du mari. Le projet fut de s'en défaire et de

---

1. *Il faut qu'il la boive* : endurer une souffrance, par analogie avec la passion du Christ, *boire le calice jusqu'à la lie*. Tout de suite après, l'adjectif *abreuvé* a le sens de abreuver de honte.

l'envoyer en l'autre monde, afin d'avoir puis après moyen de se marier ensemble. Une fois, Flaminie avait résolu d'y employer le poison, mais Saluste, craignant qu'elle ne fût découverte, prit sur lui la charge de le dépêcher*.

Je vous ai dit ci-dessus que le lieu où faisait demeure Altomont est écarté du cœur de la ville, car, du côté où est la vigne de son frère, il y a peu de maisons, si ce n'est des palais et autres bâtiments des grands de Rome qui y vont pour s'y pourmener et pour y prendre l'air. Le mari avait accoutumé* de se retirer bien tard : tantôt, il venait du Vatican, où son office l'appelait tous les jours, tantôt de chez son frère, comme ayant la charge et l'administration de sa maison. Saluste, voyant que la plus assurée et la plus secrète voie était de l'attaquer comme il s'y retirait, fait si bien qu'il gagne un valet qu'il avait, et par belles promesses l'induit à être complice de l'assassinat qu'il voulait faire. Ils se cachèrent donc, un soir, à un coin du logis d'Altomont où ils l'attendent pour lui ôter la vie. La chose était plus horrible pour l'entreprise que malaisée pour l'exécution, car le pauvre homme, qui ne songeait à aucun mal, venait ce soir[-là] du coucher du cardinal son frère, pour se retirer en son logis, qui était tout contre*. Ces homicides, sans rien dire, l'assaillent et lui donnent deux ou trois coups d'épée au travers du corps avant qu'il ait moyen de crier. A peine peut-il proférer « A l'aide ! » qu'il vomit avec son sang sa vie. Un de ses domestiques entendit son cri et courut pour voir que* c'était, mais ce fut trop tard. Il le trouva étendu de son long, tout souillé de son sang. Il se mit à crier, et tout le logis vint au secours, et entre autres, sa femme. Voyant ce sanglant spectacle, la fausse femelle tombe de son haut et contrefait l'évanouie, tandis que ceux du logis, dolents et éplorés, emportent le corps dans le logis et le couchent sur un lit.

Flaminie montrait en apparence le plus grand deuil* qu'on puisse imaginer. Elle arrachait ses cheveux, égratignait son visage, battait cruellement son sein et proférait des regrets pitoyables. « O Ciel ! disait-elle, que t'ai-je fait, que tu me prives de la compagnie d'un si cher époux ? Faut-il que je perde si tôt le meilleur mari qui fut jamais au monde, et encore par une aventure si triste et si funeste ? Cruel, quiconque tu sois, qui as commis une telle méchanceté, sache que si je la découvre, j'en poursuivrai la vengeance par les voies de la justice, et ne cesserai jusqu'à tant que j'aie par ta vie apaisé ses Manes ; que si cette voie me manque, assure-toi que moi-même je tremperai mes mains dans ton sang et t'arracherai le cœur, sans en avoir aucune pitié, non plus que tu n'en as point eue de celui qui ne méritait pas de ressentir une telle cruauté. O mort ! Avance la fin de mes jours, puisque j'ai perdu tout mon repos, et mets dans le tombeau ceux qui n'avaient qu'un même cœur et qu'une même volonté. » Finissant ces regrets, elle s'allait jetant sur le corps mort de son mari qu'elle baisait et embrassait étroitement, et semblait qu'elle y voulait laisser la vie. Les domestiques avaient bien de la peine à l'en retirer et à la consoler. Tandis*, le logis du cardinal est abreuvé de ces tristes nouvelles. Il dormait déjà de son premier sommeil, lorsque son valet de chambre l'éveilla et l'avertit du meurtre de son frère. Lui, comme un homme dissimulé s'il en fut jamais au monde, ne s'en émeut autrement en apparence, mais il ne laisse pas pourtant d'en ressentir une extrême douleur, car il l'aimait à l'égal de lui-même. Il croit dans son âme aussitôt que Saluste et Flaminie ont perpétré cet acte et le juge, parce que son frère était un homme paisible qui s'acquérait tout le monde pour ami et qui n'offensait jamais personne. Or, il avait connaissance de leurs amours et du différend qui était intervenu pour ce sujet, autrefois, entre le mari et la femme. Mais ce qui le confirma encore plus au jugement qu'il en faisait, ce fut quand on lui rapporta les plaintes et les regrets de Flaminie qu'elle proférait avec tant de

Le plan de la Rome de Sixte V sous l'emblème de l'étoile.

(Graveur anonyme pour le compte de l'éditeur N. Van Aelst, *Le sette chiese privilegiate di Roma* — 1589.)

passion qu'on croyait qu'elle en devait mourir. « Méchante louve ! disait ce judicieux cardinal à part lui, tes soupirs sont des soupirs de musique. Ils partent de ta bouche et non pas de ton cœur. Tes larmes ressemblent à celles du crocodile qui pleure pour attraper quelque passant au rivage du Nil. Dieu me fasse la grâce de me venger de votre méchanceté, que je dissimulerai pour encore, attendant que je vous puisse donner à tous deux le paiement que vous méritez. » Ruminant ce discours dans son âme, il montrait en apparence autre chose qu'il n'avait dans le cœur et proférait tout haut ces paroles : « Dieu soit loué du bien et du mal qu'il me donne. Dieu veuille pardonner à ceux qui ont perpétré cet acte indigne et malheureux. » Quand le soir fut arrivé, toute la ville de Rome fut remplie de la nouvelle de cet assassinat. Tout le monde regrettait ce mari qui était en estime d'être un fort homme de bien. Plusieurs faisaient divers jugements de cette mort, et presque tous se rapportaient à Saluste et à Flaminie, dont l'on savait les anciennes fréquentations. Si le cardinal eût voulu, il les eût fait saisir tous deux et constituer prisonniers, et par des indices qui n'étaient que trop grands joints à son autorité, il était capable par une question* de tirer la vérité du fait. Mais il considérait que, s'il en commençait une fois la poursuite, son honneur l'obligerait d'en voir une fin à son avantage, et par même moyen, il acquerrait force ennemis, parce que ces adultères, et principalement Saluste, avaient pour parents les principaux de la ville, et appartenaient à tout plein de prélats et de cardinaux. Cette considération le retint. Je crois fermement qu'il aspirait au papat[1], et il jugeait qu'on ne parvient pas en ce suprême sommet d'honneur en [se] faisant des ennemis. Quelquefois, un petit compagnon en peut détourner la fortune. Les exemples en sont ordinaires.

Ce cardinal, donc, supporte cette perte constam-

---

1. *Papat* : la suprême dignité papale.

ment[1], pendant que tout le peuple admire sa douceur et sa patience. Flaminie, qui faisait tant l'éplorée, voyant qu'après que son mari fut mis dans le tombeau, on n'en faisait non plus de bruit que de chose non jamais advenue, commence à prendre courage, après s'être retirée en la maison de son père. Tandis*, Saluste, après cet assassinat, ayant appris que le peuple murmurait contre lui et qu'il l'en croyait être l'auteur, pour se purger de ce soupçon, va trouver le cardinal en son logis, qui le reçoit fort humainement et avec de feintes embrassades. Saluste lui dit qu'il vient pour lui rendre raison d'un mauvais bruit qu'on publie par la ville, qu'il était l'assassin de son frère ; que c'était la plus grande calomnie qui fût jamais inventée contre un homme de bien ; qu'il avait toujours fait profession de l'honneur du monde, et plus encore de celui de Dieu, que jamais une si détestable pensée n'était entrée dans son âme, et qu'avant de perpétrer un acte tant indigne d'un cavalier, il voudrait souffrir mille morts ; qu'à ces fins, il suppliait Son Illustrissime Seigneurie de n'avoir pas cette croyance que ses ennemis tâchaient d'imprimer partout, afin de le rendre odieux, mais de le tenir au rang de ses plus humbles serviteurs, pendant que le temps découvrirait la vérité du fait.

Le cardinal, dissimulant toujours ce qu'il en pensait, lui répondit qu'il pouvait dormir en assurance de ce côté-là, que jamais il n'avait cru qu'un gentilhomme d'honneur et de réputation, comme il était, eût voulu commettre une chose si éloignée de ceux qui portent le titre de nobles. « Je vous estime, disait-il, seigneur Saluste, trop homme de bien et d'honneur. Je fais trop de cas de votre mérite et de la franchise de votre âme. Et pour preuve que je n'ajoute point de foi à ces médisances, vous me ferez bientôt plaisir de me visiter souvent comme bon ami. Je n'ai rien qui ne soit à votre service. » Voilà

---

1. *Constamment* : avec constance. Voir *H.VII*, n.1, p. 219.

comme ce fin vieillard endormait Saluste. Il en faisait autant à Flaminie, qui l'allait voir ordinairement. Ainsi nos amoureux, croyant que tout était calme, jouissaient librement de leurs amours, attendant que, l'an du deuil étant expiré, ils pussent s'épouser ouvertement. Toutefois, comme ceux qui ont commis de telles méchancetés sont toujours en peur, ils délibérèrent d'entasser crime sur crime. Le valet, qui avait assisté Saluste en son assassinat étant seul qui les pouvait découvrir, ils résolurent de l'envoyer tenir compagnie à Altomont. Ce qu'ils firent par le moyen du boucon[1] qu'ils lui donnèrent. Juste punition de Dieu, qui punit les méchants par les méchants ! C'est le fruit du péché. On est contraint de le goûter tôt ou tard. Nos adultères en sauront que dire sur la fin de cette tragédie. Les voilà donc délivrés (comme ils estiment) de toute crainte. La fortune leur rit. Il semble que tout contribue à leurs méchancetés. La feinte bonté du cardinal les endort. Ils croient que c'est un homme qui ne pense qu'aux choses de l'autre vie, et que celles de ce siècle lui sont toutes indifférentes. Ce jugement qu'ils en font est cause qu'après que l'an et le jour est passé depuis la mort d'Altomont, Saluste épouse impudemment Flaminie. C'est à l'heure* que toute Rome voit à l'œil[2] que ce qu'on avait soupçonné n'est que trop véritable : les amis et les parents du premier mari en crient tout haut. Sa sœur, mère d'un grand et renommé cardinal qui vit à présent, les mettraient en justice si son frère ne lui commandait de se taire. En effet, il ne voulait pas perdre si témérairement le souverain degré où il aspirait. Tout un temps, on ne parlait que de ce mariage, mais enfin, quelque autre sujet étant survenu, celui-ci vint à s'éteindre, de sorte qu'on ne s'en souvenait plus. Joint que* le cardinal, passant en carrosse

---

1. *Boucon* : expression complète, *boucon de lombard, boucon italien*, morceau empoisonné donné par l'empoisonneur lui-même.
2. *Voir à l'œil* : voir à l'œil nu.

devant le logis des nouveaux mariés, s'y arrêtait bien souvent et les visitait, comme pareillement aussi eux lui rendaient sa visite. En apparence, Saluste était un des meilleurs amis de ce cardinal, au grand étonnement de ceux qui voyaient ces choses et qui avaient appris le meurtre de son frère et les justes ressentiments qu'il en devait avoir.

Comme ceci passe de la sorte, il arrive que le bon pape qui tenait alors les clefs de Saint-Pierre vint à décéder. Dieu mette en paix son âme. Toute la chrétienté lui est fort obligée, tant pour la réformation du calendrier que pour celle du clergé[1]. On ne dira jamais de lui qu'il soit entré au pontificat comme un renard, qu'il y ait régné comme un lion et qu'il y soit mort comme un chien. Ses vertueux déportements ont toujours témoigné la sincérité de son âme, qui, sans doute, recueille maintenant au Ciel la fin de ses travaux*. Mais pour revenir à notre histoire dont je m'étais détourné par la mémoire d'un si grand pasteur de l'Eglise, les cardinaux s'assemblèrent au conclave pour procéder à l'élection d'un nouveau pape. On eut bien de la peine en cette élection. Il y avait tant de brigues que, quand on pensait avoir achevé, tout était à recommencer. Enfin, par l'entremise de ce grand cardinal Farnèse[2], dont le souvenir vit encore dans Rome et y vivra éternellement pour tant d'obligations que les citoyens lui ont, le cardinal frère d'Altomont est créé pape, contre l'opinion de tout le monde et contre l'espoir de plusieurs. Après les cérémonies

---

1. Grégoire XIII (Ugo Boncompagni) pape de 1572 à 1585, a en effet réformé le calendrier julien (celui de Jules César) et l'a remplacé par le calendrier qui porte son nom, encore en usage actuellement. Il favorisa la fondation de collèges (collèges grégoriens) pour la formation des prêtres dans différentes nations.
2. Alexandre Farnèse, fils aîné de Pierre-Louis, fut un cardinal très influent et un grand mécène. A ne pas confondre avec un autre personnage célèbre du même nom (1545-1592), fils d'Octave et de Marguerite d'Autriche, fille de Charles Quint, connu pour ses exploits militaires à Lépante (1571) et ses qualités diplomatiques en qualité de gouverneur des Flandres, en 1578.

achevées, il est assis en la chaire de Saint-Pierre. Ses amis le viennent féliciter : ce ne sont que récompenses et que bienfaits qu'il distribue envers ceux qu'il chérit. Jamais il n'y eut pape si reconnaissant.

Saluste et Flaminie furent bien étonnés du succès de Sa Souveraine Grandeur. Ils pensent alors à leurs consciences et [il] leur semble déjà qu'ils reçoivent de la main d'un bourreau le châtiment qu'ils ont mérité. Ils s'en fussent fuis dès l'heure* même, n'eût été que la douceur que tout le monde attribuait à l'âme du Saint-Père, et qu'il leur avait toujours témoignée en apparence, fit que Salluste délibéra de lui aller baiser les pieds, comme les autres, et de le féliciter. Il y fut en compagnie de certains prélats, ses parents et ses amis. Le pape le reçut assez courtoisement et lui, après avoir rendu l'honneur accoutumé, supplia Sa Sainteté de se ressouvenir du témoignage qu'elle lui avait toujours rendu, de n'ajouter point de foi aux calomnies qu'on lui avait imposées touchant le meurtre de son frère dont il n'était nullement coupable ; qu'il était prêt de lui porter toujours sa tête, en cas qu'il en fût convaincu. « Non, non, répond le pape, je ne crois pas que cela soit, et quand cela serait, je vous pardonne, à la charge* que désormais vous soyez sage et que je n'aie nul reproche de vous, en quelque chose que ce soit. Je vous le commande expressément. Retirez-vous, et que je n'en oie plus parler. » Saluste, ayant reçu cette réponse, après l'avoir remercié, retourna à son logis où il communiqua à sa femme ce que le pape lui avait dit. Elle, fine et rusée, comme nous avons dit, interpréta aussitôt en mal cette réponse. L'exemple de Semei, fils de Bocri, se représenta soudain devant ses yeux. C'était un homme qui fit mille indignités à David, du temps qu'il fuyait la persécution d'Absalon. Lorsque Salomon fut assis au trône de son père, Semei vint implorer sa grâce. Le roi lui pardonna, mais à condition qu'il ne sortirait jamais hors de Jérusalem sans congé. Le succès* qui en arriva est écrit en l'histoire des Rois[1]. Ce pape imitant Salomon en ce fait ici, Saluste et Flaminie ne voulurent pas attendre qu'on leur suscitât quelque accusation. « Je vois bien, disait-elle, mon ami, que si nous ne pensons à nos affaires, nous sommes perdus. Ce n'était que dissimulation tout ce que ce pape a pratiqué en notre endroit, afin de ne trouver point d'obstacle pour parvenir au Saint-Siège. Maintenant qu'il y est assis et qu'il ne craint plus personne, comme celui qui peut juger tout le monde et n'être jugé d'autre que de Dieu, il exercera toute la cruauté qu'il pourra s'imaginer à l'encontre de nous. Fuyons, je vous prie, son juste courroux et allons désormais passer le reste de nos jours en quelque lieu où sa main vengeresse ne s'étende point. — Je ne me soucie pas tant de ma vie, répond Saluste, que je suis en peine de l'incommodité que vous allez recevoir. Plût à Dieu que je vous en pusse retirer par ma mort ! Je vous témoignerais bientôt que je n'ai rien de plus cher que votre repos. — Hélas ! dit-elle, vous me faites mourir d'une mort plus cruelle que la mort même, de parler à moi de ces choses ! Ma vie ne dépend que de la vôtre. Si elle était éteinte, la mienne finirait aussitôt. Je vous prie, laissons ce discours et pensons où nous nous pourrions retirer promptement pour éviter l'orage qui se lève pour nous perdre. — Il me semble, repart Saluste, que Venise est la ville la plus propre pour nous y confiner. J'y ai des parents et des amis qui nous y assisteront en un besoin, joint que* c'est une ville de franchise[2] où les étrangers sont bien recueillis*. »

Cette résolution semble fort bonne à Flaminie, de sorte que le jour même, ils commencent à plier bagage et à prendre les choses les plus précieuses qu'ils avaient et à vendre les meubles qu'ils purent, et puis, le lendemain, ils sortirent de Rome déguisés,

---

1. Semei ou Simei, *Rois* I, II, 36.
2. Venise était une ville ouverte à beaucoup d'étrangers mais rien de plus. Voir *infra*, n. 1, p. 424.

« *Ce fut un grand pape qui a fort embelli la ville de Rome.* » (Portrait de Sixte V par F. Bellini. Collection privée, Paris.)

avec Lucie que Flaminie avait retirée chez elle, et firent tant qu'ils arrivèrent à Ancône où ils s'embarquèrent, et de là à Venise. Le pape, ayant appris leur fuite, fut bien fâché de ne les avoir pas punis comme ils méritaient. C'était un homme qu'on estimait, avant qu'il fût assis en la chaire de Saint-Pierre, plus doux qu'un agneau, mais l'effet fit bien paraître puis après du contraire. Il était sévère en ses jugements, grand ennemi de la noblesse à qui il rognait tous les jours les ailes, et la contenait si bien en son devoir qu'elle n'osait respirer. Il savait commander et se faire obéir en temps et lieu, et punissait grièvement les coupables. On disait communément de lui qu'il n'eût point pardonné à Jésus-Christ. Ce fut lui qui autorisa la Ligue qui, sous le zèle de religion, donna tant de traverses* à notre grand roi[1]. S'il fit bien ou mal, j'en laisse le jugement à la postérité. Enfin, ce fut un grand pape qui a fort embelli la ville de Rome et presque mise au lustre où nous la voyons maintenant ; et quand il n'aurait fait que la digne action d'exterminer les bannis d'Italie[2], sa mémoire doit être célébrée à jamais. On ne lui peut reprocher que sa trop grande rigueur, qu'il exerçait principalement sur ceux qui l'avaient offensé, mais en récompense il reconnaissait (ainsi que nous avons déjà dit) ceux qui lui faisaient service. Les hommes qu'il éleva en de si hauts et de si dignes degrés d'honneur, outre leur attente, témoignent ce que je dis.

Saluste et Flaminie firent bien pour eux de fuir sa présence, mais ils eussent encore mieux fait s'ils eussent pu fuir celle de Dieu, de qui la justice règne par tout l'univers. Mais il n'y a lieu de franchise qui

---

1. Sixte Quint combattit l'hérésie protestante mais eut une politique très réservée à l'égard de la Ligue. Il n'approuvait pas l'attitude des Guise à l'égard d'Henri III.
2. *Bannis* : lire *bandits*. Sixte Quint combattit le brigandage sur ses propres Etats. Grand constructeur et grand mécène, protecteur de Bernini et de Borromini, il fit de Rome la capitale de l'art sacré.

soit exempt d'une main si équitable. Comme ils croient être en un port exempt de toute tempête, il faut qu'ils rendent compte de leur vie passée. La compagnie qu'ils ont ordinairement chez eux n'empêche pas que leurs jours ne soient fauchés en herbe. L'homme de sang, et principalement le perfide, ne voit jamais toutes les années que la nature lui pourrait donner. Car Saluste est bientôt atteint du bras de Dieu qui lui tranche la trame de la vie en la fleur de ses jours, après l'avoir misérablement fait languir quelques mois sans que la charge que les Vénitiens lui donnent de général de leur armée lui puisse servir de garant, ainsi que vous verrez tout maintenant. Et Flaminie meurt de pareille mort qu'elle fit mourir l'innocent Altomont. Mort encore trop douce et trop honorable pour elle. Il fallait qu'un bourreau y mît publiquement la main, pour servir d'exemple à ceux qui violent ainsi le droit divin et humain. Il n'y en a que trop au monde. Ce siècle ne produit que trop de ces monstres abominables, indignes de porter non seulement le nom de chrétiens, mais encore de converser parmi les cannibales et parmi les tigres et les ours, puisqu'on n'y pratique point ces exécrables méchancetés. O cruel siècle ! Le Ciel ne luit qu'à grand tort sur nous, puisque tu es tout plein de Thyestes, de Tantales et d'Atrées [1].

Ces homicides passèrent quelques mois à Venise, avec assez d'honneur et de contentement, portant néanmoins toujours dans leur âme le ver de la conscience qui les rongeait sans cesse. Saluste, qui était à la vérité un brave et vaillant cavalier, et digne d'honneur s'il ne l'eût souillé d'une tache qu'il ne pouvait laver, fut élu des Vénitiens, qui reconnais-

---

[1]. Voir *H. IV*, n. 2, p. 159. *Tantale* : roi de Lydie, admis à la table des dieux, il déroba le nectar et l'ambroisie pour les faire goûter aux hommes. Egorgea son fils Pélops, le servit aux dieux qui s'en aperçurent aussitôt. Plongé dans un lac limpide, sous des arbres chargés de fruits, il fut condamné à être tourmenté par la soif et par la faim.

saient sa valeur et l'expérience qu'il avait aux exploits de la guerre, pour général de leurs armées [1]. Comme il croyait être à l'abri et hors de tout orage sous la protection du Lion marin, il fait ordinairement sa demeure à Padoue, en un beau palais situé aux bords de cette délicieuse rivière que les Anciens nommaient Anasse ou Médoasse [2], si je ne me trompe. C'est là que Flaminie, pour être bien discrète et pour jouer parfaitement du luth, comme nous avons déjà dit, est visitée d'une infinité de cavaliers. Sa maison est comme une académie où la jeune noblesse apprend toujours quelque chose. Et surtout les Français, attirés par le bruit qu'elle avait d'être la plus galante dame d'Italie, y passent les heures destinées aux honnêtes loisirs. Elle ne manquait point de charmes et d'artifices afin de gagner l'amitié d'un chacun pour s'en servir, si la nécessité l'y contraignait.

Durant que la Lombardie ne parle que de ses rares qualités, un jeune seigneur, que nous nommerons Timante, neveu de Saluste, devient amoureux de Flaminie. Cette amour illicite qu'il tâche au commencement de bannir, prend une telle possession de son âme qu'elle en chasse le jugement et la raison. Enfin, ne pouvant plus la supporter davantage sans mourir, il la découvre à sa tante. Encore que la beauté, la jeunesse, la bonne grâce et la noblesse de ce gentilhomme, jointes à tant de belles paroles accompagnées de soupirs et de larmes, fussent capables d'émouvoir un roc, elles ne sont pas néanmoins suffisantes d'induire Flaminie à le contenter. Soit qu'elle se représentât l'énormité du crime, soit qu'elle crût que Timante le fît à dessein pour la rui-

---

1. Les Vénitiens considéraient comme dégradant de servir dans leurs armées de terre. Aussi en confiaient-ils la direction à des hommes de guerre d'autres Etats et conservaient-ils pour eux les commandements sur mer.
2. *Anasse* (du lat. *Anas*) est un fleuve d'Espagne, aujourd'hui le Guadiana. *Médoasse* (du lat. *Medoacus*) est aujourd'hui le Brenta qui traverse Padoue.

ner envers son oncle, toutes ces recherches ne moissonnent que du vent. Comme il est aux peines d'un cruel désespoir, voilà que la fortune semble le favoriser et lui ouvrir une voie pour parvenir à l'accomplissement de sa passion. Une fièvre lente, qui s'était insensiblement coulée dans l'estomac* de Saluste, commence à le miner si bien peu à peu qu'enfin, après beaucoup de langueurs, il est contraint de comparaître devant le trône de celui qui juge en dernier ressort. Après que Flaminie eut versé un torrent de pleurs sur le corps de son mari, qu'elle eut outragé son sein et son visage, et en arrachant ses beaux cheveux, appelé plusieurs fois la mort, recours des misérables, le temps, qui est le médecin de tous maux, adoucit peu à peu sa douleur. Sa maison ne laissait pas d'être, comme auparavant, ouverte aux bonnes compagnies, pendant que Timante, qui avait succédé aux charges de son oncle, tâche de se rendre son successeur en la possession de cette femme.

Il y avait pour lors à Padoue un jeune gentilhomme de la Marche d'Ancône, doué d'une excellente beauté et accompli en toutes les plus rares perfections qui peuvent rendre recommandable un mortel. Ce gentilhomme nommé Adonio était vu de bon œil de Flaminie, avec un déplaisir si grand de Timante, qui prenait garde aux contenances comme font ordinairement les amoureux, qu'enfin, la peste de la jalousie s'emparant de son âme, son amour se change en une rage désespérée. Les dédains, les refus et enfin tous les martyres de l'amour, sont consolés de l'espoir qui flatte toujours et qui promet de l'allégement, mais la jalousie est une infection de si étrange guérison que même la jouissance n'est pas capable de la bannir. « Sera-t-il, se disait Timante, tout transporté de cette fureur, que je recherche une ingrate qui me fuit et qui se cache de moi ? Dois-je priser une méchante qui me déprise* ? Prierai-je toujours une cruelle qui ne me répond jamais et qui néanmoins ne cesse de prier un autre qui possède moins de mérite ? Souffrirai-je que mon âme vive esclave d'une vie qui m'a en haine ? Non, non ! Je lui veux montrer que jusqu'ici j'ai commis un si grand crime que de l'aimer, puisqu'elle en était tant indigne, je veux expier cette erreur par la punition que j'exercerai sur un cœur qui s'ouvre pour tout le monde, hormis pour moi. » Achevant ce discours, il prend la résolution d'un désespéré. Avec vingt ou trente de ses amis, il entre un jour dans la maison de Flaminie. Le temps était déjà venu qu'il fallait qu'elle rendît compte de la mort de son mari. Mais Lucie, qui avait manié ses folles amours, fut la première exécutée. Timante, qui croyait qu'elle maniât encore les secondes passions de sa maîtresse, lui donna dans l'estomac* deux ou trois coups d'une petite dague carrée qu'il tenait. La malheureuse, atteinte mortellement, jette un grand cri. Flaminie avait un frère qui voulut faire quelque résistance quand il aperçut cette violence, mais il fut bientôt porté à terre et privé de vie. Elle sortit cependant de son cabinet, ayant ouï la rumeur, et alors Timante, en l'embrassant du bras gauche, commença à la caresser à coups de dague qu'il enfonçait dans son sein, et en poussant ce petit poignard, il tenait ce discours : « C'est maintenant, madame, qu'avec cette pointe je vous touche ce cœur que la pitié ne peut onques* toucher, c'est ores* que je le trouve sensible. » La misérable jette un grand cri et avec son sang vomit son âme malheureuse.

Lorsque cette exécution est faite, Timante sort froidement de ce logis avec ses compagnons et se retire au sien. Ses charges, son courage et la grandeur de sa maison le rendaient si bien assuré qu'il méprise le conseil que quelques-uns de ses amis lui donnent de sortir de la ville. Il croit qu'il n'y a nul qui l'osât regarder de travers, tant s'en faut qu'on eût la hardiesse d'informer contre lui. Mais cependant, Padoue était toute remplie d'une grande rumeur. Le peuple, scandalisé de cet acte extraordinaire, crie tout haut qu'on ne doit point laisser impuni un tel excès ; qu'il y va de l'honneur, du bien et de l'autorité du public ; et que si l'on souffre cette méchanceté, ce sera tracer une voie à toute sorte d'excès et de désordres. La Seigneurie de Venise, avertie de cette cruauté, assemble le Conseil et décerne un ajournement personnel à Timante. Quand on le lui intime, il ne fait que rire et se moquer des ministres de la justice, et les menace de les assommer. A faute de comparaître, décret de prise de corps est laxé*. Commandement est fait à la justice ordinaire de Padoue et à tous autres officiers de prêter main forte, de saisir et d'amener ce gentilhomme devers* la Seigneurie. Comme donc les magistrats et les prévôts le veulent prendre, il se retire dans son logis avec trente ou quarante mauvais garçons. On tâche de les forcer, mais ceux qui sont plus prompts que les autres à commencer l'assaut y refroidissent bientôt leur chaleur. Timante et ses compagnons rendent des preuves admirables de leur valeur, et avant que le jeu cesse, ils en tuent plus de cent. On n'entend que cris et que lamentations par la ville. Quand on voit qu'il ne peut être forcé, on informe incontinent la Seigneurie de ce qui se passe, de sorte qu'elle, justement courroucée et trouvant qu'il y allait de son autorité si elle ne châtiait une si grande insolence, commande que l'on mène le canon et qu'on foudroie le logis de Timante s'il ne se veut rendre. L'artillerie commence donc à jouer* avec tant de violence que Timante enfin se rend, après avoir perdu la plus grande partie de ceux qui l'assistaient et fait mourir une infinité de personnes. On pendit tous ceux qui restèrent et, pour lui, à cause de la noblesse de sa race, on le fit mourir en prison.

C'est la fin tragique et funeste de Flaminie que le Ciel avait douée de beaucoup de perfections. Elle en abusa follement par son impudicité, et encore plus par le meurtre qu'elle fit commettre en la personne de son mari. Dieu, qui juge et qui rétribue à chacun selon ses œuvres, veuille que la cruauté exercée sur son corps soit l'expiation du vice de son âme.

Histoire XX

Des horribles excès commis par une jeune religieuse à l'instigation du diable.

Formant un pendant avec l'Histoire X, voici une autre possession démoniaque qui se déroule selon le schéma habituel : pacte avec le diable, exorcisation et ample repentance. Mais ce qui suscite l'intérêt du lecteur d'aujourd'hui, c'est plutôt la recherche des motivations psychologiques qui sont à l'origine de la transgression : Mélisse, jeune veuve aimant les plaisirs du monde, a été contrainte à entrer au couvent. Rosset pose le principe de la liberté de l'enfant, surtout en matière de vocation religieuse, et délimite l'autorité des parents dont l'excès engendre souvent malheurs et déviances.

Sous un autre angle, ce récit peut être lu comme une histoire d'ambition individuelle : Mélisse veut échapper à sa condition de femme inculte et voue son âme au Malin pour devenir rapidement « bien lisante, bien écrivante et bien parlante de toutes sortes d'histoires ».

A l'origine de ce récit, un fait divers dont il existe une plaquette.

Puisque j'exerce ma plume à décrire les choses funestes et tragiques arrivées en nos jours, je ne veux point en oublier une qui mérite d'être publiée à la postérité pour servir d'exemple à plusieurs personnes, encore qu'elle soit advenue en une étrange province, et bien éloignée de nos contrées[1] ; toutefois,

---

1. La plaquette retrouvée par George Hainsworth s'intitule *Discours merveilleux d'un démon amoureux lequel a poussé une jeune*

puisqu'elle est nouvelle, j'ai entrepris de la donner au public afin que, par le malheur d'autrui, l'on apprenne à fuir ce qui peut faire tomber aux dangers évidents qui en procèdent. L'histoire que je raconte est donc arrivée en cette sorte.

Au pays des Troglodytes est une île qu'on appelle Méroé que le renommé fleuve Nil rend célèbre. C'est une terre la plus douce et la plus fertile qu'autre qui soit en tout le reste de l'univers. Ceux qui y font leur demeure sont tous chrétiens et fort dévots. Mais particulièrement, il y a une noble maison que l'on nomme d'Abila, fort prisée pour la possession qu'elle a toujours faite de la religion catholique, sans jamais avoir été entachée des hérésies des Abyssins. Or, il n'y a pas longtemps que le chef de cette maison, brave et religieux cavalier s'il y en a en toutes les provinces du Midi, épousa une belle et sage dame, issue de l'illustre famille de Métala. Ce seigneur se nommait Nicandre et cette dame Gallice. De leur légitime mariage, ils eurent six fils et dix filles. L'aînée, que l'on appelait Mélisse, fut douée d'une si grande beauté qu'elle ravissait les yeux de tous ceux qui la regardaient. La nature l'avait rendue accomplie de tant de dons extérieurs qu'à peine ayant atteint l'âge de douze ans, elle était recherchée en mariage d'une infinité de gentilshommes issus des meilleures maisons de la contrée. La mère prêta l'oreille particulièrement à la poursuite d'un brave cavalier dont le nom était assez connu en ce pays, et auquel elle avait de l'inclination. Elle fit tant qu'elle disposa son époux à lui donner leur fille en mariage. Les noces en furent célébrées avec toute la pompe qui s'observe parmi des personnes de cette qualité, et le nouveau marié se retira dans peu de jours en une maison de plaisance qu'il avait auprès de Syéné. Mais la fortune,

---

damoiselle à brusler une riche abbaye, et couper la gorge à sa propre mère, Paris, Philippe du Pré, 1615. Il en donne les clefs : Françoise (*Mélisse*) fille du Sieur de Vannes (*Nicandre*).

qui traverse ordinairement les plus grandes félicités, ne permit pas à Mélisse de jouir longuement des embrassements de son mari. Il fut tué à la chasse par une aventure étrange qu'il n'est pas besoin de raconter. Quand Nicandre eut appris la mort lamentable de son gendre, il retira sa fille, laquelle n'avait pour lors que treize à quatorze ans. Cette jeune veuve, croissant en âge, croissait toujours en beauté, de sorte qu'en peu de jours, on parla de la remarier. Toutefois le père, qui se voyait chargé de beaucoup d'enfants, était déjà résolu, afin de conserver sa maison illustre, de la mettre en religion, ensemble* quatre autres de ses sœurs et trois de ses fils. Il se représentait que si son bien était partagé également entre ses enfants, suivant les lois des Abyssins, l'aîné, qui doit conserver le nom et les armes, serait bien peu de chose. C'est pourquoi, poussé de ces humaines considérations, il contraignit la jeune veuve d'entrer dans une abbaye de dames nommée de Rocheperse [1], fondée par la princesse Dorothée de la maison royale de Sitim et femme du vaillant prince de Saba.

Cette abbaye, soit qu'on regardât la grandeur des bâtiments et la structure de l'église, soit que l'on considérât les fondations et les revenus, ressentait fort la magnificence du fondateur. La jeune veuve Mélisse n'avait pas encore quatorze ans lorsqu'elle y fut conduite ; néanmoins elle, qui avait déjà goûté du monde, avait plus d'inclination à la Terre qu'au Ciel. Elle aimait à se parer et à se rendre propre. Ses yeux jetaient des regards vagues partout et, à sa contenance, l'on jugeait incontinent qu'une vie éloignée de la compagnie des hommes ne lui plaisait guère. Toutefois, il faut bien qu'elle se délibère de quitter toutes conversations, hormis celles que l'on pratique dans l'austérité. O pères et mères ! Apprenez à ne forcer point les volontés de vos

---

1. L'abbaye de Rocheperse serait l'abbaye de Neuchâtel, fondée par Renée de Bourbon.

enfants, et principalement en une chose où il y va du salut de l'âme ! Quand il est question de les enfermer dans un monastère, il faut qu'ils y soient appelés de Dieu, et que leur persévérance, leur capacité et leur âge suffisant fassent paraître cette vocation. Mélisse n'était ni assez âgée, ni assez capable de vivre sous les règles d'un couvent. Sa volonté y était encore moins portée. Et de là procèdent tant de malheurs, de là tant de larmes. Quand on la fit religieuse, elle ne fit que pleurer et que soupirer. Elle accusait la cruauté de son père et de sa mère qui la forçaient à une vie si contraire à son désir. Après y avoir passé deux ou trois ans sans vouloir apprendre ni à lire ni à écrire, voilà qu'elle se vient à représenter la douceur passée du monde. L'amour impudique commence de s'introduire dans son âme. Son imagination est portée à la concupiscence. Si elle avait le moyen de contenter ses désirs, elle les accomplirait sans respect de la maison dont elle est issue, ni sans considération de son honneur. Le diable, qui est toujours en aguet et qui, comme un lion rugissant, nous environne de tous côtés pour nous dévorer, la voyant encline aux désirs charnels, lui accroît cette ardeur de telle sorte qu'au lieu de prier Dieu, elle n'a d'autre pensée qu'à l'amour. Et comme cette passion continue et qu'elle exerce plusieurs pollutions sur son corps, tantôt en dormant, tantôt en veillant, Satan lui apparaît un jour, comme elle était retirée toute seule dans sa chambre pour mieux entretenir ses plaisirs impudiques. Ce malin esprit, par la permission de Dieu[1], s'était déguisé en ange de lumière. Il avait un accoutrement* blanc comme de la neige. « Bien vous soit, belle Mélisse, dit cet adversaire, il y a longtemps que la compassion de votre mal m'a touché de pitié le courage, et que votre beauté m'a ravi le cœur. Je suis venu vers vous à cette intention, pour contenter votre désir et pour vous servir désormais, si vous voulez m'avouer*

---

1. Voir *H.I*, n. 1, p. 60.

pour votre serviteur. » Mélisse, étonnée au commencement de cette apparition, eut une grande frayeur ; toutefois, s'étant un peu rassurée, elle demanda à cet esprit, qui avait apparence d'homme, qui il était.

Satan, qui ne peut se déguiser quand on l'interroge de son nom, répondit en ces termes : « Je suis le roi de l'air et de toute la terre. Tout ce qu'on vous raconte de moi n'est pas croyable. Je suis plus doux que vous ne pensez pas. Demandez-moi tout ce que vous voudrez, et je vous l'octroierai. » Cette malheureuse, prêtant l'oreille à cette sirène trompéresse, se laissa piper* aux amorces de son chant, de sorte qu'après quelques contestations que je ne veux point écrire, elle passa des accords avec le diable, et entre autres, elle voulut être la plus savante et la mieux disante de toutes les religieuses, et chanter mieux qu'aucune autre. Voilà comme le malin esprit, en la forme que nous avons dite, habita charnellement avec elle et ne cessait tous les jours depuis de la voir, tantôt en la même figure et maintenant en celle d'un cochon et en autres formes détestables. Ses compagnes furent étonnées de remarquer en elle un merveilleux changement. Celle qui ne savait ni lire ni écrire, huit jours auparavant, était devenue en un instant bien lisante, bien écrivante et bien parlante de toutes sortes d'histoires. On admire son esprit et on le tient à miracle. Cependant, on la voit toujours parée et attifée plus que la religion ne le permet. Ses discours sont remplis de vanité, de propos mondains et de traits lascifs. Au lieu de ses heures[1], elle a toujours entre les mains quelques *Amadis de Gaule*[2] ou quelque autre livre traitant de l'amour désordonné.

Quelques bonnes religieuses l'en reprennent et lui remontrent* que cela est indigne de sa posses-

---

1. *Ses heures* : son livre d'heures ou de prières.
2. Les *Amadis de Gaules* (1508) : le plus célèbre des romans espagnols de chevalerie dont l'auteur est Garcia Rodriguez de Montalvo. Son succès fut immense en Europe où il fut abondamment traduit, imité, continué.

sion. Mais elle ne fait que s'en rire et que s'en moquer. Lorsqu'elle est avec celles qui sont les plus familières, on n'entend de sa bouche que propos dissolus. Elle se vante d'avoir acquis depuis peu de jours un amoureux, qui la vient voir toutes les nuits et qui lui apprend l'art de bien parler. On en fait le rapport à l'abbesse qui, ne pouvant comprendre ce qu'elle voulait dire, fait néanmoins prendre garde à ses actions et la fait coucher accompagnée. Comme elle se voit tenue de court*, elle fait ses plaintes à son amoureux qui l'induit à se venger et à mettre le feu dans le couvent. L'ennemi lui donne lui-même le feu et l'assiste à commencer par le plus beau corps du logis de l'abbaye. Le feu s'éprend, et sans qu'on le puisse éteindre, il s'élance de chambre en chambre, et ravageant ce bel édifice qui avait tant coûté, il court jusqu'au temple où toutes les religieuses s'étaient retirées comme en un saint asile. Mais, ô cas déplorable ! Sitôt que cette incendiaire sortait d'un coin, la flamme y était portée avec tant de violence qu'en moins de rien, ce beau et superbe vaisseau avec ses cloîtres, ses chapitres, ses réfectoires et ses dortoirs fut réduit en cendres.

Les pauvres religieuses furent contraintes, pour se sauver, d'abandonner tout à la merci des flammes. Elles sont depuis éparses d'un côté et d'autre, et vont quêtant de toutes parts pour la restauration de leur édifice qui ne sera jamais tel qu'il était, si quelque main royale n'y répand les libéralités.

Après que cette enragée eut assouvi ce désir de vengeance, ses parents l'enfermèrent dans un autre monastère, plein de piété et de religion. Son insolence accoutumée, ses paroles débordées et la lecture qu'elle faisait ordinairement de livres lascifs, forcèrent quelques dévotes religieuses de ce couvent à la reprendre de ses déportements. Elles lui remontraient* à toute heure sa vanité et lui mettaient devant les yeux la crainte de Dieu et l'obéissance. Mais c'était perdre sa peine. Au lieu de leur savoir bon gré de ces bons et saints conseils, elle fit mourir, par le moyen du démon qui couchait avec elle, trois de ces bonnes religieuses d'une mort soudaine. Toutes les autres, étonnées de cette mort et craignant un même danger, présentèrent requête au prince souverain de Méroé, et le firent prier instamment de les délivrer de cette peste. Le roi, ayant appris les déportements de cette fille, commanda qu'on la renvoyât à Abila chez ses père et mère qui ne pouvaient croire ce qu'on publiait de leur fille, et qui en ressentaient dans leur âme un grand crève-cœur.

Ils la tinrent quelque temps chez eux et l'y eussent tenue davantage, n'était que ces personnages craignant Dieu, faisant conscience de retenir au monde une personne professe, se résolurent de faire bâtir et fonder en l'une de leurs terres une petite abbaye pour y enfermer Mélisse. Sa Majesté même promit de contribuer à l'augmentation de la dot de cette abbaye mille livres parisis, qui sont quelque six cents livres tournois [1] ou environ. Tandis qu'on bâtit ce monastère, le seigneur et la dame d'Abila prennent garde de plus près à leur fille. Ils la font coucher en une chambre proche de la leur et lui donnent quelques damoiselles d'âge et de bonnes mœurs pour l'accompagner. La méchante les chassait de sa chambre avec injures et disait qu'il lui était impossible de reposer si elle n'était seule. Ceux qui avaient l'oreille tendue vers ses actions l'oyaient les nuits parler, sans savoir à qui. Une voix mal articulée lui répondait et lui donnait l'intelligence de ce qu'elle lui demandait. Ceci est rapporté à son père et à sa mère qui, ne pouvant ajouter foi à ces discours, entrent un jour à l'impourvue* dans sa chambre, afin de la surprendre. Mais, ô cas hideux et épouvantable ! Ils aperçurent à l'instant un petit pourceau qui se vautrait sur le ventre de cette exécrable fille.

---

1. *Livres parisis* : ancien terme de monnaie frappée à Paris et qui qui valait un quart de plus que le sou. Les *livres tournois* : monnaie qui se frappait à Tours, plus faible d'un cinquième que celle de Paris.

Mon intention n'est pas ici d'écrire si cette vision était véritable ou illusoire. J'ai déjà traité cette matière dans ce volume en autre part[1]. Le seigneur d'Abila mit la main dessus pour le chasser lorsque ce monstre glissait vers l'un et l'autre flanc de Mélisse et enfin, il disparut, au grand étonnement des assistants et au grand crève-cœur du père, mais particulièrement de la mère qui, perdant toute patience et pleurant à chaudes larmes, se mit à proférer ces pitoyables paroles : « Ah ! maudite et exécrable géniture* ! Faut-il qu'une maison si illustre et si renommée de tout temps pour sa piété soit maintenant déshonorée par tes horribles méchancetés ? O bon Dieu ! Est-ce ici l'instruction que je t'ai donnée en ta tendre jeunesse, que tu aies accointance* avec l'ennemi de notre salut ? Quand tu fis profession et que tu t'enfermas dans un cloître, ne renonças-tu point au monde, au diable et à la chair ? Et n'épousas-tu pas celui qui répandit son sang précieux en l'arbre de la Croix pour nous racheter de la mort éternelle ? Et maintenant, rompant tes vœux et faussant la foi que tu dois à ton Epoux, tu prends accointance* avec le prince des ténèbres ! Sera-t-il dit que mon ventre ait porté une sorcière ? Ah ! plutôt la mort termine mes jours, avant que j'oie parler d'un tel scandale ! Recommande-toi à ton Dieu, misérable que tu es ! Supplie sa bonté qu'elle te délivre du Malin, et use souvent des sacrements qu'il a institués en son Eglise, vraies armes pour chasser cet ennemi du genre humain ; ainsi le fils de Dieu t'assistera et te recevra en sa grâce. » Telles et semblables plaintes et remontrances sortaient de la bouche de cette vertueuse et non jamais assez louée dame d'Abila, lorsque son abominable fille, entièrement possédée de Satan, ne faisait que rire et que se moquer de ces paroles. « Eh quoi ! répondait-elle, est-ce un si grand cas que de voir un démon amoureux d'une damoiselle ? Est-ce ici une chose si rare

---

[1]. Voir *H.III* et *H. X*

qu'elle ne soit jamais arrivée au monde ? Faut-il conclure que pour parler à un esprit je me sois donnée à lui ? Socrate, qui a été le plus grand homme des siècles passés, et qui par le témoignage de l'oracle, fut estimé très sage, n'avait-il pas un démon qui le conseillait[1] ? Etait-il pourtant sorcier ou magicien ? Je ne sais pourquoi vous faites un si grand bruit pour une chose si commune. Et que diriez-vous si j'étais de ces femmes, dont le nombre est infini, qui font hommage en la partie plus sale d'un bouc puant et infect ? Non, non ! Satan n'a point de pouvoir sur moi. L'esprit qui me visite toutes les nuits est un bon démon qui me conseille de ce que je dois faire. Si vous l'irritez, vous ressentirez bientôt son ire et sa vengeance. » Le père et la mère, après lui avoir fait d'autres remontrances, voyant à leur grand regret qu'ils perdaient leur peine, la menacèrent de l'enfermer dans un cachot si elle ne vivait d'autre sorte, et de la faire mourir misérablement. Cependant, ils la tinrent encore plus de court* que de coutume, [ce] dont elle grommelait de dépit et disait tout haut aux damoiselles, qui étaient à l'entour d'elle, qu'en bref l'on verrait de terribles merveilles*.

Il arriva, sur ces entrefaites, que le seigneur d'Abila fit un voyage à Yéné pour quelques affaires qui concernaient son gouvernement de la ville de Macua. Il ne pensait faire qu'aller et revenir aussitôt, afin de mettre ordre au mal qu'il voyait naître en sa maison. Quand il fut parti, la bonne et vertueuse dame de mère était toujours proche de sa fille. Elle lui représentait sans cesse la crainte et l'amour de Dieu, l'incitait à se confesser de ses péchés et à crier merci* de ses fautes, tandis que cette exécrable supportait avec impatience ces saintes admonitions, mais plus encore la garde qu'on faisait d'elle, la

---

[1]. Chez les Grecs *daimonion* désignait en effet une sorte de puissance invisible et souvent bonne qui présidait au destin de chaque homme.

nuit, qui l'empêchait de pouvoir librement jouir de son amoureux. Enfin, ne pouvant plus souffrir les saints discours de cette dame douée de piété et de religion, sans avoir égard au respect que l'on doit à ceux qui nous ont mis au monde, la détestable fille, à l'instigation de Satan, qui avait déjà acquis sur elle une entière possession, attenta la plus horrible méchanceté qu'on puisse imaginer, et contre qui le grand législateur Solon[1] ne voulut point établir de peine parce qu'il ne pouvait se persuader qu'un tel crime se commît parmi les hommes.

C'était environ sur les onze heures de la nuit, lorsque les ténèbres amènent partout le silence, que cette fureur infernale se leva du lit où elle couchait, et sortant de sa chambre, entra dans celle de sa mère qui dormait d'un paisible sommeil dans sa chaste couche. Le plus jeune de ses fils, de l'âge de cinq à six ans, était à ses côtés. La parricide, avec un grand et large couteau, s'approche du lit et donne si promptement dans la gorge de celle qui lui avait donné naissance qu'à peine la pauvre dame put jeter un cri. Une damoiselle d'âge couchait tout auprès qui, ayant sauté du lit, accourut promptement, et trouvant sa maîtresse qui versait une source de sang, ouvrit la fenêtre de sa chambre et se mit à crier au secours.

Les domestiques du château vinrent incontinent pour voir que* c'était et, entre autres, le puîné de la maison qui, ayant aperçu ce triste et sanglant spectacle, chut à terre, tout évanoui. Ayant repris ses sentiments, il courut à une chambre prochaine* et y prit une épée pour venger sur cette maudite la mort d'une si bonne mère. L'effet s'en fut ensuivi s'il n'eût été retenu par les assistants qui lui remontrèrent* qu'il fallait procéder en une affaire de telle

---

1. Solon (640-559 av. J.-C.), poète, homme politique et législateur athénien, qui donna une constitution à son pays. Célèbre pour son esprit élevé et son sens de la justice, il fit partie des sept sages de la Grèce.

conséquence par les voies ordinaires de la justice, et qui lui ôtèrent l'épée des mains. Néanmoins, la douleur qu'il ressentait de la perte qu'il venait de recevoir par les mains de cette parricide lui faisait vomir tant d'injures et le poussait si vivement à la vengeance qu'on ne le put si bien tenir qu'il ne l'empoignât une fois et ne la défigurât toute à belles ongles. Si on ne la lui eût ôtée, il l'eût étranglée. Cette maudite fut enfermée sous une sûre garde, attendant la venue du misérable père qui vint deux ou trois jours après.

Mais qui peut dignement exprimer sa cruelle douleur ? Trouver une si chère compagne, avec qui il avait vécu si longtemps en paix et en concorde, privée de vie par celle à qui elle l'avait donnée ? « O Dieu ! disait ce dolent gentilhomme, il faut bien que je vois aie grièvement offensé puisque vous permettez que tant de malheurs arrivent en ma maison ! Je vous supplie, Seigneur, apaisez votre courroux, ou bien exercez votre ire sur mon coupable chef ! Ah ! ma pauvre femme ! Comment est-ce que j'eus si peu de prudence que de vous laisser ainsi seule, sans premièrement m'aviser des cruels desseins de cette furie ? Si j'eusse été ici, par aventure*, cette exécrable eût tourné la main sur moi et ma mort eût garanti votre vie pour qui j'eusse exposé mille fois la mienne ! Cruelle vipère, quelle punition peut-on imaginer qui soit capable de te punir selon ton mérite ? »

Ainsi se lamentait ce bon gentilhomme, sans toutefois en une si grande perte sortir des bornes de la patience. Il ressemblait au juste Job qui, parmi ses cruelles et extrêmes afflictions, ne maudit jamais son Créateur, ni ne murmura point contre le Ciel[1]. Aussi, les vrais serviteurs de Dieu reçoivent les adversités qui leur sont envoyées de la même main dont ils recueillent les prospérités. Cependant, il fait mettre entre quatre murailles son exécrable fille et

---

1. *Job*, I, 21-22.

informer du crime horrible et exécrable par elle perpétré. Le procès fait, il est envoyé au roi de Méroé et à son Conseil, pour en ordonner suivant l'équité. Sa Majesté, ayant mûrement délibéré sur cette affaire et trouvant que le fer, le feu et tout autre supplice n'était que trop léger pour la punition d'un tel crime, condamna cette parricide à tel genre de mort que le père voudrait exercer, lui donnant pouvoir d'augmenter ou de diminuer la peine selon qu'il lui plairait.

Sitôt qu'elle fut condamnée, le démon l'en avertit, de sorte qu'elle ne voulait ni manger ni boire que premièrement ceux qui lui apportaient ce qui lui était nécessaire n'en fissent l'essai. Et persistant toujours en son abominable opiniâtreté, elle disait tout haut : « Je ne veux point mourir que je n'aie achevé la tragédie. Il faut auparavant que mon père et mon frère aîné meurent de mes mains ! » Plusieurs bons religieux venaient pour l'admonester et pour la réduire*, mais ils n'y gagnaient rien. Elle vomissait contre eux toutes sortes d'injures. Ils avaient beau opposer à sa rage de saintes remontrances, elle n'en voulait ouïr parler. Quand on lui disait qu'elle était possédée du malin esprit, elle répondait qu'ils mentaient et qu'elle n'en était qu'accédée. C'est le mot dont elle usait pour exprimer les violents accès qui la transportaient d'une heure à l'autre comme une pythonisse.

Oh ! quel regret avait ce bon seigneur de père, ressentant avec la perte de sa chère épouse celle qu'il voyait de l'âme de cette misérable qui s'en allait être la proie de Satan ! Cette juste douleur, digne d'un bon père et d'un bon chrétien, le forçait à dilayer* le châtiment qu'elle méritait pour la ranger au train* de salut. Il n'épargnait de rechercher tous les jours les plus saints religieux qu'il appelait de tous côtés pour cet effet. Celui qui eut tant de grâces de Dieu que de faire confesser à cette exécrable l'horreur de son crime, fut un de ces bons archimandrites qui se tiennent en la Thébaïde, mais toutefois avec beaucoup de peine. Ce fut alors que le diable, voyant qu'on lui voulait ravir ce qu'il pensait lui être acquis, déploya toutes ses ruses et toutes ses finesses. Il lui disait à l'oreille qu'aussitôt qu'elle avouerait sa faute, on la ferait cruellement mourir et qu'il ne fallait pas qu'elle eût peur qu'il ne l'aîdat contre la peine qu'on lui voulait faire souffrir, pourvu qu'elle fût ferme, lui promettant au reste de la transporter en un pays étranger où elle recevrait toutes sortes de contentements. Enfin, par la permission de celui qui tient les brides à cet adversaire, elle prêta l'oreille aux saints discours du religieux. Lorsqu'il la vit chanceler, ce fut à l'heure* qu'il commença les discours de la création des hommes, le péché introduit par le prince des ténèbres, l'enfer préparé pour ce sujet aux mortels, l'antidote de notre rédemption par l'entremise du Verbe, fils de Dieu, seconde personne de la Trinité, qui a pris notre chair et souffert une cruelle mort pour expier la coulpe de nos premiers parents, et les bras tendus et ouverts qu'il présente à ceux qui se repentent de l'avoir offensé. Ces remontrances, proférées d'un zèle ardent et guidées de l'esprit de Dieu, eurent tant de pouvoir qu'elles tirèrent premièrement des larmes des yeux de cette misérable.

Après, ayant navré* son cœur, sa bouche proféra ces paroles : « Ah ! misérable que je suis ! Pourquoi est-ce que la terre ne s'ouvre pour m'engloutir ? Je ne suis pas digne que la lumière du soleil m'éclaire, mais qu'une éternelle nuit me couvre de ses ombres obscures, puisque j'ai rompu l'union que je fis avec mon Dieu et l'accord passé avec le fils de Dieu, lorsque je reçus le Saint-Sacrement de baptême, pour m'allier avec l'esprit de perdition ! Non contente de ce crime, j'ai brûlé un des beaux édifices de ce pays et fait mourir trois religieuses et commis une autre infinité d'horribles méchancetés. J'ai coupé la gorge à ma propre mère. O Ciel ! Vous avez vu toutes ces méchancetés et ne les avez pas punies ! Pardon Seigneur ! poursuit-elle en s'agenouillant et élevant les yeux en haut. Ne traitez pas mon âme d'un aussi rigoureux supplice que mon corps a mérité ! O Fils de Dieu ! ne me refusez pas une goutte de ce sang précieux capable de laver tous les plus abominables péchés du monde ! Arrière de moi, Satan ! Je renonce à ton alliance et implore désormais la miséricorde de celui qui ne la refusera jamais à ceux qui se repentent de leurs transgressions ! »

Tenant ce discours, elle baisait la terre en signe d'humilité et de contrition. Le religieux, jugeant que Dieu l'avait touchée, lui demanda si elle ne voulait point recevoir le sacrement de confession auriculaire[1]. Elle lui répondit que c'était non seulement son désir, mais encore de publier ses péchés devant Dieu et les hommes. S'étant confessée, elle dit tout haut devant tous comme, depuis l'âge de quinze ans, le diable avait abusé de son corps charnellement sous diverses et horribles formes, et particulièrement sous la figure d'un petit pourceau ; que parce que les religieuses du couvent où l'on l'avait mise la reprenaient de sa vanité, il l'aurait induite à brûler le monastère ; que ce mauvais esprit l'incitait à la vengeance, lui promettant qu'elle sortirait de religion pour vivre au monde selon ses plaisirs ; qu'ensuite elle aurait fait mourir les religieuses dont nous avons parlé ci-dessus et depuis, fâchée des remontrances que sa mère lui faisait tous les jours, elle lui aurait coupé la gorge ; qu'elle était délibérée d'en faire autant à son père et à son frère aîné. Desquelles horribles et épouvantables méchancetés elle requérait humblement pardon et miséricorde à Dieu et à tous ceux qu'elle avait offensés, et suppliait qu'on ne lui déniât point le sacrement de pénitence.

L'horreur des crimes qu'elle publiait devant un grand nombre d'assistants faisait dresser les cheveux. Après qu'elle eut confessé ses péchés de la sorte que nous venons de le raconter, on l'enferma

---

[1]. *Confession auriculaire (ou privée)* : qui se fait à l'oreille du prêtre et non pas en public.

entre les quatre murailles où elle était auparavant et, quelques jours après, on la trouva expirée, les bras en croix. On ne sait point assurément le genre de sa mort. Les uns croient que ce fut de la grande douleur et du ressentiment qu'elle avait de ses abominables péchés. Les autres pensent que ce fut par faute d'aliments ordinaires, dont elle n'avait pas à suffisance, ou bien qu'on la priva de vie par poison ou par odeurs d'artifice. Quelques-uns croient qu'on la suffoqua par un licol. Il n'y a que ceux qui l'avaient sous leur garde qui en peuvent rendre raison assurée. C'est la fin tragique de cette malheureuse damoiselle, qui doit servir d'exemple à ceux et à celles qui épousent un cloître, avant qu'éprouver s'ils sont assez forts pour résister au prince de ce monde et pour surmonter les tentations de la chair.

Histoire XXI

De la mort pitoyable du valeureux Lysis.

François de Rosset cède encore à la tradition romanesque (lettres, déclarations, et stances) pour représenter cette histoire à l'issue tragique : l'amour y désarme un héros (Lysis) réputé invincible, en revanche la vengeance arme la main du mari trompé, devant les yeux éplorés de l'épouse-amante.

Le sujet en est authentique, les clefs en ont été trouvées. On peut y reconnaître le célèbre guet-apens de la rue de Grenelle-Saint-Honoré où Louis de Bussy d'Amboise, (Lysis) mignon d'Henri III puis de son frère, le duc d'Alençon, fut attaqué et se sauva par miracle. Il sera tué le 19 août 1579 par Charles de Chambes, comte de Montsoreau (Lysandre) dont il avait séduit la femme, Françoise de Maridor (Sylvie).

Alexandre Dumas en fera un roman, La Dame de Montsoreau *(1846), et campera un portrait très idéalisé de Bussy. Avait-il lu le récit de Rosset qui, lui aussi, exalte les qualités de cet « escalabreux » personnage, comme le qualifie Brantôme ?*

Cruels destins, qui ordonnez de nos jours comme il vous plaît ! Pourquoi permettez-vous que la nature produise de si dignes fruits, puisqu'ils sont de si peu de durée ? Est-ce point que vous avez ordonné du monde en cette sorte que les plus belles choses passent toujours légèrement, et qu'un matin voit naître et mourir les plus belles fleurs ? Cette histoire rend témoignage de la justice de ma plainte. Je ne puis l'écrire sans larmes, voyant toute la valeur et tout le mérite de la terre perdre si tôt leur lumière au point de leur orient.

Lysis, que le Ciel avait produit au monde pour le plus beau chef-d'œuvre des mortels, était issu d'une des plus nobles et des plus renommées maisons de France. A peine avait-il atteint l'âge de dix-sept ans qu'il fit paraître tant de courage et de valeur en deux sanglantes journées qu'au jugement des plus vaillants et sages capitaines qui commandaient en l'armée où il combattait, il acquit le prix par-dessus les plus valeureux cavaliers. Depuis, il se trouva en tant d'assauts, en tant de rencontres* et en tant de soutènements de places que son renom s'épandit par toute l'Europe. Jamais la France, depuis le valeureux Roland, ne porta un tel paladin. Si les dieux lui eussent accordé plus de jours, il eût effacé la gloire du chevalier Bayard. Au reste, ce n'était que grâce, que beauté et que courtoisie.

Après que nos fureurs lassées, mais non pas assouvies, d'exercer les armes civiles eurent donné quelque répit à la plus florissante monarchie de l'Europe, il vint à la cour du prince, qui venait de quitter une couronne étrangère pour recevoir celle qui lui appartenait par les droits de la loi salique[1]. Il n'y eut guère demeuré qu'il y acquit le surnom de cavalier sans pair. Il y était également chéri et révéré. Les plus mauvais garçons qui font état de prendre tous les jours des querelles pour faire parler de leur vie n'avaient pas sujet de se vanter en l'attaquant. Il les châtiait si bien qu'ils n'avaient jamais plus envie d'éprouver la force de son bras. Et ceux qui le recherchaient d'amitié trouvaient tant de franchise et tant de douceur en cette belle âme qu'ils en étaient aussitôt entièrement contents et satisfaits. Les rares dons dont il était accompli lui

---

1. Henri III avait porté sa candidature pour être roi de Pologne. Il fut élu par la Diète électorale et régna 146 jours. Il devint roi de France après la mort de son frère Charles IX, le 30 mai 1574.

acquirent tant de part aux bonnes grâces du premier prince du sang royal[1] qu'il était toujours auprès de lui. Il le voyait de si bon œil et faisait tant d'estime de son mérite que nul autre n'était rien à sa comparaison.

Mais l'Envie qui s'attache toujours à la vertu, comme font les cantharides aux plus belles fleurs, ne pouvant supporter la splendeur de sa gloire, cherchait cependant de le ruiner. Tous les jours, elle faisait de mauvais rapports à Sa Majesté de Lysis, de sorte qu'elle le voyait d'aussi mauvais œil que l'autre prince, son proche parent, faisant compte de sa prouesse. Lysis se comportait néanmoins avec tant d'honneur, et la fortune lui était si favorable en tous ses desseins que ses ennemis, quelques faveurs qu'ils eussent du roi, ne pouvaient rien gagner sur lui, ni couvertement* ni ouvertement. Plusieurs fois, on tâcha de l'assassiner, mais il échappa toujours des embûches de ses adversaires, et en mit à mort un si grand nombre que désormais on le tint comme un homme qui ne pouvait mourir. Durant que les choses passent de la sorte, ce brave cavalier ne laisse pas d'être le plus souvent à la cour et d'y vivre avec tant de réputation qu'elle obscurcit celle de tous les plus braves. Bien souvent aussi, il va visiter les villes de son gouvernement. L'amour n'avait encore rien pu gagner sur sa liberté. Toutes les beautés du monde lui étaient indifférentes. Il passait ses jours sans être tourmenté dans les flots de ce petit dieu où les pilotes les plus experts découvrent tous les jours quelques nouveaux écueils, lorsque les beaux yeux d'une dame lui firent perdre le titre d'invincible, en une assemblée qui se fit dans la maison d'un juge, en l'une des villes dont il était le gouverneur[2].

Celui qui n'avait jamais trouvé de hasard assez difficile pour arrêter son généreux courage et qui avait défié mille fois la mort toute teinte de sang et d'hor-

---

1. François, duc d'Alençon.
2. Bussy d'Amboise était gouverneur d'Anjou.

reur au milieu de tant de périls, reconnut en un instant l'effort d'une beauté qui par ses charmes eut la gloire de le surmonter. Il s'efforçait au commencement d'y faire résistance, mais s'il eût eu ce pouvoir, il eût fait plus que tous les héros tant vantés par l'Antiquité. Cette beauté, pour le respect que je dois à ceux à qui elle appartenait, sera nommée Sylvie. Si Lysis est vivement atteint de son amour, elle n'est pas moins amoureuse de son mérite ; non pas toutefois pour s'abandonner à lui, puisqu'elle a toujours fait trop de profession de l'honneur quelque chose que la calomnie en ait semé partout, mais seulement une amitié louable, si elle eût été indifférente, veut avoir la gloire d'avoir dompté celui qu'on croyait indomptable. Si bien qu'elle tâche de l'arrêter du tout* à elle, et joignant ses artifices à la beauté, l'empêcher de n'en aimer point d'autre. L'amour est une belle chose, pourvu qu'elle ne passe point les bornes de la raison. Il est impossible aux braves et gentils courages de vivre et de n'aimer point, à la charge* que les lois du Ciel et de l'Eglise ne soient point violées. Cette amitié que je veux décrire était illicite et ne se pouvait pratiquer sans le scandale des hommes, encore que Dieu n'y fût point offensé. Il n'est pas permis à une femme mariée, de quelque condition qu'elle soit, de diviser son cœur, qu'en présence de Jésus-Christ et de son Eglise elle a donné à son époux, ni de donner tant de privautés* à un autre.

Cette dame dont je vous parle était mariée avec un grand seigneur, jeune, vaillant, sage, discret et courtois s'il en fut au monde ; de sorte qu'avoir de l'amitié ou de l'amour pour un autre, c'est une chose digne de blâme. Qu'elle ne m'allègue point le mérite de Lysis, capable d'allumer d'amour impudique les plus pudiques ! Ce sont de faibles raisons qui ne doivent jamais être reçues des chrétiens. Lysis, à la vérité, eut tort de jeter les yeux et de se laisser prendre par une personne qui était liée à une autre. Il ne faut jamais faire à autrui ce que nous ne voudrions qui nous fût fait[1]. Mais toutes ces considérations n'ont plus de lieu au siècle où nous sommes, et principalement parmi ceux qui ont été nourris* à la cour où le vice est assis au trône de la vertu. Après que Lysis se fut follement embarqué en cette amour où les apparences lui promettaient ce qu'il n'obtiendra jamais, il fit entendre à Sylvie le tourment qu'il souffrait pour sa beauté, et elle lui donna de petites privautés*, sans néanmoins lui accorder ce qu'il désirait avec tant de passion. Elle le caressait de la sorte, en partie pour le bien qu'elle lui voulait, et en partie pour l'embraser davantage à son amour, et pour le rendre plus ferme à sa recherche. Aussi, il n'y a point de doute que rien ne conserve mieux la flamme de l'amour que ces privautés* sans jouissance, puisque le chasseur poursuit le lièvre au froid, au chaud, par montagnes et par plaines, et qu'il n'en fait plus de compte lorsqu'il en a fait sa prise, et qu'il se faut donner de garde de ces jeunes mignons qui, en un âge si tendre, ont un visage si délicat et dont l'ardeur est un feu de paille qui se consomme aussitôt qu'elle prend naissance. C'est pourquoi ces petits refus, et toutefois accompagnés d'un je ne sais quoi qui invitait à la poursuite, l'engagèrent tellement que depuis, il n'eut point de repos. Il passait les jours et les nuits à soupirer son ardeur. « O Dieu ! disait-il, d'où me peut procéder ce nouveau trouble ? O Lysis ! Où est ton courage ? Faut-il que tu te laisses dompter par les faibles puissances d'un enfant[2], toi qui n'as pu être surmonté d'aucun autre pouvoir ? O doux regards ! Vous m'êtes chèrement vendus ! » Mais s'il se tourmente d'un côté, Sylvie n'a pas moins de passion, quoiqu'elle la dissimule. Toutefois, elle est diverse de celle de son amoureux car, encore qu'elle ne refusât jamais de verser son propre sang pour lui, si est-ce pourtant qu'elle mourrait plutôt de mille morts que d'offen-

---

1. Voir *H. IX*, n.1, p. 250
2. Cupidon.

ser en effet son honneur, qu'il noircissait en apparence. Lysis cependant la voit tous les jours, et leurs regards se confondent et se mêlent dans leurs âmes. Enfin ce cavalier, ne pouvant plus supporter tant de passion, se délibère de lui écrire. La teneur de la lettre était telle :

Si vous aviez aussi bien connaissance de ma douleur, comme votre beauté est reconnue en mon âme pour la première de toutes les autres beautés du monde, je suis assuré, belle Sylvie, que votre cœur de rocher sera touché de quelque pitié en mon endroit. Mais mon malheur est si grand que vous vous figurez que mes recherches sont feintes et que mon amour est sujette au changement. Bannissez, je vous supplie, cette folle croyance de votre belle âme, et prenez désormais compassion de celui à qui la Parque avancera bientôt le terme de ses jours, si vous ne lui octroyez ce que sa foi et sa persévérance méritent. J'attends avec impatience l'arrêt de ma vie ou celui de ma mort par la réponse que votre courtoisie ne me peut justement dénier, puisque par elle vous serez délivrée de mon importunité, ou par la gloire que j'en recevrai, ou par la fin de ma vie.

Cette lettre ayant été fermée, il la consigna entre les mains de ce juge que Lysis avait gagné pour lui servir de truchement. Cet homme de justice, ingrat s'il en fut oncques* comme celui qui tenait tout son bien et tout son honneur de la maison du généreux Lysandre, mari de Sylvie, s'étant rendu le corratier* de ces amours, rendit* la lettre à cette dame. Après l'avoir lue, elle ne savait si elle y devait répondre ou bien n'y répondre pas. D'un côté, elle se représentait que, si elle répondait à sa lettre, ce serait rendre trop content Lysis qu'elle voulait tenir en attente. D'autre part, la bienveillance qu'elle lui porte ne permet pas qu'il ne soulage son mal, pour le moins par un espoir menteur. Ainsi, balançant entre deux extrémités, elle se résout à faire une réponse aussi irrésolue que son âme. Quelqu'un pensera peut-être que ces deux lettres sont de mon invention, mais il faut qu'il croie autrement. Toutes les lettres qu'on écrit à la cour se voient, tant la vanité des courtisans est grande. Je les ai recouvrées d'un de mes amis qui en a fait un fidèle ramas de plusieurs autres, et qui a été curieux de savoir le nom des personnes qui les ont écrites. Cette réponse était donc telle :

Si les hommes de ce siècle étaient aussi fidèles en effet qu'ils le sont en apparence, j'aurais occasion de vivre heureuse et contente, assurée d'avoir fait acquisition d'un si digne cavalier. Mais les exemples de leur inconstance sont si communs que je suis plutôt tournée à forcer ma volonté et mon inclination qu'à contenter votre désir. Quand vous m'aurez rendu des preuves de votre fidélité, je me résoudrai à ce que je dois faire. Peut-être qu'alors votre persévérance me fera connaître votre mérite.

Si Lysis eut sujet de se plaindre, après en avoir fait la lecture, je le laisse imaginer à ceux qui ne vivent que de l'espoir de l'accomplissement de leurs désirs insensés. « Hélas ! madame ! disait-il, tout seul retiré dans sa chambre, quelles marques d'infidélité avez-vous reconnues pour différer si longuement la récompense que mon amour extrême a méritée ? Voulez-vous que j'écrive de mon propre sang la promesse que j'ai faite de n'aimer autre que vous ? Il n'y a veine en tout mon corps que je n'épuise pour ce sujet. Hélas ! Si vous tardez plus longtemps à me secourir, vous perdrez le plus fidèle des mortels ! Plût à Dieu que vous pussiez aussi bien voir le fond de mon cœur comme je ressens la blessure que vos beaux yeux y ont faite : vous me jugeriez aussitôt digne de votre bonne grâce. » Tandis que Lysis se tourmente et accuse son cruel destin et sa mauvaise fortune, sa maîtresse a bien de la peine de surmonter d'autre part les assauts que tant de rares dons du Ciel livrent contre son honneur, assistés de l'inclination qu'elle a d'aimer Lysis. Toutefois, elle demeure toujours ferme comme un rocher au milieu des vagues pour ce regard, bien qu'en apparence, il n'y ait nul qui ne croie qu'il y a entre eux d'autres plus étroits liens. Car elle donne le moyen à Lysis de la voir sans se soucier qu'on en parle, pourvu que sa conscience la défende. Et particulièrement, ce fut en un jardin qui est à l'un des faubourgs de la ville. Ce lieu fut témoin des plaintes que Lysis fit à sa maîtresse, capables d'arrêter de pitié le soleil en sa course, mais il n'en retire pourtant que de simples baisers et de semblables faveurs, qui ne font qu'aigrir le mal de l'amour au lieu de le soulager. Tandis qu'ils continuent à se voir dans ce paradis, plusieurs, qui croient les actions des hommes autres qu'elles ne sont, y prennent garde et en font un mauvais jugement.

Lysis qui, comme nous avons déjà dit, avait beaucoup d'envieux de sa gloire, ne peut pas si secrètement poursuivre l'accomplissement de cette amour que ceux qui veillent sur ses actions ne découvrent quelque fumée de son ardeur. Ils en parlent sourdement et beaucoup de ceux qui ont plus de crédit à la cour et plus de faveur de leur prince en donnent secrètement des avis à Lysandre. Ce seigneur est néanmoins si assuré de la fidélité de son épouse qu'il a reconnue en d'autres occasions qu'il croit que ce sont des impostures. Et puis, il s'assure que Lysis l'aimait trop pour lui tramer un tel déshonneur. Toutefois, pour ôter tout sujet aux hommes de parler de lui, il prend un jour sa femme et se retire en une sienne maison qu'il a non guère éloignée de la ville. Qui pourra dignement exprimer la douleur de ces deux amants, lorsqu'une absence les priva du plaisir de se voir ? Lysis se plaint et soupire, et dit en lui-même qu'il fallait bien que son cœur fût une roche dure lorsque sa maîtresse le quitta, puisqu'il ne mourut point à ce départ. Il ne repose ni nuit ni jour. Le souvenir de ses liesses passées l'importune incessamment* et ne lui donne point de trêve. Lorsque le soleil se lève, il souhaite la nuit, et désire la clarté du jour durant les ténèbres. Sylvie, qui sent un pareil déplaisir, accuse cependant la cruauté de son mari et maudit la rigueur de la loi qui assujettit les femmes aux lois des hommes.

Lorsque son amitié lui représente la beauté, la courtoisie et la valeur de son Lysis, elle dit que l'amour lui avait fait goûter tant de fruits délicieux non pas pour la pitié qu'il eut de sa souffrance, mais pour la traiter plus cruellement par la mémoire d'une si grande perte. Enfin, leur étant interdit de se voir, ils se visitent par lettres qu'ils donnent à de fidèles messagers, attendant que la fortune leur ouvre* le moyen de reprendre les arrements* de leurs plaisirs. Ils ne tardèrent guère d'accomplir leurs violents désirs. Un voyage que Lysandre fit leur en fraya le chemin. Ce seigneur avait des affaires hors de la province où il faisait pour lors sa demeure. Pour les terminer, il s'y achemine, au grand contentement de Sylvie, qui néanmoins contrefaisait la dolente à son départ et le sommait de revenir le plus tôt qu'il lui serait possible, tandis que dans son âme elle priait à Dieu que son voyage fût aussi long que celui d'Ulysse. Sitôt qu'il fut parti, Sylvie ne manque pas d'en avertir Lysis et de lui faire savoir qu'il la vienne voir le plus tôt qu'il pourra. Lysis, qui mourait d'amour et d'absence, baise cent fois le messager qui lui apporte de si bonnes nouvelles. Lorsqu'il arrive au château où la belle fait sa demeure, ceux qui ont la charge de le recevoir, et en qui Sylvie a déposé le plus secret de ses affaires, l'introduisent à sa chambre. Ils se baisent et s'embrassent étroitement à cette nouvelle vue. Leurs âmes, affolées de plaisir, se mêlent par leur bouche, et à peu près qu'elles ne quittent la demeure de leurs corps. Toutefois, Lysis ne peut recueillir le fruit qu'il désire, car l'honneur ne laisse pas d'être toujours le rempart qui défend toutes ses attaques. Merveille la plus grande qui se lira jamais, qu'une dame, parmi tant de bienveillance, n'ait jamais succombé à tant de violents assauts ! Toutefois, ôté le dernier point, il possède toutes les plus douces fleurs du jardin des amours. Mais que ces roses produiront d'épines !

Après que Lysis a demeuré deux ou trois jours en cette douce vie, il prend congé de Sylvie pour retourner à la cour, avec promesse de la revoir bien souvent. Mais son cruel destin, qui veut bientôt trancher le fil de ses jours, lui suscite une grande querelle. Sa valeur, sa beauté et son courage lui avaient acquis, comme nous avons déjà dit, les bonnes grâces du premier prince du sang, qui n'était pas de trop bonne intelligence avec le roi. Ceux qui gouvernaient Sa Majesté et qui redoutaient l'épée de Lysis entretenaient tous les jours notre monarque de l'ambition de ce cavalier, et lui donnaient à entendre qu'il était cause du mauvais ménage qui était entre lui et le prince ; que Sa Majesté y devait pourvoir de bonne heure, autrement que son insolence monterait à telle extrémité qu'elle pourrait attenter à des choses de plus grande importance [1]. Le roi, encore qu'il eût assez de sujet de se défier, voyant tant de partis contraires à la cour, ne voulait pas néanmoins traiter indignement Lysis. Bien qu'on lui en donnât de mauvaises impressions, toutefois sa douceur accoutumée ne pouvait se résoudre à la perte d'un si brave cavalier. Ces mignons n'eurent pas toutes ces considérations, mais dès l'heure même ils conjurèrent à lui ôter la vie ; de sorte qu'un soir, comme Lysis se retirait, sept ou huit mauvais garçons l'attaquèrent ; toutefois, il se défendit si bien qu'avec l'assistance qu'il reçut d'un valeureux maréchal de camp, quatre en demeurèrent sur la place, et les autres gagnèrent* au pied. Lorsque ses adversaires virent qu'il n'y avait pas moyen de le faire mourir de vive force, ils eurent recours à d'autres artifices. Ils savaient déjà ses amours, de sorte qu'ils en firent tant de faux rapports et donnèrent

---

1. Le duc d'Alençon, jaloux et envieux, ne cessait de comploter contre son frère Henri III. Les favoris de chacun s'affrontaient en duels et en guets-apens.

tant de sinistres impressions à Sa Majesté qu'à leur importunité elle procéda contre Lysis de la sorte que nous l'allons écrire.

Tandis qu'on ne parle à la cour que de querelles et de dissensions, et que le monstre à tant de têtes qui parut bientôt après se forme, Lysandre arrive de son voyage. Sylvie le reçoit à l'accoutumée avec mille caresses. Après avoir séjourné quelques jours à sa maison, il va à la cour. Comme il salue Sa Majesté, elle, qui était déjà induite à rendre un mauvais office à Lysis, voit Lysandre de mauvais œil, et le tirant à part, lui tint ce langage : « Infâme que tu es ! Est-il possible qu'étant issu de si noble extraction, tu souffres la honte de ta maison ? Juge en quelle estime je puis avoir ton courage qui n'ose témoigner le juste ressentiment qu'on doit avoir d'un tel affront ! Pendant que tu es absent, Lysis souille ta couche, et tu le sais, et tu l'endures ? Va ! Et ne te présente jamais devant ma face que tu n'aies vengé une telle injure ! Mes yeux ne sauraient voir un homme qui est la fable et la risée de ma cour ! » Lysandre fut bien étonné de ces paroles. Il ressemble à celui qui est comme perclus lorsque la foudre, qui tombe à ses pieds, tue quelque personne qui était proche de lui ou brise un grand arbre contre lequel il s'appuyait. Il demeure de même tout confus et ne peut répondre un seul mot. La honte qu'il vient de recevoir de son prince le touche si vivement que, lorsqu'il a repris ses sentiments égarés, il part tout morne et tout pensif, et va vers sa maison pour y exécuter une cruelle résolution. Il y caresse plus que d'ordinaire sa femme afin qu'elle n'entre pas en quelque défiance. Cependant, il recouvre un poison, le plus violent qui se puisse trouver, et l'ayant détrempé dans un verre avec de l'eau, il va trouver sa femme qui reposait encore dans sa chambre. Il commande aux domestiques qui y étaient d'en sortir. Lorsqu'il s'y voit seul, il ferme la porte, et ouvrant les vitres, il éveille Sylvie. Après, il met une écritoire et du papier sur la table, et tenant de la main gauche le poison et de la main droite un poignard tout nu, il lui tient ce discours : « Encore, dit-il, que ton impudicité me dût forcer à n'avoir aucune compassion de toi, néanmoins je te veux montrer que je suis plus soigneux de ta conversion que tu n'es de mon honneur ni du tien. Fais élection de l'une de ces trois choses : d'avaler ce poison, ou de mourir par ce fer, ou bien d'écrire tout présentement à Lysis que je suis absent et que tu le conjures par l'amour qu'il te porte de te venir voir. »

Jamais la belle Cypris[1] ne fut plus honteuse lorsque son mari l'exposa toute nue avec Mars, son amoureux, aux yeux des Immortels. Mais les extrémités où elle se voit réduite, de mourir ou de trahir celui qu'elle aime à la vérité, et qui néanmoins ne se peut vanter d'avoir reçu d'elle que des privautés* plus étroites en apparence qu'en effet, la rendent bien plus confuse. D'un côté, l'image de la mort, qui est communément plus horrible au sexe féminin qu'aux hommes, s'offre devant ses yeux ; et d'autre côté, elle voit bien que si elle écrit la lettre, Lysis ne peut échapper de mourir. « Hélas ! monsieur ! dit enfin cette dolente, d'où vous peut venir un si cruel dessein, de donner la mort à l'innocent ? Avez-vous jamais reconnu en moi tant d'impudicité que vous me réduisiez à un tel précipice ? Voulez-vous que j'écrive à Lysis une chose qui n'est pas et qui ne sera jamais, et que j'avoue un crime que je n'ai point commis ? Que je meure plutôt de votre main, ou que j'avale ce cruel breuvage ! — Je vois bien, répond Lysandre, vous tâchez à me tromper encore par vos belles paroles, mais par le Dieu vivant, vous boirez tout présentement ce poison ou mourrez de ma main, si mieux vous n'aimez écrire ce que je désire ! » Achevant ces mots, il lui porte la dague près de son sein et fait semblant de la vouloir plonger dedans. « Hélas ! monsieur, poursuit-elle, je vous

---

1. Métaphore traditionnelle de l'adultère. Voir *H. XI*, n.1, p. 273

crie merci* ! Attendez, et je ferai ce que vous voudrez. — Dépêchez-vous, dit le mari, autrement vous mourrez. » Sylvie, qui était déjà morte de la frayeur qu'elle avait de mourir, prend la plume et le papier, et puis écrit ces paroles que son mari lui dicte :

Si vous m'aimez, mon cher Lysis, comme vous m'en avez toujours donné des preuves, vous ne manquerez point de venir demain consoler une amante affligée qui meurt de désir de vous voir. L'absence de Lysandre vous y doit semondre. Il ne reviendra point de quelques jours. Je vous attends avec autant d'impatience que vous possédez de mérites. Bonjour, ma chère vie ! Ne différez point notre commun contentement.*

Je m'étonne que cette passionnée ne mourût de regret en écrivant cette lettre, et comme elle eût le pouvoir de l'achever. Les larmes qui tombaient dessus et les soupirs qu'elle tirait à peine de son estomac* rendaient assez témoignage de la douleur qu'elle en ressentait. Quand elle fut écrite, Lysandre la prend et puis la baille à un jeune garçon qu'il avait instruit à jouer son personnage. Le laquais part et trouve Lysis qui, joyeux de recevoir des nouvelles de sa maîtresse que l'arrivée de Lysandre lui défendait de voir, et croyant enfin recevoir d'elle après tant de faveurs ordinaires ce que tous les amoureux recherchent avec tant de passion, se dispose à l'instant de partir, accompagné de ce messager. Il se met en chemin et fait tant qu'il arrive près du château de Lysandre. « Ah ! malheureux ! Tu cours trop volontairement à la fin de tes jours ! Retourne au lieu d'où tu es parti ! Ta valeur, qui jusqu'ici n'a trouvé rien d'invincible, sera contrainte de succomber aux pièges que l'on te tend. » Ainsi parlait un bon ange, se dit-on, à l'oreille de Lysis, lorsqu'il était prêt d'entrer dans ce château. Lui, qui n'avait jamais vu la peur que sur le front de ses ennemis, commença d'avoir quelque appréhension, de sorte qu'une fois il s'arrêta tout court à la porte. « Allons, monsieur ! disait celui qui le menait, Madame recevra un extrême contentement lorsqu'elle saura votre venue. — Mon ami, répond Lysis, je ne sais que* j'ai, quelque chose me dit que je diffère de la voir à un autre jour. Je me doute de quelque trahison. — Comment, monsieur ! repart l'autre, il semble que vous ayez peur ! Allons seulement en assurance. — Qu'il soit dit que j'aie peur, dit Lysis, je souffrirais plutôt mille morts avant qu'on eût cette opinion de moi ! » Ce disant, il pousse son cheval et entre dans la cour du château. Sitôt qu'il y fut entré, ceux qui avaient de coutume de l'y recevoir lui viennent à l'encontre. L'un lui prend son cheval, l'autre son manteau, l'autre son épée. Je ne sais pas comme il la quitta. S'il l'eût eue, il eût bien vengé sa mort d'autre façon qu'il ne fit.

C'était en la saison de juillet, lorsque les chaleurs sont plus violentes. Il monte vers la chambre de sa maîtresse, comme il avait de coutume. Sitôt qu'elle le vit, elle jeta un haut cri et tomba sur le lit, pâmée. Lui, étonné de cette aventure, veut s'approcher pour lui demander le sujet de son mal, mais à l'instant, ils se voit environné d'une douzaine d'hommes armés, qui de pistolets, qui d'épées nues, et qui de hallebardes. Lysandre est parmi eux qui lui crie : « C'est maintenant que tu recevras le salaire de la honte que tu as faite à ma maison ! » Ce disant, il lâche* un pistolet et lui perce un bras. Les autres le chargent avec leurs hallebardes et avec leurs épées. Qui a vu quelquefois un puissant sanglier environné de dogues et de veneurs, ou bien quelque taureau indompté à qui l'on met les chiens à la queue dans quelque parc, si par fortune les barrières viennent à se rompre, ce puissant animal se lance sur la foule du peuple et en prend un, et puis un autre, avec ses cornes et écarte tout le monde, qu'il s'imagine de voir le valeureux Lysis qui, avec un escabeau qu'il tient en main, donne si rudement sur la tête de l'un de ses adversaires qu'il en fait sortir la cervelle. Il en assomme encore deux autres. Mais que peut-il faire contre tant de gens et ainsi désarmé qu'il est ? Son corps, percé comme un crible, verse un grand ruisseau de sang. Enfin, il se jette sur Lysandre, et bien que par derrière, on lui baille cent coups de poignards, il le prend et le soulève, prêt à le jeter du haut en bas d'une fenêtre, si tous les autres ensemble, en se jetant sur lui, ne l'en eussent empêché. Il les écarte encore à coups de poing et néanmoins il se sent toujours percé de part en part. Voyant qu'il ne pouvait échapper la mort, il s'approche de la fenêtre et puis, tout sanglant qu'il est, il saute légèrement en bas. Mais, ô malheur ! Il portait un accoutrement* découpé qui est arrêté par le fer d'un treillis. Ses adversaires, le voyant ainsi empêtré comme un autre Absalon[1], lui donnent tant de coups de hallebardes qu'à la fin ils privent le monde du plus grand courage et de la plus grande valeur du siècle. O valeureux Lysis ! Que je plains l'injustice de ton sort ! Tu devais mourir à la tête de quelque armée, pour la foi, pour ton roi et pour ta patrie !

Le bruit de cette mort pitoyable fut bientôt épandu par toute la France. Les uns blâmaient la cruauté de Lysandre, les autres louaient son juste ressentiment. Sa mort a été néanmoins depuis cher vendue. Elle en a attiré plusieurs autres et en attire tous les jours. Son corps est rendu à ses parents qui l'inhument au sépulcre de ses ancêtres. Ils veulent poursuivre par les voies de justice Lysandre, mais Sa Majesté lui donne sa rémission qu'il fait entériner. Tandis que ses parents et ses amis le pleurent, ceux qui le redoutaient à la cour en font des feux de joie. On dit qu'à l'heure qu'on l'assassinait, une grande dame qui l'aimait fut éveillée par la vision qu'elle

---

1. Absalon, fils de David, assassina son frère Amnon parce qu'il avait déshonoré Thamar, sa sœur, et se révolta contre son père. Vaincu, il fut arrêté dans sa fuite par sa longue chevelure qui le retint suspendu aux branches d'un térébinthe. Parfaite analogie entre la mort d'Absalon et celle de Lysis.

eut de sa mort[1]. L'on en fit des vers sur ce sujet qui sont assez communs et assez passables pour le temps d'alors. Je les insère ici, parce qu'il est à propos pour apprendre à beaucoup qui les approprient à feu Monsieur de Guise, qu'ils se trompent grandement[2].

---

1. Est-ce Marguerite de Valois dont Bussy fut aussi l'amant ?
2. La poésie est de Marguerite de Valois. Voir Frédéric Lachevre, *Les Recueils collectifs de poésies libres et satiriques depuis 1600 jusqu'à la mort de Théophile (1626)*, Paris, Champion, 1914, p. 291.

L'ESPRIT DE LYSIS PARLANT A FLORE

Stances

Sur le point que la nuit, pliant son noir manteau
Pour faire place au jour, rappelle ses lumières,
Et qu'un profond sommeil arrosé de son eau
Charme de nos ennuis les humaines paupières,

J'entends près de mon lit une dolente voix,
Elle était à la voix de mon Lysis pareille,
Je sens des bras plus froids que marbre mille fois,
Dont l'un en me poussant, l'autre en sursaut m'éveille.

Un jeune homme couvert de plaies et de sang
Se prosterne à mes pieds, ma poitrine me glace,
Mon cœur saisi d'effroi pantèle dans mon flanc,
Et à ce triste objet je tombe sur ma face.

« Madame (dit-il lors) assurez votre peur,
Je suis votre Lysis qui, devant que descendre
Dans le val ténébreux de l'infernale horreur,
Ce funèbre devoir je vous suis venu rendre. »

Je reconnais sa voix en ouvrant mes doux yeux,
Je reconnais maints traits de sa beauté première,
« Lysis, dis-je en pleurant, quelle fureur des dieux
T'a fait si tôt quitter notre belle lumière ?

Les dieux ne sont auteurs du massacre inhumain,
Un cruel ennemi par une fausse lettre,
Dans sa propre maison l'a commis de sa main,
Avec plusieurs bourreaux compagnons de leur maître.

Quoi ! Tant de riches dons dont le Ciel t'honorait,
Ta force, ta valeur, ta grâce, ta faconde
Et tant d'exploits guerriers que la France admirait
Ne te devaient-ils pas rendre ami tout le monde ? »

« *Flore, vous vous trompez, l'éclat de ma vertu*
Est l'inique venin qui m'a privé de vie,
C'est le foudre cruel dont je suis abattu,
Le rocher de ma nef, la butte de l'envie.

Ceux qu'on voit à la cour le premier rang tenir,
Rodomonts de piaffe et garces de courage,
Ne pouvant de mon los* le renom soutenir,
Ont acheté ma mort pour assouvir leur rage.

O détestables mœurs ! O siècle rigoureux !
Forge de trahison, école d'injustice !
Des siècles le dernier acte et le plus malheureux,
Tu éteins la vertu pour allumer le vice. »

« *Lysis, mon bien, mon tout ! Mille et mille trépas*
Me feront chaque jour voir d'Achéron la rive,
Si par tant de malheur ton ombre fuit là-bas,
La gloire de tes faits restera toujours vive. »

« *J'eusse bien désiré mourir au lit d'honneur,*
Mettant un camp en route ou forçant une place.
Mais ce plus hélas ! augmente ma douleur,
C'est que mourant je perds les rais de votre face. »

« *Le genre de ta mort témoigne ta valeur*
Et de tes ennemis la couardise infâme.
Tant qu'en moi restera de vie et de chaleur,
Toujours, mon cher Lysis, tu vivras en mon âme. »

« *Toujours je garderai dessous l'obscur tombeau*
Ta grâce, ta vertu, dedans mon âme empreinte,
Et le Léthé oublieux m'abreuvant de son eau
Ne fera que j'oublie une amitié si sainte. »

« *L'excessive douleur ne me permettra pas*
De survivre après toi, les maux qu'Amour me livre
Sont beaucoup plus cruels que le cruel trépas !
Tu m'emportes le cœur sans qui l'on ne peut vivre. »

« *Quiconque veut guérir est jà sain à demi ;*
Madame, au moins tenez votre douleur couverte
Que si vous ne pouvez oublier votre ami,
Songez au bien passé et non pas à la perte. »

« *Puisque la vertu seule en aimant je poursuis,*
Peu me chaut que chacun fondre en larmes me voie,
Me souvenir de l'un, de l'autre je ne puis,
Le deuil entre nos cœurs plus avant que la joie. »

« *Adieu, madame, adieu ! Le messager des dieux*
Pour passer le noir fleuve incessamment m'appelle.
Adieu, beaux yeux plus clairs que les flammes des cieux,
D'un éternel adieu, adieu, Flore la belle. »

Lors je saute du lit pour la suite arrêter,
Mais pensant l'embrasser, rien que vent je n'embrasse.
Adieu, mon cher Lysis ! L'éternel Jupiter
Guerdonnant* tes vertus te reçoive en sa grâce !

C'est la fin tragique du brave Lysis, de qui la valeur était incomparable. Jamais le Ciel ne mit dans un corps tant de beauté, de grâce et d'adresse, ni un courage si franc et si généreux. Si ce cruel malheur ne l'eût si tôt ravi d'entre les mortels, la France se pourrait maintenant vanter d'avoir un Mars aussi bien que la Thrace. Les lauriers et les palmes puissent naître sur sa tombe.

Histoire XXII

*Des barbaries étranges et inouïes
d'une mère dénaturée.*

*Gabrine, c'est le portrait de la femme au négatif.
Scélérate et perfide, méchante et sensuelle, c'est « l'unique femelle » dont parle l'Arioste dans le* Roland furieux. *Rosset s'en est inspiré pour camper cette femme, en proie à une passion sénile et délirante, qui empoisonne sa fille, tue son fils avec une cruauté inouïe et jouit de ses crimes sans jamais témoigner le moindre remords.*

En quelle Scythie a-t-on jamais commis un crime si horrible que celui que je veux décrire ? Quelle louve, quel tigre, quel dragon et quelle bête plus farouche et plus cruelle de l'Hyrcanie[1] pourra jamais être comparée à la plus cruelle et plus exécrable fureur qui me fournit cette matière ? O siècle barbare ! O siècle cruel et infâme ! O siècle dernier et le plus abominable des autres[2] ! Le soleil ne répand-il pas aujourd'hui ses rayons à grand regret, puisque tu es tout plein de Médées, d'Atrées et de Thyestes[3] ? Voici un exemple sans exemple, et qui

---

1. La Scythie est le pays au nord de la mer Noire. L'Hyrcanie est une région située sur le rivage sud-est de la mer Caspienne ou Hyrcanienne qui confine au sud avec le royaume des Parthes.
2. Voir aussi *H.V*, n.1, p.179 Au début du XVIIe siècle il y avait une « attente de Dieu », transmise aux chrétiens par *L'Apocalypse* de saint Jean (XX), présente aussi chez saint Paul (*Deuxième Épître aux Thessaloniciens*, II). Satan serait enchaîné pour mille ans et les justes seraient heureux. Cette prophétie est reprise par des courants messianiques qui annoncent le passage au *millenium*.
3. Voir *H.IV*, n.1, p. 159.

cependant n'est pas moins véritable que difficile à croire.

En une des plus belles et plus riches provinces de mon roi est une ville renommée pour deux célèbres évêques qui y ont tenu la chaire l'un après l'autre, sans avoir joui longuement du fruit de leur temporel. L'âge ou les maladies précédentes les ont dans peu de temps contraints de payer à l'avare nautonier les derniers péages que nous devons à la nature. Et les Muses, dont le premier était particulièrement un des plus chers nourrissons*, n'ont pas été capables d'allonger par leurs douceurs la trame des jours d'un si bel esprit. En cette ville donc, il y avait un jeune homme d'honnête maison que nous nommerons Falante, lequel, après avoir employé ses jeunes ans à l'étude des bonnes lettres et principalement en [celle] de la jurisprudence, prit le bonnet* à Toulouse, au grand applaudissement de toute cette célèbre université. Etant de retour en son pays, il se jeta dans le fameux barreau de cette auguste et équitable cour souveraine de la Neustrie [1], où il acquit dans deux ou trois années la réputation que jadis un Hortense et un Tulle ont reçue de la cité de Mars [2].

Toutefois, encore que cette réputation qu'il avait et le gain qu'il faisait eussent été capables de retenir en cette vacation une personne d'autre humeur que lui, il se fâcha de cette action si pénible et si servile, et voyant qu'il possédait honnêtement de moyens, résolut d'acheter un office de sénateur. Ayant pris dans son âme cette résolution, il la communiqua à un sien ami nommé Tanacre. C'était un jeune gentilhomme de Calais, qui avait tout plein de belles parties*. La nature l'avait accompli de grâce, de beauté et de forces autant qu'on en peut désirer, et

---

1. Voir *H.VII*, n. 1, p. 207
2. Hortensius Quintus (114-50 av. J.-C.), orateur romain, ami et rival de Cicéron Marcus Tullius (106-43 av. J.-C.) ici Tulle. La cité de Mars, c'est évidemment Rome dont Mars était une des divinités les plus importantes : il avait engendré Romulus et était, par conséquent, considéré comme le père des Romains.

ses qualités avaient si bien gagné le cœur de Falante qu'il ne pouvait l'éloigner guère de vue. Bien que Tanacre fût marié, il passait néanmoins plus de jours de l'année avec son ami dans Rouen que dans le lieu de sa naissance avec son épouse. Tanacre, louant le dessein de Falante, le poussa encore davantage à l'accomplissement de son désir. Il eût été bien aise de voir un si cher ami assis sur les fleurs de lis [1], et lequel pouvait un jour par son mérite être un des premiers ornements de sa province et faire plaisir à lui et à ses amis.

Ainsi donc, Falante se pourvut d'un office de conseiller, et avant que se faire recevoir, il voulut visiter sa mère, qui vivait encore avec une sienne sœur. Tanacre, qui était la moitié de son âme, l'accompagna en ce voyage. Etant arrivés au lieu de sa naissance, sa mère, sa sœur et tous ses proches parents et meilleurs amis le reçurent avec toutes sortes de contentements. On lui rendit en cette ville l'honneur qui était dû à sa qualité. Et particulièrement la justice ordinaire, comme à une personne qui dans peu de jours devait être l'un des magistrats souverains du pays. Séjournant en sa maison, et attendant son valet qu'il avait envoyé à Paris pour avoir tout ce qu'il lui fallait de la Chancellerie et pour payer le marc d'or [2], on ne parlait que d'y faire bonne chère. Mais comme les hommes sont sujets quelquefois à des accidents étranges qui surpassent toutes les conceptions des mortels, sa mère que j'appelle Gabrine (parce qu'elle ne cédait nullement en toutes sortes d'exécrables méchancetés à la femme

---

1. *Assis sur les fleurs de lis* : s'est dit des membres d'une cour supérieure de justice, par allusion aux tapis semés de fleurs de lis dont leurs sièges étaient couverts. Il fallait qu'un magistrat dît son avis assis sur les fleurs de lis, sans en avoir communiqué avec personne.
2. *Payer le marc d'or* : droit qu'on prélevait sur tous les offices de France à chaque changement de titulaire, établi par Henri III.

exécrable d'Argée[1]), se rendit si passionnée de Tanacre qu'elle en perdit le boire et le manger. Cette vieille croupière, qui ne devait désormais que manier des patenôtres, devint tellement embrasée de ce jeune homme que jamais le feu ne s'éprit si bien à l'amorce comme cette carcasse s'alluma en son amour. Elle n'avait d'autre contentement que d'être toujours auprès de lui et lui offrait tout ce qui était à elle, avec tant de passion, que l'autre n'eût point eu de sentiment s'il ne se fût aperçu de sa bienveillance. Si elle n'eût été si vieille et si laide, il n'eût pas fait de difficulté de se conformer à ses vœux. Néanmoins, quand il se représentait ce singe habillé en femme, il en était si dégoûté que sa présence lui était plus odieuse que celle d'un basilic*. Cependant l'effrontée, ne pouvant plus supporter le feu déréglé qui brûlait au-dedans de ses moelles, découvrit enfin à Tanacre le sujet de sa passion et le conjura d'assouvir ses impudiques désirs. Mais lui, plus ferme que n'est un pin qui a renouvelé plus de cent fois ses feuilles, et qui a ses racines aussi profondes en terre que son chef est haut, repoussa pour quelque temps les tentations de cette exécrable femme, le nid de tous les abominables vices du monde.

Comme elle vit qu'elle ne pouvait rien gagner sur Tanacre, son amour commença à se changer en une telle passion et en une telle rage qu'elle fut plusieurs fois prête de se tuer de sa propre main. O Ciel ! Que ne consentez-vous à cette exécution ! Tant de malheurs auraient fini avec elle, et ma plume ne s'amuserait pas maintenant à raconter aux races futures des choses si exécrables ! Mais qui peut sonder l'abîme de vos décrets ? Il faut baisser les yeux et croire toujours que vous êtes la justice même. Après que notre Gabrine eut longtemps accusé la cruauté de Tanacre et maudit mille fois le Ciel et les étoiles de ce que leur influence n'avait point rendu

---

[1]. Gabrine, femme d'Argée, baron de la cour de l'empereur grec, dans le *Roland furieux* de l'Arioste, XXI, 14-18.

enclin celui qu'elle aimait à lui accorder le fruit de son violent désir, elle se mit à penser à tous les moyens qui lui pouvaient servir pour parvenir au but de ses intentions. Et après avoir longuement ruminé à beaucoup d'étranges choses, elle s'arrête enfin sur la plus abominable action qui se puisse imaginer. Pour en faire réussir l'effet, elle tire un jour à part Tanacre et lui tient ce discours : « N'es-tu pas bien cruel, de voir mourir ceux qui t'aiment avec tant de violence et qui recherchent ton bien avec tant d'ardeur, sans que tu en aies le moindre ressentiment ? Si tu pouvais lire aussi bien dans mon cœur l'amour que je te porte ! Comme j'en souffre les accès insupportables ! Tu n'es pas composé d'une roche si dure que tu n'amollisses ton obstination ! Mais je te prie, quel profit retires-tu d'une telle opiniâtreté ? Ne vaut-il pas mieux qu'en faisant ce que je veux, tu aies désormais la jouissance de tout ce que je possède, et te donne du bon temps sans avoir souci de chose qui peut rendre une vie heureuse et contente ? Je sais bien que tes commodités ne sont pas des plus grandes, et qu'au bout de l'an tes revenus n'ont pas été capables de t'entretenir selon ta qualité. Que ne prends-tu donc ce qui s'offre maintenant à toi avec si peu de peine ? La fortune ne te sera pas toujours si favorable si tu en laisses échapper l'occasion. »

Tanacre, alléché de tant de promesses et néanmoins flottant comme un vaisseau agité de deux vents contraires, répondit à Gabrine en ces termes : « Je voudrais, Madamoiselle, avoir autant de moyen de vous octroyer ce que vous tâchez d'avoir de moi, comme je serais prompt à l'exécuter, s'il n'y allait trop de mon honneur et si je n'étais retenu par beaucoup d'empêchements. Imaginez-vous que les obligations que j'ai à monsieur votre fils sont si grandes, et l'estime que je fais de l'amitié qu'il m'a si souvent témoignée et qu'il me fait paraître tous les jours, que jamais je ne consentirai à chose qui lui puisse donner du déplaisir. Et quelle plus grande douleur saurait-il recevoir que lorsqu'il verrait un homme qui lui est si redevable, ne se contenter pas de coucher avec celle qui lui a donné naissance, mais encore jouir du bien que naturellement vous ne lui pouvez ôter ! Je vous prie donc [de] bannir cette fantaisie de votre âme, et pesant mes raisons, ne tâcher pas à m'induire à commettre un si détestable péché ⊣'ingratitude. — Toutes tes excuses, repart-elle, ni tes fuites n'éteindront jamais la moindre étincelle de mon ardeur. Je t'aime de telle sorte que pour toi je ne me soucie de haïr et de perdre, s'il en est besoin, ceux qui sont sortis de mon ventre, voire moi-même. Néanmoins, je vois bien que la considération de mon fils empêche le cours de ta bonne fortune. Si tu me veux croire, tu succéderas à sa place par le moyen de ma fille, que je te donnerai en mariage sous des conditions fort légères que je t'imposerai. — Et comment, dit Tanacre, cela se pourrait-il faire, puisque je suis marié, et puisque monsieur votre fils se porte fort bien et que son visage ne témoigne pas qu'il désire de quitter de longtemps cette vie ? — Je ne t'en dirai, poursuit-elle, maintenant autre chose. Pense seulement à ce que je viens de te représenter. C'est une douce chose que de vivre sans incommodité. Tous ne tendent qu'à cette fin, quoique ce soit par diverses voies. Et c'est un abus de se figurer d'autre contentement que celui que nous recevons en cette vie. Tout est indifférent pour l'autre, de qui les hommes ont figuré des gloires et des peines imaginaires. »

C'étaient les paroles que cette athée disait à cet homme pour l'ébranler par des considérations humaines. La place n'en était pas imprenable, car ayant toute sa vie été nourri* à la guerre où la foi et la piété ne logent que bien rarement, ces assauts ne furent que trop tôt suffisants de le faire venir à composition. Etant retiré tout seul en sa chambre et couché dans son lit, le peu de sentiment que son âme avait de la déité qui régit l'univers, qui voit et qui entend tout, et qui rend à chacun selon ses œuvres, et l'espoir d'être à son aise mieux qu'il n'était, le disposèrent de prêter désormais l'oreille à cette sirène tromperesse. Enfin, pour ne passer les bornes de mes discours ordinaires, et de peur de ne faire un gros volume au lieu d'un simple récit, je vous dis que Tanacre et la maudite Gabrine se résolurent à l'exécution des plus abominables méchancetés dont on eût ouï parler de longtemps. Leur dessein fut que cette malheureuse femme, pour arrhes de son affection, enivrerait sa fille et puis en ferait avoir la jouissance à Tanacre ; qu'en même temps elle empoisonnerait Falante, et puis Tanacre partirait incontinent et se rendrait le plus tôt qu'il lui serait possible à Calais, là où il se dépêcherait* pareillement de sa femme par le moyen du boucon [1] que cette cruelle Médée lui baillerait. Après cette exécution, il reviendrait au lieu où se tenait Gabrine pour prendre la jouissance de tous ses biens par le moyen du mariage qui s'accomplirait entre lui et sa fille, à la charge* toutefois que durant l'espace de huit jours qui précéderaient celui des noces, Tanacre coucherait avec sa belle-mère qui ne lui demandait autre chose pour le salaire de sa violente passion. O justice du Ciel ! Où est votre foudre ? Est-il possible que vous supportiez de si exécrables impiétés qui se commettent sur la terre ? Je m'étonne que ces barbaries étranges ne vous font exterminer la race des mortels pour en former de nouveaux d'une matière plus noble et plus pure [2].

Ces détestables personnes s'étant accordées du jour de leur damnable exécution, Gabrine fit préparer un magnifique festin. Elle dit à son fils qu'elle avait envie de traiter* quelques-uns de leurs plus proches parents, afin de se réjouir ensemble tant du bien qu'ils recevaient de sa venue que de l'honneur qu'il avait acquis par son office de conseiller. Falante eut fort agréable ce banquet, et dit à sa mère qu'elle n'y oubliât rien de tout ce qui pouvait rendre ce

---

1. *Boucon* : Voir *H.XIX*, n.1, p. 417.
2. Voir *H.X* qui traite du même sujet.

festin mémorable. Elle lui répondit que son intention était de le faire tel, que rien n'y défaudrait* pour le contentement qu'elle espérait d'en recevoir. Paroles ambiguës que le pauvre Falante interprète en bonne part en ce qui le concerne, tandis que cette cruelle mère y comprend bien un autre mystère. Le jour que la réjouissance se doit faire étant venu (ou plutôt la funeste et sanglante journée qui doit donner commencement à tant de crimes) les parents s'assemblent au logis de Falante. On n'y parle que de rire, de boire et de bonne chère. Gabrine avait cependant accommodé deux sortes de breuvages, l'un pour son fils et l'autre pour sa fille. Le premier était un mortel poison qu'elle avait mis dans son vin, et lequel faisait sentir son opération quelque deux heures après qu'on l'avait avalé. Mais ce ne fut que sur la dernière collation, et lorsque chacun se retirait chez soi, qu'il le but. L'autre breuvage était du vin où elle avait fait tremper de la coque de Levant[1] qui a la vertu d'assoupir les sens et de rendre soudain une personne comme hébétée. Aussi incontinent que sa fille nommée Léonore en eut goûté, ses yeux devinrent troubles et elle commença de chanceler, de même que font ceux qui sont atteints du tan[2] du bon fils de Sémélé[3]. Gabrine, qui savait la vertu de la drogue, afin que personne ne fît quelque mauvais jugement, prit de bonne heure sa fille et la mena en sa chambre, où elle la fit coucher dans son lit, puis fit signe à Tanacre qui s'introduit pareillement en cette chambre, là où il jouit d'une statue de marbre et d'une chose qui n'a point de sentiment.

Les invités avaient déjà pris congé et il n'était resté dans le logis que les domestiques. Falante même s'était mis au lit, pensant y reposer, tandis que, le poison commençant à opérer, de violentes

---

1. *La coque de Levant* : sorte de tabac à fumer qui vient d'Orient.
2. *Tan* : tannin du vin.
3. Dionysos, dieu du vin.

tranchées le saisissent. Il se plaint et Tanacre, qui venait d'assouvir sa brutale passion et qui s'était mis dans sa couche accoutumée en une même chambre, lui demande s'il se trouvait mal, feignant d'en ignorer la cause. Falante lui dit qu'il avait peur d'avoir mangé quelque mauvaise viande, c'est pourquoi il désirait fort qu'on allât promptement quérir un médecin. Sa cruelle mère, qui ne s'était point couchée attendant le succès* du premier acte de cette tragédie, avait cependant toujours l'oreille tendue du côté de sa malheureuse géniture*. Oyant comme son fils se plaignait, et l'instance qu'il faisait de consulter un médecin, [elle] craignit, ou d'être soupçonnée, ou découverte, ou bien qu'il ne prît quelque contrepoison, et par ce moyen, tout son dessein ne s'en allât en fumée. Ces considérations la firent donc résoudre à une autre résolution, dont l'effet est capable de faire dresser les cheveux à ceux qui liront cette histoire. Elle s'en va tout bellement au lit de Tanacre et lui dit que, s'il ne coupait pas la gorge à son fils, ils étaient sans doute perdus ; qu'il avisât donc sans différer nullement à sa conservation, et que pour le reste, il lui en laissât toute la charge. Tanacre, déjà possédé de l'adversaire des hommes et appréhendant l'horreur du supplice qu'il avait déjà mérité, se lève, prend un poignard, et s'approchant du lit de celui qui l'avait obligé par toutes sortes de courtoisies, enfonce sa main exécrable dans le sein de Falante. Le pauvre gentilhomme jeta un haut cri, recevant ce coup mortel, tandis que l'horreur du crime accompagné d'une extrême ingratitude se représentant aux yeux de Tanacre, le poignard lui tomba des mains. Son visage était tout pâle, sa main tremblante, et son cœur à peine pouvait se contenir dans son estomac, tant il était pantelant. L'exécrable et dénaturée mère, sentant que son fils n'était pas encore mort et qu'il se démenait dans le lit, s'approche, et levant le poignard qui était à terre, dit à Tanacre ces paroles : « Que tu es d'un lâche et d'un faible courage ! La nature nous a fait un grand tort à tous deux. Je devais être un homme et toi une femme. » Ce disant, elle se rue sur son pauvre fils demi-mort et lui donne cent coups de poignard. Non contente de cela, elle le jette à terre, et puis, au grand étonnement de Tanacre, qui s'était renversé sur son lit, n'ayant pas le pouvoir de regarder une telle cruauté, elle prend une hache et coupe les jambes et les bras de ce misérable corps, dont [elle] défigure encore tout le visage avec la pointe du poignard. Ô vous qui lirez cette tragédie ! Eh bien ! Avez-vous ouï parler de pareille inhumanité ? La fable de Médée est-elle comparable à cette histoire non moins remplie de vérité que d'horreur ? La plainte que j'ai faite au commencement de ce récit n'est-elle pas juste ? N'est-elle pas raisonnable ? Ô Ciel ! Que nous présagent ces aventures exécrables si elles ne sont les avant-coureurs du jour dernier, où toutes les choses doivent retourner en leur néant ?

Sitôt que cette exécrable furie eut exercé sa rage sur ce corps, elle alluma du feu, fit bouillir de l'eau dans un chaudron et puis en lava les membres séparés du malheureux Falante, afin d'arrêter le sang qui distillait encore des veines coupées. Après, elle jeta de l'eau chaude par tous les endroits du pavé où quelques marques en pouvaient paraître et puis, ayant pris un sac, elle y mit toutes les pièces de ce corps, à la vue toujours de Tanacre qui était si épouvanté de cette étrange procédure qu'il était étendu sur le lit avec aussi peu de sentiment presque que les membres de celui qui venait de perdre la vie. Ce cruel sacrifice ayant été parachevé, la maudite mère vient et baise Tanacre qui était devenu aussi froid et aussi blanc que la neige. Elle tâche de le ranimer et lui promet désormais la jouissance d'un grand bien qui lui fera passer le reste de ses jours à son aise. Cependant, comme la courrière du jour, qui avait retardé plus que de coutume l'ouverture des barrières de l'orient afin que le soleil ne vît une telle abomination, arrive, Gabrine va de sa propre main seller un cheval en l'écurie, apprête le déjeuner et puis donne une bourse où il y avait cinquante écus d'or à Tanacre, et l'ayant encore prêché d'avoir bon courage, lui dit qu'il parte promptement pour aller à Calais, afin d'y aller avancer les funérailles de sa femme, et puis, qu'il revienne pour prendre la jouissance de tous ses moyens qui lui sont destinés pourvu qu'il ne manque ni de résolution ni de promesse. Le meurtrier part donc, après avoir pris un doigt de vin, sans oublier le sac que l'on avait rempli de tristes pièces, mais néanmoins toutes justificatives de leur abominable crime. Ce seront tantôt des griefs qui formeront un appel où il faudra qu'ils répondent en personne ; et ceux qui les mettront en instance seront des bêtes cruelles de leur nature, et plus pitoyables que ces personnes dénaturées, ainsi que nous verrons par la suite de cette histoire.

Quand Tanacre eut pris congé de sa Gabrine et qu'il sortit de la ville, un tel remords de conscience saisit son âme qu'il lui semblait que les Furies des Enfers exerçaient déjà sur lui toute la peine des damnés. Il commence à soupirer et à maudire en soi-même le jour qu'il naquit. Son cheval le mène là où il veut, car son maître est en une telle confusion qu'il ne sait ce qu'il fait. La frayeur du supplice se représente pourtant à ses yeux, et craignant déjà d'avoir un prévôt à la queue, il prend le sac et le jette dans un bled[1] éloigné seulement d'une demi-lieue de la ville. Il poursuit puis après son chemin et fait tant par ses journées qu'il arrive à Dieppe. Laissons-le aller. Je vous promets que la justice de Dieu lui fera bientôt recevoir le salaire qu'il a mérité. Cependant, retournons à la maison de la mauvaise mère.

A peine Tanacre pouvait être une lieue loin de la ville que Richard, valet de Falante, arrive. Il venait de Paris où son maître l'avait envoyé, en partant de Rouen, pour aller quérir les provisions de son office et autres papiers nécessaires, et il apportait tout ce

---

1. *Bled* : champ de blé.

que Falante désirait. Richard alla tout droit à la maison de Gabrine qu'il trouva assise sur une petite chaise, discourant en elle-même de l'exécution qu'elle avait faite et se baignant encore dans le plaisir que la mémoire de son parricide lui donnait. Cette détestable furie, fâchée de la vue de ce valet qui la venait interrompre en ses sanglantes pensées, jeta sur lui un regard de travers, et avec une contenance dédaigneuse, témoigna incontinent ce qu'elle avait dedans l'âme. Richard, étonné de ce mauvais accueil, ne laisse pourtant de lui demander nouvelles de son maître. « Cherche-le, répond Gabrine, je n'en suis point la gardienne ! » Réponse toute semblable à celle que fit celui qui souilla du sang du premier homme de bien le giron de notre ancienne mère. Le valet que les contenances de Gabrine avaient déjà étonné, devint presque tout confus de ces paroles. Toutefois, il lui dit que la peine qu'il prenait au service de son maître méritait un autre traitement, qu'il ne savait que juger de toutes ses façons de faire et que, si l'on se fâchait de lui, on n'avait qu'à lui donner son congé. « Néanmoins, mademoiselle, poursuivait-il, je vous supplie de m'obliger en m'apprenant où est Monsieur, afin que je lui rende les papiers que j'ai à lui, et puis, que je me délibère à faire ce qu'il voudra. — Je t'ai déjà dit, repart-elle, que je ne garde point ton maître. Tu ne me fais que rompre la tête, ivrogne que tu es ! Va-t'en discourir en un autre lieu et ôte-toi de ma présence ! » Richard, se voyant si indignement traité, ne savait qu'en juger. Il parla à quelques domestiques du logis qui le menèrent à la chambre de Dorice, sœur de son maître.

Cette misérable fille était au lit, quelque peu étourdie encore des fumées du breuvage que sa détestable mère lui avait donné ; Richard s'approche de la couche et lui demande nouvelles de Falante. Elle lui dit que son frère devait être à sa chambre avec Tanacre, et qu'elle les avait vus ensemble le jour précédent dans la maison même où elle était, en un festin que sa mère fit et où elle ne put demeurer jusqu'à la fin, parce qu'une espèce d'évanouissement l'avait saisie et contrainte de garder le lit, privée de sentiment, jusqu'à l'heure présente qu'elle commençait à se reconnaître. Richard, qui brûlait d'impatience de trouver son maître après l'avoir cherché par toute la maison et s'étant encore aperçu que le cheval de Tanacre n'était point en l'écurie, ne savait qu'en juger. Flottant ainsi entre l'espoir et la crainte, il se rendit au logis de l'un de ses parents qui s'était trouvé au festin, mais il n'en apprit autre chose que ce qu'on lui en avait déjà raconté. Comme il était en ces angoisses, Dieu, qui ne voulait point que cette abomination passât plus avant, la découvrit par un étrange accident.

Tanacre, ainsi que nous disions tantôt, avait jeté le sac dans un bled. Les membres de ce corps mutilé avaient été trempés dans l'eau bouillante et de sorte que les chiens, qui ont un bon nez, les sentirent. Ils se rendaient de toutes parts au lieu où était ce sac, et en le tirassant d'un côté et de l'autre, tâchaient de le déchirer pour en prendre leur curée. Un homme d'un village prochain*, ayant aperçu un si grand nombre de chiens ramassés ensemble, fut poussé de curiosité de voir que* c'était. Ayant écarté les chiens à coups de pierre, il trouva le sac. Après qu'il l'eut ouvert et qu'il vit ce funeste spectacle, l'horreur le lui fit abandonner. Il appela sur le champ quelques siens compagnons qui, s'étant approchés et [ayant] considéré comme lui les tronçons de ce corps, frémissaient à cette étrange étuvée. Soudain, le bruit en court par la ville. Chacun y court, ainsi qu'on a de coutume aux petits lieux, et la justice s'y transporte pour en faire son verbal. Lorsque ceux qui portaient le sac entraient dans la ville, le pauvre Richard sortait de la maison de l'un des parents de son maître pour en savoir d'eux quelque chose. Voyant tant de peuple assemblé, il en demande la cause et quelqu'un la lui apprend. Quand on lui en eut fait le récit, une émotion extraordinaire lui fit tressaillir le cœur de telle sorte qu'à peine se pouvait-il contenir dans l'estomac. « D'où me vient, disait-il, cette nouvelle émotion ? Ce corps, que l'on a trouvé ainsi misérablement découpé, ne serait-il pas peut-être celui de mon pauvre maître ? O Dieu ! Faites que cette imagination soit fausse ! » Tenant ce discours, il suivait avec la foule les ministres de la justice qui portèrent ce corps en la chambre des crimes, et l'ayant couché à terre sur de la paille, l'exposèrent aux yeux de tout le monde pour voir si quelqu'un le reconnaîtrait. Richard, en y jetant les yeux, aperçut un poireau[1] qui était à l'une des jambes de ce corps, en un lieu proche de la cheville ; incontinent, il se ressouvint que son maître en avait un semblable, et que souvent il le lui avait coupé avec un canif. Il s'approcha de plus près, et ayant considéré le visage du mort, et ne pouvant bien le remarquer à cause que sa cruelle Médée l'avait tout déchiqueté, il baissa avec l'un de ses doigts une de ses oreilles, découvrit une marque naturelle que Falante y avait. Sans vouloir faire d'autre recherche, le pauvre garçon tira du profond de son estomac* aussitôt un grand cri et tomba tout pâmé à la renverse, et puis, ayant repris ses sentiments, il se mit à faire de si pitoyables regrets qu'ils étaient capables de faire pleurer les ours et les tigres. Aussi n'y avait-il aucun de la compagnie qui ne jetât des larmes.

Le juge cependant, le fait lever et l'autre lui récite le succès* du voyage qu'il avait fait à Paris pour son maître, lui dit le mauvais recueil* de sa mère et lui apprend l'absence de Tanacre qu'il croit être le meurtrier de Falante. Le magistrat, bien étonné de cet accident, fait couvrir ce corps, et puis, se transporte au logis de Gabrine. Elle, qui n'eut jamais aucun ressentiment de la divinité ni aucune pitié dans son âme, quand on lui vint annoncer la cruelle mort de son fils qu'elle savait mieux que tout autre, voulait contrefaire la dolente, mais tout homme de jugement voyait bien que ce n'était que feintise, et

---

1. *Poireau* : verrue.

que sous ces larmes, la cruauté du crocodile était cachée. Le juge lui demande où Tanacre est allé, et elle répond n'en avoir point de connaissance. Après l'avoir ouïe, les parents du défunt dépêchent incontinent de tous côtés des hommes aux prévôts et aux sergents des villes de la province, et leur décrivent la taille, les habits et le visage de l'homme. Mais oyez, je vous prie, un trait remarquable du jugement céleste.

Tanacre, agité des Furies vengeresses, était arrivé à Dieppe en intention de passer à Calais pour y accomplir son exécrable dessein. Un orage se leva en même temps qu'il arriva à ce port, si grand, qu'il semblait que la mer ne pouvait souffrir qu'un si méchant homme fût porté sur ses sillons. Cela le contraignit de faire séjour dans la ville plus longtemps qu'il ne désirait, tandis que les archers des prévôts et les sergents du pays étaient déjà informés de cet homme. Un jour, comme Tanacre se promenait sur le port, attendant qu'un patron avec lequel il avait fait marché pour être porté à Calais mît la voile aux vents, trois sergents, qui venaient de boire dans un vaisseau une quarte de vin de Gascogne, le rencontrèrent. L'un d'eux, ayant considéré cet homme, tire à part ses compagnons, sort un mémoire qu'il avait dans sa pochette et lit la description qu'on lui avait envoyée de Tanacre. « Compagnons, dit-il à ceux qui étaient avec lui, cet homme que vous voyez, qui parle à ce marinier, est sans doute celui que nous demandons. — Si c'est lui-même, repart un autre, je le saurai tout présentement. » Et sur cela, il s'en approche, suivi des deux autres. Comme il en fut près, il commence à parler de la sorte : « Dieu vous garde, Monsieur Tanacre ! » A ces mots, Tanacre tourne la tête et lève le chapeau à ce sergent qui le saluait. A peine avait-il la main au chapeau que les autres deux le saisissent et l'un lui dit : « Oh ! Oh ! vous êtes donc Tanacre ? Je vous fais commandement de nous suivre. » Lui, sans s'étonner aucunement ni faire mine de vouloir résister, leur tient ce discours : « Messieurs, je n'ignore point le sujet pour quoi vous me prenez. J'ai plus d'envie d'aller en prison pour ce sujet que vous n'en avez de m'y mener. Je vous conjure néanmoins au nom de Dieu qu'avant que j'y entre, je puisse voir monsieur le lieutenant criminel. Je lui veux apprendre des choses étranges et puis me soumettre à tout ce que la justice ordonnera de moi. » Ces sergents, voyant cet homme parler si doucement, lui accordent sa demande et le mènent au magistrat. Sitôt que Tanacre comparut devant lui, il se jeta à genoux, et puis, en tirant un grand soupir, parla à lui en ces termes : « Monsieur, le désir de sauver ma vie ne m'induit pas d'user de cette procédure. J'ai plus envie de la perdre qu'on ne sera prompt à me donner la mort. Tout ce que je veux impétrer* de vous est seulement que vous vouliez intercéder pour moi, afin que la cruauté que l'on pourrait exercer sur mon corps ne soit point la perte de mon âme. J'ai à la vérité commis un grand crime, mais toutefois, ce n'a pas été sans être plusieurs fois tenté à le perpétrer. Et j'espère que la miséricorde de Dieu, qui a promis au pécheur de l'exaucer toutes les fois qu'il gémirait pour sa transgression, ne me refusera de me tendre ses bras pitoyables. Ne faites point donc difficulté de me promettre ce que je vous demande, puisque ma requête est juste, et puisque vous voyez comme volontairement je vous veux informer de quelques particularités que vous ni autre juge ne saura jamais que de ma bouche. » Ainsi parlait ce malheureux, et ses larmes accompagnaient ses paroles, quand le juge lui promit de s'employer et d'impétrer* pour lui ce qu'il demandait. Et à l'heure*, Tanacre lui récita mot à mot ce que je vous raconté ci-dessus des amours impudiques de cette femme, des artifices dont elle avait usé, du breuvage donné à sa fille et du poison que Falante but, et le reste, capable de faire dresser les cheveux à un Lestrygon [1].

---

1. *Lestrygon* : (fig.) une personne barbare (encore chez Molière).

Le lieutenant criminel, frémissant d'horreur au récit d'une si étrange et inouïe méchanceté, envoie soudain en hâte à la ville où se tenait Gabrine informer le magistrat du lieu de la prise de Tanacre et de la cruelle exécution de cette mère dénaturée. Elle est prise, et enfermée dans une obscure prison. Cependant, les parents du mort forment un incident, et la cause étant dévolue par appel en Parlement, ce juste Sénat retient la connaissance de la cause. Les criminels sont amenés à la Conciergerie. On procède à leur audition, et il n'est pas besoin de donner la question* ordinaire ou extraordinaire [1] à Tanacre, puisqu'il en dit plus qu'on n'en demande. Il montre en ses réponses tant de signes évidents de contrition que les prières qu'il fait, afin qu'on lui adoucisse son supplice, émeuvent cette équitable compagnie. Mais la maudite et exécrable Gabrine ne veut rien confesser. Elle demeure obstinée en sa malice, et quelques tortures qu'on lui donne, ce n'est qu'à demi qu'elle publie son parricide. Tanacre lui est confronté et elle crie tout haut que c'est un fol qui veut mourir pour son plaisir, tandis que cet homme parle à elle de cette sorte : « Il n'est pas besoin, ô femme exécrable, que nous cachions davantage le crime que nous avons commis ! Toutes ces couvertures ne servent que de pesantes chaînes et de cruels supplices, qui sont préparés dans les Enfers à ceux qui n'attendent du soulagement que leur obstination. Songez plutôt, par une vraie contrition et par le contentement que vous devez recevoir du supplice, à expier votre péché. Le Ciel désire la conversion du pécheur et non sa perte. »

Tanacre faisait paraître en l'ardeur de ses remontrances le désir qu'il avait de réduire cette misérable à la repentance, mais ses paroles étaient comme de la poussière que le vent emporte. Enfin la cour, ayant mûrement examiné ces crimes horribles et détestables (une mère qui vend sa fille, un viole-

---

1. Voir *H. III*, n. 2, p. 128

ment, un breuvage amoureux, une boisson empoisonnée, un assassin, un parricide accompagné de tant de circonstances horribles et épouvantables, ensemble* une obstination infernale de la plus cruelle femme qui fut jamais) ordonne qu'elle sera traînée sur une claie et menée au devant d'une église publique, lieu accoutumé à tels actes, où elle aura le poing droit coupé. Après, que l'on la traînera sur la place où elle doit recevoir le dernier supplice et que là, on la piquera avec des aiguillons tout le corps, et puis, avec des tenailles ardentes on lui arrachera les mamelles, et qu'enfin, elle aura la tête tranchée et son corps sera jeté au feu, ars et consumé, et ses cendres jetées au vent. Mais auparavant, Tanacre aura pareillement le poing droit coupé et sera décapité. Or, la cour modéra la peine à cet homme pour la grande contrition qu'il fit paraître et pour la franchise à manifester tout haut son crime, et en demander pardon à Dieu. « Messieurs, disait-il quand il fut sur l'échafaud, vous voyez mourir justement un homme pour avoir consenti à la mort de celui dont il était obligé de conserver chèrement la vie. Vous voyez un homme qui s'est laissé si bien séduire par une femme que, non content d'avoir faussé la foi solennelle du mariage, il était résolu de faire encore mourir celle dont il ne pouvait être séparé que par la mort. Vous voyez un homme qui a joui de la mère et de la fille, sans toutefois que la dernière soit coupable de ce crime, puisqu'elle-même ne saurait s'en ressouvenir, tant s'en faut qu'elle y ait prêté son consentement. Enfin, vous voyez un homme qui n'avait jamais eu de connaissance de Dieu ni de son jugement, sinon depuis qu'après avoir commis tant de méchancetés, le remords de sa conscience lui a fait appréhender la justice. Ne croyez pas que la mort infâme de ce corps m'afflige. Je proteste devant celui à la miséricorde duquel j'ai tout mon recours que jamais je ne reçus tant de consolation. J'ai un tel ressentiment de mes fautes que je ne doute point qu'il ne pardonne mon péché. Je vous conjure, ô chrétienne assemblée, de me vouloir néanmoins assister de vos prières et les joindre aux miennes, considérant que je suis un homme, et par conséquent un pauvre pécheur ! O Fils de Dieu ! poursuit-il en s'agenouillant, ne me refusez pas une goutte de ce sang précieux, le prix et la rançon des captifs de Satan et l'antidote de notre salut ! Si vous êtes venu au monde pour les pécheurs, voyez un pauvre pécheur prêt d'être jeté dans le puits de l'abîme si votre main secourable ne daigne l'en retirer. »

Il proférait ces paroles avec tant de zèle, accompagné de soupirs et de larmes, que l'assemblée en était touchée de compassion. Lorsqu'on eut prié Dieu publiquement pour lui, le bourreau lui voulut bander les yeux, et il ne le voulut jamais, disant que puisqu'il avait eu le courage d'être complice de la mort d'un innocent, il était bien raisonnable qu'il l'eût encore de voir tomber sur lui le bras de la justice.

Quant à Gabrine, elle souffrit le cruel supplice où elle fut condamnée, mais en cette souffrance, elle ne témoigna jamais une vraie repentance. Son visage était si affreux et égaré qu'une furie que l'on représente sur un théâtre est moins horrible. Ses cheveux ressemblaient à des serpents entrelacés ; ses deux yeux rouges comme du feu jetaient des regards capables de donner la mort à ceux qu'elle regardait, et son visage ressemblait encore à un magot que l'on a vêtu en quelque robe et qui rechigne contre celui qui lui a craché dessus. Au lieu d'invoquer le nom de Dieu durant la rigueur de ses supplices, je pense qu'elle maugréait, qu'elle blasphémait et qu'elle appelait l'adversaire des hommes. Notre-Seigneur, qui rétribue chacun selon ses œuvres et qui permet que nous ayons vu une chose si étrange en notre siècle, prenne toujours en main la cause des innocents, châtie les coupables et détourne de notre chef les malheurs que ces aventures barbares nous présagent.

Histoire XXIII

De la cruauté d'une femme exercée sur son mari, de sa fin malheureuse, et de celle de son amoureux.

L'amour reste le premier « acteur de la scène » tragique, aussi Rosset lui réserve-t-il l'espace final de son recueil. Avec une certaine complaisance il peint encore le surgissement de l'amour entre Calamite et Cilandre, deux êtres rayonnant de beauté et de jeunesse que la force du désir emportera vers l'abîme du crime. Rosset jette l'anathème contre les « funestes amants », mais sous le couvert habituel du discours de vitupération, le lecteur perçoit que les terribles effets de la passion exercent sur le narrateur une grande fascination.

La fin est intéressante pour l'intelligence des histoires d'ambition auxquelles Rosset réserve une large place dans ce volume.

Est-il douceur au monde qui soit comparable au contentement que reçoit un amoureux lorsqu'il possède le bien pour qui il a versé tant de larmes ? Mais y a-t-il martyre égal à la crainte, au soupçon et au martel* que donne cette fureur que l'on nomme jalousie ? Les dédains, les rigueurs et les refus, et enfin toutes les peines de l'amour sont agréables, puisqu'on se console de l'espoir de la jouissance. Au contraire, si cette peste d'enfer gagne une fois notre âme, l'allégresse en est pour jamais bannie, quelque plaisir qui arrive. Et de là sortent, puis après, les défiances et les cruelles résolutions dont les effets sanglants remplissent les théâtres de meurtre et d'infamie. L'histoire que je me prépare de vous raconter témoigne que mon dire est véritable. Elle est si bien arrivée en notre siècle que mille personnes la savent peut-être mieux que moi. Or, quoiqu'elle soit connue, je ne laisserai pas de l'écrire en cette sorte.

Les orages qui avaient battu continuellement la France, l'espace de tant de lustres, cédaient à la bonace que le Ciel lui envoyait. Henri le Grand, de qui les malheurs ont élevé la gloire au plus haut trône de la vertu, venait de recevoir de son peuple de Paris autant de témoignages de fidélité[1] qu'il avait reçu de marques de rébellion, quand un zèle inconsidéré que des boutefeux allumaient en l'âme de toutes sortes de personnes, emportait même une infinité de gens de bien à la félonie. Après, dis-je, tant de confusions que les guerres civiles avaient causées, il y avait en la première des cités de l'Europe un homme, que je veux appeler Corneille. Il épousa une des belles femmes que la nature ait jamais produites. Un peintre industrieux qui voulait représenter pour plaisir quelque rare beauté ne saurait en tirer une plus excellente. Ses cheveux étaient blonds, crêpés et plus luisants que fin or. Sa face était d'une couleur mêlée de lis et de roses, et son front était une large table d'ivoire bien poli. Sous deux arcs d'ébène, on voyait deux yeux noirs, mais plutôt deux clairs soleils, doux à les voir et avares de leurs regards. Il semblait que l'Amour volait tout à l'entour et que là, vuidant* toute sa trousse*, il en dérobait visiblement tous les cœurs. Enfin, elle était si belle que l'Envie même n'eût su qu'y reprendre. Son nom était Calamite. Corneille s'estimait le plus heureux et le plus content homme du monde en la possession d'une si rare chose. Il n'avait pas trop de moyens lorsqu'il l'épousa, mais il fut si heureux dès la première année de son mariage qu'ayant rempli

---

1. Allusion à l'entrée d'Henri IV à Paris. Voir aussi *H. XI*, n.1, p. 264.

plusieurs magasins de pièces de vins [1], il y gagna, en une grande cherté qui survint, une notable somme d'argent, et puis, il sut si bien augmenter son lucre que dans deux ans il se trouva riche de cent mille écus. Se voyant ainsi à son aise, il quitta le train* de la marchandise et se mit à vivre en bourgeois de ses rentes et de ses commodités que la fortune lui avait données. Calamite qui avait de la vanité, comme ont ordinairement toutes les belles femmes, fut celle qui le fit résoudre à passer ses jours sans avoir autre souci que de faire bonne chère, puisqu'ils en avaient le moyen. Cependant, elle commença à lever le front et à s'habiller plus pompeusement que de coutume. Ce n'étaient que perles et que brillants qui paraient sa gorge et ses cheveux. Ses robes étaient d'une princesse, et tant d'orgueil aux habits joint à tant de beauté attiraient les yeux de plusieurs personnes de qui elle captivait insensiblement les âmes. Il y eut plusieurs grands de la cour qui, étant abreuvés du bruit* de ses perfections, se sentaient arracher le cœur par cette Calamite, de même que le fer est attiré par la pierre d'aimant. Mais parmi tant d'amoureux qui soupiraient pour elle, il n'y en eut pas un qui se pût vanter de quelque faveur extraordinaire.

Tandis que cette bourgeoise a la réputation d'être la plus belle de toutes les plus rares beautés de la ville et qu'elle n'a d'autre contentement que de plaire aux yeux de son mari, sans se soucier des plaintes ni des larmes de ceux qui perdent inutilement le temps à gagner ses bonnes grâces, un jeune homme de Gascogne vint à Paris afin de poursuivre quelques affaires au Conseil. Sa fortune, ou plutôt son malheur, le fait loger auprès du logis de Calamite et le rend aussitôt épris de ses perfections. Il se nommait Cilandre, homme de vingt et deux à vingt

---

1. A l'origine de cette histoire, peut-être un fait divers signalé par une main anonyme, dans une édition des *Histoires tragiques* de 1639, *Louis Anthoine, riche marchand de vins à la Place Maubert.* cité par G. Hainsworth, *François de Rosset and his « Histoires Tragiques »*, « The French Quaterly », 1930, p.132.

et trois ans. Soudain qu'il aperçut ce beau visage qui n'avait point de pareil en toute cette grande et peuplée cité, l'archer qui a des ailes commença à le brûler et à croître de jour en jour son feu. Il quitte bientôt toutes affaires et n'a d'autre soin que de penser à la guérison de son mal. La vue de celle qui l'a blessé lui est néanmoins si chère qu'il ne cesse de la contempler par tous les lieux où il a le plaisir de la regarder. Mais en la considérant, il s'aveugle en la lumière de ses beaux yeux, et sa blessure s'ouvre et s'envenime, d'autant plus qu'il jette sur elle ses regards qui demandent merci*. Calamite n'y prenait pas garde au commencement ou, si elle s'en apercevait, elle n'en faisait non plus de compte que de tant d'autres qui lui étaient tous indifférents.

Or un jour, comme elle oyait la grande messe en sa paroisse, Cilandre s'alla agenouiller devant elle et, au lieu de prier Dieu, il se mit à jeter ses regards languissants et mourants, capables d'amollir les rochers, sur cette beauté qui était composée d'une matière plus fragile et plus molle. Elle, qui vit un jeune homme qui avait des cheveux frisés et dorés, des yeux noirs et brillants et des joues qui ne faisaient que commencer à pousser un premier coton* et qui étaient pareilles à la couleur de la rose qui sort du bouton et qui croît avec le soleil levant, et au reste fort bien vêtu, prit plaisir, contre sa coutume, à le considérer réciproquement ; et au même instant, le rempart de son âme, gardé si longuement pour son mari, sentit une cruelle brèche. Elle n'en fit pourtant guère de semblant, et toutefois elle ne sut si bien se contenir que Cilandre ne lit en ses yeux de la bienveillance. Sitôt qu'elle fut à son logis, au lieu de ses occupations ordinaires, les pensées et les désirs viennent troubler l'aise de sa vie. Si elle veille, l'Amour lui représente la beauté et la bonne grâce de ce jeune homme ; et si elle dort, les songes, images vaines des choses que l'on a vues et que l'on souhaite, ne lui figurent pas moins le sujet de sa passion. Elle s'efforce au commencement d'y résister, mais tout cet effort était trop languissant. En telles attaques, il faut implorer l'assistance d'en haut, qui ne refuse jamais sa grâce à ceux qui la requièrent comme on doit. La plupart des rigueurs et des résistances des dames de ce siècle sont suivies de leur consentement, quelque excuse qu'elles puissent alléguer en rejetant la coulpe sur l'amour ou sur le destin.

Quoi que ce soit, Calamite commence d'ouvrir son cœur aux tentations et ne se souvient plus de la promesse solennelle qu'elle a faite en un sacrement à qui l'Apôtre donne le surnom de grand[1]. Or, comme elle rêve sur sa passion, elle ouvre un jour une fenêtre de sa chambre et aperçoit Cilandre en une maison prochaine* à une autre fenêtre. Sitôt que ce jeune homme la découvre et qu'il voit qu'elle prend plaisir de le regarder, il lui fait une grande révérence et elle lui rend un pareil honneur ; et en lui jetant des regards capables de faire en même temps mourir et revivre, elle referme sa fenêtre. Ce fut alors que l'amour, qui ne commençait que de naître dans l'âme de Cilandre, s'épandit par toutes ses moelles. Ce fut alors que mille pensers amis le flattèrent et l'agitèrent. Les uns, en lui représentant cet objet si désirable, enivraient son âme du contentement qu'il venait de recevoir de ces divins regards. Et les autres, le faisant songer à une perte qui l'avait privé de son heur* aussi soudain qu'un éclair, il était contraint de soupirer et de tenir ce langage : « Où fuyez-vous, disait-il, doux sujet de mes vœux ? Pourquoi me cachez-vous cette agréable lumière dont la privation me rend tout couvert de ténèbres et tout rempli de souci ? Ne voyez-vous pas que je suis moi-même un vrai souci qui ne fait que mourir et que languir si vous, qui êtes mon seul soleil, ne daignez l'entretenir de vos rayons ? Je me ferme à tout autre clarté et ma paupière ne saurait supporter la vue d'un autre astre. » Si je voulais réciter toutes les paroles et toutes les plaintes que faisait Cilandre, il me fau-

---

1. Paul, *Ephésiens*, V, 32.

drait résoudre à faire un discours aussi long que ces livres d'amour qui parent la boutique des libraires du Palais, et dont le galimatias perpétuel fait donner le plus souvent des pensions à ses auteurs par la recommandation de personnes qui prisent ce que l'on n'entend pas, pendant que les beaux esprits, qui peuvent arracher des mains des Parques et de l'éternel oubli le nom de ceux que la nature a élevés au-dessus des autres, sont misérablement reculés.

Mais pour reprendre le fil de notre histoire, je dis qu'après que nos amoureux se furent plusieurs jours entretenus avec des regards mutuels et que Cilandre eut reconnu que Calamite le voyait de bon œil, il s'enhardit de lui écrire cette lettre, que j'insère ici mot à mot, selon que je l'ai recouvrée :

Je ne doute point que vous ne blâmiez ma témérité et que vous ne me jugiez digne de châtiment sitôt que vous recevrez cette lettre. Toutefois, si vous regardez aux perfections dont vous êtes accomplie, j'espère, madame, que vous excuserez mon crime et avouerez qu'il est impossible de vous voir sans vous aimer. Le doux espoir qui me console en mon martyre, et qui me promet que votre beau jugement louera plutôt mon élection qu'il ne condamnera ma passion, me fait avoir recours à votre grâce, sans laquelle il m'est autant possible de vivre, qu'il est aisé de conserver sa liberté devant la plus belle chose du monde. Ma mort et ma vie ne dépendent que de vous.

Cilandre eut moyen de faire tenir cette lettre à sa maîtresse par le moyen de son hôtesse, à qui il avait déjà découvert sa passion et laquelle, comme voisine, connaissait non seulement Calamite, mais parlait souvent à elle familièrement. Cette belle bourgeoise se rendait au commencement difficile aux assauts de cet amoureux afin de l'allumer davantage de son amour, et cependant elle-même brûlait toute dans son âme. Enfin, après beaucoup de messages et de paroles que les bornes de mon histoire ne sauraient contenir, les deux amants se voient et cueillent les fruits de leurs désirs. Ces fruits leur sont en ce commencement si délicieux que pour eux ils ne se soucient désormais de la gloire du Ciel qu'ils jugent être moindre que leur félicité. Mais comme telles douceurs ne sont jamais sans amertume, tandis qu'ils se perdent en leurs folies, Corneille prend garde aux privautés* que sa femme donne à ce jeune homme. Il le trouve souvent chez lui, et néanmoins la liberté de la France [1], le voisinage et la fidélité que sa femme lui avait toujours auparavant gardée ne le porte pas du tout à la jalousie. Si est-ce qu'après avoir longtemps supporté toutes ces façons de faire, il croit qu'il y va de son honneur que cet homme parle à toute heure avec sa femme, qu'il la mène sous le bras à la pourmenade et qu'elle le reçoive avec tant de familiarité. C'est pourquoi il lui en fait une petite réprimande, la prêche de bonne renommée et la conjure de vivre d'autre sorte. Elle, qui voit son mari prendre de l'ombrage contre son naturel, se met en colère et en pleurant lui tient ce discours : « D'où vous vient, dit-elle, ce soudain caprice ? M'avez-vous donc en réputation* d'une femme débauchée ? N'êtes-vous pas vous-même celui qui m'avez toujours permis de voir toutes sortes d'honnêtes compagnies ? Avez-vous remarqué jamais en moi aucun trait qui vous doive justement pousser à faire un mauvais jugement de moi ? Ne savez-vous pas que si j'eusse voulu fouler aux pieds mon honneur, j'avais moyen de passer mon temps avec telles personnes que, pour leur grandeur, vous n'auriez osé regarder, tant s'en faut que vous eussiez usé d'un tel langage ? Otez, je vous supplie, de votre tête ces nouvelles impressions, et croyez que toutes les privautés* que les hommes ont avec moi sont autant de remparts pour vous conserver toujours ce que la loi de Dieu ne permet pas que je viole. » Ainsi parlait Calamite à son mari, qui ne sut pour lors que

---

1. Comprendre : la liberté dont jouissent les femmes en France. Voir cette même affirmation dans les *Histoires IV et IX*.

répondre à ces belles raisons. Il se résolut de passer désormais le reste de ses jours sans se mettre plus en peine de la manière de vivre de sa femme. Aussi ces adultères voguèrent quelques mois depuis sur une mer sans orage. Si leur impudence n'eût été extrême, jamais ce mari n'eût troublé le calme de leurs folles amours. Mais ils passèrent tellement les limites de la modestie que dès lors ils le faisaient à porte ouverte. Tout le monde s'en scandalisait, et chacun s'étonnait de la patience d'un si bon homme.

Tandis que ces déshonnêtes fréquentations continuent, il arrive un jour que Corneille, revenant de la ville et entrant dans son logis, surprend Cilandre qui suçait avec ses lèvres le miel de la bouche de sa femme, assise en une chaise, à la basse cour[1] de son logis. Ce fut alors que la jalousie commença de s'allumer plus que jamais et qu'il entra en un excès de colère. Il s'approcha de sa femme, et en présence de Cilandre, lui bailla un grand soufflet. Après, il s'adressa à l'adultère et lui dit qu'il vuidât* promptement de sa maison, et lui défendit, s'il était sage, d'y mettre plus le pied. Ceux qui se plongent ordinairement dans de pareilles délices et qui tout à coup en sont privés, jugeront de l'ennui* que cette défense leur apporta. Elle fut encore plus fâcheuse à Calamite laquelle, se voyant bannie de ses folles amours et se représentant à toute heure le coup qu'elle avait reçu, était toute transportée de rage. Ce n'étaient que soupirs, que larmes et qu'injures qu'elle vomissait contre son mari. « Donc, disait-elle, cruel que tu es, as-tu bien le courage de me traiter avec tant d'indignité ? Tu me veux donc forcer à vivre en capucine[2], toi qui m'as ouvert autrefois le chemin de la liberté ? N'est-ce pas le vrai moyen de devenir en effet ce que tu es de nom[3], si j'étais moins soi-

---

1. *Basse cour* : cour intérieure d'un logis.
2. *Vivre en capucine* : vivre comme une religieuse, comme une bigote.
3. *Etre une corneille* : l'expression plus connue est *voler pour corneille* (fig.), s'abaisser au-dessous de son rang.

gneuse de la crainte de Dieu que tu n'es de ton honneur ? » Plusieurs semblables discours proférait cette belle et fausse femme, capable de renverser toute la coulpe sur son mari, s'il n'eût déjà reconnu que ses actions étaient plus frauduleuses que celles d'un vieux renard. Aussi il lui coupa court et lui dit que si jamais elle parlait ni en bien ni en mal à cet homme, il lui apprendrait le pouvoir qu'il avait sur lui.

Cependant que ces amoureux n'ont pas la licence de se voir avec autant de privauté* qu'auparavant, ils se visitent par lettres et se donnent des assignations* où ils se rendent sans être aperçus, quelques espions que le mari mette en campagne. C'est un abus que de s'ingérer de garder des femmes qui ont envie de mal faire. Quand leurs maris auraient autant d'yeux que de cheveux, ils ne sauraient pourtant éviter leur trahison. Calamite trompe si bien tous les aguets de Corneille qu'elle voit Cilandre et se moque de tous ses soins et de toutes ses veilles. Néanmoins, elle ne laisse pourtant de se plaindre de cette contrainte à son ami qui, prenant l'occasion aux cheveux [1] et ayant déjà pensé au moyen d'exécuter une sanglante et détestable résolution qu'il avait prise, commence de représenter à Calamite l'amour extrême qu'il lui porte, accuse le Ciel de ce qu'un autre a la possession entière d'une chose que son destin lui aurait acquise, s'il eût été si heureux que d'en avoir eu plus tôt la connaissance. Il lui met encore devant les yeux la profession qu'il fait, et comme il est prêt d'avoir un office en la Chambre des Comptes. Au contraire, il lui dépeint la rigueur de son mari, sa basse condition et le peu d'expérience qu'il avait aux affaires du monde qui le rendent toujours indigne d'une charge honorable, quelques moyens qu'il possède. Et enfin, il lui dit

---

1. *Prenant l'occasion aux cheveux*, expression figurée issue du latin, comparable au tour italien *afferrare la fortuna per i capelli* : profiter de l'occasion favorable.

qu'elle n'aura jamais ni honneur avec un tel homme, puisqu'il ne peut être plus qu'il est, ni contentement, puisque la jalousie a perdu sa raison. Calamite, chatouillée de toutes ces belles paroles, répond à son amoureux qu'elle est bien fâchée de sa mauvaise fortune, qu'elle n'en accuse pas moins à toute heure les astres, et que s'il y avait moyen de délier une si fâcheuse chaîne, tout son souhait ne serait jamais autre que de vivre et de mourir avec lui. Cilandre lui repart que cela était si aisé pourvu qu'elle s'y voulût résoudre, qu'il ne trouvait rien de plus facile.

Sur cela, après avoir premièrement soupiré pour la captivité où elle était détenue afin de l'induire mieux au consentement d'une exécrable méchanceté, il lui ouvrit* la voie pour faire mourir son mari et lui allégua que le plaisir et la félicité de leur vie ne dépendaient que de la fin de son époux. Calamite avait au commencement de l'horreur à se résoudre à cette sanglante procédure, mais l'excès de son amour, la jalousie de son mari et l'imagination d'une plus que vaine et plus que folle vanité eurent tant de force que cette maudite femme se laisse emporter et séduire à ces allèchements. Une fois, ils voulaient que le poison en fît l'office, mais puis après, Cilandre prit un autre dessein dont il vint à bout, comme je vous réciterai maintenant.

Après que cet exécrable jeune homme, non content de souiller la couche d'autrui, eut pris congé de sa maîtresse pour venir à bout d'un forfait que Dieu ne laisse jamais impuni, selon que les exemples ordinaires le témoignent, il eut moyen de parler à deux soldats qui allaient en Flandre, où pour lors le valeureux comte Maurice bornait et arrêtait la fortune de ceux qui donnèrent tant de traverses* à notre grand roi [1]. Et comme on ne man-

---

1. Maurice de Nassau-Orange (1567-1625), stathouder de Hollande (1585-1625), fils de Guillaume le taciturne et d'Anne de Saxe. Avec une armée modèle il combattit la domination espagnole et s'empara de plusieurs places importantes. *Ceux qui donnèrent tant de traverses* pourraient être, sauf erreur, les armées

que jamais d'arsacides[1] et de désespérés, il ne fut guère malaisé à Cilandre de les gagner par argent et de les induire à mettre à mort Corneille. Il avait accoutumé de s'aller souvent promener sur un petit cheval en une sienne maison éloignée de quelques deux petites lieues de la ville. Et toujours, quand il y allait, il partait de bon matin et puis revenait sur le soir. Ces deux meurtriers, accompagnés du cruel Cilandre qui avait eu avis de Calamite que son mari irait le lendemain aux champs, se cachèrent en un étroit passage et ne manquèrent pas de donner la mort au malheureux Corneille. Après qu'ils eurent répandu le sang de l'innocent qui crie déjà vengeance, et de qui le Ciel saura bien faire rendre compte à ceux qui en ont empourpré la terre, ils prirent le corps et le traînèrent hors du chemin, dans un fossé, et puis firent payer incontinent à Cilandre cinquante écus qu'il leur avait promis. Ayant touché cette somme, ils lui demandèrent où est-ce qu'il faisait dessein d'aller. Cilandre leur dit qu'il voulait retourner à Paris. « Et nous, repart l'un des autres, allons gagner le Pays-Bas, tandis que vous tâchez de monter sur un échafaud*. » Ce disant, lui et son compagnon s'écartent légèrement, pendant que Cilandre prend un autre chemin et revient à la ville.

Ce meurtre ne demeura guère sans être découvert. Quelques-uns, ayant découvert du sang en ce passage et regardé d'un côté et d'autre et trouvé encore des traces rouges, firent une si soigneuse recherche qu'enfin ils virent un corps tout souillé de sang et privé de vie. Le bruit vole promptement par toutes les demeures prochaines*. Entre plusieurs personnes qui s'assemblent à l'entour de ce corps, un homme le reconnaît. Soudain, il court à Paris et en porte la nouvelle à sa femme, qui se jette incontinent à terre, arrache ses blonds cheveux,

---

catholiques dirigées par Alexandre Farnèse (Voir *H.XIX*) qui força Henri de Navarre à lever le siège devant Paris en 1590.
1. Voir *H.XIV*, n.1, p.327.

outrage son beau visage et plombe de coups son sein d'ivoire. « O Dieu ! disait-elle, mon cher Corneille ! Quelle influence malheureuse me vient priver d'un si bon et si cher mari ? Quel péché ai-je commis qui mérite une telle rigueur ? Hélas ! Que dois-je faire désormais, ou plutôt que puis-je faire, ayant perdu celui sans lequel il m'est impossible de vivre ? Si au moins j'avais ce contentement d'apprendre ton meurtrier, la vengeance que je ferais exercer sur son corps allégerait peut-être le coup que je viens recevoir pour un tel désastre*, et je m'en irais plus contente te trouver en l'autre monde, soit que tu fasses déjà ta demeure dans le Ciel ou aux Campagnes Elysées ! Ah ! Parque inique et cruelle qui me ravis tout mon bien ! Pourquoi n'as-tu permis que le cruel assassin de mon repos n'ait achevé entièrement l'homicide. Ne savais-tu pas que nos jours étaient indivisibles et qu'il fallait couper également la trame de l'un et de l'autre ? Mais si tu l'as fait pour me donner plus de tourment par le moyen de la malheureuse vie que tu me laisses, tu te trompes bien fort, puisqu'un jour, qu'une heure ni un moment, ne sont pas capables de me retenir en cette misère. »

Achevant ses plaintes, l'on eût dit qu'elle était poussée de tant de fureur et de rage qu'elle se voulait donner d'un couteau au travers du corps. Tous ses domestiques la retiennent et les voisins, qui arrivent au secours, ont bien de la peine à la coucher dans le lit où elle contrefait si bien la dolente qu'à la voir en cette action on l'eût prise pour l'image de l'ennui* même. Mais cependant, toutes ces larmes de crocodile ne sont pas suffisantes de tromper le lieutenant criminel qui se transporte en son logis. Ce magistrat, sage, prudent et bien avisé s'il y en eut jamais au monde, ayant déjà sourdement appris quelque chose des amours de Calamite et de Cilandre, et puis considérant tant de façons de faire, tant de larmes, et oyant tant de plaintes et tant de regrets inutiles, ne doute nullement qu'elle et son amoureux n'aient commis ce meurtre. Cependant, pour le découvrir aisément, il s'approche du lit de Calamite, et s'étant assis en une chaise, il lui tient ce langage : « Madame, la compassion que j'ai de votre malheur m'a fait venir ici. Je n'y viens pas afin de vous consoler sur la mort de votre mari, mais plutôt pour vous assister de mon conseil sur une accusation que le procureur du roi va informer contre vous. L'on vous accuse d'avoir vous-même été l'auteur du meurtre, en y sollicitant ceux qui l'ont exécuté. Pensez de bonne heure à vos affaires, et si vous êtes un des complices, regardez promptement à ce que vous voulez que je fasse pour vous. Je porterais un regret éternel dans mon âme si une telle beauté recevait un affront. »

Qui eût considéré alors Calamite eût bien remarqué des mouvements contraires en son âme par les signes différents qui paraissaient en son visage. Elle pâlissait maintenant et puis rougissait à l'instant même. La parole qu'elle voulait proférer pour répondre se confondait dans sa bouche et ne pouvait nullement être exprimée. Toutefois, elle commença à crier et à se plaindre plus haut qu'elle n'avait point encore fait, et à contrefaire la plus affligée personne qui fut jamais. On eût pu la comparer à la forcenée Hécube qui fut changée en rage [1] lorsqu'elle aperçut sur les bords de la mer le corps de son fils Polydore. Ces plaintes ni ces cris n'abusent pas pourtant ce sage magistrat. Quand il voit les mouvements de cette femme, il poursuit son discours en ces termes : « J'emploie tout ce que je puis pour vous sauver, et vous ne tâchez qu'à vous perdre. Je m'efforce de vous tirer en un port de salut, et vous mettez la voile au vent contraire qui vous menace de naufrage. Je plains votre condition, indigne d'une si rare et si parfaite créature. Le Ciel vous devait être plus favorable en l'élection que vous

---

1. Hécube, seconde femme de Priam. A la prise de Troie, elle fut assignée comme esclave d'Ulysse ; en Thrace, elle aveugla Polynestore et tua deux de ses fils, pour venger la mort de son fils Polydore. Comme châtiment elle fut métamorphosée en chienne. Rosset la présente comme une chienne enragée.

avez faite d'une personne qui sera le sujet de votre perte, si vous n'y prenez garde. Enfin, pour vous le dire en un mot, j'ai pris Cilandre sur un avis que l'on m'a donné. A peine a-t-il comparu devant moi qu'il s'est jeté à genoux, m'a conté l'histoire de vos amours et m'a appris que vous avez fait tuer votre mari par des hommes que vous avez pratiqués pour en faire l'exécution. Vous savez ce qui est du devoir de ma charge. Je serai contraint de me saisir de votre personne et de vous mener dans un lieu d'où l'on ne sort pas en telles préventions quand on veut. Songez donc, vous dis-je encore, à vos affaires, pendant qu'on peut y apporter du remède. Lorsque le mal se sera rendu incurable, il ne sera pas temps de recourir au médecin. »

Comme les neiges et les torrents glacés se fondent soudainement aux vents tièdes du midi, ainsi le cœur de Calamite, obstiné en sa dissimulation, commença de s'ouvrir et de se fondre sitôt que le lieutenant criminel eut proféré ces dernières paroles. « Est-il bien possible, dit alors l'imprudente, que ce malheureux ait tenu un tel discours ? Ah ! le méchant ! C'est lui-même qui, non content de m'avoir séduite par ses douces paroles, a tâché encore de m'induire à consentir à la mort de mon mari. J'ai fait tout ce que j'ai pu pour le distraire de ce dessein, et il n'a jamais voulu croire aux persuasions que j'employais pour l'en détourner. — J'ai toujours en moi-même, repart le magistrat, fait ce jugement de vous. Je n'ai jamais cru qu'une beauté si rare fût accompagnée de tant de cruauté. Néanmoins, habillez-vous, madame, il faut que vous souteniez à Cilandre ce que vous venez de dire afin que vous soyez déchargée de ce crime que l'on vous pourrait autrement imputer. » Voilà comme Calamite se prit elle-même par ses propres paroles. Un greffier écrivit cependant toute cette procédure, et les discours qu'elle avait lâchés lui servirent déjà de condamnation. Tandis*, le lieutenant criminel, qui avait déjà posé en sentinelle des sergents au devant du logis de Cilandre, où il était pour lors, dépêche un des siens avec commandement de le prendre et de le mettre dans le Châtelet. Et au lieu de mener Calamite en son logis, ainsi qu'il lui avait promis, il la fit pareillement enfermer dans une prison obscure, où nous la laisserons penser à ses péchés et pleurer son crime détestable, et réciterons ce qu'on fit de son adultère.

Le bruit de la mort de Corneille s'étant épandu par la ville ensemble* de la capture des deux coupables, tout le monde criait qu'on en devait faire une punition exemplaire. Ce mari était si homme de bien qu'il était aimé de chacun, et l'ingratitude de cette femme se représentant aux yeux du peuple, il eût sans doute bientôt pratiqué sur elle la loi de Moïse[1], s'il l'eût eue en son pouvoir, sans attendre qu'un bourreau y mît la main. Cilandre est cependant ouï et puis confronté à Calamite qui, s'étant déjà avisée qu'elle avait trop légèrement parlé, voulait se dédire de ce qu'elle avait avoué. Mais Cilandre d'autre part, sans attendre par la voie de la question* ordinaire ou extraordinaire[2] d'être forcé à confesser le délit, publia devant tous son crime détestable et protesta que lui seul l'avait prémédité et exécuté, et que Calamite n'en était aucunement coupable ; si bien que c'était sur lui que la justice devait exercer sa rigueur et qu'elle devait être élargie*. Comme cette femme l'ouït parler de la sorte, et autrement que le lieutenant criminel ne lui avait figuré, alors connaissant qu'elle avait été surprise, elle se mit à l'interrompre et à tenir ce langage : « Ce malheureux, disait-elle, pour me sauver, veut perdre la vie. Que l'on n'ajoute point de foi à ses paroles, elles sont toutes fausses et mensongères. C'est moi-même qui ai induit deux soldats à couper la gorge à mon mari, parce qu'il me traitait indignement. Si j'ai mal fait, c'est de moi seule que la punition se doit faire, non de ce jeune homme qui, poussé de quelque bienveillance qu'il me porte, ne

---

1. Voir *H. XI*, n.1, p. 272
2. Voir *H. III*, n.2, p. 128

se soucie de perdre l'honneur, la vie et son âme propre en avouant un crime que j'ai commis. »

Elle voulait poursuivre, mais elle était pareillement interrompue de son amoureux qui suppliait les juges de ne vouloir point avoir égard à une femme privée de son bon sens ; que l'altération de son âme pouvait clairement paraître à son visage et puis, disait-il, l'appréhension de se voir ici devant des juges rencontrant un cerveau léger n'est que trop capable pour lui brouiller la cervelle.

Jamais Oreste et Pylade [1] ne souhaitèrent avec tant de passion de mourir pourvu que chacun pût sauver la vie à son ami, que ces deux personnes étaient ardentes à décharger chacune son complice. Mais la cour de ce grand, de ce juste et de cet avisé Parlement, qui avait voulu prendre la connaissance d'un fait si extraordinaire, n'eut pas tant de peine à juger de cette cause qu'eut le roi Thoas [2] à connaître qui des deux était Oreste. Cet auguste Sénat, ayant rendu plus claires que le jour toutes ces fuites et ces déguisements, condamna Cilandre à être rompu tout vif sur une roue, et Calamite à être pendue et étranglée. Juste jugement, puisqu'il était raisonnable que celui qui avait brisé toutes les lois divines et humaines et qui, non content d'abuser de la femme de son prochain et d'aller brave* à ses dépens, lui avait encore fait perdre la vie par la plus détestable trahison que l'on puisse imaginer, fût brisé et rompu lui-même à la vue de tant de peuple qu'il avait scandalisé. La raison voulait aussi que cette belle cause qui produisait tant d'effets vilains et abominables fût flétrie par un infâme spectacle, avant même que l'air lui servît de monument et qu'une corde la rendît jouet des vents et de la pluie.

---

1. *Oreste et Pylade* : amitié célèbre entre ces deux cousins. Pylade accompagna Oreste pendant ses pérégrinations et en épousa la sœur, Électre.
2. Thoas, roi de Tauride. Fit prisonnier Oreste qui, selon l'usage du pays, devait être sacrifié à Artémis. Mais la prêtresse Iphigénie, reconnaissant son frère, s'enfuit avec lui.

Il y eut plusieurs grands de la cour qui osèrent importuner Sa Majesté pour le salut de la vie de cette femme, non moins belle qu'exécrable, mais notre grand monarque, à qui les homicides commis en trahison étaient mortellement odieux, ne voulut jamais prêter l'oreille à cette grâce. Ce fut à la place Maubert où l'exécution en fut faite. Jamais on ne vit une telle foule de toutes sortes de personnes. La beauté de Calamite, et la curiosité de voir quelle fin cette belle témoignerait, y attirait tout le monde. Toute la place était toute pleine de gens. Mille échafauds* en étaient remplis, et les fenêtres, et les couvertures des maisons n'étaient pas capables de contenir tant de personnes. Les deux criminels furent menés dans une même charrette, l'un d'un côté, et l'autre de l'autre. Calamite fut la première qui fut traînée au supplice. Les regrets que faisait retentir cette folle eussent été capables d'émouvoir les ours, les lions et les tigres, et d'arrêter de pitié le soleil en sa course, s'ils eussent été employés pour une juste cause. Je les insérerais ici s'ils méritaient d'y être. Mais puisque toutes ses plaintes n'étaient fondées que sur la folie de ses amours que j'accuse et que je ne défends pas, je les passe sous silence. Lorsqu'elle eut fini misérablement ses jours par un infâme licol, son amoureux monta sur le théâtre* où il fit paraître beaucoup de contrition et de repentance. Après avoir été brisé bras et jambes, on le laissa vivre tout ce qui restait de jour, et sur la minuit, on l'étrangla.

Or, comme il y a des esprits d'étrange humeur et des hommes qui se plaisent à flatter le vice et faire honte à la vertu, il y eut quelqu'un qui fit à la vérité de beaux vers, mais néanmoins indignes de voir la lumière du jour, puisqu'ils sont composés à la louange de ces deux cruels adultères et à la gloire de leurs amours abominables. Un autre y fit réponse, et parce qu'ils sont assez bons et remplis de piété, j'ai jugé qu'il était fort à propos de les donner à la postérité :

LA CALAMITÉ DE CALAMITE

Stances

Ce n'est pas une Muse, ains* une maquerelle
Qui déplore le sort des funestes amants,
Dont les crimes par une main bourrelle*,
Ont bien plus mérité que reçu de tourments.

Il ne suffisait pas à ces âmes perfides
De violer d'hymen le serment et le lit,
Si pour gagner encore le titre d'homicides
Elle n'eussent comblé d'un meurtre ce délit.

Malheureux notre siècle, où les diables sont anges,
Fallait-il que ce vice en vertu se tournât ?
Les fallait-il nommer par excès de louanges
Martyrs de l'adultère et de l'assassinat ?

Doit-on nommer amours les furieuses rages
Qui sur tels fondements bâtissent leurs bonheurs,
Quand l'aveugle désir qui pousse leurs courages
Leur fait aimer la honte et trahir leur honneur ?

Croyons plutôt qu'Amour dont la sainte puissance
Concilia jadis les éléments divers,
S'offense extrêmement quand il a connaissance
Qu'on profane son nom que l'on donne aux pervers.

Que vains sont les regrets de cette beauté vaine,
Qui même se flétrit avant que le cordeau
Eût fermé le passage au vent de son haleine
Et que l'air lui servît seulement de tombeau.

Car étant vive encore, il était raisonnable
Que pour mieux expier les maux qu'elle avait [faits][1],
Elle vît effacer la cause abominable
Qui belle ? produisait tant de sales effets.

Et celui qui honnit la couche conjugale
D'un que jusqu'à la mort la fait aguetter*
Devait être brisé, puisque fier cannibale
Il brisa tant de lois qu'il devait respecter.

Le soleil, ennuyé de prêter sa lumière
A des corps si pollus*, s'éclipsant tristement
Ne voulut redonner sa clarté coutumière
Que pour nous faire voir leur juste châtiment.

Toi qui pour les priser en astres les transformes,
Engouffre-les plutôt dans le fleuve oublieux,
Car voulant relever leurs crimes plus énormes,
Tu les vas retraînant au supplice odieux;

Et souhaite en ton cœur qu'en son trône suprême
Le juge souverain des vivants et des morts,
En changeant sa justice en sa clémence extrême
Traite plus doucement leurs âmes que leurs corps.

J'achevais cette histoire lorsque le bruit de la guerre remplissait de frayeur les plus gens de bien qui appréhendaient les horreurs de nos calamités passées. La sage Marie de qui les actions ont toujours le soleil pour témoin et à qui la France est non moins obligée de sa conservation que Sa Majesté est redevable au Ciel qui l'a rendue la plus belle et la plus vertueuse princesse du monde, tâchait par toutes sortes d'accords d'éteindre les étincelles d'un si dangereux embrasement[2].

Toutes ces rumeurs, toutes ces allumettes* de sédition et tous ces écrits pernicieux et dignes de châtiment que l'on publiait, débauchèrent ma

---

1. Voir édition de 1615.
2. Marie de Médicis. Peut-être allusion à la paix de Sainte-Ménehould, en 1614 ? Voir *H. I*, n.2, p. 47.

plume et amusèrent mon esprit assez curieux de lui-même à lire les raisons des uns et des autres. Je croyais au commencement que le discours était conforme au titre. Mais ayant vu que la plupart de ces libelles ne tendent qu'à la sédition, je supplie celui qui maintient les puissances souveraines qu'il détourne de notre chef les malheurs qui nous menacent, et que si je dois continuer cet ouvrage, les funestes aventures du passé m'en fournissent la matière, et non celles qui pourraient bientôt succéder, si nous sortons des bornes que le devoir et la raison nous ont prescrites.

Appendice

Épître
[Édition de 1615]

A TRES ILLUSTRE, TRES MAGNANIME ET TRES VALEUREUX PRINCE, FRANCOIS DE LORRAINE DE GUISE, CHEVALIER DE L'ORDRE DE SAINT JEAN DE JERUSALEM, LIEUTENANT GENERAL POUR LE ROI EN PROVENCE.

MONSEIGNEUR,

J'avais juré par Apollon et par les Muses de me bannir pour jamais des yeux de ceux que Dieu a établis en terre pour être l'image de sa gloire. Si l'inclination que j'ai naturellement au service du sang de Godefroy et l'estime que je fais de votre incomparable valeur ne me sollicitaient incessamment à rechercher l'occasion de vous faire paraître le devoir que toutes les belles plumes sont obligées de rendre à votre race et à votre mérite, je passerais aussi ferme en cette résolution tout le reste de mes jours que j'y ai demeuré constant tout un lustre. J'ai été si malheureux aux servitudes volontaires que j'ai rendues aux grandeurs du monde, et si j'ai indignement traité de la Fortune, lorsqu'elle me montrait son visage plus doux et plus riant, que je n'ose presque me présenter à Votre Excellence pour lui témoigner ma dévotion. Mais les louanges que nous sommes obligés de donner à vos perfections et les obligations que les lettres ont à l'Illustre Princesse, votre sœur, comme à leur seul et unique soutien, étant naturelles, elles forcent les accidents et me dispensent d'autant plus de ce serment que vous êtes l'au-

teur de la plus belle partie de cet ouvrage. Votre valeur s'y est dépeinte avec de si vives couleurs que l'éclat en fait rougir de honte les plus valeureux de ce siècle et efface les portraits des plus prodigieux combats que les Histoires des siècles passés nous rapportent. Qu'on recherche les monuments de l'Antiquité et qu'on y mêle encore les contes fabuleux des vieux romans, je m'assure que votre exemple n'y trouvant point d'exemple, non plus qu'il ne peut avoir d'imitation et pour le présent et pour l'avenir, nul ne me pourra nier que la franchise de votre courage vraiment invincible ne surpasse par les effets ce qu'on nous représente par des figures. Il n'est pas besoin de réciter en cette épître ce que tout le monde doit admirer, puisque je l'ai fidèlement décrit en l'une de ces histoires. Recevez, ô Prince généreux, ce qui est proprement à vous et ce que votre mérite vous acquiert justement sur les volontés de ceux qui savent publier à la postérité la gloire de vos semblables, et croyez que quand votre fortune serait aussi grande que celle du premier des Césars, elle ne sera jamais pourtant égale à votre valeur et à la félicité que je vous souhaite.

Ainsi toujours du Ciel, la foudre et la tempête
S'éloignent des lauriers qui vous ceignent la tête
Et toujours puissiez-vous
En la lice d'honneur montrer votre courage,
Et non moins qu'un beau pin, l'ornement d'un bocage
Paraître dessus tous.

Ainsi puis-je avoir l'honneur d'être avoué de vous et de me pouvoir dire,

Monseigneur,

        Votre très humble et très obéissant serviteur,

                      De ROSSET

Au lecteur
[1615]

Je rougis de honte quand je lis les fautes insupportables que pour mon absence on avait laissé couler à la première édition* de cet ouvrage. Je n'avais baillé copie à dessein qu'on la mît sur la presse sans m'avertir, afin de la revoir et la corriger, suivant que mon honneur m'y obligeait. Maintenant je te la donne telle que je désire qu'elle soit. Que les imperfections de l'autre ne te détournent point de la lire, autrement tu serais trop injuste, et moi mal récompensé de mon labeur qui n'espère d'autre loyer que celui que ta patience lui donnera. A Dieu.

*Première édition à Cambrai, chez Jean de la Rivière, en 1614. Aucun exemplaire connu.

Préface
[1615]

Ce ne sont pas des contes de l'Antiquité fabuleuse que je te donne, ô France, mère de tant de beaux esprits qui font rougir de honte et la Grèce et l'Italie. Ce sont des histoires autant véritables que tristes et funestes. Les noms de la plupart des personnages sont seulement déguisés en ce Théâtre, afin de n'affliger pas tant les familles de ceux qui en ont donné le sujet, puisqu'elles en sont assez affligées. Mon dessein n'est pas de publier les hommes afin de les rendre déshonorés par leurs défauts, mais bien plutôt de faire paraître les défauts, afin que les hommes les corrigent, et que, par ce moyen, l'exercice de la vertu les rende dignes d'honneur et de louange.

Glossaire

Ce glossaire donne les mots dont le sens a disparu ou notablement vieilli, les termes utilisés dans une acception particulière et quelques locutions courantes dans la langue de l'époque. D'autres expressions sont expliquées dans les notes. Les mots figurant au glossaire sont suivis d'un astérisque dans le texte.

abondant (d'—) : en outre, par surcroît.
accointance : familiarité, commerce, fréquentation.
accommodé : aisé, riche.
accord : voir *mettre*.
accoster : être à ses côtés.
accoutrement : vêtement, costume.
accoutumer (avoir —) : avoir coutume.
ains : mais au contraire ; (*— que*) : avant que.
affidé : digne de foi.
allumette : ce qui enflamme, ce qui excite.
angoisse (poires d'—) : voir *poires*.
appris, se : expert.
arrements : propos, sujets.
assignation : rendez-vous.
assisté : escorté, accompagné.
aucun, e : quelque.
aucunement : en quelque façon.
autre (sans —) : et non autre.
aventure (par —) : peut-être.
avouer (— qqn) : reconnaître.

bander (se —) : s'allier.
basilic ou *basilisque* : qui donne la mort, vénéneux.
bénéficié : qui a un bénéfice ecclésiastique.
bonnet (prendre le —) : être licencié en droit.
bourreau, elle : cruel, elle.
brave (aller —) : défier, braver.
brouillas : brouillard.
bruit : renommée.

cadène : chaîne.
cartel : appel en duel.
caut, te : rusé, prudent.
cauteleux : défiant, rusé.
cédule : promesse écrite.
charge (à la — que) : à condition que.
ci : ainsi.
ciller : fermer les yeux à qqn.
contre (tout —) : tout à côté.
contrit, e : écrasé, accablé.
controuver : inventer.
convaincu (jur.) : qui se reconnaît coupable.
corratière : entremetteuse.
coton : barbe.
couleurs (peindre qqn de ses —) : faire de qqn un portrait peu flatteur.
courre : courir.
court (tenir de —) : surveiller.
courtoisie (octroyer la —) : obtenir les faveurs d'une femme.
couvertement : secrètement, insidieusement.

crasse (*humeur* —) : visqueuse, épaisse.
cuider : croire.

dace : impôt, taxe.
daguer : frapper d'une dague.
débander : décharger.
déduits, pl. : jeux érotiques.
défaudrer (néologisme) : faire défaut.
délâcher : décharger.
démoniacle : dont la nature est celle des démons.
dépêcher (*qqn*) : se débarrasser de qqn ; (— *de*) : se débarrasser de, s'acquitter.
dépit, e : irrité, affligé.
désastre : infortune.
désespéré de : livré à.
despriser : mépriser, dédaigner.
détorder (se) : se détordre, détourner.
deuil : affliction, tristesse.
devers (*prép.*) : devant, en direction de.
dictame : remède.
diffame : diffamation.
dilayer : retarder, différer.
divertir : détourner.
dresser (— *des parties*) : organiser, préparer (des embuscades).
droit (*faire* —) : voir *faire*.
droiturier : droit, juste.

échafaud : estrade, scène.
élargi (jur.) : libéré.
émotion : soulèvement, rébellion.
engraver : graver, inscrire profondément.
ennui : chagrin.
ensemble : avec.
entendre (— *à* ; — *le cours du marché*) : s'efforcer de ; comprendre le train des affaires humaines.
entendre (*un faux* —) : un faux prétexte.
entreprendre (*sur*) : se diriger à l'assaut de.
estomac : cœur.

état : voir *remettre*.
étranger v. : (— *de*) éloigner de.
exercices (*faire les* —) : occupation, des armes surtout.

faire : s'emploie à la place d'un verbe déjà exprimé, en gardant la construction du verbe qu'il remplace.
faire droit (*à qqn*) : bien agir à l'égard de qqn.
faire le faut (*un*) : une obligation.
faire le saut : mourir, trépasser.
faire partie (*faire sa* ou *ses* —) : déposer une plainte ; jouer un rôle.
faire tête : tenir tête.
forcenerie : déraison, fureur.
frotter : battre, frapper.

gagner (— *au pied*) : s'enfuir.
géniture : progéniture.
gré (*à* —) : à souhait.
grève (*à demi* —) : à mi-jambe.
gros (*un* —) : un corps de troupe.
guerdonner : récompenser, dédommager.

hanter (*se*) : fréquenter.
harnois (*s'échauffer dans son* —) : s'exciter.
hart (*la* — *au col*) : corde dont on étrangle les criminels.
heur : bonheur, chance.
heure (*à l'* — ; *à l'* — *que* ; *dès l'* — *que, jusqu'à l'* —) : alors, alors que, à ce moment, jusqu'à ce moment.

impétrer : obtenir.
impourvue (*à l'* —) : à l'improviste.
incessamment : sans cesse.
indice (*doigt*) : index.
interjeté : (jur.) renvoyé, retardé.

joint que : vu que, étant donné que.
jouer : se servir de.

lâcher : voir *délâcher*
langue : (*se mettre à sa —*) : à sa place
laxer : (jur.) relâcher, autoriser, permettre.
lever : enlever, prendre.
los : gloire, réputation, louange, action religieuse.

macule : tache
main : (*à — gauche* ; *sous —* ; *varier la —*) : à gauche, secrètement, détourner la main.
malice : méchanceté.
malicieux, se : méchant, fourbe.
maltalent : mauvaise intention.
marchand mêlé : celui qui fait toutes sortes de choses.
martel (*avoir — en tête*) : avoir du souci.
membre : corps de logis.
ménage : conduite, façon de gérer les affaires.
merci (*avoir — de* ; *se rendre à la — de*) : avoir pitié de.
mettre d'accord (pour un instrument) : accorder.
mettre peine de : s'efforcer de.
mettre sus (*— qqch à qqn*) : accuser qqn de qqch.
merveille : prodige.
monument : tombeau, mausolée.

navré : s. phys. : blessé.
nombrer : dénombrer, compter.
nourrir : éduquer, élever, enseigner.
nourriture : éducation, formation.

oculé : clairvoyant, éclairé.
offenser s. phys. : blesser.
oncques : jamais.
ores (*— que*) : maintenant, bien que, même si.
orrait : entendrait (condit. du verbe oyer)
outrecuidé : outrecuidant, présomptueux.

outre (*— en —*) : de part en part.
outré s. phys. : exténué.
ouverture (*faire l'— de*) : proposer.
ouvrir : fournir, proposer.

paillardise : impudicité.
pallier : dissimuler.
paraventure : peut-être.
parfin (*à la —*) : à la fin.
partie(s) : qualités naturelles ou acquises ; jeu, duel, embuscade.
patiemment s. latin : avec souffrance.
peine (*mettre — de*) : s'efforcer de.
pétard : canon.
pétardier : celui qui fait ou applique des pétards.
petit (*un —*) : un peu.
pièce (*— d'église*) : bénéfice ecclésiastique.
pied (*mettre sous le —* ; *gagner au —*) : négliger, oublier ; s'enfuir.
piété s. latin : équité divine.
piper : tromper.
poires (*— d'angoisse*) : s. fig. mortifications, vifs déplaisirs.
police : organisation sociale.
pollu : souillé.
publier (*se*) : se reconnaître.
pouvoir (*ne — que ne* + subj.) : ne pouvoir manquer de.
privauté(s) : grande familiarité.
procès (*hors de cour et de —*) : (jur.) innocenter, disculper.
prochain(e) : proche.

qualifié, e : de qualité, noble.
quartier (*servir son —*) : être en service, lieu où un militaire est en service.
que : parce que ; au point que, pour que ; plutôt que.
que : ce que.

question : (*mettre à la* —) : mettre à la torture.
quitter : renoncer à.
quitter (— *le prix*) : acquitter.

raison (*en tirer sa* —) : tirer vengeance.
raccoustrer : réparer.
ramentevoir : se souvenir, rappeler.
recueillir : accueillir.
réduire (— *à salut*) : ramener au salut.
regard (*pour son* —) : à son égard.
relent(e) : malodorant.
remettre : pardonner ; (— *son âme en bon état*) : mourir après avoir reçu les Sacrements.
remontrer : faire remarquer, exposer.
rencontre (*par* —; *en* —) : par duel.
rendre : consigner, porter.
repaître : se repaître, assouvir sa faim.
réputation (*avoir en* —; *être en* —; *faire* —) : avoir telle opinion de ; être jugé tel ; tenir compte ; être orgueilleux.
rengrègement : augmentation de mal et de douleur.
rengréger : augmenter le mal.
repurger : purifier, faire disparaître.
respirer : aspirer, être dévoué à.
rolle : rouleau, liasse des actes d'un procès.

saison (*hors de* —) : de façon déplacée, inopportune.
saut : voir *faire*.
séance (*donner* —) : droit de prendre place.
semondre : (— *à* ; *être* — *à*) : avertir, solliciter, inviter à.
senestre : gauche.
sens (*ôter le* —; *perdre le* —) : perdre la raison, le bon sens.
siller : voir *ciller*.

sortable (*à*) : bien assorti.
sorte (*fém.*) : infortune.
souffler : n'en rien dire.
soulas : consolation, soulagement.
souloir : avoir coutume de.
soutenir : s'opposer à.
spélonque ital. : antre, refuge.
succès : événement, aventure, issue.
supposer (*qqn*) (*se* —) : placer par tromperie ; se présenter au lieu d'un autre.
surséance : suspension, trêve.
sus : voir *mettre*.

tandis : (absol.) pendant ce temps.
tenir (— *de court*) : surveiller.
termes (*en* — *de*; *en* — *où*) : sur le point de.
tête : voir *faire*.
théâtre : échafaud, scène.
train : compagnie, ensemble de, commerce.
train (— *de la raison*; — *du salut*) : habitude.
tout (*du* —) : entièrement.
toutes et quantes fois : toutes les fois que, chaque fois que.
traiter : inviter, recevoir.
travail : ennui, effort, labeur.
travailler : tourmenter, torturer d'ennui
traverse : épreuve, malheur, accident.
traverser : contrarier, empêcher.
trencher ou *trancher* : agir en qualité de.
trousse : ruse, tromperie.
valet (*faire du bon* —) : affecter un grand empressement au service de quelqu'un, faire du zèle.
vanteur : vantard.
vaquer : s'occuper de, s'appliquer à.
vuidé : renvoyé, expulsé.
vuider : vider, partir.

Table des histoires contenues en ce livre

Histoire I 37
Des enchantements et sortilèges de Dragontine, de sa fortune prodigieuse et de sa fin malheureuse.

Histoire II 73
De la mort tragique arrivée à un seigneur de Perse pour avoir trop légèrement parlé, et de la fin lamentable de son fils voulant venger la mort de son père.

Histoire III 102
De l'horrible et épouvantable sorcellerie de Louis Goffredy, prêtre de Marseille.

Histoire IV 133
Le funeste et lamentable mariage du valeureux Lyndorac et de la belle Calliste, et des tristes accidents qui en sont procédés.

Histoire V 161
De l'exécrable docteur Vanini, autrement appelé Luciolo et de ses horribles impiétés et blasphèmes abominables, et de sa fin enragée.

Histoire VI 181
Alidor, gentilhomme de Picardie, après la mort de sa maîtresse, en fait faire deux portraits, l'un mort et l'autre vif, et va confiner ses jours aux déserts de la thébaïde.

Histoire VII 206
Des amours incestueuses d'un frère et d'une sœur, et de leur fin malheureuse et tragique.

Histoire VIII 222
De la constante et désespérée résolution d'un gentilhomme et d'une damoiselle.

Histoire IX 234
De la cruauté d'un frère exercée contre une sienne sœur pour une folle passion d'amour.

Histoire X 251
D'un démon qui apparaissait en forme de damoiselle au lieutenant du chevalier du guet de la ville de Lyon. De leur accointance charnelle, et de la fin malheureuse qui en succéda.

Histoire XI... 262
De la mort tragique du malheureux Mélidor et de la belle Clymène, et de la fin funeste et lamentable du généreux Polydor, après avoir exercé une sévère vengeance contre sa femme et son adultère.

Histoire XII 284
D'un homme qui, après avoir demeuré vingt ans aux galères, est reconnu par son fils, de ce qui en advint, et autres choses dignes de remarque.

Histoire XIII.. 298
Des aventures tragiques de Floridan et de Lydie.

Histoire XIV.. 318
De la cruelle vengeance exercée par une damoiselle sur la personne du meurtrier de celui qu'elle aimait.

Histoire XV... 338
Du parricide d'un gentilhomme commis en la personne de son père, et de sa malheureuse fin.

Histoire XVI.. 353
De l'abominable péché que commit un chevalier de Malte assisté d'un moine, et de la punition qui s'en ensuivit.

Histoire XVII... 365
Des cruautés de Lystorac et de sa fin funeste et tragique.

Histoire XVIII.. 386
De la conjuration de Baïamont Tiepolo, gentilhomme vénitien, contre sa patrie, et de sa fin malheureuse.

Histoire XIX.. 401
Flaminie, dame romaine, pour épouser son amoureux, fait mourir Altomont, son mari, et de ce qui en advint.

Histoire XX... 428
Des horribles excès commis par une religieuse à l'instigation du diable.

Histoire XXI.. 443
De la mort pitoyable du valeureux Lysis.

Histoire XXII 462
Des barbaries étranges et inouïes d'une mère dénaturée.

Histoire XXIII.. 481
De la cruauté d'une femme exercée sur son mari, de sa fin malheureuse et de celle de son amoureux.

Table des illustrations

« C'est elle que le grand Alcandre a choisie pour digne épouse. » 39

« Dragontine [Eleonora Galigaï]... Noire et sèche et d'un esprit qui surpassait le commun. » 41

« Le Ciel, fâché de nos crimes, permit qu'un parricide fît avec un méchant couteau, au milieu de la grande ville de Suse, [...] ce que tous les ennemis de l'Etat n'avaient pu exécuter dans l'horreur des plus sanglantes batailles. » 44

« Le corps de Filotime [Concini] est cependant traîné par les pieds. » 61

Le corps du maréchal Concini sort du tombeau (1617). 64

« C'est la fin tragique de Dragontine [Eleonora Galigaï] qui [...] reçut le juste salaire de ses maléfices. » .. 70

Les mariages franco-espagnols 78

« Mettez donc la main à l'épée [...] autrement vous êtes mort. » Alexandre [le chevalier de Guise] à Clairmont [le baron de Luz] 84

« L'héritier du grand Alexandre [...] par ses incomparables vertus a déjà acquis le titre de Juste... » 380

Le plan de la Rome de Sixte V sous l'emblème de l'étoile. 414

« Ce fut un grand pape qui a fort embelli la ville de Rome. » 421

Table

Introduction	5
Chronologie	23
Bibliographie sommaire	25
Note sur l'établissement du texte	29
Épître	33
Au Lecteur	35
LES HISTOIRES MEMORABLES ET TRAGIQUES DE CE TEMPS	31
Appendice	501
Glossaire	505
Table des histoires contenues en ce livre	509
Table des illustrations	511

Composition réalisée par NORD COMPO

Imprimé en France sur Presse Offset par

BRODARD & TAUPIN

GROUPE CPI

La Flèche (Sarthe).
N° d'imprimeur : 8630 – Dépôt légal Édit. 16799-10/2001
LIBRAIRIE GÉNÉRALE FRANÇAISE - 43, quai de Grenelle - 75015 Paris.

ISBN : 2 - 253 - 16101 - 2   31/6101/5